중고생이 꼭 읽어야 할

한국
대표
수필

65

한국대표수필 65

1판 1쇄 발행 2007년 1월 1일
1판 13쇄 발행 2011년 12월 19일

지은이 ∣ 유안진, 피천득 외
엮은이 ∣ 박찬영, 이서인
펴낸이 ∣ 박찬영
편집 ∣ 박시내, 김혜경, 한미정, 봉하연, 김진아
마케팅 ∣ 이진규, 장민영
디자인 ∣ 이창욱

발행처 ∣ 리베르
주소 ∣ 서울시 용산구 용산동5가 24번지 용산파크타워 103동 505호
등록번호 ∣ 제2003-43호
전화 ∣ 02-790-0587, 0588
팩스 ∣ 02-790-0589
홈페이지 ∣ www.리베르.kr
커뮤니티 ∣ blog.naver.com/liber_book(블로그)
　　　　　 cafe.naver.com/talkinbook(카페)
e-mail ∣ skyblue7410@hanmail.net
ISBN ∣ 978-89-91759-14-5 (43810)

리베르(Liber 전원의 신)는 자유와 지성을 상징합니다.

중고생이 꼭 읽어야 할

한국
대표
수필
65

유안진 · 피천득 외 지음
박찬영 · 이서인 엮음

리베르

"수필의 재료는 생활 경험, 자연 관찰, 또는 사회 현상에 대한 새로운 발견 등 무엇이나 다 좋을 것이다. 그 제재가 무엇이든지 간에 쓰는 이의 독특한 개성과 그때의 무드(기분)에 따라, '누에의 입에서 나오는 액(液)이 고치를 만들듯이' 수필은 써지는 것이다. 수필은 플롯이나 클라이맥스를 필요로 하지는 않는다. 필자가 가고 싶은 대로 가는 것이 수필의 행로(行路)이다."

피천득의 '수필'에 나오는 구절이다. 수필은 플롯이 없이 써지는 것이라고 했다. 가고 싶은 대로 가더라도 누에가 고치를 만들듯이 수필이 써지는 그런 경지는 어떤 경지를 말하는 것일까. 글 쓰는 연습만으로는 그런 경지에 오를 수는 없을 것이다. 그것은 자신의 절실한 체험이 마음속에서부터 우러나서 자연스럽게 표현되는 것은 아닐까. 그런 의미에서 본다면 좋은 수필은 전문가뿐만 아니라 일반인에게서도 나올 수 있을 것이다. 수필은 한 개인의 생활의 발견이다.

물론 수필은 플롯을 필요로 하지 않지만 플롯이 있고, 쓰고 싶은 대로 쓰는 것이지만 갖춰야 할 규범은 있을 것이다. 무엇에도 걸림이 없는 그런 글은 많은 사람에게 오랫동안 감동의 여운을 남긴다. 그 여운을 공유하고 새로운 발견의 밑거름으로 삼는다면 우리의 생활은 그만큼 풍요로워질 것이다.

〈한국대표수필 65〉는 한국인의 마음에 밑거름이 될 수 있는 명수필 65편을 가려 뽑은 수필선집이다. 비문과 허문(虛文)이 남발하는 상황에서 한 편의 좋은 수필을 만나는 것도 인생에서 큰 행운일 것이다.

〈한국대표수필 65〉는 교과서의 수록 빈도, 예술성, 대중성을 작품 선정의 기준으로 삼았다. 문학 작품을 인위적으로 선정하는 작업이 반드시 바람직하다고는 할 수는 없으나 무슨 작품부터 읽어야 할지 혼란을 느끼는 학생들과 일반인들을 위해 일정한 안내 역할을 하는 것은 필요할 것이다.

해설은 문답 형식을 취해 생각을 유도하도록 하였다. 문답 형식은 논술을 위한 사고 과정에 가장 적합하다고 보았기 때문이다. '생각해 볼 문제'에 대한 답은 하나의 예시로서 제시했다. 수필이 붓 가는 대로 쓰는 글이라면, 수필을 읽을 때도 자유로운 생각을 펼치며 읽어야 할 것이다. 따라서 수필을 해설한다는 것이 바람직하지 않을 수도 있지만 생각을 독자적으로 정리하는 데 참고할 수는 있을 것이다.

한국대표수필 65편을 선정한 후 가장 고민한 부분은 작품들을 어떻게 분류할까 하는 것이었다. 소설은 문학 사조의 시대적 구분이 선명해 대체로 작품의 발표 시기에 초점을 맞춰 분류를 하게 된다. 하지만 수필은 개인적인 글로 인식되어서 그런지 시대적 경향을 구분한다는 것은 큰 의미가 없다. 또 주제에 따라 분류를 하면 작품의 성격을 대비하는 데는 도움이 되지만 한 작가의 작품 세계를 조망하는 데는 어려움이 있다. 그런 이유로 이 책은 작가의 출생 연도에 따라 순차적으로 배열했다. 한 작가의 출생 시기는 작품의 발표 시기와는 무관하게 내밀한 체험에 따른 시대적 함의가 있다고 보았기 때문이다.

〈한국대표수필 65〉는 한국인의 정서를 대변하는 가장 아름다운 수필들이다. 이 글들이 우리의 맑은 정서를 되살리고 글 읽기와 글쓰기까지 가다듬을 수 있는 계기를 마련할 수 있다면 작품을 엮은이로서 더 이상의 보람은 없을 것이다.

엮은이 씀

논술을 위하여

최근의 논술은 유사한 글을 묶어 논제로 제시하는 경우가 많다. 논술이란 결국 유사한 대상의 공통점과 차이점을 파악해 자신의 논지를 분명히 밝히는 것이라고 보기 때문이다. 이는 다양한 사고의 바탕 위에서만 가능하다 할 것이다. 이 책의 글들을 기준으로 살펴보면 자연을 예찬한 글이 가장 많고, 그 다음에는 인간을 예찬한 글, 기행문, 생활 철학 등의 순으로 이어진다. 어떤 의미에서 기행문조차 자연과 인간을 예찬한 글이라고 볼 수 있다. 수필이 주로 자연, 인간, 생활을 주요 제재로 삼고 있다고 볼 때 자연스러운 결과로 보인다. 이 책은 처음에는 순서대로 읽어보고 두 번째에는 유사한 주제의 작품을 함께 읽어보기를 권한다.

• 자연에 대한 예찬

이양하 '신록예찬' : 신록이 우리에게 주는 이로움과 아름다움, 그리고 풍요로움을 찬양함.

이양하 '나무' : 바람직한 인간의 모든 조건을 의인화 된 나무에서 발견.

김진섭 '백설부' : 순백의 아름다움으로 생활에 지친 사람들에게 위안을 주는 백설을 예찬함.

김진섭 '매화찬' : 한 겨울에 추위를 무릅쓰고 피는 매화를 고고한 선비의 정신과 대비함.

이태준 '물' : 모든 것을 감싸고 포용하는 물의 덕성을 담담한 어조로 예찬함.

조지훈 '돌의 미학' : 각각 다른 장소에서 보게 된 돌에서 영원한 생명의 아름다움을 발견한 감흥을 그림.

나도향 '그믐달' : 달을 여인으로 의인화하여 생생하게 묘사하고 그
믐달을 사랑하는 이유를 밝힘.

박지원 '통곡할 만한 자리' : 끝없이 뻗은 요동벌판을 보고 울음을 터
뜨릴 만한 장관임을 토로함.

• 사람과 동물에 대한 예찬

민태원 '청춘 예찬' : 뛰어난 수사와 힘찬 문체로 청춘의 정열과 이
상, 육체를 예찬함.

김진섭 '모송론' : 어머니의 위대한 모습을 일깨워주면서 절대적인
모성애를 예찬함.

방정환 '어린이 찬미' : 모든 것을 기쁨으로 반응하는 어린이들의 순
수한 모습을 찬미함.

이광수 '우덕송' : 소의 다양한 모습을 예찬하면서 소의 덕성을 본받
기를 당부함.

• 기행문

정비석 '산정무한' : 금강산 장안사, 명경대, 황천계곡, 망군대, 마하
연, 비로봉 여정을 화려한 문체로 서술함.

이광수 '금강산유기' : 금강산의 백미인 비로봉 등정 과정과 감회를
섬세하게 묘사함.

최남선 '심춘순례서' : 국토 순례의 불가피성과 여행기를 쓰게 된 동
기를 경어를 사용하여 서술함.

최남선 '백두산근참기' : 백두산의 신화적 권위를 밝히고 민족애와
미학적 신앙을 표현함.

현진건 '불국사 기행' : 여정보다는 불국사, 석굴암의 예술미에 초점

을 맞추고 있음.

한용운 '명사십리' : 빼어난 경관을 지닌 명사십리 해수욕장에서 보낸 즐거운 시간을 회상함.

의유당 김씨 '동명일기' : 귀경대에서 본 일출의 장관을 여성다운 섬세한 필치로 묘사함.

· **생활의 발견**

피천득 '나의 사랑하는 생활' : 여유로운 생활과 아름다운 관계에 대한 소망을 나열함.

피천득 '이야기' : 말의 중요성과 이야기의 즐거움에 대한 견해를 솔직하게 드러냄.

이상 '권태' : 반복되는 일상과 단조로운 주변 환경에서 오는 일탈적 권태감을 형상화.

이상 '산촌여정' : 산촌에서 생활하며 직접 보고 듣고 느낀 자연 현상을 도시적 감수성으로 바라봄.

양주동 '웃음설' : 웃음과 관련된 일화들과 견해를 해박한 식견으로 솔직하게 풀어놓음.

김태길 '멋없는 세상 멋있는 사람' : 멋진 사람의 실제 사례를 들고 진정한 멋에 관한 견해를 밝힘.

이효석 '낙엽을 태우면서' : 낙엽이 가지는 계절적 의미를 생활의 문제와 관련지어 시적으로 묘사함.

박완서 '꼴찌에게 보내는 갈채' : 비록 관중의 환호가 없어도 끝까지 뛰는 꼴찌 주자에게 갈채를 보냄.

· **일상의 철학**

김진섭 '생활인의 철학' : 평범한 사람들의 생활의 지혜가 곧 귀중한 철학이라는 관점을 제시함.

김진섭 '명명철학' : 이름이 내포하고 있는 의미를 설명하면서 이름
의 중요성에 대해 설득력 있게 서술함.

달관의 철학

법정 '무소유' : 진정한 자유와 무소유의 의미를 체험적으로 깨달았
음을 고백함.

김형석 '죽음' : 불가항력적인 죽음을 남의 일이 아니라 바로 자신
의 문제로 인식해야 함을 일깨움.

이양하 '페이터의 산문' : 페이터의 글을 소개하며 욕망과 집착이 결
국은 부질없는 일임을 철학적으로 서술함.

박지원 '일야구도하기' : 강을 건너는 경험을 통해 외물이 마음을 현
혹한다는 사실을 깨달음.

물건에 얽힌 이야기

계용묵 '구두' : 구두 징 소리 때문에 빚어진 작은 사건을 소개하면
서 인간관계가 왜곡된 현대 사회에 대해 풍자함.

최서해 '담요' : 담요에 얽힌 가족의 슬픈 추억을 떠올리면서 현재의
비참한 상황에 대해 탄식함.

이태준 '화단' : 화초를 유난히 아끼는 노인을 보며 자연미의 훼손에
대해 안타까워함.

유씨부인 '조침문' : 오랫동안 동고동락해온 바늘이 부러진 것을 제
문의 형식을 빌려 애도함.

작자미상 '규중칠우쟁론기' : 규중칠우의 논쟁을 통해 공치사만 일삼
는 세태를 풍자함.

• 동양적 문화

윤오영 '부끄러움' : 숨어서 나를 쳐다보던 소녀에게서 한국적 부끄러움의 아름다움을 발견함.

이규태 '헛기침으로 백 마디 말을 하다' : 한국인의 의사소통의 보편적인 특징을 사례를 들어 설명함.

윤오영 '달밤' : 달밤에 이루어진 어느 노인과의 우연한 만남을 압축적 표현을 사용해 서정적으로 그림.

이어령 '폭포와 분수' : 두 자연 현상을 동양과 서양의 문화 현상과 결부시켜 설명함.

• 강직한 정신

함석헌 '들사람 얼' : 교훈이 담긴 일화를 통해 들사람 정신이 결핍된 요즘의 세태를 개탄함.

이희승 '딸깍발이' : 해학적 문체로 현대인이 배워야 할 선비들의 인간성과 생활상을 생생하게 드러냄.

조지훈 '지조론' : 지조 있는 삶의 자세 또는 정치인과 사회지도자들에게 요구되는 지조를 강조함.

• 장인 정신

윤오영 '방망이 깎던 노인' : 작은 일에도 정성을 다하는 노인의 장인 정신에 대해 예찬함.

김소운 '피딴문답' : 피딴과 쇠고기를 예로 들며 원숙한 삶이 보여주는 멋을 지니기를 소망함.

이태준 '작품애' : 작품을 잃었던 체험을 떠올리며 잃으면 눈물이 날 작품을 쓰고자 다짐함.

• 국가와 사회

김구 '나의소원' : 우리 민족에게 독립이 필요한 이유와 독립에 대한 간절한 염원을 밝힘.

장지영 '시일야방성대곡' : 부당한 을사 5조약에 대해 원통해하고 매국노의 행위에 분노함.

심훈 '조선의 영웅' : 어려운 처지에도 불구하고 야학에 뛰어든 농촌 청년들이야말로 조선의 영웅이라고 예찬함.

• 글과 말

윤오영 '쓰고 싶고 읽고 싶은 글' : 좋은 글에 대한 생각을 밝히고 진실하고 깊이 있는 글을 쓰고 싶은 심경을 토로함.

피천득 '수필' : 갖가지 은유들을 사용해 수필의 특성에 대해 설명.

신채호 '낭객의 신년만필' : 조선 신문예 운동의 폐해를 밝히고 올바른 방향을 제시함.

• 책과 공부

이태준 '책' : 책에 대한 주관적인 느낌과 이미지를 특정한 형식 없이 자유롭게 서술함.

양주동 '면학의 서' : 독서와 면학의 즐거움을 알려주고 바람직한 독서의 방법을 제시함.

• 소중한 인연

피천득 '인연' : 일본 소녀 아사코와의 만남에 얽힌 추억을 회상함.

유안진 '지란지교를 꿈꾸며' : 참된 우정에 대한 작은 개인적 소망을 진솔하게 나열함.

• 행복의 의미

김소운 '가난한 날의 행복' : 가난 속에서 피어나는 부부의 사랑을 옴
니버스 식으로 구성함.

안병욱 '행복의 메타포' : 세 가지 이야기에서 공통되는 행복의 의미
를 발견함.

• 옛사람의 교훈

이규보 '이옥설' : 행랑채 수리 과정을 예로 들면서 문제를 미리 알
고 대처해 나가는 자세의 중요성을 강조함.

이규보 '이상한 관상쟁이' : 거꾸로 관상을 보는 관상쟁이를 통해 삶
의 진리를 깨달음.

이곡 '차마설' : 말을 빌린 경험을 말하면서 모든 소유물들이 실제
로는 빌린 것이라는 사실을 일깨움.

권근 '주옹설' : 경계를 늦추지 않는 삶의 태도를 강조함.

혜경궁홍씨 '한중록' : 사도세자의 참변을 중심으로 한 파란만장한
인생을 회고함.

지란지교를 꿈꾸며

유안진

저녁을 먹고 나면 허물없이 찾아가 차 한 잔을 마시고 싶다고 말할 수 있는 친구가 있었으면 좋겠다. 입은 옷을 갈아입지 않고 김치 냄새가 좀 나더라도 흉보지 않을 친구가 우리 집 가까이에 있었으면 좋겠다.

비 오는 오후나 눈 내리는 밤에 고무신을 끌고 찾아가도 좋을 친구, 밤늦도록 공허한 마음도 마음 놓고 열어 보일 수 있고, 악의 없이 남의 얘기를 주고받고 나서도 말이 날까 걱정되지 않는 친구가……

사람이 자기 아내나 남편, 제 형제나 제 자식하고만 사랑을 나눈다면 어찌 행복해질 수 있으랴. 영원이 없을수록 영원을 꿈꾸도록 서로 돕는 진실한 친구가 필요하리라.

그가 여성이어도 좋고 남성이어도 좋다. 나보다 나이가 많아도 좋고 동갑이거나 적어도 좋다. 다만 그의 인품이 맑은 강물처럼 조용하고 은근하며 깊고 신선하며, 예술과 인생을 소중히 여길 만큼 성숙한 사람이면 된다. 그는 반드시 잘 생길 필요가 없고, 수수한 멋을 알고 중후한 몸가짐을 할 수 있으면 된다.

때로 약간의 변덕과 신경질을 부려도 그것이 애교로 통할 수 있을 정도면 괜찮고, 나의 변덕과 괜한 흥분에도 적절히 맞장구를 쳐 주고 나서, 얼마의 시간이 흘러 내가 평온해지거든 부드럽고 세련된 표현으로 충고를 아끼지 않았으면 좋겠다.

나는 많은 사람을 사랑하고 싶진 않다. 많은 사람과 사귀기도 원치 않는다. 나의 일생에 한두 사람과 끊어지지 않는 아름답고 향기로운 인연으로 죽기까지 지속되길 바란다. 나는 여러 나라 여러 곳을 여행하면서, 끼니와 잠을 아껴 될수록 많은 것을 구경하였다. 그럼에도 지금은 그 많은 구경 중에 기막힌 감회로 남은 것은 거의 없다. 만약 내가 한두 곳 한두 가지만 제대로 감상했더라면, 두고두고 자산이 되었을 걸.

우정이라 하면 사람들은 관포지교(管鮑之交 중국의 고사에 나오는 관중(管仲)과 포숙아(鮑叔牙)의 우정과 같이 아주 친한 친구 사이의 사귐)를 말한다. 그러나 나는 친구를 괴롭히고 싶지 않듯이 나 또한 끝없는 인내로 베풀기만 할 재간이 없다. 나는 도 닦으며 살기를 바라지 않고, 내 친구도 성현(聖賢) 같아지기를 바라진 않는다.

나는 될수록 정직하게 살고 싶고, 내 친구도 재미나 위안을 위해서 그저 제자리서 탄로나는 약간의 거짓말을 하는 재치와 위트를 가졌으면 바랄 뿐이다. 나는 때로 맛있는 것을 내가 더 먹고 싶을 테고, 내가 더 예뻐 보이기를 바라겠지만, 금방 그 마음을 지울 줄도 알 것이다. 때로는 얼음 풀리는 냇물이나 가을 갈대 숲 기러기 울음을 친구보다 더 좋아할 수 있겠으나, 결국은 우정을 제일로 여길 것이다.

우리는 흰 눈 속 참대(볏과에 속하는 대나무의 일종. 질이 단단하여 기구재(器具材)·건축재로 쓰이고, 죽순은 식용함)같은 기상을 지녔으나 들꽃처럼 나약할 수 있고, 아첨 같은 양보는 싫어하지만 이따금 밑지며 사는 아량도 갖기를 바란다.

우리는 명성과 권세, 재력을 중시하지도 부러워하지도 경멸하지도 않을 것이며, 그보다는 자기답게 사는 데 더 매력을 느끼려 애쓸 것이다.

우리가 항상 지혜롭진 못하더라도, 자기의 곤란을 벗어나기 위해 비록 진실일지라도 타인을 팔진 않을 것이다. 오해를 받더라도 묵묵할 수 있는 어리석음과 배짱을 지니기를 바란다.

우리의 외모가 아름답지 않다 해도 우리의 향기만은 아름답게 지니리라.

우리는 시기하는 마음 없이 남의 성공을 얘기하며, 경쟁하지 않고 자기 일을 하되, 미친 듯 몰두하게 되기를 바란다. 우리는 우정과 애정을 소중히 여기되, 목숨을 거는 만용은 피할 것이다. 그래서 우리의 우정은 애정과도 같으며, 우리의 애정 또한 우정과 같아서 요란한 빛깔도 시끄러운 소리도 피할 것이다.

나는 반닫이(앞의 위쪽 절반이 문짝으로 되어 아래로 젖혀 여닫게 된 궤 모양의 전통 가구)를 닦다가 그를 생각할 것이며, 화초에 물을 주다가, 안개 낀 아침 창문을 열다가, 가을 하늘의 흰 구름을 바라보다가, 까닭 없이 현기증을 느끼다가 문득 그가 보고 싶어지며, 그도 그럴 때 나를 찾을 것이다.

그는 때로 울고 싶어지기도 하겠고, 내게도 울 수 있는 눈물과 추억이 있을 것이다. 우리에겐 다시 젊어질 수 있는 추억이 있으나, 늙는 일에 초조하지 않을 웃음도 만들어낼 것이다. 우리는 눈물을 사랑하되 헤프지 않게, 가지는 멋보다 풍기는 멋을 사랑하며, 냉면을 먹을 때는 농부처럼 먹을 줄 알며, 스테이크를 자를 때는 여왕처럼 품위 있게, 군밤은 아이처럼 까먹고, 차를 마실 때는 백작보다 우아해지리라.

우리는 푼돈을 벌기 위해 하기 싫은 일을 하지 않을 것이며, 천 년을 늙어도 항상 가락을 지니는 오동나무처럼, 일생을 춥게 살아도 향기를 팔지 않는 매화처럼, 자유로운 제 모습을 잃지 않고 살고자 애쓰며 서로 격려하리라.

우리는 누구도 미워하지 않으며, 특별히 한두 사람을 사랑한다 하여 많은 사람을 싫어하진 않으리라. 우리가 멋진 글을 못 쓰더라도 쓰는 일을 택한 것에 후회하지 않듯이, 남의 약점도 안쓰럽게 여기리라.

내가 길을 가다가 한 묶음의 꽃을 사서 그에게 들려줘도 그는 날 주책이라고 나무라지 않으며, 건널목이 아닌 데로 찻길을 건너도 나의 교양을 비웃지 않을 게다. 나 또한 그의 눈에 눈곱이 끼더라도 이 사이에 고춧가루가 끼었다 해도 그의 숙녀 됨이나 그의 신사다움을 의심하지 않으며, 오히려 인간적인 유유함을 느끼게 될 게다.

우리의 손이 비록 작고 여리나, 서로를 버티어 주는 기둥이 될 것이며, 우리의 눈에 핏발이 서더라도 총기가 사라진 것은 아니며, 눈빛이 흐리고 시력이 어두워질수록 서로를 살펴 주는 불빛이 되어 주리라.

그러다가 어느 날이 홀연히 오더라도 축복처럼, 웨딩드레스처럼 수의(壽衣 염습(殮襲)할 때 시체에 입히는 옷)를 입게 되리라, 같은 날 또는 다른 날이라도.

세월이 흐르거든 묻힌 자리에서 더 고운 품종의 지란(芝蘭)이 돋아 피어, 맑고 높은 향기로 다시 만나지리라.

▶ 지란지교(芝蘭之交)는 무엇을 의미하는가?

　공자(孔子)께서 말씀하셨다.

　선한 사람과 함께 있으면 지초와 난초가 있는 방으로 들어가는 것과 같아서 오래되면 향기를 맡지 못하니, 그 향기에 동화되기 때문이다.

　(子曰 與善人居 如入芝蘭之室 久而不聞其香 卽與之化矣)

　선하지 못한 사람과 함께 있으면 마치 절인 생선가게에 들어간 것과 같아서 오래되면 그 악취를 맡지 못하니, 그 냄새에 동화되기 때문이다.

　(與不善人居 如入鮑魚之肆 久而不聞其臭 亦與之化矣)

　붉은 주사를 가지고 있으면 붉어지고, 검은 옻을 가지고 있으면 검어지게 되니, 군자는 반드시 함께 있는 자를 삼가야 한다.

　(丹之所藏者赤 漆之所藏者黑 是以 君子必愼其所與處者焉)

　〈명심보감(明心寶鑑)〉 '교우(交友)' 편에 나오는 글이다. 지초와 난초의 사귐을 뜻하는 지란지교는 이 문장에서 인용된 말로 향기로운 두 꽃의 사귐처럼 맑고 깨끗하고 변치 않은 우정을 빗댄 말이다.

▶ 지은이는 참된 우정에 대한 소망을 부드럽고 간결한 문체로 서술하고 있다. 지은이가 꿈꾸는 지란지교란 어떤 것인가?

　지은이는 지초와 난초가 뿜어내는 향기처럼 서로에게 감화를 줄 수 있는 우정을 꿈꾼다. 지은이가 곁에 두길 바라는 친구는 허물없고 편안함이 느껴지는 사람이다. 사소한 결점이나 허물이 드러나도 그 앞에서 부끄러워지지 않는, 아니 그 앞에서는 허물도 허물이 되지 않는 것이 곧 진정한 우정이 주는 편안함이며, 그러한 자연스러움이 있을 때 관계는 언제까지나 지속된다. 그가 비록 '맑은 강물처럼 조용하고 은근하며, 깊고 신선하며, 예술과 인생을 소중히 여길 만큼 성숙한 사람' 이지만, 그 앞에서 나는 옷을 갈아입지 않아도, 김치 냄새를 풍겨도 부끄럽지 않다.

지은이는 그 앞에서 끝없는 인내를 보여주어야 할 인품이 되고 싶어 하지 않는다. 그가 성현이라면 지은이 역시 부담스러워질 것이다. 그의 변덕과 신경질도 애교로 받아들이며, 나의 변덕과 괜한 흥분에도 맞장구쳐 주며 충고해 줄 수 있으면 된다.

우리는 서로가 대나무 같은 기상을 지녔지만 들꽃처럼 나약할 때도 있다는 것을 알고 있다. 우리는 권세나 명성, 재력이나 성공을 위해 살기보다는 서로가 자기답게 사는 것이 가장 중요하리라. 지은이는 자신이 하고 싶은 일에 미친 듯이 몰두하고 나이 듦에도 초조하지 않는 삶을 살고 싶어 한다. 우정을 소중하게 여기되, 목숨을 거는 만용이나 요란한 소리는 거부한다. 눈물도 소유도 지나치길 원하지 않는다. 늘 자연스레 제 모습을 지켜가며, 설령 약점이 드러나도 스스로의 선택에 후회하지 않으며, 다른 사람 또한 그렇게 포용하며 살고 싶어 한다.

지은이는 이승에서뿐 아니라 죽은 후에도 참된 우정이 계속되기를 바란다. 지은이는 이승의 우정이 죽어서도 어떤 모양으로든 다시 함께 만나리라는 믿음을 '묻힌 자리에서 더 고운 품종의 지란으로 돌아 피어, 맑고 높은 향기로 다시 만나지리라' 는 구절에 담아 놓고 있다. 지란지교의 맑고 깨끗한 느낌 속에는 영원의 시간까지 담겨 있다.

- **성격** | 감상적, 관조적, 사색적
- **표현** | 진솔하고 세밀하게 인간관과 우정관을 잘 드러나 있고 비유법을 적절히 곁들여 사용하고 있다.
- **제재** | 친구와 우정
- **주제** | 참된 우정을 소망
- **구성** | 지은이가 곁에 두고 싶은 친구의 모습을 그려놓은 첫 번째 단락과, 그런 친구와 나누고픈 참된 우정의 모습들을 묘사한 두 번째 단락으로 나눌 수 있다.
- **지은이** | 유안진(柳岸津 1941~)

폭포와 분수

이어령

동양인은 폭포를 사랑한다. 비류직하삼천척(飛流直下三千尺 날듯이 곧게 높은 곳에서 떨어지는 폭포를 이르는 말로, 이태백의 시에서 인용한 것임)이란 상투어가 있듯이, 위에서 아래로 떨어지는 그 물줄기를 사랑한다. 으레 폭포수 밑 깊은 못 속에는 용이 살며 선녀들이 내려와 목욕을 한다. 폭포수에는 동양인의 마음속에 흐르는 원시적인 환각의 무지개가 서려 있다.

서구인들은 분수를 사랑한다. 지하로부터 하늘을 향해 힘차게 뻗어 오르는 분수, 로마에 가든 파리에 가든 런던에 가든, 어느 도시에나 분수의 물줄기를 볼 수 있다. 분수에는 으레 조각이 있고 그 곁에는 콩코르드(프랑스 파리의 센 강 오른쪽 기슭에 있는 광장. 18세기에 만들었으며 프랑스 혁명 때 루이 16세가 처형된 곳으로 유명하다)와 같은 시원한 광장이 있다. 그 광장에는 비둘기 떼가 날고 젊은 애인들의 속삭임이 있다. 분수에는 서양인의 마음속에 흐르는 원초적인 꿈의 무지개가 서려 있다.

폭포수와 분수는 동양과 서양의 각기 다른 두 문화의 원천이 되었다고 해도 지나친 말은 아니다. 대체 그것이 어떻게 다른가를 보자. 무엇보다도 폭포수는 자연이 만든 물줄기이며, 분수는 인공적인 힘으로 만든 물줄기이다. 그래서 폭포수는 심산유곡(深山幽谷)에 들어가야 볼 수 있고, 거꾸로 분수는 도시의 가장 번화한 곳에 가야 구경할 수가 있다. 하나는 숨어 있고, 하나는 겉으로 드러나 있다. 폭포

22

수는 자연의 물이요, 분수는 도시의 물, 문명의 물인 것이다. 장소만이 그런 것은 아니다. 물줄기가 정반대이다. 폭포수도 분수도 그 물줄기는 시원하다. 힘차고 우렁차다. 소리도 그렇고 물보라도 그렇다. 그러나 가만히 관찰해 보자.

폭포수의 물줄기는 높은 데서 낮은 곳으로 낙하한다. 만유인력, 그 중력의 거대한 자연의 힘 그대로 폭포수는 하늘에서 땅으로 떨어지는 물이다. 물의 본성은 높은 데서 낮은 데로 흐르는 것이다. 하늘에서 빗방울이 대지를 향해 떨어지는 것과 같다. 아주 작은 도랑물이나 도도히 흐르는 강물이나 모든 물의 움직임에는 다를 것이 없다. 폭포수도 마찬가지이다. 아무리 거센 폭포라 해도 높은 곳에서 낮은 곳으로 흐르고 떨어지는 중력에 순응한다. 폭포수는 우리에게 물의 천성을 최대한으로 표현해 준다.

그러나 분수는 그렇지가 않다. 서구의 도시에서 볼 수 있는 분수는 대개가 다 하늘을 향해 솟구치는 분수들이다. 화산이 불을 뿜듯이, 혹은 로켓이 치솟아 오르듯이, 땅에서 하늘로 뻗쳐 올라가는 힘이다. 분수는 대지의 중력(重力)을 거슬러 역류하는 물이다. 자연의 질서를 거역하고 부정하며 제 스스로의 힘으로 중력과 투쟁하는 운동이다. 물의 본성에 도전하는 물줄기이다. 높은 데서 낮은 데로 흐르는 천연의 성질, 그 물의 운명에 거역하여 그것은 하늘을 향해서 주먹질을 하듯이 솟구친다. 가장 물답지 않은 물, 가장 부자연스러운 물의 운동이다. 그들이 말하는 창조의 힘이란 것도, 문명의 질서란 것도, 그리고 사회의 움직임이란 것도 실은 저 광장에서 내뿜고 있는 분수의 운동과도 같은 것이다. 중력을 거부하는 힘의 동력, 인위적인 그 동력이 끊어지면 분수의 운동은 곧 멈추고 만다. 끝없이 끝없이 인위적인 힘, 모터와 같은 그 힘을 주었을 때만이 분수는 하늘을 향해 용솟음칠 수 있다. 이 긴장, 이 지속, 이것이 서양의 역사와 그 인간 생활을 지배해온 힘이다.

▶ 이 글에 제시된 폭포와 분수는 각각 무엇을 상징하는가. 그리고 각각의
특성을 통하여 무엇을 말하고 있는가?

중력의 방향대로 높은 곳에서 낮은 곳으로 흐르는 폭포수는 물의
본성을 잘 드러내는 자연물로 자연에 순응하려 하며 자연 그대로 놓
아두려는 동양의 문화적 특성을 상징한다. 그러나 분수는 높은 곳에
서 낮은 곳으로 떨어지는 자연의 법칙과는 반대로 물의 본성에 도전
하려는 듯 낮은 곳에서 높은 곳으로 솟구친다. 이는 자연에 역행하고
저항하려는 서양의 문화적 특성을 잘 반영하고 있다.

자연 질서에 순응하고자 했던 동양인들은 자연 상태로 흘러가는 폭
포를 좋아하고, 서양인들은 인위적으로 물줄기를 뿜어내는 분수를 만
들어 즐겼다. 특히 서양인들의 분수에서는 주어진 운명에 순응하기보
다는 제 힘으로 주어진 질서를 거스르고 투쟁하며 나가려는 서양인들
의 의지가 엿보인다. 그러나 분수는 끊임없이 동력을 가해주지 않으
면 멈추어 버린다. 끝없는 인위적인 힘, 모터와 같은 힘을 주었을 때
만이 하늘을 향해 용솟음 칠 수 있는 분수처럼 서양인의 역사와 생활
은 언제나 그렇게 끝없는 긴장과 분쟁의 연속이었음을 반어적으로 말
해주고 있는 것이다. 지은이 나름대로 동서양의 차이를 분석하고 중
립적인 태도를 취하고 있지만 자연의 질서를 거스르는 서양 문명에 대
한 대안으로 동양적인 자연관이 필요하다는 속내를 은근히 드러내고
있다.

▶ 지은이의 관점을 비판적으로 접근해 보자.

자연 현상을 인간의 문화적 현상과 연결시킨 발상법은 수필로 표현
해 내기에 매우 적절한 소재이다. 하지만 폭포와 분수의 특징이 동서
양의 문화적 차이를 정확히 상징하는지 의문일 뿐 아니라 지은이의
주관적인 기준으로 몇 가지 사항만을 비교하여 일반화시키기에는 무

리가 있다. 폭포가 동양적 사고의 전유물로 볼 수는 없고, 분수 또한 서양 문화 현상의 한 단면에 불과하므로 동서양의 문화적 차이를 이분법적으로 단순화하는 것도 적절한 태도가 아니라고 볼 수 있다.

■ 작품 정리

- **성격** | 분석적, 통찰적, 대조적.
- **표현** | 폭포와 분수라는 구체적 두 자연 현상을 인간의 문화 현상과 결부시켜 두 대상의 보편적인 특징을 부각시켜 놓았다.
- **제재** | 폭포와 분수.
- **주제** | 폭포와 분수를 통해 살펴본 동서양의 문화적 차이.
- **구성** | 도입부에는 폭포와 분수에 대한 동양인과 서양인의 인식 차이를, 다음으로 각각에 대비되는 동서양의 문화적 특성을, 그리고 마지막으로 분수를 통해 본 서양 문화의 성격을 그리고 있다.
- **지은이** | 이어령(李御寧 1934~)

헛기침으로 백 마디 말을 하다

이규태

한 줄기 퍼부을 듯 하늘이 끄무레하면 그 하늘을 형용해서 '아침 굶은 시어머니 같다'고 한다. 이런 하늘을 두고 '폼페이 최후의 날 같다'고 형용하는 서구 사람들에 비겨 통찰을 요구하는 형용임을 알 수가 있겠다. 화산재에 뒤덮인 폼페이 최후의 하늘은 우중충하기에 그것은 통찰이 필요 없는 일차원적인 비유다. 그러나 아침 굶은 시어미 얼굴을 하늘색에 비기기에는 3차원적인 육감의 작용 없이 불가능하다. 은폐가 심하기에 통찰도 발달했다. 우리 한국의 가정이나, 직장이나, 사회는 이 말없는 통찰의 의사소통이 말로 하는 의사소통의 분량보다 한결 많다는 점에서 특수성을 찾아볼 수가 있다.

우중충한 그 하늘에서 비가 내리기 시작했다. 지금 며느리는 아이에게 젖을 물린 채 다림질을 하고 있다. 방에 있던 시어머니가 말을 건네 온다.

"아가, 할미가 업어 줄까?"

이 말은 할미가 젖을 빠는 손자에게 하는 말이 아니라 비가 뿌리는 밖에 널려 있는 빨래를 빨리 거둬들이라는, 시어머니가 며느리에게 하는 분부인 것이다. 며느리는 그 말을 통찰력으로 알아듣고 빨래를 거둬들인다.

텃밭에 가 남새(무 · 배추 · 미나리 · 아욱 등 심어서 가꾸는 나물. 채소) 뜯어 국거리 마련하랴, 저녁밥 지으랴, 애들 돌보랴, 일손이 바쁜 며느리는 시어머니 담배 피우고 있는 방 앞에서 강아지 배를 차 깨갱거리게 하거나 마루에서 노는 닭들에게 앙칼스레 욕을 퍼붓는다. 시어머니는 '옳거니' 통찰로 그 뜻을 알아차리고 바구니 들고 남새밭에 가면 되건만, '그렇지 않아도 좀 쉬었다가 텃밭에 가려고 했는데 강아지 배를 차…… 어디 가나 보라'고 버티고 있으면 며느리는 업힌 아이 보고,

"니 어머니는 무슨 팔자로 손이 세 개 달려도 모자라냐."

고 혼잣말을 한다.

이 같은 통찰을 필요로 하는 대화를 서구식으로 통찰을 필요로 하지 않는 대화로 통역하면 다음과 같은 것이 된다.

"나는 아이 업고 밥 짓기가 바쁘니 나를 돕는 뜻에서 바구니 들고 남새밭에 가 국거리 좀 뜯어다 주실 수 없겠습니까?"

"응, 그러마. 나 지금 담배 한 대 피고 있으니 다 피면 나가려고 하고 있다. 약 5분만 기다려 다오."

"좋아요. 5분 후에는 약속대로 이행해 주시길 바래요. 꼭요."

"알았다. 그렇게 하마."

가정에서부터 나라라는 큰 집단까지 한국인은 너무 많이 통찰로 커뮤니케이션을 하고 있다. 이 통찰이 부드럽게 이뤄지면 빨래 걷는 며느리처럼 충돌 없이 행복하게 영위가 되지만, 남새밭에 가지 않는 시어머니처럼 통찰이 어긋나면 증오와 불화가 빚어진다.

시어머니는 며느리가 지피는 장작불의 조잡함에서, 며느리가 먹인 시어미 삼베 고쟁이(핫바지)의 칼날같이 뻣센 풀에서 며느리의 반항을 통찰할 줄 알아야 한다. 며느리가 업고 있는 아이의 울음의 질과 시간과 때와 경우를 판단하여 며느리가 아이 엉덩이를 꼬집어 울린 건지 아닌지를 통찰로 감식할 줄 알아야 한다. 왜냐하면 꼬집어 울리는 아이의 울음이나 배를 차서 울리는 강아지의 울음은 불만이 차

있는 며느리의 절규를 대행하는 것이기 때문이다. 요즘에는 플라스틱이라 소리가 나지 않지만 바가지 요란하게 긁는 것이, 통찰이란 미디어를 통한 강력한 발언인 것이다. 한국인은 이렇게 눈이나 귀가 입보다 말을 많이 한다.

▶ '통찰로 하는 의사소통'이 '말로 하는 의사소통'보다 더 나은 점은 무엇인가?

예절과 법도를 강조한 유교문화의 엄격한 남녀 구분과 위계질서 속에서 오랜 시간 살아온 한국인들은 직설적인 의사 및 요구 표현에 익숙하지 못할 뿐 아니라 그런 방식은 상대방을 당황스럽게 하는 것으로 여기는 경향이 강하다. 그러한 이유 때문에 '이심전심(以心傳心), 심신상인(心心相印), 불립문자(不立文字)' 등 말이나 글이 없어도 마음과 마음으로 생각이 통하는 경우를 뜻하는 표현들이 이렇게 풍부한 것인지도 모르겠다. 말이 상당히 껄끄러운 사회에서는 눈빛, 표정, 몸짓, 발짓, 손짓만 혹은 헛기침만으로도 상대방의 마음을 알아차리는 기술이 발달될 수밖에 없다.

이러한 통찰력은 직접적으로 표현할 경우 자칫 딱딱해지기 쉬운 관계에서 아주 유용하게 사용된다. 특히 '온정'을 중시하는 우리나라 사람들의 정서에서 직접적인 표현은 오히려 오해를 불러일으키고 상대에 대해 악감정을 품게 할 경우가 많다. 상대의 속마음을 읽은 후 알아서 대처하는 '통찰의 의사소통'이 우리나라에서는 실제로 돈독한 관계를 만드는 데에 더욱 기여하고 있고, 감정이 상함으로 인해 생기는 마찰을 더욱 줄여주고 있다. 사람의 감정이 관계와 일에 미치는 영향은 참으로 크다. '말로 하는 의사소통'이 아무리 옳고 합당하며 이성적인 방식이라 하더라도 그것이 일반적인 정서에 거부감을 일으켜 감정을 상하게 하는 것이라면 부작용이 더 많을 것이다.

▶ '말로 하는 의사소통'이 '통찰로 하는 의사소통'보다 더 나은 점은 무엇인가?

사람이 눈치나 말투, 몸짓으로 상대의 의중을 알아차릴 수 있는 데에는 한계가 있다. 게다가 사람이 독심술사가 아닌 한 언제나 한결 같이 상대의 뜻을 온전하고 틀림없이 알아차릴 수는 없는 노릇이다. 또한 내가 읽은 상대의 마음이라는 것도 내 기준과 판단 범위에서 헤아린 것으로 상대의 오해를 살 수 있는 여지가 얼마든지 있다. 이럴 경우 상대방을 배려해서 눈치껏 처신한 나의 행동도 사실은 상대방에게 이익이 되지 않는다. 상대방 역시 내 행동이 자신의 상황과 맞지 않는다는 사실을 표현하지 못함으로 인해 두 사람의 관계에는 오해만 쌓여갈 뿐이다. 눈치로 하는 의사소통의 또 한 가지 문제점은 모든 사람이 한결같은 능력으로 민감하게 상대방의 의중을 감지할 수 없다는 점이다. 다소 감각이 둔한 사람은 고의가 아님에도 재빨리 알아차리지 못할 뿐인 이유로 늘 상대를 불쾌하게 만들 수 있다. 그럴 바엔 차라리 직접 말로 요구하는 곤혹스러움을 감수하는 편이 더 나을 것이다. 적어도 나중에 뒤탈이 생기거나 오해로 생기게 될 가슴앓이는 없을 것이니 말이다.

■ 작품 정리

- **성격** | 사색적, 설명적, 분석적, 해석적, 주지적.
- **표현상의 특성** | 일상의 사례를 통해 한국인의 대화의 보편적인 특징을 설명하고, 대조와 예시를 통해 논리를 전개하였다.
- **제재** | 한국인의 일상적인 대화.
- **주제** | 몸짓과 눈치에 익숙해야 하는 한국인들의 대화.
- **구성** | 한국인의 일반적인 경향을 제시하는 앞부분과 여러 상황으로 이를 구체화 시키는 뒷부분으로 이루어져 있다.
- **지은이** | 이규태(李圭泰 1933~2006)

무소유

우리 주변의 수많은 물건들은 생활을 편리하게 해주기도 하고 마음을 즐겁게 해주기도 한다. 이렇게 고마운 물건들이 때로는 고민거리가 되기도 한다. 사람이든 물건이든 소유하게 되면 관리를 해주어야 하기 때문이다. 우리가 소유한 것은 우리를 풍요롭게 해주기도 하지만 동시에 우리를 구속하기도 한다.

법정 스님은 수필집 〈무소유〉에서 소유하지 않음으로써 자유인이 되라고 말한다. 스님은 어떤 스님이 자신의 방으로 보내준 난초를 정성스레 길렀다.

혼자 사는 거처라 살아 있는 생물이라고는 나하고 그 애들뿐이었다. 그 애들을 위해 관계 서적을 구해다 읽었고, 그 애들의 건강을 위해 하이포넥스인가 하는 비료를 구해오기도 했었다. 여름철이면 서늘한 그늘을 찾아 자리를 옮겨 주어야 했고, 겨울에는 그 애들을 위해 실내 온도를 내리곤 했다. 이렇듯 애지중지 가꾼 보람으로 이른 봄이면 은은한 향기와 함께 연둣빛 꽃을 피워 나를 설레게 했고, 잎은 초승달처럼 항시 청청했었다.

지난해 여름 장마가 갠 어느 날 봉선사로 운허노사를 뵈러 간 일이 있었다. 한낮이 되자 장마에 갇혔던 햇빛이 눈부시게 쏟아져 내리고 앞 개울물 소리에 어울려 숲 속에서는 매미들이 있는 대로 목청을 돋우었다. 아차! 이때서야 문득 생각이 난 것이다. 난초를 뜰에 내놓은 채 온 것이다. 모처럼 보인 찬란한 햇빛이 돌연 원망스러워졌다. 뜨거운 햇볕에 늘어져 있을 난초 잎이 눈에 아른거려 더 지체할 수가 없었다. 허둥지둥 그 길로 돌아왔다. 아니나 다를까. 잎은 축 늘어져 있었다. 안타까워하며 샘물을 길어다 축여 주고 했더니 겨우 고개를 들었다. 하지만 어딘지 생생한 기운이 빠져나간 것 같았다.

　나는 이때 온몸으로 그리고 마음속으로 절절히 느끼게 되었다. 집착이 괴로움인 것을. 그렇다. 나는 난초에게 너무 집념한 것이다. 이 집착에서 벗어나야겠다고 결심했다. 난을 가꾸면서는 산철에도 나그네 길을 떠나지 못한 채 꼼짝을 못 했다.

　난초 기르기에 관한 글의 일부이다. 스님은 난초처럼 말이 없는 친구가 놀러 왔기에 선뜻 그의 품에 분을 안겨주었다고 한다. 그때의 기분을 스님은 "날아갈 듯 홀가분한 해방감"이라고 표현했다. 난을 통해 무소유의 의미 같은 것을 터득했다고 했다.

　아름답고 청초한 난초조차 우리의 자유를 구속한다면, 다른 물건들은 말할 것도 없을 것이다. 그런데 한 가지 의문이 든다. 스님은 무소유를 실천했지만 난초를 선물 받은 사람은 또 다른 소유의 길에 접어들게 된다는 것이다.

　난초에 대한 스님의 집착은 난초에 대한 애정을 의미한다. 스님은 난초를 애지중지했기 때문에 자신보다 난초를 더 잘 가꿀 수 있는 사람에게 난초를 맡겼을 것이다. 난초를 선물 받은 사람이 난초를 정말 좋아한다면, 그래서 사랑에 따른 책임감을 느끼게 된다면 그는 난초를 기르면서도 자유인이 될 수 있다. 난초가 스님을 설레게 해주었듯이 난초가 그를 행복하게 해줄 수 있기 때문이다.

　무소유는 소유를 전제로 하기에, 무소유에 대한 집착은 소유에 대한 집착의 또 다른 이면이다. 무소유는 '소유하지 않은 상태를 소유하는 것'이라고 말한다면 지나친 역설일까.

　법회에 모인 신도의 수에 대해 고민하는 것도, 자신의 생각과 글을 가두어 두는 것도 소유에 대한 집착으로 볼 수 있을 것이다. 재산적 가치만이 소유의 범주에 드는 것은 아니다. 무소유는 소유의 또 다른 이름이다. 무소유와 소유는 어떤 의미에서는 반대말이 아니라 동의어다. 우리에게 정작 필요한 점은 훌륭한 생각에 경사되는 것이 아니라 반듯한 생각을 세우는 것이다. 우리는 실천할 수 없는 무소유가 아닌 실천 가능한 소유에 대해 천착해야 한다. 바오바브 나무가 장미를 먹어치우는지, 햇빛이 난초를 말라 죽이는지에 대해 고민해야 한다. 장미가 죽으면, 난초가 죽으면 세상이 어떻게 달라지는지에 대해 고민해야 한다.

　만약 두 권의 책을 고르라면 〈화엄경〉과 〈어린왕자〉를 고르겠다는 스님은 '영혼의 모음—어린왕자에게 보내는 편지'에서 길들인다는 것의 의미를 어린왕자의 장미에 빗대어 이렇게 말한다.

　"길들인다는 뜻을 알아차린 어린 왕자, 너는 네가 그 장미꽃을 위해 보낸 시간 때문에 네 장미꽃이 그토록 소중하게 된 것이라고 했다. ……자기를 길들인 것에 대해서는 영원히 자기가 책임을 지게 되는 거라고 했다."

　여우는 어린왕자에게 장미의 비유를 들며 길들인다는 것의 의미를 가르쳐준다.

　'혼자 있는 나의 꽃은 수천수만의 다른 장미 모두를 합친 것보다 훨씬 더 소중해. 그건 내가 물을 준 꽃이니까. 내가 고깔을 씌워주고 병풍으로 바람을 막아 준 꽃이니까. 내가 벌레를 잡아 준 것은 그 장미꽃이었으니까. 내 꽃이 불평했거나 자랑했을 때도, 심지어 아무것도 말하지 않았을 때도 귀를 기울였지. 그건 내 장미꽃이니까.'

　여기서 장미는 난초의 또 다른 이름이다.

법정 스님의 수필 '무소유'는 비록 읽어보지 않은 사람이라도 그 제목은 들어서 알고 있을 정도로 널리 알려져 있다. 일단 그런 의미에서 한국 대표 수필에 포함돼야 하나 게재가 허락되지 않아 '무소유'에 대한 엮은이의 글 ('성공과 행복을 부르는 좋은 습관 50가지'에 수록)로 대신한다.

▶ 법정스님의 무소유는 어떤 의미를 지니고 있는가? 또한 생활 속에서 진
  정한 무소유는 무엇인지 비판적 관점에서 생각해보자.

　　오늘날 부처님이 우리와 함께 산다면 집도, 차도, 핸드폰도, 이메일
도 없이 지내게 될까? 이 수필에서 말하는 무소유란 생활 속에서 필요
한 이 모든 생필품들을 무조건 버리라는 의미는 아닐 것이다. 다 버려
야 한다면 우리의 육체도 결국 버려야 하는 것 아닌가. 무소유란 과도
한 집착과 욕심에서 벗어나야 한다는 뜻으로 받아들여야 한다. 그런
데 무소유마저도 그 자체에 과도하게 집착한다면 자칫 균형에서 벗어
나 자기모순에 빠지기 쉽다. 부처님의 말씀대로 쾌락과 고행을 떠나
중도를 찾아야 하듯, 소유와 무소유를 떠난 중도를 생활 속에서 실천
하는 것이 필요한 것이다.

　　스님은 난초처럼 말이 없는 친구에게 난초를 주고 나서 날 듯 홀가
분한 해방감을 느꼈다고 했다. 난초처럼 말이 없는 친구는 난초를 소
유하고, 스님은 무소유하게 된 것이다. 하지만 한편으로 무소유는 소
유를 전제로 하기에, 무소유에 대한 집착은 소유에 대한 집착의 또 다
른 이면이다.

　　난초의 집착에서 벗어난 스님이 이런 말씀을 하신 적이 있다. "부산
앞바다 물은 부산 앞바다에서 놀고, 태평양 물은 대평양에서 놀지. 사
람이 만나는 데도 다 이런 연유가 있는 거야." 부산 바다의 물과 태평
양의 물은 서로 나눌 수 없듯이 소유와 무소유도 나눌 수 있는 성격의
것이 아니다. 태평양 물과 부산 앞바다 물을 구분하는 것은 '까마귀
노는 곳에 백로야 가지 마라'는 말과 다르지 않다. 중생 구제의 원을
세운 스님은 현실을 바라보는 눈과 함께 포용하는 힘도 지니고 계실
것이다. 부산 앞바다 물도 결국은 태평양 물이다.

　　應無所住 而生其心(응무소주 이생기심)

머무는 바 없는 것을 바라보며 그 마음이 생긴다(무소유를 바라보며 마음이 생긴다).

　－머무는 것이 어디에 있다고 머물지 말라 하며, 마음이 어디에 있다고 마음을 내라 하는가.

▶ 법정스님의 난초와 〈어린왕자〉의 장미를 비교해보자.

　작은 별에서 장미 한 송이와 단둘이 살던 어린왕자는 장미가 까다롭게 구는 바람에 장미 곁을 떠나 혼자 우주 여행길에 나선다. 어린왕자는 자신이 버린 그 장미야말로 책임져야 할 존재라는 사실을 깨달은 후 몸은 사막에 버려둔 채 영혼만 다시 자신이 살던 별로 돌아간다. 자기가 길들인 것에는 영원히 책임이 있다는 '관계의 법칙'을 깨달은 것이다.

　법정 스님에게 난초는 '어린왕자의 장미'와 같은 존재다. 스님은 난초를 위해 관계서적을 구해다 읽고, 비료를 주는가 하면 서늘한 그늘과 적정한 실내온도를 제공한다. 어린왕자가 장미에게 물을 주고 햇볕을 가리기 위해 고깔을 씌워주었듯이 말이다. 스님은 난초를, 어린왕자는 장미를 길들인 것이다. 그런데 스님은 그 소유를 집착으로 여겨 남에게 주어버렸지만, 어린왕자는 자신이 길들인 것에 책임감을 느껴 장미에게로 다시 돌아간다. 스님이 난초로부터의 해방을 즐거워하면서 동시에 장미에 대한 책임감을 강조하는 대목에서는 다소 모순되는 사유체계가 엿보인다. 문제는 집착하지 않으면서도 책임을 피하지 않는 접점을 찾는 것이지만 난초를 남에게 주어버리는 것으로 문제에서 벗어나려는 해결방식은 무소유에 또 다른 의문을 갖게 한다.

　어린왕자에게 "너는 자기를 길들인 것에 대해서는 영원히 자기가 책임을 지게 되는 것"이라고 말하며 스님은 감탄한다. 그러나 스님은 괴로워한다. "집착이 괴로움인 것을. 이 집착에서 벗어나야겠다. 나는 난초에게 너무 집념한 것이다."

■ 작품 정리

- **성격** | 교훈적, 사색적, 체험적.
- **표현** | 자신의 체험을 고백적 말하기를 통해 서술하고 있다.
- **제재** | 난을 키우면서 겪게 된 일.
- **주제** | 진정한 자유와 무소유의 의미.
- **구성** | 간디의 무소유 정신, 난에 대한 집착의 체험, 무소유의 원리를 깨달은 세 부분으로 구성되어 있다.
- **지은이** | 법정(法頂, 1932~)

꼴찌에게 보내는 갈채

박완서

신나는 일 좀 있었으면

가끔 별난 충동을 느낄 때가 있다. 목청껏 소리를 지르고 손뼉을 치고 싶은 충동 같은 것 말이다. 마음속 깊이 잠재한 환호(歡呼)에의 갈망 같은 게 이런 충동을 느끼게 하는지도 모르겠다.

그러나 요샌 좀처럼 이런 갈망을 풀 기회가 없다. 환호가 아니라도 좋으니 속이 후련하게 박장대소라도 할 기회나마 거의 없다.

의례적인 미소 아니면 조소 · 냉소 · 고소가 고작이다. 이러다가 얼굴 모양까지 얄궂게 일그러질 것 같아 겁이 난다.

환호하고픈 갈망을 가장 속 시원하게 풀 수 있는 기회는 뭐니 뭐니 해도 잘 싸우는 운동 경기를 볼 때가 아닌가 싶다. 특히 국제 경기에서 우리 편이 이기는 걸 텔레비전을 통해서나마 볼 때면 그렇게 신이 날 수가 없다.

그러나 곰곰이 생각해 보니 그런 일로 신이 나서 마음껏 환성을 지를 수 있었던 기억이 아득하다. 아마 박신자(朴信子 1960년대 한국 농구를 세계 정상에 올려놓는 데 주역을 담당했던 여자 농구인. '백 년에 한 사람 있을까말까 한 농구 천재' 라는 찬사를 받았다. 1999년 미국의 여자 농구 명예의 전당에 헌액되었다) 선수가 한창 스타 플레이어였을 적, 여자 농구를 보면 그렇게 신이 났고, 그렇게 즐거웠고, 다 보고 나선 그렇게 속이 후련했던 것 같다.

요즈음은 내가 그 방면에 무관심해져서 모르고 있는지는 모르지만 그때처럼 우리를 흥분시키고 자랑스럽게 해주는 국제 경기도 없는 것 같다.

지는 것까지는 또 좋은데 지고 나서 구정물 같은 후문(後聞)에 귀를 적셔야 하는 고역까지 겪다 보면 운동 경기에 대한 순수한 애정마저 식게 된다.

이렇게 점점 파인 플레이가 귀해지는 건 비단 운동 경기 분야뿐일까. 사람이 살면서 부딪치는 타인과의 각종 경쟁, 심지어는 의견의 차이에서 오는 사소한 언쟁에서까지 그 다툼의 당당함, 깨끗함, 아름다움이 점점 사라져 가는 느낌이다.

그래서 아무리 눈에 불을 밝히고 찾아도 내부에 가둔 환호와 갈채(喝采)에의 충동을 발산할 고장을 못 찾는지도 모르겠다.

뭐 마라톤?

요전에 시내에 나갔다가 집으로 돌아올 때의 일이다. 집을 다 와서 버스가 정류장 못 미쳐 서서 도무지 움직이지를 않았다. 고장인가 했더니 그게 아닌 모양이었다. 앞에도 여러 대의 버스가 밀려 있었고 버스뿐 아니라 모든 차량이 땅에 붙어 버린 듯이 꼼짝을 못 하고 있었다.

나는 그날 아침부터 꽤히 걷잡을 수 없이 우울해 있었다. 그래서 버스가 정거장도 아닌데 서 있다는 사실을 참을 수가 없었다.

"언제까지 이러고 있을 거요?"

나는 부끄럽게도 안내양에게 짜증을 부렸다. 마치 이 보잘것없는 소녀의 심술에 의해서 이 거리의 온갖 차량이 땅에 붙어 버리기라도 했다는 듯이. 그러나 안내양은 탓하지 않고 시들하게 말했다.

"아마 마라톤이 끝날 때까진 못 가려나 봐요."

"뭐 마라톤?"

그러니까 저 앞 고대에서 신설동으로 나오는 삼거리쯤에서 교통이 차단된 모양이고 그 삼거리를 마라톤의 선두 주자가 달려오리라. 마라톤의 선두 주자! 생각만 해도 우울하게 죽어 있던 내 온몸의 세포가 진저리를 치면서 생생하게 살아나는 것 같았다. 나는 그 선두 주자를 꼭 보고 싶었다. 아니, 꼭 봐야만 했다.

나는 차비를 내고 나서 내려 달라고 했다. 안내양이 정류장이 아니기 때문에 안 된다고 했다. 나는 마음이 급한 김에 어느 틈에 안내양에게 시비를 걸고 있었다.

"정류장이 아니기 때문에 못 내려 주겠다구? 그럼 정류장도 아닌데 왜 섰니? 응 왜 섰어?"

"이 아주머니가, 정말……."

안내양은 나를 험상궂게 쨰려보더니 휙 돌아서서 바깥을 내다보며 상대도 안 했다.

그래도 나는 선두로 달려오는 마라토너를 보고 싶다는 갈망을 단념할 수가 없었다. 나는 짐짓 발을 동동 구르며 안내양의 어깨를 쳤다.

"아가씨, 내가 화장실이 급해서 그러니 잠깐만 문을 열어 줘요, 응."

"아주머니도 진작 그러시지, 신경질 먼저 부리면 어떡해요."

안내양은 마음씨 좋은 여자였다. 문을 빠끔히 열고 먼저 자기 고개를 내밀어 이쪽저쪽을 휘휘 살피더니 재빨리 내 등을 길바닥으로 떠다밀어 주었다.

일등 주자(走者)를 기다리는 마음

나는 치마를 펄럭이며 삼거리 쪽으로 달렸다. 삼거리엔 인파가 겹겹이 진을 치고 있으리라. 그 인파는 저만치서 그 모습을 드러낸 선두 주자를 향해 폭죽 같은 환호를 터뜨리리라.

아아, 신나라. 오늘 나는 얼마나 재수가 좋은가. 오랫동안 가두었던 환호를 터뜨릴 수 있으니. 군중의 환호, 자기 개인적인 이해관계와 전혀 상관없는 환호, 그 자체의 파열인 군중의 환호에 귀청을 떨 수 있으니.

잘하면 나는 겹겹의 군중을 뚫고 그 맨 앞으로 나설 수도 있으리라. 그러면 제일 큰 환성을 지르고 제일 큰 박수를 쳐야지, 나는 삼거리 쪽으로 달음질치며 나의 내부에서 거대한 환호가 삼거리까지 갈 동안 미처 못 참고 웅성웅성 아우성을 치고 있는 것처럼 느꼈다.

그러나 숨을 헐떡이며 당도한 삼거리에 군중은 없었다.

할 일이 없어 여기 이렇게 빈둥거리고 있을 뿐이라는 듯 곧 하품이라도 할 것 같은 남자가 여남은 명, 그리고 장난꾸러기 아녀석들이 대여섯 명 몰려 있을 뿐이었고 아무 데서고 마라토너가 나타나기 직전의 흥분은 엿보이지 않았다.

그러나 여전히 호루라기를 입에 문 순경은 차량의 통행을 금하고 있었다. 세 갈래 길에서 밀리고 밀린 채 기다리다 지친 차량들이 짜증스러운 듯이 부릉부릉 이상한 소리를 내며 바퀴를 조금씩 들먹이는 게 곧 삼거리의 중심을 향해 맹렬히 돌진할 것처럼 보이고 그럴 때마다 순경은 날카롭게 호루라기를 불어댔다. 그때 나는 내가 전혀 예기치 않던 방향에서 쏟아지는 환호 소리를 들었다. 그것은 내 뒤쪽 조그만 라디오방 스피커에서 나는 환호 소리였다.

선두 주자가 드디어 결승점 전방 십 미터, 오 미터, 사 미터, 삼 미터, 골인! 하는 아나운서의 숨 막히는 소리가 들리고 군중의 우레와 같은 환호성이 들렸다.

비로소 일등을 한 마라토너는 이미 이 삼거리를 지난 지가 오래라는 걸 알 수 있었다. 이 삼거리에서 골인 지점까지는 몇 킬로미터나 되는지 자세히는 몰라도 상당한 거리다. 그런데도 아직까지 통행이 금지된 걸 보면 후속 주자들이 남은 모양이다. 꼴찌에 가까운 주자들이.

그러자 나는 그만 맥이 빠졌다. 나는 영광의 승리자의 얼굴을 보고 싶었던 것이지 비참한 꼴찌의 얼굴을 보고 싶었던 건 아니었다.

또 차들이 부르릉대며 들먹이기 시작했다. 차들도 기다리기가 지루해서 짜증을 내고 있었다. 다시 날카로운 호루라기 소리가 들리고 저만치서 푸른 유니폼을 입은 마라토너가 나타났다.

삼거리를 지켜보고 있던 여남은 구경꾼조차 라디오방으로 몰려 우승자의 골인 광경, 세운 기록 등에 귀를 기울이느라 아무도 그에게 관심을 갖지 않았다. 나도 무감동하게 푸른 유니폼이 가까이 오는 것을 바라보면서 저 사람은 몇 등쯤일까, 이십 등? 삼십 등? …… 저 사람이 세운 기록도 누가 자세히 기록이나 해줄까? 대강 이런 생각을 했다. 그리고 그 이십 등, 아니면 삼십 등의 선수가 조금쯤 우습고, 조금쯤 불쌍하다고 생각했다.

푸른 마라토너는 점점 더 나와 가까워졌다. 드디어 나는 그의 표정을 볼 수 있었다.

꼴찌 주자(走者)의 위대성

나는 그런 표정을 생전 처음 보는 것처럼 느꼈다. 여태껏 그렇게 정직하게 고통스러운 얼굴을, 그렇게 정직하게 고독한 얼굴을 본 적이 없다. 가슴이 뭉클하더니 심하게 두근거렸다. 그는 이십 등, 삼십 등을 초월해서 위대해 보였다. 지금 모든 환호와 영광은 우승자에게 있고 그는 환호 없이 달릴 수 있기에 위대해 보였다.

나는 그를 위해 뭔가 하지 않으면 안 된다고 생각했다. 왜냐하면 내가 좀 전에 그 이십 등, 삼십 등을 우습고 불쌍하다고 생각했던 것처럼 그도 자기의 이십 등, 삼십 등을 우습고 불쌍하다고 생각하면서 엣다 모르겠다 하고 그 자리에 주저앉아 버리면 어쩌나, 그래서 내가 그걸 보게 되면 어쩌나 싶어서였다.

어떡하든 그가 그의 이십 등, 삼십 등을 우습고 불쌍하다고 느끼지 말아야지 느끼기만 하면 그는 당장 주저앉게 돼 있었다. 그는 지금 그가 괴롭고 고독하지만 위대하다는 걸 알아야 했다.

나는 용감하게 인도에서 차도로 뛰어내리며 그를 향해 열렬한 박수를 보내며 환성을 질렀다. 나는 그가 주저앉는 걸 보면 안 되었다. 나는 그가 주저앉는 걸 봄으로써 내가 주저앉고 말 듯한 어떤 미신적인 연대감마저 느끼며 실로 열렬하고도 우렁찬 환영을 했다.

내 고독한 환호에 딴 사람들도 합세를 해주었다. 푸른 마라토너 뒤에도 또 그 뒤에도 주자는 잇따랐다. 꼴찌 주자까지를 그렇게 열렬하게 성원하고 나니 손바닥이 붉게 부풀어 올라 있었다.

그러나 뜻밖에 장소에서 환호하고픈 오랜 갈망을 마음껏 풀 수 있었던 내 몸은 날듯이 가벼웠다.

그 전까지만 해도 나는 마라톤이란 매력 없는 우직한 스포츠라고밖에 생각 안 했었다. 그러나 앞으론 그것을 좀 더 좋아하게 될 것 같다. 그것은 조금도 속임수가 용납 안 되는 정직한 운동이기 때문에. 또 끝까지 달려서 골인한 꼴찌 주자도 좋아하게 될 것 같다. 그 무서운 고통과 고독을 이긴 의지력 때문에.

나는 아직 그 무서운 고통과 고독의 참 맛을 알고 있지 못하다.

왜 그들이 그들의 체력으로 할 수 있는 하고많은 일들 중에서 그 일을 택했을까 의아스럽기까지 하다.

그러나 그날 내가 이십 등, 삼십 등에서 꼴찌 주자에게까지 보낸 열심스러운 박수갈채는 몇 년 전 박신자 선수한테 보낸 환호만큼이나 신나는 것이었고, 더 깊이 감동스러운 것이었고, 더 육친애적(肉親愛的 부모 자식·형제로서 느끼는 것과 같은 애정)인 것이었고, 전혀 새로운 희열을 동반한 것이었다.

▶ 일반적으로 '1등에게 보내는 갈채'와 '꼴찌에게 보내는 갈채'는 어떤 차
이가 있는가?

　1등에게 보내는 갈채는 영광스런 승리에 대한 찬사이고 꼴찌에게
보내는 갈채는 남들이 알아주지 않는 가운데 묵묵히 자신의 길을 가
는 정직성과 성실성에 대한 감동의 표현이다. 이 수필에는 모두가 앞
서가는 이에게만 환호하는 세상에서 꼴찌의 고통과 고독을 이해하고
그에게 박수갈채를 보내는 작가의 따뜻한 마음이 담겨 있다. 1등과 꼴
찌를 구분하여 등위를 가려야 하는 마라톤이기에 당연히 선두권 선수
는 스포트라이트를 받고 하위권 선수는 관심조차 받지 못하지만 지은
이에게는 환호 없이 달릴 수 있는 꼴찌 주자가 더욱 위대해 보였다.
진정한 스포츠 정신이 꼭 승리에만 있지는 않을 것이다. 그 승리로 인
해 받는 찬사와 영광에 있는 것도 아니다. 홀로 무서운 고통과 고독을
이겨내어 끝까지 자신만의 사명을 완수해 내는 의지를 지녔다면 그는
진정한 승리자인 것이다.

▶ 지은이는 자신이 꼴찌에게 더 '육친애적인' 갈채를 보내는 모습을 통해
요즘의 어떤 세태를 꼬집고 있는가?

　물질만능주의, 성취지상주의로 오늘날에는 오직 1등을 향해 내달
리는 풍조가 만연되어 있다. 그러나 누구나 1등이 될 수는 없다. 우리
는 1등도 될 수 있지만 꼴찌가 될 수도 있다. 가까운 우리 주변 사람
도 마찬가지다. 모두가 잘할 수도 없거니와 잘한다 하더라도 차이가
나게 마련이고 그 결과로서만 판단한다면 과정 중에 기울인 노력은
의미가 없어지게 된다. 마라톤 꼴찌 주자들이 1등을 목표로 했다면
이미 1등의 희망이 사라진 중도에서 그들은 포기하고 말았을 것이다.
그런데 이상하게도 그렇게 포기하기보다는 꼴찌로 들어올지언정 끝
까지 완주를 해내는 모습 속에서 사람들은 더욱 감동을 받고 더욱 격

려하고 싶어진다. 우리들이 진정으로 가치 있게 여기는 것은 1등이 아니라 그런 자세가 아닌가 싶다. 성과와 순위가 아닌 땀을 흘리고 자신이 가진 능력을 아낌없이 발휘한 그 과정의 수고가 더욱 높이 평가받는 사회가 되길 바라는 마음이 지은이가 손이 붉도록 응원한 이유일 것이다.

■ 작품 정리

- **성격** | 주정적, 추보적, 교훈적, 예찬적.
- **표현** | 문장의 호흡을 적절히 조절하여 기승전결의 소설 형식으로 표현하였다.
- **제재** | 마라톤의 꼴찌 주자.
- **주제** | 관중의 환호가 없어도 끝까지 뛰는 꼴찌 주자에게 보내는 갈채.
- **구성** | 마라톤을 구경하기 전의 별난 충동과 마라톤을 보고서 갖게 된 새로운 생각들을 크게 네 부분으로 나누어 전개하고 있다.
- **지은이** | 박완서(朴宛緒, 1931~)

행복의 메타포

안병욱

1. 앉은뱅이꽃(제비꽃, 채송화, 민들레꽃의 방언)의 노래

괴테(1749~1832 독일의 작가)의 시 가운데 '앉은뱅이꽃의 노래'라는 시가 있다. 어느 날, 들에 핀 한 떨기의 조그만 앉은뱅이꽃이 양의 젖을 짜는 순진무구한 시골 처녀의 발에 짓밟혀서 시들어 버리고 만다. 그러나 앉은뱅이꽃은 조금도 그것을 서러워하지 않는다. 추잡하고 못된 사내의 손에 무참히 꺾이지 않고 밝고 깨끗한 처녀에게 밟혔기 때문에 꽃으로 태어났던 보람이 있었다는 것이다.

나는 이 시의 상징을 좋아한다. 들에 핀 조그만 꽃 한 송이에도 꽃으로서의 보람, 생명으로 태어났던 보람이 있다는 것이다. 우리는 보람 있는 생을 원한다. 누구나 보람 있는 사람이 되고 싶고, 보람 있는 일을 하다 보람 있는 일생을 마치고 싶어 한다. 우리 인생의 희열과 행복을 주는 것은 진실로 보람이다.

화가가 아름다운 그림을 그리려고 캔버스 앞에 설 때, 작곡가가 좋은 노래를 지으려고 전심 몰두할 때, 어머니가 자식의 성공과 장래를 위해서 밤낮으로 수고할 때, 아내가 남편을 위하여 큰 일, 작은 일에 정성된 노력을 기울일 때, 우리는 삶의 보람을 느낀다. 생의 보람을 느끼기 때문에 고생이 고생으로 느껴지지 않고 기쁨으로 변한다. 인간의 생(生)에 빛과 기쁨을 주는 것은 곧 보람이다. 보람이 크면 클수록 우리의 기쁨도 크다.

자기의 생에 보람을 못 느낄 때, 허무의 감정과 공허의 의식이 우리의 마음을 사로잡는다. 내가 하는 일이 보람 있는 일이라고 생각할 때 우리는 절대로 인생의 허무주의자가 될 수 없다. 생활에 대해서 회의의 어두운 그림자가 생기지 않는다.

행복은 만인의 원(願)이다. 행복에의 의지는 인간의 가장 근본적인 의지이다. 이것은 이론이 아니고 인생의 사실이다. 행복한 생을 원하거든 먼저 생의 보람을 찾아야 한다. 보람 있는 생을 살 때, 꽃의 향기가 짝하듯이 행복이 저절로 따른다.

나는 행복에 관해서 생각할 때마다 위대한 철학자 칸트(독일의 철학자)의 말을 언제나 연상한다. 칸트에 의하면 행복한 것도 물론 중요하지만, 그보다 더 중요한 것은 행복을 누리기에 합당한 사람이 되는 것이다. 행복을 직접 목적으로 삼지 말고 행복을 누릴 만한 자격이 있는 행동을 하고, 또 그런 인간이 되라는 것이다. 우리는 착한 사람이 행복하고 악한 사람이 불행한 것을 볼 때 그것이 당연한 인생의 질서라고 생각한다. 그러나 그와 반대로, 악한 사람이 행복하고 착한 사람이 불행한 것을 볼 때, 그것은 인생의 부당한 질서라고 생각한다. 어딘지 못마땅하게 느껴진다.

이것이 인간의 자연스러운 양심(良心)의 요구다. 착한 사람이 행복을 누리는 것이 인생의 자연이요, 또 필연이라고 우리는 생각한다. 우리는 그것을 믿기 때문에 이 세상에 대해서 또 인생에 대해서 정을 붙이고 살아가는 것이요, 또 살아갈 수 있는 것이다. 만일 악한 사람이 행복을 누리고 착한 사람이 불행해야 한다고 하면, 우리는 그런 세상에서 살기를 원하지 않는다. 그것이야말로 지옥의 질서다. 저주 받은 사회다. 그것은 인간의 사회가 아니고 악마의 나라다. 우리는 의식하건 안 하건 인생과 세계의 도덕적 질서를 굳게 믿고 살아가는 것이다.

행복이란 단어는 인생의 사전에서 가장 큰 캐피털 레터(Capital

Letter ^{가장 중요한 단어, 즉 가장 핵심적인 문제' 라는 뜻})로 쓰인 말이다. 우리의 대화에 항상 오르내리고 우리의 생활에서 제일 중요한 위치와 무게와 의미를 차지하는 단어다. 행복은 인생의 알파(α)요, 오메가(Ω)(^{'알파'는 그리스어의 첫째 자모, '오메가'는 마지막 자모로서 처음과 끝, 즉 전체를 의미함})이다.

서양 신화에 의하면 행복의 여신(女神)은 짓궂은 여신이다. 쫓아가면 도망한다. 냉정한 태도로 멀리하면 유혹하려고 든다. 단념하면 배후에서 사람을 조롱한다는 것이다. 행복의 여신은 이렇듯 다루기 어렵다는 것이다. 행복의 여신은 쫓기에도 안 되었고, 안 쫓기에도 안 되었다. 쫓으면 달아나고, 안 쫓으면 유혹하고, 단념하면 조롱한다.

너무 행복에 대해서 관심을 갖지 않는 편이 좋다. 행복에 개의치 않고 보람 있는 인생을 살려고 애쓰고, 또 인생의 보람을 위해서 정성스럽게 일하노라면 뜻밖에도 행복의 여신이 아름다운 미소를 지으면서 우리를 찾아올 것이다. 행복의 길은 행복에 해당하는 행동을 하는 것이요, 행복을 누릴 자격이 있는 사람이 되려고 애쓰는 일이다. 인생의 보람을 위해서 살고, 보람 있는 인생을 사는 것이다. 보람, 이것이 행복의 중요한 열쇠가 아닐까.

2. 세 사람의 석공

20여 년 전에 배운 중학교 영어 교과서 삽화(揷話) 하나가 생각난다. 어떤 교회를 짓는데, 세 사람의 석공이 와서 날마다 대리석을 조각한다. 무엇 때문에 이 일을 하느냐고 물은즉, 세 사람의 대답이 각각 다르다.

첫째 사람은 험상궂은 얼굴에 불평불만이 가득한 어조로,

"죽지 못해서 이놈의 일을 하오."

하고 대답한다.

둘째 사람은 담담한 어조로 이렇게 말한다.

"돈 벌려고 이 일을 하오."

그는 첫째 사람처럼 자기가 하는 일에 대해서 불평을 갖지 않는다. 그렇다고 별로 행복감과 보람을 느끼는 것도 아니다.

셋째 사람은 평화로운 표정으로 만족스러운 대답을 한다.

"신의 영광을 드러내기 위해서 이 대리석을 조각하오."

그는 자기가 하는 일에 보람과 행복을 느끼는 사람이다.

이 삽화의 상징적 의미는 설명할 필요조차 없다. 사람은 저마다 저 다운 마음의 안경을 쓰고 인생을 바라본다. 그 안경의 빛깔이 검고 흐린 사람도 있고, 맑고 깨끗한 사람도 있다. 검은 안경을 쓰고 인생을 바라보느냐? 푸른 안경을 통해서 인생을 내다보느냐? 그것은 마음에 달린 문제다. 불평의 안경을 쓰고 인생을 내다보면 보고 듣고 경험하는 것이 모두 불평 투성이요, 감사의 안경을 쓰고 세상을 바라보면 인생에서 축복하고 싶은 것이 한없이 많을 것이다.

똑같은 달을 바라보면서도 바라보는 사람의 마음에 따라서 혹은 슬프게, 혹은 정답게, 혹은 허무하게 느껴진다. 행복의 문제도 마찬가지다. 인간의 육체를 쓰고 사는 정신인 이상, 또 남과 더불어 살아갈 수밖에 없는 사회적 존재인 이상, 누구든지 먹고살기 위한 의식주와 처자와 친구와 명성과 사회적 지위가 필요함은 말할 것도 없다. 돈, 건강, 가정, 명성, 쾌락 등은 행복에 필요한 조건이다. 이런 조건을 떠나서 우리는 결코 행복할 수 없다. 그러나 행복의 조건을 갖추었다고 곧 행복해지는 것은 아니다. 행복하다는 것과 행복의 조건을 갖는다는 것과는 엄연히 구별해야 할 별개의 문제다. 집을 지으려면 돌과 나무와 흙이 필요하지만, 그런 것을 갖추었다고 곧 집이 되는 것이 아님과 마찬가지의 논리다.

행복에 있어서 제일 중요한 것은 스스로 행복하다고 느끼는 것이다. 행복감을 떠나서 행복이 달리 있을 수 없다. 아무리 돈이 많고 명성이 높고 좋은 가정을 갖고 재능이 뛰어나다고 하더라도, 그 사람이 스스로 행복하다고 느끼지 않는다면 어떻게 할 도리가 없는 것이다. 얼마든지 행복할 수 있는 조건을 가지면서도 불행한 사람, 또 그와 반대로 행복할 수 있는 조건은 별로 갖지 못하면서도 사실상 행복한 사람을 우리는 세상에서 가끔 본다. 전자(前者)의 불행은 어디서 유래하며, 후자(後者)의 비밀은 어디에 있을까.

"항산(恒産 살아갈 수 있는 일정한 재산)이 없으면 항심(恒心 언제나 변하지 않고 지니고 있는 마음)이 없다"고 맹자는 말했다. 그러나 맹자는 다시, 선비는 항산이 없어도 항심이 있다고 단언했다. 맹자의 '항산'이란 말을 '행복의 조건'이란 말로 바꾸고, '항심'이란 말을 행복이란 말로 옮겨 놓아도 별로 의미에 큰 차이는 없을 것이다. 행복의 조건을 갖추지 못하면 행복할 수 없다. 그러나 선비는 행복의 조건을 못 갖추어도 행복할 수 있다. 이것이 맹자의 행복의 논리다. 행복의 조건이 행복의 객관적(客觀的) 요소라고 한다면, 행복감은 행복의 주관적(主觀的) 요소다. 행복은 이 두 가지 요소의 종합에 있다.

행복해질 수 있는 충분한 조건을 가지면서도 행복해지지 못하는 비극의 원인은 어디에 있으며, 또 행복해질 만한 조건은 별로 갖추지 못하면서도 행복을 누리는 비결은 무엇일까? 맹자의 표현을 빌려서 말한다면 항산이 없더라도 항심이 있을 수 있음은 어찌된 까닭일까? 그것은 요컨대 마음의 문제다.

"사람은 자신이 결심하는 만큼 행복해질 수 있다"고 링컨은 말했다. 행복이 마음의 문제라고 한다면 마음의 어떠한 문제일까?

3. 밀레의 만종(晩鐘)

나는 어렸을 때부터 밀레(프랑스의 화가)의 그림을 좋아했다. 보리 이삭을 줍는 그림도 좋았고, 씨 뿌리는 그림도 마음에 들었다. 어린 아기를 문턱에 앉히고 엄마가 아가에게 밥술을 떠 넣어 주는데 두 언니가 앞에 앉아서 동생을 귀여운 표정으로 지켜보는 그림은 나의 어린 가슴에 행복의 이미지를 아로새겨 주었다. 어린아이가 팔 벌린 엄마를 향해서 아장아장 걸어가는 그림은 인생의 사랑과 평화를 그대로 표현한 그림 같았다. 양 치는 목자가 들에서도 기도하는 그림은 우리에게 경건을 가르쳐 준다.

미국 보스턴 미술관에서 밀레의 그림을 직접 눈앞에 보았을 때, 어린 시절의 아름다운 이미지가 가슴 속에 그대로 되살아나는 것 같았다. 파리의 루브르 미술관에서 밀레의 '만종(晩鐘)'의 그림 앞에 섰을 때, 나는 인생의 시와 진실에 부딪히는 것 같았다.

밀레는 렘브란트(네덜란드의 화가)나 고흐(네덜란드의 화가), 루벤스(벨기에의 화가)나 세잔느(프랑스의 화가) 같은 대가에 비하면 이류의 화가밖에 안 된다. 그러나 나는 밀레 그림을 좋아한다. 그 소박성이 좋고, 그 진실성이 마음에 든다. 밀레 그림의 테마가 더욱 나의 마음을 사로잡는다.

가난한 농부의 아들로 태어난 밀레는 일생 동안 일하는 농부들을 그의 화제(畵題)로 삼았다. 동리 사람들이 푼푼이 모아 준 노자로 파리에 가서 그림 공부를 하였고, 고향에 돌아와서는 농사를 지으면서 그림을 그렸다.

밀레는 위대한 화가는 결코 아니다. 그러나 밀레의 소박하고 정직한 그림은 우리에게 인생의 시와 진실의 세계를 가르쳐 준다.

반 다이크(네덜란드의 화가)는 밀레의 '만종'을 평하여, "사랑과 노동과 신앙을 그린 인생의 성화(聖畵 미술에서 종교적 사실·전설·인물 등을 제재로 하여 그린 종교화)"라고 했다. 나는 '만종'에서 행복의 메타포(metaphor 수사학(修辭學)에서의 비유적 표현. 은유(隱喩). 암유(暗喩))를 발견한다.

인간은 밥만 먹고 사는 동물은 아니다. 사랑을 먹고 사는 동물이다. 나를 사랑해 주는 자가 필요한 동시에 내가 사랑할 생명이 필요하다. 사랑이 없는 생은 결코 행복한 생이 아니다. 사랑은 행복의 열쇠다. 사랑하는 기쁨과 사랑을 받는 보람을 가질 때 우리는 지상에 인간으로서 태어난 것을 감사하고 싶고 축복하고 싶어진다.

건강해서 일하는 기쁨은 행복에 없지 못할 요소다. 남자는 사업에 살고 여자는 애정에 산다. 일은 우리에게 벗을 주고 건강을 주고 삶의 보람을 준다. 온 정열을 쏟을 수 있는 일을 인생에서 발견한 사람은 세상에 다시없는 행복자다.

행복한 인생을 살려면 하나의 굳건한 믿음이 필요하다. 종교의 신앙도 좋고 사상에 대한 신념도 좋다. 우리의 생을 의지할 든든한 기둥이 필요하다. 생에서 죽음에 이르는 인생의 긴 다리 위에서 우리는 뜻하지 않는 폭풍을 만나는 수도 있고, 불의의 비극을 당하는 경우도 있다. 모든 사람이 저마다 자기의 십자가를 짊어지고 인생을 살아간다. 어떤 이는 가난의 십자가를 짊어지고, 어떤 이는 병의 십자가를 짊어진다. 생의 십자가를 굳건히 짊어지려면 마음의 단단한 준비가 필요하다.

나의 분(分 분수(分數))을 알고 나의 분을 지켜서 인생에 지나친 욕심을 갖지 않은 것이 슬기롭다. 지족(知足 제 분수를 알아 만족할 줄 앎)은 행복에 이르는 지름길의 하나다. 자기의 분에 만족할 줄 모르는 사람은 행복에 담을 쌓는 사람이다.

행복은 감사의 문으로 들어오고 불평의 문으로 나간다. 행복을 원하거든 감사할 줄 아는 마음을 기르고 배워야 한다. 사랑과 노동과 신앙, 인생의 참된 행복은 그런 데 있지 아니할까.

▶ 이 글의 제목에서 '메타포'라는 용어를 쓴 이유를 추리해보자.

　　메타포는 대상 자체를 표현하는 것이 아니라 그것이 지닌 특정한 속성을 표현하는 비유법이다. 따라서 대상에 대한 주관적이고 정서적인 의미가 드러난다. 지은이는 행복이 현실에 대한 주관적 관점에 따라 결정된다고 생각하였다. 즉 어떤 삶을 살더라도 그 속에서 보람을 찾는다면 행복한 삶을 누릴 수 있다는 것이다. 행복과 메타포의 공통점은 주관적 속성을 지녔다는 것이다. '행복의 메타포'란 제목에는 행복의 주관적 속성의 의미를 부각시키기 위한 의도가 깔려 있다.

▶ 세 개의 소제목으로 나누어 놓은 것은 어떤 효과를 얻기 위함인가?

　　세 가지 이야기는 단순히 독립된 내용으로 나열된 것이 아니라 해답을 구하기 위한 작자의 사색의 과정이 단계적으로 나타나 있는 것이다. 먼저 행복의 의미에 대해 생각하고, 진정한 행복의 조건을 제시하며, 결과적으로 행복이란 무엇인가에 대한 해답에 접근하는 과정에서 지은이의 신념을 엿볼 수 있다.

■ 작품 정리

- **성격** | 교훈적, 사색적, 비유적.
- **표현** | 제시된 세 가지의 이야기는 주제에 접근하기 위한 단계적 과정이다. 간결한 문장, 적절한 예시와 비유를 사용하여 주제를 반복적으로 제시하였다.
- **제재** | 행복.
- **주제** | 진정한 행복의 의미.
- **구성** | 자칫 평범해지기 쉬운 내용을 크게 세 가지의 이야기로 나누어 그 속에서 공통되는 행복의 의미를 발견토록 하고 있다.
- **지은이** | 안병욱(安秉煜 1920~)

죽음

김형석

맑은 아침이었다. 밀렸던 원고를 정리하고 있는데 어머니께서,

"이게 웬일일까? 약 먹은 쥐를 먹은 모양이지? 저걸 어쩌나?"

걱정하시는 소리가 문밖에서 들려왔다. 아마 나에게도 들려주어야겠다는 심산인 것 같았다.

방문을 열고 뜰로 나섰다. 제법 토실토실 자랐고, 며칠 전부터는 낯선 사람을 보면 짖어대기까지 하던 강아지가 거품을 흘리며 비틀거리기 시작한다.

나를 본 강아지는 그래도 반가워해야 하는 의무라도 있다는 듯이 꼬리를 흔들며 몇 번 다리를 기어올라 보려 하더니 그만 뜰 한편 구석으로 달아나 버린다. 몹시 고통스럽기 때문에 견디어 낼 수가 없는 모양이다. 후들거리는 다리를 뜻대로 가누지 못하고 있었다.

나는 속히 비눗물을 만들어 입에 퍼 넣어 주기 시작했고, 어린것을 불러 약방으로 달음질치도록 부탁했다. 강아지는 약간 긴장이 풀리는 듯이 햇볕이 조이는 담장 밑에 누워 버렸다. 아무래도 고통스러움을 견디어 내지 못하겠던 모양이다.

강아지 때문에 휴강을 할 수는 없었다.

산란해지는 마음을 가라앉히지도 못한 채 학교로 달려가 한 시간 강의를 끝냈다. 강의를 하는 도중에 잊고 있었으나 강의가 끝나니

강아지 생각이 물밀듯 솟아오른다.

다행히 가까운 거리였기에 달음질치다시피 집으로 돌아왔다.

"강아지가 어떻게 되었지요?"

"글쎄, 아무래도 죽으려는 모양이다."

그때까지 지키고 계시던 어머니의 말씀이었다. 행여나 기대했던 마음에 적지 않은 충격이 찾아드는 것 같았다. 누워 있는 강아지 옆으로 가 앉았다. 거품을 물고 허리가 끊어지는 듯이 괴로워하던 강아지가 그래도 주인이 옆에 왔다는 것을 의식했던 모양이다.

겨우 일어서서 두세 번 꼬리를 흔들어 보이더니 그만 제자리에 누워 버렸다. 마치 '주인께서 돌아오셨는데 영접을 해야지…… 그런데 왜 이렇게 뜻대로 되지 않을까?' 스스로를 원망이라도 하고 있는 모습 같았다.

나는 애처로워 그대로 보고 있을 수가 없었다. 그렇다고 버리고 도망갈 수도 없는 일이다.

품에 안아 보았으나 고통은 여전한 모양이다. 다시 땅에 내려놓고 머리를 쓰다듬어 주었다. 무척 괴롭고 답답한 모양이다. 그 두 눈은, '나를 좀 어떻게 해 주세요! 이 죽어 오는 고통을 덜어 주거나 어떻게 좀 더 살게 해 주세요. 왜 가만 보고만 계시는 것입니까?' 묻는 것 같기도 했고 애원하는 것 같기도 했다.

한참 뒤 누운 채로 꼬리를 약간 흔들어 보이더니 더 견딜 수 없는 모양이었다. 눈의 빛깔이 점점 희미해지기 시작하고 전신이 가벼운 경련을 일으키더니 그만 몸의 긴장을 푸는 것 같았다.

나는 두 눈을 살그머니 감겨 주었다. 몇 분이 지났다. 강아지는 곱게 완전히 누워 있었다. 꼭 잠든 것 같았다. 가볍게 입을 벌리고 있는 모습이 흡사 '세상은 너무 괴로웠다'고 호소하는 것 같기도 했다.

오후에는 또 강의가 있었다. 그러나 강아지의 죽음으로 충격을 받은 마음은 쉽게 가라앉지를 않았다. 온 가족들의 생각이 꼭 같은 모양이었다. 새삼스럽게 인간이 얼마나 무능한 것인가가 느껴지는 것 같았다. 작은 강아지 한 마리의 생명을 어떻게 하지 못하는 인간이 철학을 논하고 예술을 말하며 과학의 위대성을 떠들고 있다.

여러 해 전에는 미국의 덜레스 국무 장관(미국의 정치인. 아이젠하워 행정부에서 국무 장관을 지냈음)이 세상을 떠났다. 온 세계 사람들의 주의와 기대가 그의 병원으로 집중되었다. 최고의 의학을 자랑하던 의사들이 그의 암병을 저지시켜 볼 양으로 최선을 다했던 것이다.

그러나 그는 마침내 세상을 떠날 수밖에 없었다. 그의 장례식에는 전 인류의 마음과 뜻이 묶여져 있는 것 같았다. 그것은 작고한 위인의 죽음을 위한 심정이기도 했으나, 인간들이 꼭 같이 지니고 있으며 맞이하게 되는 죽음이라는 공통적인 운명에 대한 엄숙하고도 경건한 마음의 표정이었을지도 모른다. 어쨌든 전 인류의 성의와 노력을 가지고서도 그 한 사람의 생명을 구출할 수 없었던 것이 사실이다.

죽음은 이렇게 강하다. 죽음은 이렇게 절대적이다. 백만 광년이 걸려야 지구에까지 비치어 오는 어떤 별이 있다고 한다. 그러나 삶에서 죽음에의 거리는 그보다 몇 백만 배나 더 먼 것이다. 하나는 양의 거리를 말하나, 후자는 질의 차이를 말하기 때문이다.

그러나 이러한 죽음 및 죽음에의 가능성은 어디에나 있다. 순간마다 있으며, 삶의 한복판에 언제나 자리 잡고 있는 것이 아닌가? 이제라도 찾아오기만 하면 죽을 수밖에 없는 삶이 죽음의 바로 앞에서 모든 기대와 욕망을 가지고 살아가고 있다는 것이 우리들의 인생이 아니고 무엇인가?

생각하면 우스운 일이다. 아니, 무서운 일이다. 그러나 다시 생각해 보면 이상스러운 일이다.

그날 오후, 나는 강의를 끝내면서, "내가 학교로 오고 있는데, 어떤 학생이 뛰어오고 있었습니다. 그의 이마에는 땀방울이 흐르고 있었습니다. 만일 내가 그에게 '왜 그렇게 뛰어갑니까?' 묻는다면, 그는 '강의 시간에 늦어서 그럽니다.' '늦으면 어떻게 됩니까?', '공부를 충분히 못합니다.', '공부를 많이 하면 어떻게 됩니까?', '좋은 취직을 합니다.', '취직을 하면 무엇 합니까?', '좋은 가정을 가지고 잘 삽니다.', '잘 살면 무엇 합니까?', '잘 산 뒤에는 죽습니다.' 고 대답할 것입니다. 그렇다면 긴 질문과 대답을 되풀이할 필요가 없이 식을 빼놓고 답만 쓰는 식으로 한다면 어떻게 됩니까? '학생은 지금 왜 그렇게 열심히 뛰어가고 있습니까?', '죽으려고 뛰어갑니다.' 라는 대답이 나올 뿐입니다."라고 이야기했다.

학생들은 와— 하고 웃어댔다. 그러나 웃음이 사라진 뒤에는 그 어느 학생의 마음에도 어두운 그림자, 죽음의 그림자가 스쳐 갔을 것이다.

죽음은 최후의 문제다. 그러므로 죽음의 문제를 해결 짓는 것은 모든 학문과 예술과 사상의 마지막 결론일 것이다. 그러나 누가 이 문제를 해결 지어 주었는가?

반드시 해결 지어야 할 문제이면서도 모두 자기의 문제는 아닌 듯이 생각하는 것은 무엇 때문일까? 이렇게 스스로 묻고 있는 순간에도 죽음은 찾아오고 있는데…….

▶ 죽음이란 결코 특수한 것이 아니라 일상적인 삶과 직결된다는 것을 깨
닫게 하기 위해서 지은이는 어떤 방법을 사용하여 내용을 전개하는가?

이 글은 인간이 가장 두려워하면서도 피할 수 없는 죽음에 대한 견
해를 밝히고 있다. 죽음 그 자체가 인간에게 매우 중대한 일이면서도
우리는 그것의 본질을 밝히거나 그것에 대해 언급하는 것을 자신과
무관한 일로 생각한다. 이 글은 사실 죽음이 주변 가까이 있다는 점을
일깨워주고자 하는 의도에서 쓰였다.

사람들이 죽음을 생각할 수 있는 기회를 주변에서 찾아 볼 수 있게
하려는 의도에서 지은이는 강아지의 죽음이라는 사소한 일로 이야기
를 시작한다. 강아지는 비록 미물일망정 죽음을 맞아 고통을 겪게 된
다는 점에서는 인간과 다를 바 없다. 또 인류가 애석해 마지않는 인사
의 죽음 역시 피할 수 없는 것이라는 점에서 강아지의 죽음과 다르지
않다. 이러한 인식에서 필자는 강의 시간에 학생들과의 대화를 통해
한 개인이 '죽으려고 뛰어간다'는 결론을 이끌어 낸다. 학생들은 그
결론에 대해 웃음을 터뜨릴 뿐이지만 필자는 그 웃음 뒤에 숨어 있는
죽음의 그림자를 본다는 표현을 통해 일상적 차원의 죽음의 존재에
대해 생각하게 한다.

무거운 주제이지만 강아지가 죽어 가는 과정을 서정적으로 묘사한
형식과 학생들과의 일상 대화를 통해 자신의 생각을 이끌어 가는 방
식은 읽는 사람들이 부담 없이 접근할 수 있도록 하고 있다. 주로 일
상의 차원에서 인생의 문제들을 다루고 있는 필자의 수필 세계의 특
징을 잘 보여 주는 작품이다.

- **성격** | 교훈적, 철학적, 서정적, 체험적.
- **표현** | 죽음이라는 무거운 주제를 강아지의 죽음과 관련시켜 쉽고 현실감 있게 서술하였다.
- **제재** | 죽음
- **주제** | 불가항력적인 죽음을 바로 자신의 문제로 인식할 것을 촉구한다.
- **구성** | 강아지의 죽음으로 시작된 처음 부분과 죽음 앞에서 인간의 무능함과 죽음을 불가항력을 드러낸 두 번째, 그리고 죽음이 바로 자신의 문제임을 인식할 것을 촉구하는 마지막 부분으로 나누어져 있다.
- **지은이** | 김형석(金亨錫 1920~)

지조론(志操論)

변절자(變節者)를 위하여

조지훈

지조(志操 곧은 뜻과 절조(節操))란 것은, 순일(純一)한(깨끗하고 한 결같은) 정신을 지키기 위한 불타는 신념이요, 눈물겨운 정성이며, 냉철한 확집(確執 자신와 주장을 끝까지 지켜 나감)이요, 고귀한 투쟁이기까지 하다. 지조가 교양인의 위의(威儀 엄숙한 태도나 차림새)를 위하여 얼마나 값지고, 그것이 국민의 교화에 미치는 힘이 얼마나 크며, 따라서 지조를 지키기 위한 괴로움이 얼마나 가혹한가를 헤아리는 사람들은 한 나라의 지도자를 평가하는 기준으로서 먼저 그 지조의 강도(强度)를 살피려 한다. 지조가 없는 지도자는 믿을 수가 없고, 믿을 수 없는 지도자는 따를 수가 없기 때문이다. 자기의 명리(名利 명예와 이익)만을 위하여 그 동지와 지지자와 추종자를 일조(一朝 하루아침에)에 함정에 빠뜨리고 달아나는 지조 없는 지도자의 무절제와 배신 앞에 우리는 얼마나 많이 실망하였는가. 지조를 지킨다는 것이 참으로 어려운 일임을 아는 까닭에, 우리는 지조 있는 지도자를 존경하고 그 곤고(困苦 곤란하고 고통스러움)를 이해할 뿐 아니라 안심하고 그를 믿을 수도 있는 것이다. 이와 같이 생각하는 자이기 때문에 지조 없는 지도자, 배신하는 변절자들을 개탄하고 연민하며, 그와 같은 변절의 위기의 직전에 있는 인사들에게 경성(警醒 타일러 깨우침)이 있기를 바라는 마음이 간절하다.

지조는 선비의 것이요, 교양인의 것이다. 장사꾼에게 지조를 바라거나 창녀에게 지조를 바란다는 것은 옛날에도 없었던 일이지만, 선비와 교양인과 지도자에게 지조가 없다면 그가 인격적으로 장사꾼과 창녀와 다를 바가 무엇이 있겠는가. 식견(識見 '학식과 견문'이라는 뜻으로, 사물을 분별할 수 있는 능력을 일컫는 말)은 기술자와 장사꾼에게도 있을 수 있지 않은가 말이다. 물론 지사(志士 나라와 민족을 위하여 제 몸을 바쳐 일하려는 뜻을 가진 사람)와 정치가가 완전히 같은 것은 아니다. 독립 운동을 할 때의 혁명가와 정치인은 모두 다 지사였고 또 지사라야 했지만, 정당 운동의 단계에 들어간 오늘의 정치가들에게 선비의 삼엄한 지조를 요구하는 것은 지나친 일인 줄은 안다. 그러나 오늘의 정치 – 정당 운동을 통한 정치도 국리민복(國利民福 나라와 국민의 복리(福利))을 위한 정책을 통해서의 정상(政商 정권을 이용하여 사사로운 이익을 취하는 무리들)인 이상 백성을 버리고 백성이 지지하는 공동 전선을 무너뜨리고 개인의 구복(口腹 '입과 배'라는 뜻으로 먹고 사는 일을 의미함)과 명리를 위한 부동(浮動 여기저기 떠서 움직임)은 무지조(無志燥)로 규탄되어 마땅하다고 하지 않을 수 없다. 더구나 오늘 우리가 당면한 현실과 이 난국을 수습할 지도자의 자격으로 대망(大望)하는 정치가는 권모술수(權謀術數)에 능한 직업 정치인보다 지사적 품격의 정치 지도자를 더 대망하는 것이 국민 전체의 충정(衷情 속에서 우러나는 참된 정)인 것이 속일 수 없는 사실이기에 더욱 그러하다. 연결공정(廉潔公正 청렴하고 결백하며 공평하고 올바름), 청백강의(淸白剛毅 청렴하고 결백하며 강직하여 굽힘이 없음)한 지사 정치만이 이 국운을 만회할 수 있다고 믿는 이상, 모든 정치 지도자에 대하여 지조의 깊이를 요청하고 변절의 악풍을 타매(唾罵 아주 더럽게 생각하고 경멸히 여겨 욕함)하는 것은 백성의 눈물겨운 호소이기도 하다.

지조와 정조는 다 같이 절개에 속한다. 지조는 정신적인 것이고, 정조는 육체적인 것이라고 하지만, 알고 보면 지조의 변절도 육체 생활의 이욕(利慾 사리(私利)를 탐하는 마음)에 매수된 것이요, 정조의 부정도 정신의 쾌락에 대한 방종에서 비롯된다. 오늘의 정치인의 무절제

를 장사꾼적인 이욕의 계교와 음부적(淫婦的 음탕한 여인과 같은) 환락의
탐혹(耽惑 마음이 빠져 미혹됨)이 합쳐서 놀아난 것이라면 과연 극언(極言
극단적인 말)이 될 것인가.

하기는, 지조와 정조를 논한다는 것부터가 오늘에 와선 이미 시대
착오의 잠꼬대에 지나지 않는다고 할 사람이 있을지 모른다. 하긴
그렇다. 왜 그러냐 하면, 지조와 정조를 지킨다는 것은 부자연스러
운 일이요, 시세를 거역하는 일이기 때문이다. 과부(寡婦)나 홀아비
가 개가(改嫁)하고 재취(再娶)하는 것은 생리적으로나 가정생활로나
자연스러운 일이므로 아무도 그것을 막을 수 없고, 또 그것을 막아
서는 안 된다. 그러나 우리는 그 개가와 재취를 지극히 당연한 것으
로 승인하면서도, 어떤 과부나 환부(鰥夫 홀아비)가 사랑하는 옛 짝을
위하여 개가나 속현(續絃 아내를 여읜 뒤 아내를 다시 맞음)의 길을 버리고 일생
을 마치는 그 절제에 대하여 찬탄하는 것을 또한 잊지 않는다. 보통
사람이 능히 하기 어려운 일을 했대서만이 아니라, 자연으로서의 인
간의 본능고(本能苦 본능적 욕구에 의해 발생되는 고통)를 이성과 의지로써 초극
(超克 난관을 극복함)한 그 정신의 높이를 보기 때문이다. 정조의 고귀성
이 여기에 있다. 지조도 마찬가지다. 자기의 사상과 신념과 양심과
주체는 일찌감치 집어던지고 시세에 따라 아무 권력에나 바꾸어 붙
어서 구복의 걱정이나 덜고 명리의 세도에 참여하여 꺼덕대는 것이
자연한 일이지, 못나게 쪼를 부린다고 굶주리고 얻어맞고 짓밟히는
것처럼 부자연한 일이 어디 있겠냐고 하면 얼핏 들어 우선 말이 되
는 것 같다.

여름에 아이스케이크 장사를 하다가, 가을 바람만 불면 단팥죽 장
사로 간판을 남 먼저 바꾸는 것을 누가 욕하겠는가. 장사꾼, 기술자,
사무원의 생활 방도는 이 길이 오히려 정도(正道)이기도 하다. 오늘
의 변절자도 자기를 이 같은 사람이라 생각하고 또 그렇게 자처한다
면 별 문제다. 그러나 더러운 변절의 정당화를 위한 엄청난 공언(空

를 내용에 근거나 현실성이 없는 헛말)을 늘어놓은 것은 분반(噴飯 입 속에 있는 밥이 뿜어져 나온다는 뜻으로, 웃음을 참을 수가 없음을 의미함)할 일이다. 백성들이 그렇게 사람 보는 눈이 먼 줄 알아서는 안 된다. 백주대로(白晝大路 한낮의 큰길)에 돌아앉아 볼기짝을 까고 대변을 보는 격이라면 점잖지 못한 표현이라 할 것인가.

지조를 지키기란 참으로 어려운 일이다. 자기의 신념에 어긋날 때면 목숨을 걸어 항거하여 타협하지 않고, 부정과 불의한 권력 앞에는 최저의 생활, 최악의 곤욕을 무릅쓸 각오가 없으면 섣불리 지조를 입에 담아서는 안 된다. 정신의 자존(自尊)·자시(自恃 자기 자신의 능력이나 가치를 믿음)를 위해서는 자학과도 같은 생활을 견디는 힘이 없이는 지조는 지켜지지 않는다. 그러므로 지조의 매운 향기를 지닌 분들은 심한 고집과 기벽(奇癖 이상야릇한 버릇. 남과 다른 특이한 버릇)까지도 지녔던 것이다. 신단재(申丹齋 구한말의 문인인 신채호(申采浩 1880~1936) 선생. '단재(丹齋)'는 그의 호(號)임) 선생은 망명 생활 중 추운 겨울에 세수를 하는데, 꼿꼿이 앉아서 두 손으로 물을 움켜다 얼굴을 씻기 때문에 찬물이 모두 소매 속으로 흘러 들어갔다고 한다. 어떤 제자가 그 까닭을 물으매, 내 동서남북 어느 곳에도 머리 숙일 곳이 없기 때문이라고 했다는 일화가 있다.

무서운 지조를 지킨 분의 한 분인 한용운(韓龍雲) 선생의 지조 때문에 낳은 많은 기벽의 일화(한용운은 평생 자신의 방에 불을 지피지 않았다. 그는 조선의 국토 전체를 커다란 감옥으로 생각했기 때문에 따뜻한 온돌에서 지내는 일을 과분한 일이라고 여겼던 것이다. 만년에는 일체의 배급을 거부한 결과 영양실조로 사망하였다)도 마찬가지다.

오늘 우리가 지도자와 정치인들에게 바라는 지조는 이토록 삼엄한 것은 아니다. 다만 당신 뒤에는 당신들을 주시하는 국민이 있다는 것을 잊지 말고 자신의 위의와 정치적 생명을 위하여 좀 더 어려운 것을 참고 견디라는 충고 정도다. 한 때의 적막을 받을지언정 만고에 처량한 이름이 되지 말라는 채근담(菜根譚 중국 명나라 말엽의 학자 홍자

성의 저서. 유교 사상이 중심이 되면서 불교 · 도교 사상이 가미된 처세 철학서)의 한 구절을 보내고 싶은 심정이란 것이다. 끝까지 참고 견딜 힘도 없으면서 뜻 있는 백성을 속여 야당의 투사를 가장함으로써 권력의 미끼를 기다리다가 후딱 넘어가는 교지(狡智 간사한 재주와 지혜)를 버리라는 말이다. 욕인(辱人 남을 욕함)으로 출세의 바탕을 삼고 항거로써 최대의 아첨을 일삼는 본색을 탄로시키지 말라는 것이다. 이러한 충언의 근원을 캐면 그 바닥에는 변절하지 말라, 지조의 힘을 기르란 뜻이 깃들어 있다.

변절이란 무엇인가, 절개를 바꾸는 것, 곧 자기가 심신(心·身)으로 이미 신념하고 표방했던 자리에서 방향을 바꾸는 것이다. 그러므로 사람이 철이 들어서 세워 놓은 주체의 자세를 뒤집는 것은 모두 다 넓은 의미의 변절이다. 그러나 사람들이 욕하는 변절은 개과천선(改過遷善 지나간 허물을 고치고 착하게 됨)의 변절이 아니고 좋고 바른 데서 나쁜 방향으로 바꾸는 변절을 변절이라 한다.

일제 때 경찰에 관계하다 독립 운동으로 바꾼 이가 있거니와 그런 분을 변절이라고 욕하진 않았다. 그러나 독립 운동을 하다가 친일파로 전향한 이는 변절자로 욕하였다. 권력에 붙어 벼슬하다가 야당이 된 이도 있다. 지조에 있어 완전히 깨끗하다고는 못 하겠지만 이들에게도 변절자의 비난은 돌아가지 않는다.

나머지 하나, 협의의 변절자, 비난 불신의 대상이 되는 변절자는 야당 전선에서 이탈하여 권력에 몸을 파는 변절자다. 우리는 이런 사람의 이름을 역력히 기억할 수 있다.

자기 신념으로 일관한 사람은 변절자가 아니다. 병자호란 때 남한산성의 치욕에 김상헌(金尙憲)이 찢은 항서(降書 항복하겠다는 뜻을 담은 글)를 도로 주워 모은 주화파(主和派) 최명길(崔鳴吉 조선의 문관. 1636년, 병자호란 때 모든 신하들이 주전론(主戰論)을 주장하는 분위기에서 홀로 주화론(主和論)을 고수함. 주전론을 주장하며 최명길을 비난하던 사람들은 형세가 불리해지자 모두 주화론으로 돌아서는 기회주의적인 태도를 보임)은 당시 민족정기의 맹렬한 공격을 받았으나, 심양(瀋陽)의 감옥에 김상헌과 같이 갇혀 오해를 풀었다는 일화는 널리 알려진 얘기다.

최명길은 변절의 사(士)가 아니요, 남다른 신념이 한층 강했던 이였음을 알 수 있다. 또 누가 박중양(朴重陽), 문명기(文明琦) 등 허다한 친일파를 변절자라고 욕했는가. 그 사람들은 변절의 비난을 받기 이하의 더러운 친일파로 타기(唾棄 침을 뱉어 버린다는 뜻으로, 업신여기거나 더럽게 생각하여 돌아보지 않고 버림)되기는 하였지만 변절자는 아니다.

민족 전체의 일을 위하여 몸소 치욕을 무릅쓴 업적이 있을 때는 변절자로 욕하지 않는다. 앞에 든 최명길도 그런 범주에 들거니와, 일제 말기, 말살되는 국어의 명맥을 붙들고 살렸을 뿐 아니라 국내에서 민족 해방의 날을 위한 유일의 준비가 되었던 〈맞춤법 통일안〉, 〈표준말모음〉, 〈큰 사전〉을 편찬한 '조선어학회'가 '국민 총력 연맹 조선어 학회 지부'의 간판을 붙인 것을 욕하는 사람은 없었다.

아무런 하는 일도 없었다면, 그 간판은 족히 변절의 비난을 받고도 남음이 있었을 것이다. 이런 의미에서 좌옹(佐翁), 고우(古友), 육당(六堂), 춘원(春園) 등 잊을 수 없는 업적을 지닌 이들의 일제 말의 대일 협력의 이름은 그 변신을 통한 아무런 성과도 없었기 때문에 애석하나마 변절의 누명을 씻을 수 없었다. 그분들의 이름이 너무나 컸기 때문에 그에 대한 실망이 컸던 것은 우리의 기억이 잘 알고 있다. 그 때문에 이분들은 '반민특위(反民特委)'에 불리었고, 거기서 그들의 허물을 벗겨 주지 않았던가. 아무것도 못하고 누명만 쓸 바에야 무위(無爲)한(아무것도 하지 아니하는) 채로 민족정기의 사표(師表 학식·덕행이 높아 모범이 될 만한 사람)가 됨만 같지 못한 것이다.

변절자에게는 저마다 그럴 듯한 구실이 있다. 첫째, 좀 크다는 사람들은 말하기를, 백이(伯夷) 숙제(叔齊)(은나라가 망하고 주나라가 들어서자 주나라에서 주는 벼슬을 사양하고 수양산에 들어가 고사리를 캐먹으며 지내다가 굶어 죽은 중국의 현인들)는 나도 될 수 있다. 나만이 깨끗이 굶어 죽으면 민족은 어쩌느냐가 그

것이다. 범의 굴에 들어가야 범을 잡는다는 투의 이론이요, 그 다음에 바깥에선 아무 일도 안 되니 들어가 싸운다는 것이요, 가장 하치(품질이 낮은 짓)가, 에라 권력에 붙어 이권이나 얻고 가족이나 고생시키지 말아야겠다는 것이다. 굶어죽기가 쉽다거나 들어가 싸운다거나 바람이 났거나 간에 그 구실을 뒷받침할 만한 일을 획책(劃策 계책을 세움)도 한 번 못 해봤다면 그건 변절의 낙인 밖에 얻을 것이 없는 것이다.

우리는 일찍이 어떤 선비도 변절하여 권력에 영합해서 들어갔다가 더러운 물을 뒤집어쓰지 않고 깨끗이 물러 나온 예를 역사상에서 보지 못했다. 연산주(燕山主)의 황음(荒淫 함부로 음탕한 짓을 함)에 어떤 고관의 부인이 궁중에 불리어 갈 때 온몸을 명주로 동여매고 들어가면서, 만일 욕을 보면 살아서 돌아오지 않겠다고 해 놓고 밀실에 들어가서는 그 황홀한 장치와 향기에 취하여 제 손으로 명주를 풀고 눕더라는 야담이 있다. 어떤 강간(強姦)도 나중에는 화간(和姦 부부가 아닌 남녀가 합의하여 육체적으로 관계함)이 된다는 이치와 같지 않는가.

만근(輓近 몇 해 전으로부터 지금까지. 근래) 30년래에 우리나라는 변절자가 많은 나라였다. 일제 말의 친일 전향, 해방 후의 남로당 탈당, 또 최근의 민주당의 탈당, 이것은 20이 넘은, 사상적으로 철이 난 사람들의 주책없는 변절임에 있어서는 완전히 동궤(同軌 같은 궤도, 같은 선상에 있음)다. 감당도 못 할 일을, 제 자신도 율(律)하지(다스리지) 못하는 주제에 무슨 민족이니 사회니 하고 나섰더라는 말인가. 지성인의 변절은 그것이 개과천선(改過遷善)이든 무엇이든 인간적으로 일단 모욕을 자취(自取 제 스스로 만들어서 됨)하는 것임을 알 것이다.

우리가 지조를 생각하는 사람에게 주고 싶은 말은 다음의 한 구절이다. '기녀(妓女)라도 늘그막에 남편을 좇으면 한평생 분 냄새가 거리낌이 없을 것이요, 정부(貞婦 현철하고 정조가 곧은 아내)라도 머리털 센 다음에 정조(貞操)를 잃고 보면 반생의 깨끗한 고절(苦節 곤란을 겪으면서도 마음을 바꾸지 않고 꿋꿋이 지키는 절개)이 아랑곳없으리라. 속담에 말하기를, '사람을 보려면 다만 그 후반을 보라' 하였으니 참으로 명언이다.

차돌에 바람이 들면 백 리를 날아간다는 우리 속담이 있거니와, 늦바람이란 참으로 무서운 일이다. 아직 지조를 깨뜨린 적이 없는 이는 만년(晩年)을 더욱 힘쓸 것이니, 사람이란 늙으면 더러워지게 마련이기 때문이다. 아직 철이 안 든 탓으로 바람이 났던 이들은 스스로의 후반을 위하여 번연히 깨우치라. 한일 합방 때 자결한 지사 시인 황매천(黃梅泉 황현(黃玹 1855~1910). 구한말의 시인·우국지사. 호는 매천(梅泉). 1910년 한일합방으로 나라가 망하자 유시(遺詩) 네 수를 남기고 음독 순절함)은 정탈(定奪 임금의 재결. 여기서는 '옳고 그름을 가리어 결정함')이 매운 분으로 매천필하무완인(梅泉筆下無完人 매천의 붓 아래에서는 온전한 사람이 없다)이란 평을 듣거니와 그 〈매천야록(梅泉野錄)〉에 보면, 민충정공(閔忠正公 민영환(閔泳煥 1861~1905). 구한말의 정치가·순국 지사. 충정공(忠正公)은 그의 시호(諡號). 개화사상으로 나라를 개혁하고자 애썼으나 1905년 을사보호조약이 체결되자 자결함), 이용익(李容翊 조선의 대신(大臣). 일본의 축출을 위해 프랑스·러시아 세력과 제휴를 꾀하라는 고종의 밀령을 받고 프랑스로 향하다가 발각되어 모든 권한을 박탈당한 후 러시아에 망명했다가 병사함) 두 분의 초년 행적을 헐뜯은 곳이 있다. 오늘에 누가 민충정공, 이용익 선생을 욕하는 이 있겠는가. 우리는 그분들의 초년을 모른다. 역사에 남은 것은 그분들의 후반이요, 따라서 그분들의 생명은 마지막에 길이 남게 된 것이다.

도도히 밀려오는 망국의 탁류 ─ 이 금력과 권력, 사악 앞에 목숨으로써 방파제를 이루고 있는 사람들은 지조의 함성을 높이 외치라. 그 지성 앞에는 사나운 물결도 물러서지 않고는 못 배길 것이다. 천하의 대세가 바른 것을 향하여 다가오는 때에, 변절이란 무슨 어처구니없는 말인가. 이완용(李完用)은 나라를 팔아먹어도 자기를 위한 36년의 선견지명(?)은 가졌었다. 무너질 날이 얼마 남지 않은 권력에 뒤늦게 팔리는 행색은 딱하기 짝이 없다. 배고프고 욕된 것을 조금 더 참으라. 그보다 더한 욕이 변절 뒤에 기다리고 있다.

'소인기(小忍飢)하라(배고픔을 좀 참으라).'

이 말에는 뼈아픈 고사(故事)가 있다. 광해군의 난정(亂政 어지러운 정치) 때, 깨끗한 선비들은 나가서 벼슬하지 않았다.

어떤 선비들이 모여 바둑과 청담(淸談 명리를 떠난 청아한 이야기)으로 소일하는데, 그 집 주인(이위경(李偉卿 1586~1623). 조선의 문관. 광해군 때 계축옥사(癸丑獄事)가 일어나자 인목대비(仁穆大妃) 관련설을 주장하며 유폐를 상소함. 후에 이이첨(李爾瞻)의 사주를 받아 경운궁에 유폐(幽閉)된 인목대비를 살해하고자 했음)은 적빈(赤貧)이 여세(如洗)라(가난하기가 마치 물로 씻은 듯 심하여 아무것도 가진 것이 없음), 그 부인이 남편의 친구들을 위하여 점심에는 수제비국이라도 끓여 드리려 하니 땔나무가 없었다. 궤짝을 뜯어 도마 위에 놓고 식칼로 쪼개다가 잘못되어 젖을 찍고 말았다.

바둑 두던 선비들은 갑자기 안에서 나는 비명을 들었다. 주인이 들어갔다가 나와서 사실 얘기를 하고 초연히 하는 말이, 가난이 죄라고 탄식하였다.

그 탄식을 듣고 선비 하나가 일어서며, 가난이 원순 줄 이제 처음 알았느냐고 야유하고 간 뒤로, 그 선비는 다시 그 집에 오지 않았다. 몇 해 뒤, 그 주인은 첫 뜻을 바꾸어 나아가 벼슬하다가 반정(反正 인조반정(仁祖反正 1623년)을 가리킴)때 몰리어 죽게 되었다.

수레에 실려서 형장으로 가는데 길가 숲 속에서 어떤 사람이 나와 수레를 잠시 멈추게 한 다음 가지고 온 닭 한 마리와 술 한 병을 내놓고 같이 나누며 영결(永訣 죽은 사람과 산 사람의 영원한 이별)하였다.

그때 친구의 말이, 자네가 새삼스레 가난을 탄식할 때 나는 자네가 마음이 변한 줄 이미 알고 발을 끊었다고 했다. 고기밥 맛에 끌리어 절개를 팔고 이 꼴이 되었으니, 죽으면 고기 맛을 못 잊어서 어쩌겠느냐는 야유가 숨었는지도 모른다. 그러나 이렇게 찾는 것은 우정이었다.

죄인은 수레에 다시 타고 형장으로 끌려가면서 탄식하였다. '소인기 소인기(小忍飢 小忍飢)하라'고…….

　변절자에게도 양심은 있다. 야당에서 권력에로 팔린 뒤 거드럭거리다 이내 실세(失勢)한 사람도 있고, 갓 들어가서 애교를 떠는 축도 있다. 그들은 대개 성명서를 낸 바 있다. 표면으로 성명은 버젓하나 뜻 있는 사람을 대하는 그 얼굴에는 수치의 감정이 역연하다. 그것이 바로 양심이란 것이다. 구복과 명리를 위한 변절은 말없이 사라지는 것이 좋다. 자기 변명은 도리어 자기를 깎는 것이기 때문이다. 처녀가 아기를 낳아도 핑계는 있다는 법이다. 그러나 나는 왜 아기를 배게 됐느냐 하는 그 이야기 자체가 창피하지 않은가.

　양가(良家 지체가 있는 집안)의 부녀가 놀아나고 학자 문인까지 지조를 헌신짝같이 아는 사람이 생기게 되었으니, 변절하는 정치가들은 우리쯤이야 괜찮다고 자위할지 모른다. 그러나 역시 지조는 어느 때나 선비의, 교양인의, 지도자의 생명이다. 이러한 사람들이 지조를 잃고 변절한다는 것은 스스로 그 자임(自任)하는 바를 포기하는 것이다.

▶ 1960년 3월에 발표된 이글은 사회적 정치적 혼란기에 쓰여진 작품이다. 시대상황과 연관 지어 이 작품이 어떤 의미가 있는지 생각해보자.

'지조론'은 1960년 〈새벽〉에 발표된 작품이다. 친일파들이 정치일선에 나서서 득세를 하고, 당대의 정치인들이 독재정권에 빌붙어 지조 없이 변절을 일삼는 모습을 적절한 일화를 들어 날카롭게 비판하고있다. 지은이는 자유당 말기에 현실 정치에 깊은 관심을 갖고 비판적으로 참여하였다.

지조란 역사를 주관적 인식에서 벗어나 객관적으로 냉철히 인식하고 올바른 길을 제시해 변함없이 이어가는 것이다. 또한 상황에 따라 자신의 태도를 바꾸는 일이 있더라도 그것이 바람직한 것이라면 오히려 지조를 다시 찾은 것이라고 본다. 그렇다면 변절은 단순히 신념을 바꾸는 것을 의미하는 것이 아니라, 개인적인 영달을 위해 진정한 신념을 버리는 것을 의미한다. 이 글에는 '변절자를 위하여'라는 부제가 붙어 있다. 친일파들이 나라의 일을 좌지우지하고, 사이비 정치인들이 지조 없이 변절을 일삼는 당시의 세태를 개탄하고 있는 것이다.

하지만 민충정공이나 이용익처럼 자신이 저지른 잘못을 나중에 반성하고 바른 길을 간 경우에는 변절이 아니라는 입장을 취함으로써, 지금 변절로 비난받고 있는 사람들이라도 올바른 선택을 할 것을 당부하고 있다.

오늘날에도 이 글이 우리에게 교훈을 주고 설득력을 갖는 것은 지금도 나라나 국민보다는 자신의 개인적 이익을 위해 끊임없이 변절을 일삼는 사람들이 많기 때문일 것이다.

- **성격** | 논리적, 사회적, 공적(公的), 교훈적.
- **표현** | 다양한 일화와 적절한 인용을 예시하여 지조와 변절의 의미를 이해시켜주고 있다. 한문투의 강건체를 주로 사용하고 있다.
- **제재** | 지조.
- **주제** | 지조 있는 삶의 자세, 또는 정치인들에게 요구되는 지조를 강조한다.
- **구성** | 기–승–전–결의 4단 구성.
  - 기: 변절자에 대해 경계함.
  - 승: 지조를 지킬 것을 권고함.
  - 전: 변절하지 말 것을 권고함.
  - 결: 지조는 지도자의 생명임을 강조.
- **지은이** | 조지훈(趙芝薰 1920~1968)

돌의 미학(美學)
풍상(風霜)의 역사(歷史)에 대하여

조지훈

1

돌의 맛 — 그것도 낙목한천(落木寒天 나뭇잎이 모두 떨어진 추운 날씨)의 이끼 마른 수석(瘦石 오랜 세월 비바람에 씻기고 할퀴어 앙상해진 돌)의 묘경을 모르고서는 동양의 진수를 얻었달 수가 없다. 옛사람들이 마당귀에 작은 바위를 옮겨다 놓고 물을 주어 이끼를 앉히는 거라든가, 흰 화선지(畵仙紙) 위에 붓을 들어 아주 생략되고 추상된 기골이 늠연한 한 덩어리의 물체를 그려 놓고 이름하여 석수도(石壽圖)라고 바라보고 좋아하던 일을 생각하면 가슴이 흐뭇해진다. 무미한 속에서 최상의 미(美)를 맛보고, 적연부동(寂然不動 아주 고요하고 움직임이 없음)한 가운데서 뇌성벽력을 듣기도 하고, 눈감고 줄 없는 거문고를 타는 마음이 모두 이 돌의 미학에 통해 있기 때문이다.

동양화, 더구나 수묵화의 정신은 애초에 사실이 아니었다. 파초 잎새 위에 백설을 듬뿍 실어 놓기도 하고, 십 리 둘레의 산수풍경을 작은 화폭에다 거두기도 하고, 소쇄(瀟灑 기운이 맑고 깨끗함, 속세를 떠난 느낌이 있음)한 산봉우리 밑, 물을 따라 감도는 오솔길에다 나무꾼이나 산승(山僧)이나 은자(隱者)를 그리되 개미 한 마리만큼 작게 그려 놓고 미소하는 그 화경(畵境)은 사실이기보다는 꿈을 그린 것이었다. 이 정신이 사군자, 석수도(石壽圖), 서예로 추상의 길을 달린 것이 아니던가.

괴석(怪石)이나 마른 나무뿌리는 요즘의 추상파 화가들의 훌륭한

오브제(objet 프랑스어로, 미술에서 객체, 목적, 제목 등 표현의 대상이 되는 모든 것)가 되는
모양이다. 추상의 길을 통하여 동양화와 서양화가 융합의 손길을 잡
은 것은 본질적으로 당연한 추세라 할 수 있다. '살아 있다'는 한마
디는 동양미의 가치 기준이거니와 생명감의 무한한 파동이 바위보
다 더한 것이 없다면 웃을는지 모른다. 그러나 돌의 미(美)는 영원한
생명의 미(美)이다. 바로 그것이 추상이다.

2

내가 돌의 미(美)를 처음 맛본 것은, 차를 마시다가 우연히 바라본
그 바위에서부터였다. 선사(禪寺 참선을 주로 하는 절)의 다실(茶室)에 앉아
내다본 정원의 돌이었다. 나의 20대의 일이다. 나는 한때 일본 교토
[京都]의 묘심사(妙心寺)에서 선(禪)에 든 적이 있었다. 천칠백 측
(則) 공안(公案 선종(禪宗)에서 도를 깨치기 위하여 연구하고 추구하여 후세에 규범이 되게 한 불교
연구상의 문제)을 차례로 깨쳐 간다는 지극히 형식화된 일본 선은 가소로
웠지만, 선의 현대화를 위해선 새로운 묘미가 아주 없는 것도 아니
었다. 특히 흥미로웠던 것은 사뭇 유도처럼 메다꼰지기도('메어꽂다'의 사
투리) 하고, 공부가 모자라 벌을 설 때는 한겨울이라도 마당에 앉혀
놓고 밤을 새워 좌선을 강행시키는 그 수련에서 준열한 임제종(臨濟
宗 불교의 선가(禪家) 5종의 하나. 중국 당나라의 고승 임제 의현(臨濟 義玄)의 종지(宗旨)를 근본으로 하
여 일어난 종파. 우리나라에서는 고려시대 때부터 시작됨) 풍의 살활검(殺活劍 사람을 죽이고
살리는 칼)의 고조(古調 예스러울 풍조)를 볼 수 있던 일이다.

그러나 얼마 가지 않아 나는 이 선의 수행에도 싫증이 났었다. 그
래서 틈만 있으면 다실(茶室)에 가서 다도를 즐기며 정원을 내다보
는 것이 낙이 되었다. 일본의 정원 미술(庭園美術)은 다실과 떠나서
생각할 수 없고, 다도는 선과 떼어서 생각할 수가 없는 것은 다 아는
사실이다. 묘심사에는 다도의 종장(宗匠 경서(經書)에 능통하고 글을 잘 짓는 사람)
한 분이 있었다. 나는 가끔 이 노화상(老和尙)과 대좌하여 다도를 즐

기며 화경청적(和敬淸寂 온화하고 잔잔하며 맑고 고요함)의 맛을 배우곤 하였다. 녹차를 찻종에 넣는 작은 나무국자를 찻종 전에다 땅땅땅 두드리는 것은 벌목정정(伐木丁丁 도끼로 나무를 찍을 때 온 산이 울리도록 힘차고 통쾌하게 나는 소리)의 운치요, 찻주전자를 높이 들고 소리 높여 물을 따르는 것은 바로 산골의 폭포소리를 가져오는 것이라 한다. 일본 예술의 인공성(人工性) ─ 그 자연을 비틀어 먹는 천박한 상징의 바탕이 여기 있구나 싶어서, 나는 미소를 머금기도 했다. 어쨌든, 나는 빈객으로서 다완(茶碗 차를 우려 마실 때 소용되는 그릇)을 받아 좌우의 사람에게 인사하는 법에서부터 잔을 들고 마시는 법, 나중에 골동으로서의 다완을 감상하며 주인을 추어주는(남의 비위를 맞추기 위하여 일부러 추켜올리는) 법을 배웠다. ─ 다완이 고려자기인 경우에는 주인의 어깨가 으쓱해진다. 이 사장(師匠 학문이나 기예에 있어서의 스승)이 시키는 대로 차를 권하는 주인으로서의 예의 작법(禮儀作法)을 시험해 보기도 하였다.

그것뿐이다. 나는 그 다도에는 흥미가 없었고, 그 뒤에 이 다도를 스스로 행해본 적도 없다. 그러면서도 내가 이 다실에 자주 놀러 간 것은 그 사장과 더불어 파한(破閑 심심풀이)으로 농담의 선문답(禪問答)을 하는 재미에서였다. 실상은 그것보다도 다실의 정적미(靜寂美)에 매료되었다는 것이 더 적절할 것이다. 아담한 정원을 앞에 놓은 지극히 소박하고 단순한 이 다실은 무척 맑고 따뜻하였다. 미닫이[障子]는 젊은 중들이 길거리에서 주워 온 종이를 표백하여 곱게 바른 것이어서 더욱 운치가 있었다. 나중에는 이 다실에서 사장과 대좌해도 피차 무언의 행(行)을 하는 사이가 되었다.

이럴 때 항상 내 눈을 빼앗아 가는 것은 정원 가장귀에 놓인 작은 바위기가 일쑤였다. 나의 선은 이 이끼 앉은 바위를 바라보며 시를, 민족을, 죽음을 화두로 삼고 있었다. 바위는 그 어떠한 문제에도 계시를 주는 성싶었다. 잔디 속에 묻혀 있는 불규칙한 징검돌[飛石]은 사념의 촉수(觸手)를 어느 방향으로든 끌고 비약하였다. 이리하여 나는 선도, 다도도 아닌 돌의 미학을 자득하여 가지고 이 이방(異邦)의 절을 떠났던 것이다. 떠나던 전날, 사장은 7, 8 명의 귀족 영양(令孃 남의 딸을 높여 이르는 말)을 불러 다회(茶會)를 열고 젊은 방랑객을 전별(餞別 떠나는 사람에게 잔치로써 이별하여 보냄. 전송(餞送))하였다.

3

그것도 이른바 인연인지 모른다. 그 1년 뒤, 나는 오대산 월정사에 있는 불교 전문 강원에서 교편을 잡게 되었고, 거기서 우리의 선과 우리의 돌의 진미를 맛보게 되었다. 내가 머물고 있는 월정사의 동향(東向)한 일실(一室)은 창만 열면 산이요, 숲이었고 밤이면 물소리 바람 소리가 사철 가을이었다. 여기서 보는 바위는 인공으로 다스리지 않은 자연 그대로의 암석이었다. 기골과 풍치가 사뭇 대륙적이요, 검푸르고 마른 이끼가 드문드문 앉은 거창한 것이어서 묘심사의 인공적이요, 온아적정(溫雅寂靜 온화하고 아담하며 고요함)하던 돌과는 그 맛이 판이하였다. 일진의 바람을 몰고 홀연한 자세로 부동하던 그 바위의 모습은 나의 심안의 발상을 다르게 하였다. 나는 여기서 1년 동안 차보다도 술을 마셨고, 나물만 먹는 창자에 애주무량(愛酒無量 술을 좋아하여 마시는 양이 끝이 없음)해서 뼈만 남은 몸이 되어 내가 스스로 바위가 되어가고 있었다. 나의 선(禪)도 상심낙사(賞心樂事 마음을 기쁘게 갖고 일을 즐김)하는 화경청적(和敬淸寂)의 다선(茶禪)에서 방우이목우(放牛而牧牛 소를 풀어놓고 먹여 기름)하는 불기분방(不羈奔放 남에게 얽매이지 않고 자유로움)의 주선(酒禪)이 되고 말았다.

오대산은 동서남북중대(東西南北中臺)에 절이 있다. 서대(西臺)절은 초옥수간(草屋數間 몇 간 되지 않는 작은 초가집. 수간초옥) 잡풀이 우거진 마당에 누우면, 부처도 없는 곳에 향을 사르고 정에 들어 있는 선승은 사람이 온 줄도 몰랐다. 그를 구태여 깨울 것이 없었다. 구름을 바라보고 새소리를 들으면 1,700측 공안(公案)이 아랑곳없이 나도 그대로 현모지경(玄妙之境 기예나 이치가 심오하고 미묘한 경지)에 들어가는 것이었다. 오대산 월정사에는 방한암(方漢岩) 종정(宗正)이 선연(禪筵 선(禪)의 도를 강론하는 자리나 모임)을 열고 있었다.

이따금 마음이 내키면 나는 그 말석(末席 맨 끝자리)에 참(參)을 하였다.

구름 노을 깊은 골에
샘물이 흐르노니
우짖는 산새 소리
길이 다시 아득해라,
일없는 늙은 중은
바위 아래 잠든 것을
청천백일(靑天白日)에
꽃잎이 흩날린다.

좌선을 쉴 때면 역시 바위를 내다보며 시를 생각하는 것이 좋았다. 바위를 내다보는 것은 내 마음을 들여다보는 것이었다.

우리 선방에서도 차를 마신다. 오가피 차나 맥차(麥茶), 그것도 아무런 형식이 없이 아주 자유롭고 흐뭇하게 둘러앉아 농담을 나누면서 마시는 품이 까다롭지 않아서 별취였다. 창을 열면 산이 그대로 정원이요, 소동파(蘇東坡 중국 북송(北宋) 때의 시인. 호는 동파거사(東坡居士), 본명은 소식. 송나라 제1의 시인이자 당송 8대가의 한 사람임)의 '계성편시광장설 산색기비청정신(溪聲便是廣長舌 山色豈非淸淨身 개울물 소리 이렇게 거침없이 줄기찬데, 산색이 어찌 청정한 몸이 아니랴)이라는 시구 그대로 화엄(華嚴 불교 용어로서 만행(萬行) 만덕(萬德)을 닦아서 덕과(德果)를 장엄하게 한다는 뜻)의 세계였다. "차(茶)는 찬데, 왜 뜨거울까?" ─ 차[茶]와 차다[冷]의 동음을 이용하여 농담 선문(禪問)을 나에게 던지는 노승이 있었다. 나는 웃으

76

면서, "예, 보리찹니다"라고 대답한다. 역시 麥[보리]과 菩提(불교 ^최
고의 이상인 불타정각(佛陀正覺)의 지혜. '보제'로 읽어야 하지만, 속음(俗音)으로 '보리'라 읽는다)의
동음을 이용한 것 – 이쯤 되면 농담도 선미(禪味 선(禪)의 취미. 탈속할 취미)
가 있어서 파안대소(破顔大笑)였다.

'풍진열뇌증삼계 법우청량주오대(風塵熱惱烝三界 法雨淸凉酒五
臺 속세 때 들끓는 번뇌는 삼계를 삶을 듯한데, 법우(法雨 부처님 말씀의 비, 즉 불법(佛法)의 은혜)가 청
량하게 오대(烏臺)에 뿌려지네, 원래 글자는 뿌릴 쇄(灑)인데 술 주(酒)자로 바꾼 깃임)의 구로 연구
(聯句)에 끼이기도 하던 월정사의 생활도 미일 전쟁(美日戰爭 태평
양전쟁)이 터지고, 싱가포르가 함락되고 하면서부터는 숨어서 살 수
있는 암혈(岩穴 바위굴. 여기서는 '은신처'의 의미로 쓰임)은 아니고 말았다 과음
(過飮)의 나머지, 나는 구멍 뚫린 괴석과 같은 추상의 육체를 이끌고
오대산을 떠나고 말았다. 뿐만 아니라, 월정사는 6·25동란에 회신
(灰身 불타고 남은 끄트머리나 재 라는 뜻으로, 남김없이 다 타버림을 의미함)했다 한다. 내
가 거처하던 동향 일실 방우산장도 물론 오유(烏有 사물이 아무것도 없이 됨.
무(無)로 돌아갔을 것이다. 그러나 나의 젊은 꿈이 깃든 숲 속의 그 바
위는 아직도 남아 있을 것이다. 인세(人世)의 풍상에 아랑곳없는 것
이 아니라, 그 풍상을 사람으로 더불어 같이 열력(閱歷 여러 가지 일을 겪
음)하면서 변하지 않는 데에 바위의 엄위와 정다움이 함께 있는 것은
아닐까.

4

돌에도 피가 돈다. 나는 그것을 토함산 석굴암에서 분명히 보았
다. 양공(良工 솜씨가 좋은 기술자)의 솜씨로 다듬어 낸 그 우람한 석상의
위용은 살아 있는 법열(法悅)의 모습 바로 그것이었다. 인공이 아니
라 숨결과 핏줄이 통하는 신라의 이상적 인간의 전형이었다. 그러
나 이 신라인의 꿈속에 살아 있던 밝고 고요하고 위엄 있고 너그러
운 모습에 숨결과 핏줄이 통하게 한 것은, 이 불상을 조성한 희대의

예술가의 드높은 호흡과 경주(傾注)된 심혈이었다. 그의 마음 위에 빛이 되어 떠오른 이상인(理想人)의 모습을 모델로 삼아 거대한 화강석괴를 붙안고 밤낮을 헤아림 없이 조아 내고 깎아 낸 끝에 탄생된 이 불상은 벌써 인도인의 사상도 모습도 아닌 신라의 꿈과 솜씨였다.

석굴암의 중앙에 진좌(鎭坐 자리 잡아 앉음)한 석가상은 내가 발견한 두 번째의 돌이다. 선사의 돌에서 나는 동양적 예지(叡智)를 발견하였다. 그것은 지혜의 돌이었다. 그러나 석굴암의 돌은 나에게 한국적 정감(情感)의 계시를 주었다. 그것은 예술의 돌이었다. 선사의 돌은 자연 그대로의 돌이었으나 석굴암의 돌은 인공이 자연을 정련하여 깎고 다듬어서 오히려 자연을 연장 확대한 돌이었다. 나는 거기서 예술미와 자연미의 혼융의 극치를 보았고, 인공으로 정련된 자연, 자연에 환원된 인공이 아니면 위대한 예술이 될 수 없다는 것을 배웠다.

예술은 기술을 기초로 한다. 바탕에 있어서는 예술이나 기술이 다 아트(art)이다. 그러나 기술이 예술로 승화하려면 자연을 얻어야 한다. 다시 말하면, 인공을 디디고서 인공을 뛰어넘어야 한다. 몸에 밴 기술을 망각하고 일거수일투족이 무비법(無非法 법도에 맞지 않음이 없음)이 될 때, 예도가 성립되고 조화와 신공(神功)이 체득된다는 말이다.

나는 석굴암에서 그것을 보았던 것이다. 돌에도 피가 돈다는 것을 말이다. 나는 그 앞에서 찬탄과 황홀이 아니라 감읍(感泣 감격하여 욺)하였다. 그것이 불상이었기 때문이 아니었다. 한국 예술의 한 고전이었기 때문이다. 나는 몇 번이고 그 자비로운 입모습과 수련히(자연스러우며 순하고 곱게) 내민 젖가슴을 우러러보았고, 풍만한 볼기 살과 넓적다리께를 얼마나 어루만졌는지 모른다.

내가 석굴암을 처음 가던 날은 양력 4월 8일, 이미 복사꽃이 피고 버들이 푸른 철에 봄눈이 흩뿌리는 희한한 날씨였다. 눈 내리는 도

화불국(桃花佛國 '복숭아꽃이 피어 있는 부처의 나라'라는 뜻으로, 곧 극락정토(極樂淨土)를 일
컫는 말) - 그 길을 걸어가며 나는 '벽장운외사 홍로설변춘(碧藏雲外
寺 紅露雪邊春 구름 밖 절집은 푸르름 속에 잠기고, 눈 내리는 봄 언저리에는 붉은 이슬이 맺혔
네)'의 즉흥 일구(卽興一句)를 얻었다. 이 무렵은 내가 오대산에서 나
와서 조선어학회의 '큰사전' 편찬을 돕고 있을 때여서, 뿌리 뽑히려
는 민족 문화를 붙들고 늘어진 선배들을 모시고 있을 때라, 슬프고
외로울 뿐 아니라 그저 가슴 속에서 불길이 치솟고 있을 때였다. 이
때에 나는 신앙인의 성지 순례와도 같은 심경으로 경주(慶州)를 찾
았던 것이다. 우리 안에 살아 있는 신라는 서구의 희랍 바로 그것이
었다. 그리하여 나는 피가 돌고 있는 석상에서 영원한 신라의 꿈과
힘을 보고 돌아왔다.

5

돌에는 맹렬한 의욕, 사나운 의지가 있다. 나는 그것을 피난 때 대
구에서 보았다. 왕모래 사토(砂土) 길 언덕에 서 있는 집채보다 큰
바위였다. 그 옆에는 삐쩍 마른 소나무가 하나 송충이가 솔잎을 다
갉아먹어서 하늘을 가리울 한 점의 그늘도 지니지 못한 이 소나무는
용의 비늘을 지닌 채로 이미 상당히 늙어 있었다. 또 그 옆에는 이
바위보다도 작은 판잣집이 하나 있을 뿐이었다. 이 살풍경한 언덕길
을 가끔 나는 석양배(夕陽盃 석양에 마시는 술)에 취하여 찾아오곤
하였다. 그 무렵은 부산에서 백골단(白骨團 시위를 진압하는 사복 경찰을 속되게
일컫는 말. 원래는 1952년, 이승만 정권의 재집권을 위해 '대통령 직선제를 일한 개헌안'을 통과시키려고
국회의사당을 포위하고 국회 해산을 강요했던 정치 폭력단), 땃벌('땅벌'의 방언으로 땅속에 집을 짓고
사는 벌의 총칭. 여기서는 1952년, 백골단과 같이 국회 해산을 주동했던 정치 폭력단) 떼가 나돌고,
경찰이 국회를 포위하여 발췌 개헌안을 강제 통과시키던 소위 정치
파동이 있던 임진년 여름이다. 드물게 보는 가뭄에 균열(龜裂)된 논
이랑에서 농부가 앙천자실(仰天自失 하늘을 쳐다보며 자신을 잊고 멍하니 있음)한

사진이 신문에 실린 무렵이었다. 그저 목이 타서 자꾸 막걸리를 마셨지만, 술이란 원래 물이긴 해도 불기운이라서 가슴은 더욱 답답하기만 하였다. 막걸리 집에 앉아 기우문(祈雨文)을 쓴 것도 무슨 풍류만이 아니었다. 이 무렵에 나는 이 사나운 의지의 돌을 발견하였던 것이다. 이 세 번째 돌은 혁명의 돌이었다. 그 바위에는 큰 나방이 [蛾]가 한 마리 붙어 있었다. 나는 그것이 자꾸만 열리지 않는 돌문 앞에 매달려 울고 있는 것으로 느껴졌다. 주먹으로 꽝꽝 두드려 보면, 그 바위는 무슨 북처럼 울리는 것도 같았다. 이 석문(石門)을 열고 들어가면, 맷방석만한 해바라기 꽃송이가 우거지고 시원한 바다가 열려지는 딴 세상이 있을 것도 같았다.

나는 이 바위 앞에서 바위의 내력을 상상해 본다. '태초에 꿈틀거리던 지심(地心 지구의 중심)의 불길에서 맹렬한 폭음과 함께 튕겨 나온 이 바위는 비록 겉은 식고 굳었지만, 그 속은 아직도 사나운 의욕이 꿈틀대고 있을 것이다'라고…… 그보다는 처음 놓인 그 자리 그대로 앉아 풍우상설(風雨霜雪)에 낡아 가는 그 자세가 그지없이 높이 보였다. 바위도 놓인 자리에 따라 사상이 한결같지 않다. 이 각박한 불모의 미(美)가 또한 나에게 인상적이었다.

6

성북동은 어느 방향으로나 5분만 가면 바위와 숲이 있어서 좋다. 요즘 낙목한천(落木寒天)의 암석미(岩石美)를 맘껏 완상(玩賞 즐겨 구경함)할 수 있는 나의 산보로(散步路)는 번화의 가태(假態 거짓으로 꾸민 자태)를 벗고 미지의 진면목을 드러낸 풍성한 상념의 길이다. 나는 이 길에서 지나간 세월을 살피며 돌의 미학, 바위의 사상사에 침잠한다. 내가 성북동 사람이 된 지 스물세 해, 그것도 같은 자리, 같은 집에 서고 보니 나도 암석의 생리를 닮은 모양이다. 전석불생태(前席不生苔)라고, 구르는 돌에 이끼가 앉지 않는다는 것이 암석미의 제 1장이다.

　성북동은 산골 맛에 사는데, 내 집은 산 밑이 아니어서 내가 좋아하는 천석(泉石 물과 돌, 즉 자연의 경치를 이름)은 찾아가야만 만날 수 있는 것이 일대한사(一大恨事 몹시 한스러운 일)다. 집 장수가 지은 집이라서 20여 년을 살아도 정든 구석이라곤 없는 몰운치(沒韻致)한 집이고 보니, 다른 욕심은 별로 없어도 산 가까운 곳에 자연스러운 정원이 있는 집 하나 가지고 싶은 꿈은 버리지 못한다. 그래서 나는 내가 좋아하는 산장의 설계를 공상하는 것으로 낙사(樂事)를 삼는 것이다. 아무리 좋은 집일지라도 산이 멀고 전차, 자동차 소리가 시끄러운 동리에서는 살 것 같지가 않기 때문이다. 이른바 천석고황(泉石膏肓 자연을 즐기는 것이 정도에 지나쳐 마치 불치의 고질병과 같다는 말)인지도 모른다. 그러니 그렁저렁 수석에 대한 그리움이나 지니면서 예대로 살아가는 셈이다.

　혜화동 고개에 올라서서 성(城)돌에 앉아 우이동 연봉(連峰 이어진 산봉우리)을 바라보는 맛, 삼선교에서 성북동 뒷산을 보며 황혼 길을 걸어오는 맛은 동양화의 운치가 있다. 석산(石山)과 송림(松林) 위로 지나는 사계(四季)의 산기(山氣) 기운과 바람소리의 변화를 보고 들으며, 내 암석 사상의 풍상(風霜)의 열력(閱歷)을 샅샅이 알고 있는 옛집에서 조용히 늙게 될까 보다. 예지와 정감과 의지의 혼융체 － 이제야 전체로서의 바위의 묘경(妙境)이 알아질 듯도 하다.

■ 생각해 볼 문제

▶ 지은이가 돌에서 어떤 미학을 발견하는지 돌에 대한 지은이의 세 가지
   인상을 중심으로 살펴보자.

　지은이는 동양 정신의 진수를 '돌'에서 찾으려고 한다. 그런 맥락
에서 지은이가 '돌의 미학'을 발견하는 과정을 따라가다 보면 자연히
동양 정신의 진수을 접할 수 있게 된다.

　지은이는 돌에 대한 세 가지 인상을 역사적 흐름에 따라 서술하는 방
식을 취하고 있 다.

　첫째는, 일본 교토의 묘심사와 오대산 월정사의 돌로서 선(禪)을 하
면서 찾아가 본 돌이고, 둘째는, 경주 토함산 석굴암의 돌이고 , 셋째
는, 피난 시절 대구에서 보았던 큰 바위이다. 묘심사의 돌에서 온아
적정(溫雅寂靜)의 인공미와 동양적 예지를, 오대산 월정사에서 자연
의 아름다움은 물론 사람과 함께 온갖 풍상을 겪으면서도 변하지 않
는 돌의 엄위와 정다움을 찾는다.

　토함산 석굴암의 석가상에서는 예술미와 자연미가 한 데 얽혀 이뤄
내는 아름다움의 극치를 보게 된다. 지은이는 단순한 물질이 아닌, 살
아서 피가 도는 돌에서 위대한 예술의 근원을 발견한다. 또한 예술의
극치를 보이는 석상에서 영원한 신라의 꿈과 힘이 서려 있음을 본다.

　대구의 바윗돌에서는 맹렬한 의욕과 사나운 의지를 본다. 세상 사
람들은 전쟁과 가뭄으로 극심한 고통을 겪고 있지만 태초에 맹렬한
폭음과 함께 튕겨 나온 왕모래 사토(砂土) 길 언덕에 서 있던 집채보다
더 큰 바위에는 사나운 의욕이 꿈틀대고 있다.

　돌에 대한 이와 같은 인상은 지은이의 정신세계가 성숙되어가는 과
정을 담고 있다. 지은이는 처음에는 인공적이고 정적인 돌을 보다가,
나중에는 맹렬한 의욕과 사나운 의지를 지닌 돌을 보게 된다. 이렇게
대상이 바뀌어 가는 것은 지은이의 태도도 그처럼 변하고 있다는 것
을 의미한다.

- **성격** | 서정적, 불교적, 사색적.
- **표현** | 지은이의 불교적 사상과 지식이 바탕이 된 이 작품에는 한자 어구의
  사용이 특징이다.
- **제재** | 세 가지 돌에서 받은 인상.
- **주제** | 돌에서 찾은 생명의 아름다움.
- **구성** | 각각의 다른 장소에서 발견한 돌의 모습과 의미를 내용상으로 명확하
  게 구분하여 변화되는 지은이의 가치관을 분명하게 드러내고 있다.
- **지은이** | 조지훈(趙芝薰 1920~1968)

멋없는 세상 멋있는 사람

김태길

버스 안은 붐비지 않았다. 손님들은 모두 앉을 자리를 얻었고, 안내양만이 홀로 서서 반은 졸고 있었다. 차는 빠르지도 느리지도 않은 속도로 달리고 있었는데, 갑자기 남자 어린이 하나가 그 앞으로 확 달려들었다. 버스는 급정거를 했고, 제복에 싸인 안내양의 몸뚱이가 던져진 물건처럼 앞으로 쏠렸다. 찰나에 운전기사의 굵직한 바른팔이 번개처럼 수평으로 쭉 뻗었고, 안내양의 가는 허리가 그 팔에 걸려 상체만 앞으로 크게 기울었다. 그녀의 안면이 버스 앞면 유리에 살짝 부딪치며, 입술 모양 그대로 분홍색 연지가 유리 위에 예쁜 자국을 남겼다. 마치 입술로 도장을 찍은 듯이 선명한 자국.

아무 일도 없었던 것처럼 운전기사는 묵묵히 앞만 보고 계속 차를 몰고 있었다. 그의 듬직한 뒷모습을 바라보며 나는 그가 멋있는 사람이라고 느꼈다. 예술과도 같은 그의 솜씨도 멋이 있었고, 필요 없는 말을 한마디도 하지 않는 그의 대범한 태도도 멋이 있었다.

멋있는 사람들의 멋있는 광경을 바라볼 때는 마음의 창이 환히 밝아지며 세상 살 맛이 있음을 깨닫는다. 그러나 요즈음은 멋있는 사람을 만나기가 꿈에 떡 맛보듯 어려워서, 공연히 옛날이야기에 향수와 사모를 느끼곤 한다.

선조(宣祖) 때의 선비 조헌(趙憲 조선 중기의 문신·유학자·의병장)도 멋있게 생애를 보낸 옛사람의 하나이다. 그가 교서정자(校書正字 조선시대 경서의 인쇄와 교정, 향축 등을 맡아 보던 관리)라는 정9품의 낮은 벼슬자리에 있었을 때, 하루는 궁중의 향실(香室 옛날 조정에서 제사에 쓸 향을 보관하던 방)을 지키는 숙직을 맡게 되었다. 마침 중전이 불공을 드리는 데 사용할 것이니 향을 봉하여 올리라는 분부를 내렸다.

그러나 조헌은, "이 방의 향은 종묘(宗廟 역대 임금의 위패를 모시던 제왕가의 사당)와 사직(社稷 국가, 조정), 그리고 사전(祀典 제사를 지내는 예의에 관한 법칙)에 실려 있는 제례 때만 사용하는 것입니다. 불공드리는 데 쓰시기 위한 향으로는, 비록 만 번 죽는 한이 있더라도 신은 감히 봉해 드리지 못하겠습니다" 하고 거절했다. 중간의 사람들이 몇 번 오고갔으나 끝까지 굽히지 않았으며, 중전도 결국 그 향을 쓰지 않았다.

말단의 자리에 있으면서도, 나라의 법도를 지키기 위하여 목숨을 걸고 중전의 분부에 거역한 그의 용기는 말할 것도 없거니와, 그러한 강직이 용납될 수 있었던 당시의 궁중 기풍이 멋있어 보인다.

젊은 시절을 풍류로 소일한 이지천(李志賤 조선 후기의 문신)은 어느 날 그가 사귀던 기생을 찾아갔으나, 여자는 없고 그의 거문고만 있었다. 쓸쓸히 앉아 기다렸으나 사람은 오지 않았다. 마침내 절구(絕句)로 사랑의 시 한 수를 지어 벽에 써 놓고 돌아가 버렸다. 그 뒤 10년이 지났을 때 이지천은 호남 어느 여관에서 그 기생의 옛 친구인 또 하나의 기생을 만났다. 이 여인은 10년 전 친구의 방벽에 쓰였던 한 시를 감명 깊게 읽었다고 말했을 뿐 아니라, 그 시를 한 자도 틀리지 않고 암송하였다.

암송을 마친 노기(老妓)는 자기에게도 한 편의 시를 지어 달라고 부탁하며 곧 적삼을 펼쳐 놓았다. 이공(李公)은 그 위에 또 한 수의 칠언 절구를 썼거니와, 조촐하게 늙어 가는 한 여자의 모습을 우아하게 그렸다.

한갓 기방(妓房)을 배경으로 한 남녀의 이야기이지만 그 경지가 높고 풍류에 가득 차 있다. 우리 조상들이 즐겼던 풍류, 그것은 바로 멋 중의 멋이었다.

어찌 옛날 사람들이라고 모두 멋과 풍류로만 살았으랴. 아마 그 시절에도 속되고 추악한 사람들이 있었을 것이다. 그러나 어쩐지 옛날에는 많은 사람들이 여유를 가지고 오늘의 우리보다는 훨씬 멋있는 삶을 살았을 것 같은 생각이 든다.

요즈음도 보기에 따라서는 멋있는 사람들이 적지 않다. 어쩌다 일류 호텔의 로비나 번화한 거리를 지나면서 눈여겨보면, 눈이 부시도록 멋있는 여자와 주눅이 들리도록 잘 생긴 남자들을 흔히 볼 수 있다.

얼굴이나 체격이 뛰어나게 잘생긴 것도 멋있는 일이요, 유행과 체격에 맞추어 옷을 보기 좋게 입는 것도 멋있는 일이다. 그리고 임기응변하여 재치 있는 말을 잘하는 것도 역시 멋있는 일이다.

그러나 겉모양의 멋이나 말솜씨의 멋을 대했을 때, 우리는 가볍고 순간적인 기쁨을 맛볼 뿐 가슴 깊은 감동을 느끼지는 않는다. 세상을 사는 보람을 느낄 정도로 깊은 감동을 주는 것은 역시 마음 깊숙한 곳에서 우러나오는 무형의 멋, 인격 전체에서 풍기는 멋이 아닌가 한다. 바로 그 무형의 멋 또는 인격의 멋을 만나기가 오늘 우리 주변에서는 몹시 어려운 것이다.

멋있는 사람의 소유자를 만나 보고자 밖으로만 시선을 돌릴 것이 아니라 내 스스로 멋있는 삶을 갖도록 노력하는 편이 더욱 긴요한 일이 아니겠느냐고 뉘우쳐 보기도 한다. 멋있는 사람과 만나는 것도 삶의 맛을 더하는 길이겠지만, 내 자신의 생활 속에 멋이 담겼음을 발견할 수 있다면, 그보다 더 큰 보람이 없을 것이다.

그러나 주위가 온통 멋없는 세상인데 내가 무슨 재주로 내 마음 속에 멋을 가꿀 수 있을까 하는 생각이 앞을 가린다. 그런 생각부터 앞서는 것 자체가 아마 내 사람됨의 멋없음을 말해 주는 증거인지도 모른다.

현실을 암흑에 비유하고 세상을 부정의 눈으로 바라보면서도 결국은, "네 운명을 사랑하라"고 가르친 니체는 멋있는 철학자였다. 어느 시대인들 세상 전체가 멋있게 돌아가기야 했으랴. 사람들이 모여 사는 곳이면 어디를 가나 으레 속물과 속기(俗氣)가 판을 치게 마련이다. 세상이 온통 속기로 가득 차 있기에 간혹 나타나는 멋있는 사람들이 더욱 돋보일 것이다.

힘도 없는 주제에 굳이 거창한 목표를 세울 필요는 없을 것이다. 주어진 현실을 주어진 그대로 조용히 바라보며 욕심 없이 살아가는 가운데 때때로 작은 웃음을 즐길 수 있다면, 그것만으로도 삶의 멋이라면 멋이요, 맛이라면 맛이 아닐까.

▶ 지은이가 멋있다고 판단한 사람들의 유형은 어떠한가?

위험에 처한 버스 안내양을 구해주고 마치 아무 일도 없었다는 듯이 묵묵히 하던 일을 계속하던 버스 운전기사. 소영웅심에 도취되어 으쓱해하지 않는 운전기사로부터 지은이는 공을 내세우지 않는 자의 멋을 느꼈을 것이다.

목숨을 걸고 자신의 직분을 다한 강직한 '조헌'의 용기와 그 용기가 용납될 수 있었던 당시 궁중의 기풍에서도 지은이는 멋을 느낄 수 있었다.

이러한 겸손함과 강직함만이 멋이 아니다. 멋과 풍류를 즐길 수 있었던 '이지천'과 한 기녀의 이야기도 지은이에게는 멋스러움으로 다가왔다. 이는 당시 우리 조상들의 풍류가 오늘날의 오락과는 다른 격조와 품위를 지니고 있었기 때문일 것이다.

한마디로 지은이는 주어진 현실을 그대로 조용히 바라보며 욕심 없이 살아가는 가운데 때때로 작은 웃음을 즐길 수 있다면 그것이 삶의 진정한 멋이라는 결론을 내리고 있다. 그러나 그런 삶이 말만큼 쉽지 않아서 그런지 오늘날 멋있는 사람들은 찾아보기 힘들 정도다.

■ 작품 정리

• **성격** | 사변적, 예화적, 교훈적.
• **특징** | 일상의 체험과 예화로 주제에 접근하였으며, 과거와 현재를 비교하여 현재를 반성하고 있다.
• **제재** | 멋있는 사람들.
• **주제** | 참된 멋의 의미.
• **구성** | 지은이의 눈에 비친 멋진 사람의 실례와, 진정한 멋에 관해 자신의 견해를 밝힌 후반부로 나뉘어 내용이 전개되고 있다.
• **지은이** | 김태길(金泰吉 1920~)

산정무한(山情無限)

정비석

산길 걷기에 알맞도록 간편히만 차리고 떠난다는 옷치장이, 정작 푸른 하늘 아래에 떨치고 나서니 멋은 제대로 들었다. 스타킹과 닉카아 팬츠(니커보커스 knickerbockers ^{무릎 근처에서 졸라매게 되}어 있는 품 넓은 등산용 바지)와 점퍼로 몸을 거뿐히 단속한 후, 등산모 제쳐 쓰고 배낭을 걸머지고 고개를 드니, 장차 우리의 발밑에 밟혀야 할 만이천 봉이 천리로 트인 창공에 뚜렷이 솟아 보이는 듯하다.

그립던 금강으로, 그리운 금강산으로! 떨치고 나선 산장에서는 어느새 산의 향기가 서리서리 풍긴다. 산뜻한 마음으로 활개쳐 가며 산으로 떠나는 지완과 나는 이미 본정통(일제 강점기에 서울의 충무로를 가리키던 이름)에 방황하던 창백한 인텔리가 아니라, 역발산기개세(力拔山氣蓋 世 힘은 산을 뽑을 만하고 기개는 세상을 덮을만함)의 기개를 가진 갈 데 없는 야인 문 서방이요, 정 생원이었다.

경원선 기차에 몸을 실었다. 차 안에서 무슨 홀게(매듭 등을 단단히 조인 정도) 빠진 체모(체면. 몸차림이나 몸가짐)란 말이냐? 우리 조상들의 본을 떠서 우리도 할 소리, 못 할 소리 남 꺼릴 것 없이 성량껏 떠들었으면 그만이 아닌가? 스스로 야인의 긍지에 도취되어서, 뒤로 흘러가는 창밖의 경개를 우리는 호화로운 심정으로 영접하였다. 고리타분한 생활을 항간에 남겨두고, 잠시나마 자연인으로 돌아간다는 것이 이처럼 쾌사였던가? 인간생활이 코답지근하고 답답하기 한없음을 인제서 깨달은 듯하였다. 잠시나마 악착스러운 생활을 벗어나 순수한 자연의 품안으로 들어 본다는 것은 항상 오만한 인간 생활의 순화를 위하여 얼마나 긴요한 일일까? 허심탄회, 인화지와 같은 마음으로, 앞으로 전개될 자연들을 우리는 해면처럼 흡수했으면 그만이었다.

철원서 금강 전철로 차를 바꿔 탄 것이 저무는 일곱 시쯤 - 먼 산골에는 황혼이 어리고, 대지는 각일각(시간이 지나감) 회색으로 용해되어 가는데, 개성을 추상(抽象)당한 산령들(날이 어두워지면서 여러 가지 모양의 산들이 그 모습을 감추는 현상을 표현한 것)이 묵직한 윤곽만으로 서녘 하늘에 웅크렸다. 고요하기 태고 같은 이 풍경 속에서 순시도 멎음 없이 변화를 조종하는 기막힌 조화는, 대체 누가 부리는 요술이던가? 창명히(슬프고 막막하게) 저물어가는 경개에 심취하여, 창가에 기대인 채 마음의 평화를 즐기다가, 우리는 어느덧 저 모르게 가슴 깊이 지녔던 비밀들을 서로 이야기하고 있었다. 보배로 여기던 비밀을 아낌없이 털어 놓도록 그만큼 우리를 에워싼 분위기는 순수했던 것이다.

유리창 밖으로 비치는 지완의 얼굴을 하염없이 바라보며, 그의 청춘사에서도 가장 깨끗하고 아름다웠을 사랑담을 허심히 들어 넘기며, 나는 몇 번이고 담배를 피웠다. 침착한 여인네가 장롱에 옷가지 챙겨놓듯 차근차근 조리 있게 얽어 나가는 지완의 능숙한 화술은 맑은 그의 음성과 어울려서 귓가에 도란도란 향기로웠다. 사랑이 그처럼 담담할 수 있을까? 세상에 사랑처럼 쓰라린 것, 매운 것은 없다는데, 지완의 것은 아침 이슬같이 담결(맑고 깨끗함)했다니, 그도 그의 성격의 소치일까? 창 밖에 금풍(金風 가을 바람)이 소슬해서, 그 사람이 유난히 고매하게 느껴졌다.

내금강 역사에 닿으니 밤 열 시. 어느 사찰을 연상시키는, 순조선식 거하(巨廈 큰 집)가 달빛 속에 우리를 반기는 듯 맞는다. 내금강 역사(驛舍)다. 어느 외국인의 산장을 그대로 떠다 놓은 듯이 멋진 양관(洋館)의 외금강 역과 아울러 이 조선식 내금강 역은 산을 찾아오는 사람에게 무한 정겨운 호대조(好對照)의 두 건물이다. 내와 외를 여실히 상징한 것이 더 좋았다.

십삼 야월의 달빛 차겁게 넘실거리는 역 광장에 나서니, 심산의 밤이라 과시 바람은 세찬데, 별안간 계간(계곡 사이)을 흐르는 물소리가 정신을 빼앗을 듯 소란하여 추위는 한층 뼈에 스민다. 장안사로 향하여 몇 걸음 걸어가며 고개를 드니, 산과 산들이 병풍처럼 사방에 우쭐우쭐 둘러선다. 기 쓰고 찾아온 바로 저 산이 아니었던가 하고 금세 어루만져 보고 싶은 충동을 느끼며, 힘껏 호흡을 들여 마시니, 어느덧 간장도 청수에 씻기운 듯 맑아 온다. 청계를 끼고 물소리를 즐기며 걸어가기 십 분쯤, 문득 발부리에 나타나는 단청된 다리는 이름부터 격에 어울려 함부로 건너기조차 외람된 문선교(問仙橋)!

문선교! 어느 때 어떤 은사가 예까지 찾아와서, 선경이 어디냐고 목동에게 차문(借問 남에게 모르는 것을 물어봄)한 고사라도 있었던가? 있을 법한 일이면서 깜짝 소문에조차 듣지 못한 것은, 역시 선경과 속계가 스스로 유별한 탓이었던가?

차문주가하처재(借問酒家何處在)
목동요지행화촌(牧童遙指杏花村)

(술집이 어느 곳에 있느냐고 물으니

목동은 손가락으로 살구꽃 핀 마을을 가리키네)은 속계의 노래로, 속계에서는 이만 하면 풍류객이었다. 동양류의 선경이란 풍류객들이 사는 고장을 일 컬음이니, 선경과 속계는 백지 한 겹밖에 아닐 듯이 믿어지니, 이미 세진을 떨치고 나선 몸이라 서슴지 않고 문선교를 건너기로 하였다.

이튿날 아침, 고단한 마련해선(피곤함에도 불구하고) 일찌감치 눈이 떠진 것은 몸이 지닌 기쁨이 하도 컸던 탓이었을까. 안타깝게도 간밤에 볼 수 없던 영봉(靈峯 신령스러운 산봉우리)들을 대면(對面)하려고 새댁 같이 수줍은 생각으로 밖에 나섰으나, 계곡은 여태 짙은 안개 속에서, 준봉(峻峯 높고 험한 산봉우리)은 상기 깊은 구름 속에서 용이(容易)하게 자태를 엿보일 성싶지 않았고, 다만 가까운 데의 전나무, 잣나무들만이 대장부의 기세로 활개를 쭉쭉 뻗고, 하늘을 찌를 듯이 솟아 있는 것이 눈에 뜨일 뿐이었다.

모두 근심 없이 자란 나무들이었다. 청운(靑雲)의 뜻을 품고 하늘을 향하여 밋밋하게 자란 나무들이었다. 꼬질꼬질 뒤틀어지고 외틀어지고(비뚤게 틀어지고) 한 야산(野山) 나무밖에 보지 못한 눈에는, 귀공자와 같이 기품(氣稟)이 있어 보이는 나무들이었다.

조반(朝飯) 후 단장(短杖 지팡이) 짚고 험난한 전정(前程 앞길)을 웃음경삼아(웃음을 주는 경치로 삼아) 탐승(探勝 경치 좋은 곳을 찾음)의 길에 올랐을 때에는, 어느덧 구름과 안개가 개어져 원근(遠近) 산악이 열병식(閱兵式)하듯 점잖이들 버티고 서 있는데, 첫눈에 비치는 만산(萬山)의 색소는 홍(紅)! 이른바 단풍이란 저런 것인가 보다 하였다.

만학천봉(萬壑千峯 수많은 골짜기와 산봉우리들)이 한바탕 흐드러지게 웃는 듯, 산색(山色)은 붉은 대로 붉었다. 자세히 보니, 홍만도 아니었다. 청(靑)이 있고, 녹(綠)이 있고, 황(黃)이 있고, 등(橙 오렌지 색)이 있고, 이를테면 산 전체가 무지개와 같이 복잡한 색소로 구성되었으면서, 얼른 보기에 주홍(朱紅)만으로 보이는 것은 스펙트럼의 조화던가?

복잡한 것은 색(色)만이 아니었다. 산의 용모는 더욱 다기(多岐 여러 갈래)하다. 혹은 깎은 듯이 준초(峻峭 가파르고 험하고)하고, 혹은 그린 듯이 온후(溫厚)하고, 혹은 막 잡아 빚은 듯이 험상궂고, 혹은 틀에 박은 듯이 단정하고…… 용모, 풍취가 형형색색인 품이 이미 범속(凡俗)이 아니다.

산의 품평회(品評會)를 연다면, 여기서 더 호화로울 수 있을까? 문자 그대로 무궁무진(無窮無盡)이다. 장안사(長安寺) 맞은편 산에 울울창창(鬱鬱蒼蒼) 우거진 것은 다 잣나무뿐인데, 모두 이등변삼각형(二等邊三角形)으로 가지를 늘어뜨리고 서 있는 품이, 한 그루의 나무가 흡사히 괴어 놓은 차례탑(茶禮塔 차례 때 높이 괴어 올린 제물) 같다.

부처님은 예불상(禮佛床 예불시 음식물을 차려 놓은 상(床))만으로는 미흡(未洽)해서, 이렇게 자연의 진수성찬(珍羞盛饌)을 베풀어 놓으신 것일까? 얼른 듣기에 부처님이 무엇을 탐낸다는 것이 천만부당(千萬不當)한 말 같지만, 탐내는 그것이 물욕(物慾) 저편의 존재인 자연이고 보면, 자연을 맘껏 탐낸다는 것이 이미 불심(佛心)이 아니고 무엇이랴.

장안사 앞으로 흐르는 계류(溪流)를 끼고 돌며 몇 굽이의 협곡(峽谷)을 거슬러 올라가니 산과 물이 어울리는 지점에 조그마한 찻집이 있다.

다리도 쉴 겸, 스탬프 북을 한 권 사서, 옆에 구비된 기념인장을 찍으니, 그림과 함께 지면(紙面)에 나타나는 세 글자가 명경대(明鏡臺)! 부앙(俯仰 굽어보고 우러러봄)하여 천지에 참괴(慙愧 부끄러움)함이 없는 공명(公明)한 심경을 명경지수(明鏡止水 '맑은 거울과 잔잔한 물'이라는 뜻으로 아주 맑고 깨끗한 심경(心境)을 일컫는 말)라고 이르나니, 명경대란 흐르는 물조차 머무르게 하는 곳이란 말인가! 아니면, 지니고 온 악심(惡心)을 여기서만은 정(淨)하게 하지 아니하지 못하는 곳이 바로 명경대란 말인가! 아무려나 아름다운 이름이라고 생각하며 찻집을 나와 수십 보를 바위로 올라가니, 깊고 푸른 황천담(黃泉潭)을 발밑에 굽어보며 반공(半空 중천(中天))에 외연(巍然)히 솟은 절벽이 우뚝 마주 선다. 명경대였다. 틀림없는 화장경(化粧鏡) 그대로였다. 옛날에 죄의 유무(有無)를 이 명경에 비추면, 그 밑에 흐르는 황천담에 죄의 영자(影子 그림자)가 반영(反映 반사되어 비침)되었다고 길잡이는 말한다.

명경! 세상에 거울처럼 두려운 물건이 다신들 있을 수 있을까! 인간 비극은 거울이 발명되면서 비롯했고, 인류 문화의 근원은 거울에서 출발했다고 하면 나의 지나친 억설(臆說 근거나 이유가 없는 억측의 말)일까? 백 번 놀라도 유부족(猶不足 오히려 부족)일 거울의 요술을 아무런 두려움도 없이 일상(日常)으로 대하게 되었다는 것은 또 얼마나 가경(可驚 놀랄 만함)할 일인가?

신라조(新羅朝) 최후의 왕자인 마의 태자(麻衣太子)는 시방 내가 서 있는 바로 이 바위 위에 꿇어 엎드려, 명경대를 우러러 보며 오랜 세월을 두고 나무아미타불(南無阿彌陀佛)을 염송(念誦 마음속으로 부처를 생각하여 염불을 욈)했다니, 태자도 당신의 업죄(業罪 전생에 지은 죄)를 명경(明鏡)에 영조(暎照 밝게 되비춤)해 보시려는 뜻이었을까! 운상기품(雲上氣稟 속됨을 벗어난 고상한 기품. 곧 왕족의 기품으로 백성의 세계에 대하여 왕족의 세계를 이름)에 무슨 죄가 있으랴만, 등극(登極)하실 몸에 마의(麻衣)를 감지 않으면 안 되었나는 것이 이미 불법(佛法)이 말하는 전생의 연(緣)일는지 모른다.

두고 떠나기 아쉬운 마음에 몇 번이고 뒤를 돌아다보며 계곡을 돌아 나가니, 앞으로 염마(閻魔 염라대왕. 저승의 임금)처럼 막아서는 웅자(雄姿 늠름하고 씩씩한 모습. 웅장한 모습)가 석가봉(釋迦峯)! 뒤로 맹호(猛虎)같이 덮누르는 신용(神容)이 천진봉(天眞峯)! 전후좌우를 살펴봐야 협착(狹窄)한(매우 좁은) 골짜기는 그저 그뿐인 듯. 진퇴유곡(進退維谷 앞으로 나아갈 수도 없고 뒤로 물러설 수도 없어, 어찌할 길이 없음)의 절박감을 느끼며 그대로 걸어 나가니, 간신히 트이는 또 하나의 협곡(狹谷)!

몸에 감길 듯이 정겨운 황천강(黃泉江) 물줄기를 끼고 돌면, 길은 막히는 듯 나타나고, 나타나는 듯 막히고, 이 산에 흩어진 전설과, 저 봉에 얽힌 유래담(由來談 사물의 내력에 대한 이야기)을 길잡이에게 들어가며 쉬엄쉬엄 걸어 나가는 동안에, 몸은 어느덧 심해(深海)같이 유수(幽邃)한(그윽하고 깊숙한) 수목(樹木) 속을 거닐고 있음을 깨닫게 된다.

천하에 수목이 이렇게도 지천(至賤 너무 많아 조금도 귀할 것이 없음)으로 많던가! 박달나무, 엄나무, 피나무, 자작나무, 고로쇠나무. 나무의 종족은 하늘의 별보다도 많다고 한 어느 시의 구절을 연상하며 고개를 드니, 보이는 것이라고는 그저 단풍 뿐, 단풍의 산이요, 단풍의 바다다).

산 전체가 요원(燎原 불타고 있는 언덕) 같은 화원(花園)이요, 벽공(碧空)

에 외연(巍然)히(높고 크게 우뚝이) 솟은 봉봉(峯峯)은 그대로가 활짝 피어오른 한 떨기의 꽃송이다. 산은 때 아닌 때에 다시 한 번 봄을 맞아 백화난만(百花爛漫 온갖 꽃이 피어 한창 무르익어 곱게 흐드러진)한 것일까? 아니면, 불의(不意)의 신화(神火 도깨비불. 까닭 없이 저절로 일어난 불)에 이 봉 저 봉이 송두리째 붉게 타고 있는 것일까? 진주홍(眞珠紅 진한 주홍빛. 새빨간 빛)을 함빡 빨아들인 해면(海綿 갯솜. 동물의 뼈로서 솜같이 된 것)같이, 우러러 볼수록 찬란하다.

산은 언제 어디다 이렇게 많은 색소를 간직해 두었다가, 일시에 지천으로 내뿜는 것일까?

단풍이 이렇게 고운 줄은 몰랐다. 김 형(金兄)은 몇 번이고 탄복하면서, 흡사히 동양화의 화폭(畵幅) 속을 거니는 감흥(感興 마음에 느끼어 일어나는 흥취)을 그대로 맛본다는 것이다. 정말 우리도 한 떨기 단풍에 지나지 않아 보인다. 다리는 줄기요, 팔은 가지인 채, 피부는 단풍으로 물들어 버린 것 같다. 옷을 훌훌 벗어 꽉 쥐어짜면, 물에 헹궈 낸 빨래처럼 진주홍 물이 주르르 흘러내릴 것만 같다.

그림 같은 연화담(蓮花潭) 수렴폭(垂簾瀑)을 완상(玩賞)하며(즐기면서 구경하며), 몇 십 굽이의 석계(石階 돌계단)와 목잔(木棧 나무로 사다리처럼 놓은 길)과 철삭(鐵索 철사로 꼬아 만든 줄)을 답파(踏破)하고(끝까지 다 걸어가고) 나니, 문득 눈앞에 막아서는 무려 3백단의 가파른 사닥다리—한 층계 한 층계 한사코 기어오르는 마지막 발걸음에서 시야는 일망무제(一望無際 멀고 넓어서 바라보는 데 막힘이 없음)로 탁 트인다. 여기가 해발 5천 척의 망군대(望軍隊)—아! 천하는 이렇게도 광활(廣闊 환하고 넓음)하고 웅장하고 숭엄하던가!

이름도 정다운 백마봉(白馬峯)은 바로 지호지간(指呼之間 아주 가까운 거리)에 서 있고, 내일 오르기로 예정된 비로봉(毘盧峯)은 단걸음에 건너뛸 정도로 가깝다. 그밖에도, 유상무상(有象無象 세상 물건을 이것저것 구별하지 않고 통틀어 일컫는 말)의 허다한 봉들이 전시(戰時 전쟁 중에)에 할거(割

據(제각기 땅을 차지하여 자리를 잡음)하는 군웅(群雄)들처럼 여기에서도 불끈 저기에서도 불끈, 시선을 낮춰 아래로 굽어보니, 발밑은 천인단애(千仞斷崖 천 길이나 되는 낭떠러지), 무한제(無限際)로 뚝 떨어진 황천계곡(黃泉溪谷)에 단풍이 선혈처럼 붉다. 우러러보는 단풍이 새색시 머리의 칠보단장(七寶丹粧 여러 패물로 단장함) 같다면, 굽어보는 단풍은 치렁치렁 늘어진 규수의 붉은 치마폭 같다고나 할까. 수줍어 수줍어 생글 돌아서는 낯붉힌 아가씨가 어느 구석에서 금방 튀어나올 것도 같구나!

저물 무렵에 마하연(摩詞衍)의 여사(旅舍)를 찾았다.

산중에 사람이 귀해서였던가. 어서 오십사는 상냥한 안주인의 환대도 은근하거니와, 문고리 잡고 말없이 맞아주는 여관집 아가씨의 정성은 무르익은 머루 알같이 고왔다.

여장(旅裝)을 풀고 마하연함(摩詞衍庵)을 찾아갔다. 여기는 선원(禪院 참선(參禪)하는 절)이어서, 공부하는 승려뿐이라고 한다. 크지도 않은 절이건만 승려 수는 실로 30명은 됨직하다. 이런 심산(深山)에 웬 중이 그렇게도 많을까?

무한청산행욕진(無限淸山行欲盡)
백운심처노승다(白雲深處老僧多)
한없는 청산 끝나 가려 하는데,
흰 구름 깊은 곳에 노승도 많아라.
– 당승(唐僧) 영일(靈一)의 시

옛 글 그대로다.

노독(路毒)을 풀 겸 식후에 바둑이나 두려고 남포동 아래에 앉으니, 온고지정(溫故之情 옛것을 살피고 생각하는 마음)이 불현 듯 새로워졌다.

"남포동은 참말 오래간만인데."

하며, 불을 바라보는 김 형의 말씨가 하도 따뜻해서, 나도 장난삼아 심지를 돋우었다 줄였다 하며, 까맣게 잊었던 옛 기억을 되살렸다. 그리운 얼굴들이, 흐르는 물의 낙화(落花) 송이 같이 떠돌았다.

밤 깊어 뜰에 나가니, 날씨는 흐려 달은 구름 속에 잠겼고, 음풍(陰風 음산한 바람. 겨울바람)이 몸에 선선하다. 어디서 쏼쏼 소란히 들려오는 소리가 있기에 바람 소린가 했으나, 가만히 들어 보면 바람 소리만도 아니요, 물소린가 했더니 물소리만도 아니요, 나뭇잎 갈리는 소린가 했더니 나뭇잎 갈리는 소리가 함께 어울린 교향악인 듯싶거니와, 어쩌면 곤히 잠든 산의 호흡인지도 모를 일이다.

뜰을 어정어정 거닐다 보니, 여관집 아가씨는 등잔 아래에 외로이 앉아서 책을 읽고 있다. 무슨 책일까? 밤 깊은 줄조차 모르고 골돌히 읽는 품이, 춘향(春香)이 태형(笞刑 매로 볼기를 치는 형벌) 맞으며 백(百)으로 아뢰는 대목일 것도 같고, 누명(陋名) 쓴 장화(薔花)가 자결을 각오하고 원한을 하늘에 고축(告祝 신명(神明)에게 고하여 빔)하는 대목일 것도 같고, 시베리아로 정배(定配 귀양)가는 카추샤의 뒤를 네프 백작(伯爵)이 쫓아가는 대목(러시아 문호 톨스토이의 장편 소설 〈부활〉의 한 장면)일 것도 같고, 궁금한 판에 제멋대로 상상해 보는 동안에 산 속의 밤은 처량히 깊어갔다.

자꾸 깊은 산속으로만 들어가기에, 어느 세월에 이 골을 다시 헤어나 볼까 두렵다. 이대로 친지와 처자를 버리고 중이 되는 수밖에 없나 보다고 생각하며 고개를 돌이키니, 몸은 어느새 구름을 타고 두리둥실 솟았는지, 군소봉(群小峯)이 발밑에 절하여 아뢰는 비로봉 중허리에 나는 서 있었다. 여기서부터 날씨는 급격히 변화되어 이 골짝 저 골짝에 안개가 자욱하고 음산(陰散)한 구름장이 산허리에 감기더니, 은제(銀梯), 금제(金梯)에 다다랐을 때, 기어이 비가 내렸다. 젖빛 같은 연무(煙霧)가 짙어서 지척을 분별할 수 없다. 우장(雨裝)없이 떠난 몸이기에 그냥 비를 맞으며 올라가노라니까, 돌연 일

진광풍(一陣狂風 한바탕 부는 사나운 바람)이 어디서 불어 왔는지, 휙 소리를 내며 운무(雲霧)를 몰아가자, 은하수같이 정다운 은제와, 주홍 주단 폭 같이 늘어놓은 붉은 진달래 단풍이, 몰려가는 연무 사이로 나타나 보인다. 은제와 단풍은 마치 이랑이랑으로 섞바꾸어가며 짜 놓은 비단결 같이 봉에서 골짜기로 퍼덕이며 흘러내리는 듯하다. 진달래 꽃보다 단풍이 배승(倍勝 갑절이나 나음)함을 이제야 깨달았다.

오를수록 우세(雨勢)는 맹렬했으나, 광풍이 안개를 헤칠 때마다 농무(濃霧) 속에서 홀현홀몰(忽顯忽沒 갑자기 나타났다가 갑자기 사라짐)하는 영봉(靈峯)을 영송(迎送)하는 것도 과히 장관(壯觀)이었다.

산마루가 가까울수록 비는 폭주(暴注)로 내리붓는다. 만이천 봉을 단박에 창해(滄海)로 변해 보리는 것일까. 우리는 갈 데 없이 물에 빠진 쥐 모양을 해 가지고 비로봉 절정(絶頂)에 있는 찻집으로 찾아드니, 유리창 너머로 내다보고 섰던 동자(童子)가 문을 열어 우리를 영접하였고, 벌겋게 타오른, 장독 같은 난로를 에워싸고 둘러앉았던 선착객(先着客)들이 자리를 사양해 준다. 인정이 다사롭기 온실 같은데, 밖에서는 몰아치는 빗발이 뒤집히는 듯하다. 용호(龍虎)가 싸우는 것일까? 산신령이 대노(大怒)하신 것일까? 경천동지(驚天動地 하늘이 놀라고 땅이 울린다는 뜻으로, 세상을 크게 놀라게 함)도 유만부동(類萬不同 정도에 넘침)이지, 이렇게 만상(萬象)을 뒤집을 법이 어디 있으랴고. 간담(肝膽)을 죄는 몇 분이 지나자, 날씨는 삽시간에 잠든 양같이 온순해졌다. 변환(變幻)도 이만하면 극치에 달한 듯싶다.

비로봉 최고점(最古點)이라는 암상(巖上)에 올라 사방을 조망(眺望)했으나, 보이는 것은 그저 뭉게뭉게 피어오르는 운해(雲海)뿐ㅡ 운해는 태평양보다도 깊으리라 싶었다. 내·외·해(內外海) 삼금강(三金剛)을 일망지하(一望之下)에 굽어 살필 수 있다는 한 지점에서 허무한 운해밖에 볼 수 없는 것이 가석하나, 돌이켜 생각건대 해발 육천 척에 다시 신장 오 척을 가하고 오연(傲然)히(오만스럽게) 저립(佇

立)해서(우두커니 섬), 만학천봉(萬壑千峯)을 발밑에 꿇어 엎드리게 하였으면 그만이지, 더 바랄 것이 무엇이랴.

마음은 천군만마(千軍萬馬)에 군림하는 쾌승장군(快勝將軍)보다도 교만해진다.

비로봉 동쪽은 아낙네의 살결보다도 흰 자작나무의 수해(樹海)였다. 설자리를 삼가, 구중심처(九重深處 대궐. 여기서는 깊은 산 속을 비유)가 아니면 살지 않는 자작나무는 무슨 수중공주(樹中公主)이던가! 길이 저물어, 지친 다리를 끌며 찾아든 곳이 애화(哀話) 맺혀 있는 용마석(龍馬石)—마의 태자의 무덤이 황혼에 고독했다. 능(陵)이라기에는 너무 초라한 무덤—철책(鐵柵)도 상석(床石)도 없고, 풍림(風霖 바람과 비. 풍우)에 시달려 비문(碑文)조차 읽을 수 없는 화강암 비석이 오히려 처량하다.

무덤가 비에 젖은 두어 평 잔디밭 테두리에는 잡초가 우거지고, 석양이 저무는 서녘 하늘에 화석(化石)된 태자의 애기(愛騎) 용마(龍馬)의 고영(孤影)이 슬프다. 무심히 떠도는 구름도 여기서는 잠시 머무르는 듯, 소복(素服)한 백화(百花 자작나무)는 한결같이 슬프게 서 있고, 눈물 머금은 초저녁달이 중천에 서럽다.

태자의 몸으로 마의(麻衣)를 걸치고 스스로 험산(險山)에 들어온 것은, 천 년 사직(千年社稷)을 망쳐 버린 비통을 한 몸에 짊어지려는 고행(苦行)이었으리라. 울며 소맷귀 부여잡는 낙랑공주(樂浪公主)의 섬섬옥수(纖纖玉手 가냘프고 고운 여자의 손)를 뿌리치고 돌아서 입산(入山)할 때에, 대장부의 흉리(胸裡 마음)가 어떠했을까? 흥망(興亡)이 재천(在天)이라. 천운(天運)을 슬퍼한들 무엇하랴만, 사람에게는 스스로 신의(信義)가 있으니, 태자가 고행으로 창맹(蒼氓 세상의 모든 백성. 창생)에게 베푸신 도타운 자혜(慈惠)가 천 년 후에 따숩다.

천 년 사직이 남가일몽(南柯一夢 덧없는 부귀영화)이었고, 태자 가신 지 또다시 천 년이 지났으니, 유구(悠久)한 영겁(永劫)으로 보면 천년도

수유(須臾 ^{잠시 동안})던가!

고작 칠십 생애(七十生涯)에 희로애락을 싣고 각축(角逐)하다가 한 움큼 부토(腐土)로 돌아가는 것이 인생이라 생각하니, 의지 없는 나그네의 마음은 암연히 수수(愁愁)롭다(마음이 서글프고 산란한 데가 있다).

▶ '산정무한'은 금강산 여행 체험을 기록한 기행수필이다. 화려한 묘사로
유명한 이 글은 어떤 표현을 보이고 있는가?

이 작품은 장안사에서 시작하여 명경대, 황천 계곡과 망군대, 마하
연과 비로봉, 마의 태자 묘지에 이르는 여정을 담고 있다.

금강산은 이르는 곳마다 뛰어난 경치를 자랑하고 신비로운 일화를
간직하고 있어 사람의 발길을 멈추게 하며 저절로 탄성을 자아내게
한다. 지은이는 금강산의 절경을 보고 느낀 낭만적 정감을 감각적이
고 섬세한 언어와 다양한 표현 기교를 사용하여 기행문이라는 단순한
기록성을 뛰어넘어 서경과 서정이 잘 조화된 문학으로 승화시켰다.

지은이는 화려체의 묘미와 현란한 느낌을 살려서, 자연이 엮어 내
는 장관에 대한 감탄, 지명에 얽힌 일화와 전설에 관한 회고, 나그네
된 자로서의 객창감 등으로 내용을 전개하고 있다. 이러한 표현상의
특성은 이 글이 단순한 기행 수필의 차원을 한 단계 넘어설 수 있게
하는 중요한 요소이다.

금강산을 기행한 후 기록으로 남긴 사람은 지은이 외에도 여럿이
있지만 이 수필에서처럼 자연 친화의 감정을 낭만적이고 애상적으로
표현한 작품은 보기 드물다고 할 수 있다. 지은이는 선경후정(先景後
情)이라는 표현처럼 금강산의 경(景)을 먼저 구경하고, 여기에서 피어
나는 정(情)을 담담히 서술하고 있어 시적인 감흥을 주기도 한다.

- **성격** | 낭만적, 회고적, 서경적, 기교적, 서정적.
- **표현** | 다양한 수사법을 동원하여 화려한 문체를 구사하고 있으며, 현재 시제를 사용하여 표현하였다.
- **제재** | 금강산의 아름다운 풍경.
- **주제** | 금강산의 뛰어난 풍경과 그 여정.
- **구성** | 금강산의 장안사로부터 시작되는 여정과 감상을 노정에 따른 추보식으로 구성하였다.
- **지은이** | 정비석(鄭飛石, 1911~1991)

수필

피천득

수필은 청자 연적(硯滴)이다. 수필은 난(蘭)이요, 학(鶴)이요, 청초(淸楚)하고 몸맵시 날렵한 여인이다. 수필은 그 여인이 걸어가는, 숲 속으로 난 평탄하고 고요한 길이다. 수필은 가로수 늘어진 페이브먼트(pavement 포장도로)가 될 수도 있다. 그러나 그 길은 깨끗하고 사람이 적게 다니는 주택가에 있다.

수필은 청춘의 글은 아니요, 서른여섯 살 중년 고개를 넘어선 사람의 글이며, 정열이나 심오한 지성을 내포한 문학이 아니요, 그저 수필가가 쓴 단순한 글이다.

수필은 흥미는 주지마는, 읽는 사람을 흥분시키지 아니한다. 수필은 마음의 산책(散策)이다. 그 속에는 인생의 향취와 여운이 숨어 있는 것이다.

수필의 빛깔은 황홀 찬란하거나 진하지 아니하며, 검거나 희지 않고, 퇴락(頹落 건물 따위가 허물어질 만큼 낡은 상태가 됨)하여 추하지 않고, 언제나 온아우미(溫雅優美 온화하고 아담하며 우아하고 아름다움)하다. 수필의 빛은 비둘기 빛이거나 진주 빛이다. 수필이 비단이라면, 번쩍거리지 않는 바탕에 약간의 무늬가 있는 것이다. 그 무늬는 사람 얼굴에 미소를 띠게 한다.

수필은 한가하면서도 나태하지 아니하고, 속박을 벗어나고서도 산만(散漫)하지 않으며, 찬란하지 않고 우아(優雅)하며, 날카롭지 않으나 산뜻한 문학이다.

수필의 재료는 생활 경험, 자연 관찰, 또는 사회 현상에 대한 새로운 발견 등 무엇이나 다 좋을 것이다. 그 제재가 무엇이든지 간에 쓰는 이의 독특한 개성과 그때의 무드(기분)에 따라, '누에의 입에서 나오는 액(液)이 고치를 만들 듯이' 수필은 써지는 것이다. 수필은 플롯(plot 소설, 희곡 따위의 이야기를 형성하는 줄거리)이나 클라이맥스(climax 흥분·긴장 따위가 최고조에 이른 상태, 또는 극이나 사건·소설 등의 절정)를 필요로 하지는 않는다. 필자가 가고 싶은 대로 가는 것이 수필의 행로(行路)이다. 그러나 차를 마시는 것과 같은 이 문학은, 그 차가 방향(芳香 꽃다운 향기, 또는 좋은 냄새)을 가지지 아니할 때에는 수돗물같이 무미(無味)한 것이 되어 버리는 것이다.

수필은 독백(獨白)이다. 소설가나 극작가는 때로 여러 가지 성격을 가져 보아야 된다. 셰익스피어는 햄릿도 되고 폴로니아스(햄릿의 약혼자인 '오필리아'의 아버지로, 햄릿이 부왕을 죽인 숙부를 살해하려다가 실수로 죽이게 되는 인물) 노릇도 한다. 그러나 수필가 찰스 램은 언제나 찰스 램이면 되는 것이다. 수필은 그 쓰는 사람을 가장 솔직히 나타내는 문학 형식이다. 그러므로 수필은 독자에게 친밀감을 주며, 친구에게 받은 편지와도 같은 것이다.

덕수궁 박물관에 청자(靑瓷) 연적(硯滴)이 하나 있었다. 내가 본 그 연적은 연꽃 모양을 한 것으로, 똑같이 생긴 꽃잎들이 정연히 달려 있었는데, 다만 그 중에 꽃잎 하나만이 약간 옆으로 꼬부라졌었다. 이 균형 속에 있는 눈에 거슬리지 않는 파격(破格)이 수필인가 한다. 한 조각 연꽃잎을 옆으로 꼬부라지게 하기에는 마음의 여유를 필요로 한다.

이 마음의 여유가 없어 수필을 못 쓰는 것은 슬픈 일이다. 때로는 억지로 마음의 여유를 가지려 하다가는 그런 여유를 갖는 것이 죄스러운 것 같기도 하여, 나의 마지막 십분지 일(十分之一)까지도 숫제 초조(焦燥)와 번잡(煩雜)에 다 주어 버리는 것이다.

▶ 이 글은 마치 수필을 설명해 놓은 설명문 같다. 그러나 설명문이 아니라 수필이다. 그 까닭은 무엇인가?

    이 글은 수필이 무엇인지 알려 주기 위한 설명의 목적으로 쓰여졌지만 단순히 개념을 정의하는 차원을 넘어서 다양한 비유를 통해 수필의 성격을 묘사하고 있다. 대상에 대한 비유가 독창적이고 기발하며 대상을 이미지를 통해 정서적으로 전달하고 있다. 형식 역시 수필이 갖는 성격대로 특정한 제약이 없이 자유롭다. 한 마디로 이 글은 '수필로 쓴 수필론'이라고 할 수 있다.

▶ 이 글은 전체적으로 함축적인 비유법을 사용하여 수필의 특성을 전달해주고 있다. 은유 속에 담긴 수필의 특성을 직유법으로 풀어 설명해보자.

    '청자 연적'은 수필의 고결하고 우아한 멋을 의미한다. '난, 학, 여인'으로 묘사된 특성은 수필의 아름답고 높은 품격을 나타내며, '숲속으로 난 평탄하고 고요한 길'은 수필이 여유와 관조, 사색의 글임을 의미한다. 수필은 일상생활을 소재로 하되 특수하고 가치 있는 것을 소재로 삼아야 함은 '가로수 늘어진 페이브먼트'라는 표현 속에 잘 나타나고 있고, 담백한 가운데 유머와 위트를 드러낸 수필의 특성은 수필을 '비단'에 빗댄 표현에서 알 수 있다. '고치'로 비유된 부분에서는 수필이 작자의 심정에 의해 자연스럽게 쓰여진 글이라는 것을 엿볼 수 있다. 수필이 '차를 마시는 것'에 비유됨은 수필이 자유롭고 담담한 글임에도 나름대로 향이 있기 때문이고, '독백'이나 '친구에게서 받은 편지'에 비유됨은 수필이 고백적 성격을 지녔고 독자에게 친밀감을 주는 솔직한 문학이기 때문이다. 마지막으로 '청자 연적의 꼬부라진 꽃잎 하나'에 비유되는 수필은 균형 속에서도 은근한 파격을 지닌 글임을 알 수 있다.

- **성격** | 평론적, 단정적, 주정적, 비유적, 설득적, 주관적.
- **표현** | 직설적이고 단정적인 표현법으로 수필을 설명하나 수필의 특성에 대응될 만한 갖가지 은유들을 사용하여 더욱 효과적으로 수필의 성격을 나타내고 있다.
- **제재** | 수필.
- **주제** | 수필의 본질과 특성.
- **구성** | 글 속에서 설명하고 있는 수필의 특선대로 특별한 구성을 염두에 두지 않고 병렬식으로 나열돼 있다.
- **지은이** | 피천득(皮千得, 1910~)

인연

피천득

지난 사월, 춘천에 가려고 하다가 못 가고 말았다. 나는 성심여자대학(1962년~1981년까지 강원도 춘천시 교동에 위치했던 가톨릭 여자대학교. 이후 부천시 로 이전했다가 1995년 가톨릭대학교에 흡수·통합됨. 현재의 명칭은 가톨릭대학교 성심캠퍼스)에 가보고 싶었다. 그 학교에, 어느 가을 학기, 매주 한 번씩 출강한 일이 있다. 힘든 출강을 한 학기 하게 된 것은, 주 수녀님과 김 수녀님이 내 집에 오신 것에 대한 예의도 있었지만, 나에게는 사연이 있었다.

수십 년 전, 내가 열일곱 되던 봄, 나는 처음 동경에 간 일이 있다. 어떤 분의 소개로 사회 교육가 미우라[三浦] 선생 댁에 유숙(留宿 남의 집에서 묵음)을 하게 되었다. 시바꾸 시로가네[芝區白金]에 있는 그 집에는 주인 내외와 어린 딸, 세 식구가 살고 있었다. 하녀도 서생(남의 집에서 일해 주며 공부하는 사람)도 없었다. 눈이 예쁘고 웃는 얼굴을 하는 아사코[朝子]는 처음부터 나를 오빠같이 따랐다. 아침에 낳았다고 아사코라는 이름을 지어 주었다고 하였다. 그 집 뜰에는 큰 나무들이 있었고, 일년초 꽃도 많았다. 내가 간 이튿날 아침, 아사코는 '스위트 피'(sweet pea 콩과의 한해살이 덩굴 풀로서, 높이는 1~2m이고 5월에 담홍색·흰색·자주색 및 얼룩점이 있는 나비 모양의 꽃이 피는데, 향기가 있고 꼬투리는 완두와 비슷함)를 따다가 꽃병에 담아, 내가 쓰게 된 책상 위에 놓아주었다. '스위트 피'는 아사코 같이 어리고 귀여운 꽃이라고 생각하였다.

성심여학원(聖心女學院) 소학교(小學校) 1학년인 아사코는 어느 토요일 오후, 나와 같이 저희 학교까지 산보를 갔었다. 유치원부터 학부까지 있는 카톨릭 교육 기관으로 유명한 이 여학원은 시내에 있으면서 큰 목장까지 가지고 있었다. 아사코는 자기 신발장을 열고 교실에서 신는 하얀 운동화를 보여 주었다.

내가 도쿄를 떠나던 날 아침, 아사코는 내 목을 안고 내 뺨에 입을 맞추고, 제가 쓰던 작은 손수건과 제가 끼던 작은 반지를 이별의 선물로 주었다. 옆에서 보고 있던 선생 부인은 웃으면서, "한 십 년 지나면 좋은 상대가 될 거예요" 하였다. 나는 얼굴이 뜨거워지는 것을 느꼈다. 나는 아사코에게 안데르센의 동화책을 주었다.

그 후, 십 년이 지나고 삼사 년이 더 지났다. 그 동안 나는, 초등학교 1학년 같은 예쁜 여자아이를 보면 아사코 생각을 하였다.

내가 두 번째 동경에 갔던 것도 4월이었다. 도쿄 역 가까운 데 여관을 정하고 즉시 미우라 선생 댁을 찾아갔다. 아사코는 어느덧 청순하고 세련되어 보이는 영양(令孃 남의 집 딸에 대한 높임말)이 되어 있었다. 그 집 마당에 피어있는 목련꽃과 같이. 그때 그는 성심여학원 영문과 3학년이었다. 나는 좀 서먹서먹했으나, 아사코는 나와의 재회를 기뻐하는 것 같았다. 아버지, 어머니가 가끔 내 말을 해서 나의 존재를 기억하고 있었나보다.

그날도 토요일이었다. 저녁 먹기 전에 같이 산책을 나갔다. 그리고 계획하지 않은 발걸음은 성심여학원 쪽으로 옮겨졌다. 캠퍼스를 두루 거닐다가 돌아올 무렵, 나는 아사코 신발장은 어디 있느냐고 물어 보았다. 그는 무슨 말인가 하고 나를 쳐다보다가, 교실에는 구두를 벗지 않고 그냥 들어간다고 하였다. 그리고는 갑자기 뛰어가서 그날 잊어버리고 교실에 두고 온 우산을 가지고 왔다. 지금도 나는 여자 우산을 볼 때면, 연두색이 고왔던 그 우산을 연상한다. '쉘부르의 우산'(쉘부르 항을 배경으로 한 카트린느 드뇌브 주연의 프랑스 영화. 두 연인이 결혼을 약속하지만, 남자가 군대에 입대하면서 사랑이 깨어지고 만다는 내용으로 '인연'의 결말을 암시하는 복선의 역할을

^{하고 있음)}이라는 영화를 내가 그렇게 좋아한 것도 아사코의 우산 때문인가 한다. 아사코와 나는 밤늦게까지 문학 이야기를 하다가 가벼운 악수를 하고 헤어졌다. 새로 출판된 버지니아 울프(Woolf, Adeline Virginia _{1882~1941 영국의 작가·비평가. 작품에는 '등대로', '세월', '막간' 등이 있음)}의 소설 '세월'에 대해서도 이야기한 것 같다.

그 후, 또 십여 년이 지났다. 그 동안 제 2차 세계 대전이 있었고, 우리나라가 해방이 되고, 또 한국전쟁이 있었다. 나는 어쩌다 아사코 생각을 하곤 했다. 결혼은 하였을 것이요, 전쟁 통에 어찌 되지나 않았나, 남편이 전사하지나 않았나 하고 별별 생각을 다 하였다. 1954년, 처음 미국 가던 길에 나는 동경에 들러 미우라 선생 댁을 찾아갔다. 뜻밖에 그 동네가 고스란히 그대로 남아 있었다. 그리고 미우라 선생네는 아직도 그 집에 살고 있었다. 선생 내외분은 흥분된 얼굴로 나를 맞이하였다. 그리고 한국이 독립이 되어서 무엇보다도 잘 됐다고 치하를 하였다.

아사코는 전쟁이 끝난 후, 맥아더 사령부에서 번역 일을 하고 있다가, 거기서 만난 일본인 2세와 결혼을 하고 따로 나서 산다는 것이었다. 아사코가 전쟁 미망인이 되지 않은 것이 다행이었다. 그러나 2세와 결혼하였다는 것이 마음에 걸렸다. 만나고 싶다고 그랬더니, 어머니가 아사코의 집으로 안내해 주었다.

뾰족 지붕에 뾰족 창문들이 있는 작은 집이었다. 이십여 년 전, 내가 아사코에게 준 동화책 겉장에 있는 집도 이런 집이었다.

"아, 이쁜 집! 우리 이담에 이런 집에서 같이 살아요."

아사코의 어린 목소리가 지금도 들린다.

십 년쯤 미리 전쟁이 나고 그만큼 일찍 한국이 독립되었더라면, 아사코의 말대로 우리는 같은 집에서 살 수 있게 되었을지도 모른다. 뾰족 지붕에 뾰족 창문들이 있는 집이 아니라도. 이런 부질없는 생각이 스치고 지나갔다.

그 집에 들어서자 마주친 것은 백합같이 시들어 가는 아사코의 얼굴이었다. '세월'이란 소설 이야기를 한 지 십 년이 더 지났었다. 그러나 그는 아직 싱싱하여야 할 젊은 나이다. 남편은 내가 상상한 것과 같이 일본사람도 아니고, 미국 사람도 아닌, 그리고 진주군(進駐軍 2차 대전 후 일본을 점령하고 있던 주일(駐日) 외국 군대) 장교라는 것을 뽐내는 것 같은 사나이였다. 아사코와 나는 절을 몇 번씩하고 악수도 없이 헤어졌다.

그리워하는데도 한 번 만나고는 못 만나게 되기도 하고, 일생을 못 잊으면서도 아니 만나고 살기도 한다. 아사코와 나는 세 번 만났다. 세 번째는 아니 만났어야 좋았을 것이다.

오는 주말에는 춘천에 갔다 오려 한다. 소양강 가을 경치가 아름다울 것이다.

▶ 이 글에서 드러난 소설적 특성에 대해 설명해보자.

　　이 글은 지은이가 학생시절 만났던 한 일본 소녀와의 인연을 회상하며 쓴 것이다. 두 사람의 비교적 오랜 시간에 걸쳐 지속된 관계를 전개하기 위해서는 단편적인 사건 · 사물을 묘사하는 일반적인 수필 형식보다는 소설 형식을 취하는 편이 더 적절했을 것이다. 이 글 속에는 소설의 요소인 인물, 배경, 사건이 현재-과거-현재의 액자 형식과 함께 나타나고 있고, 화자인 '나'가 작가 자신이 아니라면 마치 한 편의 소설로 착각할 만큼 뚜렷한 서사 구조가 드러나고 있다. 소설과 다른 점이라면 지은이가 자신의 체험을 있는 그대로 서술하고 있다는 점이다. 지은이와 아사코와의 만남이 결국은 이별로 맺어짐을 암시하는 '쉘부르의 우산'과 같은 복선도 소설적 효과를 주기 위해 사용한 소재이다.

　　문체상으로는 여전히 피천득 수필의 특징인 서정성이 잘 나타나 있다.

▶ 이 글에 드러난 표현법 중 점강법에 대해 설명해보자.

　　지은이와 아사코와의 만남에 늘 한결 같은 정서가 있는 것은 아니다. 세월의 흐름과 환경의 변화에 따라 조금씩 서먹함이 생겨나는 상황을 시은이는 점강법을 통해 표현해놓고 있다. 우선 '아사코'라는 인물이 '스위트 피', '목련', '시드는 백합' 등 꽃에 비유되고 있는데, 시간이 지남에 따라 인물에 대해 느끼는 신선함과 아름다움이 점점 감소되고 있다. 또 두 사람 사이의 친밀감도 만남의 횟수가 더할수록 점점 줄어들고 있다. 지은이는 친밀도의 감소를 '입맞춤', '악수', '악수도 없이 인사만 하는' 등과 같이 신체적 접촉 정도가 줄어드는 것으로 표현하고 있다.

- **성격** | 회상적, 서정적.
- **표현** | 우산, 꽃 등 회상의 매개물들을 적절하게 사용하여 회고적 수필의 특징을 잘 드러나고 있다.
- **제재** | 아사코와의 만남.
- **주제** | 한 소녀와 얽힌 인연.
- **구성** | 소재의 성격으로 말미암아 내용 전개에 소설적인 구성요소를 보이고 있다.
- **지은이** | 피천득(皮千得, 1910~)

이야기

피천득

'태초(太初)에 말씀이 계시니라.'

사람은 말을 하고 산다. 심리학자들의 말에 의하면, 우리는 생각까지도 말을 빌려 한다고 한다. 그리고 우리는 꿈속에서도 말을 하는 것이다. 물건 매매도 교육도 그 좋아들 하는 정치도 다 말로 한다. 학교는 말을 가르치는 곳이요, 국회는 시저 때부터 지금까지 말을 하는 곳이다. 수많은 다방도 다 말을 하기 위한 곳이다. 런던에서 맨 먼저 개점한 윌리라는 커피 하우스는 에디슨과 스틸이 만나서 말하던 장소이었다. 가정 부인들은 구공탄, 빨랫비누, 그 어휘는 몇 마디 안 되지만 하루 온종일 말을 하고 있다. 이삼 일이면 끝낼 김장을 한 달 전부터 김장이란 말을 자꾸자꾸 되풀이하고, 그 김장을 다 먹을 때까지 날마다 날마다 '김치'라는 말을 한다.

'나는 말주변이 없어' 하는 말은 '나는 무식한 사람이다. 둔한 사람이다' 하는 소리다. 화제(話題)의 빈곤은 지식의 빈곤, 경험의 빈곤, 감정의 빈곤을 의미하는 것이요, 말솜씨가 없다는 것은 그 원인이 불투명한 사고방식에 있다. 말을 할 줄 모르는 사람은 후진 국가가 아니고는 사회적 지도자가 될 수 없다. 진부(陳腐)한 어구, 애매한 수식어, 패러그래프 하나 구성할 수 없는 지도자! 그렇지 않으면 수도에서 물이 쏟아지듯이 말이 연달아 나오지마는, 그 내용이야말로 수돗물같이 무미(無味)할 때 정말 정나미가 떨어진다. 케네디를

케네디로 만든 것은 무엇보다도 그의 말이다. 소크라테스, 플라톤, 공자 같은 성인(聖人)도 말을 잘 하였기 때문에 그들의 사상이 전파 계승된 것이다. 덕행(德行)에 있어 그들만 한 사람들이 있었을 것이나, 그들과 같이 말을 할 줄 몰라서 역사에 자취를 남기지 못한 것이다. 결국 위인은 말을 잘 하는 사람이 아닌가 한다.

'말은 은(銀)이요, 침묵은 금(金)이다'라는 격언이 있다. 그러나 침묵은 말의 준비 기간이요, 쉬는 기간이요, 바보들이 체면을 유지하는 기간이다. 좋은 말을 하기 위해 침묵을 필요로 한다. 때로는 긴 침묵을 필요로 한다. 말을 잘 한다는 것은 말을 많이 한다는 것이 아니요, 농도 진한 말을 아껴서 한다는 말이다. 말은 은같이 명료할 수도 있고, 알루미늄같이 가벼울 수도 있다. 침묵은 금같이 참을성 있을 수 있고, 납같이 무겁고 구리같이 답답하기도 하다. 그러나 금강석 같은 말은 있어도 그렇게 찬란한 침묵은 있을 수 없다. 클레오파트라의 사랑은 말로 이루어지고 말로 깨어졌다.

나는 이야기를 좋아한다. 초대를 받았을 때 우선 그 주인과 거기에 나타날 손님을 미루어 보아 그 좌석에서 전개될 이야기를 상상한다. 좋은 이야기가 나올 법한 곳이면 아무리 바쁜 때라도 가고, 그렇지 않을 것 같으면 비록 성찬(盛饌)이 기다리고 있다 하더라도 아니 가기로 한다. 피난 시절에 음식을 따라 다니던 것은 슬픈 기억의 하나다. 나는 이야기가 하고 싶어서 추운 날 먼 길을 간 일이 있고, 밤을 새우는 것도 예사였다. 차 주전자에 물이 끓고 방이 더우면 온 세상이 우리의 것인 것 같았다. 한밤중에 구워 먹을 인절미라도 있으면 방이 어두워 손을 데이더라도 거기서 더 기쁜 일은 없었을 것이다. 눈 오는 날 다리 저는 당나귀를 타고 친구를 만나러 가는 그림이 있다. 만나서 즐거운 것은 청담(淸談 속되지 않은 청아한 이야기)이리라. 말없이 나가서 술을 받아 오는 그 집 부인을 상상한들 어떠리.

지금 여성들은 대개는 첫 번 만날 때는 있는 말을 다 털어 놓는다.

남의 말을 정성껏 듣는 것도 말을 잘 하는 방법인데, 남이 말할 새 없이 자기 말만 하여서 얼마 되지 아니하는 바닥이 더 빨리 드러나는 것이다. 그리고 다음 만날 때는 예전에 한 이야기를 되풀이하기 시작한다. 아름답게 생긴 여성이 이야기를 시작한 지 삼 분이 못 되어 싫증이 나는 수가 있다. 얼굴은 그저 수수하되 말을 할 줄 아는 여인이 좋다. 내가 한 말을 멋있게 받아 넘기는 그러한 여성이라면 얼굴이 좀 빠져도 사귈 맛이 있을 것이다. 나는 거짓말을 싫어한다. 그러나 이야기를 재미있게 하기 위하여 거짓말을 약간 하는 것은 그리 나쁜 일은 아니다. 정직을 위한 정직은 필요로 하지 아니한다. 영국에서는 남에게 해를 끼치지 아니하는 거짓말을 하얀 거짓말이라고 하고, 죄 있는 거짓말을 까만 거짓말이라고 한다. 이야기를 재미있게 하기 위하여 하는 거짓말은 칠색이 영롱한 무지갯빛 거짓말일 것이다.

이야기를 하노라면 자연히 남의 이야기를 하게 된다. 남의 이야기를 한다는 것은 재미있는 일이요, 이해관계 없이 남의 험담을 한다는 것은 참으로 재미있는 일이다. 이런 재미도 없이 어떻게 답답한 이 세상을 살아간단 말인가. 내가 외국에서 가장 괴롭던 것은 남의 험담을 하지 못하던 것이다. 남의 말을 해서는 안 된다는 사람은 위선자임에 틀림없다.

우리는 이야기를 하고 산다. 그리고 모든 경험은 이야기로 되어 버린다. 아무리 슬픈 현실도, 아픈 고생도, 애끓는 이별도 남에게는 한 이야기에 지나지 않을 것이다. 그리고 세월이 흐르면 당사자들에게도 한낱 이야기가 되어 버리는 것이다. 그날의 일기도, 훗날의 전기도, 치열했던 전쟁도, 유구한 역사도 다 이야기에 지나지 아니한다.

▶ 말과 대화에 대한 지은이의 개성적인 사고가 드러난 곳은 어디인가?

이 글은 '말의 중요성'이나 '말의 필요성', '말과 침묵의 관계' 등에 대한 일반적 견해를 언급한다. 그러나 '침묵은 금이다'라는 격언과 거짓말에 대해 지은이는 자신만의 독특한 의견을 갖고 있다. 전자에 대해 지은이는 침묵은 금이 될 수도 있지만 답답하고 무거운 것이 될 수 있다고 반박한다. 말을 잘하는 것이 침묵보다 낫다고 하며, 심지어 바보들이 체면을 유지하는 기간으로 침묵의 의미를 전락시키기도 한다.

또한 지은이는 말을 재미있게 하기 위해 사용하는 약간의 거짓말을 허용하고 있다. '정직을 위한 정직'은 필요치 않다는 것이다. 남을 비판하는 험담도 때로는 즐거운 일이며 살아가는 한 재미임을 대담히 말하는 지은이의 태도에는 그만큼 솔직하게 드러내어 이야기하길 좋아하는 지은이의 평소 대화습관이 잘 드러나고 있다.

한편으론 다소 지나치게 개인적이고 주관적인 생각이라 볼 수도 있겠지만, 우리의 모든 인생이 이야기에 지나지 않는다는 관점에서 거짓말이나 험담까지도 재미있는 인생사로 웃어넘길 수 있는 마음의 여유를 갖자는 의미로 지은이의 견해를 해석해도 될 듯하다.

■ 작품 정리

- **성격** | 신변잡기적, 예시적, 설득적, 주관적.
- **표현** | 자칫 딱딱하기 쉬운 소재를 예시와 열거의 방법으로 쉽고 재미있게 표현하였으며, 자신의 견해를 솔직하고도 재치 있게 드러내고 있다.
- **제재** | 말과 이야기.
- **주제** | 말의 중요성과 이야기의 즐거움.
- **구성** | 말에 관해 전반적으로 언급한 앞부분과 말의 한 유형으로 이야기에 관해 진술한 뒷부분으로 나눌 수 있다.
- **지은이** | 피천득(皮千得, 1910~)

나의 사랑하는 생활

피천득

나는 우선 내 마음대로 쓸 수 있는 돈이 지금 돈으로 한 오만 환(대한제국 때와 1953년부터 1962년까지의 우리나라 화폐 단위의 하나. 1환은 100전임) 생기기도 하는 생활을 사랑한다. 그러면 그 돈으로 청량리 위생병원에 낡은 몸을 입원시키고 싶다. 나는 깨끗한 침대에 누웠다가 하루에 한두 번씩 덥고 깨끗한 물로 목욕하고 싶다. 그리고 우리 딸에게 제 생일날 사 주지 못한 비로드(거죽에 고운 털이 돋게 짠 비단으로 우단 또는 벨벳이라고도 함) 바지를 하나 사주고, 아내에게는 비하이브 털실 한 폰드(pound, 1파운드는 452.592g) 반을 사주고 싶다.

그리고 내 것으로 점잖고 산뜻한 넥타이를 몇 개 사고 싶다. 돈이 없어서 적조(積阻 서로 오랫동안 소식이 막힘. 격조)하여진 친구들을 우리 집에 청해오고 싶다. 아내는 신이 나서 도마질을 할 것이다. 나는 오만 환, 아니 십만 환쯤 마음대로 쓸 수 있는 돈이 생기는 생활을 가장 사랑한다. 나는 나의 시간과 기운을 다 팔아버리지 않고, 나의 마지막 십분지 일이라도 남겨서 자유와 한가를 즐길 수 있는 생활을 하고 싶다.

나는 잔디 밟기를 좋아한다. 나는 젖은 시새('모래'의 방언. 보드랍고 고운 모래)를 밟기 좋아한다. 고무창 댄 구두를 신고 아스팔트 위를 걷기를 좋아한다. 아가의 머리칼 만지기를 좋아한다. 새로 나온 나뭇잎을 만지기 좋아한다. 나는 보드랍고 고운 화롯불 재를 만지기 좋아한다. 나는 남의 아내의 수달피 목도리를 만져 보기 좋아한다. 그리고 아내에게 좀 미안한 생각을 한다.

나는 아름다운 얼굴을 좋아한다. 웃는 아름다운 얼굴을 더 좋아한다. 그러나 수수한 얼굴이 웃는 것도 좋아한다. 서영이 엄마가 자기 아이를 바라보고 웃는 얼굴도 좋아한다. 나 아는 여인들이 인사 대신으로 웃는 웃음을 나는 좋아한다. 그리고 이를 가는 우리 딸 웃는 얼굴을 나는 사랑한다.

나는 아름다운 빛을 사랑한다. 골짜기마다 단풍이 찬란한 만폭동 (萬瀑洞 금강산 내금강에 있는 명승지. 수많은 폭포들과 연못들이 있어 '만폭동'으로 불림) 앞을 바라보면 걸음이 급하여지고, 뒤를 돌아다보면 더 좋은 단풍을 두고 가는 것 같아서 어쩔 줄 모르고 서 있었다. 예전 우리 유치원 선생님이 주신 색종이 같은 빨강색·보라·자주·초록 이런 황홀한 색깔을 나는 좋아한다. 나는 우리나라 가을 하늘을 사랑한다. 나는 진주빛·비둘기 빛을 좋아한다. 나는 오래된 가구의 마호가니 빛을 좋아한다. 늙어 가는 학자의 희끗희끗한 머리칼을 좋아한다.

나는 이른 아침 종달새 소리를 좋아하며, 꾀꼬리 소리를 반가워하며, 봄 시냇물 흐르는 소리를 즐긴다. 갈대에 부는 바람 소리를 좋아하며, 바다의 파도 소리를 들으면 아직도 가슴이 뛴다. 나는 골목을 지나갈 때에 발을 멈추고 한참이나 서 있게 하는 피아노 소리를 좋아한다.

나는 젊은 웃음소리를 좋아한다. 다른 사람 없는 방안에서 내 귀에 다가 귓속말을 하는 서영이 말소리를 좋아한다. 나는 비 오시는 날 저녁때, 뒷골목 선술집에서 풍기는 불고기 냄새를 좋아한다. 새로운 양서(洋書) 냄새, 털옷 냄새를 좋아한다. 커피 끓이는 냄새, 라일락 짙은 냄새, 국화·수선화·소나무의 향기를 좋아한다. 봄 흙냄새를 좋아한다.

나는 사과를 좋아하고, 호두와 잣과 꿀을 좋아하고, 친구와 향기로운 차를 마시기를 좋아한다. 군밤을 외투 주머니에다 넣고 길을 걸으면서 먹기를 좋아하고, 겨울날 찰스 강변(미국 보스턴에 있는 강)을 걸으면서 핥던 콘 아이스크림을 좋아한다.

나는 아홉 평 건물에 땅이 오십 평이나 되는 나의 집을 좋아한다. 재목은 쓰지 못하고 흙으로 지은 집이지만 내 집이니까 좋아한다. 화초를 심을 뜰이 있고, 집 내어놓으라는 말을 아니 들을 터이니 좋다. 내 책들은 언제나 제 자리에 있을 수 있고, 앞으로 오랫동안 이 집에서 살면 집을 몰라서 놀러 오지 못할 친구는 없을 것이다.

나는 삼일절이나 광복절 아침에는 실크 해트(hat)를 쓰고 모닝(모닝코트 morning coat. 남자가 낮 동안에 입는 서양식 예복)을 입고 싶은 충동을 느낀다. 그러나 그것은 될 수 없는 일이다. 여름이면 베 고의적삼(남자의 여름 바지와 여름 저고리)을 입고 농립(農笠 '농립모'의 준말. 여름에 농사일을 할 때 쓰는 맥고모자)을 쓰고 짚신을 신고 산길을 가기 좋아한다.

나는 신발을 좋아한다. 태사(太史) 신(남자의 마른신의 일종. 울을 비단이나 가죽으로 하고 코와 뒤축 부분에 흰 줄무늬를 새겨 놓았음), 이름을 쓴 까만 운동화, 깨끗하게 씻어 놓은 파란 고무신, 흙이 약간 묻은 탄탄히 삼은 짚신, 나의 생활을 구성하는 모든 작고 아름다운 것들을 사랑한다. 고운 얼굴을 욕망 없이 바라다보며, 남의 공적을 부러움 없이 찬양하는 것을 좋아한다. 여러 사람을 좋아하며 아무도 미워하지 아니하며, 몇몇 사람을 끔찍이 사랑하며 살고 싶다. 그리고 나는 점잖게 늙어가고 싶다. 내가 늙고 서영이가 크면 눈 내리는 서울 거리를 같이 걷고 싶다.

▶ '나는 ~ 좋아한다'의 간단한 형태를 취하는 이 글은 너무 단조로워서 자칫 지은이의 작품세계가 잘 드러나지 않을 수도 있다. 이 작품만이 줄 수 있는 매력으로는 어떤 것들이 있을까?

지은이가 사랑하는 생활은 크고 화려한 것이 아니라 작고 소박한 것이다. 그것들은 일상생활 속에 숨겨진 사소한 것들이라 많은 사람들은 하찮게 여기고 놓쳐 버리곤 한다. 꼭 비싼 대가를 치러야만 얻을 수 있는 것이 아니라 그저 늘 만나는 친구와 이웃들, 흔히 보는 주변의 모습에서 스스로 만들어 내고 발견하는 것들이다. 그것들은 소리, 냄새, 맛, 빛깔, 감촉 등을 통해 얻을 수 있는 지극히 개인적인 것들일 수도 있지만, 바쁘게 살아가느라 잊고 있던 삶의 가치를 일깨워주는 것들이다.

글 속에서 '나는 ~를 좋아한다고' 말하는 지은이의 모습은 꼭 천진스러운 어린아이같다. 지은이가 좋아하는 것들은 자연과의 친화에서 얻어지는 삶의 여유와 향취이다. 그것들은 인공이 가미되지 않은 자연스러운 것들이라 자연스러운 생활 속에서 자유와 여유를 누리는 가운데 얻어질 수 있다. 또한 그것들은 외적인 조건들이 가져다주는 것이 아니라 내적인 만족을 통해 누리는 것들이다.

지은이는 인간을 행복하게 하는 것들은 거창한 것이 아니라 우리의 손이 닿는 곳에 있는 작은 것들이라는 평범한 진리를 그 평범함만큼이나 소박하고 잔잔한 문장 속에 담아두고 있다.

- **성격** | 서정적, 감각적, 예찬적.
- **표현** | 소박하고 평범한 바람들을 여성적인 느낌의 부드럽고 감각적인 문체로 묘사하고 있다.
- **제재** | 지은이가 사랑하는 생활.
- **주제** | 일상 속에서 발견하는 기쁨과 행복.
- **구성** | 병렬식 구성으로 하고 싶은 것, 촉각·시각·청각·후각·미각적인 것, 그리고 한가하고 여유로운 생활과 아름다운 인간관계에 대한 소망을 차례로 나열하고 있다.
- **지은이** | 피천득(皮千得, 1910∼)

권태(倦怠)

이상

1

어서 – 차라리 – 어둬 버리기나 했으면 좋겠는데 – 벽촌(僻村 도시에서 외따로 떨어져 있는 으슥하고 한적한 마을. 이 글에서 '벽촌'은 평안남도 성천(成川)임)의 여름날은 지리해서 죽겠을 만치 길다. 동(東)에 팔봉산, 곡선은 왜 저리도 굴곡이 없이 단조로운고? 서(西)를 보아도 벌판, 남(南)을 보아도 벌판, 북(北)을 보아도 벌판, 아 – 이 벌판은 어쩌자고 이렇게 한이 없이 늘어 놓였을꼬? 어쩌자고 저렇게까지 똑같이 초록색 하나로 되어 먹었노?

농가가 가운데 길 하나를 두고 좌우로 한 10여 호씩 있다. 휘청거린 소나무 기둥, 흙을 주물러 바른 벽, 강낭대(옥수숫대)로 둘러싼 울타리, 울타리를 덮은 호박넝쿨, 모두가 그게 그것같이 똑같다.

어제 보던 댑싸리(명아줏과의 한해살이풀. 높이는 1m 정도이며 뜰에 많이 자람. 가을에 베어서 빗자루를 만듦. 대싸리라고도 함)나무, 오늘도 보는 김 서방, 내일도 보아야 할 신둥이('센둥이'의 방언으로, 털빛이 흰 동물, 특히 강아지를 일컬음. 요즘은 흔히 '흰둥이'라고 함) 검둥이.

해는 백 도 가까운 볕을 지붕에도 벌판에도 뽕나무에도 암탉 꼬랑지에도 내려쪼인다. 아침이나 저녁이나 뜨거워서 견딜 수가 없는 염서(炎暑 몹시 심한 더위)가 계속이다.

나는 아침을 먹었다. 할 일이 없다. 그러나 무작정 널따란 백지 같은 '오늘'이라는 것이 내 앞에 펼쳐져 있으면서 무슨 기사라도 좋으니 강요한다. 나는 무엇이고 하지 않으면 안 된다. 무엇을 해야 할 것인가. 연구해야 된다. 그럼 – 나는 최 서방네 집 사랑 툇마루(각 방과 대청마루에 연결하여 마당 쪽으로 낸 마루)로 장기나 두러 갈까. 그것 좋다.

최 서방은 들에 나갔다. 최 서방네 사랑에는 아무도 없나 보다. 최 서방의 조카가 낮잠을 잔다. 아하 – 내가 아침을 먹은 것은 열 시나 지난 후니까 최 서방의 조카로서는 낮잠 잘 시간임에 틀림없다.

나는 최 서방의 조카를 깨워 가지고 장기를 한판 벌이기로 한다. 최 서방의 조카와 열 번 두면 열 번 내가 이긴다. 최 서방의 조카로서는, 그러니까 나와 장기 둔다는 것은 그것부터가 권태이다. 밤낮 두어야 마찬가질 바에는 안 두는 것이 차라리 낫지 – 그러나 안 두면 또 무엇을 하나? 둘밖에 없다.

지는 것도 권태이거늘 이기는 것이 어찌 권태 아닐 수 있으랴? 열 번 두어서 열 번 내리 이기는 장난이란 열 번 지는 이상으로 싱거운 장난이다. 나는 참 싱거워서 견딜 수 없다.

한 번쯤 져 주리라 나는 한참 생각하는 체하다가 슬그머니 위험한 자리에 장기 조각을 갖다 놓는다. 최 서방의 조카는 하품을 쓱 한 번 하더니 이윽고 둔다는 것이 딴전이다. 으레 질 것이니까 골치 아프게 수를 보고 어쩌고 하기도 싫다는 사상이리라. 아무렇게나 생각나는 대로 장기를 갖다 놓고는 그저 얼른얼른 끝을 내어 져 줄 만큼 져 주면 이 상승장군(常勝將軍 적과 싸워서 늘 이기는 장군)은 이 압도적 권태를 이기지 못해 제물에(스스로의 바람에) 가버리겠지 하는 사상이리라. 가고 나면 또 낮잠이나 잘 작정이리라.

나는 부득이 또 이긴다. 인제 그만 두잔다. 물론 그만 두는 수밖에 없다.

일부러 져 준다는 것조차가 어려운 일이다. 나는 왜 저 최 서방 조카처럼 아주 영영 방심 상태가 되어 버릴 수가 없나? 이 질식할 것 같은 권태 속에서도 자세(仔細)한(아주 작고 사소한) 승부에 구속을 받나?
아주 바보가 되는 수는 없나?

내게 남아 있는 이 치사스러운 인간 이욕(利慾)이 다시없이 밉다.
나는 이 마지막 것을 면해야 한다. 권태를 인식하는 신경마저 버리
고 완전히 허탈해 버려야 한다.

2

나는 개울가로 간다. 가물로 하여 너무나 빈약한 물이 소리 없이
흐른다. 뼈처럼 앙상한 물줄기가 왜 소리를 치지 않나?

너무 덥다. 나뭇잎들이 다 축 늘어져서 허덕허덕하도록 더웁
다. 이렇게 더우니 시냇물인들 서늘한 소리를 내어 보는 재간도 없
으리라.

나는 그 물가에 앉는다. 앉아서 자 – 무슨 제목으로 나는 사색해
야 할 것인가 생각해 본다. 그러나 물론 아무런 제목도 떠오르지 않
는다. 그렇다면 아무것도 생각 말기로 하자. 그저 한량없이 넓은 초
록색 벌판, 지평선, 아무리 변화하여 보았댔자 결국 치열(稚劣)한(유치
하고 못난) 곡예의 역(域)을 벗어나지 않는 구름, 이런 것을 건너다본다.

지구 표면적의 백분의 99가 이 공포의 초록색이리라. 그렇다면
지구야말로 너무나 단조 무미한 채색이다. 도회에는 초록이 드물다.
나는 처음 여기 표착(漂着 표류(漂流)하여 어떤 곳에 닿음)하였을 때 이 신선한
초록에 놀랐고 사랑하였다. 그러나 닷새가 못 되어서 이 일망무제
(一望無際 한눈에 다 바라볼 수 없도록 아득하게 멀고 넓어서 끝이 없음)와 신경의 조잡성
으로 말미암은 무미건조한 지구의 여백인 것을 발견하고, 다시금 놀
라지 않을 수 없었다.

어쩔 작정으로 저렇게 퍼러냐. 하루 온종일 저 푸른빛은 아무 짓
도 하지 않는다. 오직 그 푸른 것에 백치와 같이 만족하면서 푸른 채
로 있다.

이윽고 밤이 오면 또 거대한 구렁이처럼 빛을 잃어버리고 소리도 없이 잔다. 이 무슨 거대한 겸손이냐.

이윽고 겨울이 오면 초록은 실색(失色)한다. 그러나 그것은 남루(襤褸 헌 누더기)를 갈기갈기 찢은 것과 다름없는 추악한 색채로 변하는 것이다. 한겨울을 두고 이 황막하고 추악한 벌판을 바라보고 지내면서 그래도 자살민절(自殺悶絶 스스로 목숨을 끊거나 지나치게 괴로워 정신을 잃고 기절함)하지 않는 농민들은 불쌍하기도 하려니와 거대한 천치다.

그들의 일생이 또한 이 벌판처럼 단조한 권태 일색으로 도포(塗布 약이나 페인트 같은 것을 겉에 바름)된 것이리라. 일할 때는 초록 벌판처럼 더워서 숨이 칵칵 막히게 싱거울 것이요, 일하지 않을 때에는 겨울 황원(荒原 황폐하여 쓸쓸한 땅)처럼 거칠고 구지레하게(지저분할 정도로 더럽게) 싱거울 것이다.

그들에게는 흥분이 없다. 벌판에 벼락이 떨어져도 그것은 뇌성 끝에 가끔 있는 다반사(茶飯事 차를 마시고 밥을 먹는 일처럼 예사롭게 자주 있거나 하는 일)에 지나지 않는다. 촌동(村童 마을에 사는 아이)이 범에게 물려가도 그것은 맹수가 사는 산촌에 가끔 있는 신벌(神罰 신이 내리는 벌)에 지나지 않는다. 실로 전선주 하나 없는 벌판에서 그들이 무엇을 대상으로 흥분할 수 있으랴.

팔봉산 등을 넘어 철곬 전신주가 늘어섰다. 그러나 그 동선(銅線 구리로 된 선. 여기서는 '전깃줄'을 말함)이 촌락에 엽서 한 장을 내려뜨리지 않고 서 있는 채다. 동선으로는 전류도 통하리라. 그러나 그들의 방이 아직도 송명(松明 '관솔'에 붙인 불. '관솔'은 송진이 많이 엉긴 소나무의 가지나 옹이로서, 가난한 농촌 사람들이 여기에 불을 붙여 조명으로 사용했음)으로 어둠침침한 이상 그 전신주들은 이 마을 동구에 늘어선 포플러나무와 조금도 다를 것이 없다.

그들에게 희망은 있던가? 가을에 곡식이 익으리라. 그러나 그것은 희망은 아니다. 본능이다.

내일, 내일도 오늘 하던 계속의 일을 해야지, 이 끝없는 권태의 내

일은 왜 이렇게 끝없이 있나? 그러나 그들은 그런 것을 생각할 줄 모른다. 간혹 그런 의혹이 전광(電光 번갯불)과 같이 그들의 흉리(胸裏 가슴속 또는 마음)를 스치는 일이 있어도 다음 순간 하루의 노역으로 말미암아 잠이 오고 만다. 그러니 농민은 참 불행하도다. 그럼 - 이 흉악한 권태를 자각할 줄 아는 나는 얼마나 행복된가.

3

댑싸리나무도 축 늘어졌다. 물은 흐르면서 가끔 웅뎅이('웅덩이'의 사투리)를 만나면 썩는다.

내가 앉아 있는 데는 그런 웅뎅이가 있다. 내 앞에서 물은 조용히 썩는다.

낮닭 우는 소리가 무던히 한가롭다. 어제도 울던 낮닭이 오늘도 또 울었다는 외에 아무 흥미도 없다. 들어도 그만 안 들어도 그만이다. 다만 우연히 귀에 들려 왔으니까 그저 들었을 뿐이다.

닭은 그래도 새벽, 낮으로 울기나 한다. 그러나 이 동리의 개들은 짖지를 않는다. 그러면 모두 벙어리 개들인가, 아니다. 그 증거로는 이 동리 사람 아닌 내가 돌팔매질을 하면서 위협하면 십 리나 달아나면서 나를 돌아다보고 짖는다.

그렇건만 내가 아무 그런 위험한 짓을 하지 않고 지나가면 천 리나 먼 데서 온 외인, 더구나 안면이 이처럼 창백하고 봉발(蓬髮 쑥대강이같이 마구 흐트러진 머리털)이 작소(鵲巢 까치둥지)를 이룬 기이한 풍모를 처다보면서도 짖지 않는다. 참 이상하다. 어째서 여기 개들은 이런 나를 보고도 짖지를 않을까? 세상에도 희귀한 겸손한 겁쟁이 개들도 다 많다.

이 겁쟁이 개들은 이런 나를 보고도 짖지를 않으니 그럼 대체 무엇을 보아야 짖으랴?

그들은 짖을 일이 없다. 여인(旅人 나그네)은 이곳에 오지 않는다.

오지 않을 뿐만 아니라, 국도 연변에 있지 않은 이 촌락을 그들은 지나갈 일도 없다. 가끔 이웃 마을의 김 서방이 온다. 그러나 그는 여기 최 서방과 똑같은 복장과 피부색과 사투리를 가졌으니 개들은 짖어 무엇 하랴. 이 빈촌에는 도적이 없다. 인정 있는 도적이면 여기 너무나 빈한한 새악시들을 위하여, 훔친 바 비녀나 반지를 가만히 놓고 가지 않으면 안 되리라. 도적에게는 이 마을은 도적의 도심(盜心)을 도적맞기 쉬운 위험한 지대리라.

그러니 실로 개들이 무엇을 보고 짖으랴. 개들은 너무나 오랜 동안 – 아마 그 출생 당시부터 – 짖는 버릇을 포기한 채 지내왔다. 몇 대를 두고 짖지 않은 이곳 견족(犬族)들은 드디어 짖는다는 본능을 상실하고 만 것이리라. 인제는 돌이나 나무토막으로 얻어맞아서 견딜 수 없을 만큼 아파야 겨우 짖는다. 그러나 그와 같은 본능은 인간에게도 있으니 특히 개의 특징으로 쳐들 것은 못 되리라.

개들은 대개 제가 길리우고 있는 집 문간에 가 앉아서 밤이면 밤잠, 낮이면 낮잠을 잔다. 왜? 그들은 수위(守衛 관청·회사·학교 등의 경비를 맡아봄)할 아무 대상도 없으니까.

최 서방네 집 개가 이리로 온다. 그것을 김 서방네 집 개가 발견하고 일어나서 영접한다. 그러나 영접해 본댔자 할 일이 없다. 양구(良久)에(얼마 있다가) 그들은 헤어진다.

설레설레 길을 걸어 본다. 밤낮 다니던 길, 그 길에는 아무것도 떨어진 것도 없다. 촌민들은 한여름 보리와 조를 먹는다. 반찬은 날된장 풋고추다. 그러니 그들의 부엌에조차 남는 것이 없겠거늘, 하물며 길가에 무엇이 족히 떨어져 있을 수 있으랴.

길을 걸어 본댔자 소득이 없다. 낮잠이나 자자. 그리하여 개들은 천부(天賦 하늘이 줌. 선천적으로 가지고 있음)의 수위술(守衛術)을 망각하고 낮잠에 탐닉하여 버리지 않을 수 없을 만큼 타락하고 말았다.

슬픈 일이다. 짖을 줄 모르는 벙어리 개, 지킬 줄 모르는 게으름뱅이 개, 이 바보 개들은 개장국을 끓여 먹기 위하여 촌민의 희생이 된다. 그러나 불쌍한 개들은 음력도 모르니 복날은 몇 날이나 남았나 전연 알 길이 없다.

4

이 마을에는 신문도 오지 않는다. 소위 승합 자동차라는 것도 통과하지 않으니 도회의 소식을 무슨 방법으로 알랴?

오관(五官 몸의 다섯 가지 감각 기관. 곧, 눈·귀·코·혀·피부)이 모조리 박탈된 것이나 다름없다. 답답한 하늘, 답답한 지평선, 답답한 풍경, 답답한 풍속 가운데서 나는 이리 디굴 저리디굴 굴고 싶을 만치 답답해하고 지내야만 된다.

아무것도 생각할 수 없는 상태 이상으로 괴로운 상태가 또 있을까. 인간은 병석에서도 생각한다. 아니 병석에서는 더욱 많이 생각하는 법이다.

끝없는 권태가 사람을 엄습하였을 때, 그의 동공(瞳孔)은 내부를 향하여 열리리라. 그리하여 망쇄(忙殺 정신 차릴 사이도 없이 매우 바쁨)할 때보다도 몇 배나 더 자신의 내면을 성찰할 수 있을 것이다.

현대인의 특질이요, 질환인 자의식 과잉(자아에 관한 의식의 욕구가 저지되었을 때 자아와 대립, 교차하는 의식. 흔히 열등감, 강박감, 분열감 등이 일어남)은 이런 권태치 않을 수 없는 권태 계급의 철저한 권태로 말미암음이다. 육체적 한산, 정신적 권태, 이것을 면할 수 없는 계급이 자의식 과잉의 절정을 표시한다.

그러나 지금 이 개울가에 앉은 나에게는 자의식 과잉조차도 폐쇄되었다.

이렇게 한산한데, 이렇게 극도의 권태가 있는데, 동공은 내부를 향하여 열리기를 주저한다.

아무것도 생각하기 싫다. 어제까지도 죽는 것을 생각하는 것 하나만은 즐거웠다. 그러나 오늘은 그것조차가 귀찮다. 그러면 아무것도 생각하지 말고 눈뜬 채 졸기로 하자.

더워 죽겠는데 목욕이나 할까. 그러나 웅덩이 물은 썩었다. 썩지 않은 물을 찾아가는 것이 귀찮은 일이고……

썩지 않은 물이 여기 있기로서니 나는 목욕하지 않았으리라. 옷을 벗기가 귀찮다. 아니, 그보다도 그 창백하고 앙상한 수구(瘦軀 척한 몸. 빼빼 마른 몸)를 백일(白日) 아래 널어 말리는 파렴치를 나는 견디기 어렵다.

땀이 옷에 배이면? 배인 채 두자. 그렇다 하더라도 이 더위는 무슨 더위냐. 나는 내가 있는 집으로 돌아와서 세수를 하기로 한다. 나는 일어나서 오던 길을 돌치는('돌리는'의 방언) 도중에서 교미하는 개 한 쌍을 만났다. 그러나 인공의 기교가 없는 축류(畜類 가축의 종류, 또는 집에서 기르는 모든 짐승. 축생(畜生))의 교미는, 풍경이 권태 그것인 것같이 권태 그것이다. 동리 아해(兒孩 '아이'의 예스러운 표현)들에게도, 젊은 촌부들에게도 흥미의 대상이 못 되는 이 개들의 교미는 또한 내게 있어서도 흥미의 대상이 되지 않는다.

함석 대야는 그 본연의 빛을 일찍이 잃어버리고, 그들의 피부색과 같이 붉고 검다. 아마 이 집 주인 아주머니가 시집 올 때 가져온 것이리라.

세수를 해 본다. 물조차가 미지근하다. 물조차도 이 무지한 더위에는 견딜 수 없었나 보다. 그러나 세수의 관례대로 세수를 마친다. 그리고 호박넝쿨이 축 늘어진 울타리 밑 호박넝쿨의 뿌리 돋친 데를 찾아서 그 물을 준다. 너라도 좀 생기를 내라고.

땀내 나는 수건으로 얼굴을 훔치고 툇마루에 걸터앉았자니까, 내가 세수할 때 내 곁에 늘어섰던 주인집 아이들 넷이 제각기 나를 본받아 그 대야를 사용하여 세수를 한다.

저 애들도 더워서 저러는구나, 하였더니 그렇지 않다. 그 애들도 나처럼 일거수일투족을 어찌하였으면 좋을까 당황해 하고 있는 권태들이었다. 다만 내가 세수하는 것을 보고, 그럼 우리도 저 사람처럼 세수나 해 볼까 하고 따라서 세수를 해보았다는 데 지나지 않는다.

5

원숭이가 사람의 흉내를 내는 것이 내 눈에는 참 밉다. 어쩌자고 여기 아이들이 내 흉내를 내는 것일까? 귀여운 촌동(村童)들을 원숭이를 만들어서는 안 된다.

나는 다시 개울가로 가본다. 썩은 물, 늘어진 댑싸리 외에 아무것도 없다. 그러나 나는 거기 앉아서 이번에는 그 썩는 중(中)의 웅뎅이 속을 들여다본다.

순간 나는 진기한 현상을 목도한다. 무수한 오점이 방향을 정돈해 가면서 움직이고 있는 것이다. 이것은 생물임에 틀림없다. 송사리 떼임에 틀림없다. 이 부패한 소택(沼澤 늪과 못) 속에 이런 앙증스러운 어족(魚族)이 서식하리라고는 나는 참 꿈에도 생각하지 못했다.

요리 몰리고 조리 몰리고 역시 먹을 것을 찾음이리라. 무엇을 먹고 사누. 버러지('벌레'의 방언)를 먹겠지. 그러나 송사리보다도 더 작은 버러지라는 것이 있을까, 잠시를 가만히 있지 않는다. 저물도록 움직인다. 대략 같은 동기와 같은 모양으로들 그러는 것 같다. 동기! 역시 송사리의 세계에도 시급한 목적이 있는 모양이다.

차츰차츰 하류를 향하여 군중적으로 이동한다. 저렇게 하류로 하류로만 가다가 또 어쩔 작정인가. 아니, 그들은 중로에서 또 상류를 향하여 거슬러 올라오는지도 모른다. 그러나 당장 하류로 향하여 가고 있는 것이 확실하다. 하류로, 하류로!

5분 후에는 그들의 모양이 보이지 않을 만치 그들은 멀리 하류로 내려갔다. 그리고 웅뎅이는 아까와 같이 도로 썩은 물의 웅뎅이로 조용해지고 말았다.

나는 그 자리에서 일어나서 풀밭으로 가 보기로 한다. 풀밭에는 암소 한 마리가 있다.

고 웅덩이 속에 고런 맹랑한 현상이 잠복해 있을 수 있다니 – 하고 나는 적잖이 흥분했다. 그러나 그 현상도 소낙비처럼 지나가고 말았으니 잊어버리고 그만두는 수밖에.

소의 뿔은 벌써 소의 무기는 아니다. 소의 뿔은 오직 안경의 재료일 따름이다. 소는 사람에게 얻어맞기로 위주니까 소에게는 무기가 필요 없다. 소의 뿔은 오직 동물학자를 위한 표지이다. 야우(野牛 들소)시대에는 이것으로 적을 돌격한 일도 있습니다 – 하는 마치 폐병(廢兵 전쟁 중에 다쳐 불구자가 된 병사)의 가슴에 달린 훈장처럼 그 추억성이 애상적이다.

암소의 뿔은 수소의 그것보다도 더 한층 겸허하다. 이 애상적인 뿔이 나를 받을 리 없으니, 나는 마음 놓고 그 곁 풀밭에 가 누워도 좋다. 나는 누워서 우선 소를 본다.

소는 잠시 반추(反芻 (소나 염소 따위가) 한번 삼킨 먹이를 다시 게워 내어 되새기는 일 새김질. 되새김)를 그치고 나를 응시한다.

'이 사람의 얼굴이 왜 이리 창백하냐? 아마 병인(病人 병자(病者))인가보다. 내 생명에 위해를 가하려는 거나 아닌지 나는 조심해야 되지.'

이렇게 소는 속으로 나를 심리(審理 사실이나 조리(條理)를 자세히 조사하여 처리하는 일)하였으리라. 그러나 5분 후에는 소는 다시 반추를 계속하였다. 소보다도 내가 마음을 놓는다.

소는 식욕의 즐거움조차 냉대할 수 있는 지상 최대의 권태자다. 얼마나 권태에 질렸기에 이미 위에 들어간 식물을 다시 게워 그 시금털털한 반소화물의 미각을 역설적으로 향락하는 체해 보임이리요?

소의 체구가 크면 클수록 그의 권태도 크고 슬프다. 나는 소 앞에 누워 내 세균같이 사소한 고독을 겸손해하면서, 나도 사색의 반추는 가능할는지 불가능할는지 몰래 좀 생각해 본다.

6

길 복판에서 6, 7인의 아이들이 놀고 있다. 적발동부(赤髮銅膚 붉은 색 머리카락과 구릿빛 피부)의 반라군(半裸群 반벌거숭이 무리)이다. 그들의 혼탁한 안색, 흘린 콧물, 두른 베 두렝이('두렁이'의 방언으로서, 배와 아랫도리를 둘러서 가릴 수 있도록 치마같이 만든 어린아이의 옷) 벗은 웃통만을 가지고는 그들의 성별조차 거의 분간할 수 없다. 그러나 그들은 여아가 아니면 남아요, 남아가 아니면 여아인, 결국에는 귀여운 5, 6세 내지 7, 8세의 '아이들' 임에는 틀림이 없다. 이 아이들이 여기 길 한복판을 선택하여 유희하고 있다.

돌멩이를 주워 온다. 여기는 사금파리도 벽돌 조각도 없다. 이 빠진 그릇을 여기 사람들은 버리지 않는다.

그리고는 풀을 뜯어 온다. 풀 – 이처럼 평범한 것이 또 있을까, 그들에게 있어서는 초록빛의 물건이란 어떤 것이고 간에 다시없이 심심한 것이다. 그러나 하는 수 없다. 곡식을 뜯는 것도 금제(禁制 금지된 법규나 제도)니까 풀밖에 없다.

돌멩이로 풀을 짓찧는다. 푸르스레한 물이 돌에 가 염색된다. 그러면 그 돌과 그 풀은 팽개치고 또 다른 풀과 돌멩이를 가져다가 똑같은 짓을 반복한다. 한 10분 동안이나 아무 말이 없이 잠자코 이렇게 놀아 본다.

10분 만이면 권태가 온다. 풀도 싱겁고 돌도 싱겁다. 그러면 그 외에 무엇이 있나? 없다.

그들은 일제히 일어선다. 질서도 없고 충동의 재료도 없다. 다만 그저 앉았기 싫으니까 이번에는 일어서 보았을 뿐이다.

일어서서 두 팔을 높이 하늘을 향하여 쳐든다. 그리고 비명에 가까운 소리를 질러 본다. 그러더니 그냥 그 자리에서들 겅중겅중 뛴다. 그러면서 그 비명을 겸한다.

나는 이 광경을 보고 그만 눈물이 났다. 여북하면(얼마나 정도가 심했으면. 오죽하면) 저렇게 놀까, 이들은 놀 줄조차 모른다. 어버이들은 너무 가난해서 이들 귀여운 아기들에게 장난감을 사다 줄 수가 없었던 것이다.

이 하늘을 향하여 두 팔을 뻗치고, 그리고 소리를 지르면서 뛰는 그들의 유희가 내 눈에는 암만해도 유희같이 생각되지 않는다. 하늘은 왜 저렇게 어제도 오늘도 내일도 푸르냐. 산은, 벌판은 왜 저렇게 어제도 오늘도 내일도 푸르냐는 조물주에 대한 저주의 비명이 아니고 무엇이랴.

아이들은 짖을 줄조차 모르는 개들과 놀 수는 없다. 그렇다고 모이 찾느라고 눈이 벌건 닭들과 놀 수도 없다. 아버지도 어머니도 너무나 바쁘다. 언니 오빠조차 바쁘다. 역시 아이들은 아이들끼리 노는 수밖에 없다. 그런데 대체 무엇을 가지고 어떻게 놀아야 하나. 그들에게는, 장난감 하나가 없는 그들에게는 영영 엄두가 나지를 않는 것이다. 그들은 이렇듯 불행하다.

그 짓도 5분이다. 그 이상 더 길게 이 짓을 하자면 그들은 피로할 것이다. 순진한 그들이 무슨 까닭에 피로해야 되나? 그들은 위선 싱거워서 그 짓을 그만둔다.

그들은 도로 나란히 앉는다. 앉아서 소리가 없다. 무엇을 하나. 무슨 종류의 유희인지, 유희는 유희인 모양인데 - 이 권태의 왜소한 인간들은 또 무슨 기상천외의 유희를 발명했나. 5분 후에 그들은 비키면서 하나씩 둘씩 일어선다. 제각각 대변을 한 무더기씩 누어 놓았다. 아 - 이것도 역시 그들의 유희였다. 속수무책의 그들 최후의 창작 유희였다. 그러나 그 중 한 아이가 영 일어나지를 않는다. 그는 대변이 나오지 않는다. 그럼 그는 이번 유희의 못난 낙오자임에 틀림없다. 분명히 다른 아이들 눈에 조소의 빛이 보인다. 아 ─ 조물주여, 이들을 위하여 풍경과 완구를 주소서.

7

날이 어두웠다. 해저(海底)와 같은 밤이 오는 것이다. 나는 자못 이상하다. 가만히 생각해 보면 나는 배가 고픈 모양이다 이것이 정말이라면, 그럼 나는 어째서 배가 고픈가, 무엇을 했다고 배가 고픈가. 자기 부패 작용이나 하고 있는 웅덩이 속을 실로 송사리 떼가 쏘다니고 있더라. 그럼 내 장부(臟腑 오장육부의 준말로 내장(內臟)의 총칭) 속으로도 나로서 자각할 수 없는 송사리 떼가 준동(蠢動 벌레가 꼼지락거림)하고 있나 보다. 아무렇든 밥을 아니 먹을 수는 없다.

밥상에는 마늘장아찌와 날된장과 풋고추조림이 관성의 법칙(외부에서 힘이 작용하지 않는 한, 정지하여 있거나 한결같은 직선운동을 함으로써 그 상태를 지속하는 것)처럼 놓여 있다. 그러나 먹을 때마다 이 음식이 내 입에 내 혀에 다르다. 그러나 나는 그 까닭을 설명할 수 없다.

마당에서 밥을 먹으면 머리 위에서 그 무수한 별들이 야단이다. 저것은 또 어쩌라는 것인가. 내게는 별이 천문학의 대상이 될 수 없다. 그렇다고 시상(詩想)의 대상도 아니다. 그것은 다만 향기도 촉감도 없는, 절대 권태의 도달할 수 없는 영원한 피안(彼岸 이승의 번뇌를 해탈하여 도달하는 열반의 세계)이다. 별조차가 이렇게 싱겁다.

저녁을 마치고 밖으로 나와 보면 집집에서는 모깃불의 연기가 한창이다. 그들은 마당에서 멍석을 펴고 잔다. 별을 쳐다보면서 잔다. 그러나 그들은 별을 보지 않는다. 그 증거로는 그들은 멍석에 눕자마자 눈을 감는다. 그리고는 눈을 감자마자 쿨쿨 잠이 든다. 별은 그들과 관계없다.

나는 소화를 촉진시키느라고 길을 왔다 갔다 한다. 돌칠 적마다 멍석 위에 누운 사람의 수가 늘어간다. 이것이 시체와 무엇이 다를까? 먹고 잘 줄 아는 시체 – 나는 이런 실례로운 생각을 정지해야만 되겠다. 그리고 나도 가서 자야겠다.

방에 돌아와 나는 나를 살펴본다. 모든 것에서 절연된 지금의 내 생활 – 자살의 단서조차 찾을 길이 없는 지금의 내 생활은 과연 권태의 극권태(極倦怠) 그것이다.

그렇건만 내일이라는 것이 있다. 다시는 날이 새지 않는 것 같기도 한 밤 저쪽에 또 내일이라는 놈이 한 개 버티고 서 있다. 마치 흉맹(凶猛 흉악하고 사나움)한 형리(刑吏 지방 관아의 형방(刑房) 아전)처럼 – 나는 그 형리를 피할 수 없다. 오늘이 되어 버린 내일 속에서 또 나는 질식할 만치 심심해해야 되고, 기막힐 만치 답답해해야 된다.

그럼 오늘 하루를 나는 어떻게 지냈던가. 이런 것은 생각할 필요가 없으리라 그냥 자자 – 자다가 불행히 – 아니 다행히 또 깨거든 최 서방의 조카와 장기나 또 한 판 두자. 웅덩이에 가서 송사리를 볼수도 있고 – 몇 가지 안 남은 기억을 소처럼 반추하면서 끝없는 나태를 즐기는 방법도 있지 않느냐.

불나비가 달려들어 불을 끈다. 불나비는 죽었든지 화상을 입었으리라. 그러나 불나비라는 놈은 사는 방법을 아는 놈이다. 불을 보면 뛰어들 줄도 알고 – 평상에 불을 초조히 찾아다닐 줄도 아는 정열의 생물이니 말이다. 그러나 여기 어디 불을 찾으려는 정열이 있으며 뛰어들 불이 있느냐. 없다. 나에게는 아무것도 없고, 아무것도 없는 내 눈에는 아무것도 보이지 않는다.

암흑은 암흑인 이상 이 좁은 방의 것이나 우주에 꽉 찬 것이나 분량상 차이가 없으리라. 나는 이 대소 없는 암흑 가운데 누워서 숨 쉴 것도 어루만질 것도, 또 욕심나는 것도 아무것도 없다. 다만 어디까지 가야 끝이 날지 모르는 내일, 그것이 또 창밖에 등대(等待 윗사람의 명령이나 지시 등을 미리 준비하고 기다림. 대령(待令))하고 있는 것을 느끼면서 오들오들 떨고 있을 뿐이다.

▶ 지은이는 무엇 때문에 권태감을 느꼈는지 자의식의 흐름과 그 내면 심
  리 묘사를 통해 알아보자.

  지은이가 요양을 위해 평남 성천(成川)에 머무르던 시기에 쓴 이 글
은 '권태'라는 추상적인 개념을 내밀한 심리 묘사와 치밀한 일상생활
의 묘사를 통해 눈에 보이듯 생생하게 구체화하고 있다. 이 글에는 자
의식과 심리 묘사라는 이상 문학의 특징이 그대로 드러나고 있지만
일상생활을 여과 없이 반영하였으므로 그의 소설이나 시처럼 난해하
지는 않다.

  글의 배경이 되는 산골은 문명의 혜택과는 완전히 단절된 장소이
다. 이곳에서 지은이는 견딜 수 없는 권태감을 체험한다. 지은이는
'권태를 인식하는 신경마저 버리고 완전히 허탈해져 버리기'를 갈구
한다. 겉으로 드러난 권태의 원인은 초록 일색의 풍경과 매일 이어지
는 일상의 반복이지만 엄격히 말해 지은이의 권태감은 아무것도 하지
않는 '무위(無爲)'에 기인하고 '무위'는 당시의 암울한 시대 상황에
기인함을 알 수 있다. 구체적 삶의 목표를 상실한 일제 강점기 하에서
지식인들은 어떤 희망도 가질 수 없었다. 이것이 무위의 근본 원인이
었으며, 무위는 무력한 지식인에게 불가피하게 권태감을 안겨준다.
어떤 희망도 가질 수 없다는 지은이의 좌절감은 '썩은 웅덩이', '짖을
줄 모르는 벙어리 개' 같은 표현에 잘 나타나 있다.

  문제는 지은이가 권태감에서 탈출할 수 있는 출구가 없다는 것이
다. 하지만 지은이가 그런 절망감을 드러내면서도 역설적 표현으로
독자의 웃음을 자아낸다. '나는 부득이 또 이긴다', '도적의 도심(盜
心)을 도적맞기 쉬운 지대', '밥상에는 마늘 장아찌와 날된장과 풋고
추조림이 관성의 법칙처럼 놓여 있다' 등의 표현을 통해 지은이는 권
태감을 극적으로 표현하고 있지만 읽는 이는 독특한 역설의 미를 느
끼게 되는 것이다.

- **성격** | 사념적, 주지적, 심리적, 주관적.
- **표현** | 역설법이나 설의법 등의 비유법이 주로 사용되었고 심리 묘사가 특히
  뛰어나다.
- **제재** | 벽촌에서 보낸 여름날의 생활.
- **주제** | 단조로운 일상과 주변 환경에서 느끼는 권태감.
- **구성** | 전체 7개의 장으로 구성되어 있으며, 하루의 생활이 시간적인 순서에
  따라 나열돼 있다.
- **지은이** | 이상(李箱, 1910~1937)

산촌여정

이상

1

향기로운 MJB의 미각을 잊어버린 지도 20여 일이나 됩니다. 이곳에는 신문도 잘 아니 오고 체전부(遞傳夫)는 이따금 하도롱빛 소식을 가져옵니다. 거기는 누에고치와 옥수수의 사연이 적혀 있습니다. 마을 사람들은 멀리 떨어져 사는 일가 때문에 수심(愁心)이 생겼나 봅니다. 나도 도회(都會)에 남기고 온 일이 걱정이 됩니다.

건너편 팔봉산(八峯山)에는 노루와 멧도야지가 있답니다. 그리고 기우제(祈雨祭) 지내던 개골창까지 내려와서 가재를 잡아먹는 곰을 본 사람도 있습니다. 동물원에서밖에 볼 수 없는 짐승, 산에 있는 짐승들을 사로잡아다가 동물원에 갖다 가둔 것이 아니라, 동물원에 있는 짐승들을 이런 산에다 내어 놓아준 것만 같은 착각을 자꾸만 느낍니다. 밤이 되면 달도 없는 그믐 칠야(漆夜)에 팔봉산도 사람이 침소(寢所)로 들어가듯이 어둠 속으로 아주 없어져 버립니다.

그러나 공기는 수정처럼 맑아서 별빛만으로라도 넉넉히 좋아하는 누가복음도 읽을 수 있을 것 같습니다. 그리고 또 참 별이 도회에서보다 갑절이나 더 많이 나옵니다. 하도 조용한 것이 처음으로 별들의 운행하는 기척이 들리는 것도 같습니다.

객줏집 방에는 석유 등잔을 켜 놓습니다. 그 도회지의 석간(夕刊)

과 같은 그윽한 내음새가 소년 시대의 꿈을 부릅니다. 鄭형! 그런 석유 등잔 밑에서 밤이 이슥하도록 호까(연초갑지) 붙이던 생각이 납니다. 벼쨍이가 한 마리 등잔에 올라앉아서 그 연둣빛 색채로 혼곤한 내 꿈에 마치 영어 '티' 자를 쓰고 건너 긋듯이 유(類)다른 기억에다는 군데군데 언더라인을 하여 놓습니다. 슬퍼하는 것처럼 고개를 숙이고 도회의 여차장이 차표 찍는 소리 같은 그 성악(聲樂)을 가만히 듣습니다. 그러면 그것이 또 이발소 가위 소리와도 같아집니다. 나는 눈까지 감고 가만히 또 자세히 들어 봅니다. 그리고 비망록을 꺼내어 머룻빛 잉크로 산촌의 시정(詩情)을 기초합니다.

그저께신문을찢어버린
때묻은흰나비
봉선화는아름다운애인의귀처럼생기고
귀에보이는지난날의기사

얼마 있으면 목이 마릅니다. 자리—심해(深海)처럼 가라앉은 냉수를 마십니다. 석영질 광석(石英質鑛石) 내음새가 나면서 폐부에 한난계(寒暖計) 같은 길을 느낍니다. 나는 백지 위에 그 싸늘한 곡선을 그리라면 그릴 수도 있을 것 같습니다.

청석(靑石) 얹은 지붕에 별빛이 나려 쪼이면 한겨울에 장독 터지는 것 같은 소리가 납니다. 벌레 소리가 요란합니다. 가을이 이런 시간에 엽서 한 장에 적을 만큼씩 오는 까닭입니다. 이런 때 참 무슨 재조(才操)로 광음(光陰)을 헤아리겠습니까? 맥박 소리가 이 방 안을 방째 시계로 만들어 버리고 장침(長針)과 단침(短針)의 나사못이 돌아가느라고 양짝 눈이 번갈아 간질간질합니다. 코로 기계 기름 내음새가 드나듭니다. 석유 등잔 밑에서 졸음이 오는 기분입니다.

파라마운트 회사(영화사) 상표처럼 생긴 도회 소녀가 나오는 꿈을 조곰 꿉니다. 그러다가 어느 도회에 남겨 두고 온 가난한 식구들을 꿈에 봅니다. 그들은 포로들의 사진처럼 나란히 늘어섭니다. 그리고 내게 걱정을 시킵니다. 그러면 그만 잠이 깨어 버립니다.

죽어 버릴까 그런 생각을 하여 봅니다. 벽(壁) 못에 걸린 다 해어진 내 저고리를 쳐다봅니다. 서도천리(西道千里)를 나를 따라 여기와 있습니다 그려!

등잔 심지를 돋우고 불을 켠 다음 비망록(備忘錄)에 철필(鐵筆)로 군청빛 모를 심어갑니다. 불행한 인구가 그 위에 하나하나 탄생합니다. 조밀(稠密)한 인구가—.

내일은 진종일(盡終日) 화초만 보고 놀리라, 탈지면(脫脂綿)에다 알코올을 묻혀서 온갖 근심을 문지르리라, 이런 생각을 먹습니다. 너무도 꿈자리가 뒤숭숭하여서 그러는 것입니다. 화초가 피어 만발하는 꿈 그라비아 원색판 꿈 그림책을 보듯이 즐겁게 꿈을 꾸고 싶습니다. 그러면 간단한 설명을 위하여 상쾌(爽快)한 시를 지어서 7 포인트 활자로 배치하는 것도 좋습니다.

도회에 화려한 고향이 있습니다. 활엽수만으로 된 산이 고향의 시각을 가려 버린 이 산촌에 팔봉산 허리를 넘는 철골(鐵骨) 전신주가 소식의 제목만을 부호(符號)로 전하는 것 같습니다.

아침에 볕에 시달려서 마당이 부스럭거리면 그 소리에 잠을 깨입니다. 하루라는 짐이 마당에 가득한 가운데 새빨간 잠자리가 병균처럼 활동입니다. 끄지 않고 잔 석유 등잔에 불이 그저 켜진 채 소실된 밤의 흔적이 낡은 조끼 단추처럼 남아 있습니다. 작야(昨夜 어젯밤)를 방문할 수 있는 요비링(초인종)입니다. 지난밤의 체온을 방안에 내어 던진 채 마당에 나서면 마당 한 모퉁이에는 화단이 있습니다. 불타오르는 듯한 맨드라미꽃, 그리고 봉선화. 지하에서 빨아올리는 이 화초들의 정열에 호흡이 더워오는 것 같습니다. 여기 처녀 손톱 끝에 물들을 봉선화 중에는 흰 것도 섞였습니다. 흰 봉선화도 붉게 물들까—조금 이상스러울 것 없이 흰 봉선화는 꼭두서니 빛으로 곱게 물듭니다.

수수깡 울타리에 오렌지 빛 여주가 열렸습니다. 당콩넝쿨과 어우러져서 세피아 빛을 배경으로 하는 한 폭의 병풍입니다. 이 끝으로는 호박넝쿨, 그 소박하면서도 대담한 호박꽃에 스파르타식 꿀벌이 한 마리 앉아 있습니다. 녹황색에 반영되어 세실 B. 데밀의 영화(미국의 유명한 영화제작자로 '십계', '삼손과 데릴라' 등 대형 스펙터클 영화를 만든 사람)처럼 화려하며 황금색으로 사치합니다. 귀를 기울이면 르네상스 응접실에서 들리는 선풍기 소리가 납니다.

야채 사라다에 놓이는 아스파라가스 잎사귀 같은 또 무슨 화초가 있습니다. 객줏집 아해에게 물어봅니다. 기상꽃—기생화란 말입니다. 무슨 꽃이 피나—진홍 비단꽃이 핀답니다.

선조가 지정하지 아니한 '조셋트'(우아한 여름 옷감) 치마에 '외스트민스터' 궐련(영국담배 이름)을 감아놓은 것 같은 도회의 기생의 아름다움을 연상하여 봅니다. 박하보다도 훈훈한 '리그레추윙껌'(미국의 껌 이름) 내음새 두꺼운 장부를 넘기는 듯한 그 입맛 다시는 소리—그러나 아마 여기 필 기생꽃은 분명히 혜원(화가 신윤복의 호) 그림에서 보는 것 같은—혹은 우리가 소년시대에 보던 떨떨 인력거에서 홍일산(붉은색 양산) 받은 지금은 지난날의 삽화인 기생일 것 같습니다.

청둥호박이 열렸습니다. 호박꼬자리에 무 시루떡—그 훅훅 끼치는 구수한 김에 좋아서 증조할아버지의 시골뜨기 망령들은 정월 초하룻날 한식날 오시는 것입니다. 그러나 저 국가백년의 기반을 생각케 하는 넓적하고도 묵직한 안정감과 침착한 색채는 '럭비' 구를 안고 뛰는 이 '제너레숀(generation)'의 젊은 용사의 굵직한 팔뚝을 기다리는 것도 같습니다.

유자가 익으면 껍질이 벌어지면서 속이 비져 나온답니다. 하나를 따서 실 끝에 매어서 방에다가 걸어둡니다. 물방울져 떨어지는 풍염

(豊艶)한 미각 밑에서 연필같이 수척하여가는 이 몸에 조곰식 조곰식 살이 오르는 것 같습니다. 그러나 이 야채도 과실도 아닌 '유모러스'한 용적에 향기가 없습니다. 다만 세수 비누에 한 겹씩 한 겹씩 해소되는 내 도회의 육향(肉香)이 방 안에 배회할 뿐입니다.

2

팔봉산 올라가는 초경(草徑 수풀로 덮인 지름길) 입구 모퉁이에 최XX 송덕비와 또 XXXX 아무개의 영세불망비(永世不忘妃)가 항공우편 '포스트'(우체통)처럼 서 있습니다. 듣자니 그들은 다 아직도 생존하여 계시다 합니다. 우습지 않습니까.

교회가 보고 싶었습니다. 그래서 '예루살렘' 성역을 수만리 떨어져 있는 이 마을의 농민들까지도 사랑하는 신 앞으로 회개하고 싶었습니다. 발길이 찬송가 소리 나는 곳으로 갑니다. '포푸라' 나무 밑에 '염소' 한 마리를 매어 놓았습니다. 구식으로 수염이 났습니다. 나는 그 앞에 가서 그 총명한 동공을 들여다봅니다. '세루로이드'로 만든 정교한 구슬을 '오브라-드'(oblato 전분으로 만든 얇은 원형의 부편. 그냥 먹기 어려운 약을 싸는 데도 쓰임. 투명한 전분지)로 싼 것 같이 맑고 투명하고 깨끗하고 아름답습니다. 도색(桃色 복숭아색) 눈자위가 움직이면서 내 삼정(三停 머리와 이마의 경계·코끝·턱끝 세 곳을 가리킴)과 오악(五岳 이마·코·턱·좌우 관골)이 고르지 못한 빈상(貧相 가난한 관상)을 업수여기는 중입니다.

옥수수 밭은 일대 관병식(觀兵式 군대의 행진 등을 지켜보는 예식)입니다. 바람이 불면 갑주(甲冑 갑옷과 투구) 부딪치는 소리가 우수수 납니다. '카-마인'(carmine 연지벌레에서 뽑아 낸 홍색 안료) 빛 꼭구마(꼬고마. 군졸이 벙거지에 꽂던 붉은 털)가 뒤로 휘면서 너울거립니다. 팔봉산에서 총소리가 들렸습니다. 장엄한 예포소리가 분명합니다. 그러나 그것은 내 곁에서 소조(小鳥 작은새)의 간을 떨어뜨린 공기총 소리였습니다. 그러면 옥수수 밭에서 백, 황, 흑, 회, 또 백(모두 색), 가지각색의 개가 퍽 여러 마

142

리 열을 지어서 걸어 나옵니다. '센슈알'한 계절의 흥분이 이 '코삭크'(cossack 카자흐의 영어식 이름. 카스피해의 북동쪽, 중앙아시아의 스텝 지대에 위치함) 관병식을 한층 더 화려하게 합니다.

산삼이 풀어져 흐르는 시내 징검다리 위에는 백채(白菜 하얀 야채) 씻은 자취가 있습니다. 풋김치의 청신(淸新 푸릇푸릇하고 풋풋한)한 미각이 안약 '스마일'을 연상시킵니다. 나는 그 화성암으로 반들반들한 징검다리 위에 삐뚜러진 N자로 쪼그리고 앉았노라면 시야에 물동이를 이고 주저하는 두 젊은 새악씨가 있습니다. 나는 미안해서 일어나기는 났으면서도 일부러 마주 보면서 그리로 걸어갑니다. 스칩니다. '하도롱'빛 피부에서 푸성귀 내음새가 납니다. '코코아'빛 입술은 머루와 다래로 젖었습니다. 나를 아니 보는 동공에는 정제된 창공이 '간쓰메'(통조림의 일본어)가 되어 있습니다.

M백화점 '미소노'(1930년대 일제 화장품 이름) 화장품 '스위-트 껄'(sweet girl)이 신은 양말은 이 새악씨들의 피부색과 똑같은 소맥(밀) 빛이었습니다. 빼뜨름히 붙인 초유선형 모자 고양이 배에 '화-스너'(fastener 분리되어 있는 것을 잠그는 데 쓰는 기구의 총칭. 지퍼나 클립 등)를 장치한 갑붓한 '핸드빽'―이렇게 도회의 참신하다는 여성들을 연상하여 봅니다. 그리고 새벽 '아스팔트'를 구르는 창백한 공장소녀들의 회충과 같은 손가락을 연상하여 봅니다. 그 온갖 계급의 도회 여인들 연약한 피부 위에는 그네들의 빈부를 묻지 않고 온갖 육중한 지문을 느끼지 않습니까.

3

그러나 가난하나마 무명같이 튼튼한 피부 위에 오점이 없고 '추잉껌' '초콜레이트' 대신에 응어리는 빼어먹고 달절지근한 꼬아리(꽈리)를 불며 숭굴숭굴한 이 시골 새악시들을 더 나는 끔찍이 알고 싶습니다. 축복하여 주고 싶습니다. 교회는 보이지 않습니다. 도회인의 교활한 시선이 수줍어서 수풀 사이로 숨어버리고 종소리의 여운만이 근처에 내음새처럼 남아서 배회하고 있습니다. 혹 그것은 안식을 잃은 내 혼이 들은 바 환청에 지나지 않았는지도 모릅니다.

조밭 한복판에 높은 뽕나무가 있습니다. 뽕 따는 새악시가 전공부처럼 높이 나무 위에 올랐습니다. 순백의 가장 탐스러운 과실이 열렸습니다. 둘이서는 나무에 오르고 하나이 나무 밑에서 다랭이를 채우고 있습니다. 한두 잎만 따도 다랭이가 철철 넘는 민요의 무대면(舞臺面)입니다.

조 이삭은 다 말라 죽었습니다. '콜크'처럼 가벼운 이삭이 근심스럽게 고개를 숙였습니다. 오—비야 좀 오려무나 해면처럼 물을 빨아들이고 싶어 죽겠습니다. 그러나 하늘은 금한 듯이 구름이 없고 푸르고 맑고 또 부숭부숭하니 깊지 못한 뿌리의 SOS의 암반 아래를 흐르는 지하수에 다다르겠습니다.

두 소년이 고무신을 벗어들고 시냇물에 발을 잠가 고기를 잡습니다. 지상의 원한이 스며 흐르는 정맥—그 불길하고 독한 물에 어떤 어족이 살고 있는지—시내는 대지의 신열을 뚫고 벌판 기울어진 방향으로 흐르고 있습니다. 그것은 가을의 풍설(風說 실상이 없이 떠돌아다니는 말. 풍문(風聞))입니다.

가을이 올 터인데 와도 좋으냐고 쏘근쏘근하지 않습니까. 조 이삭이 초례청 신부가 절할 때 나는 소리같이 부수수 구깁니다. 노회한 바람이 조 잎새에게 난숙(欄熟 너무 익음)을 최촉(催促 재촉)하는 것입니다. 그러나 조의 마음은 푸르고 초조하고 어립니다.

조밭을 어지러뜨린 자는 누구냐—기왕 한 될 조여든—그런 마음으로 그랬나요, 몹시 어지러뜨려 놓았습니다. 누에—호호(戶戶 집집)에 누에가 있습니다. 조 이삭보다도 굵직한 누에가 삽시간에 뽕잎을 먹습니다. 이 건강한 미각은 왕후와 같이 지존스러우며 치사(侈奢 사치와 같은 말)스럽습니다. 새악시들은 뽕 심부름하는 것으로 몸의 마지막 광영을 삼습니다. 그러나 뽕이 떨어졌습니다. 온갖 폐백이 동이 난 것과 같이 새악시들의 정열은 허둥지둥하는 것입니다.

야음을 타서 새악시들은 경장(輕裝 가볍게 입음)으로 나섭니다. 얼굴의 홍조가 가리키는 방향으로―뽕나무에 우승배가 놓여 있습니다. 그리로만 가면 되는 것입니다. 조밭을 짓밟습니다. 자외선에 맛있게 끄실른 새악시들의 발이 그대로 조 이삭을 무찌르고 '스크람' (scrum)입니다. 그리하여 하늘에 닿을 지성이 천고마비 잠실(누에가 있는 방) 안에 있는 성스러운 귀족가축들을 살찌게 하는 것입니다. '코렛트' 부인(프랑스의 여류 소설가. 콜렛트)의 '빈묘' (牝猫 암코양이. 작품 제목)를 생각케 하는 말캉말캉한 '로맨스' 입니다.

4

간이학교 곁집 길가에서 들여다보이는 방에 틀이 떠들고 있습니다. 편발처녀(머리를 땋아 내린 처녀)가 맨발로 기계를 건드리고 있습니다. 그러면 기계는 허리를 스치는 가느다란 실이 간지럽다는 듯이 깔깔 깔깔 대소하는 것입니다. 웃으며 지근대며 명산 XX 명주가 짜여 나오니 열대자수건이 성묘갈 때 입을 때때를 만들고 시집살이 설움을 씻어주고 또 꿈과 꿈을 말소하는 쓰레받기도 되고―이렇게 실없는 내 환희(幻戲)입니다.

담배가게 곁방 안에는 오늘 황혼을 미리 가져다 놓았습니다. 침침한 몇 '가론' (gallon)의 공기 속에 생생한 침엽수가 울창합니다. 황혼에만 사는 이민 같은 이국초목에는 순백의 갸름한 열매가 무수히 열렸습니다. 고치―귀화한 '마리아' 들이 최신지혜의 과실을 단려(端麗 단정하고 아름다운)한 맵시로 따고 있습니다. 그 아들의 불행한 최후를 슬퍼하며 '크리스마스 츄리'를 헐어 들어가는 '피에다' (Pieta 예수의 시체를 안고 슬퍼하는 마리아상) 화폭 전도입니다.

학교 마당에는 '코스모스' 가 피어 있고 생도들은 글을 배우고 있습니다. 그들은 열심히 간단한 산술을 놓아 그들의 정직과 순박을 지혜와 교활로 환산하고 있습니다. 탄식할 이식산(利息算 이자 계산)이 아니겠습니까. 족보를 찢어 버린 것과 같은 흰 나비 두어 마리 백묵 내음새 나는 화단 위에서 번복(飜覆 고치거나 바꾸는 일)이 무상합니다. 또 연식 '테니스' 공의 마개 뽑는 소리가 음향의 흔적이 되어서는 등고선의 각점 모양으로 남아 있는 것 같습니다. 이 마당에서 오늘 밤에 금융조합 선전 활동사진회가 열립니다. 활동사진? 세기의 총아―온갖 예술 위에 군림하는 '넘버' 제8예술의 승리. 그 고답적이고도 탕아적인 매력을 무엇에다 비하겠습니까? 그러나 이곳 주민들은 활동사진에 대하여 한낱 동화적인 꿈을 가진 채 있습니다. 그림이 움직일 수 있는 이것은 참 홍모(紅毛 붉은 머리) 오랑캐의 요술을 배워가지고 온 것 같으면서도 같지 않은 동포의 부러운 재간입니다.

활동사진을 보고 난 다음에 맛보는 담백한 허무―장주(莊周 장자)의 호접몽이 이러하였을 것입니다. 나의 동글납짝한 머리가 그대로 '카메라' 가 되어 피곤한 '따불렌즈' (double lens: 이중렌즈)로나마 몇 번이나 이 옥수수 무르익어가는 초추(初秋 초가을)의 정경을 촬영하였으며 영사하였던가― '후래슈빽' (flashback 영화에서 과거의 회상 장면을 말함)으로 흐르는 엷은 애수―도회에 남아 있는 몇 고독한 '팬' 에게 보내는 단장(斷腸 애를 끊는)의 '스틸' (still 영화 중의 한 장면을 보통 사진기로 찍어 확대 인화한 사진)이다.

5

밤이 되었습니다. 초열흘 가까운 달이 초저녁이 조금 지나면 나옵니다. 마당에 멍석을 펴고 전설 같은 시민이 모여듭니다. 축음기 앞에서 고개를 갸웃거리는 북극 '펭귄' 새들이나 무엇이 다르겠습니까. 짧고도 기다란 인생을 적어 내려갈 편전지(便箋紙 편지지)― '스크린' 이 박모(薄暮 땅거미) 속에서 '바이오그래피' (biography 전기)의 예비표정입니다. 내가 있는 건너편 객주집에 든 도회풍 여인도 왔나봅니다. 사투리의 합창이 마당 안에서 들립니다.

시작입니다. 부산 잔교(棧橋 부두에서 선박에 걸쳐놓아 화물을 싣고 부리거나 선객이 오르내리게 된 다리)가 나타납니다. 평양 모란봉입니다. 압록강 철교가 역사적으로 돌아갑니다. 박수와 갈채—태서(泰西 '서양'의 옛날식 표기)의 명감독이 바야흐로 *(産과 頁로 결합된, 해독불가한 한자)色이 없습니다. 십분 휴식시간에 조합이사의 통역부(통역 딸린) 연설이 있었습니다.

달은 구름 속에 있습니다. 금연—이라는 느낌입니다(어두운 영화관 안에 불 밝힌 금연등을 구름 속에 든 달과 연결짓고 있음). 연설하는 이사 얼굴에 전등의 '스폿트'(spotlight)도 비쳤습니다. 산천초목이 다 경동할 일입니다. 전등—이곳 촌민들은 XX 행자동차 '헷드라이트' 외에 전등을 본 일이 없습니다. 그 눈이 부시게 밝은 광선 속에서 창백한 이사는 강단(降壇 단상에서 내려옴)하였습니다. 우매한 백성들은 이 이사의 웅변에 한 사람도 박수치지 않았습니다. 물론 나도 그 우매한 백성 중의 하나일 수밖에 없었습니다만—.

밤 열한 시나 지나서 영화감상의 밤은 '해피엔드'였습니다. 조합원들과 영사기사는 이 촌 유일의 음식점에서 위로회를 열었습니다. 나는 객사로 돌아와서 죽어가는 등잔심지를 돋우고 독서를 시작하였습니다. 그것은 이웃 방에 묵고 계신 노신사께서 내 나타(懶惰 게으름)와 우울을 훈계하는 뜻으로 빌려주신 고우다 로한[辛田露伴] 박사의 지은 바 '人의 道'라는 진서(珍書 귀중한 책)입니다. 개가 멀리서 끊일 사이 없이 이어 짖어댑니다. 그윽한 '하이칼라' 방향(芳香 꽃다운 향기, 좋은 냄새)을 못 잊어 군중은 아직도 헤어지지 않았나 봅니다.

구름이 걷히고 달이 나왔습니다. 버래(벌레)가 무도회의 창문을 열어놓은 것처럼 와짝 요란스럽습니다. 아지 못하는 노방(路傍 길가)의 인(人)을 사색하는 도회인적인 향수가 있습니다. 신간 잡지의 표지와 같이 신선한 여인들—'넥타이'와 동갑인 신사들, 그리고 창백한 여러 동무들―나를 기다리지 않는 고향―도회에 내 나체의 말씀을 번안하여 보내주고 싶습니다. 잠―성경을 채자(採字: 좋은 글을 가려 뽑음, 인쇄하기 위해 활자를 뽑음)하다가 엎질러 버린 인쇄직공이 아무렇게나 주워 담은 지리멸렬한 활자의 꿈, 나도 갈갈이 찢어진 사도가 되어서 세 번 아니라 열 번이라도 굶는 가족을 모른다고 그립니다.

근심이 나를 제한 세상보다 큽니다. 내가 갑문(閘門 수문)을 열면 폐허가 된 이 육신으로 근심의 조수가 스며들어 옵니다. 그러나 나는 나의 '메소이스트' 병마개를 아직 뽑지는 않습니다. 근심은 나를 싸고돌며 그리는 동안에 이 육신은 풍마우세(風磨雨洗 바람에 닦이고 비에 씻겨나감)로 저절로 다 말라 없어지고 말 것입니다.

밤의 슬픈 공기를 원고지 위에 깔고 창백한 동무에게 편지를 씁니다. 그 속에는 자신의 부고도 동봉하여 있습니다.

▶ 이 작품에 쓰인 외국어, 감각적 표현, 비유법 등은 어떤 이미지를 창출
하고 어떤 효과를 자아내고 있는가?

　　이상은 '산촌여정'이라는 제목으로 인해 으레 나타날 것으로 예상
되는 순박한 시골 풍경에 뜻밖에도 외국어를 많이 섞어 사용함으로써
정감 어린 시골 풍경을 이국적으로 표현하고 있다. MJB 커피, 하도롱
빛, 파라마운트, 그라비아, 세피아, 아스파라가스, 셀룰로이드 등의
외래어는 대비되는 색감으로 신선한 이미지를 형성하고 있다. 외래어
를 통해 나타낸 독특한 특징들이 어울릴 것 같지 않은 산골 분위기와
묘한 조화를 이루고 있는 것이다.

　　이어령 교수는 '산촌여정'을 이렇게 평가했다.

　　"외래어와 토착어의 자연스러운 배합, 장식이 아니라 이질적인 것
을 통합하는 기능적인 비유, 그리고 문장을 꿰매가는 구성력이 모두
남이 모방할 수 없는 섬세한 감성과 풍부한 상상력에 의해서 표상된
다. 한마디로 '산촌여정'은 20세기 한국의 수많은 묘사 가운데 가장
높은 마루를 차지하고 있는 명문(名文) 중의 명문이라고 할 것이다."

　　또한 이 글은 직유와 은유가 반복되면서 리듬감까지 느끼게 한다.
하도롱 빛 소식, 도회지 석간 같은 내음새, 여차장의 차표 찍는 소리
같은, 머릿빛 잉크, 애인의 귀처럼 생긴 봉선화 등과 같이 생생하게
연결되는 비유는 오감을 자극하는 효과까지 연출한다. 이어령은 이상
의 비유적 표현에 대해서는 이렇게 평했다.

　　"구호와 같은 관념적인 한국의 산문에 처음으로 이미지의 아름다움
을 불어넣은 사람, 감성과 이성이 한데 어울린 은유의 축제를 통해서
생각하는 즐거움과 느끼는 쾌감을 동시에 창조해 준 사람, 그리고 뱀
같이 땅바닥에 붙어 다니는 우둔한 산문을 코브라처럼 머리를 치켜세
우게 하고 음악에 맞춰 춤추게 한 사람—그가 바로 이상이다."

▶ '산촌여정'은 어떤 형식과 구성으로 짜여 있는가?

'산촌여정'은 그의 시와 소설 그리고 수필을 모두 통합해 놓은 글이다. 실제로 시와 일기와 편지글의 형식이 모두 등장하는 이 작품은 그의 필력과 심리 상태를 있는 그대로 보여주고 있다. 글의 내용에 있어서도 도시 생활에 익숙한 작가가 시골 생활을 사실적으로 묘사함으로써 도시와 전원의 체험이 이종 배합(異種配合)되어 있다. 서울에 있는 친구에게 보내는 편지 형식을 취하고 있는 이 글은 밤에서 시작해 다음 날 밤에 끝나는 순환적인 구성을 취하고 있다. 시작과 끝의 구분이 없는 독특한 구성은 지은이의 또 다른 독특한 감각을 보여주는 부분이다.

■ 작품 정리

- **성격** | 비유적, 체험적, 묘사적.
- **표현** | 직접 보고 듣고 느낀 것을 감각적이고 자유로운 문체로 그리고 있다. 한 사물을 대립되는 두 가지로 묘사하는 독특한 은유법이 가장 두드러진 특징이다.
- **제재** | 산촌에서의 생활.
- **주제** | 도시적 감수성으로 바라본 시골의 자연 현상.
- **구성** | 하루 동안의 시간이 시초의 구분 없이 순환되는 원형의 서사 구조를 띠고 있다.
- **지은이** | 이상(李箱, 1910~1937)

가난한 날의 행복

김소운

먹을 만큼 살게 되면 지난날의 가난을 잊어버리는 것이 인지상정(人之常情 사람이면 보통 가질 수 있는 인정)인가보다. 가난은 결코 환영할 것이 못 되니, 빨리 잊을수록 좋은 것일지도 모른다. 그러나 가난하고 어려웠던 생활에도 아침 이슬같이 반짝이는 아름다운 회상이 있다. 여기에 적는 세 쌍의 가난한 부부 이야기는, 이미 지나간 옛날 이야기지만, 내게 언제나 새로운 감동을 안겨다 주는 실화들이다.

그들은 가난한 신혼 부부였다. 보통의 경우라면, 남편이 직장으로 나가고 아내는 집에서 살림을 하겠지만, 그들은 반대였다. 남편은 실직으로 집 안에 있고, 아내는 집에서 가까운 어느 회사에 다니고 있었다.

어느 날 아침, 쌀이 떨어져서 아내는 아침을 굶고 출근했다.

"어떻게든지 변통(變通 돈이나 물건 따위를 이리저리 돌려 맞춰 씀)을 해서 점심을 지어 놓을 데니, 그때까지만 참으오."

출근하는 아내에게 남편은 이렇게 말했다. 마침내 점심시간이 되어서 아내가 집에 돌아와 보니, 남편은 보이지 않고, 방안에는 신문지로 덮인 밥상이 놓여 있었다. 아내는 조용히 신문지를 걷었다. 따뜻한 밥 한 그릇과 간장 한 종지…… 쌀은 어떻게 구했지만, 찬까지는 마련할 수 없었던 모양이다. 아내는 수저를 들려고 하다가 문득

상 위에 놓인 쪽지를 보았다.

"왕후(王侯)의 밥, 걸인(乞人)의 찬…… 이걸로 우선 시장기만 속여 두오."

낯익은 남편의 글씨였다. 순간, 아내는 눈물이 핑 돌았다. 왕후가 된 것보다도 행복했다. 만금(萬金)을 주고도 살 수 없는 행복감에 가슴이 부풀었다.

다음은 어느 시인 내외의 젊은 시절 이야기다. 역시 가난한 부부였다.

어느 날 아침, 남편은 세수를 하고 들어와 아침상을 기다리고 있었다. 그때, 시인의 아내가 쟁반에다 삶은 고구마 몇 개를 담아 들고 들어왔다.

"햇고구마가 하도 맛있다고 아랫집에서 그러기에 우리도 좀 사 왔어요. 맛이나 보셔요."

남편은 본래 고구마를 좋아하지도 않는데다가 식전에 그런 것을 먹는 게 뭔지 부담스럽게 느껴졌지만, 아내를 대접하는 뜻에서 그 중 제일 작은 놈을 하나 골라 먹었다. 그리고 쟁반 위에 함께 놓인 홍차를 들었다.

"하나면 정이 안 간대요. 한 개만 더 드셔요."

아내는 웃으면서 또 이렇게 권했다. 남편은 마지못해 또 한 개를 집었다. 어느새 밖에 나갈 시간이 가까워졌다. 남편은,

"인제 나가 봐야겠소. 밥상을 들여요."

하고 재촉했다.

"지금 잡숫고 있잖아요. 이 고구마가 오늘 우리 아침밥이어요."

"뭐요?"

남편은 비로소 집에 쌀이 떨어진 줄을 알고, 무안하고 미안한 생각에 얼굴이 화끈했다.

"쌀이 없으면 없다고 왜 좀 미리 말을 못 하는 거요? 사내 봉변을 시켜도 유분수지."

뿌루퉁해서 한 마디 쏘아붙이자, 아내가 대답했다.

"저의 작은아버님이 장관이셔요. 어디를 가면 쌀 한 가마가 없겠어요? 하지만 긴긴 인생에 이런 일도 있어야 늙어서 얘깃거리가 되잖아요."

잔잔한 미소를 지으면서 이렇게 말하는 아내 앞에, 남편은 묵연(默然 말없이 잠잠함)할 수밖에 없었다. 그러면서도 가슴속에는 형언 못할 행복감이 밀물처럼 밀려 왔다.

다음은 어느 중로(中老 초로(初老)는 넘었으나 아주 늙지는 않은 사람. 중노인)의 여인에게서 들은 이야기다. 여인이 젊었을 때였다. 남편이 거듭 사업에 실패하자, 이들 내외는 갑자기 가난 속에 빠지고 말았다.

남편은 다시 일어나 사과 장사를 시작했다. 서울에서 사과를 싣고 춘천에 갔다 넘기면 다소의 이윤이 생겼다. 그런데 한 번은, 춘천으로 떠난 남편이 이틀이 되고 사흘이 되어도 돌아오지를 않았다. 제 날로 돌아오기는 어렵지만, 이틀째에는 틀림없이 돌아오는 남편이었다. 아내는 기다리다 못해 닷새째 되는 날, 남편을 찾아 춘천으로 떠났다.

"춘천에만 닿으면 만나려니 했지요. 춘천을 손바닥만 하게 알았나 봐요. 정말 막막하더군요. 하는 수 없이 여관을 뒤졌지요. 여관이란 여관은 모조리 다 뒤졌지만, 그이는 없었어요. 하룻밤을 여관에서 뜬 눈으로 새웠지요. 이튿날 아침, 문득 그이의 친한 친구 한 분이 도청에 계시다는 것이 생각나서, 그분을 찾아 나섰지요. 가는 길에 혹시나 하고 정거장에 들러봤더니……."

매표구 앞에 늘어선 줄 속에 남편이 서 있었다. 아내는 너무 반갑고 원망스러워 말이 나오지 않았다.

트럭에다 사과를 싣고 춘천으로 떠난 남편은, 가는 길에 사람을 몇 태웠다고 했다. 그들이 사과 가마니를 깔고 앉는 바람에 사과가 상해서 제값을 받을 수 없었다. 남편은 도저히 손해를 보아서는 안 될 처지였기에 친구의 집에 기숙(寄宿 남의 집에 머묾)하면서, 시장 옆에 자리를 구해 사과 소매를 시작했다. 그래서 어젯밤 늦게야 겨우 다 팔 수 있었다는 것이다. 전보도 옳게 제 구실을 하지 못하던 8·15 직후였으니…….

함께 춘천을 떠나 서울로 향하는 차 속에서 남편은 아내의 손을 꼭 쥐었다. 그때만 해도 세 시간은 남아 걸리던 경춘선, 남편은 한 번도 그 손을 놓지 않았다. 아내는 한 손을 남편에게 맡긴 채 너무도 너무도 행복해서 그저 황홀에 잠길 뿐이었다.

그 남편은 그러나 6·25 때 죽었다고 한다. 여인은 어린 자녀들을 이끌고 모진 세파(世波 모질고 거센 세상의 풍파)와 싸우지 않으면 안 되었다.

"이제 아이들도 다 커서 대학엘 다니고 있으니, 그이에게 조금은 면목이 선 것도 같아요. 제가 지금까지 살아올 수 있었던 것은, 춘천서 서울까지 제 손을 놓지 않았던 그이의 손길, 그것 때문일지도 모르지요."

여인은 조용히 웃으면서 이렇게 말을 맺었다.

지난날의 가난은 잊지 않는 게 좋겠다. 더구나 그 속에 빛나던 사랑만은 잊지 말아야겠다. "행복은 반드시 부와 일치하지 않는다"는 말은 결코 진부한 한 편의 경구(驚句)만은 아니다.

▶ 이와 같은 글의 구성에 대해 알아보자.

　이 글은 '옴니버스' 식 구성이다. '옴니버스' 식 구성은 하나의 주제를 중심으로 몇 개의 독립된 이야기를 서로 유기적 관련성이 없이 배치하여 한 편의 작품으로 만드는 것이다. '옴니버스(omnibus)'는 원래 합승마차 또는 합승자동차를 가리키는 말로, '여러 가지 항목을 포함하고 있다'는 뜻을 가지고 있다. 그리고 하나의 주제를 중심으로 몇 개의 단편을 결합한 것뿐만 아니라 한 명의 인물이 각각 다른 역으로 출연하여 전편을 구성하는 등 여러 가지 형식들이 있다.

▶ 각각의 이야기 속에서 그 이야기 전체를 함축하고 있는 대표적인 문장을 한 구절씩 찾아보자.

　첫 번째 이야기의 '왕후의 밥, 걸인의 찬', 두 번째 이야기의 '늙어서 얘깃거리가 되잖아요', 그리고 마지막 이야기의 '춘천서 서울까지 손을 놓지 않았던 그이의 손길'이 바로 상대방을 감동시키는 결정적인 한 마디이다. 이 세 개의 독립된 이야기는 '가난 속의 사랑과 행복'이라는 공통된 주제를 구현하고 있다.

■ 작품 정리

- **성격** | 희곡적, 교훈적, 낭만적, 회고적.
- **표현** | 부드럽고 간결한 문체로 삶의 작은 진실을 감동적으로 제시하고 있다. 희곡적, 소설적 구성이 돋보인다.
- **주제** | 가난 속의 사랑과 행복.
- **제재** | 가난 속에서 피어나는 부부지간의 사랑 이야기.
- **구성** | 몇 개의 독립적인 이야기를 모아놓은 옴니버스 식 구성.
- **지은이** | 김소운(金素雲 1908~1981)

피딴문답

김소운

"자네, '피딴' 이란 것 아나?"

"피딴이라니, 그게 뭔데……."

"중국집에서 배갈 안주로 내는 오리알 말이야, '피단(皮蛋)' 이라고 쓰지."

"시퍼런 달걀 같은 거 말이지, 그게 오리 알이던가?"

"오리 알이지. 비록 오리 알일망정, 나는 그 피딴을 대할 때마다, 모자를 벗고 절이라도 하고 싶어지거든……."

"그건 또 왜?"

"내가 존경하는 요리니까……."

"존경이라니…… 존경할 요리란 것도 있나?"

"있고말고. 내 얘기를 들어보면 자네도 동감일 걸세. 오리 알을 껍질째 진흙으로 싸서 겨(벼·보리·조 같은 곡식을 찧어 벗겨 낸 껍질의 총칭) 속에 묻어 두거든…… 한 반 년쯤 지난 뒤에 흙덩이를 부수고, 껍질을 까서 술 안주로 내놓는 건데, 속은 굳어져서 마치 삶은 계란 같지만, 흙덩이 자체의 온기 외에 따로 가열을 하는 것은 아니라네."

"오리 알에 대한 조예가 매우 소상하신데……."

"아니야, 나도 그 이상은 잘 모르지. 내가 아는 건 거기까지야. 껍질을 깐 알맹이는 멍이 든 것처럼 시퍼런데도, 한번 맛을 들이면 그 풍미가 기막히거든. 연소(燕巢 제비집)나 상어 지느러미처럼 고급 요리 축에는 못 들어가도, 술안주로는 그만이지……."

"그래서 존경을 한다는 건가?"

"아니야, 생각해 보라고. 날것 째 오리 알을 진흙으로 싸서 반년씩이나 내버려 두면, 썩어 버리거나, 아니면 부화해서 오리 새끼가 나와야 할 이치 아닌가 말야…… 그런데 썩지도 않고, 오리 새끼가 되지도 않고, 독자의 풍미(風味 음식의 격이 있는 맛)를 지닌 피딴으로 화생 (化生 어떤 특정한 기관으로 분화한 생물의 조직 세포가 재생이나 병리적 변화로 인해 아주 다른 형체로 변화함)한다는 거, 이거 놀라운 일이 아닐 수 없지, 허다한 잘 나가는 요리를 제쳐 두고, 내가 피딴 앞에 절을 하고 싶다는 연유가 바로 이것일세."

"그럴싸한 얘기로구면. 썩지도 않고, 오리 새끼도 되지 않는다……?"

"그저 썩지만 않는다는 게 아니라, 거기서 말 못 할 풍미를 맛볼 수 있다는 거, 그것이 중요한 포인트지…… 남들은 나를 글줄이나 쓰는 사람으로 치부하지만, 붓 한 자루로 살아 왔다면서, 나는 한 번도 피딴 만한 글을 써 본 적이 없다네. '망건을 십 년 뜨면 문리(文理 글의 뜻을 깨달아 아는 일)가 난다'는 속담도 있는데, 글 하나 쓸 때마다 입시를 치르는 중학생마냥 긴장을 해야 하다니, 망발(妄發 명령이나 실수로 잘못하여 자기 또는 조상을 욕되게 하는 말이나 행동을 하는 것)도 이만저만이지……."

"초심 불망(初心不忘 처음에 가진 마음을 잊지 않음)이라지 않아…… 늙어 죽도록 중학생일 수만 있다면 오죽 좋아……."

"그런 건 좋게 하는 말이고, 잘라 말해서, 피딴만큼도 문리가 나지 않는다는 거야…… 이왕 글이라도 쓰려면, 하다못해 피딴 급수(級數)는 돼야겠는데……."

"썩어야 할 것이 썩어 버리지 않고, 독특한 풍미를 풍긴다는 거, 멋있는 얘기로구면. 그런 얘기 나도 하나 알지. 피딴의 경우와는 좀 다르지만……."

"무슨 얘긴데……?"

"해방 전 오래 된 얘기지만, 선배 한 분이 평양 갔다 오는 길에 역두(驛頭 역 앞. 역전(驛前))에서 전별(餞別 떠나는 사람을 잔치로써 베풀어 보냄. 여기서는 전별할 때 위로의 뜻으로 주는 선물 따위를 말하는 '전별금'의 의미로 쓰임)로 받은 쇠고기 뭉치를, 서울까지 돌아와서도 행장(行裝 여행할 때 쓰이거나 사용하는 모든 제구) 속에 넣어 둔 채 까맣게 잊어버리고 있었다나. 뒤늦게야 생각이 나서 고기 뭉치를 꺼냈는데, 썩으려 드는 직전이라, 하루만 더 두었던들 내버릴밖에 없었던 그 쇠고기 맛이 그렇게 좋을 수가 없었더란 거야. 그 뒤부터 그 댁에서는 쇠고기를 으레 며칠씩 묵혀 두었다가, 상하기 시작할 하루 앞서 장만한 것이 가풍(家風)이 됐다는데, 썩기 직전이 제일 맛이 좋다는 게, 뭔가 인생하고도 상관있는 얘기 같지 않아……?"

"썩기 바로 직전이란 그 '타이밍'이 어렵겠군…… 썩는다는 말에 어폐가 있긴 하지만, 이를테면 새우젓이니, 멸치젓이니 하는 젓갈 등속도 생짜 제 맛이 아니고, 삭혀서 내는 맛이라고 할 수 있지…… 그건 그렇고 썩었다니 생각이 나네만, 며칠 전 친한 친구 하나가 찾아와서 세상이 썩었다고 한바탕 울분을 터뜨리고 갔지……."

"그게 누군데……?"

"누구건 알 거 없고, 하여튼 식견이 도저하고(깊고) 국내에서도 이름 높은 양반이지…… 딴은 지당한 울분이거든…… 하지만 그런 인간 세상에 휘말려 들어서 나까지 썩어 버리지는 않아야 하겠고, 그렇다고 고고(孤高 현실 세계에서 떠나 혼자 유달리 고상함)를 내세우지도 말고, 지나치게 달관(達觀)도 말고 그저 피딴처럼 그렇게 살고 싶지만, 그게 어디 쉬운 일이라야지……."

"쉽지 않지…… 하루만 늦으면 쇠고기도 내버려야 하니까……."

"연설은 이만치 해 두고, 우리 나가서 피딴으로 한 잔 할까? 피딴에 경례도 할 겸……."

▶ 피딴과 쇠고기가 의미하는 바는 무엇인가?

땅 속에서 반 년 간 묵혀둔 피딴과 썩기 직전의 쇠고기는 둘 다 공통적으로 독특한 풍미를 지니고 있다. 지은이는 이 묵힌 요리들을 원숙한 인격과 생활의 아름다움과 연관 짓고 있다. 그리고 연륜이 쌓인 만큼 잘 갈고 닦여진 솜씨로 피딴이나 쇠고기처럼 개성과 멋이 우러나는 자신만의 작품을 쓰고 싶다는 소원과 가장 좋은 맛을 내는 쇠고기처럼 중용의 맛을 지키고 싶다는 바람을 드러낸다.

한 마디로 피딴이나 쇠고기는 인간의 원숙미, 또한 원숙한 생활의 멋이나 중용에 대한 비유적인 표현이다. 즉, 인생이란 도가 지나치지 않을 정도로 무르익었을 때야말로 특유의 멋과 향기를 풍길 수 있음을 암시하고 있다. 그러나 이러한 원숙함은 짧은 기간에 완성될 수 있는 것이 아니며 도를 넘기게 되면 부패하게 마련이다. 이러한 사실을 오래 삭혀야 하는 피딴과 하루만 지나도 썩어버리는 쇠고기의 특성을 예로 들며 설명하고 있다.

■ 작품 정리

- **성격** | 희곡적, 비유적, 교훈적.
- **표현** | 대화로 선개되어 마치 희곡을 감상하는 것 같은 느낌을 준다.
- **제재** | 피딴과 쇠고기.
- **주제** | 원숙한 삶이 보여주는 멋과 아름다움에 대한 예찬.
- **구성** | 화제에 따른 2단 구성.
  - 첫 번째 화제: 피딴의 독특한 풍미와 작자의 창작 활동의 대비.
  - 두 번째 화제: 썩기 직전의 쇠고기 맛에 비유한 중용의 도.
- **지은이** | 김소운(金素雲 1908~1981)

낙엽을 태우면서

이효석

가을이 깊어지면, 나는 거의 매일 뜰의 낙엽을 긁어모으지 않으면 안 된다. 날마다 하는 일이건만, 낙엽은 어느새 날아 떨어져서, 또 다시 쌓이는 것이다. 낙엽이란 참으로 이 세상의 사람의 수효보다도 많은가보다. 삼십여 평에 차지 못하는 뜰이건만 날마다 시중이 조련치 않다(만만할 정도로 헐하거나 쉽지 않다).

벗나무, 능금나무 - 제일 귀찮은 것이 담쟁이다. 담쟁이란 여름 한철 벽을 온통 둘러싸고, 지붕과 굴뚝의 붉은 빛만 남기고, 집안을 통째로 초록의 세상으로 변해 줄 때가 아름다운 것이지, 잎을 다 떨어뜨리고 앙상하게 드러난 벽에 메마른 줄기를 그물같이 둘러 칠 때쯤에는, 벌써 다시 거들떠볼 값조차 없는 것이다. 귀치 않은 것이 그 낙엽이다. 가령, 벗나무 잎같이 신선하게 단풍이 드는 것도 아니요, 처음부터 칙칙한 색으로 물들어, 재치 없는(볼품없는) 그 넓은 잎은 지름 길 위에 떨어져 비라도 맞고 나면 지저분하게 흙 속에 묻히는 까닭에, 아무래도 날아 떨어지는 족족 그 뒷시중을 해야 한다. 벗나무 아래에 긁어모은 낙엽의 산더미를 모으고 불을 붙이면, 속의 것부터 푸슥푸슥 타기 시작해서 가는 연기가 피어오르고, 바람이나 없는 날이면, 그 연기가 낮게 드리워서, 어느덧 뜰 안에 가득히 자욱해진다. 낙엽 타는 냄새같이 좋은 것이 있을까? 갓 볶아 낸 커피의 냄새가 난다. 잘 익은 개암(개암나무의 열매. 도토리와 비슷하며 맛이 고소함) 냄새가 난다. 갈

퀴(마른 풀이나 나뭇잎. 검불, 또는 곡식 등을 긁어모으는 데에 쓰는 농기구)를 손에 들고는 어느 때까지든지 연기 속에 우뚝 서서, 타서 흩어지는 낙엽의 산더미를 바라보며 향기로운 냄새를 맡고 있노라면, 별안간 맹렬한 생활의 의욕을 느끼게 된다. 연기는 몸에 배서 어느 결엔지 옷자락과 손등에서도 냄새가 나게 된다.

나는 그 냄새를 한없이 사랑하면서 즐거운 생활감에 잠겨서는, 새삼스럽게 생활의 제목을 진귀한 것으로 머릿속에 띄운다. 음영과 윤택과 색채가 빈곤해지고, 초록이 전혀 그 자취를 감추어 버린, 꿈을 잃은 허전한 뜰 한복판에 서서, 꿈의 껍질인 낙엽을 태우면서 오로지 생활의 상념에 잠기는 것이다. 가난한 벌거숭이의 뜰은 벌써 꿈을 꾸기에는 적당하지 않은 탓일까? 화려한 초록의 기억은 참으로 멀리 까마득하게 사라져 버린다. 벌써 추억에 잠기고 감상에 젖어서는 안 된다.

가을이다! 가을은 생활의 시절이다. 나는 화단의 뒷자리를 깊게 파고, 다 타 버린 낙엽의 재를—죽어 버린 꿈의 시체를—땅속 깊이 파묻고, 엄연한 생활의 자세로 돌아서지 않으면 안 된다. 이야기 속의 소년같이 용감해지지 않으면 안 된다.

전에 없이 손수 목욕물을 긷고 혼자 불을 지피게 되는 것도, 물론 이런 감격에서부터다. 호스로 목욕통에 물을 대는 것도 즐겁거니와, 고생스럽게, 눈물을 흘리면서 조그만 아궁이에 나무를 태우는 것도 기쁘다. 어두컴컴한 부엌에 웅크리고 앉아서, 새빨갛게 피어오르는 불꽃을 어린아이의 감동을 가지고 바라본다. 어둠을 배경으로 하고 새빨갛게 타오르는 불은, 그 무슨 신성하고 신령스런 물건 같다. 얼굴을 붉게 태우면서 긴장된 자세로 웅크리고 있는 내 꼴은, 흡사 그 귀중한 선물을 프로메테우스(Prometheus '먼저 생각하는 사람'이라는 뜻을 가지고 있으며, 주신(主神) 제우스가 감추어 둔 불을 훔쳐서 인간에게 줌)에게서 막 받았을 때, 태고적 원시의 그것과 같을는지 모른다.

나는 새삼스럽게 마음속으로 불의 덕을 찬미하면서, 신화 속의 영웅에게 감사의 마음을 바친다.

좀 있으면 목욕실에는 자욱하게 김이 오른다. 안개 깊은 바다의 복판에 잠겼다는 듯이 동화의 감정으로 마음을 장식하면서 목욕물 속에 전신을 깊숙이 잠글 때, 바로 천국에 있는 듯한 느낌이 난다. 지상 천국은 별다른 곳이 아니라, 늘 들어가는 집 안의 목욕실이 바로 그것인 것이다. 사람은 물에서 나서 결국 물속에서 천국을 구하는 것이 아닐까?

물과 불과 ― 이 두 가지 속에 생활은 요약된다. 시절의 의욕이 가장 강렬하게 나타나는 것은 이 두 가지에 있어서다. 어느 시절이나 다 같은 것이기는 하나, 가을부터의 절기가 가장 생활적인 까닭은 무엇보다도 이 두 가지의 원소의 즐거운 인상 위에 서기 때문이다. 난로는 새빨갛게 타야하고, 화로의 숯불은 이글이글 피어야 하고, 주전자의 물은 펄펄 끓어야 된다. 백화점 아래층에서 커피의 알을 찧어 가지고는 그대로 가방 속에 넣어 가지고, 전차 속에서 진한 향기를 맡으면서 집으로 돌아온다. 그러는 내 모양을 어린애답다고 생각하면서, 그 생각을 또 즐기면서 이것이 생활이라고 느끼는 것이다.

씨늘한 넓은 방에서 차를 마시면서, 그제까지 생각하는 것이 생활의 생각이다. 벌써 쓸모 적어진 침대에는 더운 물통을 여러 개 넣을 궁리(窮理)를 하고, 방구석에는 올 겨울에도 또 크리스마스트리를 세우고 색 전등으로 장식할 것을 생각하고, 눈이 오면 스키를 시작해 볼까 하고 계획도 해보곤 한다. 이런 공연한 생각을 할 때만은 근심과 걱정도 어디론지 사라져 버린다. 책과 씨름하고, 원고지 앞에서 궁싯거리던(어떻게 할 바를 몰라 이리저리 머뭇거리던) 그 같은 서재에서, 개운한 마음으로 이런 생각에 잠기는 것은 참으로 유쾌한 일이다.

책상 앞에 붙은 채, 별일 없으면서도 쉴 새 없이 궁싯거리고, 생각하고, 괴로워하면서, 생활의 일이라면 촌음(寸陰 매우 짧은 시간)을 아끼고, 가령 뜰을 정리하는 것도 소비적이니, 비생산적이니 하고 멸시하던 것이, 도리어 그런 생활적 사사(些事 자질구레한 일)에 창조적, 생산적인 뜻을 발견하게 된 것은 대체 무슨 까닭일까?

시절의 탓일까? 깊어 가는 가을이, 이 벌거숭이의 뜰이 한층 산보람을 느끼게 하는 탓일까?

▶ 지은이는 가을에 대해 일반적인 정서와 어떻게 다르게 느끼고 있는가?

보통 사람들은 가을, 특히 낙엽이 떨어질 즈음의 초겨울로 접어드는 가을의 끝자락을 소멸의 계절로 인식하지만 지은이는 오히려 가을을 의욕이 가장 강해지는 시기로 본다. 그와 같은 강렬한 의욕은 물과 불을 통해 일어난다. 죽어버린 꿈의 시체인 낙엽을 태우는 일은 생활을 소멸시켜 사라지게 하는 것이 아니라 또 다른 생활의 활력을 가져오게 하는 것이다. 그래서 전에 없이 손수 목욕물을 길어 불을 지피고 목욕을 한다. 이 과정 속에서 이 시기의 생활이 물과 불로 요약됨을 지은이는 알게 된다. 난로는 새빨갛게 타야 하고, 화로의 숯불은 이글이글 피어야 하고, 주전자의 물은 펄펄 끓어야 되는 가을부터의 절기가 지은이에게는 생활의 활기가 가장 강렬하게 느껴지는 것이다.

▶ 이 글 속에 담겨 있는 지은이의 생활 모습과 당시의 시대적인 상황을 비교할 만한 부분이 있는가?

이 글은 민족 전체가 굶주림에 허덕이고 일제의 압제 하에 시달리던 시기에 쓰여졌다. 이 점을 감안하면 '백화점에서 원두커피를 찧어오고, 크리스마스 트리를 색 전등으로 장식하고, 스키를 시작해 볼까'를 계획하는 지은이의 생활은 일반 사람들과는 너무 멀리 떨어진 비현실적이고 다소 사치스러운 것이어서 충분히 비난을 받을 수도 있다. 그렇지만 한편으로는 현실과 동떨어진 생활이 오히려 암울한 시대 상황을 역설적으로 대비시키고 있는지도 모른다. 암울한 시대 상황을 개인의 노력이나 의지만으로는 벗어날 수 없다는 것을 고려한다면 그러한 일상을 통하여 현실을 잠시나마 잊고 정신적인 위안을 찾고자 했던 지은이를 무작정 비난할 수도 없을 듯하다. 또한 작품 자체만을 놓고 본다면 지은이는 '생활적 사사(些事)' 속에서도 얼마든지 창조적인 의의를 발견하여 좀 더 긍정적인 삶을 지향할 수 있음을 말해준다.

- **성격** | 주관적, 감각적, 사색적.
- **표현** | 감미로우면서도 서정적인 내용을 비유와 점층법을 통해 감각적으로 표현하였고, 특히 시각적이고 후각적인 묘사가 두드러진다.
- **제재** | 낙엽.
- **주제** | 낙엽을 태우면서 느끼는 삶의 보람.
- **구성** | 낙엽을 태우면서 느끼는 삶의 의욕을 표현한 처음과, 물과 불이 일으키는 삶의 의욕이 나타난 중간 부분, 그리고 가을에 문득 느끼게 되는 삶의 보람을 노래한 마지막 부분으로 구성되어 있다.
- **지은이** | 이효석(李孝石 1907~1942)

부끄러움

윤오영

고개 마루턱에 방석소나무가 하나 있었다. 예까지 오면 거진 다 왔다는 생각에 마음이 홀가분해진다. 이 마루턱에서 보면 야트막한 산 밑에 올망졸망 초가집들이 들어선 마을이 오른쪽으로 넓은 마당 집이 내 진외가로 아저씨뻘 되는 분의 집이다.

나는 여름 방학이 되어 집에 내려오면 한 번씩은 이 집을 찾는다. 이 집에는 나보다 한 살 아래인, 열세 살 되는 누이뻘 되는 소녀가 있었다. 실상 촌수(寸數)를 따져 가며 통내외(通內外 면 친척, 또는 절친한 친구 사이에 남녀가 내외 없이 지냄)까지 할 절척(切戚 동성동본이 아닌 가까운 친척)도 아니지만 서로 가깝게 지내는 터수(서로 사귀는 분수)라, 내가 가면 여간 반가워하지 아니했고, 으레 그 소녀를 오빠가 왔다고 불러내어 인사를 시키곤 했다. 소녀가 몸매며 옷매무새는 열 살만 되면 벌써 처녀로서의 예모(禮貌 예의를 지키는 태도나 행동)를 갖추었고 침선(針線 바늘과 실. 곧 바느질하는 일)이나 음식솜씨도 나타내기 시작했다.

집 문 앞에는 보리가 누렇게 패어 있었고, 한편 들에서는 일꾼들이 보리를 베기 시작했다. 나는 사랑에 들어가 어른들을 뵙고 수인사 겸 이런 이야기 저런 이야기로 얼마 지체한 뒤에, 안 건넌방으로 안내를 받았다. 점심 대접을 하려는 것이다. 사랑방은 머슴이며, 일꾼들이 드나들고 어수선했으나, 건넌방은 조용하고 깨끗하다. 방도 말짱히 치워져 있고, 자리도 깔려 있었다. 아주머니는 오빠에게 나와 인사하라고 소녀를 불러냈다.

소녀는 미리 준비를 차리고 있었던 모양으로 옷도 갈아입고 머리도 곱게 매만져 있었다. 나도 옷고름을 매만지며 대청(大廳 집 몸채의 방과 방 사이에 있는 큰 마루)으로 마주 나와 인사를 했다. 작년보다는 훨씬 성숙해 보였다. 지금 막 건넌방에서 옮겨 간 것이 틀림없었다. 아주머니는 일꾼들을 보살피러 나가면서 오빠 점심 대접하라고 딸에게 일렀다.

조금 있다가 딸은 노파에게 상을 들려 가지고 왔다. 닭국에 말은 밀국수다. 오이소박이와 호박눈썹나물(호박 껍질을 벗기지 않고 채 썰어 만든 나물)이 놓여 있었다. 상차림은 간소하고 정결하고 깔밋했다(아담하고 깨끗했다). 소녀는 촌이라 변변치는 못하지만 많이 들어 달라고 친숙하고 나직한 목소리로 짤막한 인사를 남기고 곱게 문을 닫고 나갔다.

남창으로 등을 두고 앉았던 나는 상을 받느라고 돗자리 길이대로 자리를 옮겨야 했다. 맞은편 벽 모서리에 걸린 분홍 적삼(윗도리에 입는 홑옷)이 비로소 눈에 띄었다. 곤때(겉으로는 그다지 표시 나지 않으나 약간 오래된 때)가 묻은 소녀의 분홍 적삼이.

나는 야릇한 호기심으로 자꾸 쳐다보지 아니할 수 없었다. 밖에서 무엇인가 수런수런하는 기색이 들렸다. 노파의 은근한 웃음 섞인 소리도 들렸다. 괜찮다고 염려 말라는 말 같기도 했다. 그러더니 노파가 문을 열고 들어 왔다. 밀국수도 촌에서는 별식이니 맛없어도 많이 먹으라느니 너스레를 놓더니, 슬쩍 적삼을 떼어 가지고 나가는 것이었다.

상을 내어 갈 때는 노파 혼자 들어오고, 으레 따라올 소녀는 나타나지 아니했다. 적삼 들킨 것이 무안하고 부끄러웠던 것이다. 내가 올 때 아주머니는 오빠가 떠난다고 소녀를 불렀다. 그러나 소녀는 안방에 숨어서 나타나지 아니했다. 아주머니는 "갑자기 수줍어졌니, 애도 새롭기는" 하며 미안한 듯 머뭇머뭇 기다렸으나 이내 소녀는 나오지 아니했다. 나올 때 뒤를 흘낏 훔쳐본 나는 숨어서 반쯤 내다보는 소녀의 뺨이 확실히 붉어 있음을 알았다. 그는 부끄러웠던 것이다.

▶ 이 작품 속의 소년과 소녀의 감정은 단순한 사춘기적 감정을 넘어서서 가장 한국적인 정서를 보여주는 것이다. 지은이는 구체적으로 이를 어떻게 표현했나?

전체적으로 별다른 부연 설명이나 감정의 과다한 노출 없이 은은하고 담담하게 서술한 어조가 한국의 전통적 정조로서의 부끄러움을 묘사하는 데 기여하고 있다.

이 작품에서 부끄러움의 정조를 불러일으킨 가장 중요한 소재는 '곤때가 묻은 적삼'으로, 소녀는 이를 소년에게 보인 것에 대하여 얼굴을 내보이지 못할 정도로 부끄러워한다. 아주 하찮아 보이는 작은 소재와 사춘기적 소녀의 섬세하고 미묘한 수줍음은 고전적인 한국 정서를 전달해 주기에 매우 적절한 배합이다. 간소하나 정결하고 '깔 맛' 한 밀국수에 대한 묘사 역시 소녀의 따뜻한 마음씨를 잘 반영하고 있을 뿐 아니라 평소의 소박한 서민들의 생활을 은연중에 보여주고 있다.

특히 화자를 직접 전송하지 못하고 숨어서 내다보던 소녀의 홍조 띤 얼굴은 한국적 부끄러움을 표현하는 대표적 이미지라고 할 수 있다. 지은이는 담담한 시선으로 상황에 대한 짤막한 묘사를 할 뿐 직섭적인 속내를 표현하지 않음으로써 오히려 긴 여운을 남기고 독자로 하여금 잔잔한 미소를 머금게 한다. 소녀의 부끄러운 투정 장면이나 멀어지는 소년의 모습을 직접 보지 못하고 아쉬워하는 장면까지도 읽는 이는 자연스레 그려볼 수 있는 것이다.

- **성격** | 개인적, 서사적, 고전적, 일화적.
- **표현** | 추보식. 고전적 정서를 감정의 노출 없이 정갈한 문체로 표현하였다.
- **제재** | 소녀의 적삼과 부끄러움.
- **주제** | 가장 한국적이고 고전적인 부끄러움의 멋.
- **구성** | 처음 – 친척 누이뻘 되는 소녀를 소개받음.

　　　　　중간 – 소녀의 곤때 묻은 적삼에 얽힌 정감.

　　　　　끝 – 숨어서 나를 보던 소녀의 붉은 뺨에서 한국적 부끄러움을 발견.
- **지은이** | 윤오영(尹五榮, 1907~1976)

달밤

윤오영

　　　　　　　내가 잠시 낙향(落鄕)해서 있었을 때 일.

어느 날 밤이었다. 달이 몹시 밝았다. 서울서 이사 온 윗마을 김 군을 찾아갔다. 대문은 깊이 잠겨 있고 주위는 고요했다. 나는 밖에서 혼자 머뭇거리다가 대문을 흔들지 않고 그대로 돌아섰다. 맞은편 집 사랑 툇마루엔 웬 노인이 한 분 책상다리를 하고 앉아서 달을 보고 있었다. 나는 걸음을 그리로 옮겼다. 그는 내가 가까이 가도 별 관심을 보이지 아니했다.

"좀 쉬어 가겠습니다."

하며 걸터앉았다. 그는 이웃 사람이 아닌 것을 알자,

"아랫마을서 오셨소?"

하고 물었다.

"네, 달이 하도 밝기에……."

"음! 참 밝소."

허연 수염을 쓰다듬었다. 두 사람은 각각 말이 없었다. 푸른 하늘은 먼 마을에 덮여 있고, 뜰은 달빛에 젖어 있었다. 노인이 방으로 들어가더니, 안으로 통한 문소리가 나고 얼마 후에 다시 문소리가 들리더니, 노인은 방에서 상을 들고 나왔다. 소반에는 무청김치 한 그릇, 막걸리 두 사발이 놓여 있었다.

"마침 잘 됐소, 농주(農酒 농사일을 할 때에 먹기 위해 농가에서 빚는 술) 두 사발이 남았더니……."

하고 권하며, 스스로 한 사발을 죽 들이켰다. 나는 그런 큰 사발의 술을 먹어 본 적은 일찍이 없었지만 그 노인이 마시는 바람에 따라 마셔 버렸다.

이윽고,

"살펴 가우."

하는 노인의 인사를 들으며 내려왔다. 얼마쯤 내려오다 보니, 노인은 그대로 앉아 있었다.

▶ 이 짧은 글 속에 지은이는 어떤 의미들을 함축해 놓고 있는가?

극단적이라 할 만큼 말수를 줄이면서 마치 한 폭의 정물화(靜物畵)처럼 제시한 시골의 풍경에서 무르익은 인정을 느낄 수 있다. 달의 밝음, 밤의 고요함, 노인의 정(情), 이 세 가지 요소가 주제를 결정짓는 이 글은 선적이고 도교적인 이미지로 가득 차 있다. 고독을 음미하고 고독에 힘겨워하고 고독을 사랑하는 지은이의 개인적 정감에 배어 있기도 하다. 지나치게 주제나 구도에 집착하기보다는 소재들 자체가 연출하는 분위기와 정서에 초점을 두고 음미해 가는 것이 적절한 감상 태도가 될 것이다. 뜻의 전달보다는 정서의 환기에 이 글은 목적을 두고 있기 때문이다. 특별한 내용 없이 조용한 한 폭의 그림 같은 이 글은 한 줄의 군더더기도 더 붙일 수 없는 글이다.

▶ 문학 작품에서 '달'은 주로 어떤 이미지로 그려지고 있으며 이 작품에서는 달이 어떤 의미를 지니고 있는가?

작가들은 문학 작품 속에 '달'을 자주 소재로 등장시킨다. 중국 문학은 물론 시조를 비롯한 수많은 우리 문학 작품들에도 빈번히 등장하고 있다. 달이 우리에게 주고 있는 주요 이미지는 '소망이나 기원의 대상'이라고 할 수 있다. 숭배와 존경의 대상이나 그리움의 대상을 달을 통해 형상화하기도 한다. 사랑의 고뇌에 빠진 수많은 연인들이 달을 바라보며 애타는 사랑의 마음을 고백하는 장면은 너무 흔해 상투적이기까지 하다. 또한 달은 충신처럼 고귀한 기품을 지닌 사람을 상징하기도 한다. 이 작품에서는 달이 특별한 의미를 지니고 있다기보다는 정감어린 인간적인 달로 그려지고 있다.

- **성격** | 서정적, 회고적, 담화적, 함축적.
- **표현** | 정물화처럼 정적인 구도와 극도의 압축 및 생략법으로 달밤의 정경을 서정적으로 표현하였다.
- **제재** | 노인과 달밤.
- **주제** | 달밤에 이루어진 어느 노인과의 우연하고도 인정어린 만남.
- **구성** | 달밤의 외출, 달을 보고 있는 노인과의 만남, 작별의 세 단락으로 구성되어 있다.
- **지은이** | 윤오영(尹五榮, 1907~1976)

방망이 깎던 노인

윤오영

벌써 40여 년 전이다. 내가 갓 세간난 지 얼마 안 돼서 의정부에 내려가 살 때다. 서울 왔다가는 길에, 청량리역으로 가기 위해 동대문에서 일단 전차를 내려야 했다. 동대문 맞은편 길가에 앉아서 방망이를 깎아 파는 노인이 있었다. 방망이를 한 벌 사 가지고 가려고 깎아 달라고 부탁을 했다. 값을 굉장히 비싸게 부르는 것 같았다.

"좀 싸게 해줄 수 없습니까?" 했더니,

"방망이 하나 가지고 에누리 하겠소? 비싸거든 다른 데 가 사우."

대단히 무뚝뚝한 노인이었다. 더 값을 흥정하지도 못하고 잘 깎아나 달라고만 부탁했다. 그는 잠자코 열심히 깎고 있었다. 처음에는 빨리 깎는 것 같더니, 저물도록 이리 돌려 보고 저리 돌려 보고 굼뜨기 시작하더니, 마냥 늑장이다. 내가 보기에는 그만하면 다 됐는데, 자꾸만 더 깎고 있었다. 인제 다 됐으니 그냥 달라고 해도 통 못 들은 척 대꾸가 없다. 사실 차 시간이 빠듯해 왔다. 갑갑하고 지루하고 인제는 초조할 지경이었다.

"더 깎지 않아도 좋으니 그만 주십시오."

라고 했더니, 화를 버럭 내며,

"끓을 만큼 끓어야 밥이 되지, 생쌀이 재촉한다고 밥 되나."

한다. 나도 기가 막혀서,

"살 사람이 좋다는데 무얼 더 깎는다는 말이오? 노인장, 외고집이 시구먼, 차 시간이 없다니까요."

노인은 퉁명스럽게,

"다른 데 가 사우. 난 안 팔겠소."

하고 내뱉는다. 지금까지 기다리고 있다가 그냥 갈 수도 없고, 차 시간은 어차피 틀린 것 같고 해서, 될 대로 되라고 체념할 수밖에 없었다.

"그럼, 마음대로 깎아 보시오."

"글쎄, 재촉을 하면 점점 거칠고 늦어진다니까. 물건이란 제대로 만들어야지, 깎다가 놓치면 되나."

좀 누그러진 말씨다. 이번에는 깎던 것을 숫제 무릎에다 놓고 태연스럽게 곰방대(짧은 담뱃대)에 담배를 담아 피우고 있지 않는가. 나도 그만 지쳐버려 구경꾼이 되고 말았다. 얼마 후에, 노인은 또 깎기 시작한다. 저러다가는 방망이는 다 깎아 없어질 것만 같았다. 또 얼마 후에, 방망이를 들고 이리저리 돌려보더니 다 됐다고 내준다. 사실 다 되기는 아까부터 다 돼 있던 방망이다.

차를 놓치고 다음 차로 가야 하는 나는 불쾌하기 짝이 없었다.

'그 따위로 장사를 해 가지고 장사가 될 턱이 없다. 손님 본위가 아니고 제 본위다. 그래 가지고 값만 되게 부른다. 상도덕(商道德)도 모르고, 불친절하고 무뚝뚝한 노인이다.'

생각할수록 화증(火症 화가 벌컥 나는 증세)이 났다. 그러다가 뒤를 돌아다보니 노인은 태연히 허리를 펴고 동대문 지붕 추녀를 바라보고 섰다. 그때, 그 바라보고 서 있는 옆모습이 어딘지 모르게 노인다워 보이고 부드러운 눈매와 흰 수염에 내 마음은 약간 누그러졌다. 노인에 대한 멸시와 증오도 감쇄(減殺 덜리어 없어지거나 덜어서 없애는 일) 된 셈이다.

집에 와서 방망이를 내놨더니, 아내는 이쁘게 깎았다고 야단이다. 집에 있는 것보다 참 좋다는 것이다. 그러나 나는 전의 것이나 별로 다른 것 같지가 않았다. 그런데 아내의 설명을 들어보면, 배가 너무

부르면 힘들어 다듬다가 옷감을 치기를 잘 하고 같은 무게라도 힘이 들며, 배가 너무 안 부르면 다듬잇살이 펴지지 않고 손에 헤먹기(들어 있는 물건보다 구멍이 헐거워서 어울리지 않다) 쉽다. 요렇게 꼭 알맞은 것은 좀체 만 나기가 어렵다는 것이다. 나는 비로소 마음이 확 풀렸다. 그리고 그 노인에 대한 내 태도를 뉘우쳤다. 참으로 미안했다.

옛날부터 내려오는 죽기(竹器 참대로 만든 그릇)는, 혹 대쪽이 떨어지면 쪽을 대고 물수건으로 겉을 씻고 곧 뜨거운 인두로 다리면 다시 붙 어서 좀체 떨어지지 않는다. 그러나 요새 죽기는 대쪽이 한 번 떨어 지기 시작하면 걷잡을 수가 없다. 예전에는 죽기에 대를 붙일 때, 질 좋은 부레('부레 풀'의 준말. '부레'는 물고기의 뱃속에 있는 공기 주머니)를 잘 녹여서 흠 뻑 칠한 뒤에 볕에 조여 말린다. 이렇게 하기를 세 번 한 뒤에 비로 소 붙인다. 이것을 '소라 붙인다'고 한다. 물론 날짜가 걸린다. 그러 나 요새는 접착제를 써서 직접 붙인다. 금방 붙는다. 그러나 견고하 지가 못하다. 그렇지만 요새 남이 보지도 않는 것을 며칠씩 걸려가 며 소라 붙일 사람이 있을 것 같지 않다.

약재(藥材)만 해도 그렇다. 옛날에는 숙지황(熟地黃 한약의 재료)을 사 면 보통 것은 얼마, 윗길(보통보다 훨씬 나은 품질)은 얼마 값으로 구별했고, 구증구포(九蒸九曝)한 것은 세 배 이상 비싸다. 구증 구포라, 아홉 번 쪄내고 아홉 번 말린 것이다. 눈으로 보아서는 다섯 번을 쪘는지 열 번을 쪘는지 알 수가 없었다. 단지 말을 믿고 사는 것이다. 신용 이다. 지금은 그런 말조차 없다. 어느 누가 남이 보지도 않는데 아홉 번씩 찔 이도 없고, 또 그것을 믿고 세 배씩 값을 줄 사람도 없다.

옛날 사람들은 흥정은 흥정이요, 생계는 생계지만, 물건을 만드는 그 순간만은 오직 아름다운 물건을 만든다는 그것에만 열중했다. 그 리고 스스로 보람을 느꼈다. 그렇게 순수하게 심혈을 기울여 공예 미술품을 만들어 냈다 이 방망이도 그런 심정에서 만들었을 것이다. 나는 그 노인에 대해서 죄를 지은 것 같은 괴로움을 느꼈다. "그 따위로 해서 무슨 장사를 해 먹는담" 하던 말은, "그런 노인이 나 같은 젊은이에게 멸시와 증오를 받는 세상에서, 어떻게 아름다운 물건이 탄생할 수 있담" 하는 말로 바뀌어졌다.

나는 그 노인을 찾아가서 추탕(鰍湯) 추어탕(鰍魚湯). 여기서는 소탈한 음식을 말함)에 탁주라도 대접하며 진심으로 사과해야겠다고 생각했다. 그래서 그 다음 일요일에 상경하는 길로 그 노인을 찾았다. 그러나 그 노인이 앉았던 자리에 노인은 와 있지 아니했다. 나는 그 노인이 앉았던 자리에 멍하니 서 있었다. 허전하고 서운했다. 내 마음을 사과드릴 길이 없어 안타까웠다. 맞은편 동대문의 지붕 추녀를 바라보았다. 푸른 창공에 날아갈 듯한 추녀 끝으로 흰 구름이 피어나고 있었다. 아, 그때 그 노인이 저 구름을 보고 있었구나. 열심히 방망이를 깎다가 유연히 추녀 끝의 구름을 바라보던 노인의 거룩한 모습이 떠올랐다. 나는 무심히,

채국동리하(採菊東籬下)
유연견남산(悠然見南山)
(동쪽 울타리 아래서 국화를 캐다가
유연히 남산을 바라보노라)

도연명(陶淵明 중국 동진(東晋)·송대(宋代)의 시인)의 시구가 새어 나왔다.

오늘 안에 들어갔더니 며느리가 북어 자반을 뜯고 있었다. 전에 더덕북어(얼부풀어 더덕처럼 마른 북어. 빛이 누르고 살이 연한 상품(上品)의 북어임)를 방망이로 쿵쿵 두들겨서 먹던 생각이 난다. 방망이 구경한 지도 참 오래다. 요새는 다듬이질하는 소리도 들을 수가 없다. '만호에 다듬이질 소리' 니, '그대 위해 가을밤에 다듬이질하는 소리' 니 애수를 자아내던 그 소리도 사라진 지 이미 오래다. 문득 40년 전 방망이 깎던 노인의 모습이 떠오른다.

178

▶ 이 작품은 대비를 통해 노인의 자세를 예찬하고 있다. 어떤 대비를 사용
하고 있는가?

이 글에서는 두 번의 대비가 나온다. 우선 맡은 일에 최선을 다해,
비록 느릴지언정 최고의 물건을 만들고자 하는 방망이 깎던 노인과
이기적이고 조급해하는 작자 자신의 대비이다. 팔지 않아도 좋다는
식으로 결코 대충 만들려 하지 않는 노인의 여유 있는 자세를 통해 옛
날 장인들의 성실한 삶의 태도를 부각시키고 이제는 사라져 가고 있
는 전통에 대해 아쉬워하고 하고 있다.

두 번째 대비는 옛날의 죽기와 지금의 것, 그리고 옛날의 숙지황과
지금의 숙지황의 대비이다. 이를 통해 옛 사람들의 정직성과 장인들
이 지녔던 순수한 열정을 그리워한다. 죽기 하나에도 며칠씩 걸려서
만든 부레를 접착제로 사용하고 제대로 된 숙지황을 위해 아홉 번을
쪄서 말리는 수고를 들였던 옛 사람들의 자세는 매사를 졸속으로 처
리하려고 하고 눈앞의 이익에 급급해 하는 현대인들의 자세와 선명하
게 대립된다.

이 작품의 방망이와 그것을 깎는 것에 최선을 다하는 노인은 점점
뒷전으로 밀려나는 옛 전통과 장인정신을 상징한다고 볼 수 있다. 지
은이는 방망이라는 토속적인 소재를 사용하여 소중한 장인 정신을 본
받지 않는 현대인들에게 교훈을 주고 있다.

- **성격** | 교훈적, 신변잡기적, 회고적, 서사적.
- **표현** | 일상적 체험을 간결한 문장과 회고적 기법으로 표현하였다. 대화, 묘사, 서술을 적절히 사용하여 생생한 느낌을 살리고 있다.
- **제재** | 방망이 깎던 노인.
- **주제** | 장인 정신의 숭고함과 전통적인 장인 정신에 대한 예찬.
- **구성** | 과거-현재-과거-현재의 시간에 따른 4단 구성.
  - 과거: 사십여 년 전 방망이를 깎던 어느 노인에 대해 회고함.
  - 현재: 자신의 일에 충실했던 노인에게 타박을 한 것을 뉘우치던 일을 떠올림.
  - 과거: 옛 사람들의 자세와 노인의 숭고한 모습을 생각하며 반성함.
  - 현재: 사라져 가는 옛것에 대해 향수를 느낌.
- **지은이** | 윤오영(尹五榮, 1907~1976)

쓰고 싶고 읽고 싶은 글

윤오영

옛 사람이 높은 선비의 맑은 향기를 그리려 하되, 향기가 형태 없기로 난(蘭)을 그렸던 것이다. 아리따운 여인의 빙옥(氷玉 얼음과 옥. 맑고 깨끗하여 아무 티가 없음의 비유) 같은 심정을 그리려 하되, 형태 없으므로 매화(梅花)를 그렸던 것이다. 붓에 먹을 듬뿍 찍어 한 폭 대[竹]를 그리면, 늠름한 장부, 불굴의 기개가 서릿발 같고, 다시 붓을 바꾸어 한 폭을 그리면 소슬(蕭瑟)한 바람이 상강(湘江 순 임금의 두 왕비인 아황과 여영)의 넋을 실어 오는듯했다. 갈대를 그리면 가을이 오고, 돌을 그리면 고박(古樸 예스런 맛이 있고 순수한)한 음향이 그윽하니, 신기(神技)가 아니고 무엇인가. 그러기에 예술인 것이다.

종이 위에 그린 풀잎에서 어떻게 향기를 맡으며, 먹으로 그린 들에서 어떻게 소리를 들을 수 있는가. 이것이 심안(心眼)이다. 문심(文心)과 문정(文情)이 통하기 때문이다. 그러기에 백아(伯牙)가 있고, 또 종자기(鍾子期 자기를 알아주는 참다운 벗의 죽음을 슬퍼한다는 고사의 주인공들)가 있는 것이 아닌가. 이 뜻을 알면 글을 쓰고 글을 읽을 수 있다.

글을 잘 쓰는 사람은 결코 독자(讀者)를 저버리지 않는다. 글을 잘 읽는 사람 또한 작자(作者)를 저버리지 않는다. 여기에 작자와 독자 사이에 애틋한 사랑이 맺어진다. 그 사랑이란 무엇인가. 시대(時代)의 공민(共悶 함께 번민하고 괴로워함)이요, 사회(社會)의 공분(公憤 공적인 일로 느끼는 분노)이요, 인생(人生)의 공명(共鳴 함께 공감함)인 것이다.

문인(文人)들이 흔히 대단할 것도 없는 신변잡사(身邊雜事)를 즐겨 쓰는 이유는 무엇인가. 인생의 편모(片貌 단편적인 모습)와 생활의 정회(情懷)를 새삼 느꼈기 때문이다.

속악(俗惡)한 시정잡사(市井雜事)도 때로는 꺼리지 않고 쓰려는 것은 무슨 까닭인가. 인생의 모순과 사회의 부조리를 여기서 뼈아프게 느꼈기 때문이다.

자연은 자연 그대로의 자연이 아니요, 내 프리즘을 통하여 재생된 자연인 까닭에 새롭고, 자신은 주관적인 자신이 아니요, 응시(凝視)해서 얻은 객관적인 자신일 때 하나의 인간상으로 떠오르는 것이다.

감정은 여과된 감정이라야 아름답고, 사색은 발효된 사색이라야 정(情)이 서리나니, 여기서 비로소 사소하고 잡다한 모든 것이 모두 다 글이 되는 것이다.

의지가 강렬한 남아는 과묵(寡默)한 속에 정열이 넘치고, 사랑이 깊은 여인은 밤새도록 하소연 하던 사연도 만나서는 말이 적으니, 진실하고 깊이 있는 문장이 장황(張皇)하고 산만(散漫)할 수가 없다. 사진의부진(辭盡意不盡 말은 다 하였으나 말하고 싶은 뜻은 아직 그대로 남아 있음)의 여운이 여기 있는 것이다.

깊은 못 위에 연꽃과 같이 뚜렷하게 나타나면서도 바닥에 찬 물과 같은 그림자가 어른거리고, 물밑의 흙과 같이 그림자 밑에 더 넓은 바닥이 있어 글의 배경을 이룸으로써 비로소 음미(吟味)에 음미를 거듭할 맛이 나는 것이다. 그리고는 멀수록 맑은 향기가 은은히 퍼지며, 한 송이 뚜렷한 연꽃이 다시 우아하게 떠오르는 것이다.

나는 이런 글이 쓰고 싶고, 이런 글이 읽고 싶다.

▶ 이 글 속에 나타난 표현상의 특징들은 어떠한가?

　지은이는 이 글을 '옛 사람이 선비의 맑은 향기를 그리려 하되, 향기는 형태가 없기로 난(蘭)을 그렸던 것이다. 아리따운 여인의 빙옥(氷玉)같은 심정을 그리려 하되, 형태가 없으므로 매화를 그렸던 것이다'이란 문구로 시작한다.

　그런데 선비의 향기와 여인의 심정을 형태 없는 난과 향기 없는 매화를 통해 그린다는 표현은 일견 모순된다. 하지만 난과 매화에 내재된 특성을 읽을 수 있는 사람은 수천 마디 설명보다 한 줄기의 난과 한 송이의 매화에서 선비의 향기와 여인의 심정을 더 잘 이해할 수 있을 것이다.

　심안(心眼), 문심(文心), 문정(文情)과 같은 어휘나, 시대의 공민(共悶), 사회의 공분(公憤), 인생의 공명(共鳴) 등의 표현을 통해 중수필의 중후하고 품격 있는 분위기가 풍기도록 하고 있다. 또한 자신의 느낌과 생각을 좀 더 분명하고 구체적으로 설명하기 위해 스스로 묻고 스스로 답하는 문답법이나 영탄법을 곁들여 사용하고 있다.

■ 작품 정리

- 성격 | 의고적, 사색적.
- 표현 | 한문 투의 현학적인 문장 속에서도 서정적인 분위기를 살려놓고 있다.
- 제재 | 글쓰기와 읽기.
- 주제 | 작가와 독자 사이에 이루어지는 좋은 글의 의미.
- 구성 | 자신의 주관적인 심사와 바람을 정해진 형식 없이 일기를 쓰듯 자유
　　　　스럽게 서술해 놓았다.
- 지은이 | 윤오영(尹五榮, 1907~1976)

신록예찬

이양하

봄, 여름, 가을, 겨울 두루 사시(四時 4계절)를 두고 자연이 우리에게 내리는 혜택에는 제한이 없다. 그러나 그 중에도 그 혜택을 풍성히 아낌없이 내리는 시절은 봄과 여름이요, 그 중에도 그 혜택을 가장 아름답게 나타내는 것은 봄, 봄 가운데도 만산에 녹엽(綠葉 푸른 잎)이 싹트는 이 때일 것이다.

눈을 들어 하늘을 우러러보고 먼 산을 바라보라. 어린애의 웃음같이 깨끗하고 명랑한 5월의 하늘, 나날이 푸르러 가는 이 산 저 산, 나날이 새로운 경이를 가져오는 이 언덕 저 언덕, 그리고 하늘을 달리고 녹음을 스쳐 오는 맑고 향기로운 바람—우리가 비록 빈한하여 가진 것이 없다 할지라도, 우리는 이러한 때 모든 것을 가진 듯하고, 우리의 마음이 비록 가난하여 바라는 바, 기대하는 바가 없다 할지라도, 하늘을 달리어 녹음을 스쳐 오는 바람은 다음 순간에라도 곧 모든 것을 가져올 듯하지 아니한가?

오늘도 하늘은 더할 나위 없이 맑고, 우리 연전(延專 연희전문대학교. 연세대학교의 전신) 일대를 덮은 신록은 어제보다도 한층 더 깨끗하고 신선하고 생기 있는 듯하다. 나는 오늘도 나의 문법 시간이 끝나자, 큰 무거운 짐이나 벗어 놓은 듯이 옷을 훨훨 떨며, 본관 서쪽 숲 사이에 있는 나의 자리를 찾아 올라간다. 나의 자리래야 솔밭 사이에 있는, 겨우 걸터앉을 만한 조그마한 소나무 그루터기에 지나지 못하지마는, 오고 가는 여러 동료가 나의 자리라고 명명(命名)하여 주고, 또 나 자신도 하루 동안에 가장 기쁜 시간을 이 자리에서 가질 수 있으므로, 시간의 여유가 있을 때마다 나는 한 특권이나 차지하는 듯이, 이 자리를 찾아 올라와 앉아 있기를 좋아한다.

물론, 나에게 멀리 군속(群俗 속세의 무리)을 떠나 고고한 가운데 처하기를 원하는 선골(仙骨 신선 같은 기질과 풍모)이 있다거나, 또는 나의 성미가 남달리 괴팍하여 사람을 싫어한다거나 하는 것은 아니다. 나는 역시 사람 사이에 처하기를 즐거워하고, 사람을 그리워하는 갑남을녀(甲男乙女 평범한 사람)의 하나요, 또 사람이란 모든 결점이 있음에도 불구하고, 역시 가장 아름다운 존재의 하나라고 생각한다. 그리고 또, 사람으로서도 아름다운 사람이 되려면 반드시 사람 사이에 살고, 사람 사이에서 울고 웃고 부대껴야 한다고 생각한다.

그러나 이러한 때―푸른 하늘과 찬란한 태양이 있고, 황홀한 신록이 모든 산, 모든 언덕을 덮는 이 때, 기쁨의 속삭임이 하늘과 땅, 나무와 나무, 풀잎과 풀잎 사이에 은밀히 수수(收受)되고, 그들의 기쁨의 노래가 금시라도 우렁차게 터져 나와, 산과 들을 흔들 듯한 이러한 때를 당하면, 나는 곁에 비록 친한 동무가 있고, 그의 재미있는 이야기가 있다 할지라도, 이러한 자연에 곁눈을 팔지 않을 수 없으며, 그의 기쁨의 노래에 귀를 기울이지 아니할 수 없게 된다.

그리고 또, 어떻게 생각하면, 우리 사람이란―세속에 얽매여, 머리 위에 푸른 하늘이 있는 것을 알지 못하고, 주머니의 돈을 세고, 지위를 생각하고, 명예를 생각하는 데 여념이 없거나, 또는 오욕 칠정(汚辱七情)에 사로잡혀, 서로 미워하고 시기하고 질투하고 싸우는 데 마음에 영일(寧日 걱정 없이 평안한 날)을 가지지 못하는 우리 사람이란, 어떻게 비소(卑小)하고(보잘 것 없이 작고) 어떻게 저속한 것인지, 결국은 이 대자연의 거룩하고 아름답고 영광스러운 조화를 깨뜨리는 한 오점 또는 한 잡음밖에 되어 보이지 아니하여, 될 수 있으면 이러한 때를 타서, 잠깐 동안이나마 사람을 떠나, 사람의 일을 잊고, 풀과 나무와 하늘과 바람과 한가지로 숨 쉬고 느끼고 노래하고 싶은 마음을 억제할 수가 없다.

그리고 또, 사실 이즈음의 신록에는, 우리의 마음에 참다운 기쁨과 위안을 주는 이상한 힘이 있는 듯하다. 신록을 대하고 있으면, 신록은 먼저 나의 눈을 씻고, 나의 머리를 씻고, 나의 가슴을 씨고, 다음에 나의 마음의 구석구석을 하나하나 씻어낸다. 그리고 나의 마음의 모든 티끌─나의 모든 욕망과 굴욕과 고통과 곤란이 하나하나 사라지는 다음 순간, 별과 바람과 하늘과 풀이 그의 기쁨과 노래를 가지고 나의 빈 머리에, 가슴에, 마음에 고이고이 들어앉는다. 말하자면, 나의 흉중(胸中 가슴)에도 신록이요, 나의 안전(眼前 눈앞)에도 신록이다. 주객일체(主客一體), 물심일여(物心一如)라 할까, 현요(眩耀 눈이 부시게 빛나고 찬란함)하다 할까, 무념무상, 무장무애(無障無礙 마음에 아무런 집착이 없는 평온한 상태), 이러한 때 나는 모든 것을 잊고, 모든 것을 가진 듯이 행복스럽고, 또 이러한 때 나에게는 아무런 감각의 혼란도 없고, 심정의 고갈도 없고, 다만 무한한 풍부의 유열(愉悅 유쾌하고 즐거움)과 평화가 있을 따름이다.

그리고 또, 이러한 때에 비로소 나는 모든 오욕과 모든 우울에서 완전히 자유로울 수 있고, 나의 마음의 상극과 갈등을 극복하고 고양하여(높이 올려), 조화 있고 질서 있는 세계에까지 높인 듯한 느낌을 가질 수 있다.

그러기에, 초록에 한하여 나에게는 청탁(淸濁 좋고 싫음)이 없다. 가장 연한 것에서 가장 짙은 것에 이르기까지 나는 모든 초록을 사랑한다. 그러나 초록에도 짧으나마 일생이 있다. 봄바람을 타고 새 움과 어린잎이 돋아나올 때를 신록의 유년이라 한다면, 삼복염천(三伏炎天 여름의 몹시 더운 날씨) 아래 울창한 잎으로 그늘을 짓는 때를 그의 장년 내지 노년이라 하겠다. 유년에는 유년의 아름다움이 있고, 장년

186

에는 장년의 아름다움이 있어 취사하고 선택할 여지가 없지마는, 신록에 있어서도 가장 아름다운 것은 역시 이즈음과 같은 그의 청춘 시대—움 가운데 숨어 있던 잎의 하나하나가 모두 형태를 갖추어 완전한 잎이 되는 동시에, 처음 태양의 세례를 받아 청신하고 발랄한 담록(淡綠 연한 녹색)을 띠는 시절이라 하겠다. 이 시대는 신록에 있어서 불행히 짧다. 어떤 나무에 있어서는 혹 2, 3주일을 셀 수 있으나, 어떤 나무에 있어서는 불과 3, 4일이 되지 못하여, 그의 가장 아름다운 시절은 지나가 버린다.

그러나 이 짧은 동안의 신록의 아름다움이야말로 참으로 비할 데가 없다. 초록이 비록 소박하고 겸허한 빛이라 할지라도, 이러한 때의 초록은 그의 아름다움에 있어, 어떤 색채에도 뒤서지 아니할 것이다. 예컨대, 이러한 고귀한 순간의 단풍 또는 낙엽송을 보라. 그것이 드물다 하면, 이즈음의 도토리, 버들, 또는 임간(林間 숲 사이)에 있는 이름 없는 이 풀 저 풀을 보라. 그의 청신한 자색(姿色 고운 얼굴), 그의 보드라운 감촉, 그리고 그의 그윽하고 아담한 향훈(香薰 향기), 참으로 놀랄 만한 자연의 극치의 하나가 아니며, 또 우리가 충심으로 찬미하고 감사를 드릴만한 자연의 아름다운 혜택의 하나가 아닌가?

▶ 지은이는 이 글을 통해 인간 사회와 자연을 어떠한 관점으로 대비하고 있는가?

　　자연 현상에서 느낀 정서적 체험에 진지한 사색을 곁들임으로써 인생에 대한 태도와 자연에 대한 심미적인 통찰력을 잘 드러낸 작품이다. 지은이는 자연이 주는 혜택과 아름다움을 예찬하면서 인간의 가치를 자연보다 비속한 것으로 서술하고 있다. 지은이는 오월의 신록에서 경이로움과 향기와 힘을 발견하고 현실의 중압감에서 잠시 벗어나 숲을 찾아가 자연과 일체감을 맛본다. 이 때 인간의 모습은 잠시 뒷전으로 밀려나 있지만 결코 인간에 대한 부정을 의미하는 것은 아니다. 사람이란 결점이 있음에도 불구하고 역시 아름다운 존재라고 생각하면서도 이 신록의 계절에는 자연의 아름다움이 사람의 아름다움을 앞서고 인간 사회는 번잡스러운 무엇인가로 느껴지기도 하는 것이다. 또한 지은이는 신록의 아름다움을 극찬하면서도 이해를 따지고 지위와 명예를 생각하느라 여념이 없는 비속한 인간의 행태를 경계하고 있다. 이 역시 인간적 가치의 부정은 아니지만 자연의 아름다움을 즐길 줄 아는 풍요로운 마음으로 속세를 살아갈 수 있다면 그러한 인간의 추한 행태들도 점점 줄어들 것으로 기대하는 것이다.

■ 작품 정리

- **성격** | 주정적, 관조적, 예찬적, 사색적, 자연 친화적.
- **표현** | 서술과 묘사를 적절히 배합하고, 다양한 수사법으로 대상에 대한 뚜렷한 이미지를 드러내고 있다.
- **제재** | 5월의 신록.
- **주제** | 신록의 아름다움에 대한 예찬.
- **구성** | 5월의 자연이 주는 아름다움과 혜택에 점점 몰입되어 가는 과정을 자유스런 형식으로 노래하고 있다.
- **지은이** | 이양하(李敭河, 1904~1963)

나무

이양하

　　　　　나무는 덕(德)을 지녔다.

　나무는 주어진 분수(分數)에 만족할 줄을 안다. 나무로 태어난 것을 탓하지 아니하고, 왜 여기 놓이고 저기 놓이지 않았는가를 말하지 아니한다. 등성이(산의 등줄기. '산등성이'의 준말)에 서면 햇살이 따사로울까, 골짜기에 내려서면 물이 좋을까 하여, 새로운 자리를 엿보는 일도 없다. 물과 흙과 태양의 아들로, 물과 흙과 태양이 주는 대로 받고, 득박(得薄 얻은 것이나 주어진 것이 적음)과 불만족(不滿足)을 말하지 아니한다. 이웃 친구의 처지에 눈떠보는 일도 없다. 소나무는 진달래를 내려다보되 깔보는 일이 없고, 진달래는 소나무를 우러러보되 부러워하는 일이 없다. 소나무는 소나무대로 스스로 족하고, 진달래는 진달래대로 스스로 족하다.

　나무는 고독하다. 나무는 모든 고독을 안다. 안개에 잠긴 아침의 고독을 알고, 구름에 덮인 저녁의 고독을 안다. 부슬비 내리는 가을 저녁의 고독도 알고, 함박눈 펄펄 날리는 겨울 아침의 고독도 안다. 나무는 파리 옴쭉 않는 한여름 대낮의 고독도 알고, 별 얼고 돌 우는 동짓날 한밤의 고독도 안다. 그러면서도 나무는 어디까지든지 고독에 견디고, 고독을 이기고, 고독을 즐긴다.

　나무에 아주 친구가 없는 것은 아니다. 달이 있고, 바람이 있고, 새가 있다. 달은 때를 어기지 아니하고 찾고, 고독한 여름밤을 같이 지내고 가는, 의리 있고 다정한 친구다. 웃을 뿐 말이 없으나, 이심전심(以心傳心, 말이나 글에 의하지 않고 마음에서 마음으로 전달함. 불립문자(不立文字), 염화미소(拈華微笑)) 의사(意思)가 잘 소통되고 아주 비위에 맞는 친구다.

바람은 달과 달라 아주 변덕 많고 수다스럽고 믿지 못할 친구다. 그야말로 바람잡이 친구다. 자기 마음 내키는 때 찾아올 뿐 아니라, 어떤 때는 쏘삭쏘삭 알랑대고, 어떤 때에는 난데없이 휘갈기고, 또 어떤 때에는 공연히 뒤틀려 우악스럽게 남의 팔다리에 생채기(할퀴어 생긴 작은 상처)를 내 놓고 달아난다. 새 역시 바람같이 믿지 못할 친구다. 자기 마음 내키는 때 찾아오고, 자기 마음 내키는 때 달아난다. 그러나 가다 믿고 와 둥지를 틀고, 지쳤을 때 찾아와 쉬며 푸념하는 것이 귀엽다. 그리고 가다 흥겨워 노래할 때, 노래를 들을 수 있는 것이 또한 기쁨이 되지 아니 할 수 없다.

나무는 이 모든 것을 잘 가릴 줄 안다. 그러나 좋은 친구라 하여 달만을 반기고, 믿지 못할 친구라 하여 새와 바람을 물리치는 일이 없다. 그리고 달을 유달리 후대(厚待)하고 새와 바람을 박대(薄待)하는 일도 없다. 달은 달대로, 새는 새 대로, 바람은 바람대로 다 같이 친구로 대한다. 그리고 친구가 오면 다행하게 생각하고, 오지 않는다고 하여 불행해하는 법이 없다.

같은 나무, 이웃 나무가 가장 좋은 친구가 되는 것은 두말 할 것 없다. 나무는 서로 속속들이 이해하고, 진심으로 동정하고 공감한다. 서로 마주보기만 해도 기쁘고, 일생을 이웃하고 살아도 싫증나지 않는 참다운 친구다.

그러나 나무는 친구끼리 서로 즐긴다느니 보다는, 제각기 하늘이 준 힘을 다하여 널리 가지를 펴고, 아름다운 꽃을 피우고, 열매를 맺는 데 더 힘을 쓴다. 그리고 하늘을 우러러 항상 감사하고 찬송하고 묵도(默禱, 묵묵히 기도함)하는 것으로 일삼는다. 그러기에, 나무는 언제나 하늘을 향하여 손을 쳐들고 있다. 그리고 온갖 나뭇잎이 우거진 숲을 찾는 사람이 거룩한 전당(殿堂)에 들어선 것처럼, 엄숙(嚴肅)하고 경건(敬虔)한 마음으로 절로 옷깃을 여미고, 우렁찬 찬가에 귀를 기울이게 되는 이유도 여기 있다.

나무에 하나 더 원하는 것이 있다면, 그것은 천명(天命 타고난 수명(壽命))을 다한 뒤에 하늘 뜻대로 다시 흙과 물로 돌아가는 것이다. 그러나 사람은 가다 장난삼아 칼로 제 이름을 새겨 보고, 흔히 자기 소용(所用) 닿는 대로 가지를 쳐가고 송두리째 베어 가곤 한다. 나무는 그래도 원망하지 않는다. 새긴 이름은 도로 그들의 원대로 키워지고, 베어 간 재목이 혹 자기를 해칠 도끼 자루가 되고 톱 손잡이가 된다 하더라도, 이렇다 하는 법이 없다. 나무는 훌륭한 견인주의자(堅忍主義者 육체적인 욕구를 의지의 힘으로 억제하려는 주의나 주장을 가진 사람. 금욕주의자)요, 고독의 철인(哲人)이요, 안분지족(安分知足 편한 마음으로 제 분수를 지키며 만족을 앎)의 현인(賢人)이다. 불교의 소위 윤회설(輪回說)이 참말이라면, 나는 죽어서 나무가 되고 싶다.

'무슨 나무가 될까?'

이미 나무를 뜻하였으니, 진달래가 될까 소나무가 될까는 가리지 않으련다.

▶ 지은이는 나무를 의인화시켜 어떤 효과를 거두고 있는가?

　작가는 나무를 의인화해 나무의 덕성과 인간의 세속적인 모습을 대비하고 있다. 의인화된 나무에는 가장 이상적인 인간상이 담겨있다. 나무는 '안분지족의 현인, 고독의 철인, 훌륭한 견인주의자'에 비유되고 있는 것이다. 나무의 속성을 바람직한 인간상과 대비하는 지은이의 의도는 우리도 나무처럼 만족할 줄 알고, 참을 줄 알고, 자연에 동화될 줄 아는 유유자적한 모습을 되찾자는 데 있다.

　지은이는 나무 외에 우리 인간의 모습에 대해서는 한 마디도 언급하지 않고 있다. 하지만 독자는 완전한 덕성을 갖춘 나무의 모습에서 너무나 대조적인 현대인의 모습을 자연스레 떠올리게 된다. 우리는 안분지족하는 나무에서 탐욕스럽고 불평에 차 있는 인간을 발견하는 것이다. 알랑대고 해를 입히기 일쑤인 바람, 마음 내키는 대로 찾아오고 떠나는 새는 이기적인 인간을 빗대고 있다. 지은이가 나무를 의인화한 것은 우리로 하여금 자신의 모습을 나무와 대비시키도록 하는 효과를 나타낸다. 우리는 의인화된 나무를 통해 나무 같은 성품을 지니지 못했다는 사실을 스스로 느끼고 부끄러워하게 되는 것이다.

■ 작품 정리

- **성격** | 주지적, 논리적, 사색적, 교훈적, 예찬적.
- **표현** | 의인화한 나무의 성품을 인간의 성품에 효과적으로 대비해 바람직한 인간상을 부각시킨다.
- **주제** | 나무가 지닌 덕.
- **구성** | 나무 자체의 특징, 나무의 친구들을 인간에 비유, 다른 사물들 속에서 드러나는 나무의 덕성 등 세 부분으로 내용이 전개되고 있다.
- **지은이** | 이양하(李敭河, 1904~1963)

페이터의 산문

이양하

만일 나의 애독하는 서적을 제한하여 이삼 권 내지 사오 권만을 들라면, 나는 그 중의 하나로 옛날 로마의 철학자, 황제 마르쿠스 아우렐리우스 명상록을 들기를 주저하지 아니하겠다. 혹은 설움으로 혹은 분노로, 혹은 욕정으로 마음이 뒤흔들리거나, 또는 모든 일이 뜻같이 아니 하여, 세상이 귀찮고, 아름다운 동무의 이야기까지 번거롭게 들릴 때 나는 흔히 이 견인주의자 황제를 생각하고, 어떤 때는 직접 조용히 그의 명상록을 펴 본다.

그리하면, 그것은 대강의 경우에 있어, 어느 정도 마음의 평정을 회복해 주고, 당면한 고통과 침울을 많이 완화해 주고, 진무해 준다. 이러한 위안의 힘이 어디서 오는지는 확실하지 않다. 모르거니와, 그것은 "모든 것을 어떻게 생각하는가는 내 마음에 달렸다." "행복한 생활이란 많은 물건에 의존하는 것이 아니라는 것을 항상 기억하라." "모든 것을 사리하라. 그리고 물러가 네 자신 가운데 침잠하라."

이러한 현명한 교훈에서만 오는 것은 아닐 것이다. 그것은 도리어 그 가운데 읽을 수 있는 외로운 마음, 끊임없는 자기 자신과의 대화가 생활의 필요조건이 되어 있는 마음, 행복을 단념하고 오로지 마음의 평정만을 구하는 마음에서 오는 것인지도 모른다. 다시 말하며, 목전의 현실에 눈을 감음으로써, 현실과의 일정한 거리를 유지

할 수 있고, 또 어떤 때는 현실을 아주 무시하고 망각할 수 있는 마음에서 오는 편이 많을지도 모른다.

　이러한 의미에 있어, 그 위안은 건전한 성질의 것이 아니라고도 할 수 있겠다. 사실, 일종의 지적 오만 또는 냉정한 무관심이 황제의 견인주의의 자연한 귀결이요, 동시에 생활 철학으로서의 한 큰 제한이 된다는 것은 거부할 수 없는 일이다. 그러나 그 반면, 견인주의가 황제의 생활에 있어 가장 아름답게 구현되고, 견인주의자의 추구하는 마음의 평정이, 행복을 구할 수 있는 마음의 한 기본적 자체가 된다는 것만은 또 수긍하지 아니할 수 없는 사실이다.

　다음에 번역해 본 것은 직접 명상록에 번역한 것이 아니요, 월터 페이터가 그의 '쾌락주의자 에어리어스'의 일장에 있어서, 황제의 연설이라 하여, 명상록에 임의로 취재한 데다 자기 자신의 상상과 문식을 가하여 써 놓은 몇 구절을 번역한 것이다. 페이터는 다 아는 바와 같이 세기말의 영국의 유명한 심리 비평가로, 아름다운 것을 관조하고 아름다운 글을 쓰는 데 일생을 바친 사람이다.

　나는 그의 '문예 부흥'의 찬란한 문체도 좋아하니, 이 몇 구절의 간소하고 장중한 문체도, 거기 못지 아니 하게 좋아한다. 그리고 황제의 생각도 페이터의 붓을 빌려 읽은 것이 없을 뿐 아니라, 한층 아름다운 표현을 얻었다 할 수 있지 아니한가 한다.

　사람의 칭찬받기를 원하거든, 깊이 그들의 마음에 들어가, 그들이 어떠한 판단인가, 또 그들이 그들 자신에 관한 일에 대하여 어떠한 판단을 내리는가를 보라. 사후의 칭찬받기를 바라거든, 후세에 나서, 너의 위대한 명성을 전할 사람들도, 오늘같이 살기에 곤란을 느끼는 너와 다름없는 것을 생각하라. 진실로 사후의 명성에 연연해하는 자는 그를 기억해 주기를 바라는 사람의 하나하나가 얼마 아니하여 이 세상에서 사라지고, 기억 자에도 한동안 사람의 마음의 날개에 오르내리나, 결국은 사라져 버린다는 것을 알지 못하는 사람이다.

네가 장차 볼일 없는 사람들의 칭찬에 그렇게도 마음을 두는 것은 무슨 이유인고? 그것은 마치 너보다 앞서 이 세상에 났던 사람들의 칭찬을 구하는 것이나 다름이 없는 어리석은 일이 아니냐?

참다운 지혜로 마음을 가다듬은 사람은, 저 인구에 회자하는 호머의 시구 하나로도 이 세상의 비애와 공포에서 자유로울 수 있을 것이다.

사람은 나뭇잎과도 흡사한 것, 가을 바람의 땅에 낡은 잎을 뿌리면 봄은 다시 새로운 잎으로 숲을 덮는다.

잎, 잎, 조그만 잎, 너의 어린애도 너의 아녀자도 너의 원수도 너를 저주하여 지옥에 떨어뜨리려 하는 자나, 이 세상에 있어 너를 헐고 비웃는 자나, 또는 사후에 큰 이름을 남긴 자나, 모두가 다 가지고 바람에 휘날리는 나뭇잎, 그들은 참으로 호머가 말한 바와 같이 봄철을 타고 난 것으로 얼마 아니 하여서는 바람에 불리어 흩어지고 나무에는 다시 새로운 잎 이 돋아나는 것이다.

그리고 이들에게 공통한 것이라고는 다만 그들의 목숨이 짧다는 것뿐이다. 그럼에도 불구하고, 너는 마치 그들이 영원한 목숨을 가진 것처럼, 미워하고 사랑하려고 하느냐? 얼마 아니 하여서는 네 눈도 감겨지고, 네가 죽은 몸을 의탁하였던 자 또한 다른 사람의 짐이 되어 무덤에 가는 것이 아닌가? 때때로 현존하는 것, 또는 인제 막 나타나려 하는 모든 것이 어떻게 신속히 지나가는 것인지를 생각하여 보라, 그들의 실체는 끊임없는 물의 흐름, 영속하는 것이라고는 하나도 없다. 그리고 바닥 모를 때의 심연은 바로 네 곁에 있다. 그렇다면 이러한 것들 때문에 혹은 기뻐하고, 혹은 괴로워한다는 것이 어리석은 일이 아니냐?

무한한 물상 가운데서 네가 향수한 부분이 어떻게 작고, 무한한 시간 가운데 네게 허용된 시간이 어떻게 짧고, 운명 앞에 네 존재가 어떻게 미소한 것인가를 생각하라. 그리고 기꺼이 운명의 직녀 클로토의 베틀에 몸을 맡기고, 여신이 너를 실 삼아 어떤 베를 짜든 마음을 쓰지 말라.

공사를 막론하고 싸움에 휩쓸려 들어갔을 때에는 때때로 그들의 분노와 격렬한 패기로 오늘까지 알려진 사람들 저 유명한 격노와 그 동기를 생각하고, 고래의 큰 싸움의 성패를 생각하라. 그들은 지금 모두 어떻게 되었으며 그들의 전진의 자취는 어떻게 되었는가! 그야말로 먼지요, 재요, 이야기요, 신화 아니 어떡하면 그만도 못한 것이다. 일어나는 이런 일 저런 일을 증대시하여, 혹은 몹시 화를 내던 네 신변의 사람들을 상기하여 보라.

그들은 과연 어디 있는가? 너는 이들과 같아지기를 원하는가?

죽음을 염두에 두고, 네 육신과 영혼을 생각해 보라. 네 육신이 차지한 것은 만상 가운데 하나 미진, 네 영혼이 차지한 것은 이 세상에 충만한 마음의 한 조각, 이 몸을 둘러보고 그것이 어떤 것이며 노령과 애욕과 병약 끝에 어떻게 되는 것인지를 생각해 보라. 또는 그 본질, 원형에 상도(想到)하여 가상(假想)에서 분리된 정체를 살펴보고, 만상의 본질이 그의 특수한 원형을 유지할 수 있는 제한된 시간을 생각해 보라. 아니 부패한 만상의 원리 원칙에도 작용하는 것으로 만상은 곧 진애요, 수액이요, 악취요, 골편, 너의 대리석은 흙의 정결, 너의 금은은 흙의 잔사에 지나지 못하고 너의 명주옷은 벌레의 잠자리, 저의 자포는 깨끗지 못한 물고기 피에 지나지 못한다. 아! 이러한 물건에서 나와 다시 이러한 물고기 피에 지나지 못한다. 아! 이러한 물건에서 나와 다시 이러한 물건으로 돌아가는 네 생명의 호흡 또한 이와 다름이 없느니라.

천지에 미만해 있는 큰 영은 만성을 초와 같이 손에 넣고 분주히 차례차례로 짐승을 빚어내고 초목을 빚어내고 어린애를 빚어낸다. 그리고 사멸하는 것도 자연의 질서에서 아주 벗어져 나가는 것은 아니요, 그 안에 남아 있어 역시 변화를 계속하고 자연을 구성하고 또 너를 구성하는 요소로 다시 배분되는 것이다. 자연은 말없이 변화한다. 느티나무 궤짝은 목수가 꾸며 놓을 때 아무런 불평도 없었던 것과 같이 부서질 때도 아무런 불평을 말하지 아니한다.

사람이 있어 네가 내일 길어도 모레 죽으리라고 명언한다 할지라도 네게는 내일 죽으나 모레 죽으나 별로 다름이 없을 것이다. 따라서 너는 내일 죽지 아니하고 일 년 후, 이 년 후, 또는 십 년 후에 죽는 것을 다행한 일이라고 생각지 않도록 힘써라.

만일 너를 괴롭히는 것이 있다면, 그것은 네 마음이 그렇게 생각하는 때문이니까. 너는 그것을 쉬 물리칠 수 있을 것이다. 죽음이란 무엇인가? 만일 죽음에 부수되는 여러 가지 외관과 관념을 사리하고 죽음 자체를 직시한다면, 죽음이란 자연의 한 이법에 지나지 아니하고, 사람은 그 이법 앞에 겁을 집어먹는 어린애에 지니지 못하는 것을 알 것이다. 아니, 죽음은 자연의 이법이요, 작용일 뿐 아니라 자연을 이롭게 하는 것이다.

철인이나 법학자나 장군이나 우러러 보이면 이러한 사람으로 이미 죽은 사람을 생각하라. 네 얼굴을 거울에 비추어 볼 때에는 네 조상 중의 한 사람, 옛날의 로마 황제의 한 사람을 생각하여 보라. 그러면 너는 도처에 네 현실을 볼 수 있을 것이다. 그리고는 이러한 것을 생각하여 보라. 그들이 지금 어디 있는가? 대체 어디 있을 수 있는가? 그리고 네 자긴 얼마나 오래 머물러 있을 수 있는가? 너는 네 생명이 속절하고 너의 직무, 너의 경영이 험하다는 것을 알지 못하느냐?

그러나, 머물러 있으랴? 적어도 치열한 불길이 그 가운데 던져지는 모든 것을 열과 빛으로 변화시키기까지는 세상은 한 큰 도시, 너는 이 도시의 한 시민으로 이때까지 살아왔다. 아! 온 날을 세지 말며, 그날의 짧음을 한탄하지 말라. 너를 여기서 내보내는 것은 부정한 판단이나 폭군이 아니요, 너를 여기 데려 온 자연이다. 그러니 가라. 배우가 그를 고용한 감독이 명령하는 대로 무대에서 나가듯이 아직 5막을 다 끝내지 못하였다고 하려느냐? 그러나 인생에 있어서는 3막으로 극 전체가 끝나는 수가 있다.

그것은 작자의 상관할 일이요, 네가 간섭할 일이 아니다. 기쁨을 가지고 물러가라. 너를 물러가게 하는 것도 선의에서 나오는 일인지도 모를 일이니까.

▶ 이 글은 순수한 지은이의 글이 아니다. 이 글의 시초는 누구로부터 시작
되었는가? 이를 통해 발견할 수 있는 글의 속성은 무엇인가?

    지은이는 동경제대 영문과에서 영국의 탐미주의를 연구했다. 그 탐
미주의의 대표적 작가가 바로 페이터였다. 따라서 지은이가 페이터
연구가가 된 것은 자연스런 귀결이다. 그는 동경제국대학교 대학원에
서 '페이터와 인본주의'라는 논문을 발표하기도 했다.

    '페이터의 산문'에서 이양하의 글은 서두만 해당한다. 나머지는 그
야말로 '페이터의 산문'이다. 발췌 번역된 '페이터의 산문'조차 순수
한 페이터의 글은 아니다. 페이터도 마치 이양하처럼 철학자이자 황
제였던 마르크스 아우렐리우스의 명상록을 발췌해서 자신의 생각을
가미한 것이다. 이 글은 어떤 의미에서 마르크스 아우렐리우스, 페이
터, 이양하 세 사람의 합작품이라고 할 수 있다. 황제의 글을 페이터
가, 페이터의 글을 이양하가, 이양하의 글을 독자가 읽게 됨으로써 모
두가 지은이가 된다면, 네 사람의 합작품이 될 수도 있는 것이다. 하
지만 같은 글을 두고도 개인적 경험과 가치관에 따라, 혹은 그 글을
적용하는 방식에 따라 다른 의미가 부여될 수도 있을 것이다.

    그만큼 이 작품은 여러 시대를 아우르면서도 모든 사람들의 공감을
불러일으키는 측면이 있다. 국어교과서에 오랫동안 수록됐던 이 글은
많은 사람들의 사랑을 받아왔다. 아무리 화려한 인생도 죽음 앞에서
는 평등하다는 섬뜩한 진리를 대하며 10대 후반의 독자들이 청소년기
의 걱정과 근심을 달랬던 것이다. 하지만 명상록의 구절들이 10대의
감수성에 스며들어 허무주의에 빠지게 한 측면도 간과할 수 없다.

- **성격** | 인생론적, 관조적.
- **표현** | 개성적인 종결어미 '해라' 체와 2인칭 '너'를 사용한 것이 두드러진 특징이다.
- **제재** | 영국 탐미주의 비평가 페이터의 산문.
- **주제** | 욕망과 집착의 부질없음.
- **구성** | 즐겨 읽은 책의 간단한 소개 내용과 페이터가 번역한 명상록의 내용으로 이루어져 있다.
- **지은이** | 이양하(李敭河, 1904~1963)

물

이태준

나는 물을 보고 있다.

물은 아름답게 흘러간다.

흙 속에서 스며 나와 흙 위에 흐르는 물, 그러나 흙물이 아니요 정한 유리그릇에 담긴 듯 진공 같은 물, 그런 물이 풀잎을 스치며 조각돌에 잔물결을 일으키며 푸른 하늘 아래에 즐겁게 노래하며 흘러가고 있다.

물은 아름답다. 흐르는 모양, 흐르는 소리도 아름답거니와 생각하면, 이의 맑은 덕, 남의 더러움을 씻어는 줄지언정, 남을 더럽힐 줄 모르는 어진 덕이 이에게 있는 것이다. 이를 대할 때 얼마나 마음을 맑힐 수 있고 이를 사귈 때 얼마나 몸을 깨끗이 할 수 있는 것인가!

물은 보면 즐겁기도 하다. 이에겐 언제든지 커다란 즐거움이 있다. 여울을 만나 노래할 수 있는 것만 이의 즐거움은 아니다. 산과 산으로 가로막되 덤비는 일 없이 고요한 그대로 고이고 고이어 나중날 넘쳐 흘러가는 그 유유무언(悠悠無言 유유한 가운데 말이 없음)의 낙관, 얼마나 큰 즐거움인가! 독에 퍼 넣으면 독 속에서, 땅 속 좁은 철관에 몰아놓으면 몰아넣는 그대로 능인자안(能忍自安 잘 참아내어 스스로 편안함)한다.

물은 성스럽다. 무심히 흐르되 어별(魚鼈 물고기와 자라, 바다 동물을 통틀어 이르는 말)이 이의 품에 살고 논, 밭, 과수원이 이 무심한 이로 인해 윤택하다.

　물의 덕을 힘입지 않는 생물이 무엇인가!

　아름다운 물, 기쁜 물, 고마운 물, 지자 노자(老子)는 일즉 상선약
수(上善若水 노자의 〈도덕경〉에 나오는 말로, '최상의 선은 물과 같다' 는 뜻)라 하였다.

▶ 지은이가 예찬하고 있는 물의 덕성에 대해 살펴보고 인간사와 연관지어
  보자.

  모든 것을 감싸고 포용하는 물의 자연적인 덕성이 별다른 형식이
없이 나열되고 있다. 물의 특성을 크게 두 가지로 나눈다면, 있는 그
대로 흘러가는 자연적인 특성과 그런 가운데 주변을 이롭게 하는 이
타적인 특성이라고 할 수 있다. 그러나 이 두 가지는 나눌 수 있는 것
이 아니라 하나의 개념이 보여주는 두 가지 모습일 것이다.

  물은 자연스런 흐름 그 자체로 사람들에게 즐거움을 선사할 뿐 아
니라 자신의 아름다움을 훼손하면서까지 남의 더러움을 씻어주는 어
진 덕을 지녔다. 또한 물은 독에 넣으면 독 속에서, 땅 속의 철관에 넣
으면 몰아넣는 그대로 아무 불평 없이 자리를 잡는다. 자신을 내놓아
물고기와 자라를 기르며 논과 밭에서 곡물을 키운다. 이런 물의 특성
을 가리켜 노자는 '최상의 선은 물과 같다'고 했다. 인간도 물과 같이
순리를 거스르지 않고 주변을 포용하며 살아가야 함을 교훈적으로 빗
대고 있는 것이다. 물이 자아와 타아가 함께 어우러지는 모습을 보여
주고 있듯이 인간도 앞을 다투지 않고 조화롭게 사는 모습을 보이는
것이 삶의 과정이지 목적이 될 수 있을 것이다.

▶ 소설가로 유명한 지은이는 뛰어난 수필을 여러 편 남기기도 하였다. 그
  가 남긴 문장이론서 〈문장 강화〉에 나타난 수필관을 살펴보자.

  지은이는 수필이란 자신의 모든 것을 마치 나체를 드러내듯 보여줘
야 한다고 주장하며 수필에 대해 다음과 같이 설명하고 있다.

  "필자의 면목이 첫 마디부터 드러나는 글이 이 수필이다. 그 사람
의 자연관, 인생관, 그 사람의 습성, 취미, 그 사람의 지식과 이상, 이
런 모든 '그 사람의 것'이 직접 재료가 되어 나오기 때문이다. 누구
에게 있어서나 수필은 자기의 심적 나체이다. 그러니까 수필을 쓰려

면 먼저 '자기의 풍부'가 있어야 하고, '자기의 미(美)'가 있어야 할 것이다."

"수필은 엄숙한 계획이 없이 가볍게 손쉽게 무슨 감정이나 무슨 의견이나 무슨 비평이나 써낼 수가 있다. 인생을 말하고 문명을 비평하는 데서는 적은 논문일 수 있고, 우감(偶感)이나 서경, 서정에 있어서는 소작품들일 수 있다."

■ 작품 정리

- **성격** | 서정적, 교훈적.
- **표현** | 사물을 의인화하여 간결하면서도 담담한 어조로 표현하였다.
- **제재** | 물.
- **주제** | 모든 것을 감싸고 포용하는 물의 덕성 예찬.
- **구성** | 물이 가진 성격들을 별다른 형식이나 기준 없이 특징별로 나열해 놓고 있다.
- **지은이** | 이태준(李泰俊, 1904~?)

책(冊)

이태준

책(冊)만은 '책' 보다 '冊' 으로 쓰고 싶다. '책' 보다 '冊' 이 더 아름답고 더 '冊' 답다.

책은, 읽는 것인가? 보는 것인가? 어루만지는 것인가? 하면 다 되는 것이 책이다. 책은 읽기만 하는 것이라면, 그건 책에게 너무 가혹하고 원시적인 평가다. 의복이나 주택은 보온만을 위한 세기(世紀)는 벌써 아니다. 육체를 위해서도 이미 그렇거든 하물며 감정의, 정신의, 사상의 의복이요, 주택인 책에 있어서랴! 책은 한껏 아름다워라, 그대는 인공으로 된 모든 문화물 가운데 꽃이요, 천사요, 또한 제왕이기 때문이다.

물질 이상인 것이 책이다. 한 표정 고운 소녀와 같이, 한 그윽한 눈매를 보이는 젊은 미망인처럼 매력은 가지가지다. 신간 난에서 새로 뽑을 수 있는 잉크 냄새 새로운 것은, 소녀라고 해서 어찌 다 그다지 신선하고 상냥스러우랴! 고서점에서 먼지를 털고 겨드랑 땀내 같은 것을 풍기는 것들은 자못 미망인다운 함축미인 것이다.

서점에서는 나는 늘 급진파다. 우선 소유하고 본다. 정류장에 나와 포장지를 끄르고 전차에 올라 첫 페이지를 읽어보는 맛. 전찻길이 멀수록 복되다. 집에 갖다 한번 그들 사이에 던져버리는 날은 그제는 잠이나 오지 않는 날 밤에야 그의 존재를 깨닫는 심히 박정한 주인이 된다.

가끔 책을 빌리러 오는 친구가 있다. 나는 적이 질투를 느낀다.

흔히는 첫 한두 페이지밖에는 읽지 못하고 둔 책이기 때문이다. 그가 나에게 속삭여 주려던 아름다운 긴 이야기를 다른 사나이에게 먼저 해버리려 하기 때문이다. 가면 여러 날 뒤에, 나는 아주 까맣게 잊어 버렸을 때, 그는 한껏 피로해져서 초라해져서 돌아오는 것이다. 친구는 고맙다는 말만으로 물러가지 않고 그를 평가까지 하는 것이다. 나는 그런 경우에 그 책에 대해선 전혀 흥미를 잃어버리는 수가 많다.

빌려나간 책은 영원히 '노라'(노르웨이의 극작가 입센이 쓴 〈인형의 집〉의 여주인공. 극의 결말 부분에서 남편과 결별하고 가출하여 돌아오지 않음)가 되어 버리는 것도 있다.

이러는 나도 남의 책을 가끔 빌려온다. 약속한 기간을 넘긴 것도 몇 권 있다. 그러기에 책은 빌리는 사람도 도적이요, 빌려주는 사람도 도적이란 서적 논리가 따로 있는 것이다. 일생에 천 권을 빌려보고 999권을 돌려보내고 죽는다면 그는 최우등의 성적이다.

그러나 남은 한 권 때문에 도적은 도적이다. 책을 남에게 빌려만 주고 저는 남의 것을 한 권도 빌리지 않기란 천 권에서 999권을 돌려보내기보다 더 어려운 일이다. 그러므로 빌리는 자나 빌려주는 자나 책에 있어서는 다 도적됨을 면치 못한다.

그러나 책은 역시 빌려야 한다. 진리와 예술을 감금해서는 안 된다.

그러나 책은 물질 이상이다. 영양(令孃 남의, 특히 윗사람의 딸을 높여 부르는 말. 영애(令愛))이나 귀부인을 초대한 듯 결코 땀이나 때가 묻은 손을 대어서는 실례다. 책은 세수는 할 줄 모르는 미인이다.

책에만은 나는 봉건적인 여성관이다. 너무 건강해선 무거워 안 된다. 가볍고, 얄팍하고, 뚜껑도 예전 능화지(菱花紙 마름꽃의 무늬가 있는 종이. 마름꽃은 바늘꽃과에 속하는 다년생 풀로, 뿌리는 마름모 모양의 삼각형이고 7~8월에 흰 꽃이 핌)처럼 부드러워 한손에 말아 쥐고, 누워서도 읽기 좋기를 탐낸다. 그러나 덮어놓으면 떠들리거나 구김살이 잡히지 않고 이내 고요히 제 태(態)로 돌아가는 인종(忍從 참고 복종함)이 있기를 바란다고 할까.

▶ 다양한 여성들로 비유되고 있는 책의 속성에 대하여 알아보고, 책의 가
  치와 의미에 대해 생각해보자.

　지은이는 이 글에서 책을 '여성'으로 비유하고 있는 까닭에 미사여
구가 동원된 비유법이 특히 많이 쓰이고 있다. 이는 또한 책의 속성을
다양한 각도에서 추측해볼 수 있게 한다. 지은이에게 책은 읽는 대상
에 그치지 않는다. 책은 보고 어루만지는 물질 이상의 아름다움과 생
명을 간직한 존재이다. 그러한 존재적 의미 때문에 책을 여성으로 의
인화한 것이다. 좀 더 구체적으로 책은 그 속성에 따라 소녀, 미망인
혹은 노라, 영양(令孃), 귀부인에 비유된다.

　'소녀'는 갓 출간된 신간을, '미망인'은 고서점의 때 묻은 고서(古
書)를 〈인형의 집〉에 나오는 '노라'는 누군가 빌려가서 돌려주지 않은
책을 의미하는 것이다. 이 세 가지 비유는 책의 외형적인 모습을 나타
낸 것이다. 반면에 '영양'이나 '귀부인'은 책의 소중한 가치를 비유
한 것이라고 할 수 있다. 이 작품에는 책의 가치와 속성, 책에 대한 지
은이의 생각이 함축성 있게 잘 표현되어 있을 뿐 아니라 책이라는 무
생물을 생명을 지닌 존재로 유추해 내는 작가적 상상력이 잘 드러나
있다.

■ 작품 정리

- **성격** | 주관적, 사색적, 비유적.
- **표현** | 여성을 책에 비유하여 책에 대한 애정과 속성을 다양한 미사여구를
  사용하여 표현하였다.
- **주제** | 책에 대한 예찬.
- **구성** | 책에 대한 주관적인 느낌과 이미지를 특정한 형식 없이 자유롭게 풀
  어썼다.
- **지은이** | 이태준(李泰俊, 1904~?)

작품애(作品愛)

이태준

어제 경성역(京城驛)으로부터 신촌(新村) 오는 기동차 (汽動車 철도 차량의 일종으로 기관에 석탄을 쓰지 않고 전기나 석유, 또는 경유를 사용하여 운행하는 객차나 화물차)에서다. 책보를 메기도 하고, 끼기도 한 소녀들이 참새 떼가 되어 재깔거리는 틈에서 한 아이는 얼굴을 무릎에 파묻고 흑흑 느껴 울고 있었다. 다른 아이들은 우는 동무에게 잠깐씩 눈은 던지면서도 달래려 하지 않고, 무슨 시험이 언제니, 아니니, 내기를 하자느니 하고 저희끼리만 재깔인다. 우는 아이는 기워 입은 적삼 등어리('등'의 방언)가 그저 들먹거린다. 왜 우느냐고 묻고 싶은데, 마침 그 애들 뒤에 앉았던 큰 여학생 하나가 나보다 더 궁금하였던지 먼저 물었다. 재재거리던 참새 떼는 딱 그치더니 하나가 대답하기를, "개 재봉한 걸 잃어버렸어요" 한다.

"학교에 바칠 걸 잃었니?"

"아니야요. 바쳐서 잘 했다구 선생님이 칭찬해 주신 걸 잃어버렸어요. 그래 울어요."

큰 여학생은 이내 우는 아이의 등을 흔들며 달랜다.

"얘, 울문 뭘 허니? 운다구 찾아지니? 울어두 안 될 걸 우는 건 바보야."

이 달래는 소리는 기동차 달아나는 소리에도 퍽 맑게 들리어, 나는 그 맑은 소리의 주인공을 다시 한 번 돌려 보았다. 중학생은 아니게 큰 처녀다. 분이 피어 그런지 흰 이마와 서늘한 눈은 기동차의 유리창들보다도 신선한 처녀다. 나는 이내 굴 속으로 들어온 기동차의 천장을 쳐다보면서 그가 우는 소녀에게 한 말을 생각해 보았다.

"애, 울문 뭘 허니? 운다구 찾아지니? 울어두 안 될 걸 우는 건 바보야."

이치에 맞는 말이다. 울기만 하는 것으로 찾아질 리 없고, 또 울어서 이루어지지 않을 것을 우는 것은 확실히 어리석은 일이다. 그러나 사람들은 울음에 있어 곧잘 어리석어진다. 더욱 이 말이 여자로도 눈물에 제일 빠른 처녀로 한 말임에 생각할 재미도 있다. 그 희망에 찬 처녀를 저주해서가 아니라, 그도 이제부터 교복을 벗고 한번 인간 제복으로 갈아입고 나서는 날, 감정 때문에, 혹은 이해 상관으로 '울어도 안 될 것'을 울어야 할 일이 없다 하지 못할 것이다.

나는 신촌 역을 내려서도 이 '울문 뭘 허니? 울어두 안 될 걸 우는 건 바보야' 소리를 생각하며 걸었다.

그러나 이 말이나 이 말의 주인공은 점점 내 마음속에서 멀어가는 대신 점점 가까이 떠오르는 것은 그 재봉한 것을 잃어버렸다는 소녀이다. 그는 오늘도 울고 있을 것 같고, 또 언제든지 그 잃어버린 조그마한 자기 작품이 생각날 때마다 서러울 것이다. 등어리를 조각조각 기워 입은 것을 보아 색 헝겊 한 오리 쉽게 얻을 수 있는 아이는 아니었다. 어머니께 조르고 동무에게 얻고 해서 무엇인지 모르나 구석을 찾아 앉아 동생 보지 않는다고 꾸지람을 들어가며 정성껏, 솜씨껏, 마르고(치수에 맞추어 베고 자르고), 호고(헝겊을 여러 겹 겹쳐서 성기게 꿰매고), 감치고(실로 감아 꿰매고) 했을 것이다. 그것이 여러 동무의 것을 제쳐 놓고 선생님의 칭찬을 차지하게 될 때, 소녀는 세상일에 그처럼 가슴이 뛰어본 적은 일찍이 없었을 것이다. 이제 하학만 하면 어서 가지고 집으로 가서 부모님께도, 좋은 끗수(어떤 성적의 결과를 나타내는 수. 노름에서 어떤 셈의 단위로 매겨진 수) 받은 것을 자랑하며 보여드리려던 것이 그만 없어지고 말았다.

소녀에게 있어선 결코 작은 사건이 아니요, 작은 슬픔이 아닐 것이다.

나도 작품을 더러 잃어 보았다. 도향(稻香 소설가 나도향(羅稻香))의 죽은 이듬햰가 서해(曙海 소설가 최서해(崔曙海)) 형이 〈현대 평론〉에 도향 추도호를 낸다고 추도문을 쓰라 하였다. 원고 청이 별로 없던 때라 감격하여 여름 단열밤을 새어 썼다. 고치고 고치고 열 번도 더 고쳐 한대 평론사로 보냈더니, 서해 형이 받기는 받았는데 잃어버렸으니 다시 쓰라는 것이다. 같은 글을 다시 쓸 정열이 나지 않았다. 마지못해 다시 쓰기는 썼지만 아무래도 처음에 썼던 것만 못한 것 같아 찜찜한 것을 참고 보냈다.

신문, 잡지에 났던 것도 미처 떼어두지 않아서, 또 떼어뒀던 것도 어찌어찌해 없어진다. 누가 와 어느 글을 재미있게 읽었노라 감상을 말하면, 그가 돌아간 뒤에 나도 그 글을 다시 한 번 읽어보고 싶어 찾아본다. 찾아보아 찾아내지 못한 것이 이미 서너 가지 된다. 다시 그 신문, 잡지를 찾아가 오려 오기란 거의 불가능한 일이다. 꽤 섭섭하게 그날 밤을 자곤 하였다.

이 '섭섭'을 꽤 심각하게 당한 것은 장편 '성모(聖母)'다. 그 소설의 주인공 순모가 아이를 낳아서부터, 어머니로서의 애쓰는 것은 나도 상당히 애를 쓰며 썼다. 책으로는 못 나오나 스크랩채로라도 내 자리 옆에 두고 싶은 애정이 새삼스럽게 끓었다.

그러나 울지는 않았다. 위에 기동차의 소녀처럼 울지는 않았다. 왜 울지 않는가? 아니 왜 울지 못하였는가? 그 작품들에게 울 만치 애착, 혹은 충실하지 못한 때문이라 할 수밖에 없다.

잃어버리면 울지 않고는, 몸부림을 치지 않고는 견딜 수 없는, 그런 작품을 써야 옳을 것이다.

▶ 지은이가 소녀의 슬픔에 공감할 수 있었던 이유를 밝히고 지은이가 말
하고 싶은 내용이 무엇인지 알아보자.

　지은이가 소녀의 슬픔에 공감할 수 있었던 것은 자신도 작품을 잃
어버렸던 경험이 있기 때문이다. 소녀의 일을 통해 〈현대 평론〉에 실
릴 나도향 추도문과 장편소설 '성모(聖母)' 중 일부를 잃어버렸던 일
을 회상한다. 그래서 어느 처녀가 "얘, 울문 뭘 허니? 운다구 찾아지
니? 울어두 안 될 걸 우는 건 바보야"라며 달래는 말이 이치에 맞는
말이라고 지은이는 공감하지만 사실 지은이는 재봉한 작품을 잃어버
린 소녀의 마음이 자신의 마음에 더 가깝다고 느낀다.

　하지만 지은이는 '성모'를 잃어버렸던 당시에 꽤 섭섭하게 생각했
지만 기동차에서 만난 소녀처럼 울지 않았던 자신을 자책한다. 그것
은 잃어버린 작품들에 대해 울 만큼 애착이 없었거나 그만큼 충실하
지 못했기 때문이라고 본 것이다. 이러한 반성으로 지은이는 '잃어버
리면 울지 않고는 견딜 수 없는 그런 작품을 써야 옳을 것이다'라는
주제적 진술을 통해 작품에 대한 애정은 치열한 작가정신에 비례한다
는 사실을 스스로에게 일깨운다.

- **성격** | 자성적, 주정적, 교훈적.
- **표현** | 세심한 추론을 통해 소녀의 감정을 잘 표현하였고, 소녀의 일과 자신의 글쓰기를 적절하게 대비시켰다.
- **제재** | 작품애(作品愛).
- **주제** | 작품에 대한 추억과 치열한 작품 활동에의 추구.
- **구성** | 기-서-결 3단 구성
  - 기: 기동차 안에서 재봉한 작품을 잃고 우는 여학생을 발견함.
  - 서: 작품에 쏟았을 소녀의 정성을 상상해 보고 그 슬픔에 공감함.
  - 결: 작품을 잃었던 자신의 체험을 떠올리고 잃으면 눈물이 날 작품을 쓰고자 다짐함.
- **지은이** | 이태준(李泰俊, 1904~?)

화단

이태준

찰찰하신 노(老)주인이 조석으로 물을 준다, 거름을
준다, 손아(孫兒)들을 데리고 일삼아 공을 들이건마는 이러한 간호
만으로는 병들어 가는 화단을 어찌하지 못하였다.

그 벌벌하고 탐스럽던 수국과 옥잠화의 넓은 잎사귀가 모두 누릇
누릇하게 뜨기 시작하고 불에 데인 것처럼 부풀면서 말라들었다.

"빗물이나 수돗물이나 물은 마찬가질 텐데……"

물을 주고 날 때마다, 화단에서 어정거릴 때마다 노인은 자못 섭
섭해 하였다.

비가 왔다. 소나기라도 한 줄기 쏟아졌으면 하던 비가 사흘이나
순조로 내리어 화분마다 맑은 물이 가득가득 고이었다.

노인은 비가 개인 화단 앞을 거닐며 몇 번이나 혼자 수군거리었다.

"그저 하눌 물이라야…… 억조창생(億兆蒼生)이 다 비를 맞아
야……."

만지기만 하면 가을 가랑잎 소리가 날 것 같던 풀잎사귀들이 기적
과 같이 소생하였다. 노랗게 뜸이 들었던 수국잎들이 시꺼멓게 약이
오르고나오기도 전에 옴츠러지던 꽃봉오리들이 부르튼 듯 탐스럽게
열리었다. 노인은 기특하게 여기어 잎사귀마다 들여다보며 어루만
지었다.

원래 서화를 좋아하는 어른으로 화초를 끔찍이 사랑하는 노인이

라, 가만히 보면 그의 손이 가지 않은 나무가 없고 그의 공이 들지 않은 가지가 없다. 그 중에도 석류나무 같은 것은 철사를 사다 층층이 테를 두르고 곁가지 샛가지를 자르기도 하고 휘어붙이기도 하여 사층 나무도 되고 오층으로 된 나무도 있다. 장미는 홍예문같이 틀어 올린 것도 있고 복숭아나무는 무슨 비방으로 기른 것인지 키가 한 자도 못 되는 어린 나무에 열매가 도닥도닥 맺히었다. 노인은 가끔 안손님들까지 사랑 마당으로 청하여 이것들을 구경시켰다. 구경하는 사람마다 희한해 하였다.

그러나 다행히 이러한 화단이 우리 방 앞에 있음에도 불구하고 나는 한 번도 노주인의 재공(才功)을 치하하지 못한 것은 매우 서운한 일이라고 생각한다.

그가 있는 재주를 다 내어 기르는 그 사층 나무 오층 나무의 석류보다도 나의 눈엔 오히려 한편 구석 응달 밑에서 주인의 일고지혜(一顧之惠)도 없이 되는 대로 성큼성큼 자라나는 봉선화 몇 떨기가 더 몇 배 아름답게 보이기 때문이다.

무럭무럭 넘치는 기운에 마음대로 뻗고 나가려는 가지가 그만 가위에 잘리우고 철사에 묶이어 채반처럼 뒤틀려 있는 것은 아무리 보아도 괴로운 꼴이다. 불구요 기형이요 재변이라 안 할 수 없다.

노인은 푸른 채반에 붉은 꽃송이를 늘어놓은 것 같다고 하나 우리의 무딘 눈으로는 도저히 그런 날카로운 감상을 즐길 수 없을 뿐 아니라 도리어 불유쾌를 느낄 뿐이었다.

자연은 신이다. 이름 없는 한 포기 작은 잡초에 이르기까지 신의 창조가 아닌 것이 없다. 신의 작품으로서 우리 인간이 손을 대지 않으면 안 될 만한 그러한 졸작, 그러한 미완품이 있을까? 이것은 생각만으로도 어리석은 일일 것이다.

우리는 자연을 파괴하고 불구되게 할 수는 있다. 그러나 그것을 창조하거나 개작할 재주는 없을 것이다.

▶ 되는 대로 성큼성큼 자라나는 봉숭아를 더 아름답게 보는 지은이는 노
  인의 화단을 통해 무엇을 말하고 싶은 것일까?

　이 글은 화단을 가꾸는 노인의 솜씨를 치하하는 내용으로 시작한
다. 그러나 지나치게 공을 들여 화초들이 있는 그대로의 자연미를 풍
기지 못하게 하는 노인의 취향을 비판하고 있다. 지은이는 자연은 그
대로 신의 완벽한 창조물이라고 여기고 있다. 더욱이 그러한 신의 작
품들 가운데 인간이 손을 대야만 하는 졸작은 있을 리가 없다고 말한
다. 아무리 공을 들여 탐스럽게 꽃을 피워낸다 하여도 지은이의 눈에
는 응달 구석에서 되는대로 성큼성큼 자라는 봉선화 몇 떨기가 더 아
름답게 보인다. 노인의 재공에 눌려 불구나 기형으로 변하지 않았기
때문이다.

　화초를 아끼는 노인의 마음을 이해 못 하는 바가 아니나 노인의 유
별난 간호와 부지런함에는 어딘지 모르게 부자연스러움이 느껴진다.
있는 그대로의 자연스러움을 발견하려고 하기보다는 인위적으로 만
들어 내려고, 끊임없이 그 자체가 아닌 다른 모양으로 변형시키려
하는 노인의 모습은 자신의 생각을 주위에 강요하는 대다수 인간의
바람직하지 못한 모습을 대변하는 것인지도 모른다. 노인의 손으로
새롭게 만들어지는 갖가지 화초의 모습을 통해 지은이는 자연을 끊임
없이 개조하려는 현대인들의 왜곡된 모습과 자신의 참다운 모습을 버
리고 대중적인 틀에 맞추고자 하는 사람들의 몰개성화까지 꼬집고자
했을 것이다.

- **성격** | 비판적, 사색적, 관찰적.
- **표현** | 의태어를 활용하여 표현의 효과를 높이고, 예스러운 어투로 지은이의 개성을 드러낸다.
- **제재** | 노인의 화단.
- **주제** | 자연 상태 그대로의 아름다움을 추구.
- **구성** | 화초를 유난히 아끼는 노인의 이야기와 노인의 태도에 대한 자신의 견해를 밝힌 부분으로 이루어져 있다.
- **지은이** | 이태준(李泰俊, 1904~?)

구두

계용묵

구두 수선(修繕)을 주었더니, 뒤축에다가 어지간히는 큰 징을 한 개씩 박아놓았다. 보기가 흉해서 빼어 버리라고 하였더니, 그런 징 이래야 한동안 신게 되고, 무엇이 어쩌구 하며 수다를 피는 소리가 듣기 싫어 그대로 신기는 신었으나, 점잖지 못하게 저벅저벅, 그 징이 땅바닥에 부딪치는 금속성 소리가 심히 귓맛에 역(逆)했다. 더욱이 시멘트 포도(鋪道)의 딴딴한 바닥에 부딪쳐 낼 때의 그 음향(音響)이란 정말 질색이었다. 또그닥또그닥, 이건 흡사 사람이 아닌 말발굽 소리다.

어느 날 초어스름이었다. 좀 바쁜 일이 있어 창경원(昌慶苑 일제가 창경궁을 비하해서 붙인 이름) 곁담을 끼고 걸어 내려오노라니까, 앞에서 걸어가던 이십 내외의 어떤 한 젊은 여자가 이 이상히 또그닥거리는 구두 소리에 안심이 되지 않는 모양으로, 슬쩍 고개를 돌려 또그닥 소리의 주인공을 물색하고 나더니, 별안간 걸음이 빨라진다.

그러는 걸 나는 그저 그러는가보다 하고, 내가 걸어야 할 길만 그대로 걷고 있었더니, 얼마큼 가다가 이 여자는 또 뒤를 한번 힐끗 돌아다본다. 그리고 자기와 나와의 거리가 불과 지척(咫尺 아주 가까운 거리) 사이임을 알고는 빨라지는 걸음이 보통이 아니었다. 뛰다 싶은 걸음으로 치맛귀가 옹이하게(바람소리를 일으킬 정도로) 내닫는다. 나의 이 또그닥거리는 구두 소리는 분명 자기를 위협하느라고 일부러 그렇게 따악딱 땅바닥을 박아내며 걷는 줄로만 아는 모양이다.

그러나 이 여자더러, 내 구두 소리는 그건 자연(自然)이요, 인위(人爲)가 아니니 안심하라고 일러 드릴 수도 없는 일이고, 그렇다고 어서 가야 할 길을 아니 갈 수도 없는 일이고 해서, 나는 그 순간 좀 더 걸음을 빨리 하여 이 여자를 뒤로 떨어뜨림으로써 공포(恐怖)에의 안심을 주려고 한층 더 걸음에 박차를 가했더니, 그럴 게 아니었다. 도리어 이것이 이 여자로 하여금 위협이 되는 것이었다. 내 구두 소리가 또그닥또그닥, 좀 더 재어지자(빨라지자) 이에 호응하여 또각또각, 굽 높은 뒤축이 어쩔 바를 모르고 걸음과 싸우며 유난히도 몸을 일어내는(일으켜 나가게 하는) 그 분주함이란, 있는 마력(馬力 동력(動力)을 표시하는 실용 단위)은 다 내보는 동작에 틀림없었다. 그리하여 또그닥또그닥, 또각또각 한참 석양 놀이 내려 퍼지기 시작하는 인적 드문 포도(鋪道) 위에서 이 두 음향의 속 모르는 싸움은 자못 그 절정에 달하고 있었다. 나는 이 여자의 뒤를 거의 다 따랐던 것이다. 2, 3보(步)만 더 내어 디디면 앞으로 나서게 될 그럴 계제였다

그러나 이 여자 역시 힘을 다하는 걸음이었다. 그 2, 3보라는 것도 그리 용이히(쉽게) 따라지지 않았다. 한참 내 발부리에도 풍진(風塵 바람에 날리는 티끌)이 일었는데, 거기서 이 여자는 뚫어진 옆 골목으로 살짝 빠져 들어선다. 다행한 일이었다. 한숨이 나간다. 이 여자도 한숨이 나갔을 것이다. 기웃해 보니, 기다랗게 내뚫린 골목으로 이 여자는 휭하니 내닫는다. 이 골목 안이 저의 집인지, 혹은 나를 피하느라고 빠져 들어갔는지, 그것은 알 바 없으나, 나로서 이 여자가 나를 불량배로 영원히 알고 있을 것임이 서글픈 일이다.

여자는 왜 그리 남자를 믿지 못하는 것일까. 여자를 대하자면, 남자는 구두 소리에까지도 세심한 주의를 가져야 점잖다는 대우를 받게 되는 것이라면, 이건 이성(異性)에 대한 모욕이 아닐까 생각을 하며, 나는 그 다음으로 그 구두 징을 뽑아 버렸거니와 살아가노라면 별(別)한데다가 다 신경을 써 가며 살아야 되는 것이 사람임을 알았다.

▶ 구두소리를 통해서 지은이가 궁극적으로 말하고 싶었던 것은 무엇일까?

　이 글은 콩트 풍의 글로서 구두의 '징'에서 나는 날카로운 금속성 때문에 오해가 빚어지면서 벌어지는 상황을 코믹하게 묘사하고 있다. 오해는 지은이의 구두에 박힌 징에서 비롯된다. 요란한 구두의 징 소리로 인해 앞서가던 여자는 마치 쫓기는 듯한 불안감을 느낀다. 초어스름의 으스스한 분위기 속에서 날카로운 금속성의 소리가 끊임없이 이어지니 이 여자는 위기감을 느끼지 않을 수 없었을 것이다. 지은이는 자신이 그 여자를 앞질러 가서 그런 오해를 풀려고 하지만 그것이 오히려 여자를 더욱 빨리 걷게 하는 우스꽝스런 상황을 연출한 것이다.

　지은이가 못마땅하게 여겨 '말발굽 소리'로 표현한 그 '징소리'는 비인간성을 상징하는 음향으로 인간관계마저 왜곡하고 있다. 이 글의 간결한 문체가 내용의 긴박감을 더하는 데다, '또각또각', '또그닥또그닥' 같은 의성어가 긴장을 더하는 역할을 하고 있다. 또한 '있는 마력을 다 내보는 동작', '내 발부리에도 풍진이 일었는데' 등의 재치 있는 표현이 재미를 더하고 있다. 지은이는 우스꽝스러운 장면을 그리면서도 결말 부분에서 '인간관계가 엉뚱한 오해로 인해 왜곡되는 현대사회의 단면'을 꼬집고 있다. 일상의 조그만 사건을 통해 현대 사회에 대한 비판 의식을 일깨우는 작가의 상상력이 돋보인다. 더불어 구두 징 소리의 여운이 귓전을 맴돌면서 삶의 의미에 대한 깊은 여운을 남기고 있다.

- **성격** | 희곡적, 체험적, 서사적.
- **표현** | 간결한 문장과 의성어의 적절한 삽입으로 긴장감을 잘 드러낸다.
- **제재** | 구두 소리.
- **주제** | 인간관계가 왜곡된 현대 사회에 대한 풍자.
- **구성** | 긴박한 순간을 포착해 희곡적 구성으로 전개하면서 자신의 견해를 밝힌 에필로그와 짧게 도입한 프롤로그로 구성돼 있다.
- **지은이** | 계용묵(桂鎔默 1904~1961)

웃음설

양주동

백 사람이 앉아 즐기는 중에 혹 한 사람이 모퉁이를 향하여 한숨지으면 다들 마음이 언짢아지고, 그와 반대로 여러 사람이 침울한 얼굴을 하고 있는 사이에도 어느 한 사람의 화창한 웃음을 대하면 금시 모두 기분이 명랑해짐이 사실이다. 그러기에 '웃음' 에는 '소문만복래(笑門萬福來 웃는 집안에 온갖 복이 들어옴)' 란 공리적인 속담이 있고, '웃는 낯에 침 못 뱉는다' 는 타산적인 잠언도 있고, 또 누구의 말인지는 잊었으나 '웃음은 인생의 꽃' 이라는 사뭇 시적(?)인 표어도 있다. 사람과 동물과의 구별이 연모 사용 여부에 있다고 학자들은 말하거니와, 그것보다는 차라리 '웃음의 능부(能否 할 수 있는가 없는가의 여부)' 에 달렸다(소가 웃음이 약간 문제이나) 함이 더 문학적이라 할까. 또한 문학이나 정치의 요는 결국 전자는 독자로 하여금 입가에 은근한 회심의 미소를 발하게 하고, 후자는 민중으로 하여금 얼굴에 명랑한 안도의 웃음을 띠게 함에 있다 하면 어떠할까.

'웃음' 의 능력—또 그 양과 질에 있어서 나는 선천적으로, 또는 여간한 '수양' 의 덕으로 남보다 좀 더 은혜를 받았음을 고맙게 생각한다. 우리 겨레가 워낙 옛날부터 하늘만 쳐다보는 낙천적인 농업 국민으로서 좋은 일에나 궂은일에나 노상 '웃음' 을 띠는 갸륵한 민족성을 가졌거니와, 나는 그러한 겨레의 후예로서도 특히 풍요한 '웃음' 을 더 많이 물려받아, 내 자신 웃기를 무척 좋아하고, 또한 남이 웃는 것을 사뭇 즐기고 축복하는 자이다. 그것도 결코 '조소'나 '빈소'(嚬笑 찡그림과 웃음)나 '첨소'(諂笑 아첨하여 웃음)나 '고소'(苦笑 쓴웃음)가 아닌—작으면 '미소', 크면 '가가대소'(呵呵大笑 껄껄하고 크게 웃음), 어디까지나 '해해·호호' 류가 아닌, 당당한 '하하·허허' 식의 무릇 남성적인, 쾌활·명랑하고 솔직한 웃음인 것이다.

이러한 나의 '웃음'이고 보매, 결코 남에게 비웃음, 빈정 웃음, 또는 부자연·불성실한 웃음으로 오해 혹은 간주되어 비난받을 까닭은 없다. 하기는 극단의 독재 국가에서는 웃음의 종류 여하를 막론하고 애초부터 그것을 악의로 해석하여 형법 제 몇 조에 '웃음의 죄'를 규정할는지도 모르며, 고사(古史)를 정밀히 조사한다면, 동·서의 폭군으로서 신하의 '무허가 웃음'을 일체 금지하여 무단히 이를 드러내어 웃는 자를 극형에 처한 예가 적지 않게 발견되리라. 말이 났으니 말이지, 내가 아는 '웃음의 죄'로서는 독재 국가나 폭군 치하의 그것 외에 시골 천진한 색시에게도 없는 것은 아니다. 어느 민요 시인(김동환을 가리킴. 대표작으로 '국경의 밤'이 있음)의 단시(短詩)에 바로 '웃은 죄'라 제(題 제목)한 한 편이 있지 않은가.

지름길 묻길래
웃고 대답하고,
물 한 모금 달라기에 웃고 떠 주었지요.

평양성(城)에 해 안 뜬대도
난 모르오.
웃은 죄밖에.

산촌의 어느 집 며느리가 시냇가 버들나무 밑에서 빨래를 하고 있는데, 마침 하이킹 온 젊은 대학생이 지나다가 길을 물었것다. 쳐다

보니, 제 어린 남편인 '노랑 대가리, 범벅 상투(뒤엉키어 갈피를 잡을 수 없이 된 상투)'와는 아주 딴판인 '핸섬 나이스 보이'. 얼굴을 잠깐 붉혔다가 살며시 웃으며 여린 손끝으로 묻는 길을 가리켜 주고, 조그만 바가지에 정성스레 물을 떠서 두 손으로 받들어 드렸다. 이야기는 이뿐이었는데, 그 장면을 누가 어디서 본 사람이 있었던지, 색시가 젊은 이와 남몰래 정을 주었다는 소문이 동리에 퍼져서 시어머니가 불러다 사실을 문초하니, 그녀가 공술(供述 진술하다)하는 말……

이러한 정도의 '웃은 죄'라면 참으로 달가운 '오해'요 '간주'이겠지마는, 나는 전술한 바와 같은 쾌활·솔직·자연스러운 당당한 남성적 '웃음'임에도 불구하고 생애에 여러 번 남에게 '죄'를 당한 적이 있으니, 억울하기 짝이 없다. 그런 얄궂은 경험은, 내 기억에 의하면 무릇 다음과 같은 세 번의 '케이스'가 있다.

첫 번 일은 어려서 시골서 어느 상가(喪家)에 갔더니, 상주가 '스틱'을 양손에 맞쥐고 서서 소위 '곡'을 하는데, 그 '아이고, 아이고' 소리가 울음이 아니라 단조로운 '베이스'의 유장한 '노래'였다. 그러면서 한편으로 사람들에게 조상을 받으며, 한편으로 부의금 수입 상황을 집사자에게 물어 보며, 또 가인(家人 집안사람)들에게 잔일 기타 무엇을 지휘하며, 그러다가 문득 생각이 나면 또 '아이고, 아이고', 끝날 줄 모르는 경음악이다. 내가 그것이 하도 우스워서 그야말로 나도 모르게, 만당(滿堂 방에 가득 찬 사람)의 조객이 모두 침통한 얼굴로 묵묵히 앉아 있는 중에, 돌연히 '하하하하'—한자로 번역하자면 '가가대소'(呵呵大笑 소리를 내어 크게 웃음)를 그대로 발한 것이다. 그래 동리 늙은이에게 단단히 꾸중을 듣고 자리를 쫓겨나와 뒷산에 올라 또 한바탕 남은 웃음을 실컷 웃은 기억이 있다. 뒤에 문학서를 보다가 중국 진대(晉代)에도 완적(阮籍)·계강(稽康) 등이 이른바 청담자류(淸談者流 깨끗하고 고상한 사람류)들이 이 비슷한 언동을 한 것을 알았고, 그 사상이 멀리 노장(老壯)에 연원됨과 그들과 내가 모두 공자의 이른바 '광견'(떠버리와 고집쟁이)의 무리에 속함을 알았다.

둘째 번의 경험은 8·15 해방 직후, 그러니까 약 10여 년 전, 한창 정치적·사회적으로 혼돈(渾沌)·다난(多難)하였던 시기. 아마 그 때 사상적으로 좌우의 심각한 대립이 있고, 학계에도 '국대안(國大案)'이니 무어니 시끄러운 문제가 겹쳐서, 양편의 상황이 모두 '시리어스'(serious 심각한)하였던 때라 기억한다. 어느 날 아침 학교에 나가다가 길가에서 지우(知友) C군을 만났다. 내가 느닷없이 예의 쾌활한 웃음을 웃으며 그에게 손을 내밀었다. 그러나 그는 내 손을 맞쥐지 않고 대뜸 하는 말—

"자네, 웃긴 왜 웃나?"

"반가워서. 웃으면 안 되나?"

"무엇이 좋아서 밤낮 싱글벙글 웃고 다니느냐 말이야."

대화는 이에 그쳤다. 그는 그 때 아마 그 국대안 찬·부 어느 한 편에 심각한 관심을 걸고 있었던 듯하다. 그래 내가 그저 책가방이나 들고 싱글벙글 웃고 다니는 것이 대성실, 내지 비학자적인 '태도'로 보여 사뭇 증오를 느꼈던 모양이다. 그로서야 내 '웃음'이 그렇게 보였는지 모르지마는, 아침에 무심코 등교하다가 지우를 만나 반가운 인사로 쾌활히 웃는 나를 그다지 너무나 지나치게 시리어스하게 '평안'하여 백안(白眼 흘겨보는 눈)과 야유로 대하다니! 그의 논(論)대로 따른다면, 애국자·사상인·혁명가 등등은 노상 '웃음'도 아니 웃는가? 때로 웃지도 못하는가? '웃음의 자유'도 없는가? 그의 벼락같이 대들던 진지한 태도와 창처럼 찌르던 날카로운 질문은 미상불(未嘗不 아닌 게 아니라 과연) 그 뒤 오랫동안 내 기억 속에, 아니, 폐부 안에 깊이 남았었지마는, 나는 역시 나대로 '미소'를 지을 수밖에. 그리고 역시 시어머니에게 문초받는 촌색시와 함께 혼자서 전인(前引 앞에서 인용)한 '웃은 죄'란 민요시 한 절을 중얼거리며 읊조릴 수밖에.

세 번째는 몇 해 전, 어느 현상(懸賞) 한시(漢詩) 백일장회에서 몇 천 수나 모인 응모 시를 책상 위에 놓고 여러 '시관'(시험관)들이 고선(考選 고사하여 뽑음)하는데, 내가 웬 셈인지 흥이 나서 시권(試券 글이 적힌 종이)들을 별불처럼 휘넘기며, 연신 "걸작이다! 낙방이다!" 외치며 곁에 있는 모 젊은 동관을 향하여 껄껄거리며 웃어댔것다! 이것을 본, 나와 초면인 모 늙은 '시관감(試官監)'이 문득 정색하고 나를 향하여,

　"여보! 모 선생, 웃지 마시오!"

　물론 '시감' 님의 뜻은, 선의로 해석하면, 내가 혹시 웃어 대며 경솔히 시권을 되는 대로 넘기다가 고선을 소홀히 하거나 잘못하거나 하지 않을까 하는 친절한 '파심(노파심)'이나 '기우(杞憂)'요, 또 어찌 보면 연소한 시관이 방약무인(傍若無人 말과 행동에 어렴성이 없음)으로 웃고 떠드는 것이 불쾌하거나 괘씸스러웠을 것이요, 또는 단순히 남들이 모두 조용히 무언중에 고선을 하는데 자꾸 시끄럽게 웃어 대니 그 진지한 '사업'에 방해된다 하여서 그랬을 것이나, 나로서는 그의 '꾸중'이 자못 불쾌하게 들려서 또 한 번 더 크게 웃는 무례를 감행하고야 말았다. 깃동 철늦은 '백일장'이 대관절 무엇이며, 그까짓 고시(考試)가 무슨 그리 지난(至難 몹시 어렵다)한 '사업'이며, 시관 내지 '시감'이 또 무슨 그리 높고 귀한 '지위'이길래 '웃음'조차 일체 금단(禁斷 딱 잘라 끊음)되어야 하며 '웃음 금지령'을 말하는가 하는 심사이었다. 물론 나는 뒤에 그의 명령대로 '웃음'을 꾹 참고 그 거창한 '사업'에 웃음의 자유도 없이, 또 보수도 없이[고시료(考試料)는 없었다] 묵묵히 종사할 만한 아량과 수양을 가졌었으나, 그 노 선비의 '웃지 마시오!'란 한 말씀은 여러 가지 의미로 나를 두어 밤 불면증에 빠뜨렸다.

　상기 '웃음의 죄' 세 건에 있어서 나는 어지간히 '웃음의 자유'와 그 '무죄성'을 역설한 셈이다. 그러나 이러한 '소권(笑權 웃을 권리)'

옹호론자인 나로서도 코웃음, 알랑 웃음, 더구나 조조 · 이임포(당 현종 때의 재상. 세상 사람들은 그의 위선적인 모습을 구밀복검(口蜜腹劍)이라고 하였음)류의 간소(奸笑 간사한 웃음) · 검소(劍笑) 따위는 단언 증오 · 거척(拒斥 거절하여 배척)함이 물론이요, 한 걸음 나아가 일체의 작위 · 허구의 웃음—기실 '웃음 아닌 웃음'에 대하여는 결정적으로 '보이콧'(불매)의 태도로 임함이 나의 확고한 입장이다. 그 중에도 두드러진 한 가지 예는—맘속에는 모두 딴 생각, 딴 배짱으로 서로 해칠 적대적인 의사를 품고도 한 자리에 모여 앉으면 사뭇 형제 · 지기(知己)인 양 '하하 · 허허 · 호호 · 후후' 내지 '흐흐 · 히히 · 해해 · 헤헤' 또는 급기야 '하하 · 헤헤' 등 우리말 후음(喉音) · 기음(氣音)한 자음(子音)에 온갖 모음을 모조리 돌려가며 배합 · 발음하여서, 드디어 시비(是非) · 곡직(曲直) · 선악 · 흑백을 모두 뒤범벅으로 섞어 반죽하고, 간물(奸物 간사한 인물) · 호걸, 소인 · 군자를 뽀얗게 분간치 못하도록 애매한 '웃음'으로써 모든 '사실'을 호도(糊塗 우물쭈물 덮어버림) · 미봉(彌縫 임시변통으로 처리함)하려는, 소위 당좌적(當座的 잠깐, 우선) · 사교적인 '떼거리 웃음'을 일삼는 일이다.

이 풍습은 내가 알기에는 요즘 문단 · 학계 · 정치 · 사회 온갖 계층을 휩쓸고 있거니와, 그 유래는 이 겨레에 있어서 그리 오랜 것은 아니나 어떻든 전통적인 듯싶다. 왜냐 하면 이러한 '풍습'이 진작 한양조 후엽 사색 당쟁의 와중에 있던 상류 사회에서 남상(濫觴 사물이 생겨나온 처음), 유행되었기 때문이다. 이중환의 〈택리지〉 중 '인심' 조에서 그는 당시 경향 '사대부' 간의 사색분파의 '괴패'(乖敗 어그러지고 무너짐) 상(相)을 통론하면서 특히 이 유풍에 언급하고 있다. 다음 그 주요한 몇 단을 인용한다.

무릇 사대부가 있는 곳에 인심이 모두 괴패하여서…… 붕당을 세워 패거리를 만들고 권리를 벌여 백성들을 침노하며, 이미 제 행실을 단속치 못하매 남이 자기를 의논할까 싫어하여 다 저 혼자 한쪽에서 젠 체하기를 좋아한다. ……조정에서는 노론·소론·남인 세 색(色)의 원수가 날로 깊어 심지어 역명(逆名 반역의 누명)을 덮씌우며…… 사대부의 인품의 높낮음이 다만 자기 '색' 중에만 행세되고 다른 '색'에는 통용되지 않아, 갑색 사람이 을색에게 배척을 당하면 갑색에서는 더욱 그를 존중히 여기며, 을색도 마찬가지다. 또 그와 반대로 비록 극악의 죄가 있더라도 그가 일단 다른 '색'의 공격을 받으면 시비·곡직을 물론하고 떼를 지어 일어나 붙들어서 도리어 허물없는 사람을 만들며, 비록 훌륭한 행실이나 덕이 있어도 같은 '색'이 아니면 먼저 그 옳지 못한 점을 찾아낸다…….

요즘에 와서는 네 '색'이 다 나와서 오직 벼슬만을 취하는데…… 기를 쓰고 피투성이로 쌈하는 버릇은 전보다 좀 덜하여졌으나, 그런 풍속 중에 나른하고, 게으르고, 말씬말씬하고, 매끄러운 새 병을 더하여, 그 속마음은 워낙 다르면서도 밖으로 입에 나타낼 때에는 모두 한 '색'인 듯하다. 그래서 공석이나 회합에 조정간의 이야기가 나오면 일체 모난 말을 하지 않고 대답하기 어려우면 곧 익살과 웃음으로 얼버무려 버린다. 그러므로 상류 인사들이 모인 곳에는 오직 당(堂 대청)에 가득한 홍소(哄笑 입을 크게 벌리고 웃는 웃음)가 들릴 뿐이로되, 정작 정치·법령·시책을 할 때에는 오직 이기만을 도모하고 참으로 나라를 근심하여 공공에 봉사하는 사람은 적다. 재상은 중용을 어질다 하고, 삼사는 말없음을 높다 하고, 외관은 청검(淸儉 청렴하고 검소)함을 바보라 하여, 끝내는 모두 차츰 어쩔 수 없는 지경에 젖고 만 것이다.

대저 천지가 생긴 이후 천하만국 중에 인심이 괴패하고 타락하여 제 본성을 잃은 것이 지금 세상 같은 적이 없으니, 붕당의 병통이 이대로 나가 고침이 없다면, 과연 어떠한 세상이 될 것인가. ……슬픈 일이다.

붕당의 폐(幣 폐단)를 논한 점이 이즈음의 시국과 비슷하여 자못 '타산(他山)의 돌'이 될 만도 하나, 내가 여기 이 긴 설을 인용한 주요한 목적은 그것에 있음이 아니라, 실은 인문(引文 인용한 글) 중간의 '만당홍소(滿堂哄笑 대청에 가득한 웃음소리)'의 일절―곧 상인문(上引文)중 내가 일부러 방점·권점을 더한 대문이다. 그런데 이러한 풍습은 지금이 또 당시보다 몇 배나 더 널리 유행하니, 원론자(《택리지》의 저자 이중환을 가리킴)가 오늘날의 사회·문단 기타의 공사(公私) 회석에 참석한다면 그 소감이 과연 어떠할까.

돌이켜 나는 본디 '사대부'도 아니요, 또한 공사 요직에도 있지 않은, 이른바 한낱 백면의 서생(글만 읽고 세상일에 경험이 없는 사람)―더구나 몸에 지닌 작은 병양(病恙 병으로 인한 근심)과 게으른 천성 때문에 이즈음 워낙 공사·대소의 모임에 나가는 일이 적고, 따라서 그 '만당의 홍소'에 참가할 '영광'스러운 기회가 애초부터 드물거니와, 설령 정단·상계(商界)의 무슨 크나큰 잔치가 아닌 단순한 시인·묵객(墨客)들의 조그마한 사석에서라도, 진지한 의논과 다툼이 있어야 할 곳에 모든 것을 '익살'과 '농담'과 '장난의 말'로써 호도·범벅하려는 '웃음'. 정체 모를 것은 비슷하나 그 의도가 본질적으로 다른 사이비 '모나리자의 웃음' 및 그것들과 병창(竝唱 함께 부름)되는―속살론 딴판인 것을 거죽으로만 허화롭게(겉으로만 화려하게) 얼버무려 떠드는, 기실 텅 빈 '만당의 홍소'를 배청(拜聽 공손히 들음)할 때에는, 나는 그만 일종의 명상(名狀 사물의 상태를 말로 나타냄)키 어려운 '분노'에 휩쓸려, 나만은 내가 그리도 좋아하는 '웃음'을 잔인스럽게 압살하고(눌러 죽이고) 만다.

이에 비추어 내가 지난날에 몇 번 겪은 '웃음의 죄'도 아마 나를 핀잔한 사람들에게는 워낙 아무런 허물이 없었고, 내가 먼저 일종의 개인적인 '만당 홍소'를 했던 탓이 아니었던가 생각된다.

▶ 표현상 지은이만의 독특한 분위기를 느낄 수 있는 곳을 찾아보고 아울러 웃음의 의미에 대해서도 생각해 보자.

웃음을 제재로 하여 세태를 풍자하고 있는 이 글에는 양주동다운 해박함과 위트와 풍자가 문장 속에 스며들어 있다. 필자의 수필들은 대체로 만연체이고, 자신의 독특한 생각과 관점이 전면에 드러나 있다는 것이 가장 큰 특징이다. 공리적인 속담과 시적인 표어를 현학적으로 늘어놓은 서두부터 지은이의 호방한 기개를 느낄 수 있다. 특히 본론에서는 솔직한 웃음을 금기시하는 사회적 경직성과 웃음의 본질을 호도하는 작위적인 웃음이 만연된 세태를 비판하고 있다. 더불어 그 이면에는 당당하고 솔직한 자신의 웃음에 대한 긍지와 자부심이 내포되어 있다. 이중환의 〈택리지〉를 인용하면서 그 당시도 자신의 생각과 일치하는 거짓 웃음이 있었음을 발견해내기도 한다.

마땅히 의논과 다툼이 있어야 할 대목에서 익살과 재담으로 호도하려는 '범벅웃음', 무슨 생각을 하는 것이지 알 수 없는 '사이비 모나리자 웃음', 우르르 몰려가며 겉으로만 떠드는 '만당의 홍소'에 대해 비판하는 부분은 읽는 사람으로 하여금 자신의 웃음에는 문제가 없었는지 반성을 자아내게 한다.

전반적으로 위트와 기지가 넘치는 글 분위기는 지은이의 낙천적이고 자부심 강한 성품을 잘 드러내 주고 있다.

- **성격** | 풍자적, 교훈적, 고백적.
- **표현** | 웃음과 관련된 일화들을 난해한 한자어를 섞어가며 현학적으로 풀어 놓았다.
- **제재** | 웃음
- **주제** | 웃음에 대한 여러 양상들과 웃음을 통한 세태 비판.
- **구성** | 전반부의 웃음에 관한 통찰과 후반부의 가식적인 웃음에 대한 비판으로 구성돼 있다.
- **지은이** | 양주동(梁柱東 1903~1977)

면학(勉學)의 서(書)

양주동

독서(讀書)의 즐거움! 이에 대해서는 이미 동서 전배(前輩 선배(先輩))들의 무수한 언급이 있으니, 다시 무엇을 덧붙이랴. 좀 과장하여 말한다면, 그야말로 맹자(孟子)의 인생삼락(人生三樂 '인생에 있어서의 세 가지 즐거움'이라는 뜻으로서, 첫째는 부모 형제가 함께 살아 있는 것, 둘째는 하늘을 우러러 한 점 부끄러움이 없는 것, 셋째는 천하의 영재를 얻어 가르치는 것임)에 모름지기 '독서(讀書), 면학(勉學 배움에 힘씀)'의 제4일락(第四一樂)을 추가(追加)할 것이다. 진부한 인문(引文 인용문)이나 만인주지(周知 여러 사람이 두루 알고 있음)의 평범한 일화 따위는 일체 그만두고, 단적으로 나의 실감(實感) 하나를 피력하기로 하자.

열 살 전후 때에 논어(論語)를 처음 보고, 그 첫머리에 나오는,

"학이시습지 불역열호(學而時習之不亦說乎)?"

운운(云云)이 대성현(大聖賢)의 글의 모두(冒頭 글의 머리말 또는 그 첫 부분. 허두(虛頭))로 너무나 평범한 데 놀랐다.

"배우고 때로 익히면 또한 기쁘지 아니한가?"

이런 말씀이면 공자(孔子) 아닌 소·중학생도 넉넉히 말함직하였다. 첫줄에서의 나의 실망은 그 밑의 정자(程子 중국 북송의 대 유학자)인가의 약간 현학적(衒學的)인 주석(註釋)에 의하여 다소 그 도를 완화하였으나, 논어의 허두(虛頭)가 너무나 평범하다는 인상은 오래 가시지 않았다. 그랬더니 그 후 배우고, 익히고, 또 무엇을 남에게 가르

231

친다는 생활이 어느덧 20, 30년, 그 동안에 비록 대수로운 성취는 없었으나, 몸에 저리게 느껴지는 것은 다시금 평범한 그 말의 진리이다.

"배우고 때로 익히면 또한 기쁘지 아니한가?"

정씨(程氏)의 주(註)는 워낙 군소리요, 공자의 당초(當初) 소박(素朴)한 표현이 그대로 고마운 말이 아닐 수 없다. 더구나 현세와 같은 명리(名利)와 허화(虛華 실상은 없고 겉으로만 빛나서 아름다움)의 와중(渦中)을 될 수 있는 한 초탈하여, 하루에 단 몇 시, 몇 분이라도 오로지 진리와 구도(求道)에 고요히 침잠(沈潛)하는 여유를 가질 수 있음이, 부생 백년(浮生百年 덧없이 떠돌다 가는 한평생), 더구나 현대인에게 얼마나 행복된 일인가! 하물며, 난후(亂後 한국전쟁 후) 수복(收復 잃었던 땅을 되찾음)의 구차(苟且)한 생활 속에서 그래도 나에게 삼척 안두(三尺案頭 '석 자 크기의 책상'이라는 뜻으로, 공부할 수 있는 기본적인 환경을 의미함)가 마련되어 있고, 일수(一穗 한 가닥, 한 이삭. 여기서는 '청등'을 세는 단위로 쓰임)의 청등(靑燈)이 희미한 채로 빛을 내고 있으니, 얼마나 다행한 일인가! 일전(日前) 어느 문생(門生)이 내 저서에 제자(題字 책의 제목으로 쓴 글자)를 청하기로, 나는 공자의 이 평범하고도 고마운 말을 실감(實感)으로 서증(書贈 글씨를 써서 증정함)하였다.

독서란 즐거운 마음으로 할 것이다. 이것이 나의 지설(持說 늘 간직하고 있는 의견. 지론(持論))이다. 세상에는 실제적 목적을 가진, 실리실득(實利實得 실질적인 이득)을 위한 독서를 주장할 이가 많겠지마는 아무리 그것을 위한 독서라도, 기쁨 없이는 애초에 실효를 거둘 수 없다. 독서의 효과를 가지는 방법은 요컨대 그 즐거움을 양성함이다. 선천적으로 그 즐거움에 민감한 이야 그야말로 다생(多生)의 숙인(宿因 전생으로부터 맺어진 인연. 다생지연(多生之緣))으로 다복(多福)한 사람이겠지만, 어렸을 적부터 독서에 재미를 붙여 그 습관을 잘 길러 놓은 이도, 그만 못지않은 행복한 족속(族屬)이다.

독서의 즐거움은 현실파에게나 이상가(理想家)에게나, 다 공통히 발견의 기쁨에 있다. 콜럼버스적인 새로운 사실과 지식의 영역의 발견도 좋고, "하늘의 무지개를 바라보면 내 가슴은 뛰노나" 식의 워즈워스(Wordsworth, William 1770~1850 영국의 낭만파 시인)적인 영감(靈感), 경건(敬虔)의 발견도 좋고, 더구나 나와 같이, 에머슨(Emerson, Ralph Waldo 1803~1882 미국의 사상가 · 시인)의 말에 따라, '천재의 작품에서 내버렸던 자아를 발견함'은 더 좋은 일이다. 요컨대, 부단(不斷)의 즐거움은 맨 처음 '경이감(驚異感)'에서 발원되어 진리의 바다에 흘러가는 것이다. 주지하는 대로 '채프먼의 호머를 처음 보았을 때' (희랍어를 몰랐던 키츠가 고대 그리스의 시인 호머의 작품을 읽기를 고대하다가, 영국의 시인 채프먼이 번역한 호머의 시들을 읽고 나서 그 기쁨을 쓴 시)에서 키츠(Keats, John 1795~1821 영국의 시인)는 이미 우리의 느끼는 바를 대변하였다.

"그때 나는 마치 어떤 천체의 감시자가 시계(視界) 안에 한 새 유성(遊星)의 헤엄침을 본 듯, 또는 장대한 코르테스(Cortes, Heman 1485~1547 에스파냐의 멕시코 정복자)가 독수리 같은 눈으로 태평양을 응시하고—모든 그의 부하들은 미친 듯 놀라 피차에 바라보는 듯—말없이 다리엔(중앙아메리카 남단, 파나마 동부와 콜롬비아 북서부 사이에 위치한 만(灣)의 이름)의 한 봉우리를.

"혹은 이미 정평 있는 고전을 읽으라. 혹은 가장 새로운 세대를 호흡한 신서(新書)를 더 읽으라. 각인(各人)에게는 각양의 견해와 각자의 권설(勸說 권하여 타이르는 말)이 있다. 전자(前者)는 가로되,

"온고이지신(溫故而知新 옛것을 익히고 그것을 미루어 새로운 것을 앎)."

후자(後者)는 말한다.

"생동하는 세대를 호흡하라."

그러나 아무래도 한 편으로만 기울어질 수 없는 일이요, 또 그럴 필요도 없다. 지식인으로서 동서의 대표적인 고전은 필경 섭렵하여야 할 터이요, 문화인으로서 초현대적인 교양에 일보라도 낙오될 수

는 없다. 문제는 각자의 취미와 성격과 목적과 교양에 의한 비율뿐인 데, 그것 역시 강요하거나 일률로 규정할 것은 못 된다. 누구는 '고칠현삼제'(古七現三制 독서를 할 때 고서(古書)를 7, 현대서(現代書)를 3의 비율로 하는 방식)를 취하는 버릇이 있으나, 그것도 오히려 치우친 생각이요, 중용(中庸)이 좋다고나 할까?

다독(多讀 많이 읽음)이냐 정독(精讀 자세히 읽음)이냐가 또한 물음의 대상이 된다.

'남아수독오거서'(男兒須讀五車書 남자는 모름지기 다섯 수레에 실을 만한 많은 책을 읽어야 한다는 뜻)는 전자의 주장이나 '박이부정'(博而不精 널리 알되 능란하거나 정밀하지 못함을 일컬음. 여기서는 다독(多讀)의 단점을 말함)이 그 통폐(通弊 일반적인 폐단)요, '안광(眼光)이 지배(紙背)를 철(徹)함'('눈빛이 종이를 뚫는다'는 뜻으로, 독서할 때 깊은 뜻을 통찰하는 힘이 뛰어남을 비유한 말이나, 본문에서는 정독의 지나침을 표현한 것임)이 후자의 지론(持論)이로되, '나무를 보고 숲을 보지 못함'이 또한 그 약점이다. 아무튼, 독서의 목적이 '모래를 헤쳐 금을 캐어 냄'에 있다면, 필경(畢竟) '다(多)'와 '정(精)'을 겸하지 않을 수 없으니, 이것 역시 평범하나마 '박이정'(博而精 널리 알면서 정밀함) 석 자를 표어로 삼아야 하겠다. '박(博)'과 '정(精)'은 차라리 변증법(辨證法 어떤 인식이나 존재에 있어서 정(正) 반(反) 사이의 모순이 종합, 통일되어 합(合)의 단계에 이르는 3단계적 전개의 논리)적으로 통일되어야 할 것-아니, 우리는 양자의 개념을 궁극적으로 초극하여야 할 것이다. 송인(宋人)의 다음 시구는 면학에 대해서도 그대로 알맞은 경계이다.

벌판 다한 곳이 청산인데(平蕪盡處是靑山)
행인은 다시 청산 밖에 있네(行人更在靑山外)

나는 이 글에서 독서의 즐거움을 종시(終始) 역설하여 왔거니와, 그 즐거움의 흐름은 왕양(汪洋)한(미루어 헤아리기 어려울 정도로 광대함) 심충(深

衷(깊고 참된 속마음)의 바다에 도달하기 전에, 우선 기구(崎嶇 인생 행로가 평탄하지 못하고 가탈이 많음), 간난(艱難 몹시 힘이 들고 어려움), 칠전 팔도(七顚八倒 일곱 번 넘어지고 여덟 번째 또 넘어짐)의 괴로움의 협곡을 수없이 경과함을 요함이 무론이다. 깊디깊은 진리의 탐구나 구도적인 독서는 말할 것도 없겠으나, 심상(尋常)한(대수롭지 않은) 학습에서도 서늘한 즐거움은 항시 '애씀의 땀'을 씻은 뒤에 배가된다. 비근한 일례로, 요새는 그래도 스승도 많고 서적도 흔하여 면학의 초보적인 애로는 적으니, 학생 제군은 나의 소년 시절보다는 덜 애쓴다고 본다. 나는 어렸을 때에 그야말로 한적(漢籍 중국의 서적) 수백 권을 모조리 남에게 빌어다가 철야(徹夜), 종일(終日) 베껴서 읽었고, 한문은 워낙 무사독학(無師獨學 스승 없이 홀로 공부함), 수학(數學)조차도 혼자 애써서 깨쳤다. 그 괴로움이 얼마나 하였을까마는, 독서 연진(硏眞 진리를 연마함)의 취미와 즐거움은 그 속에서 터득, 양성되었음을 솔직히 고백한다.

끝으로 소화 일편(笑話一片 우스운 이야기 한 편) — 내가 12, 13세 때이니, 거금(距今 지금으로부터) 50년 전의 일이다. 영어(英語)를 독학하는데, 그 즐거움이야말로 한문만 일로 삼던 나에게는 칼라일(Carlyle, Thomas 1795~1881 영국의 비평가·역사가)의 이른바 '새로운 하늘과 땅(new heaven and earth)'이었다. 그런데 그 독학서(獨學書) 문법 설명의 '3인칭 단수(三人稱單數)'란 말의 뜻을 나는 몰라, '독서백편의자현'(讀書百遍義自見 글을 백 번을 되풀이해서 읽으면 뜻을 저절로 알게 된다는 말)이란 고언(古諺 예부터 전해 오는 속담)만 믿고 밤낮 며칠을 그 항목만 자꾸 염독(念讀 정신을 차리고 읽음)하였으나, 종시 '의자현(義自見)'이 안 되어, 마침내 어느 겨울날 이른 아침, 눈길 30리를 걸어 읍내에 들어가 보통학교(普通學校) 교장을 찾아 물어 보았으나, 그분 역시 모르겠노라 한다. 다행히 젊은 신임 교원에게 그 말뜻을 설명 받아 알았을 때의 그 기쁨이란! 나는 그 날, 왕복 60리와 피곤한 몸으로 집으로 돌아와, 하도 기뻐서 저녁도 안 먹고 밤새도록 책상에 마주 앉아, 적어 가지고

온 그 말뜻의 메모를 독서하였다. 가로되,

"내가 일인칭(一人稱), 너는 이인칭(二人稱), 나와 너 외엔 우수마발(牛溲馬勃 '소의 오줌과 말의 똥'이라는 뜻으로, 가치나 의미가 없는 모든 것을 가리킴. 여기서는 너와 나 외의 모든 사람과 사물을 가리킴)이 다 삼인칭야(三人稱也)라."

▶ 독서를 할 때는 어떤 마음가짐을 가져야 하는지 생각해보고, 지은이가 주장하는 바람직한 독서의 방법에 대해서도 알아보자.

이 글은 독서의 즐거움에 관한 옛 성현들의 글로 시작된다. 지은이는 독서에 있어서 가장 중요한 요소는 '즐거움'이라고 말한다. 독서의 목적이 아무리 실리적인 것에 있다 하더라도 독서의 즐거움이 없으면 바라던 목적을 달성할 수 없다고 보는 것이다. 지은이는 독서의 즐거움은 '발견의 기쁨'에 있다고 본다. 그 기쁨을 채프먼의 '호머를 처음 보았을 때'라는 시를 통해 보여주고 있다.

지은이는 올바른 독서 방법에 대해서도 조언을 하고 있다. 가장 먼저 고서와 신서를 같은 비율로 읽을 것을 권한다. 동서의 대표적인 고전은 필히 섭렵하여야 하고 문화인으로서 초현대적인 교양에 일보라도 낙오되어서는 안 된다는 것이다. 또한 많이 읽되 자세하게 읽는, 즉 다독(多讀)과 정독(精讀)을 겸하는 '박이정(博而正)'의 자세가 바람직하다고 말함으로써 치우치지 않는 중용을 택하여 독서할 것을 권하고 있다.

학습과 독서의 과정이 처음부터 즐거움을 주는 것은 아니다. 따라서 지은이는 독서에서 진정한 즐거움을 발견하기 위해서는 '애씀의 땀'이 필연적으로 따른다는 것을 강조하고 있다. 독서를 통해 진리를 탐구하고 깨달음을 얻으려면 수고의 과정을 겪어야 한다는 것이다. 괴롭고 힘든 과정을 거치다 보면 진정한 독서의 즐거움을 얻게 될 것이다.

- **성격** | 예화적, 주관적, 논리적, 교훈적.
- **표현** | 난해한 한자어를 적절히 구사함으로써 중후한 멋을 풍긴다. 해박하고
  탁월한 문장력이 잘 드러나 있다.
- **제재** | 독서.
- **주제** | 독서와 면학의 참된 즐거움.
- **구성** | 기–승–전–결의 4단 구성.
  - 기: 독서의 낙은 인생에 즐거움을 더해줌.
  - 승: 독서와 만학의 즐거움을 생활 속에서 체험함.
  - 전: 바람직한 독서의 방법을 제시.
  - 결: 독서와 학습을 위해서는 노력이 필요함을 역설.
- **지은이** | 양주동(梁柱東 1903~1977)

명명철학(命名哲學)

김진섭

'죽은 아이 나이 세기'란 말이 있다. 이미 가 버린 아이의 나이를 이제 새삼스레 헤아려 보면 무얼 하느냐, 지난 것에 대한 헛된 탄식을 버리라는 것의 좋은 율계(律戒)로써 보통 이 말은 사용되는 듯하다.

그것이 물론 철없는 탄식임을 모르는 바 아닐 것이다. 그러나 어떤 기회에 부닥쳐 문득 죽은 아이의 나이를 헤어 봄도 또한, 사람의 부모 된 자의 어찌할 수 없는 깊은 애정에서 유래하는 눈물겨운 감상(感想)에 속한다.

"그 아이가 살았으면 올해 스물, 아 우리 현철이가……"

자식을 잃은 부모의 애달픈 위한이, 그러나 이제는 없는 아이의 이름을 속삭일 때 부모의 자식에 대한 추억은 얼마나 영원할 수 있는지 알 수가 없다. 우리가 만일에 우리의 자질(子姪 아들과 조카)들에게 한 개의 명명(命名)조차 실행치 못하고 그들을 잃고 말았을 때, 우리는 그때 과연 무엇을 매체로 삼고 그들에 대한 좋은 추억을 가슴속에 품을 수 있을까?

법률의 명명(命名)하는 바에 의하면 출생계는 2주 이내에 출생아의 성명을 기입하여 해당 관서에 제출해야 할 것으로 규정되어 있다. 어떠한 것이 여기 조그만 공간이라도 점령했다는 것은 결코 단순한 일이 아니다.

고고의 성(呱呱의 聲 아이가 막 태어나면서 처음으로 우는 소리)을 발하며 비장히도 출현하는 이러한 조그마한 존재물에 대하여 대체 이것을 무어라고 명명해야 될까 하고 머리를 갸우뚱거리지 않는 부모는 아마도 없을 터이지만, 그가 그의 존재를 작은 형식으로서라도 주장한 이상엔 그날로 그가 다른 모든 것과 구별되기 위해서는 한 개의 명목(이름, 명칭)을 갖지 않으면 아니 될 것은 두말 할 것도 없다. 모든 것이 그 자신의 이름을 가지듯이 아이들도 또한 한 개의 이름을 가지지 않으면 아니 된다.

만일에 그가 이름을 가지지 않는다면 그는 실로 전연히 아무것도 아닌 생물임을 면할 수 없겠기 때문이니, 한 개의 이름을 가지고 그 이름을 자기의 이름으로 인식할 수 있을 만큼 성장치 못한 아이의 불행한 죽음이, 한 개의 명명을 이미 받고 그 이름을 자기의 명의(名義)로서 알아들을 만큼 성장한, 말하자면 수일지장(數日之長 며칠 안에 몰라보게 자람)이 있는 그러한 아이의 죽음에 비하여 오랫동안 추억될 수 없는 사실 – 이 속에 이름의 신비로운 영적 위력(어떤 대상이 이름이 있음으로써 의미를 가지고 오랫동안 기억될 수 있다는 것, 이글의 주제에 해당함)은 누워 있는 것이라 할 수 있다. 세상의 모든 부모는 장차 나올 터인 자녀를 위하여 그 이름을 미리미리 생각해 두는 것이 좋을 것이다.

일찍이 로마 황제 마르쿠스 아우렐리우스가 마르코만 인들과 싸우게 되었을 때, 그는 일 군대를 적지에 파견함에 제(際)하여 그의 병사들에게 말하되,

"나는 너희에게 내 사자를 동반시키노라!"

라고 하였다. 이에 그들은 수중지대왕(獸中之大王)이 반드시 적지 않은 조력을 할 것임을 확신하였다. 그러나 많은 사자가 적군을 향하여 돌진하였을 때 마르코만 인들은 물었다.

"저것이 무슨 짐승인가?" 하고. 대장이 그 질문에 대하여 말하기를,

"그것은 개다, 로마의 개다!" 라고 하였다. 여기서 마르코만 인들

은 미친개를 두드려 잡듯이 사자를 쳐서 드디어 싸움에 이겼다.

마르코만 인들의 장군은 확실히 현명하였다. 그가 사자를 개라 하고 속였기 때문에 그의 졸병들은 외축(畏縮 두려워서 몸을 움츠림)됨이 없이 용감히 싸울 수 있었던 것이다. 그는 사람이 얼마나 많이 그 실체를 알기 전에 그 이름에 의하여 지배되고 있는가를 이해하고 있었던 것이다.

가만히 생각해 보면 우리는 그 이름 이외에는 아무것도 모르는 얼마나 많은 것을 가지고 있는지 알 수가 없다. 모든 것의 내용은 물론 그 이름을 통하여 비로소 이해될 수가 있는 것이지만, 그러나 그 이름이 그 이름으로서만 그치고 만다는 것은 너무나 애달픈 일이다. 그러나 우리에게 만일 그 이름조차 알 바가 없다면 그것은 더욱 애달픈 일이다.

가령 사람이 병상에 엎드려 알 수 없는 열 속에 신음할 때 그의 최대의 불안은 그 병이 과연 무슨 병이냐 하는 것에 있다. 의사의 진단에 의하여 그 병명이 지적될 때에 그 병의 반은 치료된 병이라 할 수 있다.

우리는 파리라는 도시를 잘 알 수 없는 것이지만, 파리라는 이름을 기억함으로 인하여 파리를 대강은 짐작할 수 있다 생각하는 것이요, 사옹(沙翁 셰익스피어)이라는 인물을 그 내용에 있어서 전연히 이해치 못하는 것이지만, 우리는 이 불후의 기호(이름)를 통하여 어느 정도까지 그 사람과 그 사람의 예술을 알고 있다고 오신(誤信)하는 것이다.

나는 얼마나 많이 이름을 알고 있는가! 그러나 그 이름을 내가 잊을 때, 나는 무엇에 의하여 이 많은 것을 기억해야 될까? 모든 것은 그 자신의 이름을 가지지 않으면 아니 된다. 우리에게 있어서 그 이름을 안다는 것은 그것의 태반을 이해한다는 것을 의미하기 때문이다. 참으로 이름이란 지극히도 신성한 기호다.

▶ 이름이 가지는 기능과 위력을 정리해보자.

    평소 아무 생각 없이 지나치기 쉬운 이름을 제재로 한 이 작품은 이름의 기능과 의미, 그리고 그 위력을 설득력 있게 제시하고 있는 중수 필이다. 이름은 무엇보다도 대상을 다른 모든 것과 구별해 준다. 그리고 대상을 오랫동안 기억할 수 있게 해준다. 또한 대상의 상당 부분을 이해할 수 있게 해준다. 이러한 이름의 역할로 인해 대상은 의미와 존재 가치를 갖게 된다. 이름은 주체(사람)와 대상(사물)을 연결시켜주는 일종의 중매쟁이라고 할 수 있다.

▶ 이 작품의 이해에 참고가 될 만한 다른 작품의 예를 들어보자.

    김춘수 시인의 '꽃'이라는 시가 적절할 것이다. 이 시는 그가 이름을 불러주기 전까지는 다른 것과 구별되지 않는 무의미한 대상에 불과했지만 이름을 불러줌으로써 나에게 숨겨진 향기와 빛깔을 전하는 특별한 존재가 된다는 메시지를 전한다. 이름을 불러주는 행위를 통해서 나와 사물 사이에 특별한 관계가 형성됨을 보여주고 있다.

    "내가 그의 이름을 불러주기 전에는/ 그는 다만/ 하나의 몸짓에 지나지 않았다."

    "내가 그의 이름을 불러주었을 때/ 그는 나에게로 와서/ 꽃이 되었다."

■ 작품 정리

- **성격** | 비평적, 수사적, 관조적.
- **표현** | 지적이고 중후한 만연체를 사용하여 번역투의 문장을 구사하였다. 관념어의 사용으로 현학적인 분위기가 짙다.
- **주제** | 이름이 지니는 위력과 중요성.
- **구성** | 본문과 결말로 이뤄진 2단 구성.
- **지은이** | 김진섭(金晉燮. 1903~?)

백설부(白雪賦)

김진섭

말하기조차 어리석은 일이나, 도회인으로서 비를 싫어하는 사람은 많을지 몰라도, 눈(雪)을 싫어하는 사람은 아마 거의 없을 것이다. 눈을 즐겨하는 것은 비단 개와 어린이들뿐만이 아닐 것이요, 겨울에 눈이 내리면 온 세상이 일제히 고요한 환호성을 소리 높이 지르는 듯한 느낌이 난다. 눈 오는 날에 나는 일찍이 무기력하고 우울한 통행인을 거리에서 보지 못하였으니, 부드러운 설편(雪片 눈송이)이, 생활에 지친 우리의 굳은 얼굴을 어루만지고 간지를 때, 우리는 어찌된 연유인지 부지중(不知中) 온화하게 된 마음과 인간다운 색채를 띤 눈을 가지고 이웃 사람들에게 경쾌한 목례를 보내지 않을 수 없게 되는 것이다.

나는 겨울을 사랑한다. 겨울의 모진 바람 속에 태고(太古)의 음향을 찾아 듣기를 나는 좋아하는 자이기 때문이다. 그러나 무어라 해도 겨울이 겨울다운 서정시는 백설, 이것이 정숙히 읊조리는 것이니, 겨울이 익어 가면 최초의 강설(降雪)에 의해서 멀고 먼 동경의 나라는 비로소 도회에까지 고요히 고요히 들어오는 것인데, 눈이 와서 도회가 잠시 문명의 구각(舊殼 낡은 껍질 이란 뜻으로, 옛 제도와 관습 등을 이르는 말. 여기서는 '일상적인 모습' 정도를 의미)을 탈(脫)하고 현란한 백의(白衣)를 갈아입을 때, 눈과 같이 온, 이 넓고 힘세고 성스러운 나라 때문에 도회는 문득 얼마나 조용해지고 자그마해지고 정숙해지는지 알 수 없지만, 이때 집이란 집은 모두가 먼 꿈속에 포근히 안기고 사람들 역시 희귀한 자연의 아들이 되어 모든 것은 일시에 원시 시대의 풍속을 탈환(奪還 도로 빼앗음)한 상태를 정(呈)한다(어떤 모양, 빛깔 등을 나타내다).

온 천하가 얼어붙어서 찬 돌과 같이도 딱딱한 겨울날의 한가운데, 대체 어디서부터 이 한없이 부드럽고 깨끗한 영혼은 아무 소리도 없이 한들한들 춤추며 내려오는 것인지, 비가 겨울이 되면 얼어서 눈으로 화한다는 것은 참으로 고마운 일이다.

만일에 이 삭연(索然)한(외롭고 쓸쓸한) 삼동(三冬)이 불행히도 백설을 가질 수 없다면, 우리의 적은 위안은 더욱이 그 양을 줄이고야 말 것이니, 가령 우리가 아침에 자고 일어나서, 추위를 참고, 열고 싶지 않은 창을 가만히 밀고 밖을 한번 내다보면, 이것이 무어랴! 백설 애애(눈이 내려 깨끗하고 흰 모양, 눈의 희고 무성한 모양)한 세계가 눈앞에 전개되어 있을 때, 그때 우리가 마음에 느끼는 것은 과연 무엇일까? 말할 수 없는 환희 속에 우리가 느끼는 감상은 물론, 우리가 간밤에 고운 눈이 이같이 내려서 쌓이는 것도 모르고, 이 아름다운 밤을 헛되이 자버렸다는 것에 대한 후회의 정이요, 그래서 설사 우리는 어젯밤에 잘 적엔 인생의 무의미에 대해서 최후의 단안(斷案)을 내린 바 있었다 하더라도 적설(積雪)을 조망(眺望)하는 이 순간에만은 생의 고요한 유열(愉悅 기뻐하고 즐거워함)과 가슴의 가벼운 경악을 아울러 맛볼지니, 소리 없이 온 눈이 소리 없이 곧 가 버리지 않고, 마치 그것은 하늘이 내리어 주신 선물인 거나 같이 순결하고 반가운 모양으로 우리의 마음을 즐겁게 하고, 또 순화시켜 주기 위해서 아직도 얼마 사이까지는 남아 있어 준다는 것은, 흡사 우리의 애인이 우리를 가만히 몰래 습격함으로 의해서 우리의 경탄과 우리의 열락을 더 한층 고조하려는 그것과도 같다고나 할는지!

우리의 온 밤을 행복스럽게 만들어 주기는 하나, 아침이면 흔적도 없이 사라지는 감미한 꿈과 같이 그렇게 민속(敏速 날쌔고 빠름)하다고는 할 수 없어도 한번 내린 눈은, 그러나 그다지 오랫동안은 남아 있어 주지는 않는다. 이 지상의 모든 아름다운 것은 슬픈 일이나, 얼마나 단명하며, 또 얼마나 없어지기 쉬운가! 그것은 말하자면 기적같이 와서는 행복같이 달아나 버리는 것이다.

변연(便娟 민첩하고 아름다운 자태) 백설이 경쾌한 윤무(輪舞 원무(圓舞) 둥글게 원을 이루어 추는 춤. 여기서는 눈 내리는 모습을 비유한 것임)를 가지고 공중에서 편편히((나는 모양이) 가볍고 날래게) 지상에 내려올 때, 이 순치(馴致 길들임)할 수 없는 고공(高空) 무용(舞踊)이 원거리에 뻗친 과감한 분란(紛亂 어수선하고 소란함)은, 이를 보는 사람으로 하여금 거의 처연(悽然 쓸쓸하고 구슬픈 모양)한 심사를 가지게까지 하는데, 대체 이들 흰 생명들은 이렇게 수많이 모여선 어디로 가려는 것인고? 이는 자유의 도취 속에 부유(浮游 떠돌아다님)함을 말함인가, 혹은 그는 우리의 참여하기 어려운 열락에 탐닉하고 있음을 말함인가? 백설이여! 잠시 묻노니, 너는 지상의 누가 유혹했기에 이곳에 내려오는 것이며, 그리고 또 너는 공중에서 무질서의 쾌락을 배운 뒤에, 이곳에 와서 무엇을 시작하려는 것이냐?

천국의 아들이요, 경쾌한 족속이요, 바람의 희생자인 백설이여! 과연 뉘라서 너희의 무정부주의(일체의 정치권력을 부정하고 절대적 자유가 행하여지는 사회를 실현하려는 주의. 아나키즘)를 통제할 수 있으랴! 너희들은 우리들 사람까지를 너희의 혼란 속에 휩쓸어 넣을 작정일 줄은 알 수 없으되, 그리고 또 사실상 그 속에 혹은 기꺼이, 혹은 할 수 없이 휩쓸려 들어가는 자도 많이 있으리라마는, 그러나 사람이 과연 그런 혼탁한 와중에서 능히 견딜 수 있으리라고 너희는 생각하느냐?

백설의 이 같은 난무(亂舞 어지럽게 춤을 추는 것 또는 그러한 춤)는 물론 언제까지나 계속되는 것은 아니다. 일단 강설(降雪)의 상태가 정지되면, 눈은 지상에 쌓여 실로 놀랄 만한 통일체를 현출(現出 두드러지게 드러나거나 드러나게 함)시키는 것이니, 이와 같은 완전한 질서, 이와 같은 화려한 장식을 우리는 백설이 아니면 어디서 또다시 발견할 수 있을까? 그

래서 그 주위에는 또한 하나의 신성한 정밀(靜謐 (세상이나 주위의 분위기가)
고요하고 편안함)이 진좌(鎭坐 자리 잡아 앉는 짓)하여, 그것은 우리에게 우리의
마음을 엿듣도록 명령하는 것이니, 이때 모든 사람은 긴장한 마음을
가지고 백설의 계시(啓示 깨우쳐 보임. 사람으로서는 알 수 없는 진리를 신이 가르쳐 알게
함)에 깊이 귀를 기울이지 않을 수 없는 것이다. 보라! 우리가 절망
속에서 기다리고 동경하던 계시는 참으로 여기 우리 앞에 와서 있지
는 않는가? 어제까지도 침울한 암흑 속에 잠겨 있던 모든 것이 이제
는 백설의 은총에 의하여 문득 빛나고 번쩍이고 약동하고 웃음치기
를 시작하고 있기 때문이다.

말라붙은 풀포기, 앙상한 나뭇가지들조차 풍만한 백화를 달고 있
음은 물론이요 괴벗은(발가벗은. '꿰벗은'의 사투리로 '꿰입은'의 상대어) 전야(田野)
는 성자(聖子)의 영지(領地)가 되고 공허한 정원은 아름다운 선물로
가득하다. 모든 것은 성화(聖化)되어 새롭고 정결하고 젊고 정숙한
가운데 소생되는데, 그 질서, 그 정밀은 우리에게 안식을 주며, 영원
의 해조(諧調 잘 조화됨)에 대하여 말한다.

이때 우리의 회의는 사라지고, 우리의 두 눈은 빛나며, 우리의 가
슴은 말할 수 없는 무엇을 느끼면서, 위에서 온 축복을 향해서 오직
감사와 찬탄을 노래할 뿐이다.

눈은 이 지상에 있는 모든 것을 덮어 줌으로 의해서, 하나같이 희
게 하고 아름답게 하는 것이지만, 특히 그 중에도 눈에 높이 덮인 공
원, 눈에 안긴 성사(城舍 성곽), 눈 밑에 누운 무너진 고적(古蹟), 눈
속에 높이 선 동상 등을 봄은 일단으로 더 흥취의 깊은 것이 있으니,
그것은 모두가 우울한 옛 시를 읽는 것과도 같이, 그 배후에는 알 수
없는 신비가 숨 쉬고 있는 듯한 느낌을 준다. 눈이 내리는 공원에는
아마도 늙을 줄을 모르는 흰 사슴들이 떼를 지어 뛰어다닐지도 모르
는 것이고, 저 성사(城舍) 안 심원(深園 깊숙하고 그윽한 정원)에는 이상한
향기를 가진 알라바스터(alabaster 설화석고(雪花石膏). 석고의 일종으로 눈을 흩뿌린

것과 같은 흰색의 치밀한 작은 알맹이의 덩어리로 암염(巖鹽) 석회암 등에 붙어서 층을 이룸. 설화석)의 꽃이 한 송이 눈 속에 외로이 피어 있는지도 알 수 없는 것이며, 저 동상은 아마도 이 모든 비밀을 저 혼자 알게 되는 것을 안타까이 생각하고 있을지도 모르기 때문이다.

그러나 무어라 해도 참된 눈은 도회에 속할 물건이 아니다. 그것은 산중 깊이 천인만장(千仞萬丈 천 길이나 되도록 아주 높거나 깊음)의 계곡에서 맹수를 잡는 자의 체험할 물건이 아니면 아니 된다.

생각하여 보라! 이 세상에 있는 눈으로서는 여러 가지가 있을 것이니, 가령 열대의 뜨거운 태양에 조임을 받는 저 킬리만자로의 눈, 멀고 먼 옛날부터 아직껏 녹지 않고 안타르크티스(독일어. 남극(南極))에 잔존해 있다는 눈, 우랄과 알래스카의 고원에 보이는 적설(積雪), 또는 오자마자 순식간에 없어져 버린다는 상부(上部) 이탈리아의 눈 등……. 이러한 여러 가지 종류의 눈을 보지 않고는 도저히 눈에 대해서 말할 수 없다고 아니할 수 없다.

그러나 불행히 우리의 눈에 대한 체험은 그저 단순히 눈 오는 밤에 서울 거리를 술집이나 몇 집 들어가며 배회하는 정도에 국한되는 것이니, 생각하면 사실 나의 백설부(白雪賦)란 것도 근거 없고, 싱겁기가 짝이 없다 할밖에 없다.

▶ 이 글의 형식과 문제가 어떤 특징을 띠고 있는지 살펴보자.

전체적으로 눈을 제재로 한 낭만적인 글이지만 내용상으로는 사색적이고 관념적인 성격을 띠고 있다. 지은이의 수필 가운데는 '부(賦), 찬(讚), 송(頌)' 등의 제목이 붙어 중후한 분위기를 자아내는 것들이 많은데, 이 글 역시 그런 작품에 속한다. 지은이는 은유법이나 의인법, 과장법 같은 다양한 수사법을 구사하여 눈을 여러 각도에서 예찬하고 있다.

이 글은 만연체의 한문투 문체를 구사해 중후한 맛을 풍기고 있다. 또한 상상력을 펼치는 과정에서 '알라바스터', '킬리만자로의 눈', '안타르크티스', '상부 이태리' 등의 외국어를 등장시켜 이국적인 정서를 효과적으로 표현하고 있다. 하지만 지나친 외국어의 사용은 공허하고 현학적(衒學的)이라는 비판을 받을 여지도 있다.

▶ 지은이가 예찬하는 눈의 세계와 우리의 도시 생활을 비교해 보자.

눈은 생활에 지친 사람들에게 시각적인 즐거움을 줄 뿐 아니라 도시 생활의 번다함에 지친 사람들에게 잠시나마 위안을 주고 마음을 순화시켜 준다. 그리고 눈은 어떤 것에도 속박되지 않는 자유로운 존재이다. 지은이에게 자유로운 눈은 상상과 동경의 세계에 속한 성스러운 존재로서 세상의 모든 것을 순화시키고 승화시킨다. 지은이가 추구하는 이상적인 세계를 상징하는 순결한 눈의 세계는 세속적인 도시와 선명한 대조를 이루고 있다.

- **성격** | 낭만적, 예찬적, 주관적, 관념적.
- **표현** | 풍부한 어휘구사와 유려한 문체가 돋보인다. 대상을 다양한 비유를 통해 생동감 있게 표현하고 있다.
- **제재** | 눈
- **주제** | 삭막해진 도시인들에게 위로와 아름다움을 주는 눈에 대한 예찬.
- **구성** | 처음–중간–끝의 3단 구성.
    - 처음: 눈은 모든 사람들이 좋아함.
    - 중간: 눈과 관련된 갖가지 감정과 추억을 떠올림.
    - 끝: 다양한 눈을 체험하지 못한 아쉬움을 토로함.
- **지은이** | 김진섭(金晉燮. 1903~?)

생활인의 철학

김진섭

철학을 철학자의 전유물인 것처럼 생각하고 있는 사람들이 많이 있다. 그러나 그렇게 생각하는 것도 결코 무리한 일은 아니니, 왜냐하면 그만큼 철학은 오늘날 그 본래의 사명 – 사람에게 인생의 의의와 인생의 지식을 교시(教示 가르쳐서 보임)하려 하는 의도를 거의 방기(放棄 아주 버리고 돌아보지도 아니함)하여 버렸고, 철학자는 속세와 절연(絕緣 인연을 끊음. 관계를 끊음)하고, 관외(管外 관계할 바가 아님)에 은둔하여 고일(高逸 학식과 덕망이 높이 빼어남)한 고독경에서 오로지 자기의 담론(談論 담화와 이론)에만 경청하고 있기 때문이다. 이와 같이, 철학과 철학자가 생활의 지각을 온전히 상실하여 버렸다는 것은 참으로 슬픈 일이다. 그러므로 생활 속에서 부단히 인생의 예지를 추구하는 현대 중국의 '양식(良識)의 철학자' 임어당(林語當 린위탕(1895~1976) 중국의 소설가·문명비평가)이 일찍이, "내가 임마누엘 칸트를 읽지 않는 이유는 간단하다. 석 장 이상 더 읽을 수 있었던 적이 없기 때문이다."라고 말했는데, 이 말은 논리적 사고가 과도(過度 정도에 지나침)의 발달을 성수(成遂 어떤 일을 이루어 냄)하고 전문적 어법이 극도로 분화한 필연의 결과로서, 철학이 정치·경제보다도 훨씬 후면에 퇴거(退去 물러감)되어, 평상인은 조금도 양심의 가책을 느끼지 않고 철학의 측면을 통과하고 있는 현대 문명의 기묘한 현상을 지적한 것으로서, 사실상 오늘에 있어서는 교육이 있는 사람들도, 대개는 철학이 있으나 없으나 별로 상관이 없는 대표적 과제가 되어 있는 것을 부정하기는 어렵다.

그러나 나는 물론 여기서 소위 사변적(思辨的 경험이나 실천을 바탕으로 하지 않고 오로지 이론이나 사유에 의한 상태의), 논리적, 학문적 철학자의 철학을 비난하거나 공격하는 것이 목적이 아니다. 나는 오직 이러한 체계적인 철학에 대하여 인생의 지식이 되는 철학을 유지하여 주는 현철(賢哲)한(지혜가 깊고 사리에 밝은) 일군(一群 한 무리)의 철학자가 있었던 것을 알고 있으며, 그러한 의미에서 철학자만이 철학을 가지고 있는 것이 아니요, 어느 정도로 인간적 통찰력과 사물에 대한 판단력을 가지고 있는 이상, 모든 생활인은 그 특유의 인생관, 세계관, 즉 통속적 의미에서의 철학을 가질 수 있다는 것을 다음에 말하고자 함에 불과하다.

철학자에게 철학이 필요한 것과 같이 속인(俗人)에게도 철학은 필요하다. 왜 그러냐 하면, 한 가지 물건을 사는 데에 그 사람의 취미가 나타나는 것같이, 친구를 선택하는 데 있어서도 그 사람의 세계관, 즉 철학은 개재(介在)되어야 할 것이요, 자기의 직업을 결정하는 경우에도, 그 근본적 계기가 되는 것은 물론 그 사람의 인생관이 아니어서는 아니 되겠기 때문이다. 가령, 우리들이 결혼이라는 것을 한 번 생각해 볼 때, 한 남자로서 혹은 한 여자로서 상대자를 물색함에 제(際)하여((행위 등을) 함에 있어서) 실로 철학은 우리들이 상상할 수 있는 것보다는 훨씬 많이 지배적이고도 결정적인 역할을 하게 됨을 알 수 있을 것이요, 우리들이 어떠한 방식으로 생활을 설계하느냐 하는 것도, 결국은 넓은 의미에서 우리들이 부지중(不知中)에 채택한 철학에 의거하여 실행하게 되는 것이다. 우리들이 생활권 내에서 취하게 되는 모든 행동의 근저에는 일반적으로 미학적 내지 윤리적 가치 의식이 횡재(橫在 가로놓여 있음)하여 있는 것이니, 생활인의 모든 행동은 반드시 어느 종류의 의미와 목적에 대한 관념을 내포하고 있다. 모든 사람은 소위 이상이라는 것을 가지고 있고, 그러한 이상이 각인의 행동과 운명의 척도가 되고 목표가 되는 것은 물론이려니와, 이상이란 요컨대 그 사람의 철학적 관점을 말하는 것이며, 그 사람의 일반적 세계관과 인생관에서 온 규범의 한 파생체(派生體)를 말하는 것이다.

"내 마음이 선택의 주인공이 된 이래 그것이 그대를 천 사람 속에서 추려내었다"고 햄릿은 그의 우인(友人) 호레이쇼에게 말하였다. 확실히 우인의 선택은 임의로운 의지적 행동이라고는 하나, 그러나 그것은 인생철학에 기초를 두는 한, 이상(理想)의 지배를 받지 않을 수 없는 것이다. 햄릿은 그에 대하여 가치가 있는 인격체이며, '천지지간 만물(天地之間萬物)에 대한 이해력을 가지고 있으며, 그리하여 이 인생 생활을 저 천재적이나 극히 불운한 정말(丁抹 덴마크의 한자식 표기)의 공자(公子 햄릿을 가리킴)보다도 그 근본에 있어서 보다 잘 통어(統御 어떤 대상을 거느려 다스림)할 줄 아는 까닭으로, 호레이쇼를 우인(友人)으로서 택한 것이다. 비단 이뿐이 아니요, 모든 종류의 심의 활동(心意活動 마음의 움직임)은 가치관의 지도를 받아 가며 부단히, 그리고 결정적으로 그 운명을 형성하여 가는 것이니, 적어도 동물적 생활의 우매성을 초극(超克 이겨 나감. 극복함)한 모든 사람은 좋든 궂든(궂다: 사물이 언짢고 거칠다) 하나의 철학을 가지는 것이다. 사람은 대개 이 인생에 대하여 무엇을 요구해야 할까를 알며, 그의 염원이 어느 정도로 당위(當爲)와 일치하며, 혹은 배치(背馳)될지를 아는 것이니, 이것은 실로 사람이 인간 생활의 의의에 대하여 사유하는 능력을 가지기 때문에 오직 가능할 수 있는 것이다.

두말 할 것 없이 생활 철학은 우주 철학의 일부분으로서, 통상적인 생활인과 전문적인 철학자와의 세계관 사이에는, 말하자면 소크라테스와 트라지엔의 목양자(牧羊者 양치기)의 사이에 볼 수 있는 것과 같은 현저한 구별과 거리가 있을 것은 물론이나, 많은 문제에 대하여 그 특유의 견해를 가지는 점에서는 동일한 철학자인 것이다.

나는 흔히 철학자에게서 생활에 대한 예지의 부족을 인식하고 크게 놀라는 반면에는, 농산어촌(農山漁村)의 백성 또는 일개의 부녀자에게 철학적인 달관을 발견하여 깊이 머리를 숙이는 일이 불소(不少 적지 않음)함을 알고 있다. 생활인으로서의 나에게는 필부필부(匹夫匹婦 평범한 남녀를 가리키는 말. 갑남을녀(甲男乙女), 장삼이사(장삼이사))의 생활 체험에서 우러난 소박, 진실한 안식(眼識)이 고명한 철학자의 난해한 칠봉인(七封人)의 서(書)(볼 수 없도록 일곱 번이나 봉인을 찍은 책. 여기서는 난해한 책을 의미함)보다는 훨씬 맛이 있다는 것을 고백하지 않을 수 없다. 원래 현실적 정세를 파악하고 투시하는 예민한 감각과 명확한 사고력은, 혹종(或種)의 여자에 있어서 보다 더 발견되고 있으므로, 나는 흔히 현실을 말하고 생활을 하소연하는 부녀자의 아름다운 음성에 경청하여, 그 가운데서 또한 많은 가지가지의 생활 철학을 발견하는 열락(悅樂 기쁨과 즐거움)은 결코 적은 것이 아니다.

하나의 좋은 경구는 한 권의 담론서(談論書 사리에 맞는 이야기나 이론을 적어 놓은 책)보다 나은 것이다. 그리하여 언제나 인생의 지식인 철학의 진의(眞意)를 전승하는 현철(賢哲)이 존재한다는 것은 고마운 일이다. 그래서 이러한 무명의 현철은 사실상 많은 생활인의 머릿속에 숨어 있는 것이다. 생활의 예지(叡智) − 이것이 곧 생활인의 귀중한 철학이다.

▶ 일제 강점기 하의 수필 문학의 특징을 살펴보자.

　　이 수필은 1930년대 이후 일제 강점기 우리나라 수필의 대표작이라고 할 수 있다. 수필문학의 초창기는 1910~1920년대로서, 이 당시에는 수필이 문학의 한 갈래로서 독립돼 있었다기보다는 주로 기행문 형식의 글이 수필문학을 대표하였다. 1930년대 이후 해방기에 이르기까지 수필문학 이론이 소개되고 전문 작가가 출현함에 따라 다양한 소재가 사용되면서 수필이 문학의 한 갈래로서 자리를 잡게 된다. 당시의 수필은 일제의 극렬한 탄압과 검열로 인해 시대의 아픔과 분노를 노골적으로 드러낼 수 없었기 때문에 순수 문학, 본격 문학의 성격을 띠며 서정적이고 사색적인 경향을 보이고 있다. 이 '생활인의 철학' 역시 이러한 사조 하에 쓰여진 작품이다.

▶ '생활인의 철학'이란 어떤 의미를 지니고 있는가?

　　지금처럼 학문과 생활이 유리된 풍토에서는 철학이 생활인과는 멀리 떨어져서 학문적 대상으로만 존재하고 생활과의 연관성을 상실해 버린 느낌을 준다. 지은이는 생활 현장 속에서 더 이상 철학이 필요 없게 되고 철학자들 또한 철학을 인생에 접목시키지 못하고 있다고 안타깝게 여긴다. 그러나 우리가 철학에 대해 인식을 하고 있든 하지 않고 있든 우리의 삶 속에는 분명히 철학이 깔려있다. 지은이는 바로 이것을 '생활인의 철학'이라고 말한다.

　　지은이는 사람들이 하는 일에는 그 나름대로 철학적 판단이 작용하고 있다고 보고 있다. 물론 삶에 대한 예지도 작용하고 있다고 생각한다. 삶에 있어서는 학문과는 무관한 이러한 예지가 중요한 요소가 되고 있다. 따라서 진정한 철학이란 평범한 삶 속에서 발현되는 예지와 통찰력이라고 할 수 있을 것이다.

- **성격** | 교훈적, 사색적, 논리적.
- **표현** | 만연체의 중후한 문체로 화려한 수식 없이 자신의 생각을 담백하게 전하고 있다.
- **제재** | 생활인의 예지.
- **주제** | 생활 체험 속에서 우러나오는 삶의 예지의 소중함.
- **구성** | 기-서-결의 3단 구성.
  - 기: 철학자들만 철학을 하는 것이 아니라 생활인 모두가 철학을 할 수 있음.
  - 서: 생활 속에서의 철학의 작용과 유용함을 설명.
  - 결: 생활의 예지와 철학은 일반인에게서 더 잘 발견됨.
- **지은이** | 김진섭(金晉燮. 1903~)

매화찬

김진섭

　　나는 매화를 볼 때마다 항상 말할 수 없이 놀라운 감정에 붙들리고야 마는 것을 어찌할 수가 없으니, 왜냐하면, 첫째로 그것은 추위를 타지 않고 구태여 한풍(寒風)을 택해서 피기 때문이요, 둘째로 그것은 그럼으로써 초지상적(超地上的)인, 비현세적인 인상을 내 마음 속에 던져 주기 때문이다.

　　가령, 우리가 혹은 눈 가운데 완전히 동화된 매화를 보고, 혹은 찬 달 아래 처연(悽然 마음이 쓸쓸하고 처량하게)히 조응된(서로 대응이 되어 조화를 이룬) 매화를 보게 될 때, 우리는 과연 매화가 사군자의 필두(筆頭 서열의 첫머리)로 꼽히는 이유를 잘 알 수 있겠지만, 적설(積雪)과 한월(寒月)을 대비적 배경으로 삼은 다음에라야만 고요히 피는 이 꽃의 한없이 장엄하고 숭고한 기세에는, 친화(親和)한 동감(同感)이라기보다는 일종의 굴복감을 우리는 품지 않을 수 없는 것이니, 매화는 확실히 춘풍이 태탕(駘蕩)한(봄의 경치가 화창한) 계절에 난만(爛漫 화려한 광채가 넘쳐흐르는 모양)히 피는 농염한 백화(百花)와는 달라, 현세적인, 향락적인 꽃이 아님은 물론이요, 이 꽃이야말로 이 세상에서 우리가 찾을 수 있는 가장 초고(超高 홀로 뛰어나게 높음)하고 견개(狷介)한(지조가 굳은) 꽃이 아니면 안 될 것이다.

　　모든 것이 얼어붙어서 찬 돌같이 딱딱한 엄동(嚴冬), 모든 풀, 온갖 나무가 모조리 눈을 굳이 감고 추위에 몸을 떨고 있을 즈음, 어떠한 자도 꽃을 찾을 리 없고 생동(生動)을 요구할 바 없을 이때에, 이 살을 저미는 듯한 한기를 한기로 여기지 않고 쉽사리 피는 매화, 이는 실로 한때를 앞서서 모든 신산(辛酸 세상살이의 쓰라림)을 신산으로 여기지 않는 선구자의 영혼에서 피어오르는 꽃이랄까?

그 꽃이 청초하고 가향(佳香 아름다운 향기)이 넘칠 뿐 아니라, 기품과 아취(雅趣 고상하고 담박한 정취)가 비할 곳 없는 것도 선구자적 성격과 상통하거니와, 그 인내와 그 패기와 그 신산에서 결과된 매실(梅實 매화 열매)은 선구자로서의 고충을 흠뻑 상징함이겠고, 말할 수 없이 신산한(쓴) 맛을 극(極)하고 있는 것마저 선구자다워 재미있다.

매화가 조춘만화(早春萬花 이른 봄에 피는 온갖 꽃)의 괴(魁 우두머리. 여기서는 제일 먼저 꽃을 피움)로서 엄한(嚴寒)을 두려워하지 않고 발화하는 것은, 그 수성(樹性 나무의 성질) 자체가 비할 수 없이 강인한 것을 말하는 것으로, 이 동양 고유의 수종이 그 가지를 풍부하게 뻗치고 번무(繁茂 풀과 나무들이 번식하여 무성한)하는 상태를 보더라도, 이 나무가 다른 과수(果樹 과일나무)에 비해서 얼마나 왕성한 식물인가 하는 것을 알 수 있거니와, 그러므로 또한 매실이 그 독특한 산미(酸味 쓴맛)와 특종의 성분을 가지고 고래로 귀중한 의약(醫藥)의 자(資 재료)가 되어 효험이 현저한 것도 마땅한 일이라 할밖에 없다.

여하간에 나는 매화만큼 동양적인 인상을 주는 꽃을 달리 알지 못한다. 특히 영춘(迎春 봄을 맞이함) 관상용(觀賞用)으로 재배되는 분매(盆梅 분재 매화)에는 담담한 가운데 창연(蒼然 물건이 오래 되어 예스러운 빛이 그윽한)한 고전미가 보이는 것이 말할 수 없이 청고(淸高 맑고 고결함)해서 좋다.

▶ 매화가 4군자의 으뜸으로 여겨지는 까닭을 정리해 보자.

　　쌓인 눈과 찬바람을 이기고 피어나는 매화는 땅 위에서 이루어지는 보편적인 것을 벗어난 비현세적인 꽃이기에 기품이 있다. 또한 다른 꽃들과 달리 매화는 눈의 기질과 아름다움을 닮고 그것과 하나가 되어 선구자적 기품과 동양적인 고전미를 자아낸다. 이처럼 높은 지조, 맑고 깨끗한 인상, 강인함, 인내 등의 속성을 지닌 매화는 사군자의 으뜸으로 손색이 없는 것이다. 동양 문화권에서는 예부터 많은 학자와 문인, 선비들이 매화의 덕을 찬미해 왔다.

■ 작품 정리

- **성격** | 주관적, 사색적, 주정적.
- **표현** | 구체적인 관찰을 통해 매화의 속성을 파악했다. 문장이 길고 난해한 한자어가 많이 쓰이고 있다.
- **제재** | 매화.
- **주제** | 매화 예찬.
- **구성** | 기-서-결 의 3단 구성.
    - 기: 매화의 기품있는 모습에 경탄함.
    - 서: 매화의 속성과 수성과 효용.
    - 결: 매화의 고결한 인상.
- **지은이** | 김진섭(金晉燮. 1903~?)

모송론

김진섭

　　　　사람이면 사람이 모두 그가 이 세상에 나오게 된 것을 누구에게 감사할 이유는 물론 없을 것입니다. 사람이란 흔히 다른 사람이 뿌린 씨를 자기 스스로 거두지 아니하면 아니 되는 괴로운 운명을 슬퍼하기도 하는 까닭이올시다.

　자기의 뜻에는 오로지 없는 일이지만, 그러나 이왕 사람이 이 세상에 나온 바에야 구태여 무엇을 슬퍼하오. 될수록이면 기쁨을 참음이 보다 현명한 방도가 아닐까요? 인생(人生)이 너무나 불행한 가운데 있다 하더라도, 모든 사람이 어머니를 모실 수 있다는 점만은 행복한 일입니다.

　이 세상에 생(生)을 받은 우리의 찬송(讚頌)은, 그러므로 무엇보다도 첫째 우리들의 어머니 위에 지향(志向)되어야 할 것입니다. 어려서 이미 어머니를 잃고, 클수록 커지는 동경(憧憬)의 마음을 채울 수 없는 아들의 신세가 이 세상에서 다시 볼 수 없는 큰 불행이라면, 어려서는 어머니의 품안에 안기고, 커서는 어머니의 덕을 받들어 모자(母子)가 한 가지로 늙는 사람의 팔자는, 이 세상에서는 다시 구할 수 없는 큰 행복일 것입니다. 아니지요. 이러한 구구한 경우를 떠나서도 모든 사람이 어머니의 뱃속에서 나왔다는 단순한 사실, 그것이 벌써 한없이 행복스러운 일입니다.

　생각만이라도 해 보십시오. 만일에 어머니라 하는 이 아름답고 친절한 종족이 없다면, 대체 이 세상은 어떻게나 되어 갈까요? 이 괴로운 세상을 찬란하게까지 장식하고 있는 모든 감정, 가령 말하자면 저 망아적(忘我的) 애정(자신을 잊어버릴 만큼 지극한 사랑), 저 심각한 자비(慈悲 한없는 자애로움), 저 최대한의 동정, 끝이 없이 긴밀한 연민, 저 절대한 관념 – 이 모든 것은 이곳에서 사라져 버리고야 말 터이지요.

그리하여 이때, 이 세상이 돌연히 한없이도 어두워지고 우울해지고, 고달파질 터이지요. 참으로 어머니와 아들의 결합과 같이 힘차며, 순수하며, 또 신비로운 결합은 어떠한 인간 관계 속에서도 찾아낼 수 없습니다. 이 세상에서 우리가 고향이라 부를 만한 것이 있다면 새로 생긴 자에 대해 그에게 영양을 제공하고, 그에게 생명을 부여하는 어머니야말로 참된 향토(鄕土)가 아닐까요? 어린아이뿐만 아니라 성장하여 가는 아동에 있어서도 어머니는 영원히 그들의 괴로워할 때의 좋은 피난소이며, 그들의 즐거워할 때의 좋은 동감자(同感者)입니다.

어린아이가 어찌하여야 할 바를 모를 때, 그는 반드시 어머니를 향해 웁니다. 아프고 괴로워 위안이 필요할 때, 그는 바삐 어머니의 무릎 위로 기어갑니다. 어머니에 대한 그의 신뢰는 참으로 한이 없습니다. 어머니에게는 도움이 있을 것을, 어머니에게는 귀의심(歸依心 불교에서 '불도(佛道)에 돌아가 의지하는 마음'을 가리키는 말. 이 글에서 돌아가 의지하고자 하는 대상은 '어머니' 이다)이 있고 이해력이 있는 것을 알고 있는 까닭입니다. 사실에 있어서 어머니의 손이 한 번 가기만 하면 모든 장애물은 가벼웁게 무너지고, 모든 것은 좋게 되는 것입니다. 또한 성인(成人)의 어머니에게 대한 신빙(信憑 믿어서 근거나 증거로 삼음)이 이에 못할 수 없겠지요.

어머니가 생존하여 계시는 동안 우리에게는 고요히 웃는 마음의 고향이 있는 것입니다. 우리는 결코 외로울 수 없으며, 우리는 결코 어두움 속에 살 수 없습니다.

참으로 어머니는 저 하늘에 빛나는 맑은 별과 같이 순수합니다. 그것이 무엇이 이상할 것이 있겠습니까? 아무것도 이상할 것이 없습니다. 왜 그러냐 하면, 우리는 어머니 피로부터, 어머니 정신으로부터, 어머니의 진통으로부터 나온 까닭이올시다. 어머니는 우리의 뿌리인 것입니다. 어머니는 인간의 참된 조국인 것입니다.

　어린아이는 어머니에게 말하는 것을 배웁니다. 우리는 자기 나라 말을 가르치고 모어(母語)라 부르는 것은, 이 점에 있어서 결코 우연한 일이 아닙니다. 아이는 어머니에게서 도덕과 지식 일반의 최초의 개념, 저 재미있는 옛날이야기, 지극히도 자극적인 노래와 유희(遊戲)를 처음 배우는 것입니다.

　사람과 사람의 결합에 있어서 어머니와 아들의 사이와 같은 그렇게도 긴밀한 인간적 결합은 실로 어느 곳에서도 발견되지 않습니다. 사람은 여기에 있어서 곧 아버지의 엄연한 존재를 생각할 터이지요. 그러나 아버지는 집 안에 앉아 계시기보다는 집 밖에 많이 나가 계십니다. 아버지라는 이들은 흔히 어머니 가까이 있어 한 가지 아이를 애무하기에는 너무나 바쁜 몸입니다. 그는 가정 밖에 직업을 가지고 있고, 또 밖에 나서서 사업을 해야 하는 까닭입니다. 그러므로 아버지는 아이에게 사랑할 인물이라기보다는 차라리 존경할 인물이 되는 것입니다. 암만 친절한 아버지라도 아이들은 거의 예민한 식별력(識別力)으로 아버지를 어머니같이 만만하게는 보지 않는 것입니다. 그것은 말하자면, 어머니가 '친밀(親密)의 원리'를 가지고 항상 아이들을 양육하는 입장에 서 있는 데 대해서, 아버지는 '엄격(嚴格)의 원리'에 사는 하나의 교훈적 존재인 까닭이겠지요.

　커 가는 아이가 사랑하는 어머니를 떨어져 자기의 길을 자기 홀로 걸어가려 할 때, 세상의 모든 어머니는 이때, 반드시 퍽이나 괴로운 시간을 체험하지 않을 수 없습니다. 아이의 디디는 발은 처음엔 위태로워 보이고 무색(無色)하는 듯이 보이지마는, 그러나 나중에는 확고한 의식을 가지고 일정한 목적을 향하여 용감하게 걸어가는 것입니다. 그러나 어머니의 눈에는 언제든지 아들이란 그가, 얼마나 나이를 먹어도 결국 어린아이로서밖에는 비치지 않는 까닭으로, 어머니는 이때 적지 않은 불안을 느끼기 시작하는 것입니다.

어머니 없이는 한시를 살 수 없는 것 같은 아이가, 이제는 어머니를 필요로 하지 않을 뿐 아니라, 어떤 경우에는 무용(無用)의 장물(長物 거치적거리기만 하고 아무 쓸모없는 물건)로서까지 여김을 받을 때, 즉 이제까지는 말하자면 어머니의 일부분이던 아이가 나중에는 어머니를 완전히 떨어져 자기 혼자서 생활을 꾀할 때, 어머니 되는 사람의 근심과 슬픔은 비할 곳 없이 크다 아니할 수 없습니다. 더욱이나 나이 젊은 아들이 택할 길과, 어머니가 그네들의 사랑하는 아들을 위하여 꿈꾸고 있는 길이 전혀 다를 때, 어머니의 실망이 일시에 커져 갈 것은 두말 할 것도 없습니다.

여기 모자간에 서로 다리를 걸 수 없는 한 개의 큰 분열은 생기고야 마는 것입니다. 여기서 사랑하는 어머니와 사랑하는 아들 사이에 피할 수 없는 하나의 두터운 소원(疏遠 사이가 껄끄럽고 멀어짐)이 일어나고야 마는 수도, 물론 이 넓은 세상에는 드물지 않는 것입니다.

물론 모두가 아들을 진정으로 사랑하는 마음으로부터이겠지요. 어머니는 자기와 그리고 자기 견해에 아들을 복종시키려고 만반의 책(策 계책(計策)이나 대책(對策))을 강구하여 봅니다. 그러나 대개 이 방법은 수포로 돌아가고야 마는 것입니다. 이때, 어머니는 고적(孤寂 외롭고 쓸쓸함)을 느끼고, 냉대(冷待)를 느끼고, 모욕(侮辱)을 느낄 터이지요. 왜 그러냐 하면, 원래 성장의 시기에 있는 아이들이란 은덕(恩德)을 알지 못하는 까닭입니다. 그들은 자기네의 길만 이기적으로 걸어가는 것입니다. 그러나 우리는 이러한 그들의 이기주의를 어찌 나쁘다고만 할 수 있겠습니까? 참으로 이기주의는 모든 새로운 시대가 자기 자신의 독특한 이상(理想)을 가지는 데 유래하여 있는 까닭이올시다. 즉 하나의 새로운 시대에 속하고 있는 이 젊은이들은, 청년의 의기(義氣)를 가지고 그들 자신의 이상을 실시하려 함에 문제는 그치는 것입니다.

시대와 시대 사이에는 항상 격렬한 투쟁은 계속되었던 것입니다. 그러나 시대가 다를 때마다 싸움은 새로운 것입니다. 이들은 이리하여 어머니의 영향을 철두철미(徹頭徹尾 처음부터 끝까지 철저하게) 물리치고 드디어 이로부터 벗어나려고 애를 쓰는 것입니다. 어머니의 인격이 강하면 강할수록 아들의 반항은 크고, 아들의 태도는 적의를 품은 듯이 보이는 것입니다. 어려서는 어머니의 치마를 밟는 것이지마는, 커서는 어머니의 가슴 속을 박차는 것입니다. 이것은 확실히 현명한 아들들의 큰 비애에 틀림없습니다만 애정과 정의와는 스스로 별자(別者 구별되는 것)인 것을 사람은 인정하여야 되겠지요.

그러나 아들의 발에 아무리 짓밟힌 어머니도, 어머니는 결코 그네들의 아들을 버림이 없습니다. 이 세상에는 참으로 이른바 인생의 황야를 잘못 방황하고 있는 많은 사람의 무리가 있습니다. 어떠한 자는 악한이 될 수도 있습니다. 어떠한 자는 도적이 될 수도 있습니다. 어떠한 자는 모반자(謀反者 나라를 전복시키려고 도모하는 사람)가 될 수도 있습니다. 어떠한 자는 범인(犯人)이 되고, 어떠한 자는 살인수(殺人囚)가 될 수도 있겠지요. 이때, 이렇게까지 된 아들에 대한 어머니 심중(心中)은 어떻겠습니까? 최후의 한 사람까지도 이 범죄자를 벌써 용서하여 주지 않을 때라도 어머니만은 그를 용서하여 주는 것입니다. 모든 사람이 이 타락자에 대해 넘칠 듯한 증오와 기피(忌避)의 정을 보낼 때라도 어머니의 사랑만은 실로 부동(不動)입니다.

어머니는 오직 아들의 심사를 이해하려 할 따름입니다. 참으로 어머니의 마음같이 이같이도 감동적인, 이같이도 숭배에 값할 것은 없겠지요. 참으로 어머니의 마음같이 이같이도 그 움직일 수 없는 암석연(岩石然)한(암석처럼 단단한) 물건도 이 세상에는 없겠지요.

모든 사람의 마음속 깊이는, 설사 그가 퍽은 흉맹(凶猛 흉악하고 사나움)한 자라할지라도, 어머니에 대한 신앙(信仰)만은 끊어짐이 없이 존속되어 있습니다. 저 어머니의 사랑에 대한 신앙, 저 어머니의 한도 없는 연민에 대한 불요불굴(不撓不屈 흔들리거나 굽히지 않음)의 신앙이 말이지요.

　보십시오. 가령, 교살(絞殺 목을 졸라 죽임. 교수(絞首)) 대상의 사형수는 그의 목 위로 도끼가 떨어지기 직전에 과연 누구를 찾아 부르짖습니까? 물론 그것은 어머니올시다. 보십시오. 가령, 전지에 죽어 넘어지는 청년은 구원을 비는 최후의 비장한 규환(叫喚 큰소리를 지르며 부르짖음)을 누구에게 향하여 발하는 겁니까? 물론, 그것은 어머니올시다. 최후의 고민과 최후의 절망에 있어서 사람은 될수록 그들의 낯을 어머니에 향해 돌리려 합니다. 그들이 어렸을 때에 하던 그 모양으로 말이지요. 어떠한 다른 수단으로써는 벌써 구제할 수 없는 경우에라도, 어머니는 일개 신성(神性)의 자격을 가지고, 오히려 또한 아들의 최후를 건지는 수가 있는 까닭이올시다. 운명의 손에 이미 버림을 받은 몸이지만, 아들에 대한 무한애(無限愛)의 전능적 역한(力限)에 의하여 어머니는 아들의 천명(天命 타고난 수명(壽命))을 다시 한 번 연장시킬 수도 없지 않는 것입니다.

　어머니의 타오르는 심장의 불꽃이 역시 운명의 매를 막을 수 없을 때엔 모든 희망은 간 것입니다. 여기 결국 최후의 공포는 슬픔에 찬 밤에 싸여 오고야 맙니다. 세상의 많은 어머니시여! 당신네들은 이미 우리가 당신네들로부터 멀리 떨어져 버린 줄 알고 계시겠지요만, 우리들 마음속 깊이는, 그러나 아직도 오히려 말살할 수 없는 세력을 가지고 당신네에게 얽혀 있습니다.

　이 세상의 모든 여성(女性)은, 그들이 사람의 어머니가 될 수 있는 점에 있어서 참으로 이 위에도 없이 신성(神聖)한 존재입니다.

▶ 지은이가 정의한 모성애의 다섯 가지 특성에 대해 살펴보고 부모와 자
식과의 관계에 대해 생각해보자.

지은이는 모성을 망아적(忘我的) 애정, 심각한 자비(慈悲), 최대한
의 동정(同情), 끝이 없는 긴밀한 연민(憐憫), 절대적 관념(觀念)이라
는 다섯 가지로 특성으로 정의하고 있다. 망아적 애정은 자신을 돌보
지 않는 어머니의 이타적인 사랑을, 심각한 자비는 한없는 너그러움
을, 최대한의 동정은 인간으로서 지닐 수 있는 최후의 동정심을, 긴
밀한 연민은 자신과 한 몸처럼 여기는 애틋한 마음을, 절대적 관념은
어떤 상황에도 변하지 않는 확고한 생각과 사상을 의미한다.

이기적일 수밖에 없는 자식은 성장하면서 어머니의 곁을 떠난다거
나 본의든 본의가 아니든 어머니의 가슴에 못을 박는 경우가 흔하지
만, 그럼에도 불구하고 어머니의 사랑은 변함이 없다. 그래서 아무리
불효막심하고 흉악한 아들이라고 하더라도 심중에는 어머니에 대한
신앙을 간직하고 있는 것이다. 흔히 어머니는 고향이나 조국으로 표
현된다. '고향'은 생명을 부여해 주고 '조국'은 말과 글, 그리고 정신
을 가르쳐준다. 인간이 고향이나 조국과 분리될 수 없듯이 어머니와
지식 역시 결코 분리될 수 없는 관계에 있다고 할 것이다.

- **성격** | 철학적, 논리적, 사색적.
- **표현** | 경어체의 강연문 형식으로 권유와 설득이 직접적으로 드러나 있다.
- **제재** | 어머니.
- **주제** | 절대적인 모성애의 예찬.
- **구성** | 기–승–전–결의 4단 구성.
    - 기: 어머니가 살아계심으로써 행복함.
    - 승: 모성(母性)의 특성을 설명.
    - 전: 자식의 성장으로 인한 모자 관계의 변화와 변하지 않는 어머니의 사랑.
    - 결: 어머니의 신성(神性).
- **지은이** | 김진섭(金晉燮. 1903~?)

그믐달

나도향

나는 그믐달을 몹시 사랑한다.

그믐달은 요염(妖艶)하여 감히 손을 댈 수도 없고, 말을 붙일 수도 없이 깜찍하게 예쁜 계집 같은 달인 동시에 가슴이 저리고 쓰리도록 가련한 달이다.

서산(西山) 위에 잠깐 나타났다 숨어버리는 초승달은 세상을 후려 삼키려는 독부(毒婦 몹시 악독한 여자)가 아니면 철모르는 처녀 같은 달이지마는, 그믐달은 세상의 갖은 풍상(風霜 세상의 모진 고난이나 고통)을 다 겪고, 나중에는 그 무슨 원한을 품고서 애처롭게 쓰러지는 원부(怨婦 남편이 없음을 원망하는 여자. 과부(寡婦)를 이르는 말)와 같이 애절하고 애절한 맛이 있다.

보름의 둥근 달은 모든 영화와 끝없는 숭배를 받는 여왕(女王)과 같은 달이지마는, 그믐달은 애인을 잃고 쫓겨남을 당한 공주와 같은 달이다.

초승달이나 보름달은 보는 이가 많지마는, 그믐달은 보는 이가 적어 그만큼 외로운 달이다.

객창(客窓 나그네가 객지에서 묵는 방) 한등(寒燈 쓸쓸히 비치는 등불) 정든 임 그리워 잠 못 들어 하는 분이나, 못 견디게 쓰린 가슴을 움켜잡은 무슨 한(恨) 있는 사람이 아니면, 그 달을 보아 주는 이가 별로 없을 것이다.

그는 고요한 꿈나라에서 평화롭게 잠든 세상을 저주하며, 홀로이 머리를 풀어뜨리고 우는 청상(靑孀 젊은 나이에 남편을 여읜 여자. 청상과부(靑孀寡婦)의 준말)과 같은 달이다.

내 눈에는 초승달 빛은 따뜻한 황금빛에 날카로운 쇳소리가 나는 듯하고, 보름달은 쳐다보면 하얀 얼굴이 언제든지 웃는 듯하지마는, 그믐달은 공중에서 번뜻 하는 날카로운 비수와 같이 푸른빛이 있어 보인다. 내가 한(恨) 있는 사람이 되어서 그러한지는 모르되, 내가 그 달을 많이 보고 또 보기를 원하지만, 그 달은 한 있는 사람만 보아주는 것이 아니라, 늦게 돌아가는 술주정꾼과 노름하다 오줌 누러 나온 사람도 보고, 어떤 때는 도둑놈도 보는 것이다.

어떻든지, 그믐달은 가장 정(情) 있는 사람이 보는 중에, 또는 가장 한 있는 사람이 보아 주고, 또 가장 무정한 사람이 보는 동시에 가장 무서운 사람들이 많이 보아 준다.

내가 만일 여자로 태어날 수 있다 하면, 그믐달 같은 여자로 태어나고 싶다.

▶ 그믐달에 대한 인상을 어떤 방법으로 표현하고 있는지 '한'의 정조와 연결 지어 살펴보자.

　지은이의 소설 속에 드러나는 낭만적이고 감상적인 정서가 그대로 묻어나오는 이 작품은 우유체의 빼어난 문장과 화려한 수사로 그믐달에 대한 지은이의 애정을 잘 표현하고 있다. 이 글의 가장 큰 특징은 지은이의 감정을 달에 이입시켜 달을 여인으로 의인화한 것이다. 또한 달의 모습을 시각적으로 생생하게 묘사하기 위하여 직유법, 대조법 등의 수사법을 적절하게 사용하고 있다.

　지은이가 특히 그믐달을 사랑하는 이유는 그믐달이 우리 민족의 오래된 정서인 '한'과 잇닿아 있기 때문이다. 지은이의 눈에 그믐달은 보는 이가 적은 외로운 달이고, 밑바닥 인생을 사는 한 많은 사람들이 주로 쳐다보는 달로 여겨진다. 지은이가 그믐달에 대해 각별한 애정을 가지고 있는 것은 한을 지니고 살아가는 인생들에 대해서도 애정을 가지고 있다는 것을 의미한다.

■ 작품 정리

- **성격** | 감상적, 낭만적, 수필적, 묘사적.
- **표현** | 달을 여인으로 의인화하여 그믐달을 효과적으로 예찬하고 있다.
- **제재** | 그믐달.
- **주제** | 그믐달에 대한 사랑과 예찬.
- **구성** | 기–승–전–결의 4단 구성.
    - 기: 그믐달에 대한 각별한 애정.
    - 승: 초승달, 보름달, 그믐달을 비교함.
    - 전: 그믐달을 사랑하는 이유를 설명함.
    - 결: 그믐달과 같은 여자로 태어나기를 바람.
- **지은이** | 나도향(羅稻香, 1902~1926)

들사람 얼(野人精神)

함석헌

요(堯 중국 전설상의 성군(聖君)으로 뒤를 이은 순(舜)과 더불어 '요순(堯舜)의 치(治)'라 함)가 천하를 얻어 임금이 된 다음, 세상에서 자기의 다스림을 어찌 아나 알아보려고 한번은 시골을 나갔다 밭에서 노래를 부르며 일하는 농사꾼을 보고 슬쩍,

"당신 우리나라 임금을 아시오?" 했다.

농부가 그 말을 듣고 거들떠보지도 않고 흙덩이만 깨면서 하는 말이,

"아, 내가 해 뜨면 나오구 해 지면 들어가구, 내 손으로 우물을 파 마시구, 밭 갈아 밥 먹구, 임금이구 뭐구 내게 상관이 뭐야?" 했다.

요가 속으로 '내가 나 있는 줄 모를 만큼 했으니 어지간히 하기는 했구나' 하면서도 아무래도 마음이 시원치 못했다. 어디까지나 백성을 위하자는 맘이요, 가르치자는 생각이므로, 호강이나 세력을 부리잔 뜻은 없어, 집을 지어도 백성보다 나은 것이 겨우 흙으로 싼 세층대(層臺)에서 더한 것이 없음을 자기도 스스로 알지만, 그래도 어쩐지 마음의 한구석에 불안이 있었다. 그래 사람을 영천(潁川) 냇가에 보내어 거기서 농사를 짓고 있는, 전에 도를 같이 닦던 시절의 친구인 소부(巢父 중국 고대의 전설에 나오는 선비. 탁한 세상의 물결에 따르지 않고 산 속의 나무 위에서 살았기 때문에 '소부'라는 이름이 생겼다 함. '소(巢)'는 '새둥지'라는 뜻), 허유(許由 '소부 와 같은 시대에 살았던 중국 고대의 전설에 나오는 이름 높은 선비. '요' 임금이 왕의 자리를 물려주려 했으

270

나 거절한 것으로 유명함)에게 가서, 나와서 벼슬을 하고 같이 일을 하자고 권했다. 그랬더니 허유가 그 말을 듣고는,

"에이, 더러운 소리를 들었군." 하고, 그 영천수 흐르는 물에 귀를 씻었다.

소부가 송아지를 먹이면서 마침 송아지에게 물을 먹이려다가 그 모양을 보고,

"야, 그 물 더러워졌다. 그것 먹이면 내 송아지 더러워진다." 하고 끌고 위로 올라갔다.

장자(藏子)가 초(楚)나라엘 갔다가 어느 냇가에서 낚시질을 했더니, 그 나라의 임금이 듣고 신하를 보내어 예물을 잔뜩 가지고 와 하는 말이,

"우리나라 임금이 선생님의 어지신 소문을 듣고, 꼭 오시어 우리 나라를 위해 일을 해 주시기를 청합니다." 했다.

장자가 그 이야기를 듣더니 하는 말이,

"이 애, 여기 제사돼지가 있다. 그놈 살았을 때 진창 속에 굴고 있지만, 제삿날이 오면 비단으로 입히고 정한 자리를 깔고 도마 위에 눕히고, 칼을 들어 잡는다. 그때 돼지가 되어 생각한다면 그렇게 죽는 것이 좋겠느냐? 진창 속에서나마 살고 싶겠느냐? 또, 너의 나라 사당 안에 점치는 거북 껍질 있지? 그놈이 살았을 때 바닷가 감탕(곧 죽처럼 된 흙)속에 꼬리를 끌고 놀던 것인데, 한번 잡힌즉 죽어 그 껍질을 미래를 점치는 신령이라 하여 비단보로 싸서 장 안에 간직해 두게 되니, 거북이 되어 생각한다면 죽어서 그 영광을 받고 싶겠느냐? 감탕 속에 꼬리를 끌면서라도 살고 싶겠나?" 했다.

왔던 사신의 대답이,

"그야 물론 진창·감탕 속에서 굴고 꼬리를 끌면서라도 살고 싶겠지요."

"그렇다면 가서 너희 임금보고 나도 감탕 속에 꼬리를 치고 싶다고 해라, 천하니 임금질이니, 그게 다 뭐라더냐?" 하고 장자는 물 위에 낚시를 휙 던졌다.

마케도니아의 한 절반 야만의 자식인 알렉산더가 천하를 정복할적에 당시 문화의 동산인 그리스를 말발굽 밑에 두루 짓밟았다. 감히 머리를 들 놈이 없었다. 오는 놈마다 말 앞에 무릎을 꿇었다. 들려오는 소문에 디오게네스(고대 그리스의 철학자. 스토아학파의 대표적인 인물)란 유명한 어진 이가 있다는 말을 들었다. 젊은 아이의 영웅심 · 자만심에, 으레 제가 나를 보러 오겠거니 했다. 기다려도 기다려도 아니 왔다. 약도 올랐고, 호기심도 일어나서, 부하를 데리고 디오게네스 있는 곳을 찾아갔다. 가보니 늙은이 하나가 몸에는 누더기를 입고, 머리는 언제 빗질을 했는지 메두사의 머리의 뱀처럼 흐트러졌는데, 바야흐로 나무통 옆에 앉아 볕을 쬐고 있었다. 이 나무통은 그의 소유의 전부인데, 낮에는 어디나 가고 싶은 데로 그것을 굴려 가지고 가고, 밤에는 그 안에 들어가 자는 것이었다. 디오게네스는 누가 왔거나 거들떠보지도 않았다. 젊은 영웅은 화가 났다.

"너 알렉산더를 모르나?"

제 이름만 들으면 나는 새도 떨어지고, 울던 아기도 그치는 줄만아는 알렉산더는 마음속에 '저놈의 영감쟁이가 몰라 그러지, 제가 정말 나인 줄 알면야 질겁을 해 벌떡 일어설 테지' 하는 기대를 가지고 한 소리였다. 그러나 디오게네스는 놀라지도, 코를 찡긋하지도 않고, 기웃해 알렉산더를 물끄러미 보고 하는 말이,

"너 디오게네스를 모르나?"

그러고는 목구멍에 침이 타 마르고 있는 젊은 정복자를 보고,

"비켜, 해 드는 데 그림자 져." 했다.

후한(後漢) 광무제(光武帝)가 일개 선비로서 일어나, 어지러워 가

272

던 한나라를 다시 일으켰다. 전쟁이 다 끝나고 천하가 완전히 제 손아귀에 들어온 줄을 알게 된 다음, 마음에 좀 불안을 느꼈다. 이제 천하에 나를 칭찬 아니 할 놈이 없고, 내게 복종 아니 할 놈이 없건만, 단 하나, 한 사내만이 마음에 걸렸다. 그것은 엄자릉(嚴子陵)이다. 그는 광무제의 동창 벗이었다. 한 가지 성현의 도를 닦는 시절에 서로 마음을 알아주는 벗(知己之友)으로 허락을 했었고, 높은 이상과 도타운 덕이 있어 그가 자기보다 한 걸음을 내켜 디딘 줄을 아는 광무제는, 처음의 선비의 뜻을 버리고 권세의 길을 탐해 천자(天子)가 되기는 했지만, 자릉이가 자기를 속으로 인정해 주지 않을 줄을 알았다. 그 생각을 하면 앞에서 네 발로 기며 아첨하는 소위 만조백관(滿朝百官 조정의 모든 벼슬아치)이란 것들이 보기도 싫다.

그래 사람을 부춘산(富春山)에 보내, 냇가에 낚시질하는 엄자릉을 데려오라 했다. 자릉이 따라왔다. 대신이요, 무어요 하는 물건들이 뜰아래 두 줄로 벌려 서서 감히 우러러도 못 보는 데를 자릉이 성큼성큼 걸어 광무 앉은 곳으로 쑥 올라갔다.

"아, 문숙(文叔)이, 이게 얼마만인가?"

그 동안에 몇 해의 전쟁이요, 나라요, 정치요, 천자요, 그런 것들은 당초에 코끝에 거는 것 같지도 않았다. 신하들은 어쩔 줄을 몰랐다. 광무도 도량이 넓다고는 하나, 짐승처럼 부려먹는 신하들 앞에서 제 위에 또 권위가 있다는 것을 허락해 보여 주는 것이 그리 기분 좋은 일이 아니었다. 그렇다고 자릉이를 신하 대접을 했다가는 당장에 무슨 벼락이 떨어질지 모르고, 물론 자릉이 그럴 리도 없겠지만 광무의 마음에 그럴 수밖에 없었다.

그는 스스로 무엇인지 모르는 기(氣)에 눌림을 스스로 인정하지 않을 수 없었다. 그래 신하들 보고는, "너희들은 물러가라. 내 오랜만에 친구를 만나 서로 정을 좀 풀련다." 했다. 밤새 이야기를 하다 잤다.

천문(天文)을 보는 신하가 허방지방 들어와,

"큰일 났습니다. 객성(客星)이 태백(太白)을 범했으니, 무슨 일이 있삽는지 모르겠습니다." 했다. 태백이란 지금 말로 금성(金星)인데, 옛 사람 생각에 그것은 임금을 표시한다 했다. 객성이란 다른 별이란 말이다. 임금은 절대로 신성하여 범할 수 없다고 믿었기 때문이다. 알고 보니 엄자릉이 자면서 광무의 배 위에다 다리를 턱 올려놓고 자더라는 것이다. 그래서 후세의 시인이 자릉의 그 기상을 대신 표현하여,

萬事無心一釣竿(만사무심일조간)
三公不換此江山(삼공불환차강산)
平生誤識劉文叔(평생오식유문숙)
惹起虛名滿世間(야기허명만세간)

일만 일에 생각 없고, 다만 하나 낚싯대라.
삼공 벼슬 준다 한들, 이 강산을 놓을소냐.
평생에 잘못 봤던 유문숙이 너 때문에,
쓸데없는 이름 날려, 온 세상에 퍼졌구나.

했다.

이것은 다 호랑이 담배 먹던 시대가 그리워서 하는 이야기들이다.

누가 한 수 더 위냐

호랑이 담배 먹는 이야기를 왜 이 우주 시대라는 지금에도 하며, 하면 왜 '루니크' 제 2호가 달에 갔다는 소리를 듣는 것보다 더 상쾌함을 느낄까?

그것이 역사적으로 있었더냐, 없었더냐가 문제 아니다. 없다면 없

을수록, 없는 일인데도 불구하고 자꾸 전해 오게 되는데 그 사실을 뛰어넘는 진실성이 있다. 사실, 사실은 사실의 전부가 아니다. 소위 사실이란 것은 현실을 가지고 말하는 것인데, 현실은 결코 참이 아니다. 현실이라지만, 현(現)이야말로 실(實)은 아니다. 씨(實)는 언제나 보이지 않는 속에 있다. Things are not what they seem! 씨가 피어 나온 것이 잎이요 꽃이지만, 잎과 꽃이 그 씨가 품었던 전부는 아니다. 씨가 품은 것은 영원이요, 무한이다. 그러므로 꽃마다 잎마다 열매를 내기 위하여서는 떨어져야 하고(현실은 없어지고), 그 씨는 또 더 많은, 더 새로운 씨를 위해 땅 속에 들어가야 한다. 사실이 중요하지만 사실(事實)은 사실(史實)이 되어야 하고, 사실(死實)에 이르러야 한다.

참에서 있음이 나오지만 '있는' 것이 참도 아니요, '있던' 것이 참도 아니다. '있을 것, 있어야 할' 것이 정말 참이다. 시(始)가 종(終)을 낳는 것이 아니라, 종(終)이 시(始)를 낳는다. 신화는 있던 일이 아니요, 있어야 할 일이다. 신화를 잃어버린 20세기 문명은 참혹한 병신이다. 신화는 이상(理想)이다. 이상이므로 처음부터 있었을 것이다. 알파 안에 오메가가 있고, 오메가 안에 알파가 있다. 이 문명이란 것은 알파도 오메가도 잃은 중간(中間)이다. 중간은 죽은 것이요 거짓이다. 이 사실(事實)에 붙은 문명은 죽은 문명이요, 거짓 문명이다.

호랑이는 담배를 피웠을 것이요, 사람과 서로 맞불을 붙이고야 말 것이요, 지금도 어디서 피우고 있을 것이다. 호랑이가 담배를 피웠다면, 사람은 선악과(善惡果)를 먹었다. 먹고야 말 것이다. 선악과를 먹던 에덴동산 이야기를 그리워서 하는 것은, 사람이 선과 악을 참 아는 지혜를 얻고야 말 것을 뜻한다. 사람의 딸들이 하나님의 아들들과 결혼을 했을 것이요, 네피림(구약성서에 나오는 체격이 장대한 거인으로서 노아의 홍수 이전에 존재했던 것으로 나타나 있음. '장부'라는 뜻이 있지만, '타락한 자, 습격하는 자' 등으로도

^{추측됨})을 낳았을 것이요(창세기 6장 4절), 또 낳는 날이 오고야 말 것이다. 모든 신화는 요컨대 하나다. 사람과 하나님과 만물이 서로 통했다는 것이다. 그것이 근본이요 또 구경(究竟 맨 마지막 궁극(窮極)) 이상(理想)이다. 그 신화가 타락하여 전설이 되고, 전설이 타락해 사(史)가 되고, 시화(史話)가 타락해 사건이 된다. 사건이 나면 죽는다. 문명은 사건의 공동 묘실이 아닌가?

그러므로 소부·허유가 사실로 있었거나 없었거나, 자릉이 정말 광무의 배때기를 눌렀거나 아니 눌렀거나, 디오게네스가 과연 알렉산더를 눈깔로 꼴았거나 말았거나, 그것은 문제가 아니다. 그것과는 별 문제로 이 이야기들은 참이다. 따지고 들어가면 다른 것 아니요, 두 편이 있다는 말이다.

요 초왕, 알렉산더, 한 광무 등등으로 대표되는 소위 문명인과, 소부, 허유, 장자, 디오게네스, 엄자릉 등으로 대표되는 '들사람'(벼슬을 하지 않는 사람)과, 그리고 이 세상이 보기에는 문명인의 세상 같지만 사실은 들사람이 있으므로 되어 간다는 말이다. 그것을 주장하자는 것이 이들 신화·전설이 끊이지 않고 전해 내려오는 이유다.

중국 민족같이 실제적인 민족은 없다. 거기서 난 성인(聖人) 공자는 주로 한 것이 집과 나라와 사회를 어떻게 받들어 나갈 거냐, 거기 관한 실지 도덕을 가르친 일이지, 우주의 근본이나 생명의 신비 같은 것을 그리 말하지 않았다. 그런데, 그리하여 그 가르침이 표준이 되어 임금을 하늘 아들이라 높였는데, 그 중국 역사에 어찌하여 내리내리 잊지 않고 세상을 초탈하는 인물을 늘 그 위에 앉히는 사상이 있을까?

또 그리스도 역시 마찬가지다. '폴리스'란 말이 정치를 뜻하듯이 그들은 정치적인 민족이요, 또 과학 발달이 그들에게서 나왔는데 어찌하여 디오게네스 같은 인물을 알렉산더보다 높이는 사상이 있을까? 그렇게 보면, 하필 중국이나 그리스만 아니라 어떤 민족, 어떤 나라의 역사에도 이 두 인종의 대립이 있고, 그리고 현실에 있어서는 하나 틀림없이 다 임금을 높이고 신이라고까지 하면서도, 그 뒷면의 정신의 세계에선 늘 그 위에 관 없는 왕을, 왕 위에 왕을 앉혀 놓는다.

이스라엘 역사에서 양치는 소년 다윗은 골리앗을 조약돌로 때려 눕혔고, 그 다윗은 선지자 사무엘이 어린애처럼 데려다 왕 위에 놓았으며, 인도에서는 임금이 왕의 자리를 버리고 출가를 하여 거지같은 고행자 앞에 겸손한 제자가 되는 일이 수두룩했다. 맹자는 임금이 불러도,

"저는 벼슬 한 가지 높지만, 나는 나이도 높고 덕도 높으니 제가 어찌 나를 불러?"하고 아니 갔고, 천작(天爵 남의 존경을 받을 만한 타고난 덕행), 인작(人爵 작위(爵位) 관록(官祿) 등 사람이 정한 영예(榮譽))을 말했다

뼈다귀가 빠질 대로 다 빠지고 살이 썩을 대로 다 썩은 우리나라 이씨(李氏)네 500년에 있어서도 그래도 무슨 기백이 남은 것이 있다면, 상투밑에서 고린내는 났을망정 한 줌 되는 산림학자(山林學者)에 있지 않았나? 정몽주(鄭夢周)를 때려 죽였는데도 불구하고 아직도 선죽교(善竹橋)에 피가 흐른다는 것은 무엇인가? 이성계 · 이방원을 만고의 죄인으로 규정짓는 민중의 판단이지, 왕 위에 또 왕이 있단 말이지 무언가? 야차(夜叉 민속에서 말하는 사나운 귀신의 하나로서 두억시니라고도 함. 불교에서는 매우 추하고 괴이하게 생긴 귀신으로 하늘을 날아다니면서 사람을 잡아먹고 상해를 입히는 잔인한 악마를 가리킴) 같은 수양(首陽)으로도 미친 녀석 같은 김시습(金時習)을 어떻게나 모셔 보려 애를 쓴 것은 무언가? 칼보다는 더 무서운 칼이 있고, 곤룡포(袞龍袍)보다는 더 아름다운 옷이 있단 말이지.

이태조 · 세조는 왜 또 들추느냐? 그 밖엔 할 말이 없느냐 하고 그의 자손과 그의 종들은 강아지처럼 앙잘거려 항의를 할 거다. 그렇다, 나는 무식해서 할 말이 그것밖엔 모른다. 나는 무지한 백성의

한 알이다. 내가 이 꼴밖에 못된 것은 그들 때문이다. 한이 뼈에 사무쳤다.

그러나 내가 개인 이성계나 수양을 나무라겠느냐? 다 죽어 썩어져 백골도 없는 그들을 욕해서는 무엇 하리오. 그들은 민중을 다스리는 권력, 구속하는 제도의 상징 아닌가? 그의 정신적 권속(眷屬 자기 집안에 딸린 식구. 여기서는 이성계·이방원과 같은 부류의 사람들을 가리킴)은 오늘도 씨글거리지 않나? 내 말도 못 알아듣는 가엾은 사람아, 너희 같은 것을 위해 최영이 목을 잘리고, 정몽주가 맞아 죽고, 성삼문·박팽년이 죽고, 유응부가 서서 껍데기를 벗기우고, 김옥균이 총에 맞아 죽고, 시체도 평안치 못해 오차(중국 상해에서 암살당한 뒤 시체는 본국으로 옮겨져 능지처참을 당했다는 기록이 있음. 죽은 후 다시 능지 처참당하는 것을 의미함)를 당했단다.

개성(開城)에 가면 덕물산이란 조그만 산이 있어, 거기는 무당만 몇 십 호가 굿을 해먹고 살아가는데, 그거는 뭐냐 하면 최영 장군의 영을 뫼신 곳이다. 지금은 물론 미신이지만, 당초의 그 유래를 찾으면, 태종(太宗) 때에 비가 아니 와서 사방 기우제를 지내다 못해 누구 말이 최영 장군의 영이 노해 그런다 하여 그 묘에 제사를 지냈더니, 곧 큰비가 와서 그때부터 그리 됐다는 것이다. 이 태조와 최 장군이 원수로 대립이 되던 이상, 태종의 마음으로 그 묘에 제사하는 것을 허하고 싶지 않았겠지만, 민중의 생명이 관계되는데 어쩔 수 없었을 것이다. 그럼 뭐야? 목은 잘랐지만 도리어 졌단 말 아닌가? 민중은 최 장군을 더 존경한단 말 아닌가? 과학적으로 보아, 비 온 것이 우연이거나 영검이거나 그것은 별문제로, 민중의 마음이 최 장군을 위해 절대 받든 것만은 사실이 아닌가? 살고 죽는, 화복의 마지막 결정권은 민중에 있다.

또 김시습이 미친 모양을 하고 다니며 길가에서 오줌을 쌌다. 그것이 누구냐? 그가 길을 가다가는 주저앉아,

"백성들이 무슨 죄가 있소?" 하고 통곡하던 바로 그 민중 그 자신

이 아닌가? 오줌을 쌌다니 어디다 싼 것일까? 세조의 정치에 대해, 바로 세조의 얼굴에 대고 싼 것이지 뭐냐? 칼을 뽑아 물을 잘라도 물은 오히려 흐른다고, 사람의 모가지는 자를 수 있어도 민중의 오줌인 신화·전설·여론은 못 자를 것이다.

봐라! 두고 봐라! 한이 뼈에 사무쳤다니 원수라도 갚을까 봐 겁이 나 그러나? 비겁하다! 그게 아니다. 미친 체 오줌을 싸는 것은 원수 갚을 마음이 없기 때문에 하는 것이다. 비겁하거나 미워하는 마음에서 깔기는 오줌이 아니야. 오줌 쌈을 받는 놈보다는 스스로 좀 넓고 큰 것이 있기 때문에 하는 거야. 소원이야 예수처럼 죽으면서도 죽이는 놈을 위해 복을 빌고 싶은 마음이지만, 그만한 얼의 실력은 없으니, 오줌이라도 깔기는 것이다.

매월당(梅月堂)의 오줌 한 번 구경하려나? 서거정(徐居正)이 그와 친구였다. 찾아온 김시습을 보고 그림 한 폭을 내놓으며 거기다 뭐라 글을 하나 써 달라 했다. 그림은 강태공이 문왕을 만나기 전 위천(渭川)에서 낚시질하는 것을 그린 것이었다. 시습은 붓을 들더니 곧 단숨에 내리갈겼다.

風雨蕭蕭拂釣磯(풍우소소불조기)
渭川魚鳥學忘機(위천어조학망기)
如何老作應揚將(여자노작응양창)
空使夷齊餓採薇(공사이제아채미)

비바람 들이치는 위천 물가 낚시돌에
저 고기 새 너를 배워 세상 일 꽤 잊었더니,
어쩌다 늘그막에 난다 긴다 장수 되어,
쓸데없이 백이·숙제 굶어 죽게 했단 말가.
거정이 이것을 보더니

"이거 나를 죄 주는 소리로구나!" 했다. 옳은 말이다. 본래 벼슬이라도 해먹는 놈들에게 맞지도 않는 그림이었다.

'내가 진리의 왕이다'는 못할망정 매월당이 쌌던 대로 나도 세종로·종로에 대고 대낮에 오줌을 한 번 깔기고 싶은 일이다. 그만한 '들사람 얼'이 있었으면!

▶ 문명인과 들사람을 바라보는 지은이의 세계관을 살펴보고 두 삶의 방식
   을 정리해 보자.

　　지은이는 세상을 살아가는 방식을 크게 '문명인'과 '들사람'의 두
가지로 나누고 있다. 문명인은 제도권 안에서 국가와 사회에 직접적
으로 영향을 미칠 수 있는 사람들이고, 들사람은 제도권 바깥에서 자
신의 신념을 지키며 간접적으로 주변에 영향을 미칠 수 있는 사람들
이다. 역사적으로 요왕, 초왕, 알렉산더, 한 광무가 문명인을 대변한
다면 소부와 허유, 장자, 디오게네스, 엄자릉 등은 들사람을 대변한다
고 볼 수 있다. 일견 세상은 문명인이 움직이는 것처럼 보이지만, 지
은이는 사실 들사람이 있음으로 인해 원만하게 돌아간다고 보고 있
다. 들사람의 정신이 어떤 것인지는 네 가지 일화 속에 나타난다.

　　요임금이 소부와 허유에게 국사를 함께하자고 제안했던 이야기, 초
임금이 장자에게 벼슬을 권했던 일, 알렉산더의 권위 앞에서도 당당
하게 행동했던 디오게네스, 후한 광무제도 기를 펼 수 없었던 엄자릉
등 네 가지 일화에 등장하는 인물들은 한결같이 왕의 제안을 거절한
다는 공통점을 지니고 있다.

　　결국 들사람 정신이란 허황된 권력과 부에 대한 헛된 욕신을 버리
고 자신이 굳게 믿는 이상을 실천하면서 내면을 갈고 닦는 사람들이
만들어내는 정신이라고 할 수 있다. 이들의 정신이 바로 사회의 부패
를 막는 원동력으로서 우리가 나아갈 바라는 것이다. 평생 한결 같은
신념으로 폭압과 권위에 굴복하지 않고 부조리에 항거해 온 지은이의
삶의 태도와 세계관이 잘 반영된 작품이다.

- **성격** | 비판적, 냉소적. 호소적, 비분적.
- **표현** | 구어체를 사용하여 표현에 거침이 없다. 예화를 통해 주장을 효과적으로 드러내고 있다.
- **제재** | 들사람 정신.
- **주제** | 들사람 정신이 없음을 개탄함.
- **구성** | 네 개의 일화를 들려주는 앞부분과 들사람 정신이 결핍된 요즘 시대를 개탄하는 뒷부분으로 구성되어 있다.
- **지은이** | 함석헌(咸錫憲, 1901~1989)

조선의 영웅

심훈

우리 집과 등성이 하나를 격한 야학당에서 종 치는 소리가 들린다. 우리 집 편으로 바람이 불어오는 저녁에는 아이들이 떼를 지어 모여 가는 소리와, 아홉 시 반이면 파해서 흩어져 가며 재잘거리는 소리가 들린다. 이틀에 한 번쯤은 보던 책이나 들었던 붓을 던지고 야학당으로 가서 둘러보고 오는데, 금년에는 토담으로 쌓은 것이나마 새로 지은 야학당에 남녀 아동들이 80명이나 들어와서 세 반에 나누어 가르친다. 물론 5리 밖에 있는 보통 학교에 입학하지 못하는 극빈자의 자녀들인데, 선생들도 또한 보교(普校 '보통학교'의 준말로 일제 강점기 때의 초등학교 이름)를 졸업한 정도의 청년들로 밤에 가마때기(가마니때기의 준말로 '가마니'의 속어)라도 치지 않으면 잔돈푼 구경도 할 수 없는 처지에 있는 사람들이다. 그러나 그네들은 시간과 집안 살림을 희생하고 하루 저녁도 빠지지 않고 와서는 교편(원래는 교사가 학생들을 가르칠 때 가지는 회초리를 가리키는 것으로서 교사로서 수업을 하는 것을 이름)을 잡고 아이들과 저녁내 입씨름을 한다. 그 중에는 겨울철에 보리밥을 먹고, 보리도 떨어지면 시래기죽을 끓여 먹고 와서는 이밥(흰쌀로 지은 밥)이나 두둑이 먹고 온 듯이 목소리를 높여 글을 가르친다. 서너 시간 동안이나 칠판 밑에 꼿꼿이 서서 선머슴아이들과 소견 좁은 계집애들과 아귀다툼을 하고 나면, 상체의 피가 다리로 내려 몰리고 허기가 심해져서 나중에는 '아이들의 얼굴이 돋보기안경을 쓰고 보는 듯하다'고 한다.

그러한 술회를 들을 때, 그네들을 직접으로 도와 줄 시간과 자유가 아울러 없는 나로서는 양심의 고통을 느낄 때가 많다.

표면에 나서서 행동하지 못하고 배후에서 동정자나 후원자 노릇을 할 수밖에 없는 처지에 놓여 있기 때문에 곁의 사람이 엿보지 못할 고민이 있다. 그네들의 속으로 벗고 뛰어들어서 동고동락(同苦同樂)을 하지 못하는 곳에 시대의 기형아인 창백한 인텔리로서의 탄식이 있다.

나는 농촌을 제재(題材)로 한 작품을 두어 편이나 썼다. 그러나 나 자신은 농민도 아니요, 농촌 운동자도 아니다. 이른바, 작가는 자연과 인물을 보고 느낀 대로 스케치 판에 옮기는 화가와 같이 아무것에도 구애되지 않는 자유로운 처지에 몸을 두어 오직 관조(觀照)의 세계에만 살아야 하는 종류의 인간인지 모른다. 또는 눈에 보이는 그대로의 현실 세계에 입각해서 전적 존재의 의의를 방불케 하는 재주가 예술일는지도 모른다.

그러나 물 위에 기름처럼 떠돌아다니는 예술가의 무리는, 실사회에 있어서 한 군데도 쓸모가 없는 부유층(하루살이와 같은 계층)에 속한다. 너무나 고답적(高踏的 실사회와 동떨어진 것을 고상하게 여기는)이요, 비생산적이어서 몹시 거추장스러운 존재다. 시각(視角)의 어느 한 모퉁이에서 호의로 바라본다면, 세속의 누(累)를 떨어버리고 오색구름을 타고서 고왕독맥(孤往獨驀 외로이 가고 홀로 달림)하려는 기개가 부러울 것도 같으나, 기실은 단 하루도 입에 거미줄을 치고는 살지 못하는 나약한 인간이다. '귀족들이 좀 더 잰 체하고 뽐내지 못하는 것은 저희들도 측간(화장실) 오르기 때문이다'라고 뾰족한 소리를 한 아쿠다가와(芥川)의 말이 생각나거니와 예술가라고 결코 특수 부락의 백성도 아니요, 태평성대(泰平聖大)의 일민(逸民 학문과 덕행이 있으면서도 묻혀 사는 사람)도 아닌 것이다.

적잖이 탈선이 되었지만 백 가지, 천 가지 골이 아픈 이론보다도 한 가지나마 실행하는 사람을 숭앙하고 싶다. 살살 입술발림만 하고 턱 밑의 먼지만 톡톡 털고 앉은 백 명의 이론가, 천 명의 예술가보다도 우리에게는 단 한 사람의 농촌 청년이 소중하다. 시래기죽을 먹고 겨우내 '가갸 거겨'를 가르치는 것을 천직이나 의무로 여기는 순진한 계몽 운동자는 히틀러, 무솔리니만 못지않은 조선의 영웅이다.

나는 영웅을 숭배하기는커녕 그 얼굴에 침을 뱉고자 하는 자이다. 그러나 아, 농촌의 소영웅들 앞에서는 머리를 들지 못한다.

그네들을 쳐다볼 면목이 없기 때문이다.

▶ 지은이가 농촌 청년들을 '조선의 영웅'이라고 예찬한 이유는 무엇인가?

　이 작품의 배경은 1930년대에 유행했던 농촌 계몽 운동이다. 당시 깨어 있던 젊은이들은 농촌이 가난에서 벗어나려면 무엇보다도 문맹 퇴치가 가장 우선되어야 한다고 생각하여 농촌 곳곳에서 야학을 시작했다. 지은이는 자신의 소설 '상록수'를 통해 당시의 현실을 그리고 있는데, 이 글에도 농촌 계몽운동에 대한 자신의 생각이 담겨 있다. 보통학교 졸업 정도의 학력에 불과한 청년들이 가난에도 불구하고 열심히 아동들을 가르치는 모습을 사실적으로 보여줌으로써 청년들의 농촌 계몽에 대한 열정을 예찬하고 있다. 하지만 지은이는 직접 현장에 뛰어들어 농촌 청년들과 함께 하지 못하고 배후에서 동정자나 후원자 노릇밖에 하지 못하는 것에 대해 부끄러워하고 있다.

　또한 구체적인 현실 속에서 어려움을 무릅쓰고 미래를 일구어 가는 농촌 청년에 비해 예술가는 한없이 보잘 것 없는 존재로서 그 역할이 추상적이고 비생산적이라고 보고 있다. 침을 뱉어야 마땅한 히틀러나 무솔리니가 영웅이 아니라 백 마디의 말보다 한 가지의 작은 실천을 통해 농촌의 문맹퇴치운동에 앞장서고 있는 농촌 청년들이야말로 진정한 영웅이라는 것이다.

- **성격** | 교훈적, 예찬적, 사실적, 고백적.
- **표현** | 강건체의 문장으로 강한 설득력을 주면서 농촌 청년들의 영웅적인 행위를 부각시켜 놓았다.
- **제재** | 조선의 영웅.
- **주제** | 지식인으로서의 자괴감과 실천의 중요성에 대한 인식.
- **형식** | 기―승―전―결의 4단 구성.
    - 기: 농촌 야학당의 열악한 현실.
    - 승: 직접 나서지 못하는 지식인으로서 자괴감을 느낌.
    - 전: 예술가 무리는 비생산적 존재임을 자각함.
    - 결: 농촌 청년들이 보여주는 열정적 실천을 예찬함.
- **지은이** | 심훈(沈熏, 1901~1936)

담요

최서해

　　　나는 이 글을 쓰려고 종이를 펴놓고 붓을 들 때까지, '담요'란 생각은 털끝만치도 하지 않았다. 꽃 이야기를 써볼까, 요새 이내 살림살이 꼴을 적어 볼까, 이렇게 뒤숭숭한 생각을 거두지 못하다가, 일전에 누가 보내준 어떤 여자의 일기에서 몇 절 뽑아 적으려고 하였다.

　그래 그 일기를 찾아서 뒤적거려보고 책상과 마주 앉아서 펜을 들었다. 'XX과 XX'라는 제목을 붙여 놓고, 몇 줄 내려쓰노라니, 딴딴한 장판에 복사뼈가 어떻게 박히는지 몸을 움직일 때마다 그놈이 따금따금해서 견딜 수 없고, 또 겨우 빨아 입은 흰옷이 까만 장판에 뭉개져서 걸레가 되는 것이 마음에 켕기었다.

　따스한 봄볕이 비치고 사지는 나른하여 졸음이 오는데, 이런 생각 저런 생각 신경이 들먹거리고 게다가 복사뼈까지 따끔거리니, 글도 써지지 않고 그대로 앉아있을 수도 없었다. 그러나 기일이 급한 글을 맡아 놓고, 그저 있을 수도 없는 일이다. 나는 한 계책을 생각하였다. 그것은 별 계책이 아니라 담요를 깔고 앉아서 쓰려고 한 것이다. 담요야 그리 훌륭한 것도 아니요 깨끗한 것도 아니지만 그것이나마 깔고 앉으면 복사뼈도 따금거리지 않을 것이요, 또한 의복도 장판에 덜 검게 될 것이라고 생각한 까닭이었다.

　이불 위에 접어놓은 담요를 내려서 네 번 접어서 깔고 보니 너무 넓고 엷어서 마음에 들지 않았다. 다시 펴서 길이로 세 번 접고 옆으로 세 번 접었다. 이렇게 접혀서 여섯 번 접을 때, 내 머리에 언뜻 떠오르는 생각과 같이 내 눈앞을 슬쩍 지나가는 그림자가 있다.

나는 담요 접던 손으로 찌르르한 가슴을 부둥켜안았다. 이렇게 멍하니 앉은 내 마음은, 층계를 밟아 멀리멀리 옛적으로 달아나는 이 마음을 그대로 놓쳐버리기는 너무도 아쉬워서 그대로 여기에 쓴다. 이것이 지금 '담요'라는 제목을 붙이게 된 동기이다.

3년 전 내가 집을 떠나던 해 겨울에, 나는 어떤 깊숙한 큰절에 있었다. 홑 고의적삼을 입고 이 절 큰방 구석에서 우두커니 쭈그리고 지낼 때에, 고향에 계신 늙은 어머니가 보내 주신 것이 지금 이 글 제목으로 붙인 '담요'였다. 그 담요가 오늘날까지 나를 싸주고 덮어주고 받쳐주고 하여, 한시도 내 몸을 떠나지 않고 있다. 나는 때때로 이 담요를 만질 때마다 느끼는 감정이 있으니 그것이 즉 이 글에 나타나는 감정이다.

집 떠나던 해였다.

나는 국경 어떤 정거장에서 일하고 있었다. 그때는 그 일이 괴로웠지만, 지금 생각하면 그것이 오히려 사람다운 일이었을는지 모른다. 어머니와 아내가 있었고 어린 딸년까지 있어서 헐었거나 성하거나 철찾아 깨끗이 빨아주는 옷을 입었고, 새벽부터 밤까지 일자리에서 껄떡거리다가는, 내 집에서 지은 밥에 배를 불리고 편안히 쉬던 그때가, 바람에 불리는 갈꽃 같은 오늘에 비기면 얼마나 행복이었던가 하고 생각해보는 때도 많다. 더구나 어린 딸년이 아침저녁 일자리에 따라와서 방긋방긋 웃어주던 기억은 지금도 새롭다.

그러나 그때에도 풍족한 생활은 못되었다. 그날 벌어 그날 먹는 생활이었고 그리 되고 보니 하루만 병으로 쉬게 되면 그 하루 양식 값은 빚이 되었다. 따라서 잘 입지도 못하였다. 아내는 어디 나가려면 딸년 싸 업을 포대기조차 변변한 것이 없었다.

그때 우리와 같이 이웃에 셋집을 얻어 가지고 있는 K란 사람이 있었다. 그 사람도 나와 같이 정거장에서 일하고 있었는데, 그 부인은 우리 집에 놀러오는 때마다 그때 세 살 나는 어린 아들을 붉은 담요에 싸 업고 왔다.

K의 부인이 와서 그 담요를 끄르고 어린 것을 내여 놓으면, 내 딸년은 어미 무릎에서 젖을 먹다가도 텀벅텀벅 달려가서 붉은 담요를 끄집어오면서,

"엄마, 곱다, 곱다."

하고 방긋방긋 웃었다. 그 웃음은 담요가 부럽다, 가지고 싶다, 나도 하나 사 달라고 하는 듯하였다. 그러면 K의 아들은, "이놈아, 남의 것을 왜 가져가니?"

하는 듯이 내게 찡기고 달려들어서 그 담요를 빼앗았다. 그러나 내 딸년은 순순히 뺏기지 않고, 이를 악물고 힘써서 잡아당긴다. 이렇게 서로 잡아당기고 밀치다가는 나중에 서로 때리고 싸우게 된다. 처음 어린것들이 담요를 밀고 당기게 되면 어른들은 서로 마주보고 웃게 된다. 그러나 어머니, 아내, 나, 이 세 사람의 웃음 속에는 알 수 없는 어색한 빛이 흘러서 극히 부자유스런 웃음이었다. K의 아내만이 상글상글 재미있게 웃었다. 담요를 서로 잡아당길 때에, 내 딸년이 끌리게 되면, 얼굴이 발개서 어른들을 보면서 비죽비죽 울려하는 것은 후원을 청하는 것이었다. 이것은 K의 아들도 끌리게 되면 하는 표정이었다.

그러다가 서로 어울려서 싸우게 되면 어른들 낯에 웃음이 스러진다. "이 계집애, 남의 애를 왜 때리느냐?"

K의 아내는 낯빛이 파래서 아들의 담요를 끄집어다가 싸 업는다. 그러면 내 아내도 낯빛이 푸르러서, "우지마라, 우지마라. 이담에 아버지가 담요를 사다준다."

하고 내 딸년을 끄집어다가 젖을 물린다. 딸년의 울음은 좀처럼

그치지 않았다.

"아니! 응 흥!"

하고 발버둥을 치면서 K의 아내가 어린것을 싸 업은 담요를 가리키면서, 섧게 섧게 눈물을 흘린다. 이렇게 되면, 나는 차마 그것을 볼 수 없었다. 같은 처지에 있건마는, K의 아내와 아들은 낮에는 우월감이 흐르는 것 같고, 우리 그 가운데 접질리는 것 같은 것도 불쾌하지만 어린것이 서너 살이 나도록 포대기 하나 변변히 못 지어주는 것을 생각하면 너무도 못생긴 느낌도 없지 않았다. 그리고 그 어린것이 말은 잘 할 줄 모르고, 그 담요를 손가락질하면서 우는 양은 차마 눈으로 볼 수 없었다. 그 며칠 뒤에 나는 일 삯전을 받아 가지고 집으로 가니 아내가 수건으로 머리를 싼 딸년을 안고 앉아서 쪽쪽 울고 있었다. 어머니는 그 옆에서 아무 말 없이 담배만 피우시고, "XX(딸년 이름) 머리가 터졌단다." 어머니는 겨우 울려나오는 목소리로 말씀하시었다. "예? 머리가 터지다뇨?" "K의 아들애가 담요를 만졌다고 인두로 때려……."

이번은 아내가 울면서 말하였다. 나는 나로서도 알 수 없는 힘에 문밖으로 나아갔다. 어머니가 쫓아 나오시면서,

"얘, 철없는 어린것들 싸움인데, 그것을 탓해 가지고 어른 싸움이 될라."

하고 나를 붙잡았다. 나는 그만 오도 가도 못하고 가만히 서있었다. 그때 나는 분한지 슬픈지 그저 멍한 것이 얼빠진 사람 같았다. 모든 감정이 점점 가라앉고, 비로소 내 의식에 돌아 왔을 때, 내 눈은 눈물에 젖었고 가슴은 미어지는 것 같았다. 나는 그 길로 거리에 달려가서 붉은 줄, 누른 줄, 푸른 줄 간 담요를 4원 50전이나 주고 샀다. 무슨 힘으로 그렇게 달려가 샀는지, 사 가지고 돌아설 때, 양식 살 돈 없어진 것을 생각하고 이마를 찡기는 동시에 흥! 하고 냉소도 하였다. 내가 지금 깔고 앉아서 이 글을 쓰는 이 담요는 그래서

산 것이었다.

담요를 사들고 집에 들어서니, 이미 무릎에 앉아서, "엄마, 아파! 여기 아파!" 하면서 뚝뚝 뛸 듯이 좋아라고 웃는다. 아내, 나는 소리 없는 눈물을 씻으면서, 서로를 쳐다보고 울었다.

아, 그때 찢기던 그 가슴! 지금도 그렇게 찢긴다.

그 뒤에 얼마 안 되어 몹쓸 비바람은 우리 집을 치웠다. 우리는 서로 동서로 갈리게 되었다. 어머니는 내 딸년을 데리고 고향으로 가시고, 아내는 평안도로 가고, 나는 양주의 어떤 절로 들어갔다. 내가 종적을 감추고 다니다가 절에 들어가서 어머니께 편지하였더니, "추운 겨울을 어찌 지내느냐? 담요를 보내니 덮고 자거라. XX(딸년 이름)가 담요를 밤낮 이쁘다고, 남은 만지게도 못 하더니, '아버지께 보낸다' 고 하니, '할머니 이거 아버지가 덮어?' 하면서 군말 없이 내어놓는다. 어서 뜻을 이루어 돌아오기를 바란다." 하는 편지와 같이 담요를 주시었다. 그것이 벌써 3년 전 일이다. 그 사이 담요의 주인공인 내 딸은 땅속에 묻힌 혼이 되고, 늙은 어머니는 의지까지 없이 뒤쪽 나라 눈 속에서 헤매시고 이 몸이 또한 푸른 생각을 안고 끝없이 흐르니, 언제나 어머니 슬하에 뵈일까?

봄뜻이 깊어 이때에, 유래가 깊은 담요를 손수 접어 깔고 앉으니, 무량한 감개가 가슴에 복받치어서 풀길이 망연하다.

▶ 최서해의 문학은 이른바 '빈궁 문학'이라고 일컬어진다. '담요'에서 나
타난 빈궁을 작가의 생애와 연관 지어 살펴보자.

　이 글은 가난으로 점철된 삶을 산 지은이가 담요에 얽힌 가족들과
의 슬픈 추억을 소설 형식으로 되새기고 있는 자전적 수필이다. 옆집
아이의 담요를 부러워하던 아이가 담요 때문에 옆집아이와 다투다가
옆집아이가 휘두른 인두에 머리가 터진다. 이 모습을 본 지은이는 한
달치 양식 살 돈을 털어 아이에게 줄무늬 담요를 사준다. 자식에 대한
아비의 도리를 다해야겠다는 자존심이 굶주림까지도 마다하게 만든
것이다. 지은이는 자존심의 상실과 굶주림이라는 이중의 아픔을 감내
해야 했던 것이다. 지은이에게 과연 가난의 탈출구는 없었을까.

　1920년대 한국 소설의 내용은 식민지 현실에 대한 문제로 집약된
다. 최서해는 당시 문단에 범람했던 허무주의와 퇴폐주의를 극복하고
자신의 체험을 문학적으로 형상화시킨 작가로 주목받았다. 그는 기록
에 의하면 한국 근대문학사 가운데서 가장 가난한 집안에 태어나 일
생을 가난에 쫓기면서 빈곤한 이들의 이야기를 주로 쓴 것으로 알려
져 있다. 그는 빈농의 외아들로 태어나 아버지보다는 주로 어머니의
사랑을 받으며 성장했다. 이릴 때부터 한문을 많이 읽은 그는 보통학
교 3학년까지밖에 다니지 못했다. 그는 12, 13세 때부터 문학에 관심
을 쏟기 시작했지만 생계를 위해 손에 닥치는 대로 온갖 일을 할 수
밖에 없었다. 가난을 체험하며 시대를 뼈아프게 인식한 그는 자신의
비참한 생활상을 작품 속에 생생하게 살려냈다. 그의 작품 속에는 일
제 강점기 하에서 극한적인 삶의 고통을 탈피하기 위해 방화, 살인,
강도질 등을 하며 삶을 연명해 가는 민중의 모습이 실감 나게 묘사되
어 있다. 최서해는 빈궁의 원인을 개인의 문제가 아닌 불합리한 사회
조직과 제도의 모순에서 찾았다. 그러므로 그의 작품에는 저항의식이
묻어나고 있다.

이 글의 말미에 나오는 '유래가 깊은 담요를 손수 접어 깔고 앉으니, 무량한 감개가 가슴에 복받치어서 풀길이 망연하다' 라는 대목은 자신의 힘으로는 어찌할 수 없는 무력한 심사의 끝자락을 내보이고 있다.

■ 작품 정리

- **성격** | 회고적, 묘사적, 개인적, 비극적.
- **표현** | 현재시제와 흉내말의 사용으로 지은이 자신의 체험을 생동감 있게 서술하였다.
- **제재** | 담요
- **주제** | 담요에 얽힌 슬픈 추억을 떠올리며 현재의 비참한 상황을 탄식함.
- **구성** | 현재로부터 과거 시점으로 옮겨가는 소설적 구성을 취하고 있다.
    - 현재: 글을 쓰기 위해 담요를 꺼냄.
    - 과거: 가난한 시절 담요에 얽힌 가족들과의 슬픈 추억과 가족들과 뿔뿔이 흩어진 가혹한 현실을 떠올림.
- **지은이** | 최서해(崔曙海, 1901~1932)

불국사 기행

현진건

7월 12일, 아침 첫차로 경주를 떠나 불국사(佛國寺)로 향했다. 떠날 임시에 봉황대(鳳凰臺)에 올랐건만, 잔뜩 찌푸린 일기에 짙은 안개는 나의 눈까지 흐리고 말았다. 시포(屍布 시체를 싸는 흰 삼베)를 널어놓은 듯한 희미한 강줄기, 몽롱한 무덤의 봉우리, 쓰러질 듯한 초가집 추녀가 눈물겹다. 어젯밤에 나를 부여잡고 울던 옛 서울은 오늘 아침에도 눈물을 거두지 않은 듯. 그렇지 않아도 구슬픈 내 가슴이어든 심란한 이 정경에 어찌 견디랴? 지금 떠나면 1년, 10년, 혹은 20년 후에나 다시 만날지 말지! 기약 없는 이 작별을 앞두고 눈물에 젖은 임의 얼굴! 내 옷소매가 촉촉이 젖음은 안개가 녹아내린 탓만은 아니리라.

장난감 기차는 반시간이 못 되어 불국사역까지 실어다 주고, 역에서 등대(等待 미리 준비하고 기다림)했던 자동차는 십리 길을 단숨에 껑청껑청 뛰어서 불국사에 대었다. 뒤로 토함산(吐含山)을 등지고 왼편으로 울창한 송림을 끌며 앞으로 광활한 평야를 내다보는 절의 위치부터 풍수쟁이 아닌 나의 눈에도 벌써 범상치 아니했다. 더구나 돌 층층대를 쳐다볼 때에 그 굉장한 규모와 섬세한 솜씨에 눈이 어렸다.

초창 당시엔 낭떠러지로 있던 곳을 돌로 쌓아올리고, 그리고 이 돌층층대를 지었음이리라. 동쪽과 서쪽으로 갈리어 위아래로 각각 둘씩이니 전부는 네 개인데, 한 개의 층층대가 대개 열일곱 여덟 계단이요, 길이는 오십칠팔 척으로 양 가에 놓인 것과 가운데에 뻗친 놈은 돌 한 개로 되었으니, 얼마나 끔찍한 인력을 들인 것인가를 짐작할 것이요, 오늘날 돌로 지은 대건축물에도 이렇듯이 대패로 민 듯한 돌은 못 보았다 하면, 얼마나 그때 사람이 돌을 곱게 다루었는가를 깨달을 것이다.

돌 층층대의 이름은, 동쪽 아래의 것은 청운교(靑雲橋), 위의 것은 백운교(白雲橋)요, 서쪽 아래의 것은 연화교(蓮花橋), 위의 것은 칠보교(七寶橋)라 한다. 층층대라 하였지만, 아래와 위가 연락되는 곳마다 요새말로 네모난 발코니가 되고 그 밑은 아치가 되었는데, 인도자의 설명을 들으면 옛날에는 오늘날의 잔디밭 자리에 깊은 연못을 팠고, 아치 밑은 맑은 물이 흐르며 그림배(畵船)가 드나들었다 하니, 돌층층대를 다리라 한 옛 이름의 유래를 터득할 것이다.

층층대 상하에는 손잡이 돌이 우뚝우뚝 서고 쇠사슬인지 은사슬인지 둘러 꿴 흔적이 아직도 남았다. 귀인이 이 절을 찾을 때엔 저 연못가에 내려 그림배를 타고 들어와 다시 보교(步轎 가마의 하나. 정자 지붕 모양으로 가운데를 솟게 하고 사면을 장막으로 둘러침)를 타고 이 돌 층층대를 지나 절 안으로 들어가기도 하였단다. 너른 못에 연꽃이 만발한데, 다리 밑으로 돌아드는 맑은 흐름엔 으리으리한 누각과 석불의 그림자가 용의 모양을 그리고 그 위로 소리 없이 떠나가는 그림배! 나는 당년의 광경을 머릿속에 그리며 스스로 황홀하였다. 활동사진에서 본 물의 도시, 베니스의 달 비낀 바닷가에 그림배를 저어 가는 청춘 남녀의 광경이 선하게 나타난다.

이 돌 층층대를 거치어 문루(門樓 대궐이나 성(城) 등의 문 위에 지은 다락집)를 지나서니, 유명한 다보탑(多寶塔)과 석가탑(釋迦塔)이 눈앞에 나타난다. 이 두 탑은 물론 돌로 된 것이다. 그렇다! 그것은 만져 보아도 돌이요, 두들겨 보아도 돌임에 틀림이 없다. 그러나 석가탑은 오히려 그만둘지라도 다보탑이 돌로 되었다는 것은 아무리 하여도 눈을 의심치 않을 수 없었다. 연한 나무가 아니요, 물씬물씬한 밀가루 반죽이 아니고, 육중하고 단단한 돌을 가지고 어떻게 저다지도 곱고 어여쁘고 의젓하고 아름답고 빼어나고 공교롭게 잔손질을 할 수 있으랴. 만일, 그 탑을 만든 원료가 정말 돌이라면, 신라 사람은 돌을 돌같이 쓰지 않고 마치 콩고물이나 팥고물처럼 마음대로 뜻대로 손가락 끝에 휘젓고 주무르고 하는 신통력을 가졌던 것이다. 귀신조차 놀래고 울리는 재주란 것은 이런 솜씨를 두고 이름이리라.

탑의 네 면엔 자그마한 어여쁜 돌 층층대가 있고, 그 층층대를 올라서니 가운데는 위층을 떠받치는 중심 기둥이 있고, 네 귀에도 병풍을 겹쳐 놓은 듯한 돌기둥이 또한 섰는데, 그 기둥과 두 층대의 석반(石盤 돌을 얇게 깔아 만든 판)을 받은 어름(두 물건의 끝이 닿은 자리)에는 나무로도 오히려 깎아 내기가 어려울 만한 소로(건축·토목에서 화반 등의 사이에 틈틈이 끼우는 네모진 나무. 접시받침)가 튼튼하게 아름답게 손바닥을 벌리었다. 지붕 위에 이중의 네모 난 돌난간이 둘러 쟁반 같은 이층 지붕을 받들었고, 그 위엔 8모 난 돌난간과 세상에도 진기한 꽃잎 모양을 수놓은 듯한 돌 쟁반이 탑의 8모 난간을 받들었다. 석공이 기절(奇絕)했던(기막히게 기이했던) 것을 물론이거니와, 이런 기상천외의 의장(意匠 물품에 외관상의 미감을 주기 위해 그 형상·색채·맵시 또는 그들의 결합 등을 연구하여 거기에 응용한 장식적인 고안)은 또 어디서 온 것인고! 바람과 비에 시달린 지 천여 년을 지낸 오늘날에도 조금도 기울어지지 않고, 이지러지지 않고, 잇 모양이 변하지 않았으니, 당대의 건축술 또한 놀랄 것이 아니냐!

들으매 이 탑의 네 귀에는 돌사자가 있었는데, 두 마리는 동경 모 요리점의 손에 들어갔다 하나, 숨기고 내어놓지 않아 사실 진상을 알 길이 없고, 한 마리는 지금 영국 런던에 있는데 다시 찾아오려면 5백만 원을 주어야 내어 놓겠다 한다던가? 소중한 물건을 소중한 줄도 모르고 함부로 굴리며, 어느 틈에 도둑을 맞았는지도 모르니, 이런 기막힐 일이 또 있느냐? 이 탑을 이룩하고 그 사자를 새긴 이의 영(靈)이 만일 있다 하면 지하에서 목을 놓아 울 것이다.

석가탑은 다보탑 서쪽에 있는데, 다보탑의 혼란한 잔손질과는 딴판으로, 수법이 매우 간결하나마 또한 정중한 자태를 잃지 않았다. 다보탑을 능라(온갖 비단)와 주옥(구슬과 옥돌)으로 꾸밀 대로 꾸민 성장 미인(盛裝美人 훌륭하게 몸단장을 한 미인)에 견준다면, 석가탑은 수수하게 차린 담장미인(淡粧美人 수수하고 엷게 화장한 미인)이라 할까? 높이 27척, 층은 역시 3층으로 한 층마다 수려한 돌병풍을 두르고, 병풍 네 귀에 병풍과 한데 어울러 놓은 기둥이 있는데, 설명자의 말을 들으면 이 탑은 한 층마다 돌 하나로 되었다 하니, 그 웅장하고 거창한 규모에 놀랄 만하다. 이 탑의 별명은 무영탑, 곧 그림자가 없다는 것으로 여기에는 저 사랑과 예술에 얽힌 눈물겨운 로맨스가 숨어 있다 한다.

제35대 경덕왕(景德王) 시절, 당시 재상 김대성(金大成)은 왕의 명을 받들어 토함산 아래에 불국사를 이룩할 새, 나라의 힘을 기울이고 천하의 명공(名工)을 모아들였는데, 그 명공 가운데는 멀리 당나라로부터 불러내 온 젊은 석수(石手) 한 명이 있었다. 이 절의 중심으로 말하면 두 개의 석탑으로, 이 두 탑의 역사(役事 토목·건축 등의 공사)가 가장 거창하고 까다로웠던 것은 물론이다. 젊은 당나라 석수는 그 두 탑 중의 하나인 석가탑을 맡아 짓기로 되었다. 예술의 감격에 뛰는 젊은 가슴의 피는, 수륙 수천 리 고국에 남기어 두고 온 사랑하는 아내도 잊어버리고, 오직 맡은 석가탑을 완성하기에 끓고 말았다. 침식도 잊고, 세월 가는 것도 잊어버리고, 그는 온 마음을 오직 이 역사에 바치었다.

덧없는 세월은 어느덧 몇 해가 흘러가고 흘러왔다. 수만 리 타국에 남편을 보내고 외로이 공규(空閨 오랫동안 남편이 없이 아내 혼자서 거처하는 방)를 지키던 그의 아내 아사녀(阿斯女)는 동으로 흐르는 구름에 안타까운 회포(懷抱 마음속에 품어 온 온갖 생각이나 정)를 붙이다 못하여 필경 남편을 찾아 신라로 건너오게 되었다. 머나먼 길에 피곤한 다리를 끌고

298

불국사 문 앞까지 찾아왔으나, 큰 공역(工役 토목·건축 공사)을 마치기도 전이요, 더러운 여인의 몸으로 신성한 절 문 안에 들어서지 못한다 하여 차디찬 거절을 당하고 말았다.

절 문을 지키던 사람도 거절을 하기는 하였으되, 그 정상에 동정하였음이리라. 아사녀에게 이르기를,

"여기서 얼마 아니 가면 큰 못이 있는데, 그 맑은 물속에는 시방 짓는 절의 그림자가 뚜렷이 비칠지니, 그대 남편이 맡아 짓는 석가탑의 그림자도 응당 거기 비치리라. 그림자를 보아 역사가 끝나거든 다시 찾아오라."하였다.

아사녀는 그 말대로 그 못가에 가서 전심전력으로 비치는 절 모양을 들여다보며 하루바삐, 아니 한시바삐 석가탑의 그림자가 나타나기를 기다리었다. 달빛에 흐르는 구름 조각에도 그는 몇 번이나 석가탑의 그림자로 속았으랴. 하루 이틀, 한 달 두 달, 일 년 이태, 지리하고도 조마조마한 찰나(刹那 극히 짧은 시간, 1찰나는 75분의 1초에 해당한다고 함) 찰나를 지내는 동안 절 모양이 뚜렷이 비치고, 다보탑이 비치고, 가고 오는 사람의 그림자도 비치건마는, 오직 자기 남편이 맡은 석가탑의 그림자는 찾으려야 찾을 길이 없었다. 사랑하는 아내가 멀리멀리 찾아왔다는 소식을 뒤늦게야 들은 당나라 석수는, 밤을 낮에 이어 마침내 역사를 마치고 창황히(어떻게 할 겨를도 없이 다급하게) 못가로 뛰어왔건마는, 아내의 양자(樣姿 얼굴의 생긴 모습)는 보이지 않았다. 그도 그럴 일, 아무리 못 속을 들여다보아도 석가탑의 그림자는 끝끝내 나타나지 않는데 실망한 그의 아내는 남편의 이름을 부르며 그만 못 가운데에 몸을 던진 까닭이다. 그는 망연히 물속을 바라보며 몇 번이나 아내의 이름을 불렀으랴. 그러나 찰랑찰랑하는 물소리만 귓가를 스칠 뿐, 비가 오거나 바람이 불거나 이슬이 내리는 새벽, 달빛 솟는 저녁에도 그는 못가를 돌고 또 돌며 사랑하는 아내를 그리며 찾았다. 오늘도 못가를 돌 때에 그는 문득 못 옆 물가에 사람의 그림

자가 아련히 나타났다.

"아, 저기 있구나!" 하며 그는 이 그림자를 향해 뛰어들었다. 그러나 벌린 그의 팔 안에 안긴 것은 아내가 아니요, 사람이 아니요, 사람만한 바위덩이다. 그는 바위를 잡은 찰나에 문득 제 눈앞에 나타난 아내의 모양을 길이길이 잊지 않으려고 그 바위를 새기기 시작하였다. 제 환상(幻想)에 떠 오른 사랑하는 아내의 모양은 다시금 거룩한 부처님의 모양으로 변하였다. 그는 제 예술로 죽은 아내를 살리고 아울러 부처님에까지 천도(薦度 죽은 사람의 넋을 부처와 인연을 맺어 주어 극락세계로 인도함)하려 한 것이다. 이 조각이 완성되면서 자기 역시 못 가운데에 몸을 던져 아내의 뒤를 따랐다.

불국사 남서방에 영지(影池 그림자 연못)란 못이 있으니, 여기가 곧 아사녀와 당나라 석수가 빠져 죽은 데다. 내가 찾을 때엔 장마가 막 그친 뒤라 누런 물결이 산기슭의 소나무 가지에까지 넘실거리는데, 부처님을 새긴 천연의 돌은 지난날의 애화(哀話 슬픈 이야기)를 다시금 일러주는 듯, 그 새김의 선이 자못 섬세한 것은 부처님을 새기면서도 알뜰한 자기 아내의 환영이 머리를 지배한 탓인가?

다보탑과 석가탑에 무한한 감탄과 감개를 마지않다가 대웅전(大雄殿)을 들여다보니 정면에 엄연히 선 삼위불(三位佛)의 입상(立像)이 보통 부처님보다는 어마어마하게 크다마는, 당시의 유물은 아니고 영묘조(英廟朝) 때 개축할 때에 만들어 놓은 것이라 하며, 다만 경탄할 것은 개축할 때에 천장과 벽에 올린 휘황찬란한 단청이 3백여 년을 지난 오늘날에도 조금도 빛이 변하지 않았다는 것이다. 무슨 물감을 어떻게 풀어서 썼는지 채색 학자의 연구 문제이리라.

앞길이 바쁘매 아침도 굶은 채로 석굴암(石窟庵)을 향해 또다시 걸음을 옮기었다. 여기서 십 리 안팎이라니 그리 멀지 않되, 가는 길이 토함산을 굽이굽이 돌아 오르는 잿길(높은 산의 고개나 언덕배기로 난 길)이요, 날은 흐리어 빗발까지 오락가락하건마는, 이따금 모닥불을 담아

붓는 듯하는 햇발이 구름을 뚫고 얼굴을 내어 미는 바람에 두어 모퉁이도 못 접어들어 나는 벌써 숨이 차고 전신에 땀이 흐른다.

창울한 송림은 볼 수 없건마는, 우거진 잡목 사이에 다람쥐가 넘나드는 것도 또한 버리지 못할 정취이다. 거친 상봉을 다 올라와서 동해 가에 다가앉은 치술령(致述嶺)을 손가락질할 때에 장렬하던(씩씩하고 열렬하던) 박제상(朴堤上 신라 제19대 눌지왕 때의 충신. 고구려에 볼모로 가 있는 왕의 동생 복해를 지략과 계교로 데려오고, 이어서 일본에 볼모로 잡혀 간 왕의 동생 미사흔을 돌려보낸 뒤 자신은 죽임을 당함)의 의기가 다시금 가슴을 친다. 저 치술령이야말로 박제상의 아내가 남편을 보내며 울던 곳이다. 단신 홀몸으로 적국에 들어가는 남편을 부르고 또 불렀지만, 박제상은 다만 손을 저어 보이고 의연(毅然)히(꿋꿋하게) 동해에 배를 띄웠다. 물과 하늘이 한데 어우러진 곳에 남편의 탄 배가 가물가물 사라질 때에 그의 안타까운 마음은 어떠하였으리! 피눈물로 울고 울다가 그만 자빠지고 말았다. 거기에는 지금도 그 부인의 망부석(望夫石)이 그대로 남아 있어 행인의 발길을 멈춘다 하거니와, 천추(千秋 매우 길고 오랜 세월. 아득한 미래)에 빛나는 의기를 남기고 왜국 기시마(木島)에서 연기로 사라진 박제상의 의혼의백(義魂毅魄 의롭고 꿋꿋한 혼백)은 지금 어디서 헤매는고?

끓는 물도 차다시고 모진 매도 달다시네.
살을 찧는 쇠가락도 헌 새끼만 여기시네.
비수(匕首)가 살을 오려도 태연자약하시다.

온몸에 불이 붙어 지글지글 타오르되,
웃음 띤 환한 얼굴 봄바람이 넘노는 듯,
이 몸이 연기 되거든 고국으로 날아라.

동해에 배 뜨나니 가신 임을 어이하리.

속절없는 피눈물에 잦아지니^(차츰 말라 들어가서 없어지니) 목숨이라.
사후에 넋이 곧 있으면 임의 뒤를 따르리라.

치술재 빼어난 봉을 묻어 넘은 이 빗발아,
열녀(烈女)의 남은 한을 이제도 실었느냐.
나그네 소매 젖으니 눈물인가 하노라.

숨이 턱에 닿고 온몸이 땀에 멱을 감는 한 시간 남짓의 길을 허비
하여 나는 겨우 석굴암 앞에 섰다. 멀리 오는 순례자를 위하여 미리
준비해 놓은 듯한 석간수(石澗水 _{돌 틈에서 흘러나오는 샘. 돌샘})는 얼마나 달
고 시원한지! 연거푸 두 구기(_{술이나 기름을 뜰 때 사용하는 국자와 비슷한 물건})를 들
이키매, 피로도 잊고 더위도 잊고 상쾌한 맑은 기운이 심신을 엄습
하여 표연(飄然)히(_{바람에 나부끼듯이 훌쩍}) 티끌 세상을 떠난 듯도 싶다. 돌
층대를 올라서니 들어가는 좌우 돌 벽에 새긴 인왕(仁王 _{불법(佛法)의 수호}
_{신으로 절 문 좌우에 안치하는 한 쌍의 금강역사. 금강신})과 사천왕(四天王 _{수미산(須彌山)의 사}
_{방에서 불법을 지킨다는 네 신상})이 흡뜬 눈과 부르걷은 팔뚝으로 나를 위협한
다. 어깨는 엄청나게 벌어지고, 배는 홀쭉하고, 사지는 울퉁불퉁한
세찬 근육! 나는 힘의 예술의 표본을 본 듯하였다.
한번 문 안으로 들어서매, 석련대(石蓮臺) 위에 올라앉으신 석가
의 석상은 그 의젓하고도 봄바람이 도는 듯한 화(和)한 얼굴이 저절
로 보는 이의 불심을 불러일으킨다. 한 군데 빈 곳 없고, 빠진 데 없
고, 어디까지나 원만하고 수려한 얼굴, 알맞게 벌어진 어깨, 슬며시
내민 가슴, 통통하고도 점잖은 두 팔의 곡선미, 장중한 그 모양은 천
추에 빼어난 걸작이라 하겠다.
좌우 석벽의 허리는 열다섯 칸으로 구분되었고, 각 간마다 보살(_부
_{처 다음 가는 성인})과 나한(羅漢 _{수행자가 깨달아 오를 수 있는 최고의 경지에 오른 부처의 제자들})
의 입상을 병풍처럼 새겼는데, 그 모양은 다 각기 달라, 혹은 어여쁘

고, 혹은 영성 굿고(신령스럽게 총명한 품성이 있고), 늠름한 기상과 온화한 자태는 참으로 성격까지 빈틈없이 표현하였으니, 신품(神品)이란 말은 이런 예술을 두고 이름이리라. 더구나 뒷벽 중앙에 새긴 십일면관음보살은 더할 나위 없는 여성미(女性美)와 육체미(肉體美)까지 나타내었다. 어디까지나 아름답고 의젓한 얼굴판은 그만두더라도, 곱고도 부드러운 곡선을 그리며 드리운 왼편 팔, 엄지와 장지 사이로 살며시 구슬 줄을 들었는데, 그 어여쁜 손가락이 곰실곰실 움직이는 듯, 병을 치키어 쥔 포동포동한 오른 팔뚝! 종교 예술품으로 이렇게 곡선미를, 여성미를 영절스럽게도(실제인 것처럼 그럴듯하게도) 나타낼 수 있으랴? 그나 그뿐인가! 수 없이 늘인 구슬 밑에 하늘하늘하는 옷자락은 서양 여자의 야회복을 생각나게 한다. 그 아른아른 옷자락 밑으로 알맞게 볼록한 젖가슴, 좁은 듯하면서도 슬밋한 허리를 대어 둥그스름하게 떠오른 허벅지, 토실토실한 종아리가 뚜렷이 드러났다. 그는 살아 움직인다! 그의 몸엔 분명히 맥이 뛰고 피가 흐른다. 지금이라도 선뜻 벽을 떠나 지그시 감은 눈을 뜨고 빙그레 웃을 듯 고금의 예술품을 얼마쯤 더듬어 보았지만, 이 묵묵한 돌부처처럼 나에게 감흥을 주고 법열(法悅 진리를 깨달았을 때와 같이 느낌에 사무치게 되는 기쁨)을 자아낸 것은 드물었다. 나는 마치 일생을 두고 그리고 그리던 고운님(보살님이시여! 그릇된 말씨의 모독을 용서하사이다. 보살님이 내 가슴에 붙여 주신 맑은 불길은 이런 모독쯤은 태우고야 말았습니다)을 만난 것처럼 나는 그 팔뚝을 만지고, 손을 쓰다듬고, 가슴을 어루만지며, 어린 듯 취한 듯, 언제까지고 차마 발길을 돌릴 수가 없었다.

벽 위에는 둘러 가며 좌우 각각 다섯 곳에 불좌(佛座)를 만들었고, 왼편엔 네 분 보살님, 오른편엔 두 분 보살님과 지장보살(地藏菩薩)과 유마거사(維摩居士)의 좌상(坐像)을 모시었는데, 그 솜씨도 또한 심상치 않았다.

석굴암의 옛 이름은 석불사(石佛寺)로, 신라 경덕왕 때에 이룩한 절이라 한다. 석굴이라 함은 곧 돌을 파내어 절을 지은 것이며, 부처님을 새기고 모신 것도 모두 돌이요, 땅바닥도 돌이요, 천장도 돌이다. 굴의 구조는 동남으로 향하여 평면 원형(平面圓形)으로 좌우 지름이 22척(尺 '치'의 열 배로서 곧, 30.303cm) 6촌(寸 척(尺)의 10분의 1, 곧 3.0303cm. '치'라고도 함), 앞뒤 지름이 11척 7촌 2푼(分 치의 10분의 1, 곧 0.303cm), 들어가는 데 너비는 11척 1촌 5푼, 옆 벽의 두께 약 9척이라 한다. 1천여 년의 바람과 비에 귀중한 옛 솜씨가 더러 이지러지고(한 귀퉁이가 떨어지거나 찌그러지고) 무너진 것은 아깝기 한량없지마는, 15년 전에 크게 수리한 탓으로 도리어 옛 것과 이제 것을 분간하기 어렵게 된 것은 더욱 한할 노릇이다.

그러나 앞문은 지금 손질이 많았지만 정작 굴속은 별로 수선한 것이 없고, 아직도 옛 윤곽이 뚜렷이 남았음은 불행 중 다행이라 할까, 그 안에 모신 부처님, 관세음보살, 나한님네들의 좌상과 입상이 어느 것 하나 세상에 뛰어나는 신품(아주 뛰어난 작품이나 물품)이 아님이 없다는 것은 좀된(됨됨이나 행동이 너무 작은)붓끝이 적이 끄적거린 바로되, 석가님이 올라앉으신 돌연대(蓮臺 연꽃 모양의 대. 연화대)도 훌륭하거니와, 더구나 천장의 장치에 이르러서는 정말 찬란하다 할밖에 없다. 하늘 모양으로 궁륭상(한가운데가 높고 그 주위는 차차 낮은 하늘 형상)을 지었고, 그 복판에 탐스러운 연꽃 모양을 떠 놓은 것은 또 얼마나 그 의장이 빼어나고 솜씨가 능란한가? 온전히 돌이란 한 가지의 원료로 이렇도록 공교하고 굉걸(宏傑)하고(굉장하고 웅장하게) 아름다운 건축물을 낳아 낸 것은, 모르면 몰라도 동양, 서양의 건축사에 가장 영광스러운 한 장을 점령할 것이다.

굴 문을 나서니, 밖에는 선경(仙境)이 또한 나를 기다린다. 훤하게 터진 눈 아래, 어여쁜 파란 산들이 띄엄띄엄 둘레둘레 머리를 조아리고, 그 사이사이로 흰 물줄기가 굽이굽이 골안개에 쌓였는데, 하늘 끝 한 자락이 꿈결 같은 푸른빛을 드러낸 어름이 동해 바다라 한다. 오늘같이 흐리지 않은 날이면 동해 바다의 푸른 물결이 공중에 달린 듯이 떠 보이고, 그 위를 지나가는 큰 돛까지 나비의 날개처럼 곰실곰실 움직인다 한다. 더구나 이 모든 것을 배경으로 아침 햇발이 둥실둥실 동해를 떠나오는 광경은 정말 선경 중에도 선경이라 하나, 화식(火食 불에 익힌 음식) 먹는 나 같은 속인(俗人)엔 그런 선연(仙緣 신선과의 인연)이 있을 턱이 없다.

▶ 이 글만이 지니고 있는 기행수필로서의 독특한 점을 살펴보자.

이 글은 현진건이 1929년 여름에 경주 지방을 다녀온 후 동아일보에 연재했던 '고도 순시 경주(古都巡視慶州)'에서 발췌한 것이다. 불국사와 석굴암에 나타난 선인들의 뛰어난 예술 감각을 칭송하고 있는 이 작품에는 지은이의 견문이 다채롭게 펼쳐지고 있다. 유적지와 유물에 얽힌 전설을 인용하고 시조를 삽입하여 그저 장소 이동의 단조로운 내용에 그칠 수 있는 수필 기행문에 재미를 더해주고 있다.

여정 곳곳에 지은이의 섬세한 예술관이 스며들어 있고, 치밀하게 묘사한 필치는 사실주의 작가의 진면목을 보여준다. 화려체와 만연체로 구사된 문장 또한 눈길을 끈다. 지은이는 소설가로서의 문학성까지 글 속에 살려놓고 있다. 석가탑 축조에 참여했던 당나라 석공과 아사녀의 이야기를 한 편의 소설처럼 소개하는가 하면, 치술령을 바라보면서 의연하게 죽음을 맞이했던 박제상과 남편을 기다리다가 망부석(望夫石)이 된 그의 아내에 관한 이야기를 들려주면서 연시조를 읊어주기도 한다. 당나라 석공과 그의 아내 아사녀의 애달픈 사연이 서려있는 다보탑에 관한 이야기는 10여 년 뒤에 쓴 지은이의 소설 '무영탑'의 모티브가 되었다.

- **성격** | 서사적, 묘사적, 탐미적, 주정적.
- **표현** | 전설이나 시조 등을 삽입하여 단조롭기 쉬운 기행문에 재미를 더해주고 있다. 사실적이고 치밀한 묘사가 돋보인다.
- **제재** | 불국사, 석굴암, 치술령 등의 유적지.
- **주제** | 불국사와 석굴암에 나타난 선인들의 뛰어난 예술 감각.
- **구성** | 경주를 떠나 불국사로 향하는 감회를 그린 도입부와, 불국사와 석굴암을 돌아보며 느끼는 감회를 묘사한 본문, 석굴암 앞에서 바라본 동해바다에 대한 감동을 읊은 맺음 부분으로 구성되어 있다.
- **지은이** | 현진건(玄鎭健 1900~1943)

어린이 찬미

방정환

1

어린이가 잠을 잔다. 내 무릎 앞에 편안히 누워서 낮잠을 자고 있다. 볕 좋은 첫여름 조용한 오후다.

고요하다는 고요한 것을 모두 모아서 그 중 고요한 것만을 골라 가진 것이 어린이의 자는 얼굴이다. 평화라는 평화 중에 그 중 훌륭한 평화만을 골라 가진 것이 어린이의 자는 얼굴이다. 아니 그래도 나는 이 고요한, 자는 얼굴을 잘 말하지 못하였다. 이 세상의 고요하다는 고요한 것은 모두 이 얼굴에서 우러나는 것 같고, 이 세상의 평화라는 평화는 모두 이 얼굴에서 우러나는 듯싶게 어린이의 잠자는 얼굴은 고요하고 평화스럽다.

고운 나비의 날개, 비단 같은 꽃잎, 아니 아니, 이 세상에 곱고 보드랍다는 아무것으로도 형용할 수가 없이 보드랍고 고운, 이 자는 얼굴을 들여다보라. 그 서늘한 두 눈을 가볍게 감고 이렇게 귀를 기울여야 들릴 만치 가늘게 코를 골면서 편안히 잠자는 이 좋은 얼굴을 들여다보라. 우리가 종래에 생각해 오던 하느님의 얼굴을 여기서 발견하게 된다.

어느 구석에 먼지만큼이나 더러운 티가 있느냐? 어느 곳에 우리가 싫어할 한 가지 반 가지나 있느냐? 죄 많은 세상에 나서 죄를 모르고, 부처보다도 예수보다도 하늘 뜻 그대로의 산 하느님이 아니고

308

무엇이랴!

아무 꾀도 갖지 않는다. 아무 획책(劃策)도 모른다. 배고프면 먹을 것을 찾고, 먹어서 부르면 웃고 즐긴다. 싫으면 찡그리고, 아프면 울고, 거기에 무슨 꾸밈이 있느냐? 시퍼런 칼을 들고 협박하여도, 맞아서 아프기까지는 벙글벙글 웃으며 대하는 것이다. 이 넓은 세상에 오직 이이가 있을 뿐이다.

오오! 어린이는 지금 내 무릎 위에서 잠을 잔다. 더할 수 없는 참됨과 더할 수 없는 착함과 더할 수 없는 아름다움을 갖추고, 그 위에 또 위대한 창조의 힘까지 갖추어 가진, 어린 하느님이 편안하게도 고요한 잠을 잔다. 옆에서 보는 사람의 마음까지, 생각이 다른 번추(煩醜 번잡하고 더러움)한 곳에 미칠 틈을 주지 않고 고결하게 순화시켜 준다. 사랑스럽고 부드러운 위엄을 가지고 곱게 순화시켜 준다.

나는 지금 성당에 들어간 이상의 경건한 마음으로 모든 것을 잊어버리고, 사랑스러운 하느님의 자는 얼굴에 예배하고 있다.

2

어린이는 복되다!

이때까지 모든 사람들은 하느님이 우리에게 복을 준다고 믿어 왔다. 그 복을 많이 가져온 이가 어린이다. 그래, 그 한없이 많이 가지고 온 복을 우리에게도 나누어 준다. 어린이는 순 복덩어리다.

마른 잔디에 새 풀이 나고, 나뭇가지에 새 움이 돋는다고, 제일 먼저 기뻐 날뛰는 이도 어린이다. 봄이 왔다고 종달새와 함께 노래하는 이도 어린이고, 꽃이 피었다고 나비와 함께 춤을 추는 이도 어린이다. 볕을 보고 좋아하고, 달을 보고 노래하는 이도 어린이요, 눈 온다고 기뻐 날뛰는 이도 어린이다.

산을 좋아하고 바다를 사랑하고, 큰 자연의 모든 것을 골고루 좋아하고, 진정으로 친애하는 이가 어린이요, 태양과 함께 춤추며 사는 이가 어린이다.

그들에게는 모든 것이 기쁨이요, 모든 것이 사랑이요, 또 모든 것이 친한 동무다. 자비와 평등과 박애와 환희와 행복과 이 세상 모든 아름다운 것만 한없이 많이 가지고 사는 이가 어린이다. 어린이의 살림, 그것 그대로가 하늘의 뜻이다. 우리에게 주는 하늘의 계시(啓示)다.

3

어린이의 살림에 친근할 수 있는 사람, 어린이 살림을 자주 들여다볼 수 있는 사람 – 배울 수 있는 사람 – 은 그 만큼 행복을 얻을 것이다.

어린이와 얼굴을 마주 대하고는, 우리는 찡그리는 얼굴, 성낸 얼굴, 슬픈 얼굴을 못 짓게 된다. 아무리 성질 곱지 못한 사람일지라도, 어린이와 얼굴을 마주하고는 험상한 얼굴을 못 가질 것이다. 어린이와 마주 앉을 때 – 적어도 그 잠깐 동안은, 모르는 중에 마음의 세례를 받고, 평상시에 가져 보지 못하는 미소를 띤 부드러운 좋은 얼굴을 갖게 된다. 잠깐 동안일망정 그 동안 순화된다. 깨끗해진다. 어떻게든지 우리는 그 동안 순화되는 동안을 자주 가지고 싶다.

하루라도 3천 가지 마음 지저분한 세상에서, 우리의 맑고도 착하던 마음은 얼마나 쉽게 굽어 가려고 하느냐? 그러나 때로 은방울을 흔들면서 참됨이 있으리라고 일깨워 주고 지시해 주는 어린이의 소리와 행동은 우리에게 큰 구제의 길이 되는 것이다.

우리가 피곤한 몸으로 일에 절망하고 늘어질 때에, 어둠에 빛나는 광명의 빛깔이 우리 가슴에 한 줄기 빛을 던지고, 새로운 원기와 위안을 주는 것도 어린이만이 가진 존귀한 힘이다. 어린이는 슬픔을 모른다. 근심을 모른다. 그리고, 음울한 것을 싫어한다. 어느 때 보아도 유쾌하고 마음 편하게 논다. 아무데를 건드려도 한없이 가진 기쁨과 행복이 쏟아져 나온다. 기쁨으로 살고, 기쁨으로 놀고, 기쁨으로 커간다. 뻗어 나가는 힘! 뛰노는 생명의 힘! 그것이 어린이다. 온 인류의 진화와 향상도 여기에 있는 것이다.

어린이에게서 기쁨을 빼앗고, 어린이 얼굴에다 슬픈 빛을 지어 주는 사람이 있다 하면, 그보다 더 불행한 사람이 없을 것이요, 그보다 더 큰 죄인은 없을 것이다. 어린이의 기쁨을 상해 주어서는 못쓴다. 그럴 권리도 없고, 그럴 자격도 없건마는…… 무지한 사람들이 어떻게 많이 어린이들의 얼굴에 슬픈 빛을 지어 주었느냐?

어린이들의 기쁨을 찾아 주어야 한다. 어린이들의 기쁨을 찾아 주어야 한다.

어린이는 아래의 세 가지 세상에서 온갖 것을 미화시킨다.

이야기 세상 – 노래의 세상 – 그림의 세상.

어린이 나라에 세 가지 예술이 있다. 어린이들은 아무리 엄격한 현실이라도, 그것을 이야기로 본다. 그래서 평범한 일도 어린이의 세상에서는 그것이 예술화하여 찬란한 미(美)와 흥미를 더하여 가지고 어린이 머릿속에 다시 전개된다. 그래, 항상 이 세상 모든 것을 아름답게 본다.

어린이들은 또 실제에 경험하지 못한 일을 아름답게 본다.

어린이들은 또 실제에 경험하지 못한 일을 이야기 세상에서 훌륭히 경험한다. 어머니와 할머니 무릎에 앉아서 재미있는 이야기를 들을 때, 그는 아주 이야기에 동화해 버려서, 이야기 세상 속에 들어가서 이야기에 따라 왕자도 되고, 고아도 되고, 또 나비도 되고, 새도 된다. 그렇게 해서 어린이들은 자기의 가진 행복을 더 늘려가고, 기쁨을 더 늘려가는 것이다.

어린이는 모두 시인이다. 본 것, 느낀 것을 그대로 노래하는 시인이다. 고운 마음을 가지고 어여쁜 눈을 가지고 아름답게 보고 느낀 그것이 아름다운 말로 굴러 나올 때, 나오는 모두가 시가 되고, 노래가 된다. 여름날 성한 나무숲이 바람에 흔들리는 것을 보고 , 바람의 어머니가 아들을 보내어 나무를 흔든다 하는 것도 그대로 시요, 오색이 찬란한 무지개를 보고, 하느님 따님이 오르내리는 다리라고 하는 것도 그대로 시다.

개인 밤, 밝은 달의 검은 점을 보고는,

저기 저기 저 달 속에
계수나무 박혔으니
금도끼로 찍어내고
옥도끼로 다듬어서
초가삼간 집을 짓고
천년만년 살고지고.

고운 소리를 높이어 이렇게 노래를 부른다. 밝디 밝은 달님 속에 계수나무를 금도끼, 옥도끼로 찍어 내고 다듬어서 초가삼간 집을 짓자는 생각이 얼마나 곱고 어여쁜 생활의 소지자(所持者)냐?

새야 새야 파랑새야
녹두밭에 앉지 마라.
녹두꽃이 떨어지면
청포 장수 울고 간다.

이러한 고운 소리를 기꺼운 마음으로 소리 높여 부를 때, 그들의 고운 넋이 얼마나 아름답게 우쭐우쭐 자라갈 것이랴? 위에 두 가지 노래는 어린이 자신의 속에서 우러나오는 것이 아니고, 큰 사람이 지은 것일지도 모른다. 그러하나, 몇 해 몇 십 년 동안 어린이들의 나라에서 불러 내려서, 어린이의 것이 되어 내려 온 거기에 그 노래에 스며진 어린이의 생각, 어린이의 살림, 어린이의 넋을 볼 수 있는 것이다.

어린이는 그림을 좋아한다. 그리고 또, 그리기를 좋아한다. 조금도 기교가 없는 순진한 예술을 낳는다. 어른의 상투를 재미있게 보았을 때, 어린이는 몸뚱이보다 큰 상투를 그려 놓는다. 순사의 칼을 이상하게 보았을 때, 어린이는 순사보다 더 큰 칼을 그려 놓는다. 얼마나 솔직한 표현이냐? 얼마나 순진한 예술이냐?

지나간 해 여름이다. 서울 천도교당에 여섯 살 된 어린이에게 이 집 교당(내부 전체를 가리키면서)을 그려 보라 한 일이 있었다. 어린이는 서슴지 않고 종이와 붓을 받아들더니, 거침없이 네모 번듯한 사각 하나를 큼직하게 그려서 나에게 내밀었다. 얼마나 놀라운 일이냐? 그 어린 동무가 그 큰 집에 들어앉아서 그 집을 보기는, 크고 네모 번듯한 넓은 집은 집이라고밖에 더 달리 복잡하게 보지 아니한 것이었다. 얼마나 순진스럽고 솔직한 표현이냐? 거기에 아직 더럽혀지지 아니한, 이윽고는 큰 예술을 낳아 놓을 무서운 참된 힘이 숨겨 있다고 나는 믿는다. 한 포기 풀을 그릴 때, 어린 예술가는 연필을 잡고 거리낌 없이 쭉쭉 풀줄기를 그린다. 그러나 그 한 번에 쭉 내어 그은 그 선이 얼마나 복잡하고 묘하게 자상한 설명을 주는지 모른다.

위대한 예술을 품고 있는 어린이여! 어떻게도 이렇게 자유로운 행복만을 갖추어 가졌느냐?

어린이는 복되다. 어린이는 복되다. 한이 없는 복을 가진 어린이를 찬미하는 동시에, 나는 어린이 나라에 가깝게 있을 수 있는 것을 얼마든지 감사한다.

▶ 방정환은 어린이를 천사로 생각하는 '천사주의 아동관'을 평소에 지니고 있었다. 자신의 관점만으로 아이들을 묘사한 이 글에서 다소 과장스러운 부분을 찾아보고, 이를 시대가 변한 요즘 세대의 아이들과 연관 지어 정리해보자.

보고, 듣고, 경험할 것이 지은이가 살던 시대보다 현저하게 많아진 요즘 세상에 아이들에 대해 지은이와 같은 생각을 품을 수 있는 사람은 드물 것이다. 오늘날처럼 정보 접근이 용이한 사회에서는 경험과 사고의 폭이 넓어지는 반면, 아이들은 그만큼 유해한 환경에 쉽게 노출되어 아이다운 순수함과 정서를 잃을 수도 있을 것이다. 만약 방정환이 요즘 시대의 아동운동가였다면 이 글보다는 훨씬 담담하고 덜 격정적인 어조를 사용하여 어린이를 찬미했을지도 모른다. 그렇지만 예나 지금이나 변하지 않는 것은 있다. 어느 시대나 아이들이 잠든 얼굴에서 지은이와 같은 감동을 받지 않을 사람은 드물 것이다. 또한 세상의 모든 절망도 어린이의 순진하고 천진스런 모습 앞에서는 힘을 쓰지 못할 것이다. 있는 그대로를 받아들이며 즐거워 할 줄 아는 것도 아이들만의 특권이자 아름다움이다.

하지만 현실 세계란 유토피아가 아니라 선과 악, 조화와 갈등이 공존하는 곳이라는 것을 생각하면, 아이들도 어른들과 마찬가지로 하나의 인격체로서 그러한 주변 상황을 나름대로 해석할 것이다. 지은이는 아이들의 이러한 인간적인 측면을 제대로 반영하지 못한 것으로 보인다. 특히 아이들이 슬픔과 근심을 모르고 음울한 것을 싫어한다고 단정한 부분이 그러하다. '어느 때 보아도 유쾌하고…… 아무 데를 건드려도 한없이 가진 기쁨과 행복이 쏟아져 나온다'는 표현 역시 한 가지 측면만을 강조한 것으로 보인다. 하지만 긍정적인 면을 강조함으로써 세상을 밝게 할 수 있다는 관점을 고려할 때 지은이의 어린이 예찬은 요즘에도 시사하는 바가 크다 할 것이다.

- **성격** | 영탄적, 찬미적.
- **표현** | 어린이를 제재로 하여 부드럽고 약동적인 문체를 펼치고 있다.
- **주제** | 어린이 예찬.
- **구성** | 네 가지의 특성을 들어 어린이를 찬미하고 있다.
  - 첫 번째: 온갖 평화와 고요를 안고 잠든 아이의 얼굴을 찬미함.
  - 두 번째: 아이들은 모든 것을 기쁨으로 반응함.
  - 세 번째: 아이들은 부정적인 모든 감정들을 순화시켜줌.
  - 네 번째: 있는 그대로를 시로 읊고 그림으로 그리는 아이들의 순수한 모습을 찬미함.
- **지은이** | 방정환(方定煥, 1899~1931)

딸깍발이

'딸깍발이' 란 것은, '남산골샌님'(보수적이고 고루하여 융통성이 없는 사람을 놓으로 일컫는 말)의 별명이다. 왜 그런 별호(別號)가 생겼느냐하면, 남산골샌님은 지나 마르나 나막신을 신고 다녔으며, 마른날은 나막신 굽이 굳은 땅에 부딪쳐서 딸깍딸깍 소리가 유난하였기 때문이다. 요새 청년들은 아마 그런 광경을 못 구경하였을 것이니, 좀 상상하기에 곤란할지는 알 수 없다. 그러나 일제시대에 일인(日人)들이 '게다'(일본의 나막신)를 끌고 콘크리트 길바닥을, 걸어 다니던 꼴을 기억하고 있다면 딸깍발이라는 명칭이 붙게 된 까닭도 이해할 수 있을 것이다.

그런데 이 남산골샌님이 마른 나막신 소리를 내는 것은 그다지 얘깃거리가 될 것은 없다. 그 소리와 아울러 그 모양이 퍽 초라하고, 유별난 궁상(곤궁한 상태, 또는 그 모습)이 다닥다닥 달려 있는 것이 문제인 것이다.

인생으로서 한 고비가 겨워서(겹다: 기울어지다) 머리가 희끗희끗할 지경에 이르기까지, 변변치 못한 벼슬이나마 한 자리 얻어 하지 못하고(그 시대에는 소위 양반으로서 벼슬 하나 얻어 하는 것이 유일한 욕망이요, 영광이며, 사업이요, 목적이었던 것이다.), 다른 일 특히 생업에는 아주 손방(도무지 할 줄 모르는 솜씨)이어서 아예 손을 댈 생각조차 아니 하였기 때문에, 경제적으로는 극도로 궁핍한 구렁텅이에 빠져서 글자 그대로 삼순구식(三旬九食 한 달에

316

아홉 끼니밖에 먹지 못함)의 비참한 생활을 해가는 것이다. 그 꼬락서니라든지 차림차림이야 여간 장관(壯觀 아주 훌륭한 광경. 여기서는 반어적으로 쓰임)이 아니다.

두 볼이 야윌대로 야위어서, 담배 모금이나 세차게 빨 때에는 양 볼의 가죽이 입 안에서 서로 맞닿을 지경이요, 콧날은 날카롭게 오 똑 서서 꾀와 이지만이 내발릴(속마음이나 감정 등을 겉으로 환히 드러나 보일)대로 발려 있고, 사철 없이 말간 콧물이 방울방울 맺혀 떨어진다. 그래도 두 눈은 개개풀리지(졸리거나 술에 취해 눈의 정기가 없어지지) 않고 영채(환하게 빛나는 고운 빛깔. '눈에 영채가 돈다' 는 말은 눈이 반짝반짝 난다는 뜻)가 돌아서, 무력이라든지 낙심의 빛을 나타내지 않고 있다. 아래·윗입술이 쪼그라질 정도로 굳게 다문 입은 그 의지력을 더욱 두드러지게 나타내고 있다. 많지 않은 아랫수염이 뾰쪽하니 앞으로 향하여 휘어 뻗쳤으며, 이마는 대 개 툭 소스라져 나오는 편보다 메뚜기 이마로 좀 편편하게 버스러진 (뭉그러진) 것이 흔히 볼 수 있는 타입이다. 이러한 화상(畫像 '얼굴' 의 속어. 또는 어떤 사람을 마땅찮게 여겨 흘하게 일컫는 말)이 꿰맬 대로 꿰맨 헌 망건을 도토 리같이 눌러 쓰고, 대우(갓의 밑 둘레 밖으로 넓게 바닥이 된 부분 위의 우뚝 솟은 부분)가 쪼글쪼글 한 헌 갓을 좀 뒤로 젖혀 쓰는 것이 버릇이다. 서리가 올 무렵까지 베 중의 적삼(남자의 여름 바지와 여름 저고리)이거나 복(伏)이 들도록 솜바지 저고리의 거죽을 벗겨서 여름살이를 삼는 것은 그리 드문 일 이 아니다. 그리고 자락이 모지라고(모지라지다: 끝이 닳거나 갈라져 무지러지다), 때가 죄죄죄하게 흐르는 도포나 중치막(소매가 넓고 길이가 길며 앞은 두 자락, 뒤는 한 자락으로 된, 옆이 터 진 네 폭으로 된 웃옷. 옛날에 벼슬하지 않는 양반이 입었음)을 입은 후, 술이 다 떨어지고, 몇 동강을 이은 띠를 흉복(가슴과 배)통에 눌러 띠고, 나막신을 신었을망정, 행전(行纏 바지·고의를 입을 때 정강이에 감아 무릎 아래에 매는 물건)은 잊어버리는 일이 없이 치고 나선다. 걸음을 걸어도 일인들 모 양으로 경망스럽게 발을 옮기는 것이 아니라 느럭느럭 갈지(之)자 걸음으로, 뼈대만 엉성한 호리호리한 체격일망정 그래도 두 어깨를 턱 젖혀서 가슴을 뻐기고, 고개를 희번덕거리기는 새레('새로에'의 방언. 커녕) 곁눈질 하나 하는 법 없이 눈을 내리깔아 코끝만 보고 걸어가는 모습, 이 모든 특징이 딸깍발이라는 말 속에 전부 내포되어 있다.

그러나 이런 샌님들은 그다지 출입하는 일이 없다. 사랑이 있든지 없든지 방 하나를 따로 차지하고 들어앉아서, 폐포파립(弊袍破笠 해진 옷과 부서진 갓. 곧 구차한 차림새를 말함)이나마 의관을 정제하고, 대개는 꿇어앉아서 사서오경(四書五經)을 비롯한 수많은 유교 전적을 얼음에 박밀듯이 백 번이고 천 번이고 내리외는 것이 날마다 그의 과업이다. 이런 친구들은 집안 살림살이와는 아랑곳없다. 게다가 굴뚝에 연기를 내는 것도, 안으로서 그 부인이 전당을 잡히든지, 빚을 내든지, 이웃에서 꾸어 오든지 하여 겨우 연명이나 하는 것이다. 그러노라니 쇠털같이 허구한(하고많은) 날, 그 실내(室內 남의 '아내'를 점잖게 일컫는 말)의 고심이야 형용할 말이 없을 것이다. 이런 샌님의 생각으로는, 청렴개결(淸廉介潔 마음이 깨끗하고 욕심이 없으며, 성질이 곧음)을 생명으로 삼는 선비로서 재물을 알아서는 안 된다. 어찌 감히 이해를 따지고 가릴 것이랴. 오직 예의, 염치(廉恥 결백하고 정직하여 부끄러움을 아는 마음)가 있을 뿐이다. 인(仁)과 의(義) 속에 살다가 인과 의를 위하여 죽는 것이 떳떳하다. 백이(伯夷)와 숙제(叔齊)(중국 은나라 말기~주나라 초기의 현인들. 은나라가 망하고 주나라가 세워지자, 주나라에서 주는 벼슬을 사양하고 수양산에 들어가 고사리를 캐먹으며 지내다가 굶어 죽음)를 배울 것이요, 악비(岳飛 중국 남송(南末)의 무장. 고종(高宗) 때 반역을 일으킨 강회(江淮)의 무리를 토벌함)와 문천상(文天祥 중국 남송(南末) 말기의 충신. 1276년 수도 임안이 함락되자 단종을 받들고 원나라에 대항하다가 사로잡혀 참수 당함)을 본받을 것이다. 이리하여 마음에 음사(淫邪 음탕하고 사악함)를 생각하지 않고, 입으로 재물을 말하지 않는다. 어디 가서 취대(取貸 돈을 꾸어 주기도 하고 꾸어 쓰기도 함)하여 올 주변도 못 되지만, 애초에 그럴 생각을 염두에 두는 일이 없다.

겨울이 오니 땔나무가 있을 리 만무하다. 동지 설상(雪上) 삼척 냉돌(사방이 석 자인 작고 차가운 온돌방)에 변변치도 못한 이부자리를 깔고 누웠으니, 사뭇 뼈가 저려 올라오고, 다리 팔 마디에서 오도독 소리가 나도록 온몸이 곧아(추위에 얼어서 움직임이 자유롭지 못하여) 오는 판에, 사지를 웅크릴 대로 웅크리고 안간힘을 꽁꽁 쓰면서 이를 악물 다 못해 이를 박박 갈면서 하는 말이,

"요놈, 요 괘씸한 추위란 놈 같으니! 네가 지금은 이렇게 기승을 부리지만, 어디 내년 봄에 두고 보자!" 하고 벼르더란 이야기가 전하지만, 이것이 옛날 남산골 '딸깍발이'의 성격을 단적으로 가장 잘 표현한 이야기다. 사실로 졌지만, 마음으로 안 졌다는 앙큼한 자존심, 꼬장꼬장한 고지식, 양반은 얼어 죽어도 겻불(겨를 태우는 불)을 안 쬔다는 지조, 이 몇 가지가 그들의 생활 신조였다.

실상 그들은 가명인(假明人 사대주의에 젖어 중국 명나라 사람인 듯이 처신하는 사람)이 아니었다. 우리나라를 소중화(小中華)로 만든 것은 어줍지 않은 관료들의 죄요, 그들의 허물이 아니었다. 그들은 너무 강직하였다. 목이 부러져도 굴하지 않는 기개, 사육신도 이 샌님의 부류요, 삼학사(三學士 병자호란 때 청나라에 항복하는 것을 반대하고 주전론을 펴다가 청나라에 잡혀가 참혹한 죽음을 당한 홍익한, 윤집, 오달제를 지칭하는 말)도 '딸깍발이'의 전형인 것이다. 올라가서는 포은(圃隱 고려 말의 충신, 정몽주(鄭夢周)의 호) 선생도 그요, 근세로는 민충정(閔忠正 구한말의 우국지사, 민영환(閔泳煥)의 시호가 충정공(忠正公)임)도 그다. 국호와 왕의 계승에 있어서 명·청의 응낙을 얻어야 했고, 역서(曆書)의 연호를 그들의 것으로 하지 않으면 안 되었지만, 역대 임금의 시호(諡號 임금이나 재상, 덕망 있는 사람에게 죽은 뒤에 그 공덕을 기려 주는 이름)를 제대로 올리고, 행정면에 있어서 내정의 간섭을 받지 않은 것은 그래도 이 샌님 혼의 덕택일 것이다. 국사에 통탄할 사태가 벌어졌을 적에, 직언으로써 지존(至尊 지극히 높은 지위. 제왕의 지위. 제왕)에게 직소한 것도 이 샌님의 족속인 유림에서가 아니고 무엇인가. 임란 당년에 국가의 운명이 단석(旦夕 아침저녁. 위급한 시기나 상태가 절박함)에 박도(迫到 닥쳐 옴)되었을 때, 각지에서 봉기한 의병의 두목들도 다 이 '딸깍발이' 기백의 구현인

것을 의심할 수 없다.

구한국 말엽에 단발령(斷髮令 1895년에 종래의 상투 풍속을 폐하고 머리를 짧게 깎도록 한 명령)이 내렸을 적에, 각지의 유림들이 맹렬하게 반대의 상서(上書 웃어른에게 글을 올림. 또는 그 글. 신하가 임금에게 올리는 글)를 올려서,

"이 목은 잘릴지언정 이 머리는 깎을 수 없다[此頭可斷 此髮不可斷]."

고 부르짖고 일어선 일이 있었으니, 그 일 자체는 미혹하기 짝이 없었지만, 죽음도 개의치 않고 덤비는 그 의기야말로 본받음직 하지 않은 바도 아니다.

이와 같이 '딸깍발이'는 온통 못생긴 짓만 하고 있었던 것이 아니라, 훌륭한 점도 적지 않게 가지고 있었던 것이다. 쾨쾨한 샌님이라고 넘보고 깔보기만 하기에는 너무도 좋은 일면을 지니고 있었던 것이다.

현대인은 너무 약다. 전체를 위하여 약은 것이 아니라, 자기중심, 자기 본위로만 약다. 백년대계를 위하여 영리한 것이 아니라 당장 눈앞의 일, 코앞의 일에만 아름아름하는(아름아름하다: 일을 적당히 하고 눈을 속여 넘기다) 고식지계(姑息之計 당장 편한 것만 취하는 계책. 미봉책(彌縫策))에 현명하다. 염결(廉潔 청렴하고 결백함)에 밝은 것이 아니라 극단의 이기주의에 밝다. 실상 이것은 현명한 것이 아니요, 우매하기 짝이 없는 일이다. 제 꾀에 제가 빠져서 속아 넘어갈 현명이라고나 할까. 우리 현대인도 '딸깍발이'의 정신을 좀 배우자.

첫째, 그 의기(義氣 정의감에서 생기는 기개)를 배울 것이요, 둘째, 그 강직을 배우자. 그 지나치게 청렴한 미덕은 오히려 분간하여 가며 배워야 할 것이다

▶ '딸깍발이' 남산골샌님을 통해 배워야 할 정신은 무엇인가?

　　남산골샌님은 신발이 없어서 맑은 날에도 비오는 날에만 신는 나막신을 신고 다니느라 걸어 다닐 때 유난히 딸깍딸깍 소리를 많이 낸다. 그래서 '딸깍발이' 라는 별명이 붙은 것이다. 지은이는 신발이 없을 만큼 가난한 남산골샌님의 극도로 가난하고 궁상맞은 생활을 해학적으로 묘사하고 있지만 원래 이런 부정적인 면을 부각시킬 의도는 아니었다. 그런 남산골샌님에게는 청렴을 생명으로 삼는 선비정신이 있기 때문이다.

　　그들은 권력과 재물을 탐내지 않고 인(仁)과 의(義)를 지키며 사는 것을 자랑으로 여기며, 나라와 민족을 위해 끝까지 지조를 지키는 의기를 지닌 사람들이다. 지은이는 '사육신도 이 샌님의 부류요, 삼학사(三學士)도 '딸깍발이'의 전형인 것이다. 올라가서는 포은(圃隱)선생도 그요, 근세로는 민충정(閔忠正)도 그다' 라고 딸깍발이의 예를 제시하면서 그들이 있었기 때문에 나라의 올곧은 정신이 이어져 내려왔다고 말한다. 딸깍발이는 함석헌의 들사람에 해당한다고 볼 수 있다. 결국은 눈앞의 이익에만 급급해 극단적 이기주의로 치닫는 현대인들의 속성을 꼬집으면서 딸깍발이들이 궁상맞고 우습게 보일망정 그들의 의기와 강직한 점만큼은 배우자는 것이 지은이의 바람이다.

- **성격** | 교훈적, 비판적, 해학적, 사회적.
- **표현** | 해학적 문체로 딸깍발이의 인간성과 생활상을 생생하게 드러냈으며, 한문 투의 예스러운 분위기를 통해 전통적인 선비상을 잘 그려냈다.
- **제재** | 남산골샌님(딸깍발이)의 선비정신.
- **주제** | 현대인이 배워야 할 선비들의 의기와 강직.
- **구성** | 기–승–전–결의 4단 구성.
  - 기: 딸깍발이라는 별명의 유래를 설명.
  - 승: 딸깍발이의 궁핍한 생활상을 그림.
  - 전: 딸깍발이의 의기와 선비 정신을 예찬.
  - 결: 딸깍발이의 정신을 계승할 것을 권고.
- **지은이** | 이희승(李熙昇, 1896~1989)

청춘예찬(靑春禮讚)

민태원

청춘! 이는 듣기만 하여도 가슴이 설레는 말이다. 청춘! 너의 두 손을 대고 물방아 같은 심장의 고동을 들어 보라. 청춘의 피는 끓는다. 끓는 피에 뛰노는 심장은 거선(巨船)의 기관같이 힘 있다. 이것이다. 인류의 역사를 꾸며 내려온 동력은 꼭 이것이다. 이성은 투명하되 얼음과 같으며, 지혜는 날카로우나 갑 속에 든 칼이다. 청춘의 끓는 피가 아니더면 인간이 얼마나 쓸쓸하랴? 얼음에 그들에게 생명을 불어넣는 것은 따뜻한 봄바람이다. 풀밭에 속잎 나고 가지에 싹이 트고 꽃 피고 새 우는 봄날의 천지는 얼마나 기쁘며, 얼마나 아름다우냐? 이것을 얼음 속에서 불러내는 것이 따뜻한 봄바람이다. 인생에 따뜻한 봄바람을 불어 보내는 것은 청춘의 끓는 피다. 청춘의 피가 뜨거운지라, 인간의 동산에는 사람의 풀이 돋고, 이상(理想)의 꽃이 피고, 희망의 놀이 뜨고, 열락(悅樂 기뻐하고 즐거워함. 불교에서, 이성의 욕구를 초월함으로써 얻어지는 정신적인 만족감)의 새가 운다.

사랑의 풀이 없으면 인간은 사막이다. 오아시스도 없는 사막이다. 보이는 끝끝까지 찾아다녀도, 목숨이 있는 때까지 방황하여도, 보이는 것은 모래뿐인 것이다. 이상의 꽃이 없으면 쓸쓸한 인간에 남는 것은 영락(榮樂)과 부패뿐이다. 낙원을 장식하는 천자만홍(千紫萬紅 여러 가지 빛깔의 꽃이 만발함)이 어디 있으며, 인생을 풍부하게 하는 온갖 과실이 어디 있으랴?

이상! 우리의 청춘이 가장 많이 품고 있는 이상! 이것이야말로 무한한 가치를 가진 것이다. 사람은 크고 작고 간에 이상이 있으므로 용감하고 굳세게 살 수 있는 것이다.

석가(釋迦)는 무엇을 위하여 설산(雪山)에서 고행을 하였으며, 예수는 무엇을 위하여 광야에서 방황하였으며, 공자(孔子)는 무엇을 위하여 천하를 철환(撤還 철환천히(撤還天下)의 준말. 수레를 타고 온 세상을 돌아다님)하였는가? 밥을 위하여서, 옷을 위하여서, 미인을 구하기 위하여서 그리하였는가? 아니다. 그들은 커다란 이상, 곧 만천하의 대중을 품에 안고, 그들에게 밝은 길을 찾아주며, 그들을 행복스럽고 평화스러운 곳으로 인도하겠다는 커다란 이상을 품었기 때문이다. 그러므로 그들은 길지 아니한 목숨을 사는가시피 살았으며, 그들의 그림자는 천고에 사라지지 않는 것이다. 이것은 가장 현저하여 일월과 같은 예가 되려니와 그와 같지 못하다 할지라도 창공에 반짝이는 뭇 별과 같이, 산야에 피어나는 군영(群英 많은 꽃, 여러 가지 꽃)과 같이 이상은 실로 인간의 부패를 방지하는 소금이라 할지니, 인생에 가치를 주는 원질(原質 원초적인 본질)이 되는 것이다.

이상! 빛나는 귀중한 이상, 그것은 청춘이 누리는 바 특권이다. 그들은 순진한지라 감동하기 쉽고 그들은 점염(點染 어떤 것에 물들음)이 적은지라 죄악에 병들지 아니하였고, 그들은 앞이 긴지라 착목(着目 착안. 어느 점에 눈을 돌림)하는 곳이 원대하고, 그들은 피가 더운지라 현실에 대한 자신과 용기가 있다. 그러므로 그들은 이상의 보배를 능히 품으며, 그들의 이상의 아름답고 소담스러운 열매를 맺어 우리 인생을 풍부하게 하는 것이다.

보라, 청춘을! 그들의 몸이 얼마나 튼튼하며, 그들의 피부가 얼마나 생생하며, 그들의 눈에 무엇이 타오르고 있는가? 우리 눈이 그것을 보는 때에 우리의 귀는 생의 찬미를 듣는다. 그것은 웅대한 관현악이며, 미묘한 교향악이다. 뼈끝에 스며들어가는 열락의 소리다.

이것은 피어나기 전인 유소년(幼少年)에게서 구하지 못할 바이며, 시들어 가는 노년에게서 구하지 못할 바이며, 오직 우리 청춘에서만 구할 수 있는 것이다.

청춘은 인생의 황금시대다. 우리는 이 황금시대의 가치를 충분히 발휘하기 위하여, 이 황금시대를 영원히 붙잡아 두기 위하여, 힘차게 노래하며 힘차게 약동하자!

▶ 이 작품의 표현상의 특징을 정리해보자.

원문을 현대어 표기로 바꾸어 정리한 이 작품은 화려한 수식과 힘찬 어조가 두드러진다. 제목 자체에서 풍기는 청춘의 정열적인 속성들을 표현하기 위해서는 문체 역시 그만큼 약동적이어야 할 것이다. 지은이는 은유와 직유를 적절히 구사하고 대조와 열거를 통해 사고를 구체화하고 있다. 이는 독자의 정서를 고양시킴으로써 주제를 보다 효과적으로 제시하는 기능을 한다. 대표적으로 얼음은 청춘의 '열정'과 대비되는 '이성'을, 사막은 '사랑'과 대비되는 '비정함'을 상징한다. 수식이 현란하고 풍부할뿐 아니라 구조 역시 매우 짜임새 있다. 특히 서두 부분의 문장이나 핵심어를 간단한 영탄법으로 제시함으로써 자신의 주장에 반사적으로 반응할 수 있도록 유도하고 있으며, 예수나 성인들을 인용함으로써 자신의 논지를 뒷받침한다. 또한 독자를 2인칭인 '너희'로 호명하여 작품 속으로 끌어들이고 있으며, 뒷부분에서는 '우리'라는 대명사로 전환시킴으로써 정서적 공감도와 호응도를 더욱 높이고 있다. 이러한 뛰어난 수사와 힘찬 호흡의 문체가 청춘의 열정과 순수함을 찬양하기에는 적절하지만, 내용이 추상적으로 전개되고 관념적인 어휘가 남용됐다는 지적을 받기도 한다.

■ 작품 정리

- **성격** | 예찬적, 웅변적, 서정적.
- **표현** | 적절한 비유와 함축적 어휘를 사용하여 청춘을 생동감 넘치고 힘 있게 표현하고 있다.
- **주제** | 청춘의 아름다움을 예찬.
- **구성** | 세 부분으로 나누어 청춘의 정열과 이상, 육체를 찬미하였고, 청춘에 대한 당부로 결말을 맺고 있다.
- **지은이** | 민태원(閔泰瑗, 1894~1935)

우덕송(牛德頌)

이광수

금년은 을축년(乙丑年)이다. 소의 해라고 한다. 만물에는 각각 다소의 덕이 있다. 쥐 같은 놈까지도 밤새도록 반자(방이나 마루의 천장을 평평하게 만드는 시설) 위에서 바스락거려서 사람에게,

"바쁘다!"

하는 교훈을 주는 덕이 있다. 하물며 소는 짐승 중에 군자(君子)다. 그에게서 어찌해 배울 것이 없을까. 사람들아! 소해의 첫날에 소의 덕을 생각하여, 금년 삼백육십오 일은 소의 덕을 배우기에 힘써 볼까나.

특별히 우리 조선 민족과 소와는 큰 관계가 있다. 우리 창조 신화에는 하늘에서 검은 암소가 내려와서 사람의 조상을 낳았다 하며, 또 꿈에서 소가 보이면 조상이 보인 것이라 하고, 또 콩쥐팥쥐 이야기에도 콩쥐가 밭을 갈다가 호미를 분지르고(부러뜨리고) 울 때에 하늘에서 검은 암소가 내려와서 밭을 갈아 주었다. 이 모양으로 우리 민족은 소를 사랑하였고, 특별히 또 검은 소를 사랑하였다.

검은 소를 한문으로 쓰면, '청우(靑牛)' 즉 푸른 소라고 한다. 검은 빛은 북방 빛이요, 겨울 빛이요, 죽음의 빛이라 하여 그것을 꺼리고 동방 빛이요, 봄빛이요, 생명 빛인 푸른빛을 끌어다 붙인 것이다. 동방은 푸른빛, 남방은 붉은빛, 서방은 흰빛, 북방은 검은빛, 중앙은 누른빛이라 하거니와, 이것은 한족들이 생각해 낸 것이 아니요, 기

실은 우리 조상들이 생각해 낸 것이라고 우리 역사가(歷史家) 육당 (六堂 최남선(崔南善 1890~1957)의 호)이 말하였다고 믿는다. 어쨌거나 금년은 을축년이니까, 푸른 소 즉 검은 소의 해일시 분명하다. 육갑(六甲 육 십 갑자. 천간(天干)의 갑(甲), 을(乙), 병(丙), 정(丁), 무(戊), 기(己), 경(庚),신(辛), 임(壬), 계(癸)에 지지(地支)의 자(子), 축(丑), 인(寅), 묘(卯), 진(辰), 사(巳), 오(午), 미(未), 신(申), 유(酉), 술(戌), 해(亥)를 순차로 배합하여 60가지로 늘어놓은 것)으로 보건대, 을축년은 우 리 민족에게 퍽 인연이 깊은 해라고 할 수밖에 없다.

검은빛 말이 났으니 말이거니와, 검은빛은 서양 사람도 싫어한다. 그들은 사람이 죽은 때에 검은빛을 쓴다. 심리학자의 말을 듣건대, 검은빛은 어두움의 빛이요, 어두움은 무서운 것의 근원이기 때문에 모든 동물이 다 이 빛을 싫어한다고 한다. 아이들도 어두운 것이나 꺼먼 것을 무서워한다.

어른도 그렇다. 캄캄한 밤에 무서워 아니 하는 사람은 도둑질하는 양반밖에는 없다. 검은 구름은 농부와 뱃사공이 무서워하고, 검은 까마귀는 염병(전염하는 병. 특히 '장티푸스'의 속칭) 앓는 사람이 무서워하고, 검 은 돼지, 검은 벌레, 모두 좋은 것이 아니다. 검은 마음이 무서운 것 은 누구나 아는 일이요, 요새 활동사진에는 검은 손이 가끔 구경꾼 의 가슴을 서늘케 한다. 더욱이 우리 조선 사람들은 수십 년 이래로 검은 옷을 퍽 무서워했다.

그러나 검은 것이라고 다 흉한 것은 아니다. 어떤 것은 검어야만 하고, 검을수록 좋은 것이 있다. 처녀의 머리채가 까매야 할 것은 물 론이거니와, 이렇게 추운 때에 빨간 불이 피는 숯도 까매야 좋다. 까 만 숯이 한 끝만 빨갛게 타는 것은 심히 신비하고 아름다운 것이다. 처녀들의 까만 머리채에 불 같은 빨간 댕기를 드린 것도 이와 같은 의미로 아름답거니와, 하얀 저고리에 까만 치마와 하얀 얼굴에 까만 눈과 눈썹도 어지간히 아름다운 것이다.

빛 타령은 그만 하자. 어쨌거나 검은 것이라고 반드시 흉한 것이 아니다. 먹은 검을수록 좋고, 칠판도 검을수록 하얀 분필 글씨와 어울려 건조무미한 학교 교실을 아름답게 꾸민다. 까만 솥에 하얀 밥이 갓 잦아 구멍이 송송 뚫어진 것은 더 말할 것도 없고, 하얀 간지(間紙 우리나라에서 만든 조선 종이의 일종으로 두껍고 질기며 질이 매우 좋은 편지지)에 사랑하는 이의 솜씨로 까만 글씨가 꿈틀거린 것은 누구나 알 일이다.

이렇게 생각하면 구태여 검은 소라고 부르기를 꺼려서 푸른 소라고 할 필요는 조금도 없다. 푸른 하늘, 푸른 풀 할 때에는, 또는 이팔청춘이라 하여 젊은 것을 푸르다고 할 때에는 푸른 것이 물론 좋고, 풋고추의 푸른 것, 오이지에 오이 푸른 것도 다 좋지마는, 모처럼 사온 굴 궤를 떼고 본즉, 겉은 누르고 큰 것이나 한 갈피만 떼면 파란 놈들이 올망졸망한 것이라든지, 할멈이 놀림 빨래(한 번 빨았다가 다시 빠는 빨래)를 망하게 하여 퍼렇게 만든 것이며, 남편과 싸운 아씨의 파랗고 뾰족하게 된 것은 물론이요, 점잖은 사람이 순사한테 얻어맞아서 뺨따귀가 퍼렇게 된 것 같은 것은 그리 좋은 퍼렁이는 못 된다.

그러니까 우리는 구태여 검은 소를 푸른 소로 고칠 필요는 없다. 검은 소는 소대로 두고 우리는 소의 덕이나 찾아보자.

외모로 사람을 취하지 마라 하였으나, 대개는 속마음이 외모에 나타나는 것이다. 아무도 쥐를 보고 후덕(厚德 어질고 무던함)스럽다고 생각은 아니할 것이요, 할미새를 보고 진중(珍重 점잖고 무게가 있음)하다고는 생각지 아니할 것이요, 돼지를 소담한 친구라고는 아니할 것이다. 토끼를 보면 방정맞아는 보이지만 고양이처럼 표독스럽게는 아무리 해도 아니 보이고, 수탉을 보면 걸걸은 하지마는 지혜롭게는 아니 보이며, 뱀은 그림만 보아도 간특하고 독살스러워 구약(舊約) 작자의 저주(성경의 창세기에 뱀이 하와를 유혹하여 선악과를 먹게 한 죄로 창조주 여호와로부터 '죽는 날까지 배로 기어 다니면서 흙먼지를 먹으며 여자와 원수가 되게 하리라'는 저주를 받음)를 받은 것이 과연이다 - 해 보이고, 개는 얼른 보기에 험상스럽지마는 간교한 모양은 조금도 없다. 그는 충직하게 생겼다.

　말은 깨끗하고 날래지마는 좀 믿음성이 적고, 당나귀나 노새는 아무리 보아도 경망꾸러기다. 족제비가 살랑살랑 지나갈 때에 아무래도 그 요망스러움을 느낄 것이요, 두꺼비가 입을 넓적넓적하고 쭈그리고 앉은 것을 보면, 아무가 보아도 능청스럽다. 이 모양으로 우리는 동물의 외모를 보면 대개 그의 성질을 짐작한다. 벼룩의 얄미움이나 모기의 도심질이나 다 그의 외모가 말하는 것이 아닌가.

　그런데 소는 어떠한가. 그는 말의 못 믿음성도 없고, 여우의 간교함, 사자의 교만함, '호랑이의 엉큼스러움, 곰이 우직하기는 하지마는 무지한 것, 코끼리의 추하고 능글능글함, 기린의 오입쟁이(아내 아닌 다른 여자와 놀아나는 남자) 같음, 하마의 못 생기고 제 몸 잘못 거둠, 이런 것이 다 없고, 어디로 보더라도 덕성스럽고 복성스럽다. '음매' 하고 송아지를 부르는 모양도 좋고, 우두커니 서서 시름없이 꼬리를 휘휘 둘러,

　"파리야, 달아나거라, 내 꼬리에 맞아 죽지는 말아라."

　하는 모양도 인자하고, 외양간에 홀로 누워서 밤새도록 슬근슬근 새김질을 하는 양은 성인이 천하사(天下事)를 근심하는 듯하여 좋고, 장난꾼 아이놈의 손에 고삐를 끌리어서 순순히 걸어가는 모양이 예수께서 십자가를 지고 가시는 것 같아서 거룩하고, 그가 한 번 성을 낼 때에 '으앙' 소리를 지르며 눈을 부릅뜨고 뿔이 불거지는지 머리가 바수어지는지 모르는 양은 영웅이 천하를 취하여 대노(大怒)하는 듯하여 좋고, 풀밭에 나무 그늘에 등을 꾸부리고 누워서 한가히 낮잠을 자는 양은 천하를 다스리기에 피곤한 대인(大人)이 쉬는 것 같아서 좋고, 그가 사람을 위하여 무거운 멍에를 메고 밭을 갈아 넘기는 것이나 짐을 지고 가는 양이 거룩한 애국자나 종교가가 창생(蒼生 세상의 모든 사람. 백성)을 위하여 자기의 몸을 바치는 것과 같아서 눈물이 나도록 고마운 것은 물론이거니와, 세상을 위하여 일하기에 등

이 벗어지고 기운이 지칠 때에, 마침내 푸줏간으로 끌려 들어가 피를 쏟고 목숨을 버려 내가 사랑하던 자에게 내 살과 피를 먹이는 것은 더욱 성인(聖人)의 극치인 듯하여 기쁘다. 그의 머리에 쇠메(쇠로 만든 메. 메는 무엇을 치거나 박을 때에 쓰는 물건)가 떨어질 때, 또 그의 목에 백정의 마지막 칼이 푹 들어갈 때, 그가 '으앙' 하고 큰 소리를 지르거니와, 사람들아! 이것이 무슨 뜻인 줄을 아는가.

"아아! 다 이루었다" 하는 것이다.

소를 느리다고 하는가. 재빠르기야 벼룩 같은 짐승이 또 있으랴. 고양이는 그 다음으로나 갈까. 소를 어리석다고 마라, 약빠르고 꾀 있기로야 여우같은 놈이 또 있나. 쥐도 그 다음은 가고, 뱀도 그만은 하다고 한다.

"아아! 어리석과저(-과저: 고어에서 동사의 어간에 붙어 '~하고 싶다'의 뜻을 나타내는 종결어미). 끝없이 어리석과저. 어린애에게라도 속과저. 병신 하나라도 속이지는 말과저."

소더러 모양 없다고 말지어다. 모양내기로야 다람쥐 같은 놈이 또 있으랴. 평생에 하는 일이 도둑질하기와 첩얻기밖에는 없다고 한다. 소더러 못났다고 말지어다. 걸핏하면 발끈하고 쌕쌕 소리를 지르며 이를 악물고 대드는 것이 고양이, 족제비, 삵 같은 놈이 있으랴. 당나귀도 그 다음은 가고, 노새도 그 다음은 간다. 그러나 소는 인욕(忍辱 욕되는 일을 참음)의 아름다움을 안다. '일곱 번씩 일흔 번 용서하기'와, '원수를 사랑하며, 나를 미워하는 자를 위하여 기도' 할 줄을 안다.

소! 소는 동물 중에 인도주의자다. 동물 중에 부처요, 성자다. 아리스토텔레스의 말마따나 만물이 점점 고등하게 진화되어 가다가 소가 된 것이니, 소 위에 사람이 있는지 없는지는 모르거니와, 아마소는 사람이 동물성을 잃어버리는 신성(神性)에 달하기 위하여 가장 본받을 선생이다.

▶ '우덕송'을 토대로 소의 덕성과 인간의 품성을 대조해보자.

　　이 글은 소의 해를 맞이하여 쓴 교훈적인 수필이다. 소의 여유로운
걸음걸이처럼 느긋한 만연체의 문장으로 소의 다양한 모습들, 특히
덕스럽고 본받을 만한 점들을 나열하고 있다. 우리 민족은 오래 전부
터 신화나 전설, 꿈풀이 등을 통해 소와의 친밀한 관계를 표현해왔다.
지은이는 소가 짐승 중에서 군자라 할 만하고 부처나 성자로도 예찬
받을 만하다고 치켜세운다. 다른 수많은 동물들과 비교해 보면 소는
그 겉모습부터 덕성스럽고 복성스럽다. 살아 있는 동안에는 인간을
위해 게으름 피우지 않고 열심히 일하다가, 도살장으로 끌려가 죽은
후에는 자신의 살과 피와 뼈까지 인간에게 제공한다. 자신의 모든 것
을 다 바쳐 인간을 유익하게 해주는 것이다.

　　이 글에서 소와 비교된 수많은 동물들은 인간의 여러 가지 모습을
비유한 것이다. 말은 믿음성이 적고, 당나귀와 노새는 경망스러우며,
족제비는 요망스럽다. 두꺼비는 능청스럽고 벼룩은 얄밉다. 호랑이는
엉큼하고, 곰은 무지하고, 코끼리는 능글능글하고, 기린은 음란하다.
소가 성자로서의 면모를 지니고 있는 것에 반해 다른 동물들처럼 인
간은 믿을 수 없고 경망스럽고 요망스럽다. 능청스럽고 얄미울 뿐 아
니라 엉큼하고, 무지하고, 능글능글하고, 음란하다.

　　결국 지은이는 소와 동물들과의 비유를 통해 성자와 같은 소의 덕
성을 부각시키면서 인간이 소의 좋은 점을 본받아야 함을 권고하고
있다.

- **성격** | 비유적, 사색적, 교훈적, 예찬적.
- **표현** | 유장한 만연체의 문장으로 소를 다른 여러 동물들과 대비하며 소의 장점을 효과적으로 드러냈다.
- **제재** | 소.
- **주제** | 소의 덕성을 예찬.
- **구성** | 검은 색에 대한 사람들의 보편적인 정서와 소의 빛깔에 대한 언급, 다른 동물과 외모로 비교했을 때 대비되는 소의 덕성, 행동으로 본 소의 덕성 등 세 부분으로 나누어 소를 찬미하고 있다.
- **지은이** | 이광수(李光洙 1892~1950)

금강산유기(金剛山遊記)

이광수

길 찾으러 갔던 안내자가,

"여보오, 여기 길이 있소" 하고 외칩니다. 소리 오는 방향은 동쪽인 줄 짐작하겠으나 그 사람의 모양은 보일 리가 없습니다. 우리는,

"어디요?" 하고 외쳤습니다. 그 대답이

"여기요, 이리로 오시오" 합니다. 우리는 여러 번 속은 열이 나서,

"그것은 정말 길이오?" 하였습니다. 그는

"정말 길이야요, 돌무더기가 있어요" 합니다. 돌무더기가 있다 하니 의심할 것도 없습니다.

그런데 소리 오는 방향으로 갈 일이 걱정이외다. 우리는 "어디요?"를 연해 부르면서 가까스로 수십 보를 옮겨 놓으니 멀리 바위 위에 혼령 같은 안내자의 모양이 거인과 같이 보입니다. 기실은 멀리 있는 것이 아니요, 바로 5, 6보 밖에 서 있는 것이외다. 수만 개의 집채 같은 바위를 산정에서 굴려 그것이 차곡차곡 쌓인 듯한 것인데 이것이 유명한 금사다리외다. 산 일면에는 덩굴향 등 고산식물이 깔리고 거기 폭이 10보는 될 만한 바위로 된 길이 은하모양으로 쏜살같이 산정으로 올라갔습니다. 그 사다리를 조성한 바위들은 모두 불 속에서 꺼낸 듯한 자색(赭色 붉은 흙과 같은 검붉은 빛)인데다가 황금색 이끼가 덮여서 과연 금사다리란 말이 허언이 아니외다. 서서 아래를 굽어보면 사다리는 깊이깊이 안개 속으로 흘렀고 우러러 보면 높이높이 하늘 위로 올랐습니다. 아마 어느 봉 하나가 무너져 그것이 일자

로 내려 흘러 이 사다리를 이룬 것인 듯합니다. 그렇더라도 어쩌면 이렇게 신통하게 일필련(한 필의 명주)을 늘여놓은 듯이 되어 사람들이 올라가는 길이 되게 합니까.

구약성서에 야곱이 꿈에 본 하늘에 오르는 사다리가 종교화에 그려 있지마는 그것은 너무 인공적이라 하늘 사다리는 반드시 이 모양으로 되었을 것이외다.

웃노라 옛사람을
바벨탑이 부질없네
만층의 금사다리
예 있는 줄 모르던가
알고도 찾는 이 적으나
그만 한이 없어라

태초라 금강산에
금봉 은봉 있것더라
금봉 헐어 금사다리
은봉 헐어 은사다리
하늘에 오르는 길을
이리하여 이루니라

하늘에 오르는 길이
어찌어찌 되었더냐
금사다리 만층 올라
은사다리 만층 올라
백운을 뚫고 소스라쳐 올라
동북으로 가옵더라

우리는 사다리(금사다리. 비로봉으로 오르는 길에 누른 이끼가 낀 바위 고갯길)를 올라갑니다. 다리를 힘껏 벌려야 겨우 올려 디딜 만한 데도 있고 두 손으로 바위 뿌다귀를 꼭 붙들고 몸을 솟구쳐 오를 만한 곳도 있고 혹은 큰 바위 틈바구니로 손, 어깨, 무릎, 발, 옆구리를 온통 발 삼아서 벌레 모양으로 굼틀굼틀 올라갈 데도 있고, 혹 아름이 넘는 바위를 안고 살살 붙어 돌아갈 데도 있고, 혹 넓적한 바위가 덜컹덜컹해서 소름이 쪽쪽 끼치는 데도 있고, 혹 꽤 넓은 바위틈의 허공을 엇차 하고 건너뛸 데도 있지마는 결코 위험한 길은 아니외다. 다만 대부분이 네발로 기어오를 데요, 두 발로 걸을 데는 없습니다. 그래서 한 층을 기어올라서는 우뚝 서고, 한 걸음이나 두 걸음 가서 또 한 층을 기어올라서는 우뚝 서고 이 모양임으로 도리어 피곤한 줄은 모르겠습니다. 그러나 네 발로 길 곳이 많으므로 얼마 안가서 지팡이는 길가에 던졌습니다. 산길이나 인생길이나 높은 데를 오르려면 몸에 가진 모든 것을 내어버리는 것이 가장 필요한 일인 듯합니다.

한 층대 한 층대
금사다리 오를 적에
앞길은 구름에서 나오고
온 길은 안개 속으로 드네.
길이야 끝이 없어라마는
올라갈까 하노라.

하늘이 높삽거든
가는 길이 평(坪)하리까?
가는 길이 험하오매
몸 가볍게 하올 것이
두벌 옷 무거운 전대를

버리소서 하노라.

백설이 덮인 듯한 은사다리

이렇게 30분가량이나 올라가면 끝이 없는 듯하던 금사다리는 이에 끝나고 거기서 동으로 덩굴향을 헤치고 십 수보를 가면 백설이 덮인 듯한 은사다리가 시작됩니다. 생긴 모양은 금사다리와 다름이 없으나 다만 돌이 전부 은색의 이끼에 덮여서 올려다보니 관연 은하와 같습니다. 더욱이 좌에는 고산지대에 새파란 상록목이 모두 덩굴이 되어 잔디모양으로 산복(山腹 산의 중턱, 산허리)을 덮은 데다가 한 줄기 은색 사다리가 구름에 닿았으니 그 신비하고 장엄한 맛이 비길 데가 없습니다. 금사다리에는 아직도 진세(塵世 티끌세상. 귀찮은 세상. 이 세상. 속세)의 탁기가 있지마는 은사다리에 이르러서는 일점의 진기(塵氣 티끌세상의 기운)가 없고 그 청수(淸秀 얼굴이 깨끗하고 준수함)함이 진실로 옥경(玉京 하늘 위 옥황상제가 산다는 곳)에 가까운 듯합니다. 사람도 이와 같아서 금사다리를 오르는 동안에 장부(臟府 '오장 육부(五臟六腑)'의 준말)에 사무친 진세속념을 다 떨어 안개에 부쳐 날리고 은사다리에 이르매 청상(淸爽 맑고 시원함)한 선기가 골수에 삼투함을 깨닫습니다. 천상 선관(仙官 선경(仙境)에 있다는 관원. '여자 무당'의 별칭)도 은사다리 끝 층계까지는 밖에는 안 내려오는 듯합니다.

예서부터 더욱 운무(雲霧)가 두터워져서 참말 지척을 분변할 수가 없습니다. 다만 발부리만 보면서 30분이나 올라가면 끝없는 듯한 사다리도 이에 끝나고 깎아지른 듯한 고갯마루에 올라섭니다. 영랑봉과 비로봉을 연락한 맥인데 영랑봉을 말 궁둥이, 비로봉을 말머리라 한다면 여기는 말안장을 놓은 데라 하겠습니다. 일기가 청량하면 전후로 안계가 넓겠지마는 농무(濃霧) 중에 보이는 것은 오직 사방 십 수보 내외외다. 등성이에 올라서자 어떻게 남풍이 몹시 부는지

산 밑으로서 올려 쏘는 바람에 몸이 날아갈 듯합니다. 이따금 그 중에도 굳센 바람결에 영두(嶺頭 고갯머리)의 운무의 일부분이 찢어져 병풍 같은 석벽이 발아래 번쩍 보일 때에는 몸에 소름이 끼쳐 어쩌다가 우리가 이런 곳에 왔나 하는 한탄이 날 만합니다. 그러나 6천척이나 되는 영두에서 바람에 옷자락을 날리며 운무 중에 서 있는 쾌미(快味 상쾌한 맛)는 오직 지내본 이라야 할 것이외다. 우리는 말의 등심뼈라 할 만한 바위로 된 모퉁이 길로 광대가 줄 타는 모양으로 두 팔을 벌려 몸의 중심을 잡으면서 십 수보를 가다가 "지금 봉두에 올라가더라도 운무 중에 아무 것도 안 뵐 터이라" 하는 안내자의 말에 우리는 큰 바위 밑 바람 없는 곳을 택하여 다리를 쉬기로 하였습니다. 벌써 11시 반, 마하연서 여기 오는 길 30리에 4시간 이상이 걸린 셈이니 길만 잃지 아니하면 3시간이면 올 듯합니다. 점심을 먹자하니 추워서 몸이 떨리므로 얼른 탐험자의 고지(故智 옛사람이 쓴 지략)를 배워 이슬에 젖은 자고향(저절로 마른 향나무) 가지를 주어다가 도시락 쌌던 신문지를 불깃(불쏘시개)으로 간신히 불을 피어놓고 모두 둘러 앉아서 일변 수통의 물과 도시락을 데우며 일변 몸을 녹였습니다. 검붉은 불길이 활활 붙어 오를 때 이는 무슨 번제(燔祭 짐승을 통째로 구워 제물로 바치는 제사)의 성화같은 생각이 납니다. 우리는 제사장이요, 비로의 봉두(峰頭)에 올라 운무의 장막 속에 자고향을 피우고 천하만민의 죄의 사유(赦宥 죄를 용서함)를 비는 거룩한 하늘제사를 드리는 것이 아닌가 하였습니다. 나는 극히 엄숙한 맘으로 불길을 따라 하늘을 우러러 보며 창생(蒼生 세상의 모든 사람)을 염하였습니다. 아아, 원하옵나니, 나로 하여금 이 몸을 저 불속에 던져 만민의 고통을 더는 제물이 되게 하여 주옵소서.

거룩한 산
신비한 운벽의 장막 속에

검붉은 불길이 오른다.
내가
두 팔을 들고
하늘을 우러러 창생을 염할 때에
바람이 외치며 불어와
흰 옷 자락을 날린다.

아아, 천지의 주재여!
이 산과 운무와 바람을 내신 이여!
내 기도를 들으소서!
내 몸을 번제물로 받으소서!

깨끗한
당신의 세계가
왜 죄악으로 더러웠습니까
숭엄코 평화로운
당신의 전에
어찌하여 죽음의 부르짖음과
피눈물이 찼습니까?
어찌하여
아아 어찌하여
약속하신 가나안의 복지와 미새야
안 주십니까?
봅시오!
저 검붉은 불길을 봅시오!
거기서 당신의 보좌를 향하고 오르는
뜨거운 연기를 봅시오!

그것이
버리신 당신의 백성의
가슴에서 오른 것이외다, 가슴에서!
우러른 내 얼굴에
대답을 주소서
치어든 내 손에
구원의 금인을 나리소서
아아 천지의 주재자시어!

우리는 점심을 먹고 이럭저럭 한 시간이나 넘게 기다렸으나 그래도 운무가 걷지를 아니합니다. 나는 새로 2시가 되면 운무가 걷히리라고 단언하였습니다. 그러나 운무 중에 비로봉도 또한 일경이리라 하여 다시 올라가기를 시작했습니다. 동으로 산령을 밟아 줄 타는 광대모양으로 수십 보를 올라가면 산이 뚝 끊어져 발아래 천인절벽(千仞絕壁 천 길 낭떠러지)이 있고 거기서 북으로 꺾여 성루 같은 길로 몸을 서편으로 기울이고 다시 수십 보를 가면 뭉투룩한 봉두에 이르니 이것이 금강 1만 2천봉의 최고봉인 비로봉두외다. 역시 운무가 사색(四塞 사방을 둘러쌈)하여 봉두의 바윗돌 밖에 아무것도 보이지 아니합니다. 그 바윗돌 중에 중앙에 있는 큰 바위는 배바위라고 하는데 배바위라 함은 그 모양이 배와 같다는 말이 아니라 동해에 다니는 배들이 그 바위를 표준으로 방향을 찾는다는 뜻이라고 안내자가 설명을 합니다. 이 바위 때문에 해마다 여러 천 명의 생명이 살아난다고, 그러므로 선인들은 이 멀리서 이 바위를 향하고 제를 지낸다고 합니다.

기봉의 바다위에 평범으로 높은 봉우리

이 안내자의 말이 참이라 하면 과연 이 바위는 거룩한 바위외다. 바위는 아주 평범하게 생겼습니다. 이 기교한 산령에 어떻게 평범한 바위가 있나 하리만큼 평범한 그 둥그레한 바위외다. 평범, 말이 났으니 말이지 비로봉두 자신이 극히 평범합니다. 밑에서 생각하기에는 비로봉이라 하면 설백색의 검극(劍戟 칼끝)같은 바위가 하늘 찌르고 섰을 것 같이 생각하더니 올라와 본즉 아주 평평하고 흙 있고 풀 있는 일편의 평지에 불과합니다. 그리고 거기 놓인 바위도 그 모양으로 아무 기교함이 없이 평범한 바위외다. 그러나 평범한 이 봉이야말로 1만 2천봉 중에 최고봉이요, 평범한 이 바위야 말로 해마다 수천 명의 생명을 살리는 위대한 덕을 가진 바위외다. 위대는 평범이외다. 나는 이에서 평범의 덕을 배웁니다. 평범한 저 바위가 평범한 봉우리위에 앉아 개벽 이래 몇 천만 년에 말없이 있건마는 만인이 우러러 보고 생명의 구주로 아는 것을 생각하면 절세의 위인을 대하는 듯합니다. 더구나 그 이름이 문인시객이 지은 공상적 유희적 이름이 아니요, 순박한 선인들이 정성으로 지은 '배바위' 인 것이 더욱 좋습니다. 아마 이 바위는 문인시객의 흥미를 끌 만하지 못하리라마는 여러 십 리 밖 만경창파로 떠다니는 선인의 진로의 표적이 됩니다.

배바위야 네 덕이 크다
만장봉두에 말없이 앉아 있어
창해에 가는 배의
표적이 된다 하니
아마도 성인의 공이
이러한가 하노라
만이천봉이
기(奇)로써 다툴 적에
비로야 네가 홀로
범(凡)으로 높단 말가

배바위 이고 앉았으니
더욱 기뻐하노라

신천지의 제막식인가

이윽고 2시가 되니 문득 바람의 방향이 변하며 운무가 걷기 시작하여 동에 번쩍 일월(一月出峰)이 나서고 서에 번쩍 영랑봉의 웅혼한 모양이 나오며 다시 구룡연 골짜기의 봉두들이 백운 위에 드러나더니 문득 멀리 동쪽에 심벽(深碧 짙게 푸름)한 동해의 파편이 번뜩번뜩 보입니다. 그러다가 영랑봉 머리로 고고한 7월의 태양이 번쩍 보이자 운무의 스러짐이 더욱 속(速)하여 그러기 시작한 지 불과 4, 5분 시에 천지는 그물로 씻은 듯한 적나라가 아니라 청나라한 모양을 드러내었습니다. 아아, 그 장쾌함이야 무엇에 비기겠습니까. 마치 홍몽(鴻濛 하늘과 땅이 갈라지지 않은 상태) 중에서 새로 천지를 지어내는 것 같습니다.

"나는 천지창조를 목격하였다."

또는

"나는 신천지의 제막식을 보았다."

하고 외쳤습니다. 이 마음은 오직 지내 본 사람이라야 알 것이외다.

흑암(黑暗 검고 어두움)한 홍몽 중에 난데없는 일조광선이 비치어 거기 새로운 봉두가 드러날 때 우리가 가지는 감정이 창조의 기쁨이 아니면 무엇입니까.

'나는 창조의 기쁨에 참여하였다' 하고 싶습니다.

홍몽이 부판(剖判 갈라짐)하니
하늘이요 땅이로다
창해와 만 이천 봉
신생의 빛 마시올 제

사람이 소리를 높여
창세송을 부르더라

천지를 창조하신 지
천만년가 만만년가
부유 같은 인생으로
못뵈옴이 한일러니
이제나 지척에 뫼셔
옛모양을 뵈오니라

진실로 대자연이
장엄도 한저이고
만장봉 섰는 밑에
만경파를 놓단 말가
풍운의 불측한 변환이야
일러 무삼하리오

찬말 비로봉두에 서서 사면을 돌아보건대 대자연의 웅대, 숭엄한 모양에 탄복하지 아니할 수 없습니다. 봉의 고는 겨우 6천 9척에 불과하니 내가 5척 6촌에서 이마 두 치를 감하면 내 눈이 해발 6천 4백 4촌에 불과하지마는 첫째는 이 봉이 1만 2천봉 중에 최고봉인 것과, 둘째, 이 봉이 바로 동해가에 선 것 두 가지 이유로 심히 높은 감각을 줄 뿐더러, 그리도 아아하더니 내금강의 제봉이 저 아래 2천 척, 내지 3, 4천 척 밑에 모형지도 모양으로 보이고, 동으로는 창해가 거리는 40리는 넘겠지마는 뛰면 빠질 듯이 바로 발아래 들어와 보이는 것만 해도 그 광경의 웅장함을 보려든 하물며 사방에 이 봉 높이를 당한 자 없으므로 안계가 무한히 넓어 직경 수백 리의 일원을 일모(一眸 한 번 보는 것)에 부감(俯瞰 높은 곳에서 내려다 봄)하니 그 웅대하고 장쾌하고 숭엄한 맛은 실로 비길 데가 없습니다.

　비로봉 올라서니
　세상만사 우스워라
　산해만리를
　일모에 넣었으니
　그따위 만국도성이
　의질(蟻垤 개미가 쌓은 둑)에나 비하리오

　금강산 만 이천 봉
　발아래로 굽어보고
　창해의 푸른 물에
　하늘 닿은 곳 찾노라니
　청풍이 백운을 몰아
　귓가로 지나더라

　비로봉에서 보는 승경 중에 가장 장쾌한 것은 동해를 바라봄이외다. 모형지도와 같은 외금강, 고성 지방을 새에 두고 푸르다 못하여 까매 보이는 동해의 끝없는 평면의 이쪽은 붓으로 그은 듯 선명한 해안선으로 구획되고 저쪽은 바다 빛과 같은 하늘과 융합하여 이윽히 바라보매 어디까지가 하늘이요, 어디까지가 바다인지를 알 수 없으며, 물결 안 보이는 푸른 거울 면에 백 수점의 범선이 떠 있는 양은 참으로 장하다 할까, 신비하다 할까, 적당한 말을 찾을 수가 없습니다.

창해의 끝없음이
나의 맘이요
푸르고 반듯함이
나의 뜻이니
활달하고 심원한
창해의 덕은
무궁하고 무한한
하늘과 합해
백천(百川)을 다 받으되
넘침이 없고
만휘(萬彙 만물)을 다 먹이되
줄음이 없네
가다가 폭풍마저
노한 물결이
하늘을 치건마는
본색은 화평

암자 짓고 일생을 보내고 싶어라

만일 이곳에 우물을 얻을진대 한 암자를 짓고 일생을 보내고 싶습니다. 진실로 그렇다 하면 신선이나 다르랴. 그래서 세속의 시끄럽고 더러움과 인연을 끊고 창해와 하늘과 백운과 청풍으로 벗을 삼아 일생을 마치고 싶습니다.

이곳의 지형이 영랑봉을 서단, 비로봉을 동단, 아 양봉을 연결한 척골(脊骨 등골뼈)로 남변을 삼고 북으로 완완히 경사진 한 고원을 이뤘는데 그 주위가 10리는 넉넉할 듯하고 그 고원 일면에는 향과 자작나무가 밀생(密生 빽빽하게 남)하여 마치 목초장을 바라보는 듯합니

345

다. 그리고 그 나무들이 평지의 나무와 달라 키는 5, 6척에 불과하고는 모두 덩굴이 되어 서로 얽히었으므로 도저히 그 속으로 사람이 헤어날 수는 없습니다. 반공에 얹어놓은 나무바다! 진실로 기관(奇觀 기이한 풍경)이외다. 만일 이 나무를 베어내면 여기 훌륭한 절터가 될 것이요, 이 고원의 한복판 우무거리에서는 청렬한 음료수를 얻을 것 같습니다. 어느 도승이 여기다 일사를 창건하지 아니하려나. 그리고 이 넓은 마당에 1만 2천 권속(식구, 가족)을 모으고 반야경을 설할 보살은 없나.

아아, 아무리 하여도 비로봉의 절경을 글로 그릴 수는 없습니다. 아마 그림으로 그릴 수도 없을 것이외다. 몽상 외의 광경을 당하니 다만 탄미의 소리가 나올 뿐이라, 내 붓은 아직 이것을 그릴 공부가 차지 못하였습니다. 다만 볼 만하고 남에도 말할 만하지 아니하니 내가 할 말은 오직,

비로봉 대자연을
사람이 묻지 마소
눈도 미처 못 보거니
임이 능히 말할 손가
비로봉 알려하옵거든
가보소서 하노라

상상하기 힘든 대절경

과연 그렇습니다. 비로봉 경치는 상상해도 상상할 수 없는 것이니, 하물며 말로 들어 알 줄이 있으리오. 오직 가보아야 그 사람의 천품을 따라 보리만큼 보고 알리만큼 알 것이외다.

3시가 되자마자 저 서편 준허봉 머리에 뭉키어 있던 한 덩어리 검

은 구름이 슬슬 풀리기를 시작하고 방향 잃은 바람이 정신없이 불어 오더니 구룡연으로서 한 줄기 실안개가 일어나 옥녀봉 고운 머리를 싸고돕니다. 그리고 문득 골짜기마다 햇솜 같은 구름이 뭉클뭉클 일어나며 미처 단예(端倪 헤아려 앎)할 새 없이 구룡연 골목을 감추고, 동해를 감추고, 3, 4분시가 못하여 운무가 사방을 가리고 음풍(陰風 음산한 바람)이 노호(怒號 성내어 소리 지름)하여 아까 올라올 때와 꼭 같이 되고 말았습니다. 진실로 헤아릴 수 없는 자연계의 변환이외다.

거룩한 이 경개를
속에 오래 뵈랴
거쳤던 구름막이
일진풍에 내리놋다
인간의 할일 바쁘니
돌아갈까 하노라

우리는 아직도 다 타지 아니한 불을 다시금 보고 은사다리를 밟았습니다. 한 층 한 층 올라올 때에 밟던 사다리를 밟아 내려갈 때에는 마치 무슨 영광에 찬 큰 잔치를 치르고 돌아오는 손님 같은 생각이 납니다. 1921년 8월 11 오후 2시부터 동 3시, 이것은 우리가 창세주의 초대의 특전을 받아 그 창조의 광경을 배관하던 기념할 날이요, 시간이외다.

창세연 뵈옵다가
선주(신선의 술)에 대취하여
창세송 아뢰옵고
석양에 옷을 날리며
은사다리 내리니라

▶ 금강산 기행문인 이 작품은 문학사적으로 어떤 의미를 지니고 있는가.
또한 이와 견줄 동시대의 기행문에는 무슨 작품이 있는가.

　금강산은 경치가 뛰어난 만큼 예로부터 많은 작자들의 붓을 통해
유람기의 소재가 되어왔다. 금강산 유람기 가운데 가장 오래된 것은
고려 때 이곡이 쓴 '동유기(東遊記)'이다. 조선시대에 들어서는 남효
온의 '유금강산기', 이이의 '풍악행', 이정구의 '유금강산기', 김창협
의 '동유기' 등 많은 기행문이 쓰여졌다.

　일제 강점기 때에도 유람기는 여전히 나왔는데 시기와 연대로 보아
이광수의 '금강산 유기'는 최남선의 '금강예찬', 이은상의 '금강행',
정비석의 '산정무한' 등에 앞서 나온 것으로 이 작품들의 전범이 되
었다.

　동시대에 나온 최남선의 '심춘순례', '백두산근참기'와 더불어 이
기행문 속에는 민족의식과 국토 사랑의 정신이 잘 스며들어 있다. 이
는 개화기에 서양 문물을 소개한 유길준의 작품 '서유견문'의 계몽주
의적 성향을 계승하고 있기 때문이다.

　기행수필임에도 서정적인 분위기까지 가미시킨 이 작품은 현대 수
필의 출현에 선구적 역할을 한 것으로 평가받고 있다. 이 작품에는 경
어체가 사용되었고 시로써 주관적 심회를 표현한 것 등은 계몽성과
서정성을 극대화시키는 효과가 있다.

- **성격** | 낭만적, 서정적, 예찬적, 교술적.
- **표현** | 중간에 서정시를 삽입하여 산문의 내용을 함축적으로 정리했고, 대화체의 경어를 사용했다.
- **제재** | 비로봉에서의 견문과 감상.
- **주제** | 비로봉의 날씨 변화와 장쾌한 조망에 대한 감회.
- **구성** | 장소의 이동에 따라 비로봉에 등정하는 처음 부분, 비로봉 정상에서의 감회를 읊은 둘째 부분, 내려오는 길을 서술한 마지막 부분으로 구성되어 있다.
- **지은이** | 이광수(李光洙 1892~1950)

심춘순례서(尋春巡禮序)

최남선

오랜 역사의 소유자임을 깨닫게 되고, 그리하여 쳐다 볼수록 거룩한 조선 정신의 불기둥에 약한 시막(視膜 눈꺼풀)이 퍽 많이 어뜩해졌습니다.

곰팡내 나는 서적만이 이미 내 지견(知見)의 웅덩이가 아니며, 한 조각 책상만이 내 마음의 밭일 수는 없게 되었습니다. 도리어 서적과 책상에서 불구가 된 내 소견을 진여(眞如 우주 만유의 실체로서 현실적이며 평등·무차별한 절대의 진리)한 상태로 있는 활문자(活文字), 대궤안(大机案 큰 책상. 여기에서는 '국토'를 가리킴)에서 교정 받고 보양을 얻지 않을 수 없다는 것을 통절히 느꼈습니다. 묵은 심신을 시원히 벗어 던지고, 자유로운 공기를 국토여래의 상적토(常寂土 常寂光土의 준말. 변하지 않는 광명 세계라는 뜻으로, 부처의 거처나 빛나는 마음의 세계를 이르는 말)에서 호흡하리라 하는 열망은 시시각각으로 나의 가슴을 태웠습니다.

일개의 백운향도(白雲香徒)로서 각력(脚力 다리의 힘)이 자라는 대로, 시간이 허락되는 대로 국토 예찬을 근수(勤修 힘써 닦음)하기는, 나로서는 진실로 숭고한 종교적 충동에 끌린 바로서, 자불능이(自不能已 스스로는 할 수 없음), 부득불연(不得不然)의 일입니다. 무엇보다도 큰 재미와 힘을 여기서 얻었고, 얻고, 얻을 것이니, 생활의 긴장미로만 해도 나의 이 수행은 오래도록 계속 되리라고 생각합니다.

조선 국토에 대한 나의 신앙은 일종의 애니미즘(animism 자연계의 모든 사물에 영혼이 존재한다고 믿는 원시 종교의 일종)일지도 모릅니다. 나의 보는 그 것은 분명히 감정이 있으며 언소(言笑 말과 웃음)로써 나를 대합니다. 이르는 곳마다 꿀 같은 속살거림과 은근한 이야기와 느꺼운(느껍다: 그 어떤 느낌이 있다) 하소연을 듣습니다. 그럴 때마다 나의 심장은 최고조의 출렁거림을 일으키고 실신할 지경까지 들어가기도 한두 번이 아니었습니다.

이런 때의 나는 분명한 한 예지자(叡智者)의 몸이요, 일대 시인의 마음을 가지지만, 입으로 그대로 옮기지 못하고 운율 있는 문자로 그대로 재현치 못할 때, 나는 의연한 일개 범부(凡夫)이며, 일개 박눌한(樸訥漢 됨됨이가 수수하고 말이 능숙하지 못한 사람)이었습니다. 그러나 나는 이것을 섭섭히 생각하지 않습니다. 왜 그러냐 하면, 나의 작은 재주는 저 큰 운의(韻意 높고 아름다운 품격을 갖춘 뜻. 국토의 의미)를 뒤슬러(뒤스르다: 일이나 물건을 가다듬느라고 이리저리 바꾸거나 정리하다) 놓기에는 너무도 현격스러운 것이니까, 워낙 애달프고 서운해 할 염치가 없는 까닭입니다.

그러나 혹은 유적(遺蹟), 혹은 전설에 내일을 기다리기 어려운 것도 있고, 혹은 자연의 신광(神光), 혹은 역사의 밀의(密意 은밀한 뜻)에 모르는 체할 수 없어서, 변변치 않은 대로 혹시 문헌해(文獻海)의 한 세류(細流 가는 시냇물)가 되기도 하고, 간 곳마다 견문고험(見聞考驗 보고 듣고 살펴서 안 사실)의 일반(一斑 아롱진 무늬 한 점)을 기록하지 않을 수 없었습니다. 이는 진실로 문장으로 볼 것, 논고로 볼 것도 아니요, 또 천재의 숨은 자취를 헤쳤거나 만인의 심금을 울릴 무엇이 있는 것도 아니지만, 그런 대로 조선 국토에 대한 뜨거운 마음이 넘쳐 나온 것이니, 내게는 휴지로 버리기 어려운 점도 없지 아니합니다.

이러므로, 다만 한 가지 또 어슴푸레하게라도, 조선 정신의 숨었던 일면이 나타난다면 물론 분외(分外 분수에 지나친)의 다행입니다. 그렇진 못할지라도, 조선 청전구물(靑氈舊物 대대로 전하여 내려오는 오래된 물건을 일컫는 말)에 대한 나와 애처롭고 안타까운 정리(情理)를 담은 것이 혹시나 강호(江湖 강과 호수. 세상)의 동정을 산다면, 이 또한 큰 소득입니다. 아무튼 조선 국토의 큰 정신을 노래해 내는 이의 어릿광대로 작은 끄적거림을 차차 책으로 모아 갈까 합니다.

이제 그 첫 권으로 내는 '심춘 순례(尋春巡禮)'는, 작년 3월 하순부터 수미(首尾) 50여 일간, 지리산(智異山)을 중심으로 한 순례기(巡禮記)의 전반을 이루는 것이니, 마한(馬韓) 내지 백제인(百濟人)의 정신적 지주였던 신악(神岳)의 여훈(餘薰 남아 있는 향기)을 더듬은 것이요, 장차 해변(海邊)을 끼고 내려가는 부분을 합하여 서한(書翰)의 기록을 완성하는 것입니다.

진인(震人 우리나라 사람)의 고신앙(古信仰)은 천(天)의 표상(表象)이라 하여 산악(山岳)으로써 그 대상을 삼았으며, 또 그들의 영장(靈場 신령스런 힘을 가진 곳)은 뒤에 대개 불교에 전승되니, 이 글이 산악 예찬, 불도량 역참(佛道場歷參)의 관(觀)을 주는 것은 이 까닭입니다.

적을 것도 많고 적을 방법도 있겠지만, 매일 적잖은 산정(山程)을 발섭(跋涉 여러 곳을 두루 돌아다님)하고 가쁜 몸이 침침한 촛불과 대하여 적는 데는 이것도 큰 노력이었습니다. 선재(選材)와 행문(行文)이 다 거침을 극(極)한 것은 부재(不材) 이외에도 까닭이 없지 아니합니다. 그러나 고치자니 새로 짓는 편이 도리어 손쉽고, 새로 짓자니 그만 여가가 없으므로 숙소에서 주필(走筆)하여 날마다 신문사로 우송(郵送)하였던 원고를 그대로 배열하게 되었습니다. 후안(厚顔 뻔뻔스러워 부끄러움을 모름)의 꾸지람은 얼마든지 받겠습니다.

행중(行中)에 여러 가지 편의를 주신 연로(沿路)의 여러 대방가(大方家 대가), 특히 각산(各山)의 법승(法僧)들에게 이 기회에 심대(甚大)한 사의를 드립니다. 또, 남순소편(南巡小篇)에 다소라도 보람 있는 구절이 있다면, 이는 시종 일관(始終一貫)하게 구책유액(驅策誘掖 이끌어 도와 줌)의 노(勞)를 취해 주신 여러분의 현교(顯敎 밝고 뚜렷한 가르침)와 암시에서 나온 것임을 아울러 표백(表白)해 둡니다.

352

▶ 이 글의 지은이가 국토를 바라보는 관점을 정리해보고 내용상의 문제점
　도 지적해보라.

　　'심춘순례'에는 최남선이 1925년 3월 하순부터 50여 일에 걸쳐 지
리산 주변의 각지를 여행하며 느낀 감상을 적은 내용을 신문에 연재
하다가 이듬해 간행한 것으로 모두 서른 세 편의 기행문이 실려 있다.
여기에 실린 글은 심춘순례 서문에 해당한다.

　　최남선은 민족사학자로서 우리의 전통이 사라져 가는 일제 강점기
에 우리의 민요와 시조 같은 고전 문학 보전에 앞장서는 한편, 역사
와 민속 연구에도 열성적이었다. 민족의 정체성을 추구하는 작가의
정신세계는 '백두산 근참기'를 비롯한 많은 국토 기행문에 여실히
드러나 있다.

　　지은이는 '조선의 국토는 조선의 역사며 철학이며 시대 정신'이라
면서 국토를 단순한 삶의 터전 정도로 파악하는 데 그치지 않고 시대
정신을 일깨우는 데에도 진력한다. 조선의 국토는 조선인의 생활의
자취가 곳곳에 배어 있고 민족의 철학과 미의식이 배어 있는 신령스
러운 존재라는 것이다.

　　최남선의 국도 순례가 일제 식민지하에서 이뤄진 것을 감안하면 지
은이의 애틋한 국토사랑과 민족정신이 더욱 빛을 발하지만 '진실로
숭고한 종교적 충동에 이끌린 바'라든지, 국토가 자신에게 '꿀 같은
속살거림과 은근한 이야기와 느꺼운 하소연을 할 때마다 실신할 지경
까지 간다'는 대목에서는 감정 과잉이라는 한계를 드러내기도 한다.

- **성격** | 답사적, 예찬적, 감격적, 숭배적.
- **표현** | 난해한 한문 투의 문장이 주로 쓰였으며, 경어를 사용하여 국토를 숭배하는 마음을 표현하였다.
- **제재** | 기행문을 쓰게 된 동기.
- **주제** | 우리 국토의 아름다움과 순례 과정에서 느끼는 감동.
- **구성** | 국토 순례의 불가피성과 여행기를 쓰게 된 동기의 두 부분으로 구성되어 있다.
- **지은이** | 최남선(崔南善, 1890~1957)

백두산 근참기

최남선

캄캄한 속에서 빛이 나온다.

닫혀진 것이기에 열릴 것이다.

명랑한 것이면 회색(晦塞 캄캄하게 아주 꽉 막히는 것)할 것이 염려되지만 꼭 막힌 바에는 남은 일은 열림이 있을 뿐이니, 이제는 하나님도 아주 잠가 두시려는 것이 도리어 난사(難事 어려운 일)일 것을 생각하면 나의 할 도리는 언제까지나 터질 때까지 지키고 서서 움직이지 않을 뿐임을 결단하였다.

가장 싹싹한 맛은 딱딱한 사람에게 있는 것처럼 영원한 흑막(黑幕 검은 막)인 듯한 저 운무의 바다가 벗어지려 함에 박사(薄紗 얇은 비단) 한 조각이 날려가듯 함이 그래 신통하지 아니하랴. 동자(눈동자)도 굴리지 않고 들여다보고 있은즉, 두루뭉수리 같은 저 혼돈에 문득 훤한 구멍이 하나 뚫어지면서 그 속에서 자금광(紫金光)이랄 밖에 없는, 달리는 형용할 수 없는, 일종의 영묘한(靈妙 신령스럽고 기묘한) 광파(光波 빛의 파동)가 뭉싯하게(어떤 기운이 잇달아 세게 일어나는 모양) 스멀거리는데(살갗에 벌레가 기는 것처럼 근질거리다), 빛이 넓어지기 때문에 창이 커지는지? 창이 커지기 때문에 빛이 넓어지는지? 여하간 광파와 창구멍이 손목을 한데 잡고 영역을 마구 개척함이 마치 태평양 군도의 축일생장적(逐日生長的 하루도 거르지 않고 날마다 나서 자라는) 천지개벽 설화를 실지로 보는 듯하다가 남은 구름이 바람에 쫓기는 연기처럼 이때껏 쳐져 있음이 몹시 무안스러운 것처럼 줄달음질하여 흩어져 버림에 이에 딴 세계 하나가 거기 나오는구나!

신비만의 세계 하나가 문득 거기 넘흐러져 있구나!

자광(紫光 자줏빛)으로, 금색으로, 오색으로, 칠채(七彩)로 그것이 다 기인환적(起因寰的 사람과 하늘이 일어나는)으로 특이한 미태정조(味態情調 형상을 음미하는 느낌)로 가진 도약무도(跳躍舞蹈 뛰어올라 춤을 춤)를 다하다가 획 젖혀지고 와짝 열려지는 것은 어느 틈에 환화(幻化 우주 만물이 덧없는 현상과 같이 변화하는 일)한지도 모르게 얼른 전생(前生 다른 생명으로 바뀜. 다른 것으로 태어남)해진 새파란 늪이 둥그러니 움푹 파인 아득한 발아래 신비한 물결이 괸 것이다. 억천만겁의 과거가 영원무궁한 미래와 손목을 잡고 일대 원환(圓環 둥근 고리)을 지어서 저 늪에 가서 곤두박혔는데, 침묵의 구분(九分 구분의 일)은 묵직하게 깊숙이 잠겨 있고 현재의 작은 한 동강이가 겨우 등을 수면으로 나타난 위에서 묘미의 아지랑이와 신비한 그림자가 얼크러져 뛰노는 여기서만 보는 기절(奇絶 뛰어난 절조)한 하나의 세계이다. 구름이 흩어지는 대로 처녀처럼 자라나는 미(美)의 소식이 햇빛이 쏘이는 대로 장사처럼 활개를 치고 몸부림을 치면서 최대한의 뇌성(雷聲)을 지른다. 푸르다 하자니 거덕치고(모양이 거칠어 어울리지 않고), 누르다 하자니 까부라지고(생기가 빠져 몸이 늘어지고), 검다기에는 맑고, 희다기에는 진한 저 빛을 무엇이라야 옳은지? 억지로 말하자면 연록을 예각(銳角 직각보다 작은 각)으로 한 일절(一切) 종색(種色)의 물과 그 늪을 빌려서 우리 어머니의 진신(眞身 근원의 참모습)이 그 편린(片鱗 사물의 아주 적은 일부분)을 잠깐 내어놓으신 것이라고나 하겠다.

'거룩'이란 무엇을 의미하는지는 잘 모르지만 직각으로 저 늪을 형언(形言)하기 위하여 생긴 말임은 의심이 없을 것이다. 크게 불면 크게, 작게 불면 작게, 바람 부는 대로 잠시도 가만히 있지 않는 저 호면(湖面 호수의 수면)을 보아라. 물결이 이는 족족 색외(色外)의 색(色)으로만 변전무상(變轉無常 모든 것이 이리저리 자꾸 달리 바뀜)하고 심하면 한꺼

356

번에 일어난 물결이 천이면 천, 만이면 만이 제각각 한 가지 색채씩을 갖추어 가졌음을 좀 보아라! 똑똑히 보아라. 저 조화가 도무지 어디서 나는지 저 속에 무엇이 들고, 저 위에 무엇이 노는지를 좀 생각해 보아라. 고인이 이르기를 대지의 물은 오색이라 하고, 오색 고기가 산다고도 하고, 그 속에는 신룡이 들어 있다고도 함이 모두 진실로 우연한 것이 아니다. 더구나 일절 종자의 고장(庫藏 창고에 저장해 놓은 것)이라 하여 천지(天池)라고 일컬었음도 과연 우연이 아니다. 천(天) 아니시고야 누가 저 조화를 마음대로 부릴 것이냐?

▶ 이 글 속에서 지은이는 백두산 기행을 통해 무엇을 말하고자 하는가? 또 이 작품이 지닌 문학사적 의의에 대해서도 알아보자.

이 작품은 1926년에 처음으로 백두산을 참배하고 난 후 여정 중에 느낀 생각과 감동을 적은 기행 수필이다. 이 책에 실린 내용은 '백두산근참기' 가운데 천지(天池)를 처음으로 접하는 감격을 서술한 대목이다.

지은이가 식민지 치하에서 이 글을 쓴 것은 단순히 백두산의 아름다움을 알리기 위함이 아니라 당시 지은이가 품고 있던 '조선주의'라는 민족주의 정신을 토로하고 고취시키기 위함이었다. 지은이는 우리 국토의 아름다움 속에서 웅혼하고 강건한 민족정신과 긍지를 끌어내고자 하였으며 이를 뒷받침하기 위해 백두산의 신화적 권위를 밝히고 그에 대한 미학적 신앙을 표현하기도 했다.

3 · 1운동 이후 민족정기가 점차 쇠진해 가는 상황에서 이 작품이 백두산이란 민족 영산을 통해 민족정기를 고취했다는 점에서 나름대로 '민족문학'으로서의 특징을 지니고 있다 할 것이다. 이 작품은 문학사적으로 볼 때 이광수의 '금강산유기(金剛山遊記)'와 '심춘순례(尋春巡禮)'와 함께 1920년대 기행 수필의 대표작으로 꼽히고 있다.

■ 작품 정리

- **성격** | 민족적, 예찬적, 영탄적.
- **표현** | 만연체의 긴 문장으로 대상을 의인화해 현학적으로 표현하였다.
- **제재** | 백두산 기행.
- **주제** | 백두산의 신비하고 거룩한 자태.
- **구성** | 기행문의 기본 구성으로 시간적 흐름과 공간적 이동을 따라서 내용을 전개하고 있다.
- **지은이** | 최남선(崔南善, 1890~1957)

낭객(浪客)의 신년만필

신채호

낭만주의, 자연주의, 신낭만주의 등의 구별도 잘 못하는 자가 현대에 가장 유행하는 굉굉(轟轟 소리가 몹시 요란함)한 서방 문예가들의 유명한 소설이나 극본 등을 거의 눈에 대해 보지 못한 완전히 문예의 문외한이, 게다가 십여 년 해외에 앉아 조선 문단의 소식이 격절(隔絕 사이가 동떨어져 연락이 안 됨)하야, 무슨 작품이 있는지, 얼마나 낫는지 어떤 것이 환영을 받는지 알지 못하니 어찌 조선 현재 문예에 대하야 가부를 말하랴. 다만 3·1 운동 이래 가장 현저히 발달된 자는 문예 운동이라 할 수 있다. 경제 압박이 아무리 심하다 하나 아귀(餓鬼 전생에 지은 죄로 아귀도에 태어난 귀신. 늘 배가 고파 음식을 탐낸다고 함)의 금강산 구경 같은 문예 작품의 독자는 없지 안 하며, 경성(京城)의 신문지에 끼여 오는 책사(冊肆 서점) 광고를 보면 다른 서적은 거의 십오년 전 그때의 한 꼴이나, 시인과 소설 선생의 작물(作物)은 비교적 다수인 듯하다. 그래서 나의 난필(亂筆)이 문예에 대하야 망론(妄論 망령된 이론이나 말)을 한 마디 하려 하나 아, 재료가 없어 남의 말이나 소개하고 모으랴 한다. 일찍이 중국 광동(廣東)의 '향도(嚮導)'란 잡지에 그 호가 몇째던지, 작자가 누구이던지를 지금에 다 기억하지 못하는 중국 신문예에 대한 탄핵의 논문이 났었는데 그 대의를 말하면 '중국 연래에 제 1혁명, 제 2혁명, 5·4혁명, 5·7운동(청나라 멸망 후 중국에서 일어난 일련의 반제국주의 반봉건주의 혁명 운동)······ 등이 모다 학생이 중심이었다. 그러더니 근일(近日)에 와서는 학생 사회가 왜 이렇게 적막하냐 하면 일반 학생들이 신문예의 마취제를 먹은 후로 혁명의 칼을 던지고 문예의 붓을 잡으며 희생 유혈의 관념을 버리고 신시, 신소설의 저작에 고심하여, 문예의 도원(桃源 무릉도원)으로 안락국(安樂國 극락정토)을 삼는 까닭이다. 몇 구의 시나 몇 줄의 소설을 지으면 이를 팔아 그 생활비가 넉넉히 될 뿐더러 또한 독자의 환영을 받아 시가라 소설가라 하는 명예의 월계관을 쓰며 연애에 관한 소설을 잘 지으면 어여쁜 여학생이 그 뒤를 따라 무한한 염복(艶福 아름다운 여자가 잘 따르는 복)을 누리게 됨으로 혁명이나 다른 운동 같이 체수(逮囚 죄가 결정되지 않아 오래 갇혀 있음)와 포살(砲殺 총포로 쏘아 죽임)의 위험은 없고 명예와 안락을 얻으며 연애의 단꿈을 이루게 됨으로 문예의 작자가 많아질수록 혁명당이 적어지며 문예품의 독자가 많을수록 운동가가 없어진다 하였다. 나는 이 글을 읽을 때에 3·1운동 이후에 침적(沈積 가라앉아 쌓임)하여진 우리 학생 사회를 연상하였다. 중국은 광대하고 깊은 대륙인고로 한 가지의 풍조로써 전국을 명석말이할 수 없는 나라어니와 조선은 청명협장(淸明狹長 맑고 깨끗하며 좁고 길다. 땅이 좁다는 의미)한 반도인 고로 한 가지의 운동으로 전 사회를 곶감꼬치 꿰이듯 할 수 있는 사회니, 즉 3·1운동 이후 신시, 신소설의 성행이 다른 운동을 초멸(剿滅 무찔러 없앰)함이 아닌가 하였다.

▶ 문학의 현실참여에 대해 신채호는 어떤 생각을 가지고 있는가?

　　이 글은 중국에서 독립 운동을 하던 신채호가 국내 독자를 위해 쓴 중수필이다. 이 글이 쓰여진 시기는 3·1 운동 직후 일제의 문화 정치 아래서 새로운 문학이 싹트던 시기였다. 여기에 제시된 부분은 문예 운동의 폐해를 비판한 부분으로 신채호의 혁명가적인 면모가 잘 나타나 있다.

　　지은이는 조선의 문예 운동이 올바른 방향으로 나가지 못하고 있음을 비판하기 위해 중국의 한 잡지에 실린 중국 문예 운동의 폐해에 대한 글을 인용한다. 지은이는 우리의 문예 운동도 잘못된 방향으로 흘러감으로써 다른 사회 운동이 소멸되고 있다고 주장한다. 이러한 그의 생각은 순문학에 대해 이해의 결핍에서 비롯된 것이라고 볼 수만은 없다. 나라를 잃은 젊은이들은 마땅히 애국 운동에 관심을 가져야 하며, 문예운동도 그러한 방향으로 나아가야 한다는 점을 강조한 것이다. 문학의 현실참여주의는 김남주 시인에게서도 엿볼 수 있다.

▶ 만필은 어떤 형식을 가리키는가?

　　만필(漫筆)은 한자 뜻 그대로 일정한 형식에 구애받지 않고 즉흥적이고 풍자적으로 가볍게 쓴 글을 일컫는다. 당시에는 수필을 뜻하는 말로 잡감(雜感), 단상(斷想), 유사(有思) 등이 사용되었는데, 1920년대 수필이 하나의 문학 장르로 자리 잡으면서 그 명칭도 수필(隨筆)로 굳어졌다.

- **성격** | 논설적, 비판적.
- **표현** | 만필이라는 수필체 형식을 빌려 문학에 대한 작가의 견해를 자유롭게
  서술하고 있다.
- **제재** | 조선 신문예 운동.
- **주제** | 조선 신문예 운동의 폐해와 문예 운동의 올바른 방향.
- **구성** | 3단 구성.
  - 처음: 조선의 문예 상황을 언급.
  - 중간: 문예 운동의 폐해를 비판.
  - 끝: 조선의 문예 운동에 대해 개탄함.
- **지은이** | 신채호(申采浩, 1880~1936)

명사십리 (明沙十里)

한용운

경성역의 기적일성(汽笛一聲), 모든 방면으로 시끄럽고 성가시던 경성을 뒤로 두고 동양에서 유명한 해수욕장인 명사십리(明沙十里 원산에 있는 모래가 십여 리나 펼쳐져 있는 동양 최고의 해수욕장. 여기에 해당화까지 피어 서양 사람들의 발길도 찾았다고 함)를 향하여 떠나게 된 것은 8월 5일 오전 8시 50분이었다.

차중은 승객의 복잡으로 인하여 주위의 공기가 불결하고 더위도 비교적 더하여 모든 사람은 벌써 우울을 느낀다. 그러나 증염(蒸炎 더위), 열뇨(熱鬧 많은 사람이 모여 떠들썩함), 번민(煩悶), 고뇌(苦惱) 등등의 도회를 떠나서 만리 창명(滄溟 큰 바다)의 서늘한 맛을 한 주먹으로 움킬 수 있는 천하 명구(名區 이름 난 지역)의 명사십리로 해수욕을 가는 나로서는 보일보(步一步) 기차의 속력을 따라서 일선의 정감이 동해에 가득히 실린 무량(無量)한 양미(涼味 서늘한 맛)를 통하여 각일각(刻一刻 시시각각으로) 접근하여지므로 그다지 열뇌(熱惱 몹시 심한 고뇌)를 느끼지 아니하였다.

그러면 천산만수(千山萬水)를 격(隔)하여 있는 천애(天涯 아득히 멀리 떨어져 있는 곳. 천애지각의 준말)의 양미를 취하려는 미래의 공상으로 차중(車中)의 현실, 즉 열뇌를 정복하는 것이 아닌가. 이것이 이른 바 일체 유심(一切唯心)이다. 만일 이것이 유심(唯心)의 표현이 아니라면 유물(唯物)의 반현(反現)이라고 할는지도 모른다.

나는 갈마 역에서 명사십리로 갔다. 명사십리는 문자와 같이 가늘고 흰 모래가 소만(小灣)을 연(沿)하여 약 10리를 평포(平鋪 평평하게 펴놓음)하고, 만내(灣內)에는 참차부제(參差不齊 길고 짧거나 들쭉날쭉하여 가지런하지 않음)한 대여섯의 작은 섬이 점점이 놓여 있어서 풍경이 명미(明媚 곱고 수려함)하고 조망이 극가(極佳 매우 아름다움)하며 욕장은 해안으로부터 약 5, 60보 거리, 수심은 대개 균등하여 4척 내외에 불과하고 동해에는 조석의 출입이 거의 없으므로 모든 점으로 보아 해수욕장으로는 이상적이다.

해안의 남쪽에는 서양인의 별장 수십 호가 있는데, 해수욕의 절기에는 조선 내에 있는 사람은 물론 동경, 상해, 북경 등지에 있는 사람들까지 와서 피서를 한다 하니 그로만 미루어 보더라도 명사십리가 얼마나 명구인 것을 알 수가 있다. 허락지 않는 다소의 사정을 불고하고, 반천리(半千里)의 산하를 일기(一氣 한 호흡)로 답파하여 만부일적(萬夫一的) 단순한 해수욕만을 위하여 온 나로서는 명사십리의 수려한 풍물과 해수욕장의 이상적 천자(天姿)에 만족치 아니할 수 없었다.

목적이 해수욕인지라 옷을 벗고 바다로 들어갔다. 그 상쾌한 것은 말로 형언할 바 아니다. 얼마든지 오래 하고 싶었지만 욕의(浴衣 목욕할 때 입는 옷)를 입지 아니한지라 나체로 입욕함은 욕장의 예의상 불가하므로 땀만 대강 씻고 나와서 모래 위에 앉았다가 돌아오니 김 군은 욕의 기타를 사 가지고 돌아와서 나를 기다리고 있었다.

7일 아침 다섯 시에 일어나 보니 일기가 흐리었다.

7시 경부터 비가 오기 시작하였으나 계속적으로 오는 것이 대단치 아니하였다. 아침밥을 먹고 나서 바다에 갈 욕심으로 비가 개이기를 기다렸으나 좀처럼 개이지 않는다.

11시 경 비가 조금 멈추기에 해수욕하는 데는 비를 맞아도 관계치 않겠다는 생각으로 나섰다. 얼마 아니 가서 비가 쏟아지는데 할 수 없이 쫓기어 들어왔다. 신문이 왔기에 대강 보고 나니 원산의 오포(午砲 午正砲. 지난날, 정오를 알리던 대포) 소리가 들린다. 시계를 교정하여 가지고 나서니 비가 개이기 시작한다. 맨발에 짚신을 신고 노동모를 쓰고 나섰다. 진 길에 짚신이 붙어서 단단하여지매 발이 아프다. 짚신을 벗어 들고 맨발로 가는데 비가 그쳐서 길이 반은 물이요 반은 흙이다. 맨발로 밟기에 자연스러운 쾌감을 얻었다. 더구나 명사십리에 들어서서 가늘고 보드라운 모래를 밟기에는 너무도 다정스러워서 맨발이 둘 뿐인 것에 부족하였다.

해수욕장에 다다르니 마침 여러 사람들이 나와서 목욕을 하는데 남녀노유(男女老幼)가 한데 섞여서 활발하게 수영도 하고 유희도 한다. 혼자 온 것은 나 하나뿐이다. 나는 그들 목욕하는 데서 조금 떨어져서 바다에 들어가 실컷 뛰고 놀았다. 여간 상쾌하지 않았다. 조금 쉬기 위하여 나와서 모래 위에 앉았다. 이때에 모든 것은 신청(新晴)의 상징뿐이다.

쪽같이 푸른 바다는
잔잔하면서 움직인다.
돌아오는 돛대들은
개인 빛을 배불리 받아서
젖은 돛폭을 쪼이면서
가벼웁게 돌아온다.
걷히는 구름을 따라서
여기저기 나타나는
조그만씩한 바다 하늘은
어찌도 그리 푸르냐.
멀고 가깝고 작고 큰 섬들은
어디로 날아가려느냐.

발적여 디디고 오똑 서서
쫓다 잡을 수가 없고나.

　얼마 동안 앉았다가 다시 바다로 들어가서 할 줄 모르는 헤엄도
쳐 보고 머리를 물속에 거꾸로 잠가도 보고 마음 나는 대로 활발하
게 놀았다. 다시 나와서 몸을 사안(沙岸)에 의지하고 발을 물에 담
갔다.

모래를 파서 샘을 만드니
샘 위에는 뫼가 된다.
어여쁜 물결은
소리도 없이 가만히 와서
한 손으로 샘을 메우고
또 한 손으로 뫼를 짓는다.

모래를 모아 뫼를 만드니
뫼 아래에 샘이 된다
짓궂은 물결은
햇죽햇죽 웃으면서
한 발로 뫼를 차고
한 발로 샘을 짓는다.

　다시 목욕을 하고 나서 맨발로 모래를 갈면서 배회하는데 석양이
가까워서 저녁놀은 물들기 시작한다. 산 그림자는 어촌의 작은 집들
에 따뜻이 쪼이는데 바닷물은 푸르러서 돌아오는 돛대를 물들인다.
흰 고기는 누워서 뛰고 갈매기는 옆으로 난다. 목욕하는 사람들의
말소리는 높아지고 저녁 연기를 지음친 나무 빛은 옅어진다. 나도

석양을 따라서 돌아왔다.

9일은 우편국에 소관이 있어서 원산에 갔다. 볼일을 보고 송도원으로 갔다. 천연의 풍물로 말하면 명사십리의 비교가 아니나 해수욕장으로서의 시설은 비교적 상당하다. 해수욕을 잠깐 하고 음식점에 가서 점심을 먹고 송림(松林) 사이에서 조금 배회하다가 다시 원산을 경유하여 여사(旅舍)에 돌아와 조금 쉬고 명사십리에 가 또 해수욕을 하였다. 행보(行步)를 한 까닭인지 조금 피로한 듯하여 곧 돌아왔다.

10일엔 신문이 오기를 기다려서 보고 나니 11시 반이 되었다. 곧 해수욕장으로 나가서 목욕을 하고 사장에 누웠으니 풍일(風日)이 아름답고 바다는 작은 물결이 움직인다. 발을 모래에다 묻었다가 파내고 파내었다가 다시 묻으며 손가락으로 아무 구상이나 목적이 없이 함부로 모래를 긋다가 손바닥으로 지워 버리고 다시 긋는다. 그리하다가 홀연히 명상(瞑想)에 들어갔다. 멀리 날아오는 해조(海鳥)의 소리가 나를 깨웠다.

어여쁜 바다새야.
너 어디로 날아오나.
공중의 어느 곳이
너의 길이 아니련만,
길이라 다 못 오리라.
잠든 나를 깨워라.
갈매기 가는 곳에
나도 같이 가고지고.
가다가 못 가거든
달 아래서 자고 가자.
둘의 꿈 깊은 때야

네나 내나 다르리.

해수욕장에 범선이 하나 띄었다. 그 배 밑에 가서, "이게 무슨 배요?" 선인들이, "애들 놀잇배요." "그러면 이것이 아무개의 배요?" "아니요, 다른 사람의 배요."

나는 배에 올라가서 자세히 물은즉, 그 배는 해수욕하는 데 소용되는 배인데, 배에 올라가서 물에 뛰어 내리기도 하고 혹은 그 배를 타고 선유(船遊 뱃놀이)도 하는 배다. 1개월 95원을 받고 삯을 파는 배로 매일 오전 9시경에 와서 오후 5시에 가는데, 선원은 다섯 사람이라 한다. 95원을 5인에 분배하면 매일 매일 60여 전인데 그 중에서 선세(船貰)를 제하면 대단히 박한 임금이다. 여기에서 그들의 생활난을 볼 수가 있다. 오후 4시경에 여사에 돌아왔다.

11일 상오 11시경에 해수욕장으로 나오는데 그 동리 뒤 솔밭 속에 있는 참외막 아래에 서너 사람의 부로(父老 나이 많은 남자 어른)들이 앉아서 바람을 쐬며 이야기들을 한다. 나도 그 자리에 참례하였다. 이날이 마침 음력으로 칠석날이므로 견우성이 장가를 드느니 직녀성이 시집을 가느니 하였다. 나는 칠석에 대한 토속(土俗)을 물었는데 별로 지적하여 말할 것이 없다고 한다.

▶ 지은이는 명사십리를 찾는 들뜬 기분을 운문을 삽입해가며 솔직담백하
게 표현하고 있다. 여행을 떠날 때의 지은이의 심정을 요약해보고 이 글
의 중간에 삽입된 운문은 전체 글 속에서 어떤 역할을 하고 있는지도
알아보자.

  지은이는 서울의 복잡한 생활에서 벗어나 해수욕장으로 향하면서
해방감을 만끽하고 있다. 따라서 더운 날씨임에도 불구하고 전혀 더
위를 모르고 있다. 이 장면에서 그는 승려답게 '모든 것은 마음에 있
다' 는 일체유심의 진리를 떠올리기도 한다. 지은이는 벅차오르는 감
정과 아름다운 주변 정취를 압축적으로 드러내고 흥취를 더해주기 위
해 운문을 삽입하고 있다. 이는 독자와 공감할 수 있는 감정의 폭을
넓혀주고 평범한 기행문의 형식에 생동감을 불어넣어 준다. 비록 한
편의 완결된 시는 아닐지라도 쪽빛 바다와 돛단배를 한 폭의 그림처
럼 묘사하고 있는 시와, 물새에 자신의 감정을 이입시켜 여행에서의
해방감을 마음껏 드러내고 있는 시 등은 지루하고 단조로울 수 있는
전체 분위기를 잠시 전환시켜주는 역할을 하고 있다. 형식에 구애됨
이 없이 어떤 장르의 문장이건 지은이의 의도대로 삽입할 수 있는 것
은 수필에서만 찾을 수 있는 자유로운 묘미가 아닐까 한다.

■ 작품 정리

• 성격 | 묘사적, 서정적, 사실적.
• 표현 | 한자어를 사용한 압축적인 묘사가 두드러진다. 화려한 수식은 없지만
        감각적인 어휘를 사용하였다.
• 주제 | 명사십리 해수욕장의 빼어난 자연경관과 그곳에서의 즐거운 시간.
• 구성 | 시간적 흐름과 장소의 이동에 따른 감상과 심정의 변화를 그리는 기
        행문의 일반 형식을 취하고 있다.
• 지은이 | 한용운(韓龍雲, 1879~1944)

나의 소원

김구

네 소원이 무엇이냐 하고 하느님이 물으시면 나는 서슴지 않고, "내 소원은 대한 독립이요."

하고 대답할 것이다. 그 다음 소원은 무엇이냐고 하면 나는 또, "우리나라의 독립이요."

할 것이요, 또 그 다음 소원이 무엇이냐 하는 셋째 번 물음에도 나는 더욱 소리 높여서, "나의 소원은 우리나라 대한의 완전한 자주 독립이요."

하고 대답할 것이다.

동포 여러분!

나 김구의 소원은 이것 하나밖에는 없다. 내 과거의 70 평생을 이 소원을 위하여 살아왔고, 현재에도 이 소원 때문에 살고 있고, 미래에도 나는 이 소원을 달하려고 살 것이다.

독립이 없는 백성으로 70 평생에 설움과 부끄러움과 애탐을 받은 나에게는 세상에서 가장 좋은 것이 완전하게 자주 독립한 나라의 백성으로 살아보다가 죽는 일이다. 나는 일찍 우리 독립 정부의 문지기가 되기를 원하였거니와, 그것은 우리나라가 독립국만 되면 나는 그 나라의 가장 미천한 자가 되어도 좋다는 뜻이다. 왜 그런고 하면 독립한 제 나라의 빈천이 남의 밑에 사는 부귀보다 기쁘고 영광스럽고 희망이 많기 때문이다.

옛날 일본에 갔던 박제상(363~419. 신라의 충신. 417년 일본에 건너가 볼모로 잡혀 있던 왕자 미사흔(未斯欣)을 고국으로 탈출시켰으나, 일본군에게 잡혀 기시마(木島)에 유배되었다가 그 곳에서 살해당하였다)이, "내 차라리 계림의 돼지가 될지언정 왜왕의 신하로 부귀를 누리지 않겠다" 한 것이 그의 진정이었던 것을 나는 안다. 제상은 왜왕이 높은 벼슬과 많은 재물을 준다는 것을 물리치고 달게 죽임을 받았으니, 그것은 "차라리 내 나라의 귀신이 되리라" 함에서였다.

근래에 우리 동포 중에는 우리나라를 어느 큰 이웃 나라의 연방에 편입하기를 소원하는 자가 있다 하니, 나는 그 말을 차마 믿으려 아니 하거니와 만일 진실로 그러한 자가 있다 하면 그는 정신을 잃은 미친 사람이라고 밖에 볼 길이 없다.

나는 공자, 석가, 예수의 도를 배웠고 그들을 성인으로 숭배하거니와, 그들이 합하여서 세운 천당 극락이 있다 하더라도 그것이 우리 민족이 세운 나라가 아닐진대 우리 민족을 그 나라로 끌고 들어가지 아니할 것이다. 왜 그런고 하면 피와 역사를 같이하는 민족이란 완연히 있는 것이어서, 내 몸이 남의 몸이 못됨과 같이 이 민족이 저 민족이 될 수는 없는 것이 마치 형제도 한 집에서 살기 어려움과 같은 것이다. 둘 이상이 합하여서 하나가 되자면 하나는 높고 하나는 낮아서, 하나는 위에 있어서 명령하고 하나는 밑에 있어서 복종하는 것이 근본 문제가 되는 것이다.

이에 대하여 일부 소위 좌익의 무리는 혈통의 조국을 부인하고 소위 사상의 조국을 운운하며, 혈족의 동포를 무시하고 소의사상의 동무와 프롤레타리아트의 국제적 계급을 주장하여 민족주의하면 마치 이미 진리권 외에 떨어진 생각인 것같이 말하고 있다. 심히 어리석은 생각이다. 철학도 변하고 정치, 경제의 학설도 일시적이거니와, 민족의 혈통은 영구적이다.

일찍 어느 민족 내에서나 혹은 종교로, 혹은 학설로, 혹은 경제적,

정치적 이해의 충돌로 하여 두 파 세 파로 갈려서 피로써 싸운 일이 없는 민족이 없거니와, 지내어놓고 보면 그것은 바람과 같이 지나가는 일시적인 것이요, 민족은 필경 바람 잔 뒤의 초목 모양으로 뿌리와 가지를 서로 걸고 한 수풀을 이루어 살고 있다. 오늘날 소위 좌우익이란 것도 결국 영원한 혈통의 바다에 일어나는 일시적인 풍파에 불과하다는 것을 잊어서는 아니 된다.

이 모양으로 모든 사상도 가고 신앙도 변한다. 그러나 혈통적인 민족만은 영원히 성쇠흥망의 공동 운명의 인연에 얽힌 한 몸으로 이 땅 위에 나는 것이다.

세계 인류가 네요 내요 없이 한 집이 되어 사는 것은 좋은 일이요, 인류의 최고요, 최후인 희망이요, 이상이다. 그러나 이것은 멀고 먼 장래에 바랄 것이요, 현실의 일은 아니다. 사해동포의 크고 아름다운 목표를 향하여 인류가 향상하고 전진하는 노력을 하는 것은 좋은 일이요, 마땅히 할 일이나, 이것도 현실을 떠나서는 안 되는 일이니 현실의 진리는 민족마다 최선의 국가를 이루어 최선의 문화를 낳아 길러서 다른 민족과 서로 바꾸고 서로 돕는 일이다. 이것이 내가 믿고 있는 민주주의요, 이것이 인류의 현 단계에서는 가장 확실한 진리다.

그러므로 우리 민족으로서 하여야 할 최고의 임무는 첫째로, 남의 절제도 아니 받고 남에게 의뢰도 아니 하는 완전한 자주 독립의 나라를 세우는 것이다. 이것이 없이는 우리 민족의 생활을 보장할 수 없을 뿐더러, 우리 민족의 정신력을 자유로 발휘하여 빛나는 문화를 세울 수가 없기 때문이다.

이렇게 완전 자주 독립의 나라를 세운 뒤에는 둘째로, 이 지구상의 인류가 진정한 평화와 복락을 누릴 수 있는 사상을 낳아 그것을 먼저 우리나라에 실현하는 것이다.

나는 오늘날의 인류의 문화가 불안전함을 안다. 나라마다 안으로는 정치상, 경제상, 사회상으로 불평등 불합리가 있고, 밖으로 국제적으로는 나라와 나라의, 민족과 민족의 시기, 알력, 침략, 그리고 침략에 대한 보복으로 크고 작은 전쟁이 그칠 사이가 없어서 많은 생명과 재물을 희생하고도 좋은 일이 오는 것이 아니라 인심의 불안과 도덕의 타락은 갈수록 더하니, 이래 가지고는 전쟁이 그칠 날이 없어 인류는 마침내 멸망하고 말 것이다.

그러므로 인류 세계에는 새로운 생활 원리의 발견과 실천이 필요하게 되었다. 이야말로 우리 민족이 담당한 천직이라고 믿는다.

이러하므로 무리 민족의 독립이란 결코 삼천리 삼천만의 일이 아니라 진실로 세계 전체의 운명에 관한 일이요, 그러므로 우리나라의 독립을 위하여 일하는 것이 곧 인류를 위하여 일하는 것이다.

만일 우리의 오늘날 형편이 초라한 것을 보고 자굴지심을 발하여 우리가 세우는 나라가 그처럼 위대한 일을 할 것을 의심한다면, 그것은 스스로 모욕하는 일이다. 우리 민족의 지나간 역사가 빛나지 아니함이 아니나 그것은 아직 서곡이었다. 우리가 주연 배우로 세계 역사의 무대에 나서는 것은 오늘 이후다. 삼천만의 우리 민족이 옛날의 그리스 민족이나 로마 민족이 한 일을 못한다고 생각할 수 있겠는가.

내가 원하는 우리 민족의 사업은 결코 세계를 무력으로 정복하거나 경제력으로 지배하려는 것이 아니다. 오직 사랑의 문화, 평화의 문화로 우리 스스로 잘 살고 인류 전체가 의좋게 즐겁게 살도록 하는 일을 하자는 것이다. 어느 민족도 일찍 그러한 일을 한 이가 없었으니 그것을 공상이라고 하지 말라. 일찍 아무도 한 자가 없기에 우리가 하자는 것이다. 이 큰일은 하늘이 우리를 위하여 남겨놓으신 것임을 깨달을 때에 우리 민족은 비로소 제 길을 찾고 제 일을 알아본 것이다.

나는 우리나라의 청년 남녀가 모두 과거의 조그맣고 좁다란 생각을 버리고 우리 민족의 큰 사명에 눈을 떠서 제 마음을 닦고 제 힘을 기르기로 낙을 삼기를 바란다. 젊은 사람들이 모두 이 정신을 가지고 이 방향으로 힘을 쓸진대, 30년이 못하여 우리 민족은 괄목상대하게 될 것을 확신하는 바이다.

단기 4280년 11월 15일 개천절

1947년 음력 10월 3일

김구

▶ **이 글을 통해 지은이의 민족주의에 대해 정리해보자.**

　민족주의는 한 마디로 민족애의 또 다른 표현으로 민족의 독립과 자유, 통일을 추구하는 신념이나 운동이다. 백범이 펼친 민족주의 운동은 민족주의의 순수한 개념을 실현한 가장 모범적인 사례로 꼽힌다. 구체적으로 그는 반외세의 기치를 들고 한말에 동학운동에 접주로 참가하여 일본 제국주의에 저항하였고, 일제시대 역시 상실한 주권을 회복하기 위해 임시정부를 세워 전력투구하였으며, 해방 후에도 이승만과 달리 냉전의 물결에 편승하지 않고 오로지 민족의 자주와 통일을 위한 반탁운동과 단일정부 수립 노력을 끈질기게 이어나갔다. 그에게서 민족은 계급이나 이념적 성향을 초월하는 영구성을 갖는 것이었다. 민족은 한시적인 개념이 아니라 무한한 대상으로서, 민족이 있기에 자신이 있고 국가가 있는 것으로 생각했다. 이러한 민족주의는 민주주의를 기반으로 하고 있어야 진정한 것이며, 민족주의는 자유 이념을 기반으로 할 때 그 효과를 발휘할 수 있는 것이다. 또한 한 나라의 민족주의를 구현하기 위해서는 민족 성원간의 단합된 응집력이 필요하다. 백범은 민족주의와 민주주의간의 이 같은 상관성을 일찍 터득하여 〈백범일지〉를 비롯한 여러 글에서 명백히 밝히고 있다. 그는 자신의 정치 이념을 한마디로 '자유'라고 표현하고 있다. 때문에 그는 계급 독재를 특히 엄하게 경계했다.

　우리 역사에는 수많은 지도자들이 있다. 그러나 백범처럼 우리 민족에 대해 변치 않는 일심(一心)을 가졌던 인물은 흔하지 않다. 신념과 민족을 위해 생명을 아끼지 않았기에 그는 마땅히 한국 민족주의의 상징적 인물로 평가받고 있는 것이다.

- **성격** | 논리적, 설득적, 비판적.
- **표현** | 명료하고 뚜렷한 근거를 제시하여 결론에 이르는 과정을 매끄럽고 호소력 있는 문장으로 표현하였다.
- **제재** | 민족과 독립.
- **주제** | 우리 민족에게 독립이 필요한 이유와 독립에 대한 간절한 염원.
- **구성** | 서론–본론–결론의 3단 구성.
  - 서론: 예화와 반론을 통해 독립의 염원을 강하게 나타냄.
  - 본론: 사상과 이해 관계를 초월한 혈통적인 민족의 영원성을 강조.
  - 결론: 인류의 불안한 현실 속에서 우리 민족이 나아갈 길을 제시.
- **지은이** | 김구(金九, 1876~1949)

시일야방성대곡

(是日也放聲大哭 오늘 이날에 와서 목 놓아 통곡하노라)

장지연

지난 번 이토(伊藤博文(이등박문) 이토 히로부미. 1841~1909. 일본의 정치가. 한일합방의 기초 공작을 수행한 인물) 후작이 내한했을 때에 어리석은 우리 인민들은 서로 말하기를,

"후작은 평소 동양 삼국의 정족(鼎足 솥 밑에 달려 있는 세 발. 여기서는 세 세력이 균형 있게 서 있음을 뜻함) 안녕을 주선하겠노라 자처하던 사람인지라, 오늘 내한함이 필경은 우리나라의 독립을 공고히 부식(扶植)케(뿌리박게) 할 방책을 권고키 위한 것이리라" 하여 인천항에서 서울에 이르기까지 관민(관청과 민간인) 상하가 환영하여 마지않았다. 그러나 천하 일 가운데 예측키 어려운 일도 많도다. 천만 꿈밖에 5조약(을사 5조약의 준말. 1905년에 일본이 우리나라의 외교권을 박탈하기 위해 강제로 맺은 5개 조약. 을사보호조약)이 어찌하여 제출되었는가. 이 조약은 비단 우리 한국뿐만 아니라 동양 삼국이 분열을 빚어낼 조짐인즉, 그렇다면 이토 후작의 본뜻이 어디에 있었던가?

그것은 그렇다 하더라도, 우리 대황제 폐하의 성의(聖意 임금의 뜻)가 강경하여 거절하기를 마다하지 않았으니, 조약이 성립되지 않을 것인 줄 이토 후작 스스로도 잘 알았을 것이다. 그러나 슬프도다, 저 개돼지만도 못한 소위 우리 정부의 대신이란 자들은 자기 일신의 영달과 이익이나 바라면서 위협에 겁먹어 머뭇대거나 벌벌 떨며 나라를 팔아먹는 도적이 되기를 감수했던 것이다.

아, 4천 년 역사의 강토와 5백 년의 사직(나라 또는 조정을 일컫는 말)을 남에게 들어 바치고, 2천만 생령(生靈 살아 있는 백성. 생민(生民))들로 하여금 남의 노예 되게 하였으니, 저 개돼지보다 못한 외부대신(外部大臣) 박제순과 각 대신들이야 깊이 꾸짖을 것도 없다 하지만, 명색이 참정대신(參政大臣)이란 자는 정부의 수석임에도 단지 부(否)자로써 책임을 면하여 이름거리나 장만하려 했더란 말이냐.

김청음(金淸陰 '청음(淸陰)'은 김상헌(金尙憲)의 호. 조선 인조 때 병자호란에 패해 조선이 청나라와 화의를 맺으려 하자 이에 강력히 반대하여 기초 중인 국서를 찢고 통곡함)처럼 통곡하여 문서를 찢지도 못했고, 정동계(鄭桐溪 '동계'는 정온(鄭蘊)의 호. 병자호란 당시 이조 참판. 김상헌과 함께 척화(斥和 화친하자는 제의를 물리침)를 주장했으나 화의가 이루어지자 벼슬을 버리고 덕유산에 들어가 5년 만에 사망함)처럼 배를 가르지도 못해 그저 살아남고자 했으니, 그 무슨 면목으로 강경(强硬)하신 황제 폐하를 뵈올 것이며, 그 무슨 면목으로 2천만 동포와 얼굴을 맞댈 것인가.

아! 원통한지고, 아! 분한지고. 우리 2천만 동포여, 노예 된 동포여! 살았는가, 죽었는가? 단군 기자 이래 4천 년 국민정신이 하룻밤 사이에 홀연 망하고 말 것인가. 원통하고 원통하다. 동포여! 동포여!

▶ 이 글의 배경이 된 을사조약의 체결과정을 살펴보고 을사조약의 부당성
　에 대한 지은이의 생각을 정리해보자.

　　1904년 1월 일본 해군의 기습공격으로 러·일 전쟁이 시작됐다.
1905년 1월 한반도에서 만주로 진입한 일본군이 뤼순-다롄 지구를
점령하고, 이 해 5월 러시아 해군의 주력인 발틱 함대를 대한해협에서
섬멸시킨 끝에 승리를 굳히게 된다. 이에 러시아는 미국 루스벨트 대
통령의 권고를 받아들여 일본과 포츠머스에서 강화 조약을 체결한다.
러·일전쟁의 승리로 일본은 세계열강의 반열에 오르게 된다. 일본의
배후에는 영국과 미국이 있었고, 러시아에는 프랑스와 독일이 원조를
하고 있었다. 그 결과 한국에 관한 특수 권익을 열강으로부터 인정받
게 된 일본은 한국을 보호국화하는 작업을 본격적으로 추진한다.
1905년 10월 27일 일본 각의에서 한국에 대한 보호 조약의 원안을 작
성하고 이를 위해 추밀원 의장 이토 히로부미를 한국에 파견한다.
1905년 11월 18일 새벽, 일본은 을사 5적을 앞세워 고종 황제의 반대
를 무시하고 조약을 발표한다.

　　이렇게 을사조약이 체결되자 장지연은 1905년 11월 20일자 황성신
문에 '시일야방성대곡' 이런 사설을 실어 일본의 흉계를 통렬히 공박
하였다. 그는 이토의 방한이 삼국의 안녕을 위협하고 침략적 저의를
밝힌 것이라고 폭로하고 나라를 팔아먹은 을사 5적의 행태에 대해 준
열히 꾸짖었다. 박제순이라는 실명까지 거론하며 각 대신들은 개돼지
보다 못하고 꾸짖을 가치도 없다고 비난한 뒤 나라 잃은 심정에 대해
울분을 토로하며 끝을 맺는다. 장지연의 사설은 준엄함을 넘어서 읽
는 이로 하여금 격정을 불러일으키는 힘이 있다.

- **성격** | 개탄적, 애국적, 비판적, 격정적.
- **표현** | 돈호법, 설의법 등을 사용하여 격렬한 감정을 토로하고 있다.
- **제재** | 1905년 11월 을사보호조약 체결 소식.
- **주제** | 매국노에 대한 준엄한 비판.
- **구성** | 기-서-결의 3단 구성.
    - 기: 부당한 을사 5조약에 대해 비판함.
    - 서: 정부 대신들의 매국에 분노함.
    - 결: 원통함을 토로함.
- **지은이** | 장지연(張志淵 1864~1921)

일야구도하기

(一夜九渡河記 하룻밤에 강을 아홉 번 건넌 이야기)

박지원

강물은 두 산 사이에서 흘러 나와 바윗돌에 부딪혀, 다투는 듯 거세게 흐른다. 놀란 듯한 파도, 성난 듯한 물결, 애원하는 듯한 여울물은 내달아 부딪치고 휘말려 곤두박질치며 울부짖고 고함치는 듯하여, 항상 만리장성(萬里長城)을 쳐부술 듯한 기세가 있다. 전차(戰車 전쟁할 때 쓰는 수레) 만 대, 전기(戰騎 전쟁할 때 쓰는 말) 만 필, 전포(戰砲 전쟁할 때 쓰는 대포) 만 문, 전고(戰鼓 전쟁할 때 쓰는 북) 만 개로써도 무너져 덮쳐 내리는 듯한 소리를 충분히 형용(形容)하지 못할 것이다.

모래밭에는 거대한 돌들이 우뚝우뚝 늘어서 있고, 강둑에는 버드나무들이 어두컴컴한 모습으로 서 있어서, 흡사 물귀신들이 다투어 나와 사람을 업신여겨 놀리는 듯하고, 좌우에서 이무기들이 사람을 낚아채려고 애쓰는 듯하다. 어떤 사람은 이곳이 옛 전쟁터이기 때문에 강물 소리가 그렇게 울린다고 말했다. 그러나 이것은 그런 때문이 아니다. 강물 소리란, 사람이 그것을 어떻게 듣느냐에 따라 다른 것이다.

나의 집은 산중에 있는데, 바로 문 앞에 큰 시내가 있다. 해마다 여름철이 되어 소나기가 한바탕 지나가고 나면, 시냇물이 갑자기 불어나 전차(戰車)와 전기(戰騎)와 전포(戰砲)와 전고(戰鼓)의 소리를 노상 듣게 되니, 마침내 귀탈이 날 지경이었다.

일찍이 나는 문을 닫고 누운 채, 그 소리들을 다른 소리들에 비기어 들은 적이 있다. 솔숲에 바람이 불 때에 나는 듯하는 소리, 이것은 청아(淸雅 맑고 기품이 있음)한 듯하다고 생각하면서 들은 것이다. 산이 갈라지고 언덕이 무너지는 듯하는 소리, 이것은 격분(激奮)해 있는 듯하다고 생각하면서 들은 것이다. 뭇 개구리들이 다투어 우는 듯하는 소리, 이것은 교만(驕慢)한 듯하다고 생각하면서 들은 것이다. 수많은 축[筑 국악 중 아악(雅樂)에 사용되는 타악기의 하나]이 번갈아 울어대는 듯하는 소리, 이것은 성나 있는 듯하다고 생각하면서 들은 것이다. 순식간에 천둥, 번개가 치는 듯한 소리, 이것은 놀란 듯하다고 생각하면서 들은 것이다. 약한 불과 센 불에 찻물이 끓는 듯한 소리, 이것은 운치(韻致) 있는 듯하다고 생각하면서 들은 것이다. 거문고가 낮고 높은 가락으로 잘 어울려 나는 듯하는 소리, 이것은 슬픈 듯하다고 생각하면서 들은 것이다. 종이로 바른 창문에서 바람이 우는 듯하는 소리, 이것은 뭔가 회의(懷疑 부정적으로 보고 의심함)하는 듯하다고 생각하면서 들은 것이다. 그러나 이것은 모두 소리를 제대로 들은 것이 아니다. 다만 마음속에 물소리가 어떻다고 생각하느냐에 따라 귀에서 소리를 만들어낸 것일 따름이다.

지금 밤중에 한 강(江)을 아홉 번이나 건넜다. 이 강은 북쪽 변경으로부터 흘러 나와 만리장성(萬里長城)을 꿰뚫고, 유하(榆河), 조하(潮河), 황화진천(黃花鎭川) 등의 여러 강물과 합해져 밀운성(密雲城) 아래를 지나면서 백하(白河 중국 음산 산맥(陰山山脈) 동부에서 발원하여 천진을 지나 발해만으로 들어가는 강으로서, 예부터 홍수가 잦은 곳으로 유명함)가 된다. 내가 어제 배로 백하를 건넜는데, 바로 이 강의 하류(下流)이다.

내가 요동(遼東)에 처음 들어섰을 때는 바야흐로 한여름이라 뙤약볕 속에서 길을 가는데, 갑자기 큰 강이 앞을 가로막고, 시뻘건 물결이 산같이 일어나서 대안(對岸 건너편 언덕)이 보이지 않을 정도였다. 이것은 아마도 천 리 밖 상류 지역에 폭우(暴雨)가 쏟아진 때문일 것이다. 강물을 건널 때에 사람들이 모두 고개를 들고 하늘을 우러러보고 있기에, 나는 그들이 모두 고개를 들고 하늘을 향해 묵도(默禱 눈을 감고 말없이 마음속으로 하는 기도)를 올리는 것이려니 생각했다. 그러나 나중에 안 사실이지만 강을 건너는 사람들이 소용돌이치거나 용솟음치면서 탕탕(蕩蕩)히(물살이 힘차게) 흐르는 물을 바라보게 되면, 몸은 물살을 거슬러 오르는 것 같고, 눈은 물살을 따라 흘러가는 것 같아서 갑자기 어지럼증이 나서 물에 빠지기 쉽다. 그러므로 그들이 고개를 쳐든 것은 하늘을 향해 기도(祈禱)한 것이 아니라, 숫제 강물을 피하여 보지 않기 위함이었다. 또, 목숨이 경각(頃刻 눈 깜박이는 동안. 몹시 짧은 동안)에 달렸는데 어느 겨를에 기도할 수 있었으랴!

강을 건너는 위험이 이와 같은데도 강물 소리는 듣지 못했다. 일행은 모두들 요동의 벌판이 평평하고 드넓기 때문에 강물이 성난 듯 울어대지 않는 것이라고 했다. 하지만 이것은 강을 잘 알지 못하고 한 말이다. 요동의 강이라고 해서 울어대지 않은 것이 아니라, 다만 밤중에 건너지 않아서 그런 것일 뿐이다. 낮에는 물을 볼 수 있으므로 눈이 오로지 위험한 광경(光景)을 보는 데만 쏠려, 바야흐로 벌벌 떨면서 눈이 있는 것을 오히려 근심해야 할 판에, 도대체 무슨 소리가 귀에 들릴 것인가.

그런데 지금 나는 밤중에 강을 건너기에, 눈으로 위험한 광경을 보지 못하니 위험하다는 느낌이 오로지 청각(聽覺)으로만 쏠려 귀로 듣는 것이 너무 무시무시해서 근심을 견딜 수가 없다. 아, 나는 이제야 도(道)를 깨달았다. 마음을 차분히 다스리는 사람은 귀와 눈이 그에게 장애(障碍)가 되지 않으나 귀와 눈만을 믿는 사람은 보고 듣는 것이 자세하면 할수록 더욱 병이 되는 것이다.

이제, 나의 마부(馬夫)가 말한테 발을 밟혔으므로 뒤따라오는 수레에 그를 태우고는, 마침내 말 재갈을 풀어 주고 강물에 둥둥 뜬 채로, 두 무릎을 바싹 오그리고 발을 모아 안장(鞍裝) 위에 앉았다. 한 번 말에서 떨어지면 바로 강물이다. 강물을 땅으로 여기고, 강물을 나의 옷으로 여기며, 강물을 나의 마음으로 여기고, 강물을 나의 성정(性情 사람의 마음을 이루고 있는 성질과 심정)으로 여기리라. 이리하여 마음속으로 한번 말에서 떨어져도 상관없다고 각오하자, 내 귓속에선 강물소리가 마침내 그치고 말았다. 무려 아홉 번이나 강을 건너는데도 아무런 두려움이 없어, 마치 방안의 안석(安席 앉을 때 몸을 기대는 방석)과 자리가 있는 데에서 앉거나 누우며 지내는 것 같았다.

옛적에 우(禹)가 강을 건너는데, 누런 용(龍)이 등으로 배를 엎는 바람에, 대단히 위험했다. 그러나 사생(死生)의 판단이 먼저 마음속에 분명해지자, 용처럼 크든 도마뱀처럼 작든 간에 그의 앞에서는 아무런 문제도 되지 않았다고 한다.

소리와 빛은 외물(外物 의식에 반영되는 외적인 세계에 존재하는 사물)이다. 이 외물이 항상 사람의 귀와 눈에 장애가 되어, 바르게 보고 듣는 기능을 이처럼 잃게 하는 것이다. 하물며, 사람이 세상을 살아간다는 것은 강물을 건너는 것보다 훨씬 더 위험스러울 뿐만 아니라 보고 듣는 것이 수시로 병이 됨에랴!

나는 장차 나의 산중으로 돌아가 앞내의 물소리를 다시 들으면서 이것을 몸소 검증(檢證)해 보려니와 처신(處身)을 교묘(巧妙)히 하며 스스로 총명(聰明)함을 자신(自信)하는 사람에게도 이를 경고(警告)하고자 한다.

▶ 지은이는 물에 대한 체험을 근거로 소리와 마음의 상관관계를 밝히고 있다. 어떠한 방식을 사용하여 자신의 주장을 드러내고 있는지 구체적으로 설명해보자.

지은이는 사람들의 일반적인 주장에 반론을 제기하고, 그 반론에 대한 논거로서 자신의 체험을 예시로 제시하면서 논리적 타당성과 설득력을 얻고 있다.

옛 전쟁터이기 때문에 강물 소리가 마치 전차나 전포처럼 울린다는 주장에 대해서는 사람이 그것을 어떻게 듣느냐에 따라 다르다고 반론을 제기하면서 같은 물소리라도 마음가짐에 따라 다르게 들렸던 자신의 경험을 근거로 제시한다.

두 번째는 백하라는 강을 건너면서 사람들이 낮에는 소용돌이치는 물결 때문에, 밤에는 성난 듯 울어대는 물소리 때문에, 강을 두려워하는 것에 대해서도 역시 자신의 체험을 예로 든다. 지은이는 배에 태운 말의 안장에 앉아서도 방안의 안석에 앉거나 누우며 지내는 것처럼 편안히 강을 건널 수 있었다면서 사람들의 두려움은 모두 물결과 소리라는 외적 요인 때문이라고 주장한다. 이러한 그의 생각은 '외물이 항상 사람의 귀와 눈에 장애가 되어, 바르게 보고 듣는 기능을 이처럼 잃게 하는 것이다' 라는 구절에 잘 요약돼 있다. 결국 사람이 어떻게 마음을 먹느냐가 중요한 것이지 감각 기관을 통해 받아들이는 것은 외물에 불과하다는 것이다.

지은이는 실제적 체험이 담긴 예시를 통해 논리적으로 결론을 도출함으로써 자신이 말하고자 하는 바를 읽는 이에게 쉽게 이해시키고 사람들의 동의도 쉽게 끌어내고 있다.

- **성격** | 논리적, 설득적, 사색적, 관조적.
- **표현** | 자신의 체험을 근거로 사물의 본질을 꿰뚫어보는 분석적 시각을 잘 드러내고 있다.
- **제재** | 물소리.
- **주제** | 외물(外物)에 현혹되지 않는 삶의 자세.
- **구성** | 강물 소리에 관해 직접 경험한 두 가지의 이야기를 들려주며 외물이 인식에 미치는 마음의 작용을 풀어가고 있다.
- **지은이** | 박지원(朴趾源, 1737~1805)

통곡할 만한 자리

박지원

초팔일 갑신(甲申)(1780년 7월 8일). 맑다.

정사 박명원(朴明源 박지원의 팔촌형으로 사절단의 대표)과 가마를 함께 타고 삼류화(三流花)를 건너간 후 냉정(冷井)에 이르러 아침을 먹었다. 십여 리 남짓 나아가서 산기슭을 돌아서니 태복(泰卜)이 국궁(鞠躬 존경하는 뜻으로 몸을 굽힘)을 하며 말 앞으로 달려와서 큰 소리로 말했다.

"백탑(白塔 중국 요동의 요양성 밖에 있는 탑)이 현신(現身)함을 아뢰오."

태복은 정 진사(鄭進士)의 말을 책임진 하인이다. 산기슭에 가리어 백탑은 아직 보이지 않았다. 말을 채찍질해 겨우 산기슭에서 벗어나자 눈앞이 아찔해지며 헛것이 오락가락 현란했다. 나는 지금에 이르러서야 사람이란 다만 하늘을 이고 땅을 밟은 채 다니는 존재임을 알게 됐다.

말을 멈추고 나도 모르게 이마를 만지며 말했다.

"좋은 울음터로구나. 한바탕 울어볼 만하도다!"

정 진사가 의아해 하며 물었다.

"아니, 천하의 장관을 보면 감탄을 하게 마련인데 이 천지간에 이런 넓은 안계(眼界 눈에 보이는 범위, 시야)를 보고 홀연 울고 싶다니 그게 무슨 말씀이오?"

"참 그렇군요. 하지만 그게 아니지! 천하의 영웅은 잘 울고 미인은 눈물이 많다고 하지만 두어 줄기 소리 없는 눈물이 그저 옷깃을 적실 뿐이오. 희로애락애오욕(喜怒哀樂愛惡欲 기쁨(喜)·노여움(怒)·슬픔(哀)·즐거움(樂)·사랑(愛)·미움(惡)·욕심(欲)) 중에서 '슬픔[哀]'만이 울음을 자아내는 줄 알고 있지, 칠정(七情)이 모두 울음을 자아내는 줄은 모르고 있는 것이오. 기쁨[喜]이 극하면(아주 심해 더할 수 없는 정도에 이르면) 울게 되고, 노여움[怒]이 극하면 울게 되고, 즐거움[樂]이 극하면 울게 되고, 사랑[愛]이 극하면 울게 되고, 미움[惡]이 극하면 울게 되고, 욕심[欲]이 극하면 울게 되는 것이니, 답답하고 울적한 기분을 풀어 버리려면 소리를 내어 우는 것이 가장 빠른 방법이라 할 수 있을 것이오.

울음은 천지간의 뇌성벽력(雷聲霹靂 천둥소리와 벼락을 아울러 이르는 말)에 비할 수 있으니, 기분이 북받쳐 터져 나오는 웃음과 무엇이 다르다 하리오?

사람들은 이런 지극한 감정을 겪어 보지도 못한 채 슬픈 감정[哀]에다 울음을 짜 맞춘다오. 그러하니 초상을 치를 때 억지로라도 '아이고', '어어'라고 부르짖는 게 아니겠소. 하지만 정말 칠정에서 우러나오는 지극한 소리는 참고 쌓이고 맺혀서 감히 터져 나올 수 없는 것이라오. 저 한(漢)나라의 가의(賈誼 한나라의 문인으로 직간을 하다가 귀양을 가게 되었으나 나라의 앞날을 걱정하여 상소문을 올린 바 있다)는 자신의 울음터를 얻지 못하고 참다 못 하여 선실(宣室 한 문제가 거처하던 미양궁의 궁실로 여기서는 한나라 정권을 말함)을 향해 큰소리로 울부짖었으니, 어찌 사람들이 놀라지 않았으리요."

정진사가 물었다.

"지금 울 만한 자리가 저렇게 넓으니 나도 대감을 따라 한바탕 통곡을 할 작정인데 칠정 중에 어느 '정'을 골라서 울어야 하겠습니까?"

"갓난아이에게 물어 보시오. 아이가 처음 배 밖으로 나올 때 느끼는 '정'이란 무엇이오? 처음에는 밝은 빛을 보게 될 것이오. 그 다음에는 부모 친척들이 주위에 가득 모여 있는 것을 보게 될 것이니 어찌 기쁘고 즐겁지 않으리오. 이 같은 기쁨과 즐거움은 살면서 두 번 다시없을 것인데 슬프고 화가 날 까닭이 있을 리 없지요. 그 '정'은 당연히 즐겁게 웃을 정인데도 서러운 생각에 복받쳐서 울부짖는 다오. 잘나나 못나나 사람은 누구나 죽게 마련이오, 그 사이에 허물·환란·근심·걱정을 도처에서 겪을 것이니 갓난아이는 세상에 태어난 것이 후회돼 먼저 크게 울음을 터뜨림으로써 제 조문(弔問 남의 죽음에 대하여 슬퍼하는 뜻을 드러내어 상주(喪主)를 위문함)을 스스로 하는 것이라고 한다면 이것은 결코 갓난아이의 본정(本情 본래의 참된 심정)은 아닐 것이오. 아이가 어머니의 태속에 자리 잡고 있을 때는 어둡고 갑갑하고 얽매이고 비좁은 상태에서 지내다가 하루아침에 탁 트인 넓은 곳으로 나오게 되니 팔도 펴고 다리도 뻗을 수 있어 확 트인 느낌을 가지게 될 것인즉, 한 번 감정을 다해 한바탕 소리를 질러 보지 않을 수 없을 것이오. 그러니 갓난아이의 울음소리에는 거짓이 없다는 사실을 알고 마땅히 본받아야 할 것이오.

비로봉(毘盧峰 강원도 고성군 장전읍과 회양군 내금강면 사이에 있는 금강산의 최고봉. 높이는 1,638미터) 정상에서 동해 바다를 굽어보는 곳에 한바탕 통곡할 자리가 있을 것이고, 황해도 장연(長淵)의 금사(金沙) 바닷가에 가도 한바탕 통곡할 자리가 있을 것이오, 오늘 요동 벌판에 이르렀는데, 산해관(山海關 만리장성의 동쪽 끝 관문) 일천이백 리까지 사방에 산이라고는 도무지 보이지 않고 하늘 끝과 땅 끝을 풀로 붙인 듯, 실로 꿰맨 듯, 예나 지금이나 오고 가는 비바람만이 창망(悵望 시름없이 바라봄)하니, 이곳 역시 한바탕 통곡할 만한 자리라 할 만하오."

▶ 지은이는 요동 벌판을 보자 '한바탕 울고 싶다'고 표현하고 있는데, 여 기서 울음의 진정한 의미는 무엇인가?

　지은이는 요동 벌판을 보고 '한바탕 울고 싶다'고 표현하고 있다. 그러나 이 울음은 슬픔에서 비롯되는 것이 아니라 기쁨이 극에 달할 때 북받쳐 나오는 울음이다. 이는 갓난아이가 어둡고 비좁은 태속에 서 넓은 세상으로 나와서 터뜨리는 울음 같은 것이다.

　지은이가 새로운 세계를 접하는 기쁨은 통곡하고 싶은 정도로 감격 스러운 것이다. 지은이가 울음을 새롭게 해석하고 있는 이 부분에서 독특한 발상의 전환이 드러난다. 지은이는 울음이란 반드시 슬픈 감 정에서 나오는 것이 아니라 칠정이라는 인간의 감정이 극에 달하면 저절로 우러나오는 것이며, 울적한 마음을 시원하게 풀어 주는 것이 라고 본다. 박지원의 글은 무엇보다도 참신한 발상과 독창성이 특징 이다. 자신의 주장과 견해를 펼쳐가기 위해 기존의 관념을 뒤엎고 다 른 각도에서 사물을 직시하며 본질에 접근해 가는 것이다.

　'어머니의 태속이 갑갑하다'는 대목은 답답함에 대한 단순한 비유 이상의 의미를 띠고 있다. 즉, 당시 조선 사회의 폐쇄성을 꼬집고 있 는 것이다. 청나라의 발달한 문물을 수용해야 한다고 주장했던 실학 자인 지은이가 탁 트인 요동 벌판을 보고 조선을 마치 갑갑한 어머니 태속처럼 느낀 것도 무리는 아니다.

- **성격** | 비유적, 교훈적, 사색적, 분석적, 논리적.
- **표현** | 적절한 비유와 구체적인 예시로 실감나게 표현하였고, 반어법과 과장법을 유려하게 구사하고 있다.
- **제재** | 요동 지방의 기행.
- **주제** | 새로운 세계를 보고 느끼는 기쁨.
- **구성** | 기승전결의 4단 구성과 문답식 구성.
    - 기: 요동성에 이르러 한바탕 울고 싶다고 함.
    - 승: 울음에 대해 역설적으로 해석함.
    - 전: 갓난아이의 울음에는 거짓이 없음.
    - 결: 요동벌판의 장관에는 울음을 터뜨릴 만함.
- **지은이** | 박지원(朴趾源, 1737~1805)

한중록

혜경궁 홍씨

　　그 날(영조 38년, 1762년 5월 23일) 나를 덕성합(창경궁 안에 있던 전각)으로 오라 하오시니, 그 때 오정 즈음이나 되는데, 홀연(忽然) 까치가 수(數)를 모르게 경춘전(창덕궁 안의 수령전 북쪽에 있는 내전)을 에워싸고 우니, 그는 어인 증조(미리 보이는 조짐)런고? 고이하여(이상하게 생각해), 그 때 세손(왕세자의 맏아들로 여기서는 정조를 지칭함)이 환경전(창경궁의 경춘전 동쪽에 있던 전)에 겨오신지라, 내 마음이 황황(遑遑)한 중(마음이 급하여 허둥지둥하는 가운데), 세손 몸이 어찌 될 줄 몰라 그리 나려가, 세손다려 아모 일이 있어도 놀라지 말고 마음 단단히 먹으라 천만당부하고 아모리 할 줄(어찌할 줄)을 모르더니, 거동이 지체하야 미시(未時 오후 1시부터 3시까지) 후나 휘령전(영조의 원비였던 정성왕후의 혼전 전호)으로 오오시는 말이 있더니,

　　그리할 제, 소조(小朝 왕세자로 여기서는 사도세자를 말함)에서 나를 덕성합으로 오라 재촉하오시기가 뵈오니, 그 장하신 기운과 부호(扶護 풍부하고 호걸스러운)하신 언사도 아니 겨오시고, 고개를 숙여 침사상량(沈思商量 정신을 한 곳으로 모아서 깊이 생각함)하야 벽에 의지하야 앉아 겨오신데, 안색을 나오사(좋게 고치시어) 혈기(불평한 기색) 감하오시고 나를 보오시니, 응당 화증(火症 걸핏하면 벌컥 화를 내는 증세)을 내오셔 오작지(오죽하지) 아니하실 듯, 내 명이 그날 마치일 줄 스스로 염려하야 세손을 경계 부탁하고 왔더니. 사기(辭氣 말씀과 얼굴 표정) 생각과 다르오셔 날다려 하시대, "아마도 고이하니, 자네는 좋이 살겠네. 그 뜻(자기를 죽이려는 뜻)들

392

이 무서외."

하시기 내 눈물을 드리워 말없이 허황(마음이 들떠서 당황함)하야 손을 비
비이고 앉았더니, 휘령전으로 오시고 소조를 부르오시다 하니, 이상
할손 어이 피차 말도, 돌아나자 말도(피하자거나 달아나자는 말도) 아니 하시
고, 좌우를 물리치시지도 아니 하시고, 조금도 화증 내신 기색 없이
썩 용포(龍袍 임금이 입던 정복. '곤룡포'의 준말)를 달라 하야 입으시며 하시되,

"내가 학질을 앓는다 하려 하니, 세손의 휘항(揮項 옛날에 쓰던 방한모의
한 가지)을 가져오라."

하시거늘, 내가 그 휘항은 작으니 당신 휘항을 쓰시고저 하야, 내
인다려, 당신 휘황을 가져오라 하니, 몽매(夢寐)밖에 썩 하시기를(천만
뜻밖에 대뜸 말씀하시기를),

"자네가 아뭏거나 무섭고 흉한 사람이로세. 자네는 세손 다리고
오래 살랴하기, 내사 오날 죽게 하였기 사외로와(사위스러워, 미신적으로 마음
에 꺼림칙하여), 세손의 휘황을 아니 쓰이랴 하는 심술(心術)을 알게 하였
다네."

하시니, 내 마음은 당신이 그 날 그 지경에 이르실 줄 모르고 이
끝이 어찌 될꼬? 사람이 다 죽을 일이요, 우리의 모자의 목숨이 어
떠할런고? 아모라타(아무 일도) 없었지.

천만 의외에 말씀을 하시니, 내 더욱 설워 다시 세손 휘항을 갖다
드리며,

"그 말씀이 하(전혀) 마음의 없는 말이시니, 이를 쓰소서."

하니,

"슬희(싫네), 사외하는(마음에 꺼림칙한 재앙이 올까 두려운) 것을 써 무엇할꼬?"

하시니, 이런 말씀이 어이 병환(病患)이 든 이 같으시며, 어이 공
순히 나가랴 하시던고? 다 하늘이니, 원통 원통이요. 다 그리 할 제
날이 늦고 재촉하야 나가시니, 대조(大朝 임금, 여기서는 '영조'를 가리킴)께서
휘령전에 좌하시고, 칼을 안으시고 두다리오시며 그 처분을 하시게

393

되니, 차마 차마 망극하니, 이 경상(景狀 광경)을 내 차마 기록하리오? 섧고 섧도다.

나가시며, 즉시 대조께서는 엄노(嚴怒 준엄하게 성이 남)하신 성음(聲音)이 들리오니, 휘령전이 덕성합과 머지 아니하니, 담 밑에 사람을 보내어 보니, 벌써 용포를 벗고 엎대어 겨오시더라 하니, 대처분(大處分 사도 세자가 뒤주에 갇혀 죽임을 당하는 일)이 오신 줄 알고, 천지 망극하야 흉장(胸腸 가슴과 속)이 붕렬(崩裂 무너지고 찢어짐)하는지라.

게 있어 부질없어, 세손 겨신 데로 와 서로 붙들고 아모리 할 줄을 모르더니, 신시(申時 오후 3시부터 5시까지) 전후 즈음에 내관(內官)이 들어와 밧소주방(外所廚房 바깥 소주방, 대궐 안에서 음식을 만드는 곳)에 쌀 담는 궤를 내라 한다 하니, 어찐 말인고? 황황하야 내지 못하고, 세손궁이 망극한 거조(擧措 행동거지)가 있는 줄 알고 문정전(창경궁 안에 있는 건물의 하나)에 들어가,

"아비를 살려 주옵소서."

하니, 대조께서 나가라 엄히 하오시니, 나와 왕자 재실(齋室 왕자가 공부하던 집)에 앉아 겨시니, 내 그 때 정경이야 고금천지 간에 없으니, 세손을 내어 보내고 일월이 회색(晦塞 캄캄하게 아주 꽉 막힘)하니, 내 일시나 세상에 머물 마음이 있으리요? 칼을 들어 명을 결단하랴(목숨을 끊으려) 하더니, 방인(傍人 옆의 사람)의 앗음을 인하야 뜻 같지 못하고, 다시 죽고저 하되 촌철(寸鐵 작고 날카로운 쇠붙이나 무기)이 없으니 못하고, 숭문당(창경궁 명정전 북쪽에 있는 집)으로 말매암아 휘령전 나가는 건복문이라 하는 문 밑에를 가니, 아모것도 뵈지 아니코, 다만 대조께서 칼 두다리오시는 소리와, 소조에서,

"아바님 아바님, 잘못하얏사오니, 이제는 하라 하옵시는 대로 하고, 글도 읽고 말씀도 다 들을 것이니, 이리 마오소서."

하시는 소래가 들리니, 간장이 촌촌(寸寸)이 끊어지고 앞이 막히니, 가슴을 두다려 아모리 한들 어찌하리요? 당신 용력(勇力)과 장

394

기(壯氣 건강한 원기)로 게(뛰주)를 들라 하신들 아모쪼록 아니 드오시지, 어이 필경에 들어 겨시던고? 처음은 뛰어 나가랴 하시옵다가, 이기지 못하야 그 지경에 밋사오시니(미치었으니), 하늘이 어찌 이대도록 하신고?

만고에 없는 설움뿐이며, 내 문 밑에서 호곡(목놓아 슬피 욺)하되, 응하오심이 아니겨신지라, 소조 벌써 폐위(廢位)하야 겨시니, 그 처자가 안연(晏然 마음이 편안하고 침착하게)히 대궐에 있지 못할 것이요, 세손을 밖에 두어시니 어떠할꼬?

▶ '한중록'은 모두 네 편으로 되어 있다. 전체적인 줄거리를 정리해보자.

　제1편은 혜경궁 홍씨의 어린 시절과 세자빈이 되고 난 후 50년 간 궁궐에서 지낸 이야기이다. 사도세자의 비극은 언급하지 않는다.

　제2편과 제3편은 누명을 쓴 친정의 억울함을 호소하고 있다.

　제4편에서 비로소 사도세자의 참변이 기록되고 있다. 영조는 그가 사랑하던 화평 옹주가 죽자 세자에게 무관심해졌고, 그 사이 세자는 생활이 태만해져 놀이를 즐기는가 하면 여러 국정을 대리하게 한다. 부자 사이는 점점 더 벌어지게 되고 마침내 세자는 부왕이 무서워 공포와 강박증에 시달리다가 살인까지 저지른다. 방탕한 생활 역시 계속된다. 결국 영조는 나경언의 고변과 영빈의 종용으로 세자를 뒤주에 유폐시켜 9일 만에 절명하게 한다. 또한 4편에는 영조가 세자를 그렇게 만든 것은 부득이한 일이었고, 뒤주를 이용해 세자를 절명시키겠다는 발상은 영조 자신이 한 것이지 친정아버지인 홍봉한의 생각에서 나온 것이 아니라는 주장도 실려 있다. 여기에 기록된 부분은 사도세자를 뒤주에 넣어 절명시키라는 처분이 내려지는 과정과 그 이후의 자신의 처지에 관한 것이다. 혜경궁 홍씨 71세 때의 일이다.

■ 작품 정리

- **성격** | 회고적, 서사적, 묘사적, 사실적.
- **표현** | 비극적 사건을 극적이고 서사적으로 그리고 있으며, 여성 문인의 우아하고 품위 있는 문체로 내간체 문장의 전형을 보여주고 있다.
- **제재** | 사도세자의 죽음.
- **주제** | 뒤주에 갇히는 사도세자의 참변을 중심으로 파란만장한 인생을 회고.
- **구성** | 사건의 경과를 시간의 흐름에 따라 고조되는 감정의 변화와 함께 전개하고 있다.
- **지은이** | 혜경궁 홍씨(헌경왕후 獻敬王后, 1735~1815)

동명일기

의유당 김씨

행여 일출(日出)을 못 볼까 노심초사(勞心焦思 몹시 마음을 쓰며 애를 태움)하여, 새도록 자지 못하고, 가끔 영재(하인)를 불러 사공(沙工)다려 물으라 하니,

"내일은 일출을 쾌히 보시리라 한다(사공의 말)."

하되, 마음에 미쁘지(미덥지) 아니하여 초조(焦燥)하더니, 먼 데 닭이 울며 연(連)하여 자초니(계속하여 날이 새기를 재촉하니), 기생(妓生)과 비복(婢僕)을 혼동하여(꾸짖어) 어서 일어나라 하니, 밖에 급창(及唱)이 와,

"감청 감관(官廳監官)(옛날 관청에서 음식을 맡아 보던 사람)이 다 아직 너모 일찍 하니 못 떠나시리라 한다."

하되 곧이 아니 듣고, 발발이(매우 강하게) 재촉하여, 떡국을 쑤었으되 아니 먹고, 바삐 귀경대(龜景臺)에 오르니 달빛이 사면에 조요(照耀)하니(환하게 비치어 빛나니), 바다이 어제 밤도곤(밤보다) 희기 더하고, 광풍(狂風)이 대작(大作 크게 일어남)하여 사람의 뼈를 사못고(사무치고), 물결치는 소래 산악(山嶽)이 움직이며, 별빛이 말곳말곳하여(말똥말똥하여) 동편에 차례로 있어 새기는 멀었고, 자는 아해를 급히 깨와 왔기 치워 날치며(날뛰며) 기생(妓生)과 비복(婢僕)이 다 이를 두드려 떠니, 사군(남편)이 소래하여 혼동(꾸짖어) 왈,

"상(常) 없이(분별없이) 일찍이 와 아해와 실내(室內 남의 아내를 일컫는 말, 여기서는 자기 아내(작자)를 간접적으로 지칭한 말) 다 큰 병이 나게 하였다."

하고 소래하여 걱정하니, 내 마음이 불안하여 한 소래를 못 하고, 감히 치우는 눈치를 못 하고 죽은 듯이 앉았으되, 날이 샐 가망(可望)이 없으니 연하여 영재를 불러,

"동이 트느냐?"

물으니, 아직 멀기로 연하여 대답하고, 물 치는 소래 천지(天地) 진동(震動)하여 한풍(寒風 겨울에 부는 차가운 바람. '찬바람'으로 순화) 끼치기(밀려들기) 더욱 심하고, 좌우 시인(左右侍人 주위에 모시고 시중드는 사람)이 고개를 기울여 입을 가슴에 박고 치워하더니(추워하더니), 마이(매우) 이윽한 후, 동편의 성쉬(星宿 별이) 드물며, 월색(月色)이 차차 열워지며(엷어지며), 홍색(紅色)이 분명하니, 소래하여 시원함을 부르고 가마 밖에 나서니, 좌우 비복(左右婢僕)과 기생(妓生)들이 옹위(擁衛 좌우에서 부축하며 지키고 보호함)하여 보기를 죄더니(마음을 졸이더니), 이윽고 날이 밝으며 붉은 기운이 동편 길게 뻗쳤으니, 진홍대단(眞紅大緞 짙붉은 비단) 여러 필(疋)을 물 우희 펼친 듯, 만경창패(萬頃蒼波 만경창파로 한없이 넓고 넓은 바다) 일시(一時)에 붉어 하늘에 자옥하고, 노하는 물결 소래 더욱 장(壯)하며, 홍전(紅氈 붉은 색깔의 모직물) 같은 물빛이 황홀(恍惚)하여 수색(水色)이 조요(照耀)하니, 차마 끔찍하더라.

붉은빛이 더욱 붉으니, 마조(마주) 선 사람의 낯과 옷이 다 붉더라. 물이 굽이져 치치니, 밤에 물 치는 굽이는 옥같이 희더니, 즉금(即今) 물굽이는 붉기 홍옥(紅玉) 같하야 하늘에 닿았으니, 장관(壯觀 굉장하고 볼만한 경치)을 이를 것이 없더라.

붉은 기운이 퍼져 하늘과 물이 다 조요하되(환하게 비치어 빛나되) 해 아니 나니, 기생들이 손을 두드려 소래하여 애달와(애가 탈 정도로 마음이 아파) 가로되,

"이제는 해 다 돋아 저 속에 들었으니, 저 붉은 기운이 다 푸르러 구름이 되리라."

혼공하니(매우 떠들썩하게 지껄이니), 낙막(落寞)하여(마음이 쓸쓸하여), 그저 돌

아 가려하니, 사군(사또인 자기 남편)과 숙씨(叔氏 시아주버니, 남편의 형제)셔,

"그렇지 아냐, 이제 보리라."

하시되, 이랑이, 차섬이(기생임) 냉소(冷笑)하여 이르되,

"소인(小人) 등이 이번뿐 아냐, 자로(자주) 보았사오니, 어찌 모르리이까. 마누하님(마나님), 큰 병환(病患) 나실 것이니, 어서 가압사이다."

하거늘, 가마 속에 들어앉으니, 봉의 어미(하인) 악써 가로되,

"하인(下人)들이 다 하되(말하는데), 이제 해 일으려(솟으려, 돋으려, 뜨려고 하는데) 하는데 어찌 가시리요. 기생 아해들은 철 모르고 즈레(지레 짐작으로) 이렁(이렇게) 구는다(구는가)."

이랑이 박장(拍掌 손뼉을 침) 왈,

"그것들은 바히(전혀. 아주) 모르고 한 말이니 곧이 듣지 말라."

하거늘, 돌아 사공(沙工)다려 물으라 하니,

"사공셔 오늘 일출이 유명(有名)하리란다."

하거늘, 내 도로 나서니, 차섬이, 보배는 내 가마에 드는 상(드는 모양) 보고 몬저 가고, 계집 종 셋이 몬저 갔더라.

홍색(紅色)이 거룩하여(아름답고 훌륭하여) 붉은 기운이 하늘을 뛰노더니, 이랑이 소래를 높이 하여 나를 불러,

"저기 물 밑을 보라."

외거늘(외치거늘), 급히 눈을 들어 보니, 물 밑 홍운(紅雲 붉게 물든 바다를 빗댐)을 헤앗고(헤치고) 큰 실오리 같은 줄이 붉기 더욱 기이(奇異)하며, 기운이 진홍(眞紅) 같은 것이 차차 나 손바닥 넓이 같은 것이 그믐밤에 보는 숯불 빛 같더라. 차차 나오더니, 그 우흐로(위로) 적은 회오리밤(둥근 외톨밤) 같은 것이 붉기 호박(琥珀) 구슬 같고, 맑고 통랑(通朗)하기(환하게 트이어 밝기는, 투명하기는)는 호박(예전에 송진들이 땅속에 묻혀 이루어진 광물)도곤(보다) 더 곱더라.

그 붉은 우흐로 훌훌 움직여 도는데, 처음 났던 붉은 기운이 백지(白紙) 반 장(半張) 넓이만치 반듯이 비치며, 밤 같던 기운이 해 되어

차차 커 가며, 큰 쟁반만 하여 불긋불긋 번듯번듯 뛰놀며, 적색(赤色)이 온 바다에 끼치며(덮치는 듯이 확 밀려오며), 몬저 붉은 기운이 차차 가새며(흔적이 차차 없어지며), 해 흔들며 뛰놀기 더욱 자로 하며, 항(항아리) 같고 독 같은 것이 좌우(左右)로 뛰놀며, 황홀(恍惚)히 번득여 양목(兩目)이 어즐하며(어질어질 하며), 붉은 기운이 명랑(明朗)하여 첫 홍색을 헤앗고, 천중(天中 하늘 가운데)에 쟁반 같은 것이 수렛바퀴 같하야 물속으로 치밀어 받치듯이 올라붙으며, 항, 독 같은 기운이 스러지고, 처음 붉어 겉을 비추던 것은 모여 소혀처로(소의 혀처럼) 드리워 물속에 풍덩 빠지는 듯 싶으더라. 일색(日色)이 조요(照耀)하며 물결에 붉은 기운이 차차 가새며(엷어지며, 가시어 없어지며), 일광(日光)이 청랑(淸朗)하니, 만고천하(萬古天下)에 그런 장관은 대두(對頭 맞대어 견줌)할 데 없을 듯하더라. 짐작에 처음 백지 반장만치 붉은 기운은 그 속에서 해 장차 나려고 우리어(내비치어) 그리 붉고, 그 회오리밤 같은 것은 진짓(진짜의, 참된) 일색을 빠혀(빼어, 뽑아) 내니 우리온(내비친) 기운이 차차 가새며, 독 같고 항 같은 것은 일색이 모딜이(몹시, 매우) 고온 고로, 보는 사람의 안력(眼力)이 황홀(恍惚)하여 도모지 헛기운(환상)인 듯싶은지라.

▶ **여성 작가의 작품으로서 풍기는 독특한 분위기를 정리해보자.**

　　지은이는 동명의 해돋이와 달맞이가 유명하다는 말을 듣고 함흥판
관으로 부임해 가는 남편 신대손을 졸라 길을 나서는 것을 허락 받는
다. 그 여행 가운데 보고 겪은 일들과 해돋이의 장관을 그린 것이 바
로 '동명일기'이다. 동명의 일출이라는 소재 자체가 매우 특이하고
사물을 관찰하는 격조 높은 안목과 탁월한 표현력이 드러난 이 작품
은 지은이의 문학적 역량을 충분히 가늠하게 한다. 일출 장면에 대한
호기심과 기대로 해를 기다리는 전반부를 지나면 장엄한 해돋이 광경
을 묘사한 후반부가 시작된다. 일출광경의 화려한 모습과 색채를 섬
세하게 관찰하여 사실적이고도 치밀하게 묘사한 부분과 참신한 우리
말 구사는 여류문인 특유의 멋스런 운치를 잘 드러내고 있다. 더욱이
1년 전 기상 악화로 일출 관람의 기회를 놓치고 다시 찾아간 터라 지
은이의 감회는 더욱 새롭고 감동은 배가되었을 것이다.

▶ **동틀 무렵의 장관과 일출의 장관을 직유법을 써서 묘사하고 있는 부분
을 찾아보라.**

　　'기운이 진홍 같은 것이 차차 나 손바닥 넓이 같은 것이 ∼ 풍덩 빠
지는 듯 싶더라' 이 대목은 오랜 기다림 후에 해가 수평선에 떠오르
는 모습을 순간적으로 예리하게 포착하여 사실적으로 묘사한 부분이
다. 해의 변화는 '회오리밤 → 쟁반 → 수렛바퀴 → 해'로 묘사했고,
일출의 붉은 기운은 '손바닥넓이 → 백지 반 장 넓이 → 소의 혀처럼
보임'으로 묘사해 여성이 아니면 포착하기 힘들 정도로 섬세함을 보
이고 있다. 해와 붉은 기운의 변화는 점층적이고 직유적으로 표현돼
있다.

- **성격** | 묘사적, 사실적, 주관적.
- **표현** | 순수한 우리말과 비유를 적절히 사용하여 자연을 여성적인 섬세한 필치로 묘사하고 있다.
- **제재** | 귀경대에서 본 일출.
- **주제** | 귀경대에서 일출의 장관을 보고 느낀 감회.
- **구성** | 기-승-전-결의 4단 구성.
  - 기: 귀경대에 올라 추위를 참아내며 일출을 기다림.
  - 승: 동틀 무렵의 장관을 묘사하고 일출 여부에 대해 논쟁을 벌임.
  - 전: 일출의 장관을 회오리밤, 쟁반, 수레바퀴 등으로 묘사함.
  - 결: 일출을 본 후 주관적인 감상을 적음.
- **지은이** | 의유당 김씨(1727~1823)

조침문

작자미상

유세차(維歲次 제문(祭文)의 첫머리에 쓰는 말로 '이 해의 차례는'이라는 뜻) 모년(某年) 모월(某月) 모일(某日)에, 미망인(未亡人 남편이 죽고 홀몸이 된 여자) 모씨(某氏)는 두어자 글로써 침자(針者 바늘)에게 고(告)하노니, 인간 부녀(人間婦女)의 손 가운데 종요로운(없어서는 안 될 정도로 매우 긴요한) 것이 바늘이로대, 세상 사람이 귀히 아니 여기는 것은 도처(到處)에 흔한 바이로다. 이 바늘은 한낱 작은 물건(物件)이나, 이렇듯이 슬퍼함은 나의 정회(情懷 생각하는 마음. 또는 정과 회포를 아울러 이르는 말)가 남과 다름이라. 오호 통재(嗚呼痛哉 아아 슬프고 원통하도다!)라, 아깝고 불쌍하다. 너를 얻어 손 가운데 지닌 지 우금(于今 지금에 이르기까지) 이십칠 년(부러진 바늘을 얻은 햇수, 또는 바느질을 배운 햇수를 말하며 글쓴이가 조심성이 있고 알뜰한 성품임을 짐작할 수 있음)이라. 어이 인정(人情)이 그렇지 아니하리요. 슬프다. 눈물을 잠깐 거두고 심신(心身)을 겨우 진정(鎭定)하여, 너의 행장(行狀 몸가짐과 품행을 통틀어 이르는 말. 죽은 사람이 평생 살아온 일을 적은 글)과 나의 회포(懷抱 마음속에 품은 생각이나 정)를 총총히(간략하게) 적어 영결(永訣 죽은 사람과 산 사람이 서로 영원히 헤어짐)하노라.

연전(年前 몇 해 전에)에 우리 시삼촌(媤三村 남편의 삼촌)께옵서 동지상사(冬至上使 조선시대에, 중국으로 보내던 동지사의 우두머리) 낙점(落點 여러 후보가 있을 때 그중에 마땅한 대상을 고름)을 무르와(받들어), 북경(北京)을 다녀오신 후에, 바늘 여러 쌈(바늘을 묶어 세는 단위. 한 쌈은 바늘 스물네 개를 이른다)을 주시거늘, 친정

(親庭)과 원근 일가(遠近—家 멀고 가까운 한 집안)에게 보내고, 비복(婢僕 계집종과 사내종을 아울러 이르는 말)들도 쌈쌈이 나눠 주고, 그 중에 너를 택(擇)하여 손에 익히고 익히어 지금까지 해포(한 해가 조금 넘는 동안, 여기서는 짧지 않은 시간을 뜻함)되었더니, 슬프다, 연분(緣分 서로 관계를 맺게 되는 인연)이 비상(非常 보통이 아님)하여, 너희를 무수(無數)히 잃고 부러뜨렸으되, 오직 너 하나를 연구(年久 지난 세월이 꽤 오래됨)히 보전(保全)하니, 비록 무심(無心)한(생명이 없는) 물건이나 어찌 사랑스럽고 미혹(迷惑 무엇에 홀려 정신을 차리지 못함)지 아니하리오. 아깝고 불쌍하며, 또한 섭섭하도다.

나의 신세 박명(薄命 복이 없고 팔자가 사나움)하여 슬하(膝下)에 한 자녀(子女) 없고, 인명(人命)이 흉완(凶頑 모질고 질김)하여 일찍 죽지 못하고, 가산(家産)이 빈궁(貧窮 가난하고 궁색함)하여 침선(針線 바늘과 실을 아울러 이르는 말로 여기서는 바느질)에 마음을 붙여, 널로 하여 생애(生涯 생계)를 도움이 적지 아니하더니, 오늘날 너를 영결(永訣)하니, 오호·통재(嗚呼痛哉)라, 이는 귀신(鬼神)이 시기(猜忌)하고 하늘이 미워하심이로다.

아깝다 바늘이여, 어여쁘다(불쌍하다) 바늘이여, 너는 미묘(微妙)한 품질(品質)과 특별한 재치(才致)를 가졌으니, 물중(物中)의 명물(名物)이요, 철중(鐵中 철 가운데)의 쟁쟁(錚錚 으뜸)이라. 민첩하고 날래기는 백대(百代)의 협객(俠客 호방하고 의협심이 있는 사람)이요, 굳세고 곧기는 만고(萬古)의 충절(忠節)이라. 추호(秋毫 가을에 짐승의 털처럼 아주 가늘다는 뜻으로, 아주 적거나 조금인 것을 비유적으로 이르는 말) 같은 부리는 말하는 듯하고, 두렷한(둥근) 귀는 소리를 듣는 듯한지라. 능라(綾羅 두꺼운 비단과 얇은 비단)와 비단에 난봉(鸞鳳 난조(鸞鳥)와 봉황을 아울러 이르는 말이며, 뛰어난 인물을 비유적으로 이르는 말)과 공작(孔雀)을 수놓을 제, 그 민첩하고 신기(神奇)함은 귀신(鬼神)이 돕는 듯하니, 어찌 인력(人力)이 미칠 바리요.

오호 통재라, 자식(子息)이 귀(貴)하나 손에서 놓일 때도 있고, 비복(婢僕)이 순(順)하나 명(命)을 거스릴 때 있나니, 너의 미묘(微妙)한 재질(才質 재주와 기질을 아울러 이르는 말)이 나의 전후(前後)에 수응(酬應

남의 요구에 응함)함을 생각하면, 자식에게 지나고(보다 낫고) 비복(婢僕)에게 지나는지라(비복보다 낫다). 천은(天銀 품질이 가장 뛰어난 은)으로 집을 하고, 오색(五色)으로 파란(광물을 원료로 하여 만든 유약(釉藥))을 놓아 겉고름(겉옷고름)에 채였으니, 부녀(婦女)의 노리개라. 밥 먹을 적 만져보고 잠잘 적 만져보아, 널로 더불어 벗이 되어, 여름 낮에 주렴(珠簾 구슬 따위를 꿰어 만든 발)이며, 겨울 밤에 등잔(燈盞 기름을 담아 등불을 켜는 데에 쓰는 그릇)을 상대(相對)하여, 누비며(두 겹의 천 사이에 솜을 넣고 줄이 죽죽 지게 박다), 호며(헝겊을 겹쳐 바늘땀을 성기게 꿰매다), 감치며(바느질감의 가장자리나 솔기를 실올이 풀리지 않게 용수철이 감긴 모양으로 감아 꿰매다), 박으며(실을 곱걸어서 꿰매다), 공그릴(헝겊의 시접을 접어 맞대어 바늘을 양쪽의 접힌 시접 속으로 번갈아 넣어 가며 실 땀이 겉으로 드러나지 않게 속으로 떠서 꿰매다) 때에, 겹실(두 올 이상으로 드린)을 꿰었으니 봉미(鳳尾 봉황의 꼬리)를 두르는 듯, 땀땀이(실을 꿴 바늘로 한 번 뜬 자국마다) 떠 갈 적에, 수미(首尾 사물의 머리와 꼬리)가 상응(相應 서로 응하거나 어울림)하고, 솔솔이(솔기마다) 붙여 내매 조화(造化)가 무궁(無窮)하다. 이생에 백년 동거(百年同居)하렸더니, 오호 애재(嗚呼哀哉)라, 바늘이여.

금년 시월 초십일 술시(戌時 오후 일곱 시부터 아홉 시)에, 희미한 등잔 아래서 관대(冠帶 옛날 벼슬아치들의 공복(公服)) 깃을 달다가, 무심중간(無心中間 아무 생각이나 감정 따위가 없는 사이)에 자끄동 부러지니 깜짝 놀라와라. 아야 아야 바늘이여, 두 동강이 났구나. 정신(精神)이 아득하고 혼백(魂魄 넋)이 산란(散亂 어지럽다)하여, 마음을 빻아(짓찧어서 가루로 만듦) 내는 듯, 두골(頭骨 머리뼈)을 깨쳐 내는 듯, 이윽토록 기색 혼절(氣塞昏絶 기가 막히고 혼이 나감)하였다가 겨우 정신을 차려, 만져 보고 이어 본들 속절없고(단념할 수밖에 달리 어찌할 도리가 없다) 하릴없다(달리 어떻게 할 도리가 없다). 편작(扁鵲 중국 신화 속에 나오는 의사)의 신술(神術)로도 장생불사(長生不死 오래도록 살고 죽지 아니함, 불로장생) 못 하였네. 동네 장인(匠人)에게 때이련들 어찌 능히 때일손가. 한 팔을 베어 낸 듯, 한 다리를 베어 낸 듯, 아깝다 바늘이여, 옷섶(저고리나 두루마기 따위의 깃 아래쪽에 달린 길쭉한 헝겊)을 만져보니,

꽂혔던 자리 없네.

　오호 통재라, 내 삼가지(겸손하고 조심하는 마음으로 정중하게) 못한 탓이로다.
무죄(無罪)한 너를 마치니(끝내니, 죽이니), 백인(伯仁)이 유아이사(由我而
死)('백인'이란 사람이 나로 인하여 죽었다는 뜻으로, 다른 사람이 화를 입게 된 원인이 자기에게 있음을
한탄하는 말)라, 누를 한(恨)하며 누를 원(怨)하리요. 능란(能爛)한 성품과
공교(工巧 솜씨가 재치가 있고 교묘한)한 재질을 나의 힘으로 어찌 다시 바라
리요. 절묘한 의형(儀形 의용으로 몸을 가지는 태도. 또는 차린 모습)은 눈 속에 삼
삼하고(기억이 또렷하다.), 특별한 품재(稟才 성품과 재질을 함께 이르는 말)는 심회
(心懷)가 삭막(索莫)하다(쓸쓸하고 외롭다). 네 비록 물건(物件)이나 무심
(無心)치 아니하면, 후세(後世)에 다시 만나 평생 동거지정(平生同居
之情)을 다시 이어, 백년 고락과 일시 생사(一時生死 한때의 죽고 사는 일)
를 한 가지로 하기를 바라노라. 오호 애재라, 바늘이여.

　상향(尙饗 '적지만 흠향하옵소서'의 뜻으로, 축문(祝文)의 맨 끝에 쓰는 말).

406

▶ 글쓴이가 하찮은 바늘에 각별한 애정을 갖게 된 이유가 되는 대목을 찾아보라.

지은이와 바늘의 관계를 알 수 있게 해주는 구절이 다음과 같이 단락별로 나타난다.

첫째 단락: '이 바늘은 한낱 작은 물건이나 이렇듯이 슬퍼함은 나의 정회(情懷)가 남과 다름이라'

두 번째 단락: '너희를 무수히 잃고 부러뜨렸으되, 오직 너 하나를 영구히 보전하니, 비록 무심한 물건이나 어찌 사랑스럽고 미혹지 아니하리오'

세 번째 단락: '침선에 마음을 붙여 널로 하여 시름을 잊고 생애를 도움이 적지 아니하더니, 오늘날 너를 영결하니, 오호 통재라'에서 바늘을 얼마나 아끼는지 알 수 있다.

지은이는 27년 동안 그 한 개의 바늘을 써왔고, 자녀도 두지 못한 외로운 처지에서 바늘에 생계를 의지해 반생을 살아왔으므로 바늘이 얼마나 특별한 대상인지는 충분히 짐작할 수 있다.

▶ 이 글에서 어떤 교훈을 얻을 수 있나.

지은이는 부러진 바늘 하나에도 섬세한 조문을 쓸 정도로 다정다감한 심성을 가진 사람으로 추측해 볼 수 있다. 지금처럼 물건이 흔해서 귀한 줄 모르는 사람들 눈에는 이런 지은이의 고백이 다소 과장스럽고 어처구니없어 보이기까지 한다. 그렇지만 바늘 하나도 애지중지하는 글쓴이의 태도는 일회용과 실용성에 익숙해지고, 좀처럼 오랜 시간에 걸쳐 주변 사물에 애착을 둘 줄 모르는 현대인들의 습성을 꼬집기에 부족함이 없다 할 것이다.

- **성격** | 애도적, 추도적, 주관적, 고백적.
- **표현** | 바늘을 의인화하여 제문(祭文)의 형식을 빌려 쓰고 있다. 국한문 혼용
  체의 사용이 두드러진 특징이다.
- **제재** | 부러진 바늘.
- **주제** | 오랫동안 동고동락해온 바늘이 부러진 것을 애도함.
- **구성** | 영결의 심회를 적는 취지의 기사, 바늘과의 동고동락을 그린 본사, 애
  도의 심정과 후세를 기약한 결사의 3단 구성으로 되어 있다.
- **지은이** | 유씨부인(俞氏夫人)

규중칠우쟁론기
(閨中七友爭論記)

이른바 규중 칠우(閨中七友 부녀가 거처하는 안방 부인네의 일곱 친구)는 부인내 방 가운데 일곱 벗이니 글하는 선배(선비)는 필묵(筆墨 붓과 먹)과 조희(종이) 벼루로 문방 사우(文房四友 종이, 붓, 벼루, 먹)를 삼았나니 규중 녀잰들(여자인들) 홀로 어찌 벗이 없으리오.

이러므로 침선(針線) 돕는 유를 각각 명호(이름과 호)를 정하여 벗을 삼을새, 바늘로 세요 각시(細腰閣氏 새색시)라 하고, 척(자)을 척 부인(戚夫人)이라 하고, 가위로 교두 각시(交頭閣氏)라 하고, 인도(인두)로 인화 부인(引火夫人)이라 하고, 달우리(다리미)로 울 랑자(娘子)라 하고, 실로 청홍흑백 각시(靑紅黑白閣氏)라 하며, 골모(골무)로 감토 할미라 히어, 칠우를 삼아 규중 부인내 아츰(아침) 소세(머리를 빗고 얼굴을 씻음)를 마치매 칠위 일제히 모혀 종시(끝까지)하기를 한 가지로 의논하여 각각 소임(맡은 임무)을 일워(이루어) 내는지라.

일일(一日)은 칠위 모혀 침선의 공을 의논하더니 척 부인이 긴 허리를 자히며(재며) 이르되,

"제우(諸友 여러 벗들)는 들으라, 나는 세명지(세명주. 가늘게 무늬 없이 짠 명주) 굵은 명지 백저포(白紵布 흰 모시) 세승포(細升布 가는 베)와, 청홍녹라(靑紅綠羅) 자라(紫羅) 홍단(紅緞)을 다 내여 펼쳐 놓고 남녀의(男女衣)를 마련할(마름질할. 마름질은 옷감을 치수에 맞추어 베고 자르는 일) 새, 장단 광협(長短廣狹 길고 짧으며, 넓고 좁음)이며 수품 제도(手品制度 솜씨와 격식)를 나

곧 아니면 어찌 일으리오. 이러므로 의지공(衣之功 옷을 만드는 공)이 내 으뜸되리라."

교두 각시 양각(兩脚)을 빨리 놀려 내다라 이르되,

"척 부인아, 그대 아모리 마련을 잘 한들 버혀 내지 아니하면 모양 제되 되겠느냐. 내 공과 내 덕이니 네 공만 자랑마라."

세요 각시 가는 허리 구붓기며(구부리며) 날랜 부리 두루혀(돌려) 이르되,

"양우(兩友)의 말이 불가하다. 진주(眞珠) 열 그릇이나 껜 후에 구슬이라 할 것이니, 재단(裁斷)에 능소능대(能小能大 모든 일에 두루 능함)하다 하나 나 곧 아니면 작의(作衣)를 어찌 하리오. 세누비(잔누비. 잘게 누빈 누비) 미누비(중누비) 저른 솔(솔기) 긴 옷을 이루미 나의 날내고 빠름이 아니면 잘게 뜨며(한 땀 한 땀 바느질을 하여 가며) 굵게 박아 마음대로 하리오. 척 부인의 자혀 내고 교두 각시 버혀 내다 하나 내 아니면 공이 없으려든 두 벗이 무삼 공이라 자랑하나뇨."

청홍 각시 얼골이 붉으락 프르락 하야 노왈(노하여 말하기를),

"세요야. 네 공이 내 공이라. 자랑마라. 네 아모리 착한 체하나 한 솔 반 솔인들 내 아니면 네 어찌 성공하리오."

감토 할미 웃고 이르되,

"각시님네, 위연(웬만히)만 자랑 마소. 이 늙은이 수말(首末 머리와 끝) 적기로 아가시내 손부리 아프지 아니하게 바느질 도와 드리나니 고어에 운(云), 닭의 입이 될지언정 소 뒤는 되지 말라 하였으니, 청홍 각시는 세요의 뒤를 따라 다니며 무삼 말 하시나뇨. 실로 얼골이 아까왜라. 나는 매양 세요의 귀에 질리었으되 낯가죽이 두꺼워 견댈 만하고 아모 말도 아니 하노라."

인화 낭재 이르되,

"그대네는 다토지 말라. 나도 잠간 공을 말하리라. 미누비 세누비 눌로 하여 저가락(젓가락) 같이 고으며, 혼솔(혼 솔기)이 나 곧 아니면 어찌 풀로 붙인 듯이 고으리요. 침재(針才) 용속(범상하고 속되어 이렇다 할 특징이

없는)한 재 들락날락 바르지 못한 것도 내의 손바닥을 한번 씻으면 잘못한 흔적이 감초여 세요의 공이 날로 하여 광채 나나니라."

울 랑재 크나큰 입을 버리고 너털웃음으로 이르되,

"인화야, 너와 나는 소임 같다. 연이나 인화는 침선뿐이라. 나는 천만 가지 의복에 아니 참예(참여하여 관계함)하는 곳이 없고, 가증한 여자들은 하로 할 일도 열흘이나 구기여 살이 주역주역한(구깃구깃한) 것을 내의 광둔(廣臀 넓은 볼기)으로 한번 쓰치면 굵은 살 낱낱이 펴이며 제도와 모양이 고하지고 더욱 하절을 만나면 소님이 다사하야 일일도 한가하지 못한지라. 의복이 나 곧 아니면 어찌 고오며 더욱 세답(빨래)하는 년들이 게으러 풀 먹여 널어 두고 잠만 자면 부딪쳐 말린 것을 나의 광둔 아니면 어찌 고오며, 세상 남녀 어찌 반반한(구김이 없는) 것을 입으리오. 이러므로 작의 공이 내 제일이 되나니라."

규중 부인이 이르되,

"칠우의 공으로 의복을 다스리나 그 공이 사람의 쓰기에 있나니 어찌 칠우의 공이라 하리오."

하고 언필(말을 다함. 말을 마침)에 칠우를 밀치고 베개를 돈오고 잠을 깊이 드니 척 부인이 탄식고 이르되,

"매야한사(매정하다) 사람이오 공 모르는 것은 녀재로다. 의복 마를 제는 몬저 찾고 일워내면 자기 공이라 하고, 게으른 종 잠 깨오는 막대는 나 곧 아니면 못칠 줄로 알고 내 허리 브러짐도 모르니 어찌 야속하고 노흡지 아니리오."

교두 각시 이어 가로대,

"그대 말이 가하다. 옷 말라 버힐 때는 나 아니면 못하려마는 드나니 아니 드나니 하고 내어 던지며 양각을 각각 잡아 흔들제는 토심(吐心 좋지 아니한 기색이나 말로 남에게 대할 때 상대편이 느끼는 불쾌하고 아니꼬운 마음) 적고 노흡기 어찌 측량하리오. 세요 각시 잠간이나 쉬랴 하고 다라나면 매양 내 탓만 너겨 내게 집탈(執頉 남의 잘못을 집어내어 트집함)하니 마치

내가 감춘 듯이 문고리에 거꾸로 달아놓고 좌우로 고면(顧眄 잊을 수 없어 돌이켜 봄)하며 전후로 수험(수색하여 검사함)하야 얻어 내기 몇 번인 동(줄) 알리오. 그 공을 모르니 어찌 애원(哀怨 애절히 원망함)하지 아니리오.”

세요 각시 한숨 지고 이르되,

“너는커니와 내 일즉 무삼 일 사람의 손에 보채이며 요악지성(妖惡之聲 요망하고 간악한 말)을 듣는고. 각골통한(刻骨痛恨 뼈에 사무치게 맺힌 원한)하며, 더욱 나의 약한 허리 휘드르며 날랜 부리 두루혀 힘껏 침선을 돕는 줄은 모르고 마음 맞지 아니면 나의 허리를 브르질러 화로에 넣으니 어찌 통원하지 아니리요. 사람과는 극한 원수라. 갚을 길 없어 이따감 손톱 밑을 질러 피를 내어 설한(雪恨 한을 풀면)하면 조곰 시원하나, 간흉한 감토 할미 밀어 만류하니 더욱 애닯고 못 견디리로다.”

인홰 눈물지어 이르되,

“그대는 데아라 아야라(아프다 어떻다) 하는도다. 나는 무삼 죄로 포락지형(炮烙之刑 뜨겁게 달군 쇠로 단근질하는 형벌)을 입어 붉은 불 가온데 낯을 지지며 굳은 것 깨치기는 날을 다 시키니 셟고 괴롭기 칙량하지 못할레라.”

울 랑재 척연(근심하고 두려워하는 모양) 왈,

“그대와 소임(所任)이 같고 욕되기 한가지라. 제 옷을 문지르고 멱을 잡아 들까부르며(몹시 흔들어서 까불며), 우겨 누르니 황천(皇天 크고 넓은 하늘)이 덮치는 듯 심신이 아득하야 내의 목이 따로 날 적이 몇 번이나 한 동 알리오.”

칠우 이렇듯 담논하며 회포를 이르더니 자던 여재 믄득 깨쳐 칠우다려 왈,

“칠우는 내 허믈을 그대도록 하느냐.”

감토 할미 고두사왈(叩頭謝日 머리를 조아려 사죄해 가로되),

“젊은 것들이 망녕도이 혬(생각)이 없는지라 족가지 못하리로다. 저

희들이 재죄있으나 공이 많음을 자랑하야 원언(怨言)을 지으니 마땅
결곤(決棍 곤장을 침)하암즉 하되, 평일 깊은 정과 저희 조고만 공을 생
각하야 용서하심이 옳을가 하나이다."

여재 답왈,

"할미 말을 좇아 물시(勿施)하리니(그만두리니), 내 손부리 성하미 할
미 공이라. 께어 차고 다니며 은혜를 잊지 아니하리니 금낭(錦囊)을
지어 그 가온데 넣어 몸에 진혀 서로 떠나지 아니하리라."

하니 할미는 고두배사(叩頭拜謝 머리를 조아려 사례함)하고 제붕(諸朋)은
참안(慙顔 부끄러워)하야 물러나리라.

▶ 작품 속에서 발견할 수 있는 여성들의 의식변화는 어떠한가?

규중 칠우가 각자의 공을 내세우며 다투거나 원망을 토로하는 장면을 보면 누구 하나 망설이거나 주저하지 않는 것을 알 수 있다. 만약 의인화된 이 칠우들을 실제 규방 여성들로 본다면 이들의 당당한 자기주장에 놀랄 지도 모르겠다. 각자에게 주어진 역할을 완수한 만큼 당당하게 보상받겠다는 이들의 요구는 가부장적 질서 속에 갇힌 여성들의 세계 속에도 얼마든지 권리 주장에 대한 욕구와 평등에 대한 염원이 있음을 보여준다. 여성들의 이러한 의식변화가 작품 속에 묻어 있다.

▶ 이 작품은 어느 장르로 분류할 수 있는가?

불분명한 작가와 연대로 논란이 되고 있는 이 작품은 수필인지 소설인지 장르상의 구분조차 애매하다. 의인화된 등장인물 간에 갈등이 나타나고 사건 구성을 지니고 있다는 점은 소설적 요건을 갖춘 것으로 볼 수 있고 특정 사물을 의인화해 사람의 일처럼 전개시킨 설정은 가전체의 전통을 따랐다고 할 수 있다. 따라서 이 작품은 수필이라기보다는 가전체 소설로 규정하는 것이 타당하다.

■ 작품 정리

- **성격** | 교훈적, 논쟁적, 풍자적, 우화적.
- **표현** | 칠우를 각각 사람에 빗대어 풍유법과 내간체로 세태를 풍자하고 있다.
- **제재** | 칠우들의 공치사와 신세타령.
- **주제** | 자신들의 공치사만 일삼는 세태에 대한 풍자.
- **구성** | 칠우들의 공치사와 자신들의 신세타령이 나오고 중간에 주부인의 꾸중이 삽입되어 내용이 전개된다.
- **지은이** | 미상. 어느 규중 부인

414

주옹설(舟翁說)

권근

객(客)이 주옹(舟翁 뱃사람)에게 물었다.

"그대는 배 위에서 살아가면서 고기를 잡으려고 해도 낚시가 없고, 장사를 하려 해도 돈이 없고, 진리(津吏 나루터를 관리하는 벼슬아치) 노릇을 하려 해도 물 가운데에만 있어 왕래(往來)가 없구려. 변화불측(變化不測)한 물 위에 조각배 하나만 달랑 띄우고 가없는 만경(萬頃 만경창파(萬頃蒼波)의 준말. 끝없이 넓은 바다)을 헤매다가, 바람이 미치고 물결이 놀라 돛대가 기울고 노까지 부러져버리면, 정신과 혼백(魂魄)이 나가고 두려움에 휩싸여 명(命)이 지척(咫尺)에 있게 될 것이오. 그대가 하는 일은 지극히 위험한 곳에서 위태로움을 무릅쓰는 것이거늘, 오히려 이를 즐기며 오래도록 물 위를 떠다니기만 하니 그게 무슨 재미인가?"

주옹이 대답했다.

"아아, 객은 왜 그렇게 생각이 짧으시오? 대개 사람의 마음이란 다그쳐 바로잡기와 느슨해짐이 무상(無常)하니, 평탄한 땅을 디디게 되면 태연하여 느긋해지고, 험한 상황에 처하면 두려워서 서두르는 법이라오. 두려워서 조심하면 무탈하게 살지만, 태연하여 느긋하면 반드시 흐트러져 위태로이 죽게 되는 법이니, 내 차라리 위험한 상황에 처해 항상 조심할지언정, 편안한 곳에서 흐트러진 채 살아 스스로 쓸모없는 사람이 되지는 않으려 하오.

하물며 내 배는 정해진 형태가 없이 이리저리 떠돌고 있으니, 혹시 무게가 한쪽으로 치우치면 기울게 되지요. 왼쪽으로도 오른쪽으로도 기울지 않고, 무겁지도 가볍지도 않도록 내가 배 한가운데서 균형을 잡아주어야만 뒤집히지도 않아 내 배가 평온한 상태를 유지하게 되나니, 비록 풍랑이 거세게 인다 하여도 평온한 내 마음을 어찌 흔들 수 있겠소?

또, 무릇 인간 세상이란 한 거대한 물결이요, 인심이란 한바탕 큰 바람이라 할 수 있으니, 하잘것없는 이 한 몸이 가없는 속세 가운데서 떴다가 잠겼다가 하며 휩쓸리는 것보다는, 오히려 한 잎 조각배로 만 리의 부슬비 속에서 떠다니는 것이 더 낫지 않겠소. 사람 사는 세상이란 나만이 중심을 잡는다고 되는 것은 아니라오? 내가 배 위에서 살면서 사람들이 한 세상 사는 것을 보아하니, 안전할 때는 욕심을 부리느라 나중을 살피지 못하다가, 마침내는 빠지고 뒤집혀서 죽는 자가 허다하더이다. 객은 어찌 이로써 경계를 삼지 않고 도리어 나를 두고 위태하다고 하시오?"

주옹은 뱃전을 두들기며 노래했다.

아득한 강바다는 유유한데
빈 배를 물 한 가운데 띄웠구나.
밝은 달 실고 홀로 떠나노니.
한가로이 지내다 세월 마치리.

▶ 이 작품에서 손과 주옹은 누구를 가리키고 있으며, 지은이는 주옹의 말을 통해 어떤 삶의 태도를 강조하고 있는가?

　이 글은 객과 주옹이 주고받는 대화로 이뤄져 있다. 여기에 등장하는 객은 지은이로 볼 수 있지만 배 위에서 생활하는 주옹이 누군지는 정확하게 알 수 없다. 사실의 기록이 아니기 때문에 주옹의 신분이나 거처에 대해서는 자세히 알 필요는 없다. 다만 주옹과 객을 통해 주옹이 제시하는 처세에 주의를 기울이면 된다.

　주옹은 "두려워서 조심하면 무탈하게 살지만, 태연하여 느긋하면 반드시 흐트러져 위태로이 죽는다"고 말하면서 편안함과 안락함에 젖어 위험을 깨닫지 못하는 삶을 경계하고 있다. 사람은 물 위에 사는 것처럼 늘 조심스러운 태도로 생활해야 한다는 것이다. 이를 효과적으로 전달하고 싶어서 지은이는 주옹을 배 위에 사는 뱃사람으로 등장시켰을 것이다. 물 위에 떠 있는 배는 살아가면서 조심해야 할 일과 힘써야 할 일들을 상징하고 있다.

▶ '설(說)'체로 쓰여진 작품들은 어떤 특성을 갖고 있으며, 이 외에도 어떤 작품들이 있는가?

　한문 문체의 하나인 '설'은 글자 그대로 해석과 서술을 자연스럽게 말해가는 방식으로 지은이 자신이 갖고 있는 의견을 자유스럽고 상세하게 서술하는 것이다. 설이라는 명칭은 〈주역〉의 설괘(說卦)에서 처음 시작되었다. 이후 송나라 소순에 이르러 '명설(名說)', '자설(字說)'이 등장한다. 이름의 유래나 짓게 된 이유를 해설하는 이런 글들은 대부분 문장이 간결하다. 우리나라에서는 고려시대 이규보의 문집에서 설을 최초로 선보이고 있다. 여기에는 경설(鏡說), 주뢰설(舟賂說), 슬견설(虱犬說), 뇌설(雷說) 등 다수의 설체가 수록되어 있는데 모두 우의적인 작품이다.

- **성격** | 비유적, 교훈적, 계몽적, 역설적.
- **표현** | 대화체의 '설'의 형식을 사용하여 별다른 수사적 기교 없이 담백하고 자연스럽게 서술하고 있다.
- **제재** | 뱃사람의 삶.
- **주제** | 세상살이의 어려움과 삶의 경계를 늦추지 않는 태도의 필요성.
- **구성** | 주옹의 삶에 대한 손의 물음과 자신의 삶의 의미를 설명하는 주옹의 대답으로 구성되어 있다.
- **지은이** | 권근(權近, 1352~1409)

차마설(車馬說)

이곡

집이 가난해서 나에게는 말이 없었으므로 간혹 빌려서 탔다. 말이 여위고 둔하여 걸음이 느리면 비록 급한 일이 있어도 감히 채찍질을 가하지 못하니 조심하다가 곧 넘어질 것 같은 때도 있었다. 개울이나 구렁을 만나면 내려서 걸어가야 하므로 다칠 위험이 적으니 후회하는 일도 적었다. 발이 높고 귀가 날카로운 준마에 올라타면 의기양양하게 마음대로 채찍질할 수 있고, 고삐를 놓으면 언덕과 골짜기가 평지처럼 보여 심히 장쾌하였다. 그러나 위태로워서 떨어질까 노심초사하였다.

아! 사람의 마음이 움직이고 변하는 것도 이와 같은 것인가? 남의 물건을 빌려서 하루아침 이용하는 것에 대비하는 것도 이와 같거늘 참으로 자기가 가지고 있는 것도 마음의 변화가 심할 것임은 물론이다.

무릇 사람이 가지고 있는 것 가운데 빌리지 아니한 것이 없다. 임금은 백성으로부터 힘을 빌려서 높고 부귀한 자리를 가지게 됐고, 신하는 임금으로부터 권세를 빌려 은총과 귀함을 가지게 됐고, 아들은 아비로부터, 지어미는 지아비로부터, 비복(婢僕)은 상전으로부터 힘과 권세를 빌려서 가지고 있는 것이다.

그 빌린 바가 깊고도 많아서 대다수는 그것을 자기 소유로 생각하고 끝내 반성할 줄 모르니, 어찌 미혹(迷惑)하다 아니 하리오.

그러다가도 혹시 잠깐 동안에 빌린 것이 도로 돌아가게 되면, 만방(萬邦)의 임금님도 외톨이가 되고, 백승(百乘 백 대의 수레, 높은 지위를 비유)을 가졌던 집도 외톨이가 되니, 하물며 그보다 더 미약한 자들이야 말해 무엇 하겠는가.

맹자가 말하기를 "남의 것을 오랫동안 빌려 쓰고 있으면서 돌려주지 아니하면, 그것이 자기의 소유가 아니라는 것을 어찌 알겠는가?" 하였다.

내가 여기에 느낀 바가 있어 차마설을 지어 그 뜻을 널리 알리노라.

▶ 지은이는 소유에 대해 어떤 관점을 지니고 있나.

　　지은이는 체험과 상상을 통해 '소유'가 일시적이란 것을 깨닫는다. 결국 어떤 소유물이라도 잠시 빌린 것이라는 것이다. 하지만 사람들이 그 사실을 깨닫지 못하고 있어 그 우매함을 경계하고 있다. 법정 스님은 '무소유'라는 글에서 소유를 속박으로 보았고, 사회심리학자인 에리히 프롬은 '소유냐 존재냐'라는 책에서 '소유'가 아닌 '삶'을 선택할 것을 호소했다. 차마설에서는 소유를 '빌린 것'으로 보았다. '소유＝빌린 것'이라는 개념은 역설적이지만 이원합일적인 사고체계를 보여주고 있다.

▶ 이 글의 구성상 특성은 무엇인가?

　　일반적으로 수필이 3단 구성으로 결론을 이끌어 내는 것과는 달리 이 글은 사실을 제시하고 직관적 통찰력에 의해 곧바로 결론에 이르는 2단 구성을 취하고 있다. 2단 구성은 3단 구성에 비해 논리적인 구조성과 연결성이 부족하다. 이 작품 역시 자신의 경험을 드러낸 도입부로 자연스럽게 시작하고 있지만 논리적인 구성력은 다소 부족하다. 2단 구성은 각 회제간의 관계를 분명히 하여 주제를 명료하게 드러낼 수 있는 장점이 있으므로 논리적 설득보다는 사물을 통한 깨우침을 전하는 데 적절하다. 또한 체계적이고 복합적인 내용보다는 제한된 내용의 본질을 압축적이고 명료하게 전달하는 것에 더욱 적절하다. 이러한 구성은 신문의 칼럼이나 사설에 주로 사용된다.

- **성격** | 교훈적, 철학적, 체험적, 우의적.
- **표현** | 설득과 교훈에 적절한 형식인 '설'의 방식으로 전개하였고, 만연체로 문장이 매우 길게 쓰여졌다.
- **제재** | 차마, 즉 말을 빌린 경험.
- **주제** | 소유에 대한 성찰과 깨달음.
- **구성** | 사실 제시와 의견 개진의 두 부분으로 구성되어 있다.
- **지은이** | 이곡(李穀, 1298~1351)

이옥설(理屋說)

이규보

행랑(行廊 대문간에 붙어 있는 방)채가 퇴락해 세 칸이나 지탱할 수 없을 지경이 됐다. 나는 마지못해 이를 모두 수리했다. 세 칸 중에서 두 칸은 지난 장마에 비가 샌 지가 오래 되었으나, 그 사실을 알고 있으면서도 망설이다가 손을 대지 못했고, 나머지 한 칸은 비를 한 번 맞아 샜던 적이 있어 서둘러 기와를 갈았다. 이번에 수리하기 위해 살펴보니 비가 샌지 오래 된 것은 서까래, 기둥, 들보(건물의 칸과 칸 사이의 두 기둥 위를 건너지른 나무)가 모두 썩어서 못 쓰게 되었으므로 수리비가 엄청나게 들었고, 한 번만 비를 맞았던 한 칸의 재목들은 완전하여 다시 쓸 수 있었으므로 많은 비용이 들지 않았다.

이에 나는 크게 느낀 바가 있었다. 사람의 몸(인간사를 의미)도 마찬가지라는 사실이다. 잘못을 알고서도 바로 고치지 않으면 마치 나무가 썩어서 못 쓰게 되는 것처럼 곧 그 자신이 나쁘게 되는 것이며, 잘못을 알고 기꺼이 고치면 저 집의 재목처럼 다시 쓸 수 있는 것처럼 해(害)를 입지 않고 다시 착한 사람이 되는 것이다. 나라의 정치도 이와 같다. 백성을 좀먹는 무리들을 방치했다가는 백성들이 도탄(塗炭)에 빠지고 나라가 위태롭게 된다. 사태가 악화된 다음에 바로 잡으려 하면 이미 썩어 버린 재목처럼 이미 때가 늦은 것이다. 그러니 어찌 삼가지 않겠는가.

▶ 이 작품을 통해 지은이가 말하고자 하는 것은 무엇인가?

사물의 속성에서 찾아낸 이치를 실제 생활에 적용시키고 있는 이 수필은 교훈을 주기 위해 쓰여진 글이다. 퇴락한 행랑채는 잘못된 습성에 길들여진 인간의 마음을 의미한다. 그 중에서도 비가 샌지 오래되었으나 그냥 놓아둔 두 칸의 행랑채는 잘못을 저지르고도 오랫동안 고치지 않은 어리석은 상태를 가리킨다. 서둘러 기와를 교체한 한 칸은 재빨리 잘못을 고쳐 행실을 바로 잡은 것을 빗대고 있다. 지은이의 통찰력은 행랑채의 교훈을 개인에게만 적용시키지 않고 한 국가를 다스리는 이치로까지 확대시킨다. 자연의 이치 속에 담긴 인생의 이치를 조명하는 지은이의 통찰력이 수필만이 주는 독특한 맛을 되살려주는 듯하다.

■ 작품 정리

- **성격** | 교훈적, 예시적, 경험적.
- **표현** | 실제적인 경험을 통해 깨달은 것을 삶의 일반적인 도리에까지 그 의미를 확장시키고 있다.
- **제재** | 퇴락한 행랑채.
- **주제** | 문제를 미리 알고 그것에 대해 대처해 나가는 자세의 중요성.
- **구성** | 퇴락한 행랑채 수리 과정을 보고, 그것을 사람과 몸과 마음에 적용하고, 한 단계 나아가 나라의 정치에까지 적용시키는 세 단락으로 구성되어 있다.
- **지은이** | 이규보(李奎報, 1168~1241)

이상한 관상쟁이

이규보

어디서 왔는지를 알 수 없는 한 관상쟁이가 있었다. 그는 관상 보는 책을 읽지도 않았고 종래의 관상 보는 법도 따르지 않고 이상한 술법(術法)으로 관상을 보았으므로 사람들은 그를 '이상한 관상쟁이'라고 불렀다. 고관대작(高官大爵), 남녀노소(男女老少) 모두 앞을 다투어 그를 모셔오기도 하고 찾아가기도 해서 관상을 보았다.

그는 부귀하고 살찐 사람의 관상을 보고는,

"당신은 얼굴이 매우 여위었으니 당신만큼 천한 이가 없겠소."

하고, 빈천하여 몸이 파리한 사람의 관상을 보고는,

"당신은 얼굴이 살쪘으니 당신만큼 귀한 이는 드물겠소."

하고, 장님의 관상을 보고는

"눈이 밝겠수."

하고, 민첩하여 잘 달리는 사람을 보고는

"절뚝거려서 걸음을 못 걷겠소."

하고, 얼굴이 예쁜 부인을 보고는

"아름답기도 하고 추하기도 한 상이오"

하고, 세상 사람들이 너그럽고 어질다고 칭찬하는 사람을 보고는

"모든 사람을 상심하게 할 사람이다"

하고, 매우 잔혹하다는 사람을 보고는

"모든 사람의 마음을 기쁘게 할 사람이다"

하였다. 그는 관상을 대부분 이와 같이 보았다. 길흉화복(吉凶禍

福)을 제대로 말하지 않을 뿐 아니라, 용모와 행동에 대해 모두 거꾸로 말했으므로 사람들은 그를 사기꾼이라고 떠들어대며 국청(鞠廳 역적 등의 중죄인을 심문하기 위해 임시로 만들었던 관청)에 잡아다가 거짓말한 죄를 심문하려 하기에 내가 나서서 만류했다.

"말이란 처음에는 어긋나더라도 나중에 맞아떨어질 수도 있고, 겉으로는 그럴싸하지만 속으로는 그렇지 않은 것이 있다. 그 관상쟁이도 보는 눈이 있을 터인데 어찌 살찐 사람, 여윈 사람, 눈이 먼 사람을 몰라보고 살찐 사람을 여위었다고 하고, 여윈 사람을 살쪘다고 하고, 눈이 먼 사람을 눈이 밝다고 하였겠는가. 이 관상쟁이에게는 뭔가 기특한 점이 있음이 분명하다"

하고, 목욕재계하고 옷깃을 정돈해 고름을 매고는 관상쟁이가 묵고 있는 곳을 찾아가 다른 사람들을 물리치고 물었다.

"그대가 사람들의 관상을 보고 그대의 방식으로 이러이러하다고 말한 까닭이 무엇인가?"

하고 물으니, 그가 대답했다.

"대개 부귀하면 교만해져 남을 업신여기는 마음이 생겨서 죄가 쌓일 것이니 하늘이 반드시 이를 뒤엎을 것입니다. 그렇게 되면 언젠가는 죽도 제대로 못 먹게 될 때가 올 것이니 '여위겠다' 고 했고, 장차 몰락하여 보잘 것 없는 필부(匹夫 신분이 낮은 사내)가 되겠기에 '천해지겠다' 고 했습니다. 빈천하면 겸손하게 자신을 낮추어 근심하고 두려워하며 반성하게 됩니다. 비괘(否卦 64괘의 하나로 하늘과 땅이 서로 사귀지 못함을 상징함)가 극(極)하면 태괘(泰卦 64괘의 하나로 하늘과 땅이 사귐을 상징함)가 반드시 오게 마련이라, 장차 만 석의 녹과 십 륜(十輪 열 대의 수레)의 부귀를 누리게 될 것이므로 '귀하게 될 것이다' 고 한 것입니다.

요염한 자태와 아름다운 얼굴은 쳐다보고 싶고, 진기한 것과 완호지물(玩好之物 신기하고 보기 좋은 물건)은 가지고 싶어 하니, 사람을 미혹시키고 사곡(邪曲 요사스럽고 마음이 바르지 못함)하게 하는 것이 눈인데, 이로

426

말미암아 헤아릴 수 없는 오욕(汚辱 남의 명예를 더럽히고 욕되게 함)을 당하게 되니, 이것이 바로 어두운 것이 아니겠습니까? 눈먼 사람만은 담박(淡泊 욕심이 없고 마음이 깨끗함)하여 몸을 보전하고 욕됨을 멀리하므로 어진 이와 깨달은 이보다 나으니 '밝은 사람' 이라고 하였습니다.

민첩하고 용맹한 사람은 뭇사람들을 능멸하니, 마침내는 자객(刺客)이 되기도 하고 간당(奸黨 간사한 사람들의 무리)의 우두머리가 되기도 합니다. 종국에는 붙잡혀 발에는 차꼬(옛날에 죄수를 가두어 둘 때 쓰던 형구(形具)의 하나)를 차고 목에는 칼을 쓰는 신세로 전락할 것이니, 도망치려고 하나 어디 쉽게 되겠습니까? 그래서 '절름발이여서 걸음을 제대로 못 걷는다' 고 하였습니다. 미색(美色)이란 음탐(淫貪)하고 사치스러운 사람이 보면 옥구슬처럼 아름다운 것이지만, 어질고 순박한 사람이 보면 진흙덩이와 같을 뿐입니다. 그래서 '아름답기도 하고 추하기도 하다' 고 하였습니다.

어진 사람이 죽을 때는 어리석은 백성들이 마치 어머니를 잃은 아이처럼 그리워하는 마음으로 울고불고할 것이므로 '만인을 상심하게 할 사람' 이라고 하였습니다. 잔혹한 사람이 죽으면 기쁜 나머지 거리에서 양고기와 술을 먹으며 노래하고 웃는 사람들도 있을 것이고 손바닥이 아프도록 박수를 치는 사람들도 있을 것입니다. 그래서 '만인을 기쁘게 할 사람' 이라고 하였습니다."

나는 이 말을 듣고 놀라 일어나,

"과연 내 말대로다. 이 사람이야말로 진짜 관상쟁이로구나. 그의 말은 명(銘 마음에 새겨 교훈으로 삼을 만한 어구)으로 삼을 만하다. 어찌 겉모습만을 보고 귀한 상을 말할 때는 '거북 무늬에 무소뿔' 이라 하고 나쁜 상을 말할 때는 '벌의 눈에 승냥이 소리' 라 하여, 나쁜 것은 숨기고 드러난 상례(常例 일상적으로 있는 일)만을 쫓으며 스스로 잘난 체하는 무리들에 비하겠는가"

하고 물러나왔다.

▶ 드러난 상과는 반대로 관상을 본 이상한 관상쟁이의 독특한 시각과 세
  상의 일반적인 시각은 어떤 차이가 있는지 비교해 보고, 그 차이는 어디
  에서 비롯되는지 살펴보자.

　태어난 시로 사람의 길흉을 보는 사주(四柱)가 벗어날 수 없는 정해
진 운명이라면 얼굴을 통해 운명을 알아내는 관상(觀相)은 얼마든지
바뀔 수 있는 것이다. 링컨이 말한 '40세가 되면 자신의 얼굴에 책임
을 져야 한다' 는 말은 자신의 운명이나 삶의 모습은 자신이 만들어 가
는 것이라는 의미를 담고 있다.

　이상한 관상쟁이는 현재의 얼굴을 통해 오히려 정 반대의 미래를
점친다. 현재의 상이 어떠함이 아니라 그가 현재의 형편과 처지로 인
해 취하게 될 행동거지를 날카롭게 예측하고 그로 인해 야기될 미래
상을 읽어내는 것이다.

　현재 부귀한 자는 교만해지기 쉽고, 그 죄로 하늘의 노여움을 사 죽
도 먹을 수 없이 가난하게 되고 만다. 때문에 부귀한 자의 살찐 얼굴
에서 야윈 관상을 보는 관상쟁이의 관점은 한 단계 위의 혜안인 것이
다. 지은이는 관상쟁이의 시각을 통해 현재 상태에서 태만하여 재앙
을 불러들이거나, 현재의 불행한 처지를 비관하기만 하는 사람들의
어리석음을 지적하고 있다. 동시에 사람이 현실을 겸허하게 받아들이
고 늘 자신을 갈고 닦으면 좋은 운명을 유지할 수 있으며, 심지어 사
나운 운명도 길한 것으로 바꿀 수 있음을 가르쳐주고 있다.

- **성격** | 교훈적, 철학적, 사변적, 풍자적.
- **표현** | 자신의 생각을 다른 사람, 즉 관상쟁이의 입을 빌려 밝히고 있다.
- **제재** | 이상한 관상쟁이 혹은 관상.
- **주제** | 인생을 멀리 보는 통찰력.
- **구성** | 기–승–전–결의 4단 구성.
    - 기: 이상한 관상쟁이가 나타남.
    - 승: 사람들의 관상을 거꾸로 봄.
    - 전: 이상한 관상쟁이의 진면목을 알아차리고 그를 찾아감.
    - 결: 이상한 관상쟁이의 생각에 동의함.
- **지은이** | 이규보(李奎報, 1168~1241)

유안진(柳岸津 1941~)

시인이자 수필가. 경북 안동에서 태어나 서울대학교 사범대학 교육
학과를 졸업하고 1981년 서울대학교 생활과학대 아동가족학과 교
수로 부임하였다. 〈달하〉, 〈물로 바람으로〉, 〈날개옷〉, 〈풍각쟁이 꿈〉
등의 시집이 있으며, 수필집 〈그대 빈손에 이 작은 풀꽃을〉, 〈그리
운 말 한마디〉의 주인공이기도 하다. 이 수필에서처럼 지은이의 작
품에서는 여성적이고 정감 넘치는 문체와 사색적이고 관조적이며
따뜻한 느낌이 묻어 나온다. 1967년 〈현대문학〉을 통해 등단하여,
1996년 펜문학상과 1998년 제10회 정지용문학상을 수상하였다.

이어령(李御寧 1934~)

1956년 한국일보에 '우상의 파괴'를 발표하여 문단에 파문을 일으
킨 지은이는 활동내력이 화려하다. 작가 김동리와 '작품의 실존성'
에 관해 논쟁을 벌이기도 하고, 문학평론가 조연현과 '전통논쟁'도
벌였으며, 경향신문에 몸담았던 1963년에는 '흙 속에 저 바람 속
에'라는 연작 에세이를 발표하여 선풍적인 인기를 끌기도 했다. 경
기고등학교 교사, 이화여자대학교 교수로 재임하던 시절에는 당대
의 비평가 김춘수 · 고석규 · 이철범 등과 함께 현대평론가협회 동인
으로 활약하였고, 〈문학사상〉 주간과 문화부 장관을 지내기도 하였
다. 수필집에 〈지성의 오솔길〉, 소설집에 〈장군의 수염〉 등이 있다.

이규태(李圭泰 1933~2006)

전북 장수에서 태어난 지은이는 연세대학교 이공대를 졸업한 후 1959년 조선일보에 입사하였다. 문화부 · 조사부를 거친 후 논설위원으로 '이규태 코너'를 맡아 약 5천 회에 가까운 칼럼을 썼다. 칼럼은 주로 한국학과 한국인에 관한 것으로, 한국인의 의식구조와 오늘날 세태를 비판하는 내용들이다. 저서에는 〈한국인의 의식구조〉, 〈동양인의 의식구조〉, 〈청천 하늘엔 잔별도 많고〉, 〈한국인의 재발견〉, 〈이규태 600년 서울〉 등이 있다.

법정(法頂, 1932~)

승려이자 수필가. 1954년 효봉스님의 제자로 출가하였고, 70년대 후반 송광사 뒷산에 손수 '불일암'을 지어 홀로 수도했다. 법정스님의 수필은 불교적 지성을 바탕으로 현실의 아이러니를 날카롭게 파헤치는 특징을 보이고 있다. 수필집으로 〈서 있는 사람들〉, 〈말과 침묵〉, 〈무소유〉 등과 류시화 시인이 엮은 〈산에는 꽃이 피네〉가 있고, 역서로는 〈깨달음의 거울(禪家龜鑑)〉, 〈숫타니파나〉, 〈불타 석가모니〉, 〈진리의 말씀(法句經)〉 등이 있다.

박완서(朴宛緖, 1931~)

경기도 개풍에서 태어나 숙명여고를 졸업하고 서울대학교 국문학과에 입학했으나 6 · 25전쟁으로 학업을 중단했다. 40세 되던 해인 1970년 〈여성동아〉에 장편소설 〈나목(裸木)〉이 당선되어 등단했다. 그녀의 작품은 전쟁의 참상, 중산층의 삶의 실체에 대한 고발, 여성문제 등을 주로 소재로 삼고 있다. 주요 작품으로는 〈휘청거리는 오후〉, 〈그해 겨울은 따뜻했네〉, 〈미망〉 등의 장편소설과 〈부끄러움을 가르칩니다〉, 〈엄마의 말뚝〉, 〈저문 날의 삽화〉 등의 창작집, 그리고 수필집으로 〈꼴찌에게 보내는 갈채〉, 〈나는 왜 작은 일에만 분개하

는가〉, 〈어른 노릇 사람 노릇〉, 〈그 많던 싱아는 누가 다 먹었을까〉
등이 있다.

안병욱(安秉煜 1920~)

철학자이자 수필가. 호는 이당. 평남 용강에서 태어났다. 일본 와세
다 대학 철학과를 졸업한 후 〈사상계〉 주간, 숭실대학교 교수, 흥사
단 이사장, 안중근의사 기념사업회 이사 등을 지냈다. 인간교육을
위한 강연과 에세이, 철학사상, 전기 등에 관련된 저서와 논문을 발
표하였고, 실존주의, 허무주의 등의 현대 철학 연구에 기여하였다.
그의 수필은 명상적이고 교훈적인 분위기가 흐른다. 주요 수필집으
로 〈사색인의 향연〉, 〈행복의 메타포〉 등이 있다.

김형석(金亨錫 1920~)

수필가이자 철학자인 지은이는 평남 대동에서 태어났다. 일본 상지
대학을 졸업한 뒤, 연세대학교 교수직을 거쳐 미국 오스틴 대학교
교수를 역임하기도 했다. 강단에서 철학을 강의하면서 주로 청소년
독자를 대상으로 넓은 의미의 인생론적 에세이에 해당하는 글들을
썼다. 무거운 주제를 다루면서도 부드럽고 서정적인 문체를 사용하
여 독자들이 쉽게 접근할 수 있게 하였다. 또한 기독교의 실존주의
를 바탕으로 방황하는 현대인들에게 바람직한 인간조건을 제시해
주고 있다. 주요 수필집으로 〈고독이라는 병〉, 〈영원과 사랑의 대화〉,
〈한 인간의 이야기〉 등이 있다.

조지훈(趙芝薰 1920~1968)

주로 시인으로 활동한 지은이는 혜화전문(惠化專門)을 졸업하고
1939년 〈문장(文章)〉지의 추천을 받아 등단하였다. '고풍의상', '봉
황수' 등 고전적 소재를 이용한 민족정서를 표현한 작품들이 많으

나, 해방 이후부터 자유당 정권 말기에 이르기까지는 민족적 비분과 현실 비판을 담은 작품들을 발표하기도 하였다. 1946년 박두진·박목월과 함께 시집 〈청록집(靑鹿集)〉을 간행하여 '청록파'라는 이름을 얻었다. 섬세한 언어로써 자연과 민족 정서를 표현한 작품이 많고, 선적(禪的)인 깊이가 담긴 그의 시들은 심오하고 아늑한 느낌을 주는 것이 특징이다. 주요 시집으로 〈풀잎 단장〉, 〈조지훈 시선〉, 〈역사 앞에서〉 등이 있다.

김태길(金泰吉 1920~)

수필가이자 철학자. 서울대학교 철학과를 졸업하고 존스홉킨스 대학원의 박사 과정을 마친 후 '수필문학 진흥회' 회장을 역임하였다. 1987년 현대수필문학대상을 수상한 지은이는 삶에 대한 진지한 성찰과 사색이 돋보이는 교훈적인 작품을 주로 썼다. 수필집으로 〈웃는 갈대〉, 〈빛이 그리운 생각들〉, 〈검은 마음 흰 마음〉 등이 있고 〈한국 대학생의 가치관〉, 〈철학 그리고 현실〉 등의 철학사도 썼다.

정비석(鄭飛石, 1911~1991)

평안북도 의주에서 태어나 1936년 동아일보 신춘문예에 '졸곡제'가 당선되었고, 이듬해 '성황당'이 조선일보 신춘문예에 당선되었다. 1954년 사회적으로 큰 논란을 불러일으켰던 〈자유부인〉을 통해 대중작가로 자리를 굳혔다. 작가의 문체나 문학적인 취향이 다분히 대중적이어서 재미있게 읽히는 장점이 있다. 1984년 〈소설 손자병법〉으로 베스트셀러 작가가 되었다. 주요 작품으로는 〈자매〉, 〈제신제〉 등이 있다.

피천득(皮千得, 1910~)

지은이는 문인이자 영문학자. 호는 금아(琴兒). 중국 상해 호강대학교 영문과를 졸업한 후 서울대학교 교수를 역임하였다. 1930년 〈신동아〉에 시 '서정소곡(抒情小曲)'을 발표하면서 등단. 그의 문학의 진수는 시보다는 오히려 수필에 있다고 평가받고 있다. 수필 작품은 서정적이고 주관적이며 명상적인 세계를 섬세하고 다감한 문체로 표현함으로써 예술과 인생에 향취와 여운을 강하게 함축시키는 특징을 보이고 있다. 작품집으로는 〈산호와 진주〉, 〈인연〉 등의 수필집이 있고, 시집으로는 〈금아시문선〉이 있으며, 번역서 〈소네트의 시집〉 그리고 '노산 시조집을 읽고', '춘원 선생' 등의 평론이 있다.

이상(李箱, 1910~1937)

본명은 김해경. 경성고등공업학교 건축과 졸업. 조선총독부 내무국 건축과 기수를 근무하던 1931년 〈조선과 건축〉에 '이상한 가역 반응' 등의 시를 발표하며 등단했다. 그의 시는 다다이즘 혹은 초현실주의 계열로서 자의식이 두드러진 지적인 내용을 주로 담고 있다. 소설은 내적 독백, 자유 연상법에 기반을 둔 심리주의 계열의 실험적 성향이 강하다. 자신의 개인적 경험을 드러낸 수필들은 시나 소설보다는 이해하기 쉬우며 예리한 관찰과 지적인 표현으로 색다른 느낌을 주기도 한다. 시집 〈오감도〉와 소설 '거울', '날개', '종생기'가 있고, 수필로는 '산촌 여정', '권태', '19세기' 등이 있다. 유작으로 〈이상 전집〉 3권이 있다.

김소운(金素雲 1908~1981)

시인이자 수필가. 13세때 옥성학교를 중퇴하고 일본으로 건너가 34년간 체류하였다. 20세 전후부터 일본 시단에서 활동한 그는 〈조선 민요집〉, 〈조선 시집〉 등을 통해 한국 문학을 일본에 소개하는 데 크게 공헌했다. 장편수필 〈목근통신〉이 일본어로 번역되어 양국 문단의 주목을 받기도 하였다. 1952년 이승만 정권을 비방한 것을 빌미로 귀국이 지연되어 1965년에 비로소 한국에서 본격적으로 수필문학에 몰두하게 된다. 그는 생활 주변에 대한 관찰을 통해 삶의 의미를 깊이 생각하는 경향의 수필을 썼다. 대표작으로 '물 한 그릇의 행복', '특급품', '피딴문답' 등이 있다.

이효석(李孝石 1907~1942)

호는 가산(可山). 강원도 평창(平昌)에서 태어나 경성제국대학 영문과를 졸업. 평양 숭실전문(崇實專門) 교수를 역임했다. 1928년 단편 '도시와 유령'을 〈조선지광(朝鮮之光)〉에 발표하면서 동반작가(同伴作家)로서 작품 활동을 시작했다. '구인회'에 참여하면서 동반작가 활동을 청산한다. 그는 '산', '들', '메밀꽃 필 무렵' 등 향토색 짙은 작품을 통해 자연과 인간 본능의 순수성을 시적 경지로까지 끌어올렸으며, 단편소설에서 뛰어난 작가적 자질을 보여 한국단편문학에 뚜렷한 족적을 남겼다. 주요 작품으로 '메밀꽃 필 무렵', '화분(花粉)', '벽공무한(碧空無限)', '거리의 목가' 등이 있고 단편집으로는 〈노령근해〉, 〈이효석 단편선〉이 있다.

윤오영(尹吳榮, 1907~1976)

수필가. 교육자. 1959년 〈현대문학〉에 '측상락'을 발표하여 등단. 한국적인 정서를 바탕으로 한 작품들을 주로 발표한 작가는 토속적인 제재를 사용하여 동양적인 정신을 작품으로 형상화했다. 50세를 넘긴 나이로 글을 쓰기 시작, 20여 년 동안 수필과 평론을 끊임없이 발표해 필봉에 신이 들었다고 소리를 들을 정도로 문단의 화제가 되기도 했다. 〈수필문학입문〉과 같은 수필문학의 이론서를 통해 수필은 문학의 한 장르이므로 잡문이나 만필(漫筆)과는 구분되어야 하며, 다른 장르의 작가들처럼 습작과 문장 수련이 필요하다고 역설, 수필문학의 이론 정립에도 앞장섰다. 주요 작품으로 '고독의 반추',

'방망이 깎던 노인', '달밤', '마고자', '양잠설', '온돌의 정' 등이 있다.

이양하(李敭河, 1904~1963)

수필가이자 영문학자. 평남 강서 출생. 일본 도쿄대학 영문과를 졸업하고 동 대학원을 수료한 후 서울대학교 교수를 역임하였다. 1930년 최재서 등과 함께 주지주의(主知主義) 문학 이론을 소개했고 〈문장〉지 등에 직접 시를 발표하기도 했다. 그는 자연과 생활 속에서 수필의 소재를 찾아, 자연을 다양한 수사법으로 예찬하고 인간관계를 세심하게 관찰하는 태도를 취하고 있다. 저서로 수필집 〈이양하 수필집〉, 〈나무〉 등이 있다.

이태준(李泰俊, 1904~?)

소설가. 호는 상허(尙虛). 북만주와 러시아 접경 지역에서 어린 시절을 보냈고 아버지를 여읜 후에는 철원 근처에 있는 시골에서 성장했다. 일본 조치대학에서 수학했다. 〈시대일보〉에 '오몽녀'를 발표하면서 등단했다. 이화여전 강사, 〈조선중앙일보〉 학예부장을 역임하기도 하였다. 인물의 성격과 내념의 심리 묘사에 뛰어난 그의 단편 소설들은 한국 현대소설 기법의 기틀을 마련한 것으로 평가받고 있다. 해방 후 '조선문학가동맹'에서 활동하던 중 월북했다. 주요 작품으로는 단편집 〈달밤〉, 〈복덕〉, 〈해방 전후〉 등이 있고, 〈황진이〉, 〈농토〉 등의 장편소설과 문장론으로 유명한 〈문장 강화〉가 있다.

계용묵(桂鎔默 1904~1961)

소설가. 평북 선천 출생. 일본 도요대학 동양학과를 마치고, 1924년 〈조선문단〉 현상문예에 시 '봄이 왔네'와 '상환'이 당선돼 등단하였다. 1935년 〈조선문단〉에 '백치 아다다'를 발표하면서 작가로서의 입지를 굳혔다. 초기에는 현실성이 강한 경향파적 성격의 작품들을 주로 발표했으나 후기에는 서민들의 삶의 애환을 그리는 글들을 썼다. 수필에서는 많지 않은 편수로 콩트풍의 단편만을 주고 썼고, 기교를 중시한 정교한 작품들을 남겼다. 그의 작품 속에는 인간의 선량함과 순수성을 옹호하는 성향이 드러나 있다. 주요 작품으로 소설 '백치 아다다', '병풍에 그린 닭이', '장벽', '별을 헨다' 등이 있고, 수필집으로 〈상아탑〉이 있다.

양주동(梁柱東. 1903~1977)

시인, 수필가, 국어국문학자. 호는 무애(無涯). 경기도 개성 출생. 와세다 대학 영문과 졸업. 연세대학교와 동국대학교 교수를 역임하였다. 1922년 〈금성〉 동인으로 문단에 등단. 초기에는 민족주의적인 경향의 시를 많이 발표하였으나, 염상섭과 함께 〈문예공론〉을 발간해 '조선의 맥박' 같은 시들을 발표하면서 민족 문학과 프로 문학을 절충한 문학론을 펴기도 했다. 1935년 이후 향가와 고려가요 연구로 초기 국어학계에 큰 업적을 남겼다. 해박한 지식과 문장력에 힘입어 자칭, 타칭 '국보'로 일컬어지고 있다. 시집으로 〈조선의 맥박〉이, 수필집으로 〈문주반생기〉, 〈인생잡기〉 등이 있으며, 〈조선고가연구〉, 〈여요전주〉, 〈국학연구논고〉 등 다수의 저서가 있다.

김진섭(金晉燮. 1903~?)

수필가. 독문학자. 호는 청천. 일본 호세이 대학 독문과를 졸업한 후 1926년 〈해외문학〉 창간에 참여, 카프의 프롤레타리아트 문학과 대결하여 해외문학 소개에 진력하였다. 평론 '표현주의 문학론'을 비롯하여 독일문학을 번역 소개하였고, 이후 극예술연구회를 조직하면서 수필을 쓰기 시작했다. 생활에 대한 깊이 있는 관찰과 인생의 사색을 재치 있고 꾸밈없는 문체로 엮어낸 그의 수필은 한국 수필문학의 한 모델로 간주되고 있다. 8·15 광복 후에는 서울대학교 도서관장, 서울대학교·성균관대학교 교수 등을 역임하였다. 6·25 때 자택에서 납북되었다. 주요 작품으로는 수필집 〈인생 예찬〉, 〈생활인의 철학〉 등이 있으며, 대표작으로 '송춘', '백설부', '모친', '교양에 대하여' 등이 있다.

나도향(羅稻香, 1902~1926)
소설가. 서울 출생. 경성의전을 중퇴하고 일본으로 건너가 학업을 계속하려 했으나 학비 문제로 귀국하였다. 19세에 장편소설 '환희'를 발표하여 주목을 받았고, 1921년 〈백조〉 동인으로 참여하면서 본격적인 활동을 시작하였다. 초기에는 감상적 색채의 작품을 선보이다가 뒤로 갈수록 사실적인 경향을 띤 작품을 발표하게 된다. 작가로서 완숙의 경지로 접어들 무렵인 20대 중반에 아깝게도 요절했다. 초기의 주요 작품으로는 장편 '젊은이의 시절', '별을 안거든 울지나 말걸' 등이 있고, 후기작으로는 '17원 50전', '행랑자식', '물레방아', '뽕', '벙어리 삼룡이' 등이 있다.

함석헌(咸錫憲, 1901~1989)
종교 사상가, 민권운동가, 문필가. 평안북도 용천 출생. 일본 도쿄(東京)고등사범학교 문과를 졸업한 후 귀국하여 오산학교에서 10여 년간 교직 생활을 했다. 폭력에 대한 거부와 권위에 대한 저항 등 일관된 사상과 신념으로 평생 동안 항일과 반독재에 앞장섰다. 한국의 대표적인 퀘이커 교도이기도 한 지은이는 학교나 단체에서 성경 강론을 하고, '한국 기독교에 할 말이 있다'라는 글로 신부 윤형중과 신랄한 논쟁을 펴 주목을 끌기도 했다. 〈사상계〉를 통해 주로 사회 비평적인 글을 쓰기 시작했고 1958년 '생각하는 백성이라야 산다'라는 글로 자유당 독재정권을 통렬히 비판해 투옥되기도 했다.

1970년 〈씨알의 소리〉를 발간하여 민중계몽운동을 이끌었다. 저서로는 〈뜻으로 본 한국역사〉, 〈수평선 너머〉 등이 있다.

심훈(沈熏, 1901~1936)

소설가이자 영화인. 서울 출생. 상하이 위안장대학(元江大學)을 졸업. 동아, 조선, 조선중앙일보에서 기자 생활을 하면서 작품 활동을 시작했다. 동아일보에 영화소설 '탈춤'을 연재한 것이 계기가 되어 영화 제작자로 활동하기도 했다. 작가로서 입지를 굳힌 것은 1935년 농촌 계몽소설 '상록수'가 동아일보에 당선되면서부터이다. 어려운 생활 속에서도 민족정신을 고무하는 순수하고 열정적인 작품들을 썼던 지은이는 한창 왕성하게 활동할 시기에 열병으로 사망하였다. 주요 작품으로는 '직녀성', '영원의 미소' 등의 소설과, 시집 〈그날이 오면〉이 있다.

최서해(崔曙海, 1901~1932)

본명 최학송. 함경북도 성진에서 출생. 가난한 환경에서 태어나 어려서부터 각지를 전전하며 품팔이·나무장수·두부장수 등 밑바닥 생활을 뼈저리게 체험하였다. 따라서 그의 작품들은 대부분 빈곤의 참상과 체험을 토대로 묘사한 것들이다. 그의 간결하고 직선적인 문체가 이러한 작품들에 더욱 호소력을 실어주었으나 예술적인 형상화가 미흡해 초기의 인기를 지속하지는 못했고 짧은 여생마저도 불우하게 보냈다. 1924년 단편 '고국'이 〈조선문단〉지에 추천되면서 문단에 데뷔하여 '탈출기', '기아와 살육'을 발표하면서 신경향파 문학의 대표작가로 주목을 받았다. 주요 작품으로는 '십삼원', '금붕어', '홍염', '박돌의 죽음' 등이 있다.

현진건(玄鎭健 1900~1943)

소설가. 대구 출생. 일본 도쿄 독일어학교를 졸업하고 중국 상하이 외국어학교에서 수학하였다. 1920년 〈개벽〉지에 단편소설 '희생자'를 발표하면서 등단했고 1921년 단편소설 '빈처'로 작가로서의 입지를 굳히기 시작했다. 〈백조〉 동인으로서 염상섭과 함께 사실주의 문학을 개척한 현진건은 김동인과 더불어 한국 근대 단편소설의 선구자로 평가받고 있다. 그는 작품을 통해 일제 치하에서 핍박받는 우리 민족의 수난과 빈곤의 참상을 고발하였다. 1935년 동아일보 사회부장으로 재직하던 시절 일장기 말소사건으로 1년간 복역하기도 했다. 주요 작품으로는 '술 권하는 사회', '할머니의 죽음', 'B사감과 러브레터' 등의 단편소설과, '적도', '무영탑' 등의 장편소설이 있다.

방정환(方定煥, 1899~1931)

아동문학가. 호는 소파(小波). 보성전문학교를 마친 후 도요대학 철학과를 졸업했다. 최초의 아동문화운동 단체인 색동회를 조직했다. 국내 최초의 순수 아동잡지 〈어린이〉를 창간한 것을 비롯해 〈신청년〉, 〈신여성〉, 〈학생〉 등의 잡지를 발간했다. 아동문화 운동에 앞장 선 지은이는 동화대회나 소년문제 강연회 등을 주재하였고, 창작 동화, 번역·번안 동화, 수필 평론 등을 통해 아동문학의 보급에 힘썼다. 주요 저서로는 〈소파 전집〉과 〈소파 동화독본〉 전 5권이 있다. 한편 한국아동문학의 발전과 복리증진을 목적으로 창립된 새싹회에서는 '소파상(小波賞)'을 제정하여 해마다 수여하고 있다.

이희승(李熙昇, 1896~1989)

국어학자. 수필가. 시인. 호는 일석(一石). 경기 개풍(開豊) 출생. 경성제국대학 조선어학과 졸업. 1932년 이화여자전문학교 교수로, 조선어학회 간사 및 한글학회 이사로 취임했다. 일본 도쿄대학 대학원에서 언어학을 연구하였으며, 1942년 조선어학회사건에 연루, 검거되어 광복 전까지 복역하였다. 지은이는 한글 운동에 헌신하여 국어학의 초석을 닦는 한편 시와 수필 창작에도 힘썼다. 저서로 〈국어대사전〉, 〈역대 국문학정화〉, 〈국문학 연구초〉 등이 있고, 시집에 〈박꽃〉, 〈심장의 파편〉, 수필집에 〈벙어리 냉가슴〉, 〈소경의 잠꼬대〉 등이 있다.

민태원(閔泰瑗, 1894~1935)

소설가, 번역 문학가, 수필가. 충남 서산 출생. 일본 와세다 대학 정경과를 졸업. 1920년대 초기 낭만주의 운동의 선구적인 잡지인 〈폐허〉의 동인으로 활동하였고, 독자들에게 깊은 감동을 준 번안소설 작가로 유명하다. 강건체와 웅장한 화려체의 문장을 주로 사용하는 지은이의 작품들은 문학이라기보다는 차라리 절규에 가깝다. 식민지 시대의 지식인으로서 느끼는 비통함을 다 삭이지 못하고 토해내는 그의 글은 읽는 이를 격동시킨다. 초기 신소설기와 현대 소설기에 걸쳐 작품 활동을 하였으며, 동아일보 사회부장과 조선일보 편집국장을 역임하기도 했다. 1918년 '레미제라블'을 '애사(哀史)'라는 제목으로 번안하여 매일신보에 연재하였고, 주요 작품으로는 '부평초', '소녀', '갑신정변과 김옥균' 등이 있다.

이광수(李光洙 1892~1950)

소설가. 호는 춘원(春園). 평안북도 정주 출생. 소작농 가정에서 태어나 1902년 고아가 된 후, 동학(東學)에 들어가 서기가 되었다. 메이지 학원과 와세다 대학 철학과에서 수학했고, 독립신문 주필, 조선일보 부사장 등을 지냈다. 지은이는 한국 최초의 근대 장편소설인 '무정'으로 한국 소설문학의 새로운 장을 열었다. 1938년 이후, '황도문화(皇道文化)' 선양에 앞장서 일본 유학생의 학병지원 권고 강연을 하는 등 친일 행위를 하기도 했다. 한국전쟁 때 납북돼 1950년에 병사했다. 주요 작품으로는 '유정', '흙', '단종애사', '사랑' 등의 소설이 있다.

최남선(崔南善, 1890~1957)

사학자. 문인. 호는 육당(六堂). 일본 와세다대학 지리역사학과를 중퇴. 잡지 〈소년〉, 〈청춘〉 등을 발간하여 자작시 '해(海)에게서 소년에게' 와 이광수의 계몽소설들을 게재해 한국 근대문학의 발전의 초석을 쌓았다. 3·1운동 독립선언문을 기초한 죄목으로 체포되어 실형을 살다가 가출옥한 후 주간지 〈동명〉을 발행했고, 시대일보를 창간하기도 했다. 이후 조선총독부 중추원 참의를 지냈고 도쿄 유학생의 학병 지원 권고 강연 등 친일 행위를 하여 8·15 광복 후 친일 반민족 행위자로 기소되었다. 저서로 창작 시조집 〈백팔번뇌〉, 시조집 〈시조유취〉, 역사서 〈단군론〉, 〈조선역사〉, 〈삼국유사해제〉 등이 있다.

신채호(申采浩, 1880~1936)

사학자이자 언론인. 호는 단재(丹齋). 1905년 성균관 박사가 되었으나 그해 을사조약이 체결되자 황성신문, 대한매일신보에 배일(排日) 독립 정신을 고취시키는 논설을 발표하기 시작했다. 일제 강점기 하에 중국으로 망명하여 독립 운동에 관계하는 한편, 블라디보스토크에서 독립 정신을 고취하기 위해 〈해조신문(海朝新聞)〉을 발간하기도 했다. 그는 '독립이란 주어지는 것이 아니라 쟁취하는 것이다' 라는 의식 하에 독립투쟁을 전개하였다. 그 같은 견해는 역사 연구에도 그대로 반영되어 고조선과 '묘청의 난' 등에 새로운 해석을 시도하였고, '역사라는 것은 아(我)와 비아(非我)의 투쟁이다' 라는 명제를 내걸어 민족사관을 수립하였다. 국사 연구와 저술에 힘쓰다가 일본 경찰에게 체포되어 뤼순 감옥에서 옥사했다. 저서에 〈조선상고사〉, 〈조선사론〉, 〈이탈리아 건국삼걸전〉, 〈이순신전〉, 〈동국거걸〉 등이 있다.

한용운(韓龍雲, 1879~1944)

호는 만해(萬海·卍海). 충남 홍성 출생. 서당에서 한학을 배우다가 동학농민운동에 가담하였으나 실패하였고, 1905년 백담사에서 승려로 귀의하여 만화(萬化)에게서 법을 받았다. 1916년 월간지 〈유심〉을 발간하고 1919년 3·1운동 때 민족대표 33인의 일원으로 독립선언서에 서명, 체포되어 3년을 복역하였다. 그는 불교적인 '님'을 자연(自然)으로 형상화했으며, 고도의 은유법을 구사하여 일제에 저항하는 민족정신과 불교에 의한 중생제도를 노래하고 있다. 저서로는 시집 〈님의 침묵〉 외에도 장편소설 〈흑풍〉, 〈박명〉과 〈조선불교유신론〉, 〈불교대전〉이 있다.

김구(金九, 1876~1949)

호 백범(白凡). 15세 때 한학자 정문재로부터 한학을 배웠고, 1893년 동학에 입교하여 해주에서 동학농민운동을 지휘하였다. 명성황후 시해사건 때 일본군 중위를 살해하고 체포되어 사형이 확장되었으나 고종의 특사로 감형되었다. 이후 망명생활 속에서 신민회 조직, 105인 사건, 대한민국 임시정부 조직, 한인 애국단 조직 등으로 항일 무력 활동을 계속하였다. 8·15 광복으로 귀국하여 이승만·김규식과 함께 민족통일총본부를 이끌면서 1948년 통일정부 수립을 위한 남북협상을 제창하여 북한과 정치회담을 열었으나 실패하였다. 단독정부 수립에 반대하다가 1949년 육군 포병 소위 안두희에게 암살당했다. 대표적인 저서로 〈백범일지〉가 있다.

장지연(張志淵 1864~1921)

언론인. 호는 위암(韋庵). 경북 상주 출생. 1895년 을미사변(乙未事變)으로 명성황후가 시해되자 의병의 궐기를 호소하는 격문(檄文)을 각처에 보냈고 1897년 아관파천(俄館播遷) 때는 고종의 환궁을 요청하는 만인소(萬人疏)를 기초하였다. 1901년 황성신문사 사장이 된 그는 민중계몽과 자립정신의 고취를 위해 진력하였고, 1905년 을사조약이 체결되자 11월 20일자 황성신문에 '시일야방성대곡'이라는 사설을 실어 국민에게 이를 알리고 일본의 야욕을 규탄하였다. 이 사설로 일본 관헌에 붙들려 3개월간 옥고를 치렀다. 이후 망명생활을 하며 대한자강회 등을 조직하고 문필 활동을 하면서 구국운동을 벌였다. 저서에는 〈유교연원〉, 〈대한강역고〉〈대동 시선〉, 〈화원지〉 등이 있다.

박지원(朴趾源, 1737~1805)

조선 후기의 실학자이자 소설가. 본관 반남(潘南.) 호는 연암(燕巖). 처숙 이군문의 수하에서 수학하다가 30세 때부터 실학자 홍대용(洪大容)과 사귀어 서양의 신학문에 접하였다. 1780년 박명원(朴明源)과 동행하여 청나라에 건너가 이용후생(利用厚生)에 도움이 되는 청나라의 실제적인 생활과 기술을 배우고 돌아왔다. 이때 보고 배운 청나라의 문화를 기행문 〈열하일기〉를 통해 소개하였고, 당시 한국 사회의 전반에 관해 비판하고 개혁의 필요성을 주장했다. 홍대용·박제가(朴齊家) 등과 함께 북학파의 대표로 이용후생의 실학을 강조했다. 한문소설을 통해 자유스럽고 기발한 문체로 당시의 양반계층의 타락상을 고발함으로써 파문을 일으키기도 했다. 저서로 〈연암집〉, 〈과농소초〉 등이 있고, 작품에 '허생전', '호질', '마장전', '민옹전', '양반전' 등이 있다.

혜경궁 홍씨(현경왕후 獻敬王后, 1735~1815)

본관 풍산(豊山). 영조의 아들 장조(莊祖-사도세자)의 비. 영의정 홍봉한(洪鳳漢)의 딸이자 정조의 어머니이다. 1744년에 세자빈에 책봉되었고, 1762년에 장헌세자(사도세자)가 죽은 후에 혜빈(惠嬪)의 호를 받았다. 1776년 아들 정조가 즉위하자 궁호가 혜경(惠慶)으로 올랐고, 1815년 12월(순조 15)에 현경왕후로, 1899년(고종 36)에 의황후(懿皇后)로 추존되었다. 당시 왕후의 아버지와 작은아버지 홍인한(洪麟漢)은 외척이면서도 세자의 살해를 지지하는 입장에 있었으므로 그녀는 남편의 비참한 죽음을 지켜볼 수밖에 없었다. 〈한중록〉은 1795년 사도세자의 죽음을 중심으로 자신의 한 많은 일생을 적은 자서전적 사소설체 수필로, 궁중문학의 효시로 평가되고 있다.

의유당 김씨(1727~1823)

본관은 의령(宜寧). 당호는 의유당(意幽堂). 한문과 국문에 모두 뛰어나 우리 수필문학의 수준을 한 단계 높인 여성 문인이다. 예전에는 의유당을 김반(金盤)의 딸이며 순조 때 함흥판관을 지낸 이희찬(李義贊)의 부인 연안 김씨(延安金氏)로 추정하였으나, 여러 가지로 정황이 맞지 않아 최근에 신대손(申大孫)의 부인 의령 남씨(宜寧南氏)로 고증되었다. 그녀의 작품은 섬세한 자연 풍경의 묘사와 열정적이며 자유분방한 어휘 구사력이 돋보인다. 함흥 부근의 명승고적을 탐방하여 기록한 〈의유당 관북유람 일기〉는 문학사에서 수필문학의 독특한 경지를 개척한 작품으로 인정받고 있다. 대표작으로 〈동명일기〉와 〈의유당 유고〉가 있다.

유씨부인(俞氏夫人)

미망인 유씨의 작품으로 알려져 있지만 연대와 작자에 관한 내용은 알려진 것이 없다. 다만 글의 내용으로 보아 지은이는 사대부 가문